आशा-कालिन्दी और रम्भा

(उपन्यास)

भैरवप्रसाद गुप्त

जन्म : 7 जुलाई 1918 को सिवानकला गाँव (बलिया, उ.प्र.)।

शिक्षा : इविंग कॉलेज, इलाहाबाद से स्नातक।

अपने शिक्षक की प्रेरणा से कहानी लेखन की ओर रुझान हुआ। जगदीशचन्द्र माथुर, शिवदान सिंह चौहान जैसे लेखकों एवं आलोचकों के सम्पर्क और साहित्यिक-राजनीतिक परिवेश में उनके रचनात्मक संस्कारों को दिशा मिली।

सन् 1940 में मजदूर नेताओं से सम्पर्क। सन् 1944 में माया प्रेस, इलाहाबाद से जुड़े। अपने अन्य समकालीनों की तरह आर्य समाज और गाँधीवादी राजनीति की राह से वामपंथी राजनीति की ओर आये। सन् 1948 में वे कम्युनिस्ट पार्टी के सदस्य बने।

प्रमुख प्रकाशित पुस्तकें : *उपन्यास*—शोले, मशाल, गंगा मैया, जंजीरें और नया आदमी, सत्ती मैया का चौरा, धरती, आशा, कालिन्दी, रम्भा, अंतिम अध्याय, नौजवान, एक जीनियस की प्रेमकथा, भाग्य देवता, अक्षरों के आगे (मास्टर जी), छोटी-सी शुरुआत, *कहानी संग्रह*—मुहब्बत की राहें, फरिश्ता, बिगड़े हुए दिमाग, इंसान, सितार के तार, बलिदान की कहानियाँ, मंजिल, महफिल, सपने का अंत, आँखों का सवाल, मंगली की टिकुली, आप क्या कर रहे हैं? *नाटक और एकांकी*—कसौटी, चंदबरदायी, राजा का बाण। *संपादित पत्रिकाएँ*—माया, मनोहर कहानियाँ, कहानी, उपन्यास, नई कहानियाँ, समारंभ-1, प्रारंभ।

निधन : 5 अप्रैल, 1995

भैरवप्रसाद गुप्त

आशा-कालिन्दी और रम्भा

लोकभारती पेपरबैक्स

पहला पेपरबैक संस्करण : 2014

लोकभारती पेपरबैक : उत्कृष्ट साहित्य के लोकप्रिय संस्करण

लोकभारती प्रकाशन
पहली मंजिल, दरबारी बिल्डिंग, महात्मा गाँधी मार्ग,
इलाहाबाद-211 001

वेबसाइट : www.lokbhartiprakashan.com
ईमेल : info@lokbhartiprakashan.com

शाखाएँ : 1-बी, नेताजी सुभाष मार्ग, दरियागंज, नई दिल्ली-110 002
अशोक राजपथ, साइंस कॉलेज के सामने, पटना-800 006 (बिहार)
36-ए, शेक्सपियर सरणी, कोलकाता-700 017

इण्डियन प्रेस प्रा.लिमिटेड
इलाहाबाद-211002
द्वारा मुद्रित

मूल्य : ₹ 295

ASHA-KALINDI AUR RAMBHA
by Bhairav Prasad Gupt

आशा

प्रथम प्रकाशन वर्ष १९६३

मार्कण्डेय को सस्नेह

मजलिस बरख़ास्त हुई। वाह-वाह के साथ मजलिसी लोगों ने बीच में रखे हुए चाँदी के तश्त में इनाम-इकराम डाले और उठ खड़े हुए।

जानकी देवी ने सितार पर खोल चढ़ाकर जैसे उसे सुला दिया और फिर खड़े होते हुए साज़िन्दों की ओर जाने का संकेत किया और सिर पर आँचल रखकर दोनों हाथ मजलिसियों की ओर जोड़ दिये।

सब रुख़सत हो गये। लेकिन कालिन्दी प्रसाद सबके पीछे-पीछे दरवाज़े तक जाकर ठिठक गये। अपनी चिकनी ठुड्डी पर उन्होंने बायें हाथ की उँगलियाँ फेरीं और मुड़कर देखा कि जानकी देवी अभी हैं या अन्दर चली गयीं। जाने क्यों उन्हें लग रहा था कि जानकी देवी अभी अपनी जगह पर ही खड़ी होंगी। उनका सोचना ठीक था। जानकी देवी अपनी उसी मुद्रा में हाथ जोड़े हुए वहीं खड़ी थीं। उनके ऊपर चारों ओर छत से लटके हुए चार फ़ानूस जल रहे थे और उनकी शान्त, हलकी, सुनहरी रोशनी के बीच में हाथ जोड़े हुए खड़ी, जानकी देवी सोने की एक मूर्ति की तरह दमक रही थीं।

सिर झुकाये हुए, मन-ही-मन सहमे हुए कालिन्दी प्रसाद धीरे-धीरे चलकर जानकी देवी के ठीक सामने आकर खड़े हो गये और उन्होंने जानकी देवी की ओर आँखें उठायीं तो देखा कि वह अभी भी ठीक उसी मुद्रा में खड़ी थीं। कालिन्दी प्रसाद के मन में जाने उस क्षण क्या आया कि उन्होंने भी ठीक जानकी देवी की ही तरह अपने हाथ भी जोड़ दिये।

मुस्कराकर जानकी देवी ने हाथ नीचे कर दिये। लेकिन तत्क्षण वह फिर गम्भीर हो गयीं और तख़त की ओर बढ़ती हुई बोलीं—आइये, यहाँ तशरीफ़ रखिये।

कालिन्दी प्रसाद पीछे-पीछे चलकर तख़त पर एक कोने में बैठने लगे तो जानकी देवी बोलीं—आराम से बैठिये।

कालिन्दी प्रसाद ने आँखें उठाकर एक बार जानकी देवी की ओर देखा और एक आज्ञाकारी बालक की तरह तख़त के बीच की ओर खिसककर, ज़रा अन्दर होकर बैठ गये।

—आप तो आज जानेवाले थे न?—जानकी देवी खड़ी-खड़ी ही आँचल ठीक करती हुई बोलीं।

—हाँ! लेकिन सोचा, अपील करके ही जाऊँ।—कालिन्दी प्रसाद ने सिर झुकाकर कहा—फाँसी की सज़ा तो हो ही गयी है। लेकिन जब तक साँस, तब तक आस। शाय अपील करने से कुछ हो जाये।

जानकी देवी ने आँखें झपकाकर कहा—अपील तो आप पहले भी दो बार कर चुके हैं।

—आज सुप्रीम कोर्ट में अपील करने आया हूँ।

—यहाँ से भी मुक़द्दमा ख़ारिज हो जाये तो?

—तो...तो,—कालिन्दी प्रसाद ने कातर होकर एक बार जानकी देवी की ओर देखा और बोले—तब तो फाँसी पर चढ़ना ही होगा।

जानकी देवी कालिन्दी प्रसाद से आँखें न मिला सकीं। वह तनिक व्यग्र-सी होकर मुड़ीं और बोलती हुई, तेज़ क़दमों से चलकर एक कमरे में घुस गयीं—मैं अभी आती हूँ।

कालिन्दी प्रसाद उस कमरे के द्वार की ओर देखते रहे। थोड़ी देर बाद उनके मन में आया कि गाव-तकिये का सहारा लेकर ज़रा उठँग जाऊँ। इस तरह बाअदब बैठना और एक ही ओर ताकते रहना कठिन लगता है। शायद इधर मैं कुछ कमज़ोर हो गया हूँ। लेकिन फिर सहसा ही उन्हें लगा कि कोई बात नहीं है, मैं इसी तरह बैठा रह सकता हूँ और इसी तरह एकटक दरवाज़े की तरफ़ देखता भी रह सकता हूँ, चाहे जितनी देर तक। कमर ही न टूटेगी, दिमाग़ ही न सुन्न होगा।

लेकिन खटका दूसरी तरफ़ से हुआ। उन्होंने खटके की ओर आँखें घुमायीं, तो गर्दन दुख गयी, आँखों के सामने अँधेरा छा गया और दिमाग़ जैसे सहसा ही खाली हो गया। लेकिन यह स्थिति बहुत देर तक नहीं रही। पलकें दो-चार बार झपकाने के बाद तुरन्त ही सब-कुछ सम पर आ गया। उन्होंने देखा, एक आदमी बाहर का दरवाज़ा बन्द करके वापस एक कमरे की ओर जा रहा था। उन्होंने सोचा, यह अच्छा ही हुआ कि यह जानकी देवी नहीं थीं, वर्ना मुझे उस स्थिति में देखकर जाने वह क्या सोचतीं। यह स्थिति मेरी इधर कभी-कभी हो जाती है। यह कोई बीमारी है क्या? ख़ैरियत है कि यह स्थिति बहुत देर तक नहीं रहती। बहुत देर तक रह जाये तो जाने क्या हो जाये। मैं गिर भी सकता हूँ...मर भी सकता हूँ...और अचानक ही उन्हें जानकी देवी पर ग़ुस्सा आ गया। गुस्से में ही उन्होंने सोचा कि यह कोई सती-साध्वी है या बिलकुल पत्थर है...इन्हीं दो में से इसे एक होना चाहिए...लेकिन यह मुझे बता ही क्यों नहीं देती है कि वह क्या है? यह तीसरी बार मेरे साथ इसने यह नाटक किया है। मुझे बैठाकर, मैं अभी आती हूँ, कहकर कमरे में घुस जाती है और थोड़ी देर बाद

अपने किसी आदमी से कहलवा देती है, आप तशरीफ़ ले जाइये। वह यह-सब सोच ही रहे थे कि अचानक उन्हें ख़याल आया कि अबकी शायद कोई और दृश्य उपस्थित हो। वह आदमी मेरे पास आप तशरीफ़ ले जाइये कहने न आकर बाहर का दरवाज़ा बन्द करके वापस चला गया है। क्या अबकी जानकी देवी ख़ुद आयेगी, मुझसे कोई बात करेगी?

लेकिन जानकी देवी नहीं आयीं। आया वही आदमी फिर। आहट पाकर कालिन्दी प्रसाद ने उधर देखा था और आदमी को अपनी ही ओर आते हुए देखकर वह सहमे भी थे कि आख़िर वही दृश्य फिर आ उपस्थित हुआ। अब मैं क्या करूँ?

गोले का धड़ाका सुनने के लिए कालिन्दी प्रसाद को तैयार होना चाहिए था। लेकिन उन्होंने कबूतर की तरह आँखें मूँदकर शायद सोचा कि इसमें तैयार होने की क्या बात है, यह तो मेरे सिर पर लटक ही रहा था और यह भी बिलकुल तय ही था कि यह मेरी गर्दन पर गिरेगा ही। सो, गिर ले। दो बार मैं नहीं मरा, तीसरी बार देखूँ मरता हूँ कि नहीं मरता हूँ।

लेकिन आश्चर्य! गोले का धड़ाका नहीं हुआ। अपने सामने कुछ खट-पट सुनकर ही कालिन्दी प्रसाद ने आँखें खोलीं। आदमी उनके सामने तिपाई पर दो गिलास और एक तश्तरी रखकर चुपचाप चला गया, कुछ नहीं बोला। कालिन्दी बाबू उसे जाते हुए देखने लगे। जब वह कमरे में घुस गया, तो उन्होंने तिपाई पर रखे हुए गिलासों और तश्तरी पर नज़र डाली और उन्हें अचानक ही यह मालूम हुआ कि मुझे बहुत प्यास लगी है। उन्होंने ग़ौर से गिलासों को देखा। एक गिलास में निश्चय ही पानी था। उन्होंने उसे उठाया और मुँह के पास ले गये तभी आवाज़ आयी—यह आप क्या कर रहे हैं? थोड़ा खाकर शर्बत पीजिये न!

तो जानकी देवी आख़िर आयीं। चलो, इस नाटक में कम-से-कम एक दृश्य का तो परिवर्तन हुआ। शास्त्रों में यह झूठ नहीं कहा गया है कि आदमी को कम-से-कम तीन बार तो ज़रूर ही कोशिश करनी चाहिए। क्या अच्छा होता कि शास्त्रों में यह भी कहा गया होता कि आदमी को अधिक-से-अधिक कितनी बार कोशिश करनी चाहिए।

कालिन्दी प्रसाद मुँह के पास ही गिलास को रोके रहे। जानकी देवी तख़त के एक कोने में बैठने लगीं, तो जाने कालिन्दी प्रसाद को क्या सूझा कि वह गिलास को नीचे करते हुए बोल पड़े—आराम से बैठिये।

जानकी देवी सुनकर मुस्कारायीं ज़रूर, लेकिन एक आज्ञाकारी बालक की तरह उन्होंने कालिन्दी प्रसाद की बात नहीं मानी। वह कोने पर ही, आगे को ज़रा झुककर बैठ गयीं। उनके चेहरे पर थोड़ा कड़ापन भी आ गया था।

अब जाकर कालिन्दी प्रसाद ने देखा कि यह जानकी देवी कोई और हैं। वस्त्र तो श्वेत ही हैं किन्तु क़िस्म और तर्ज़ में ज़मीन-आसमान का फ़र्क है। जूड़ा सिर के

आँचल में छिपा है लेकिन पर्दे से भी साफ़ दिखायी दे रहा है कि उसमें मोतियों का चाँद नहीं टँका है। चेहरे पर पाउडर नहीं है! गालों पर रूज नहीं है। होंठों पर कृत्रिम लाली नहीं है। आँखों के कोनों से कनपटियों की ओर काजल के तीर नहीं चल रहे हैं। माथे पर लाल तारा नहीं है।...कालिन्दी प्रसाद सोचने लगे कि इसे मैंने कितने दिनों पहले इस रूप में देखा था और क्या मैं इसे इसी रूप में देखने को इतने दिनों से तरस रहा था?

—इस तरह मुझे आप क्या देख रहे हैं,—जानकी देवी आँखें झुकाकर बोलीं—ऐसे में भी मुझे देखना आपको अच्छा लगता है क्या? या कि आप मुझे पहचानने की कोशिश कर रहे हैं?

—मुझे तो लगता है कि मैं आपका यही रूप देखने को जाने कितने दिनों से तरस रहा हूँ,—कालिन्दी प्रसाद जैसे कहीं खोये हुए से बोले—आपको याद है, पहली बार गाड़ी के डिब्बे में मैंने आपको इसी रूप में देखा था न? कितने दिनों के बाद आज फिर...

—उस बात को तो अभी एक महीना भी नहीं हुआ,—जानकी देवी उसी तरह बोलीं—आप कितने दिनों की क्या बात कर रहे हैं?

—मुझे तो ऐसा ही लगता है कि उस बात को हुए जाने कितने दिन बीत गये,—कालिन्दी प्रसाद बोले—आप हमेशा इसी रूप में क्यों नहीं रहतीं? मुझे तो यही अच्छा लगता है।

—आपकी शादी हुई है?

इतनी जल्दी इस सवाल की आशा कालिन्दी प्रसाद को न थी। वह अचकचा गये। उन्होंने जानकी देवी की ओर देखा। वह निर्भाव-सी उन्हीं की ओर देख रही थीं। कालिन्दी प्रसाद झूठ नहीं बोलना चाहते थे। लेकिन सच बात कहने में उन्हें डर न लग रहा हो, ऐसी बात भी नहीं थी। वह बहुत-सारी बातें जानकी देवी को सच-सच बताना चाहते थे, उनमें निश्चय ही यह शादी की बात भी थी। लेकिन शुरू में ही, वह भी अकेली शादी की बात वह हर्गिज़ न बताना चाहते थे। लेकिन वही बात जब सबसे पहले और अचानक सामने आ गयी तो वह अचकचाकर सोचने लगे कि क्या करूँ? इस निर्भाव चेहरे को थोड़ा भी तो इधर-उधर नहीं बहलाया जा सकता! फिर बहलाने की बात तो मन में कभी आयी भी नहीं। डूबे, बिना लंगर उठाये ही जहाज़ किनारे पर लगे-लगे ही डूब जाये, सीधे सवाल का सीधा ही जवाब देना होगा। इसके बिना कहीं निस्तार नहीं है। उन्हें डर हुआ कि कहीं जानकी फिर अपना सवाल दुहरा न दे। दुहराने से सवाल सरल नहीं और जटिल हो जायेगा। क्षण-क्षण बढ़ती हुई इस जटिलता का काट बस एक ही है कि मैं शीघ्र जवाब दे दूँ, वर्ना इन क्षणों का प्रायश्चित्त कैसे होगा? वह जी कड़ा करके बोल पड़े—

—हाँ, हुई है।

नहीं, उस निर्भाव चेहरे पर कोई भी भाव नहीं आया, जैसे जानकी देवी को पहले से ही यह सांघातिक बात मालूम हो। ऐसा भी नहीं लगा कि उन्होंने उस बात को लेकर अपने को एक क्षण भी व्यस्त किया हो। वह तुरन्त बोलीं—आपकी दुलहिन आपके सामने सिंगार करके न आयें तो आपको कैसा लगे?

कालिन्दी प्रसाद का दिल धक से कर गया। यह जानकी देवी क्या कहना चाहती हैं? किसकी दुलहिन है यह, जिसके सामने यह सिंगार करके आती हैं? क्या मजलिसियों की यह दुलहिन हैं? लेकिन ऐसा तो यहाँ किसी से नहीं सुना गया। सबका यही कहना है कि जानकी देवी सिर्फ़ गाना सुनाती हैं, पेशा नहीं कराती हैं। किसी एक की होकर वह रह रही हों, ऐसा भी कोई विश्वासपूर्वक नहीं कह सकता है। इस मोहल्ले में किसकी बात किसी से छिपी रह सकती है? वैसा कुछ होता तो निश्चय ही सबको मालूम होता।...लेकिन कौन जाने, शायद जानकी ठीक ही कह रही हो, वह शायद किसी की दुलहिन हो ही, वर्ना यह यों यह बात अपने मुँह से क्यों निकालती? कालिन्दी प्रसाद के मन में आया कि पूछूँ कि आप किसकी दुलहिन हैं? लेकिन उन्होंने यह सवाल नहीं पूछा। उन्हें डर लगा कि इस सवाल के बाद फिर शायद और कोई बात हो ही न सके। जानकी की बात और है। वह कुछ भी पूछ सकती हैं। उसे कोई बात करने की ग़रज़ नहीं है। ऐसे मामलों में भला किसी का भी ऐसा निर्भाव चेहरा देखने में आ सकता है? सो, कालिन्दी प्रसाद ने बहुत सोचकर यह सवाल नहीं पूछा, बल्कि उसे टालने के लिए ही उन्होंने कहा—आपकी तरह मेरी दुलहिन हो तो मैं उसे कभी भी सिंगार न करने दूँ। सिंगार आपके सौन्दर्य को बढ़ाता नहीं है, वह उसकी नैसर्गिकता को नष्ट कर देता है।

जानकी देवी मन-ही-मन हँसी हों तो हँसी हों। कालिन्दी प्रसाद को उनके होंठों पर कुछ दिखायी नहीं दिया। जानकी देवी को शायद कुछ सोचना भी नहीं था। उन्होंने तुरन्त ही कहा—आपने यह क्यों नहीं पूछा कि मैं किसकी दुलहिन हूँ?

जानकी देवी यह कह सकती हैं, वह कुछ भी कह सकती हैं। उनके कुछ भी कहने से उनका कुछ भी बिगड़नेवाला नहीं है, कालिन्दी प्रसाद यह अच्छी तरह समझते हैं। लेकिन वह तो ऐसा नहीं कर सकते। वह तो एक ग़रज़ लेकर जानकी देवी के पास बैठे हैं। उनके पास यह बैठने का और कोई बात करने का अवसर भी कितनी मुश्किल से मिला है। उनकी आवेश या भावुकता की आयु नहीं है। वह शरीर और मन, दोनों से प्रौढ़ हैं। वह रो नहीं सकते, वह गिड़गिड़ाकर अपने मन की बात भी नहीं कह सकते। वह मजबूर अपने मन से ही हुए हैं, लेकिन उनका यह मन भी कोई छिछोरा नहीं है। वह अपने पर ही सब सह लेंगे लेकिन अपनी व्यथा से वह दूसरे को विगलित करने का प्रयत्न भूलकर भी नहीं करेंगे। ग़रज़ है, लेकिन वह ऐसे ग़रज़ बावले नहीं हैं कि उचित और अनुचित का भी ख़याल घोलकर पी गये हों।

वह बोले—यह पूछने की मैंने ज़रूरत नहीं समझी।

आश्चर्य है, जानकी देवी ने फिर कोई ज़ोर नहीं दिया। वह तुरन्त बोलीं—आप ये पेड़े खाइये। उस्ताद मथुरा गये थे। उन्होंने ही ये पेड़े भेजे हैं।

कालिन्दी प्रसाद जानकी देवी का मुँह देखने लगे। नहीं, कोई भी भाव उनके चेहरे पर नहीं है। इस बीच वह एकाध बार हँसी और मुस्करायी ज़रूर हैं, लेकिन कालिन्दी प्रसाद को अब लगा कि शायद उनकी हँसी और मुस्कराहट के पीछे भी कोई भाव न होता हो। ऐसी हँसी और मुस्कराहट का क्या अर्थ है? इस तरह कोई कैसे हँसता और मुस्कराता है? जानकी देवी ने कैसे अचानक बात पलट दी, जैसे बातों के बीच कोई सम्बन्ध होता है, यह सोचना भी उनके लिए आवश्यक न हो। न हो, कालिन्दी प्रसाद आखिर कर ही क्या सकते हैं? वह ज़ोर तो किसी बात पर भी नहीं डाल सकते, फिर ऐसे मामले में ज़ोर डालने का अर्थ भी क्या होगा? जाने क्यों, उन्हें यह उम्मीद थी कि जानकी देवी उनके यह बात कहने पर शायद स्वयं ही अपने दुलहे की बात कहकर यह बात ही ख़तम कर दें। लेकिन ऐसा नहीं हुआ और बात पलट गयी तो कालिन्दी प्रसाद को थोड़ी राहत ही महसूस हुई। कुछ हलके-से होकर वह बोले—जानकी देवी, पेड़े और गले का कोई सम्बन्ध है क्या?—लेकिन तुरन्त ही उन्हें लगा कि यह कैसा बेतुका सवाल वह कर बैठे? लेकिन अब वह कर ही क्या सकते थे? इस बेतुके क्षण पर उनके दिमाग़ में और कोई बात आयी ही नहीं कि वह उस सवाल को ढँक दें।

जानकी देवी बोलीं—खाकर देखिये, शायद आपका भी गला खुल जाये। ये उस्ताद के भेजे हुए पेड़े हैं।

कालिन्दी प्रसाद ने फिर जानकी देवी की ओर देखा। नहीं, व्यंग्य का कोई भाव उनके चेहरे पर नहीं था, लेकिन इसरार का भी भाव वहाँ नहीं था। जाने कैसे कालिन्दी प्रसाद के मन में यह बात उठ आयी कि कहीं जानकी देवी की बात में इसरार का भाव होता तो शायद मैं कोशिश इस बात की करता कि जानकी देवी ख़ुद अपने हाथ से एक पेड़ा उठाकर मुझे खिला दें। लेकिन दूसरे ही क्षण उन्हें ऐसा लगा, नहीं, इसरार का भाव होता तो भी मैं यह कोशिश नहीं कर सकता था। यह तो बच्चों की तरह का काम होता। मैं बच्चा नहीं हूँ और जानकी भी कोई बच्ची नहीं हैं।

वह बोले—मैं आपके उस्ताद का क़ायल हूँ,—और तुरन्त एक पेड़ा उठाकर उन्होंने अपने मुँह में डाल लिया। खाकर बोले—वाक़ई बड़ा लज़ीज़ है।

—एक और खाइये—जानकी देवी ने कहा।

किसी तरह की हुज्जत का कोई अर्थ नहीं है, कालिन्दी प्रसाद ने सोचा और बिना कुछ कहे एक और पेड़ा उठाकर मुँह में डाल लिया। खा चुके तो उनके मन में आया कि फिर कहूँ कि वाक़ई बड़ा लज़ीज़ है, लेकिन उन्होंने वैसा फिर कहना भी बेकार ही समझा। उन्होंने पानी के गिलास की ओर हाथ बढ़ा दिया।

तभी जानकी देवी बोलीं—एक और खाइये।

कालिन्दी प्रसाद ने अबकी जानकी देवी की ओर देखा। नहीं, खिलाने की कोई ख़ुशी उनके चेहरे पर नहीं थी। शायद तश्तरी में जब तक पेड़े रहेंगे, वह इसी तरह कहती जायेंगी और उसके बाद शायद...

वैसा ही हुआ। तश्तरी के पाँचों पेड़े कालिन्दी प्रसाद खा गये। लेकिन उसके बाद वह नहीं हुआ जो कालिन्दी प्रसाद ने सोचा था कि तब जानकी कहेंगी कि और भी मँगवाऊँ? नहीं, जानकी देवी ने वह बात नहीं कही, जैसे वह यह बात कह देतीं तो शायद उनके खिलाने के साथ एक अर्थ जुड़ जाता। जानकी देवी की किसी बात के साथ कोई कुछ अर्थ जोड़ सके, इसका वह अवसर नहीं देतीं। उन्होंने अब कहा—ठण्डाई पीजिये।

गिलास उठाते हुए अनजाने ही कालिन्दी प्रसाद अपना वही बेतुका सवाल फिर कर बैठे—इस ठण्डाई का भी गले से कोई सम्बन्ध है क्या?

जानकी देवी की वह निर्भाव हँसी भी देखने के लिए कालिन्दी प्रसाद ने आँखें मोड़ीं। एक ही बेतुका सवाल जब दुहराया जाये तो सुननेवाले से एक हँसी की उम्मीद तो की ही जा सकती है। लेकिन नहीं, कालिन्दी प्रसाद की वह उम्मीद भी पूरी नहीं हुई। जानकी देवी एक रेशे के बराबर भी कोई दरार नहीं छोड़तीं। कालिन्दी बाबू अन्धे की तरह उसे टटोलने की कोशिश भी नहीं करते। जानकी देवी से कोई स्वाभाविक प्रतिक्रिया की बात ही सोचना व्यर्थ है, कालिन्दी प्रसाद इतना जान गये हैं।

जानकी देवी बोलीं—नहीं, इसका सम्बन्ध मौसम से है,—फिर ज़रा रुककर वह बोलीं—लेकिन इसमें बर्फ़ नहीं है, मैं बर्फ़ नहीं लेती।

गिलास हाथ में लिये हुए ही बिना कुछ सोचे-समझे कालिन्दी प्रसाद बोले—बर्फ़ नहीं है तो इसका सम्बन्ध मौसम से कैसे हुआ?—फिर वह बोले—शायद बर्फ़ का कोई सम्बन्ध गले से हो?

—उस्ताद ने मुझे बर्फ़ लेने से मना कर रखा है।

यह तो बातें बड़े साधारण स्तर पर आ गयीं। कालिन्दी प्रसाद ने सोचा, क्या मैं यहाँ मौसम की बातें करने के लिए बैठा हूँ? एक उम्र या एक स्थिति होती है, जब साधारण क्या कोई भी ऊल-जलूल या बेकार की बात भी किसी के साथ करने में किसी को बड़ा मज़ा मिलता है। वह बात कालिन्दी प्रसाद के साथ नहीं रह गयी है। शायद जानकी देवी के साथ भी वह बात न हो।

कालिन्दी प्रसाद ने एक साँस में गिलास ख़ाली कर दिया। उनके लिए जानकी देवी विशेष रूप से बर्फ़ मँगवायेंगी, यह सोचना निरी मूर्खता थी और कालिन्दी प्रसाद ने इसे सोचा भी नहीं। उन्होंने पानी का गिलास भी ख़ाली कर दिया, ताकि इस निहायत साधारण-सी बात से तो जल्दी-से-जल्दी छुट्टी मिल जाये। इसमें तो मामूली तकल्लुफ़ का भी मज़ा न था।

उसके बाद थोड़ी देर तक दोनों तरफ़ से ख़ामोशी को बने रहने दिया गया। मतलब यह था कि अब जो बात होनी है, वह हो। लेकिन शुरू कौन करे? जानकी देवी की तो कोई बात करनी नहीं थी! बात करनी थी कालिन्दी प्रसाद को, लेकिन वह शायद सोच रहे थे कि कितना अच्छा होता अगर वह जानकी देवी ही किसी तरह शुरू कर दें, और कुछ न हो तो इतना तो वह कह ही सकती हैं कि अब कहिये।

लेकिन जानकी देवी से कोई आशा करना व्यर्थ था। लाचार कालिन्दी प्रसाद ही बोले—मेरे तीनों ख़त आपको मिल गये थे?

—जी, हाँ।

अब बात हो सकती है तो सीधे तौर पर ही हो सकती है। और कोई चारा ही नहीं है। आख़िर कालिन्दी प्रसाद तैयार होकर बोले—आपने जवाब क्यों नहीं दिया?

—ऐसे ख़तों का मैं कोई जवाब नहीं देती।

—जवाब नहीं देतीं तो कम-से-कम ज़बानी ही कुछ कह देतीं,—कालिन्दी प्रसाद बोले—यह तीसरी बार आपने मुझे इस तख़त पर बैठाया है। मैं तो सोचता था कि आज भी आपका कोई आदमी आयेगा और हमेशा की तरह कह देगा, तशरीफ़ ले जाइये। लेकिन अबकी शायद आप कुछ मेहरबान हो गयी हैं, मैं शुक्रिया अदा करूँ?

—नहीं, आप वैसी कोई बात ख़याल में न लाइये,—जानकी देवी बोलीं—मेरा ख़याल था कि आप अपने तीसरे और आपके ही लफ़्ज़ों में आख़िरी, ख़त का जवाब एक हफ़्ते तक न मिलने पर अपने शहर चले जायेंगे और फिर मुझे, आपके ही लफ़्ज़ों में, कोई तकलीफ़ नहीं देंगे। लेकिन आप नहीं गये और फिर मुझे तकलीफ़ देने आ गये तो मैं क्या करती?

—आपको मेरा इतना भी ख़याल आया, क्या इसके लिए मुझे आपका शुक्रगुज़ार नहीं होना चाहिए?—यह उनका सवाल था, लेकिन उन्होंने इसके जवाब का इन्तज़ार नहीं किया, जैसे उन्हें पहले ही से मालूम हो कि इस सवाल का जवाब जानकी देवी क्या देंगी। वह बोलते गये—मैंने सोचा था कि मैं चला जाऊँगा। लेकिन जा न सका और एक बार फिर आपको तकलीफ़ देने आ गया। इसे एक हद तक मेरी मजबूरी ही समझिये। मेरी बेवकूफ़ी इसे मत समझिये क्योंकि कोई इस तरह की कोई बेवकूफ़ी करने की मेरी उम्र नहीं है।

—लेकिन आप जो फाँसी और अपील की बात कर रहे थे...

—उसे आप बेवकूफ़ी की बात मत समझिये,—कालिन्दी प्रसाद उनकी बात काटकर बोले—दरअसल ऐसा लगता है कि मामला कुछ वैसा ही संगीन हो गया है। मैं आपसे झूठ क्यों बोलूँगा? मेरे किसी झूठ का आप पर कोई असर होगा, ऐसा मेरा ख़याल नहीं है।

—आपके झूठ-सच से मुझे क्या मतलब है?—जानकी देवी बोलीं—लेकिन आपने जो अपनी यह हालत कर ली है, क्या यह भी बेवकूफ़ी नहीं है?

—इसका जवाब मैं नहीं दे सकता,—कालिन्दी प्रसाद बोले—क्योंकि इस हालत की वजह मेरी बेवकूफ़ी नहीं है, बल्कि एक दर्द है और उस दर्द का ताल्लुक आ...—और वह चुप हो गये। यह बात दरअसल वह कहना नहीं चाहते थे, जानकी देवी से यह कहने का कोई अर्थ भी नहीं था। लेकिन यह बात रोकते-रोकते भी उनकी ज़बान से फिसल ही गयी थी। दरअसल बात यह थी कि वह यह मानने को क़तई तैयार न थे कि वह कोई बेवकूफ़ी कर रहे हैं। उन्होंने इस बात पर बड़ा ग़ौर किया था, सब ऊँच-नीच सोचा-समझा था और मजबूर होकर ही उन्होंने जानकी देवी को वे ख़त लिखे थे। चाहे जो हो, वे सब परिणाम भुगतने को भी तैयार थे। लेकिन आख़िरी दम तक वह कोशिश कर लेना चाहते थे। असफलता सामने थी लेकिन उसे भी जैसे अवश्यम्भावी समझकर ही उन्होंने स्वीकार कर लिया था।

उन्होंने फिर जानकी देवी की ओर देखना बेकार समझा।

थोड़ी देर के लिए फिर ख़ामोशी छा गयी। कालिन्दी प्रसाद ने सोच लिया जो नहीं कहना चाहिए था, वह भी मैंने आख़िर कह ही दिया। अब कुछ बोलना हो तो जानकी देवी ही बोलें। वर्ना खेल ख़तम समझो।

आशा नहीं थी, लेकिन अबकी जानकी देवी बोलीं—आप जानते हैं, आपके पहले भी कितने ही लोग...

—यह कहने की कोई ज़रूरत नहीं है,—कालिन्दी प्रसाद बोले—आपको देखकर यह बात तो कोई भी जान-समझ सकता है।

—मैं पहली बार आपसे इस मामले पर बात करने बैठी हूँ।

—शुक्रिया।

—नहीं, इसमें शुक्रिया की कोई भी बात नहीं है,—जानकी देवी बोलीं—आप बड़े ज़िद्दी मालूम देते हैं।

—शायद बेहया भी हूँ।

—नहीं-नहीं,—जानकी देवी तुरन्त बोलीं—ऐसा मैं नहीं कहूँगी।

—क्यों नहीं कहेंगी?—कालिन्दी प्रसाद बोले—दो-दो बार आपने मुझसे तशरीफ़ ले जाने के लिए कहलवा दिया और मैं हूँ कि तीसरी बार भी आ ही धमका। यह मेरा बेहयापन नहीं है तो और क्या है?

कालिन्दी प्रसाद को शायद यह आशा हुई कि ऐसा कुछ कहकर वह जानकी देवी को थोड़ा उकसा सकेंगे। लेकिन ऐसा नहीं हुआ, तो कालिन्दी प्रसाद को इससे कोई आश्चर्य या अफ़सोस भी नहीं हुआ।

जानकी देवी अपने ढंग से ही बोलीं—मेरा ख़याल है कि अगर आप इसे बेहयापन समझते तो फिर यहाँ हर्गिज़ न आते। कितने बेहयाओं से भी मेरा पाला पड़ा है। इस बाज़ार में बैठी हूँ तो इन बातों की मुझे थोड़ी-बहुत समझ होगी, यह तो आप समझ ही सकते हैं।

सुनकर कालिन्दी प्रसाद दो क्षण के लिए आश्चर्य-सागर में गोता लगा गये। दरअसल बेहयापन की बात तो कभी उनके दिमाग़ में आयी ही नहीं थी। वह तो ज़िद्दी के वज़न पर यों ही उनके मुँह से निकल गयी थी। जानकी देवी आदमी पहचानती हैं, बात भी गहराई से समझ सकती हैं, यही क्यों, वह मन की गहराई में भी उतर सकती हैं, आश्चर्य की बात है न! लेकिन कालिन्दी प्रसाद जैसे जान-बूझकर ही यह क़बूल न सके।

जानकी देवी की बात अभी ख़त्म नहीं हुई थी। वह आगे बोलीं—मैं जैसी आपको दिखायी देती हूँ, वैसी ही नहीं हूँ। मेरे उस्ताद ने मुझसे कहा था कि कोई आदमी चाहे जितना बदमाश हो उससे डरने की बात मन में नहीं लानी चाहिए, उसे लेकर कोई बात मन में लानी ही हो तो सिर्फ़ उससे लड़ने की बात लानी चाहिए। कोई भी बेहया दूसरी बार मेरे दरवाज़े पर नहीं आया। मेरे तेवर सँभालना कोई आसान बात नहीं है।

कालिन्दी प्रसाद को ख़याल हुआ कि इस तरह की बातें करते समय जानकी देवी की भंगिमा ज़रूर कुछ बदली होगी। उन्होंने उनकी ओर देखा। नहीं, उस बुत में कहीं भी, कोई भी अन्तर नहीं आया था। उन्होंने सोचा, कितने अभ्यास के बाद जानकी देवी ने अपने को बुत बनाया होगा!

जानकी देवी की बात अभी ख़त्म नहीं हुई थी। वह आगे बोलीं—मेरी मजलिस की शान आपने देखी है न! मेरी मजलिस में आने के पहले लोग अपनी आँखें दरवाज़े पर छोड़ आते हैं...

—फिर वह सिंगार आप...—कालिन्दी प्रसाद अपनी बात पूरी न कर सके। उनके मन में शायद वह दुलहे-दुलहिन की बात खटक रही थी, इसी कारण वह अपने को न रोक पाये।

ज़रा देर की ख़ामोशी के बाद जानकी देवी बोलीं—मेरी तालीम पूरी होने के बाद एक दिन मेरे उस्ताद ने बाक़ायदा मेरा ब्याह रचाया। मेरे सितार को बाक़ायदा उन्होंने एक दुलहे की तरह सजाया था और मेरा एक दुलहिन की तरह सिंगार किया था। ब्याह की रस्म अदा हो गयी तो मजलिस जमी। उस्ताद ने मेरी गोद में मेरे दुलहे को बैठाकर कहा—बेटी, आज तेरी सुहागरात है। तेरा दुलहा तेरे पहलू में है। अपने दुलहे को हमेशा ख़ुश रखना। तेरा सुहाग अमर रहे!...समझा आपने?

कालिन्दी प्रसाद को हुँकारी भरने का भी होश न रहा।

गहरी ख़ामोशी छा गयी।

काफी देर बाद जानकी देवी बोलीं—आप मेरी एक बात मानेंगे?

—मैं तो आपकी हज़ार बातें मानने को तैयार हूँ,—बझे गले से कालिन्दी प्रसाद बोले।

—तो आप पहली गाड़ी से सीधे अपने घर जाइये। ख़ूब नहाइये, खाइये, सैर कीजिये, सोइये और मुझे कोशिश करके भुला दीजिये। मेरी यह बात आप मानेंगे न?

उठते हुए कालिन्दी प्रसाद भरे गले से बोले—मानूँगा।

उठती हुई जानकी देवी अपने ही ढंग से बोलीं—मुझे आपसे यही उम्मीद थी। मैं आज मान गयी कि आपके दिल में सचमुच मेरे लिये जगह है।—कहकर उन्होंने हाथ जोड़ दिये।

कालिन्दी प्रसाद ने भी हाथ जोड़े और चुपचाप चल पड़े। वह दरवाज़े के पास पहुँचे तो पीछे से जानकी देवी की पुकार सुनायी पड़ी—ज़रा रुकिये, एक चीज़ लेते जाइये।

जानकी देवी की पुकार में भी कोई भावोद्रेक नहीं था। कालिन्दी प्रसाद रुककर, मुड़कर उनकी ओर देखने लगे।

जानकी देवी कमरे में गयीं और तुरन्त ही कमरे से निकलकर, मन्थर गति से चलकर कालिन्दी प्रसाद के पास आ खड़ी हुईं। एक बन्द लिफ़ाफ़ा कालिन्दी प्रसाद के हाथ में थमाकर वह बोलीं—आपको, चाहे जितने दिन बाद, जब यह लगे कि आपने मुझसे अभी-अभी जो वादा किया है, उसे आपने पूरा कर दिया है, तब आप यह लिफ़ाफ़ा खोलें और स्वस्थ मन से इसमें जो है उसे पढ़ें। फिर आपके मन में आये तो मुझे एक ख़त लिखें, न आये तो न लिखें। कहकर उन्होंने फिर हाथ जोड़ दिये।

कालिन्दी प्रसाद फूल की तरह वह लिफ़ाफ़ा अपनी हथेली पर लिये हुए दरवाज़े से बाहर हो गये।

उनकी पीठ पर ही जैसे दरवाज़ा बन्द होने की आवाज़ आयी। जानकी देवी ने, हाय, दो क्षण दरवाज़ा खुले भी न रहने दिया! कालिन्दी प्रसाद ने यह कब आशा की थी कि जानकी देवी कभी मुझे जाते हुए दरवाज़े की ओट से देखेंगी?

कालिन्दी प्रसाद ने झूठा वादा नहीं किया था। उन्होंने पूरे मनोयोग से वह वादा पूरा करने का भरसक प्रयत्न किया। लेकिन वह सफल नहीं हुए। जानकी देवी को वह भुला न सके। पूरे पन्द्रह दिनों की कोशिशों के बाद, हार—पछताकर उन्होंने जानकी देवी को एक छोटा-सा पत्र लिखकर अपनी असफलता की सूचना दी और उनसे वह लिफ़ाफ़ा खोलने की अनुमति माँगी। और कुछ भी नहीं लिखा।

आशा नहीं थी कि जानकी देवी उनके पत्र का जवाब देंगी। लेकिन जवाब वापसी डाक से आया। एक बहुत ही छोटे-से पुर्ज़े पर चार-पाँच वाक्यों का ही वह जवाब

था। उसमें लिखा था—तीन महीने तक और कोशिश करके देखें। फिर भी सफल न हों तो लिफ़ाफ़ा खोल लें। और अगर आप सफल हो जायें तो वह लिफ़ाफ़ा ज्यों—का-त्यों मेरे पास भेज दें। आप ईमानदार आदमी मालूम देते हैं, आशा है, मेरे विश्वास को चोट न पहुँचायेंगे।

कालिन्दी प्रसाद ने तीन महीने तक और तपस्या की। लिफ़ाफ़ा खोलने का लोभ उन्हें न हो, ऐसी बात नहीं थी। लेकिन सच ही वह जानकी देवी के विश्वास को किसी तरह की चोट नहीं पहुँचाना चाहते थे। जानकी देवी की अमानत को वह ज्यों-का-त्यों सहेजे रहे और उन्हें भुलाने की पूरी ईमानदारी से कोशिश करते रहे। लेकिन अन्ततः वह असफल ही रहे। इसका उन्हें बहुत ही पछतावा था कि पहला ही एक वादा मैंने जानकी देवी से किया और वह भी पूरा न कर सका। कितना अच्छा होता कि मैं यह वादा पूरा कर लेता और उसकी अमानत ज्यों-का-त्यों उन्हें वापस कर देता।

लिफ़ाफ़ा खोलते समय कालिन्दी प्रसाद को कोई ख़ुशी नहीं थी। यह तो जैसे हारने का इनाम हो और उस पर भी यह ज़बरदस्ती कि इसे लेना ही होगा। उन्होंने बड़े दुःखी मन से वह लिफ़ाफ़ा खोला।

लिफ़ाफ़े में से तीन तो उन्हीं के लिखे हुए पत्र निकले और एक निकली एक दास्तान।

अपने तीनों पत्र लिफ़ाफ़े में डालकर कालिन्दी प्रसाद दास्तान पढ़ने लगे—

दास्तान उसकी जिसे आप चाहने की बेवकूफ़ी कर रहे हैं

पढ़ने की शर्त यह कि आप अपनी महबूबा से पहला ही ऐसा वादा करने की बेवकूफ़ी करते हैं, जिसे आप हर्गिज़ पूरा नहीं कर सकते, भले ही आप हातिमताई के बाप हों!

इतना पढ़ते ही कालिन्दी प्रसाद का दिमाग़ भिन्ना उठा। इस ठट्ठेबाज़ी की उम्मीद उन्हें जानकी देवी से हर्गिज़ नहीं थी। उन्होंने सोचा, क्या मेरी खिल्ली उड़ाने के लिए ही जानकी देवी ने यह दास्तान लिखी है? अपना वादा पूरा न कर सकने का उन्हें सख़्त पछतावा था, लेकिन अब यह सुर्ख़ी पढ़कर ग़ुस्से के मारे उनका बुरा हाल हो गया। उनके मन में आया कि यह दास्तान फाड़कर इसके साथ ही जानकी को भी भाड़ में झोंक दूँ। वह तो शराफ़त की क़तई हक़दार मालूम नहीं देती, वर्ना इस तरह की बात मेरे लिये वह हर्गिज नहीं लिखती। लेकिन दूसरे ही क्षण उन्होंने अपना यह इरादा तर्क कर दिया। इस दास्तान को या जानकी देवी को भाड़ में झोंकना उनके लिए कोई आसान काम न था। यों ग़ुस्से में आदमी क्या नहीं बक जाता है, क्या ख़ुराफ़ात नहीं सोच डालता है। उन्होंने सुर्ख़ी फिर पढ़ी तो उन्हें अचानक यह ख़याल

आया कि हो न हो, जानकी ने मुझे भड़काने के लिए ही इस तरह की बात लिखी होगी। और फिर उन्हें ऐसा लगा कि यह सुर्ख़ी नहीं है, यह तो एक शोख हसीना की एक दिलकश अदा है। उनका ग़ुस्सा उतर गया और उसकी जगह ताज्जुब और ख़ुशी ने ले ली कि इस उम्र में भी जानकी में ऐसी शोख़ी और यह अदा है!

उन्होंने आगे पढ़ना शुरू किया—

ये दो बेवकूफ़ियाँ करने के बाद यह लाज़िमी है कि आप एक तीसरी बेवकूफ़ी अपनी दो बेवकूफ़ियों को सही समझने की करेंगे। ये तीन-तीन बेवकूफ़ियाँ करने के बाद भी अगर आपका पेट न भरेगा, तो आप सचमुच यह दास्तान पढ़ने की चौथी बेवकूफ़ी करेंगे। और यह दास्तान पढ़ने के बाद भी अगर आपने पाँचवीं बेवकूफ़ी करने की सोची तो फिर ख़ुदा ही आपका हाफ़िज़ है।

बाप रे बाप! कालिन्दी प्रसाद अपने मन में ही चीख़ उठे, कहाँ की शोखी और कहाँ की अदा! यह तो जैसे कोई बुज़ुर्ग किसी लड़के को बार-बार बेवकूफ़ियाँ न करने को आगाह कर रहा हो और यह सलाह दे रहा हो कि अब तक जो किया सो किया, अब आगे तो बेवकूफ़ियाँ करने से बाज़ आओ। कालिन्दी प्रसाद झुँझला उठे, वह कमबख़्त मुझे बच्चा समझती है! और उन्होंने सचमुच तैश में आकर (गोकि यह तैश उनके लिए कोई शोभा की बात नहीं थी) मन में ही कहा कि पाँच ही नहीं, मैं पाँच सौ, बल्कि पाँच हज़ार बेवकूफ़ियाँ करूँगा! तुम कौन हो मुझे आगाह करनेवाली या सलाह देनेवाली? बने-बिगड़ेगा मेरा न कि तुम्हारा? तुम ख़ामोश रहो!

जानकी देवी को उन्होंने इस तरह ख़ामोश कर दिया, तो उनका तैश भी जाता रहा। और उन्होंने अपनी स्थिति में आकर फिर सोचा कि जानकी शायद ठीक ही मुझे आगाह कर रही हो। इसमें तैश में आने या ज़िद करके कुछ कर बैठने की कोई बात नहीं है। सचमुच मैं कोई ऐसा बेवकूफ़ तो नहीं हूँ कि लगातार बेवकूफ़ियों-पर-बेवकूफ़ियाँ किये जाऊँ और अन्त में अपने को भगवान् पर छोड़ दूँ। और वह ठीक ही इस परिणाम पर पहुँचे कि चार बेवकूफ़ियाँ तक कोई बात नहीं है, यह तीन से एक ही ज़्यादा है। चार बेवकूफ़ियाँ करके भी अगर मैं पाँचवीं बेवकूफ़ी नहीं करूँगा तो एक साथ ही मेरी सारी बेवकूफ़ियाँ रद्द हो जायेंगी।

यह सोचकर बड़े इतमीनान के साथ उन्होंने आगे पढ़ना शुरू किया—

तो आप चौथी बेवकूफ़ी करने पर भी आख़िर आमादा हो ही गये। कोई आख़िर आपको कब तक आगाह कर सकता है? पढ़िये आप फिर यह दास्तान—

मेरा असली नाम जानकी देवी नहीं है। यह नाम तो मुझे मेरे उस्ताद ने दिया है। मेरे असली नाम का अब किसी को पता नहीं होगा, लेकिन मैं भला उसे कैसे भूल सकती हूँ?

मेरा असली नाम आशा है और मैं नवाबपुर शहर में एक मामूली-से दुकानदार के घर में पैदा हुई थी। जुम्मे के दिन हमारे शहर में बड़ी रौनक़ होती थी। उस दिन

दोपहर के बाद नवाब साहब की सवारी निकलती थी। उस दिन मेरी माँ मुझे अच्छे-अच्छे कपड़े पहनाकर, सजा-सँवारकर दरवाज़े पर सवारी आने के बहुत पहले ही खड़ी कर देती थी। सड़क के दोनों ओर मेला-सा लग जाता था। लोगों की ख़ूब भीड़ होती थी। दूकानें सजी होती थीं। खोन्चेवाले चिल्ला-चिल्लाकर अपनी चीज़ें बेचते हुए घूमते रहते थे। तरह-तरह के खिलौनों की छोटी-छोटी दुकानों की भरमार होती थी। सड़क के दोनों ओर पुलिसवाले तैनात रहते थे। साफ़-साफ़ कपड़े पहने हुए लोग घूमते-फिरते हुए बहुत अच्छे लगते थे।

दूर से ही बाजे की आवाज़ आती तो हम समझ जाते थे कि अब नवाब साहब की सवारी पहुँचना ही चाहती है। तब सब लोग अपनी-अपनी जगह पर सीधे खड़े हो जाते थे और सवारी पहुँचने का इन्तज़ार करने लगते थे। शोर अचानक रुक जाता था। सड़क पर आवाजाही बिलकुल बन्द हो जाती थी। पुलिसवालों की चौकसी बढ़ जाती थी।

सबसे पहले बाजेवालों का दल आता हुआ दिखायी देता था। उसके बाद एक शानदार घोड़े पर कप्तान साहब दिखायी पड़ते थे। उनकी शान ही निराली होती थी। उन्हें दूर से ही देखकर डर लगता था। तब टन्न-टन्न घण्टों की आवाज़ सुनायी देती थी और नवाब साहब का हाथी झूमता हुआ आता दिखायी देता था। हाथी पर सोने के हौदे पर सोने की छतरी के नीचे नवाब साहब राजसी पोशाक में बैठे होते थे। उनके चारों ओर सुनहरी वर्दी में चार चोबदार हाथों में ऊँचे-ऊँचे झण्डेदार बल्लम लिये खड़े रहते थे। सब लोग सिर झुका-झुकाकर और हाथ उठा-उठाकर नवाब साहब को सलाम करते थे। नवाब साहब कभी इस ओर, कभी उस ओर ज़रा-ज़रा-सा सिर हिलाकर सलामी लेने का इशारा करते थे। नवाब साहब के पीछे घुड़सवारों का दल आता था। घुड़सवारों में एक-से-एक मुँछैल और दाढ़ीबाज़ लोग राजसी पोशाकों में होते थे। लोग उन्हें भी सलाम करते थे।

सवारी और जुलूस के गुज़रते ही वहाँ का मेला उठ जाता था और अचानक एक उदासी चारों ओर छा जाती थी। फिर हम लोग अगले जुम्मे का इन्तज़ार करते थे।

औरत के चिह्न मेरे जिस्म में उभरने तक यह सिलसिला बराबर चलता रहा। फिर एक दिन माँ ने मेरा दरवाज़े पर खड़ा होना बन्द कर दिया। वह जुम्मे का दिन था। नवाब साहब की सवारी आने का वक़्त हो गया था। चोटी गूँथकर, कपड़े बदलकर और मुँह-हाथ चिकनाकर मैं दरवाज़े पर जाने लगी, तो माँ ने मुझे रोककर कहा—कहाँ जाती है, सयानी लड़कियाँ सवारी नहीं देखती हैं।

मैंने पूछा—क्यों?

माँ ने कहा—तू नहीं समझेगी, चलकर चुपचाप कमरे के अन्दर बैठ।—कहकर माँ ख़ुद ही दरवाज़े के अन्दर चिक की आड़ में बैठ गयी।

मुझे बहुत बुरा लगा। मेरी समझ में ही न आ रहा था कि माँ ऐसा क्यों कह रही है। मैंने कहा—माँ, मुझे आज तो देख लेने दे।

—नहीं-नहीं,—माँ ने सिर हिलाते हुए कहा—अब यह नहीं हो सकता। सवारी निकल जाने पर तू रौनक़ देख लेना। नवाब साहब की नज़र अब तुम पर नहीं पड़नी चाहिए। तू नहीं समझेगी वह-सब। चलकर अन्दर बैठ।

—माँ,—मैंने कहा—मैं तेरे ही पास बैठकर देख लूँ?

माँ, ने झिझककर कहा—बड़ी ज़िद्दिन है, भाई! अच्छा, आ, यहाँ बोरा बिछाकर बैठ जा।

बाजे की आवाज़ आने लगी थी। मैं अनमनी होकर माँ के पास बैठ गयी और झाँक-झूँककर देखने लगी। लेकिन चिक के पीछे से क्या मज़ा आनेवाला था? और उस पर भी जब नवाब साहब का हाथी हमारे घर के सामने आया तो माँ ज़बरदस्ती मुझे पीछे ढकेलकर खुद आगे हो गयी। मुझे कुछ भी दिखायी न दिया। मैं कुढ़कर रह गयी।

सवारी चली गयी तो माँ ने उठते हुए कहा—जा, अब बाहर जाकर तमाशा देख ले।

—मुझे कुछ नहीं देखना है!—मैंने चिढ़कर कहा और अन्दर कमरे में चली गयी।

मेरी समझ ही में न आ रहा था कि माँ ने मुझे सवारी देखने से आज क्यों मना कर दिया, नवाब साहब की नज़र मुझ पर पड़ जायेगी तो क्या हो जायेगा? ऐसी कौन-सी बात है, जो, माँ कहती है, मैं समझ नहीं सकती? नवाब साहब तो उम्र में मेरे पिता के बराबर हैं, वह अपनी नज़र मुझ पर क्यों डालेंगे? मैं तब से रात में बड़ी देर तक इसी ऊहापोह में पड़ी रही। मुझे इन सवालों का कोई जवाब मिल ही नहीं रहा था।

सुबह हुई तो मैं पड़ोस की अपनी सहेली के पास गयी। वह मुझसे दो-एक साल बड़ी थी। मैंने सोचा कि शायद उसे कुछ मालूम हो। मुझे देखते ही वह गले मिली और पहला सवाल उसने यही किया—कल तुम सवारी नहीं देख पायी न?

मैंने बैठते हुए अचकचाकर उसकी ओर देखा और पूछा—तुम्हें कैसे मालूम?

उसने बैठते हुए हँसकर कहा—मुझे सब मालूम है।

—तुम्हें क्या मालूम है?—मैंने कहा—बताओ!

—मैं नहीं बताऊँगी!—सहेली चुहल करती हुई बोली—पिछले साल मेरा सवारी देखना बन्द हुआ था, तो तुम्हें कितना मज़ा आया था!

—लेकिन तब तो तुम्हें भी मालूम नहीं था कि तुम्हारा सवारी देखना क्यों बन्द हुआ था,—मैंने कहा—मैंने तब तुमसे नहीं पूछा था?

—तब मुझे कुछ मालूम ही नहीं था, तो मैं तुम्हें क्या बताती?—सहेली ने कहा।—लेकिन अब मुझे सब मालूम हो गया है। यह तो यहाँ सबको मालूम है!

—लेकिन मुझे तो नहीं मालूम है।

—नहीं मालूम है, तो मालूम हो जायेगा,—सहेली ने मेरी ठुड्डी में हाथ डालकर कहा—मालूम होने की अब तो तुम्हारी उमर हुई है!

—बता दो, मुझे परेशान मत करो!—मैंने अपनी ठुड्डी से उसका हाथ हटाते हुए कहा।

—उस दिन तुम्हें कितना मज़ा आया था! अब कहो!—मुँह नचाकर, भौंहें उठाकर सहेली बोली।

—भई, माफ़ कर दो!—मैंने उसका हाथ पकड़ते हुए कहा—मुझे क्या मालूम था कि एक दिन यह पाबन्दी मुझ पर लग जायेगी।...अब बता दो!

—मुझे तो कल सुबह ही मालूम हो गया था कि अब तुम्हारा भी सवारी देखना बन्द हो रहा है,—सहेली बोली—मुझे फ़ुरसत ही नहीं मिली कि आकर तुमसे कहूँ कि लो, अब तुम भी हमारी क़तार में आ गयी। बड़ी डींग हाँकती थी कि मेरा सवारी देखना कभी बन्द ही नहीं होगा, मेरे माँ-बाप तुम्हारे माँ-बाप की तरह नहीं हैं! हो गया न आख़िर बन्द?

—हाँ, भाई, हो गया,—मैंने गिड़गिड़ाकर कहा—लेकिन यह तो बताओ कि क्यों बन्द हो गया? मेरी तो कुछ समझ में ही नहीं आ रहा है।

—कल सुबह तुम्हारी माँ मेरी माँ के पास आयी थीं,—सहेली बोली—तुम्हें मालूम है?

—हाँ, यह तो मालूम है।

—तभी मैंने सुना था। मेरी माँ तुम्हारी माँ से कह रही थीं कि भाई, अब तुम अपनी लड़की का सवारी—ववारी देखना बन्द कराओ। तुम्हारी लड़की अब हाथ-पाँव निकालने लगी है और कमबख़्त हसीन भी कितनी है! कहीं नवाब साहब की नज़र-वज़र पड़ गयी तो लड़की से हाथ धोना पड़ेगा। बेचारी की ज़िन्दगी ग़ारत हो जायेगी।

—दुत!—मैं चिढ़कर बोली—यह क्या बकवास लेकर तू बैठ गयी!—मैंने बिगड़कर कहा—क़सम से, तुम मुझे चिढ़ाओगी तो मैं मार बैठूँगी! वह बूढ़ा नवाब भला मुझ पर क्यों नज़र डालेगा?

—ओहो!—हाथ चमकाकर सहेली बोली—बन्नो! ऐसी भोली तो तुम न बनो! बूढ़ा होने से क्या होता है? तुम्हें मालूम है, उसके हरम में कितनी बेगमें हैं?

—होंगी सब उसी की तरह बूढ़ी-सूढ़ी!—मैंने मुँह बनाकर कहा।

—बूढ़ी-सूढ़ी नहीं हैं, लाडो!—सहेली ने आवाज़ धीमी करके कहा—सच ही तुम्हें कुछ नहीं मालूम है कि तुम बन रही हो?

—तुम्हारी क़सम, मुझे कुछ नहीं मालूम है,—उसकी राज़दाराना आवाज़ से मैं ज़रा सहमकर बोली—मालूम होता तो सुबह-ही-सुबह तुमसे पूछने क्यों आती? तुम साफ़-साफ़ बताओ न!

—इस बूढ़े के बारे में कहावत मशहूर है कि यह हर जुम्मे को एक निकाह पढ़वाता है और हमारी-तुम्हारी सिन की लड़कियों से।

—अरे दैया!—मैं सन्नाटे में आकर बोली—यह तुम क्या कहती हो?

--बिलकुल सच कहती हूँ!—सहेली ने कहा—चाहे जिससे पूछ लो।

—नहीं, तुम मुझसे मज़ाक कर रही हो,—मैंने सिर हिलाते हुए कहा—ऐसा कैसे हो सकता है? हर जुम्मे को एक निकाह...

—ऐसा नहीं हो सकता है, तो तुम किसी दिन आज़माकर देखो!—सहेली बोली—तुम पर उसकी निगाह पड़ी नहीं कि तुम्हें यों लेकर उड़ा देगा!—कहकर सहेली ने चुटकी बजायी और आगे कहा—तुम्हारी-जैसी कमसिन और हसीन लड़कियों को तो उसकी निगाहें ढूँढ़ती-फिरती हैं! मैं सच कहती हूँ, मज़ाक क्यों करूँगी? इसीलिए तो हम पर सवारी न देखने की पाबन्दी लग गयी है।

सुनकर मेरा तो दिमाग़ ही चकरा गया। मैं सहेली का मुँह ताकने लगी, तो वह बोली—इस तरह मेरा मुँह क्या देख रही हो, मैं बिलकुल सच कह रही हूँ! यह बात तो सबको मालूम है। एक ही ऐयाश है यह नवाब। हमेशा लड़कियों के फ़िराक़ में रहता है। जहाँ कहीं कोई इसे भा जाती है कि उसे तुरन्त पकड़ मँगवाता है और...

सहेली की बात पर विश्वास न करने की अब कोई वजह नहीं थी, फिर भी मुझे विश्वास न हो रहा था। मैंने पूछा—लोग उसकी यह हरकत बरदाश्त कैसे कर लेते हैं?

—किसकी शामत आयी है कि कोई उसके सामने अपना सिर उठाये?—सहेली बोली—क़तल न करवा देगा! वह नवाब है और हम उसकी रियाया हैं। हम पर और हमारी हर चीज़ पर उसका हक़ है। उसकी हुक्म—उदूली करने का मतलब है अपना गला कटाना। उसकी बदमाशियों के कितने ही क़िस्से मशहूर हैं। बाबा, मुझे तो उसके नाम से डर लगता है। उसकी सवारी आती है तो कमरे के अन्दर रहते हुए भी मेरे रोंगटे खड़े हो जाते हैं।

सहेली की बात सुनकर मैं सिहर उठी। मुझे ताज्जुब हुआ कि जब ऐसी बात है तो अब तक मेरी माँ मुझे सवारी क्यों देखने दे रही थी? कहीं पिछले जुम्मे को ही, जब मैं सवारी देख रही थी, उसकी नज़र मुझ पर पड़ जाती तो मेरा क्या होता?

—हाँ, बहन,—सहेली बोली—क्या ठिकाना है, नज़र पड़ने तक ही तो बात महदूद नहीं है, जाने उसके कितने कुटने और कुटनियाँ शहर में घूमते-फिरते रहते हैं और लड़कियों को देखकर उनकी ख़बरें नवाब तक पहुँचाया करते हैं। हसीन लड़कियों के गले पर हमेशा हर जगह तलवारें लटकी रहती हैं। बेचारी कब-कब, कहाँ-कहाँ छिपती फिरें? उनके लिए कहीं आना-जाना, चलना-फिरना भी दुश्वार है।

—वह मरदुआ इतनी लड़कियों के साथ करता क्या है?—नासमझ की तरह मैंने पूछा।

—क्या करता है और क्या कराता है, इसकी भी हज़ारों तरह की कहानियाँ मशहूर हैं,—सहेली बोली—उसका हरम क्या है लड़कियों के लिए दोज़ख है। वहाँ बेहुरमती चौबीसों घण्टे नाचती रहती हैं और वह शैतान उसी में नाक तक डूबा रहता है। अब मैं क्या-क्या बताऊँ तुम्हें? मुझे बड़ी शर्म आती है।

—इतनी-सारी लड़कियाँ वहाँ हैं,—मैंने कहा—क्यों नहीं उनमें से कोई कभी उस मरदूद का गला टीप देती?

—लो, यह सुनो!—सहेली बोली—बच्ची! तू नहीं जानती कि नवाब की कितनी ताक़त है, कितनी शान और कितना रोब-दाब है। उसके सामने हर—कोई थर-थर काँपता है। किसकी हिम्मत है जो उसका एक बाल भी छू सके?

—तुम्हें इतना सब मालूम था तो तुमने पहले मुझे क्यों नहीं बताया?—मैंने पूछा—मैं तो कल शाम से ही परेशान थी।

—मुझे भी तो हाल ही में यह-सब धीरे-धीरे मालूम हुआ है।...

—तो भी तुम्हें बताना तो चाहिए था?

—मैं क्या बताती और तू क्या समझती?—सहेली बोली—जान समझकर ही हम क्या कर सकती हैं? इससे तो न जानना और न समझना ही बेहतर है, उस हालत में कम-से-कम हरदम हमारी जान तो नहीं सूखी रहती। तू न पूछती तो मैं तो आज भी तुम्हें यह-सब न बताती। अब तो रात-दिन यही मनाती हूँ कि जल्दी हमारी शादी हो जाये और हम अपने-अपने घर चली जायें, इस दोज़खी शहर से तो छुटकारा मिले!

—इस नवाब की अमलदारी इसी शहर में है क्या?—मैंने पूछा।

—नहीं, वह तो दूर-दूर तक है,—सहेली बोली—ख़ासा बड़ा स्टेट है यह। लेकिन इस शहर में रहने का मतलब तो हरदम उसकी ज़द में रहना है। दूर तो नज़र गाहे-बेगाहे जाती है न। फिर यह भी सुना है कि शादीशुदा लड़कियों में यह ज़्यादा दिलचस्पी भी नहीं लेता है। बहन, इस शहर के तो चलन ही निराले हैं। सुना है इस शहर का कोई आदमी ब्याहकर अपनी दुलहिन लाता है तो उसे अपने घर में उतारने के पहले नवाब के महल में उतारना पड़ता है। दुलहिन अपनी पहली रात नवाब के हरम में बिताती है, फिर वह अपनी ससुराल के घर में क़दम रखती है। कभी-कभी

तो कोई-कोई दुलहिन हमेशा के लिए हरम की ही बनकर रह जाती है, बेचारी अपनी ससुराल का मुँह भी नहीं देख पाती है। हद है न?

—हद तो है ही, बहन,—मैंने कहा—लेकिन यह-सब कैसे होता है, मेरी समझ में नहीं आता है और न मैं इस—सबका क़यास ही लगा सकती हूँ।

—समझने की अब न उम्र हुई है तेरी,—सहेली बोली—पहले मेरी समझ में भी यह-सब न आ रहा था। लेकिन जब मेरी उम्र हुई और जब अपनी ही आँखों से कुछ देखा और अपने ही कानों से कुछ सुना तो सब समझ में आ गया। इसी तरह तेरी समझ में भी सब आ जायेगा। और क्या अजब है कि यह-सब तेरे या मेरे सिर पर ही एक दिन आ पड़े।

—भगवान् न करे कि वह दिन देखने को मिले!—मैंने कहा—यह कैसी बात तू अपने मुँह से निकालती है?

—कितना अच्छा होता कि हम हसीन न होतीं!

—लो, अब यह भी क्या हमारे-तुम्हारे हाथ में था?

—बहन, दरअसल अभी तुम मामले की संजीदगी को अच्छी तरह समझ नहीं रही हो, इसीलिए ऐसी बातें कर रही हो।—सहेली बोली—इस शहर में हसीन होना और क़हर अपने सिर पर बुलाना दोनों बराबर हैं। ख़ैर, तुम मेरी बात मानो और ख़ूब सँभलकर रहो। दिन में बाहर निकलना या कहीं भी आना-जाना बन्द कर दो। रात को निकलो भी तो घूँघट डालकर। घर में कोई आये-जाये तो भागकर उसके पास न जाया करो। और सबसे ज़रूरी तो यह है कि इस सूरत को सँवारकर नहीं, हमेशा बिगाड़कर ही रखा करो। मुझे देख रही हो न!

—तू तो इस हालत में भी...

—हट!—कहकर सहेली ने मेरे गाल पर एक चपत जड़ दी।

मैंने पूछा—तुम्हें किसने ये-सब बातें सिखायी हैं?

—मेरी माँ ने,—सहेली ने बताया।

—लेकिन मेरी माँ तो...

—वह भी सिखायेंगी, अब तो तू सीखने लायक़ हुई है!

—और न सिखाये तो?

—तो तू जान और वह जानें!—सहेली बोली—मुझे डर है कि कहीं तेरा यह अल्हड़पन ही तुझे न ले डूबे। भाई, मेरा जो फ़र्ज़ था, मैंने पूरा कर दिया, अब तू जान और तेरा काम जाने।

इतने में सहेली की माँ कमरे में आकर उससे बोलीं—यह आयी नहीं कि तू बतकूचन में रम गयी! तुझसे यह भी न हुआ कि यह सुबह-सुबह आयी है, इसे कुछ नाश्ता कराती!

—हाँ, भाई,—कहती हुई सहेली उठी—मुझे माफ़ करना, मैं नाश्ता लाती हूँ!

मैंने उसका हाथ पकड़कर कहा—नहीं, अब इस वक़्त रहने दो, मैं चलूँगी। माँ से कहकर आयी थी कि बस दो मिनट में होकर आती हूँ।

—नहीं, यह कैसे हो सकता है?—सहेली बोली—अब तू अँधेरा हो जाये तब जाना। मैं तुम्हारे यहाँ किसी से कहलवा देती हूँ। दिन में तुम्हारा बाहर निकलना ख़तरे से ख़ाली नहीं है।

—लो, तुम तो अभी से...

मेरी बात काटकर सहेली की माँ बोलीं—पुष्पा ठीक कहती है, बेटी, तुम्हें दिन में घर से बाहर नहीं निकलना चाहिए। अभी से तुम पर निगाह नहीं टिकती। मैं तो तुम्हारी माँ की अक़्ल पर दंग हूँ कि वह तुम्हें क्योंकर सवारी देखने और बाहर निकलने देती हैं? मैंने तो कल ही उन्हें ताक़ीद की थी।

—अम्माँ,—सहेली बोली—यह तो मेरी बात पर विश्वास ही नहीं करती। हम वही बातें कर रही थीं। कल इसकी माँ ने इसे सवारी देखने से मना कर दिया था और इसकी समझ में ही न आ रहा था कि ऐसा क्यों हुआ?

—नहीं, बेटी, जान-बूझकर अपने को ख़तरे में नहीं डालना चाहिए,—सहेली की माँ बोलीं—यों ख़तरा हर घड़ी और हर जगह है, लेकिन यह जान-समझकर भी अपने को भरसक बचाने की बराबर कोशिश करनी ही चाहिए।

—इस तरह कैसे कोई रह सकता है, चाची जी?—मैंने कहा—और फिर मेरी समझ में तो यही नहीं आता है कि बिना किसी की मर्ज़ी के नवाब कैसे...

—यहाँ किसी की नहीं, सिर्फ़ नवाब की मर्ज़ी चलती है, बेटी,—सहेली की माँ बोलीं—इसमें समझने-सोचने की कोई बात ही नहीं है। यह उसी तरह तय है, जैसे हमारी मौत एक दिन तय है। हम ग़ुलाम हैं और ग़ुलामों की अपनी कोई मर्ज़ी नहीं होती है। तू अभी अबोध है, तुझे कुछ मालूम नहीं है। लेकिन हमारी तो ज़िन्दगी ही यह-सब ज़ुल्म देखते हुए बीत गयी।—फिर वह पुष्पा से बोलीं—जा, बेटी, तू इसके लिए नाश्ता ला, हम इसे इस वक़्त नहीं जाने देंगे।

सहेली चली गयी, तो उसकी माँ बोलीं—बेटी, तू बड़ी हसीन है, इसलिए तुझे लेकर हमें बड़ा डर लगता है। मैंने तो तेरी माँ को ख़ूब डाँटा था। लेकिन वे बेचारें लोग आजकल बहुत परेशान हैं। एक छोटी-सी दुकान है और छह-छह प्राणी खानेवाले हैं। तीन-तीन लड़के जवान पड़े हुए हैं, न उन्हें कोई काम मिलता है और न उनकी शादी होती है। ऊपर से तेरा बोझ भी उनके सिर पर रोज़-रोज़ बढ़ता जा रहा है। ऐसे में किसका होश ठिकाने पर रहेगा? तेरी माँ यह-सब कह रही थीं। ऐसी परेशानी में तेरी ओर उनका ख़याल नहीं गया, वर्ना उन्होंने बहुत पहले ही तेरा सवारी देखना और बाहर निकलना बन्द कर दिया होता और तुझे सब-कुछ समझा-बुझा

भी दिया होता। ख़ैर, जो वक़्त बीत गया, समझो, अच्छा ही बीत गया। लेकिन अब आगे तुझे ख़ुद ही होशियार रहना चाहिए। कहकर मेरे सिर पर हाथ फेरकर वह चली गयीं तो मैं बेहद उदास हो गयी।

हमारे घर का यह हालत है, मुझे मालूम नहीं था। सदर बाज़ार के एक कोने में हमारी एक छोटी-सी किराने की दुकान थी। सुबह होते ही पिता जी और मेरे तीनों भाई दुकान पर चले जाते थे। घर में माँ और मैं रह जाती थीं। हम दोनों मिलकर घर का सारा काम करती थीं। बाहर से कोई चीज़ लानी होती तो माँ मुझे ही भेजती थी। पिता जी और भाइयों के लिए दोपहर को मैं ही दुकान पर रोटी ले जाती थी। रात को वे लोग बड़ी देर से दुकान से वापस आते थे। वे लोग रोटी खाकर सोने चले जाते थे तो माँ और मैं रोटी खाती थीं और सो जाती थीं। मेरे देखने में तो सब ठीक-ठीक ही चल रहा था। हमारे पास ज़्यादा सामान या कपड़े न थे, लेकिन इससे क्या होता है? मेरी जान में तो हमें कोई तकलीफ़ नहीं थी।

लेकिन आज चाची जी ने जो हमारे घर की परेशानी की बात बतायी, तो जैसे मेरे चौदहों तबक़ रोशन हो गये। मुझे एक-एक कर कई बातें याद आयीं। सबसे पहले तो यही बात याद आयी कि मेरे बचपन में जब पिता जी रात को दूकान से लौटते थे तो माँ को सबसे पहले वह एक भरी हुई थैली देते थे। माँ कमरे में आकर, चिराग़ की लौ तेज़ करके वह थैली फ़र्श पर उलट देती थी। झन्न-झन्न करके दीनार बज उठते थे। तब माँ उन्हें गिन-गिनकर, उनकी गड्डियाँ लगा-लगाकर क़तार में रखती थी। मैं माँ के पास खड़ी होकर देखती रहती थी। माँ सब गिनकर उन्हें अपने आँचल में उठाती थी और आलमारी खोलकर उसमें रख देती थी। दूसरे दिन सुबह जब पिता जी दूकान जाने लगते थे तो माँ ख़ाली थैली में पाँच दीनार डालकर उसे उनके हाथ में देती थी। अब मुझे याद आया कि इधर बहुत दिनों से ऐसा नहीं हो रहा है। पिता जी दूकान से लौटकर माँ को कोई थैली नहीं देते हैं।

तभी एक हाथ में तश्तरी और दूसरे हाथ में पानी का गिलास लिये हुए सहेली आ गयी। मेरे हाथ में तश्तरी थमाती हुई वह बोली—इसे पकड़, मैं तिपाई खींचूँ।

अनमने हाथ से मैंने तश्तरी ले ली। सहेली तिपाई मेरे सामने करके, उस पर पानी का गिलास रखकर मेरे पास बैठती हुई बोली—आ, खा।

—मन नहीं करता,—मैं बोली।

हँसकर सहेली बोली—लो, पहले तो मेरी बात ही तुम्हारी समझ में न आती थी और अब तुम्हें इतनी चिन्ता हो गयी कि खाना-पीना छोड़ने पर तुल गयी!

—नहीं,—मुँह लटकाकर मैं बोली—जो बात समझ में नहीं आती, उसकी कोई चिन्ता किसी को किस तरह होगी? मैं तो कुछ और सोचने लगी थी।

सहेली ने ठुड्डी में हाथ डालकर कहा—इसी बीच और कौन-सी बात तुम्हारे दिमाग़ में आ गयी?

मेरी आँखों में आँसू आ गये। देखकर सहेली घबराकर बोली—यह क्या? तेरी आँखों में आँसू क्यों आ रहे हैं?

उँगलियों से आँखें पोंछकर मैंने कहा—कुछ नहीं,—और तश्तरी तिपाई पर रख दी।

सहेली खिसककर, मुझसे सटकर बैठती हुई, मेरी गर्दन में बाँहें डालकर बोली—सच बता, क्या बात है? तेरा किसी से इश्क़ तो नहीं चल रहा है?

मुझे उसकी बात सुनकर ग़ुस्सा आ गया। मैं तो अपने घर के दुखड़े की बात सोच रही थी और इस कमबख़्त को इश्क़ सूझ रहा है! मैं कुछ न बोली और उसकी बाँहें अपनी गर्दन से हटाने लगी, तो उसने और भी ज़ोर से मेरी गर्दन अपनी बाँहों में दबा ली और बोली—ज़रा मुझसे आँखें तो मिला!

—यह क्या बेवकूफ़ों की तरह तू बातें कर रही है?—मैं उसकी बाँहें झिटककर बोली—मैं तो सोच रही थी कि मैं घर न जाऊँगी तो माँ का हाथ कौन बँटायेगा और दुकान पर रोटी कौन ले जायेगा?

—झूठ!—सहेली बोली—तू मुझे बहला रही है। यह सोचने से किसी की आँखों में आँसू क्यों आयेंगे? और फिर तेरे तीन-तीन मुस्टण्डे भाई हैं, वे किस मर्ज़ की दवा हैं? क्या वे दुकान पर रोटी भी नहीं ले जा सकते?

मैंने सोचा, चलो, बात टल गयी। कहा—वे नहीं ले जाते हैं।

—नहीं ले जाते हैं, तो न ले जायें,—सहेली बोली—लेकिन अब तेरी माँ तुझे दूकान पर नहीं भेजेंगी, यह तू समझ ले। दूकान के रास्ते में अगर कोई तेरा चहेता बैठा हुआ तेरा इन्तज़ार कर रहा हो तो यह बात दूसरी है।

—मेरा कोई चहेता क्यों होने लगा? हाँ, तेरा कोई चहेता ज़रूर होगा!—मुझे कहने को कोई और बात न सूझी तो मैं यही कह बैठी।

—हाँ, री!—सहेली हाथ चमकाकर बोली—मैं ही किसी की याद को लेकर बुलके चुआ रही हूँ न! तू सच नहीं बतायेगी, क्या बात है? सहेली से भी बात छिपायेगी?

—कुछ नहीं है,—मैं बोली यों ही आँसू आ गये।

—यों ही आँखों में आँसू आ जाने और यों ही होंठों पर मुस्कान आ जाने का मतलब तू समझती है?—सहेली बोली—फिर तो कोई मामला ज़रूर है!

—कोई मामला नहीं तेरा सिर है?—मैं चिढ़कर बोली।

—इस तरह चिढ़-चिढ़कर बातें करने का मतलब शायद तुझे न मालूम हो! —सहेली बोली—ख़ैर, तू बताना नहीं चाहती है, तो मैं ज़ोर क्यों दूँ? ले, यह मिठाई खा।—और उसने तश्तरी उठाकर मेरे हाथ में थमा दी।

यह बात ख़त्म करने की ग़रज़ से मैंने तश्तरी ले ली और उसमें से एक लड्डू उठाकर मुँह में डाल लिया। पानी उठाने लगी तो सहेली बोली—एक और ले।

—नहीं, तेरी बात रह गयी न,—मैंने कहा—सचमुच जी नहीं करता है।

—वही तो मैं जानना चाहती थी कि तेरा जी क्यों नहीं करता है?—सहेली बोली और अपने हाथ से एक लड्डू उठाकर, पूरा-का-पूरा मेरे मुँह में ठूँस दिया।

मैंने खाकर पानी पिया ही था कि माँ की पुकार सुनायी दी—आशा!

सुनकर मैं सहेली से बोली—लो, माँ आ गयी! मैं कहती थी न कि...

—आ गयीं तो क्या हुआ?—सहेली बोली—हम तुझे नहीं जाने देंगी। मैं जाकर उनसे कह देती हूँ।—और वह कमरे से बाहर निकलती हुई चिल्लायी—चाची जी, आशा मेरे पास है!

—यह वक़्त बैठकर बात करने का है?—माँ की आवाज़ सुनायी दी—यह दो मिनट के लिए कहकर तेरे पास आयी थी और...

—हमीं ने इसे रोक लिया था,—सहेली की माँ की आवाज़ आयी—इधर आओ तुम। तुम तो आँखें रहते हुए भी अन्धी की तरह काम करती हो, बहन!

और फिर कोई आवाज़ नहीं आयी। शायद वे लोग अन्दर के किसी कमरे में चले गये। मैंने दरवाज़े पर आकर झाँका, लेकिन आँगन में कोई दिखायी न दिया।

थोड़ी देर में सहेली ने आकर कहा—तुम आराम से बैठो, अम्माँ उन्हें सब समझा देंगी।

मैं सिटपिटायी हुई-सी बैठी रही। सहेली ने भी कोई बात नहीं छेड़ी।

थोड़ी देर में कमरे के सामने आकर माँ बोली—आ, आशा, घर चलें।

मैं उठने लगी तो मुझे रोककर सहेली बोली—चाची जी...

—ठीक है, भाई, ठीक है,—मेरी माँ बोली—हम ख़याल रखेंगे। आ, आशा, चलें। रसोई का पूरा काम अभी पड़ा हुआ है।

सहेली की माँ बोलीं—जाने दे, पुष्पा। मैं इनसे सब कह चुकी हूँ। यह नहीं मानतीं, तो हम क्या कर सकते हैं?

—मानती क्यों नहीं हूँ?—मेरी माँ बोली—लेकिन मैं क्या करूँ तुम्हीं बताओ? तुमसे तो कुछ छिपा नहीं है। दो-चार दिन में मैं कोई इन्तज़ाम कर लूँगी। और अभी मेरी बच्ची कोई उतनी बड़ी भी नहीं हुई है। ख़ैर, मैं ख़याल रखूँगी, बहन! यह मेरी बेटी है, इसकी चिन्ता मुझे नहीं है क्या?

माँ के साथ मैं घर आ गयी। लेकिन उस ज़रा-से रास्ते पर भी चलते हुए आज मुझे बड़ा अटपटा लग रहा था। मेरे पाँव ठीक तरह से नहीं पड़ रहे थे। माँ रास्ते-भर जाने क्या बड़बड़ाती रही। मेरे कानों में उसकी भनक पड़ रही थी, लेकिन समझ में कुछ न आ रहा था।

घर में घुसते ही मुझे ऐसा लगा कि जैसे हमारा घर इसी बीच बदल गया है। कैसा टूटा-फूटा-सा यह घर था! दरवाज़े पर पड़ी चिक की कितनी ही तीलियाँ निकल गयी थीं और कितनी ही टूटी पड़ी हुई थीं। दरवाज़े के पल्लों के निचले हिस्से सड़कर झर गये थे। दालान में दीवारों के नीचे का बहुत—सारा हिस्सा नोनी खा गयी थी। फ़र्श की पलस्तर कई जगहों पर उखड़ गयी थी। आँगन के फ़र्श और दीवारों का भी यही हाल था।...

रसोई—घर के सामने पहुँचकर गगरे से पानी लोटे में ढालकर हाथ-पाँव धोती हुई माँ मुझसे बोली—गगरे में पानी नहीं है, कुएँ से एक गगरा पानी पहले ले आ।

मैंने माँ के मुँह की ओर देखा, लेकिन माँ ने मुझसे आँखें नहीं मिलायीं। मैं झुककर गगरा उठाने लगी तो वह बोली—देख, कण्डाल में पानी हो तो उसी से निकाल ले तब तक।

पीतल का बड़ा कण्डाल पास ही पक्के चबूतरे पर रखा हुआ था। चबूतरे की पलस्तर भी झड़ गयी थी और उस पर काई जम गयी थी। कण्डाल का मुँह कई जगहों से टूट गया था और उसकी पेंदी में कई छेद हो गये थे। उन छेदों को माँ या मैं दो-दो, तीन-तीन दिनों में एक बार कपड़े की बत्ती से बन्द करती थीं। मुझे याद आया, पहले दूकान पर एक नौकर रहता था। वही सुबह-शाम इस कण्डाल में पानी भरता था। इस कण्डाल में इतना पानी आता था कि हमारा नहाना-धोना, कपड़ा पछाड़ना और रसोई का पूरा काम उसी पानी से चल जाता था। लेकिन अब यह कण्डाल कितने ही दिनों से कभी भी पूरा नहीं भरता है। अब कोई नौकर हमारे यहाँ नहीं है। सुबह दुकान जाने से पहले माँ इस कण्डाल में थोड़ा पानी भरने के लिए भाई लोगों से कहती है तो वे लोग बात नहीं सुनते हैं। पिता जी गगरा उठाने लगते हैं तो माँ उन्हें रोक देती है। कहती है—रहने दें, काम चल जायेगा।—फिर मैं ही पानी गगरे-गगरे ज़रूरत पड़ने पर लाती हूँ या कभी-कभी रात को, सोता पड़ने पर माँ ख़ुद कई गगरे पानी लाकर कण्डाल में भर देती है। छेदों की बत्ती से होकर बूँद-बूँद पानी टपकता रहता है। उसी को देखकर मैं समझ जाती हूँ कि कण्डाल के पेंदे में पानी है।

मैंने सूखी बत्तियों को देखकर कहा—माँ, इसमें तो पानी नहीं मालूम देता है।

रसोई से माँ बोली—हाँ, उसमें पानी कहाँ होगा? रात तो पानी भरने की सुधि ही नहीं रही थी। अच्छा, तू एक गगरा लेती आ।

मैं गगरा उठाकर बाहर निकली। मैं सिर झुकाकर चल रही थी, लेकिन मुझे लग रहा था कि कोई घूर-घूरकर मुझे देख रहा है। कुएँ पर लोगों की भीड़ थी। और दिनों की तरह सीधे जगत पर चढ़ जाने की मेरी हिम्मत आज नहीं हुई। मैं गगरा-डोर हाथों में लटकाये नीचे ही सिर झुकाये हुए थोड़ी देर तक खड़ी रही। कई लोग पानी लेकर चले गये। कई लोग मेरे बाद भी आकर पानी निकालने लगे। लेकिन मैं वहीं खड़ी रही यह सोचती हुई कि जगत ख़ाली हो जाये तो अकेले में मैं जगत पर चढ़ूँ और

पानी निकालूँ। लेकिन फिर अचानक मुझे ख़याल आया कि मेरा देर तक इस तरह खड़ी रहना भी तो ख़तरे से ख़ाली नहीं है। न जाने किसकी-किसकी नज़र मुझ पर पड़ रही होगी और इस तरह मेरे खड़ी होने पर तो लोगों की नज़र और भी पड़ेगी। यह सोचकर मैं जगत पर चढ़ गयी और गड़ारी ख़ाली होने का इन्तज़ार करने लगी। और भी कई लोग मेरी ही तरह वहाँ गड़ारी ख़ाली होने का खड़े-खड़े इन्तज़ार कर रहे थे।

मेरे पास की गड़ारी ख़ाली हुई और पड़ोस का नरेन्द्र उस पर अपनी डोर चढ़ाने लगा तो पास में खड़े हुए बनवारी चाचा बोले—भाई, आशा को पहले पानी निकाल लेने दो। जाने कब से खड़ी है यह। तीन-तीन इसके जवान भाई हैं, कमबख़्त सयानी लड़की को कुएँ पर पानी भरने को भेजते हैं। न इन्हें कोई डर है, न शर्म है। सब-कुछ जान-समझकर ये लोग ऐसा क्यों करते हैं, मेरी तो समझ में नहीं आता कुछ।

मैं तो पानी-पानी हो गयी। नज़र मेरी झुकी हुई थी, लेकिन मुझे लग रहा था कि वहाँ खड़े हुए सब लोगों की निगाहें बर्छियों की तरह मेरे अंगों को छेद रही हैं। मैंने यह भी नहीं देखा कि नरेन्द्र ने अपनी डोर हटा ली है। बनवारी चाचा ने ही कहा—ला, मैं पानी निकाल दूँ।

सकुच-सिमटकर, आँखें झुकाये ही मैं बझे गले से बोली—निकाल लेती हूँ।

पानी निकालते हुए मुझे लगा कि मुझसे आज डोर खींचना बन नहीं रहा है। किसी तरह पानी निकालकर, जैसे-तैसे उलझी हुई डोर उठाकर मैं गगरा लटकाये नीचे उतरी। चलते हुए एक खीझ मेरे मन में उभरी कि क्या सब लोग आज ही के दिन को तक रहे थे कि यह दिन आये और लोग मुझे डराकर, शरमाकर और नंगा करके रख दें! मुझे रोना आ गया।

आँगन में पानी रखकर मैं खड़ी हुई तो रसोई से बाहर निकलकर माँ बोली—हाथ-पाँव धोकर रसोई में जा। सब्ज़ी मैंने छौंक दी है, देखना लगे नहीं।

मैं उसकी ओर से अपना मुँह छिपाकर हाथ-पाँव धोने लगी।

माँ दरवाज़े की ओर जाती हुई बोली—उन्होंने दूकान से आटा भेजने को कहा था, देखूँ कोई लेकर आ रहा है।

मुझे याद आया, पहले तो रसोई में टबों और टीनों में आटा, चावल, घी, तेल और कई तरह की दालें भरी रहती थीं। अब तो सारे बर्तन खाली-खाली-से पड़े रहते हैं। मुझे ताज़्जुब हो रहा था कि आज तक मेरा ध्यान इन बातों की ओर क्यों नहीं गया? माँ ने भी आज तक मुझे कुछ क्यों नहीं बताया?

चूल्हे के पास बैठकर मैं सिर झुकाये सब्ज़ी चला रही थी और मन-ही-मन मुझे ऐसा लग रहा था कि चक्की के दो पाटों के बीच मैं पिसी जा रही हूँ। इनसे मैं बचकर निकल नहीं सकती।

माँ दरवाज़े पर आकर बोली—अभी तो कोई दिखायी नहीं दे रहा है। तू सब्ज़ी उतार, तब तक मैं ज़रा उनकी धोती सी दूँ, कई दिन से कह रहे हैं। फिर न होगा, पड़ोस से किसी के यहाँ से इस वक़्त के लिए आटा माँग लाऊँगी।—कहकर वह कमरे में चली गयी।

अब कुछ याद करना बेकार था, अब कुछ सोचना बेकार था। यह आज ही कोई अजूबा न हो रहा था। ऐसा तो इधर अकसर ही हुआ करता था। मैं ही थी कि न कुछ देख रही थी, न कुछ समझ रही थी। नवाबवाली बात ज़रूर बिलकुल नयी थी। उससे मुझे एक लामालूम—सा डर भी ज़रूर लग रहा था, लेकिन वह बात पूरी-पूरी अभी मेरी समझ में न आ रही थी। मैं हसीन हूँ, यह बात तो जो भी मुझे देखता था, कहता था। लेकिन मैंने ख़ुद आज तक इस बात पर कभी कोई ग़ौर नहीं किया था। ज़्यादा हसीन होने और कम हसीन होने में क्या फ़र्क़ है, यह भी मैं न समझती थी। दरअसल हुस्न का कोई एहसास तब तक मुझे था ही नहीं। दूकान जाते समय रास्ते में ज़रूर लड़के मेरी ओर ताकते थे, लेकिन उनकी नज़रों पर मैं कभी कोई ध्यान न देती थी। नज़रों की मुझे कोई पहचान थी ही नहीं। अब याद आ रहा था कि इधर कई लड़के रास्ते में मुझे रोज़ ही मिलते थे और मुझे घूर-घूरकर देखते थे। वे मुझे इतनी बार रास्ते में मिले थे कि मैं उन्हें देखते ही पहचान सकती थी। मैं यह भी बता सकती थी कि कौन लड़का मुझे सड़क पर कहाँ मिलेगा। सहेली की बात में, अब मुझे लगा, ज़रूर कोई सचाई होगी। हो सकता है, वे लड़के मेरे इन्तज़ार में सड़क के किनारे खड़े रहते हों, वर्ना रोज़ ही वे एक ही जगह पर खड़े हुए मुझे क्यों दिखायी देते? यह-सब सोचकर मैं मन-ही-मन सहम उठी।

और वह मुआ नवाब! सहेली क्या-क्या कह रही थी उसके बारे में? क्या उन लड़कों में, जो सड़क पर मेरी राह ताका करते हैं, कोई नवाब का भेजा हुआ भी हो सकता है? यह सोचकर तो मेरी रूह ही फ़ना हो गयी। क्या ये लोग मेरे सयानी होने की ही आज तक राह तक रहे थे? और वह घड़ी क्या आज अचानक ही आ गयी, जब मुझे कोई पकड़ लेगा और...

—अरी, तू बैठी-बैठी यहाँ क्या कर रही है?—माँ की करख़्त आवाज़ मेरे कानों में पड़ी तो मैं चौंक उठी। वह कह रही थी—सब्ज़ी लग रही है न, कमरे से गन्ध पाकर मैं आ रही हूँ।

मैंने झट से कड़ाही उतारी। मेरे हाथ जल गये। मुझे यह भी होश न था कि कड़ाही के कान गरम होंगे, कपड़े से पकड़कर उतारूँ। लेकिन मैंने उफ़ तक न की और अपराधी की तरह माँ की ओर देखने लगी।

वह एक हाथ में सुई और दूसरे हाथ में पिता जी की पुरानी धोती सँभाले हुए दरवाज़े पर खड़ी थी। डाँटकर वह बोली—देख, बची भी है कि जल गयी? मैं तो आटे को ही झख रही थी, इधर तूने...

सब्ज़ी चलाकर मैंने सहमी आवाज़ में कहा—ज़रा-सी पेंदी में लग गयी है, माँ। मुझे माफ़ कर दो! मुझे ख़्याल ही नहीं रहा।

—आज तुझे क्या हुआ है?—माँ बोली—सुबह-ही-सुबह सहेली के यहाँ गयी तो वहाँ से हटने का नाम नहीं ले रही थी। चूल्हे के पास बैठी तो सब्ज़ी जलाकर रख दी!...चल, जल्दी सब्ज़ी किसी बर्तन में पलट दे।

मैं सब्ज़ी पलटने लगी। माँ चली गयी। माँ मुझे पहले भी कभी-कभी डाँटती थी, लेकिन आज उसकी डाँट मुझे कुछ और ही तरह की लगी। मुझे ऐसा लगा कि आज उसने मेरी ग़लती के लिए ही नहीं डाँटा है, बल्कि वह कुछ और बातों की वजह से भी खिझी हुई है। घर में आटा नहीं है, वह पिता जी की फटी हुई धोती सी रही है, ऊपर से शायद उसे आज मेरी चिन्ता भी ज़रूर सता रही होगी। सहेली की माँ ने जाने कल उससे क्या-क्या कहा था और आज जाने क्या-क्या कहा। और मुझे सहेली की माँ पर ही ग़ुस्सा आने लगा। उसने इस तरह की बातें माँ से न कहीं होतीं, तो आज ही हमारे घर में सब-कुछ इस तरह बदला तो नहीं दिखायी देता। चलता जैसे पहले चलता था। कुछ होता तो देखा जाता। नवाब मुझे ले ही जाता न!

मैंने अपनी जीभ दाँतों से काट ली। ग़ुस्से में मैं यह क्या बक गयी थी? जैसे नवाब का मुझे ले जाना कोई बात ही न हो। अगर ऐसी बात होती तो लोगों की जान चिन्ता में क्यों निकलती? सहेली और सहेली की माँ उस तरह की बातें क्यों करतीं? कुएँ पर बनवारी चाचा उस तरह की बात क्यों कहते? माँ इस तरह क्यों खिझती? राम-राम! यह मेरे मुँह से क्या निकल गया? भगवान् न करे कि वह दिन आये!

माँ अन्दर आयी और आँचल से परात में आटा उझिलकर चूल्हे के सामने ख़ुद बैठकर बोली—तू आटा गूँथ ले, मैं चूल्हे पर तवा चढ़ाती हूँ।...आने दे आज रात को उन लोगों को दुकान से! पूछूँगी न कि घर की चिन्ता करना क्या हमीं लोगों का काम है? घर में सामान न होगा तो क्या हम लोग अपना हाथ-पाँव पकाकर उन्हें पेट में डालने को भेजेंगी? इन लौंडों से तो अब नाक में दम आ गया है। तीनों-के-तीनों बिलल्ले हो गये हैं। दिन-भर जाने कहाँ-कहाँ की खाक़ छानते फिरते हैं। न दुकान पर एक छन को बैठते हैं और न घर पर। खाने का वक़्त होगा तो जुम जायेंगें। यह नहीं सोचेंगे कि यह खाना आता कहाँ से है? वह भी दिन का खाना खायेंगे दुकान पर। घर खाने क्यों आयें? माँ कोई काम करने को कह देगी न! एक-एक परोसे के हो गये, लेकिन ज़रा भी इन्हें शर्म नहीं आती। माँ पानी भरेगी, बहन इतनी बड़ी हो गयी, वह पानी भरेगी, दुकान पर इनके लिए रोटी ले जायेगी, लेकिन कमबख़्तों के हाथ एक गगरा पानी लाने में टूट जायेंगे। वह बूढ़े हुए, रात-दिन खटते रहते हैं और ये बन्दे बेहयों की तरह आँख-कान मूँदकर लोफ़री करते रहेंगे। कहाँ तो कुछ पैसे कमाकर घर पर लाते और कहाँ दुकान से पैसे चुरा-चुराकर सिनेमा देखते फिरते हैं। आने दो उन्हें, आज इधर-उधर कुछ करके ही रहूँगी! बहुत देखा, बहुत सहा,

अब नहीं देखा-सहा जाता! इस तरह गाड़ी आख़िर कब तक चलेगी? जायें जहाँ उन्हें जाना हो और कमा-धमाकर खायें-पियें। हम उनके बिना ही भले!...ये अच्छे होते तो यह दिन आज क्यों देखना पड़ता, लोगों की ऐसी-ऐसी बातें क्यों सुनने को मिलतीं? हमें क्या अपनी इ़ज़्ज़त प्यारी नहीं है? हम क्या अपनी लड़की को घूरे पर से उठाकर लाये हैं? लेकिन वक़्त है कि सब-कुछ सुनना और सहना पड़ता है। जिन लोगों को आबदस्त लेने की भी तमीज़ नहीं है, अब वे लोग भी हमें उपदेश देंगे। नहीं तो कभी वह भी वक़्त था, ए फ़लाना, ज़रा इस बात में राय दो! ए फ़लानी, ज़रा यह बताओ! लोग हमेशा मुँह जोहा करते थे...

—माँ, मैंने लोइयाँ बना ली हैं,—मैंने परेशान होकर कहा। माँ की एक-एक बात जैसे मेरे कानों में एक-एक अंगार की तरह पड़ रही थी। मुझसे और न सहा जा रहा था।

माँ का चेहरा तमतमा रहा था। उसने उबलती आँखों से मुझे घूरकर देखा तो मैं सहम उठी। लेकिन वह बोली—ले, बना रोटियाँ, तवा तो कब का तैयार है।

माँ एक ओर ज़रा खिसक गयी और मैं रोटियाँ बेलकर तवे पर डालने लगी।

माँ फिर बोली—तू घबरा मत, बेटी! मैं यह घर गिरवी रखकर भी तेरी शादी किसी अच्छी जगह करूँगी। एक ही तो तू मेरी बेटी है। तुझे लेकर मैं किसी को हँसने न दूँगी। लोग क्या समझते हैं हमें! तू जिस साल पैदा हुई थी, उसी साल यह कोठी बनी थी। लोग कहते थे लछिमी बेटी आपके घर आयी है, आते ही आप लोगों के लिए कोठी बनवा दी!

मेरी आँखों में आँसू भर आये।

माँ कहती रही—हम अब भी अपने पर चाहे जो सहते हों, तुझे तो किसी से कम करके नहीं रखते! किससे बुरा तू पहनती-ओढ़ती है? ज़ेवर तो मैं तुझे इस वजह से नहीं पहनाती कि लोगों की नज़र लगेगी। तेरे लिये सब ज़ेवर बनवाकर ईमान की तरह बचाकर रखे हैं!

मेरे आँसू सँभाले न सँभल रहे थे। माँ यह सब आज क्यों कह रही थी? क्या मुझे दिलासा देने के लिए वह यह सब मुझसे कह रही थी? क्या वह यह सोचती थी कि उसके यह-सब कहने से उस-सबका असर मेरे दिल-दिमाग़ से जाता रहेगा जो आज मैंने सुने, देखे और महसूस किये थे?

मैंने आँचल से आँसू पोंछे तो देखकर माँ बोली—तू क्यों रोती है, पगली? जब तक मैं हूँ तुझे कोई तकलीफ़ न होने दूँगी! चल, जाकर मुँह धो, मैं रोटी सेंक लेती हूँ।

—सेंक लेती हूँ, माँ,—भीगे गले से मैंने कहा—तू मेरी चिन्ता मत कर।

—मुझे कोई चिन्ता नहीं है रे,—माँ बोली—ये दिन हमेशा ऐसे ही थोड़े रहेंगे। एक दिन ज़रूर बहुरेंगे, बेटी! तीन-तीन हमारे जवान लड़के हैं। हमेशा ऐसे ही ये नहीं

रहेंगे। अभी चढ़ती जवानी है, कुछ सोचते नहीं हैं। लेकिन एक दिन तो सोचेंगे ही। फिर कुछ करने-धरने लगेंगे तो यह घर पहले की ही तरह भर जायेगा। रोयें वे जिनके यहाँ जाँगर नहीं है। हमारे यहाँ तो छह-छह हाथ तैयार हो गये हैं!

—हमारी दुकान अब अच्छी तरह नहीं चलती है, माँ?—मैंने पूछा।

—नहीं चलती है, बेटी।

—क्यों, माँ, हमारी दुकान अब अच्छी तरह क्यों नहीं चलती है? पहले तो ख़ूब चलती थी। मुझे याद है, बचपन में जब भी मैं दुकान पर जाती थी, वहाँ बड़ी भीड़ लगी रहती थी।

—उसी दुकान की कमायी से तो यह कोठी बनी थी, बेटी!—माँ बोली—हमारी यह दुकान कभी ऐसी चलती थो कि देखकर लोग दाँतों तले अँगुली दबाते थे। तेरे पिता जी को कभी-कभी तो दोपहर को खाने की भी फ़ुरसत न मिलती थी। नौकर की ले गयी रोटी रात को वैसे ही वापस आ जाती थी। बड़ी बरक्कत थी इस दुकान में!

—अब क्या हो गया, माँ?

—क्या बताऊँ कि क्या हो गया, बेटी?—माँ ने एक ठण्डी साँस लेकर कहा—समझ ले, अपने दिन बिगड़ गये। सब दिन बराबर नहीं जाते, बेटी।...तू रोटी सेंककर डिब्बे में रख, तब तक मैं घर में बुहारी दे दूँ। आज तो सभी काम अभी तक पड़े रह गये।—कहकर माँ रसोई से बाहर चली गयी।

मैं हाथ से रोटी सेंक रही थी और मेरे दिमाग़ में जैसे चिन्ताओं की घुड़दौड़ हो रही थी। मेरी समझ में न आता था कि आख़िर इस सबका हश्र क्या होगा।

रोटी सेंककर, डिब्बे में रखकर मैं माँ के पास आयी। आज माँ से मुझे बड़ी हमदर्दी हो रही थी। मुझे लग रहा था कि मेरी माँ अकेली ही सब-कुछ झेल रही है। मैंने झाड़ू की ओर हाथ बढ़ाते हुए कहा—ला, मैं बुहारी कर दूँ।

—नहीं,—माँ बोली—तू हाथ-मुँह धोकर कपड़े बदल ले। रोटी दुकान ले जानी है न।

मेरे जी में आय कि कह दूँ कि आज मैं रोटी दुकान नहीं ले जाऊँगी। लेकिन फिर सोचा कि मेरे ऐसा कहने से माँ और परेशान होगी। फिर यह बात भी दिमाग़ में आयी कि क्या माँ को मेरी चिन्ता नहीं है? फिर भी मैं तुरन्त ही वहाँ से न हटी, तो माँ बोली—आज पहुँचा दे, कल से मैं कोई इन्तज़ाम करूँगी।

हाथ-मुँह धोकर मैं अपने कमरे में पलँग पर जा बैठी। कपड़े बदलने को मन न हो रहा था। सहेली ने कहा था कि बन-सँवरकर नहीं रहना चाहिए। सामने छोटी चौकी पर माँ का बड़ा आईना सिंगार के सामानों के बीच रखा हुआ था। यों ही मेरी निगाहें आईने के सामने की ओर चली गयीं। आईने में मेरे चेहरे का बड़ा अक्स साफ़

दिखायी दिया। इसी आईने के सामने बैठकर मैं भी अपनी चोटी गूँथती थी। जाने कितनी बार मैंने इस आईने में अपना मुँह देखा होगा। लेकिन इस वक़्त उसमें जो मेरा चेहरा दिखायी दे रहा था, उससे जैसे मेरा पहले का कोई परिचय ही न हो। कैसी हैरानी की बात थी कि आज अब तक मैं दिमाग़ से कितनी परेशान हुई थी, लेकिन उसका कोई भी चिह्न मुझे अपने चेहरे पर दिखायी न दिया। यह तो बिलकुल एक पूर्णिमा के चाँद की तरह खिला हुआ चेहरा था। सोने की तरह दमकती हुई पेशानी पर एक-दो परेशान लटें ज़रूर दिखायी दे रही थीं, लेकिन उनसे तो जैसे चेहरे का हुस्न और भी दुबला हो रहा था। काली-काली भौंहों में कमान का बाँकपन था। उनके नीचे सुनहरी सीपों की तरह बड़ी-बड़ी पलकें झुकी हुई थीं, जिनकी आड़ से ऐसी किरणें फूट रही थीं, जैसी कि किसी स्वच्छ झील के पानी पर सुबह के सूरज का अक्स पड़ने पर फूटती हैं। उन पलकों को मैंने ज़रा उठाया, तो मुझे ऐसा लगा कि जैसे उनके उठते ही दो तीर छूटे हों और आकर मेरे कलेजे में बिंध गये हों। मैं तो दिल पर हाथ रखकर हाय करके रह गयी। ऐसा तो मैंने कभी भी न देखा था, कभी भी महसूस न किया था! मुझे ख़याल आया कि जब मेरी ही यह हालत है तो उनकी क्या होगी, जिनकी ओर ये पलकें उठती होंगी। क्या सड़क पर मिलनेवाले लड़कों ने कभी ऐसा ही महसूस किया होगा? शायद किया हो तभी तो वे रोज़ खड़े-खड़े मेरा इन्तज़ार किया करते हैं। फिर जाने क्यों मुझे एक शरारत सूझी। मैंने पलकें उठाकर ज़रा आँखों की पुतलियों में हरकत पैदा की। हाय दैया! तब मुझे ऐसा लगा कि जैसे मेरा पलँग नवाब की तरह डगमगा गया हो, कमरा पालने की तरह झूल उठा हो!...यह कैसा अजीब मंज़र था! ऐसा तो पहले मैंने कभी महसूस न किया था। यह सब मेरी आँखों में आज ही कहाँ से आकर समा गया?...

—क्यों, भाई, अभी तुम तैयार नहीं हुई?

माँ की आवाज़ सुनकर मैं ऐसे चौंक उठी, जैसे चोर सेंध पर कोई आहट पाकर चौंक उठता है। किसी तरह सँभलकर अटपटी आवाज़ में मैं बोली—तैयार तो हूँ, माँ।

अन्दर आकर माँ बोली—कहाँ तैयार है तू? कपड़े बदले ही नहीं।

—कपड़े मैं नहीं बदलूँगी, यही ठीक हैं,—मैंने आँखें झुकाकर कहा।

—कहाँ ठीक हैं?—माँ बोली—इसी कपड़ों में तू दूकान जायेगी?

—हाँ।

—क्यों?

—सहेली कहती थी...

—सहेली को तुम भाड़ में झोंको!—माँ बिगड़कर बोली—उन लोगों को तुम्हारा पहनना-ओढ़ना क्यों सुहाने लगा? सब-की-सब जलती हैं मेरी बच्ची से! लेकिन जलने से उनका हुस्न बढ़ेगा तो नहीं और झुलसा ही जायेगा!

—माँ!—मैं उसकी बात ठीक-ठीक न समझकर चीख़-सी पड़ी—यह तुम क्या कहती हो? नवाब का क्या तुम्हें ज़रा भी डर नहीं है? सहेली कहती थी कि नवाब के कूटने और कुटनियाँ हरदम हसीन लड़कियों के फ़िराक़ में रहते हैं। वे...

—तो क्या हुआ?—माँ ताव में आकर बोली—नवाब और उसके कूटने-कुटनियों के डर से क्या कोई माँ अपनी फूल-सी बेटी को घूरे पर फेंक देगी?

—लेकिन, माँ...

—लेकिन-वेकिन कुछ नहीं! —माँ उसी आवाज़ में बोली—तू काहे को घुलकर माँड़ हो रही है? क़िस्मत में जो लिखा होगा उसे कौन टाल सकता है? तू चल, तैयार होकर रोटी ले जा! कल और आज में कोई ऐसा फ़र्क़ नहीं आ गया है कि आज ही कोई रास्ते में तुझे निगल जायेगा!

—अच्छा, माँ,—मैंने मरी-सी आवाज़ में कहा।

माँ बाहर चली गयी तो मैं रेंगनी से कपड़े उतारकर बदलने लगी। आँचल हटाकर, ब्लाउज़ उतारकर मैं पलँग पर रखने के लिए झुकी तो अँगिया में कसी हुई मेरी छातियाँ आईने में झलक उठीं। अभी ये कितनी छोटी-छोटी थीं, जैसी नारंगियाँ होती हैं। जाने मेरे मन में क्या आया कि मैंने उनमें से एक को उँगलियों से दबा दिया। हाय, वह नारंगी की तरह मुलायम न थी, बल्कि वह तो बेल की तरह सख़्त थी। मुझे लगा कि ये इतनी छोटी-छोटी नहीं हैं, जितनी कि अँगिया में कसी होकर दिखायी देती हैं। जी में आया कि ज़रा अँगिया खोलकर इन्हें देखूँ। मैंने आँचल से उन्हें ढँककर, लपककर किवाड़ बन्द कर दिये। अँगिया खोली तो अचानक मुझे ऐसा लगा जैसे मेरे सीने में दोनों ओर एक-एक स्प्रिंग उछल पड़े हों। ऐसा मैंने पहले कभी महसूस न किया था। मैं तो चकराकर उन्हें बारी-बारी से देखने लगी। गोलाइयों के ऊपर जो लट्टू की तरह नोकें थीं वही शायद स्प्रिंग की तरह उछली थीं। मैंने उन पर उँगलियाँ रखीं तो मेरा सारा जिस्म ही सिहर उठा और वे नोकें जैसे मेरी उँगलियों को छेदने-सी लगीं। मैंने तुरन्त उन पर से उँगलियाँ हटा लीं। तब मुझे लगा कि मेरी छातियों की गोलाइयाँ अचानक ही ऊपर से उठकर नुकीली हो गयी हैं। मेरा मन जाने कैसे गनगना उठा। मेरे जिस्म के सारे रोंगटे खड़े हो गये। अब क्या करूँ, मेरी समझ में न आ रहा था। एक मन कर रहा था कि मैं उनकी नोकों को दाँतों से काट लूँ और दूसरा मन कर रहा था कि इन्हें अपनी हथेलियों से इतना मसलूँ, इतना मसलूँ कि इनका मलीदा निकल जाये। मैंने एक की ओर मुँह झुकाया, तो वह वहाँ तक न पहुँचा। उसके नीचे हथेली लगाकर उसे ऊपर उठाना चाहा तो ऐसा लगा कि उसके साथ-साथ मेरा पूरा जिस्म ही ऊपर उठा जा रहा है। फिर अचानक यह लगा कि वह मेरी पूरी हथेली में तो आ नहीं रही है। मैंने हाथ हटाकर देखा कि मेरी हथेली ही इतनी छोटी है या कि मेरी छाती ही इतनी बड़ी है। नहीं, मेरी हथेली ही छोटी थी, कितनी सुबुक! मेरे बदन की गनगनाहट जाने-अनजाने ही कहाँ चली गयी थी। मन को ढाढ़स

हुआ कि अभी मेरी छातियाँ उतनी बड़ी नहीं हुई हैं। फिर जी में आया कि ज़रा इन्हें क्यों न आईने के सामने करके अच्छी तरह देखूँ। मैं आईने की ओर अभी घूमी ही थी कि बाहर से माँ की पुकार सुनायी पड़ी—क्यों, भई, अभी तक तेरा कपड़ा बदलना ही नहीं हुआ? और ये किवाड़ क्यों बन्द कर रखे हैं? आज कोई नयी बात हो गयी क्या?

अपराधी की तरह आँचल से सीना ढँकती हुई मैं सूखे गले से बोली—हो गया, माँ। आती हूँ।

मुझे डर लगा कि कहीं माँ किवाड़ों के किसी छेद में से झाँक तो नहीं रही है? मैंने किवाड़ों की ओर ध्यान से देखा तो माँ के जाने की आहट सुनायी दी।

मुझे ख़याल आया कि ज़िन्दगी में यह पहली बार मैं माँ से इस तरह डरी थी। माँ ने भी तो जैसे कुछ समझकर ही पूछा था कि आज कोई नयी बात हो गयी क्या? कोई क्या, आज तो मुझे लगता था कि जैसे हर बात ही नयी हो रही है। और यह लो, आगे बन्द बाँधकर मैं अँगिया पीठ की ओर सरकाने लगी तो पट से ऊपर का बन्द ही टूट गया। यह अँगिया अब छोटी पड़ गयी है क्या? कल माँ से दूसरी बनाने के लिए कहूँगी। लेकिन तभी ख़याल आया कि आज घर में आटा नहीं था। माँ जाने कहाँ से पैंचा माँगकर लायी। मैं उससे नयी अँगिया बनाने के लिए कैसे कहूँगी? इसी अँगिया के बन्द ज़रा बड़े क्यों न कर लूँ अपने ही हाथ से? माँ से बड़े करने के लिए कैसे कहा जायेगा? मैंने वह उतारकर, रेंगनी से दूसरी अँगिया लेकर, बाँहों में डालकर, ढीले-ढीले बन्द बाँधकर, उन्हें पीठ पर सरकाकर जल्दी से ब्लाउज़ पहन लिया, तो ऐसा लगा कि ब्लाउज़ के नीचे अँगिया है ही नहीं और मेरी छातियाँ तीर-चढ़ी हुई कमानों की तरह दिखायी दे रही हैं। अब क्या करूँ? माँ को पुकारूँ क्या कि वही बाँध दे। अब तक तो वही बाँधती रही है। लेकिन आज उससे यह काम कराने की मुझे हिम्मत न हुई। मैंने जिस्म की साड़ी खोलकर दूसरी साड़ी पहनी और आँचल सीने पर इस तरह ढीला छोड़ दिया कि कुछ मालूम न पड़े।

लेकिन माँ की निगाहें चूकनेवाली न थीं। मैं चौके में डिब्बा लेने घुस ही रही थी कि उसने टोक दिया—यह आँचल आज कैसे डाल रखा है अधेड़ों की तरह? ज़रा इधर तो आ!

मैं सकुचाकर खड़ी हो गयी तो माँ ने ख़ुद मेरे पास आकर मेरा आँचल हटाया और देखकर बोली—यह क्या है रे? तेरा ब्लाउज़ छोटा हो गया है कि अँगिया ही ढीली बँधी है? ज़रा पीछे तो घूम।

मैं धरती में आँखें गड़ाये और दाँतों में उँगली दबाये घूमी तो उसने पीठ पर से ब्लाउज़ हटाकर कहा—अपने हाथ से यह बन्द बाँधे है क्या तुमने? ये तो रास्ते ही में खुल जाते।—और उन्हें खोलकर नीचे का बन्द बाँध चुकी तो बोली—ज़रा पेट तो फुला ले।

मुझे ख़याल आया कि यह बात तो मुझे याद ही नहीं आयी थी। ऊपर का बन्द बाँधते हुए माँ हमेशा पेट फुलाने के लिए कहती थी। लेकिन मेरे पेट फुलाने के बावजूद ऊपर का बन्द बाँधते हुए माँ बोली—मालूम होता है, इस बन्द की पट्टियाँ कुछ छोटी पड़ गयी हैं। दूकान से लौटकर आ तो इन्हें बड़ा कर दूँगी।—और उसने ऐसे कसकर वह बन्द बाँध दिया कि मुझे लगा कि मेरी छातियाँ पिचककर पुआ बन गयी हैं। मुझे कुछ तकलीफ़ हुई, लेकिन सामने से देखकर कुछ राहत भी हुई। माँ ने आँचल सिर पर से लाकर मुझे अच्छी तरह ओढ़ा दिया। मैं चली तो दो क़दम चलते-चलते ही मुझे ऐसा लगा कि कहीं मेरी अँगिया मसक तो नहीं रही है। इसी कारण शायद मेरे जिस्म में थोड़ा झुकाव भी आ गया था। मुझे लगा कि यह झुकाव मैंने सीधा किया नहीं कि पट-पट बन्द टूट जायेंगे।

सड़क पर चलने में आज मुझे कुछ असुविधा हो रही थी। पहले की तरह मेरी चाल में आज लापरवाही न थी और न मैं अपनी बेबाक निगाहों से इधर-उधर देख ही रही थी। मैं अपने पाँवों की तरफ़ देखती हुई चल रही थी और मुझे ऐसा लग रहा था कि मेरे कन्धे कुछ इस तरह हिल रहे हैं, जैसे मैंने उनके नीचे कोई भार सँभाल रखे हों। मुझे इस बात का भी एहसास हो रहा था कि रोज़-रोज़ मुझे इस सड़क से जाते हुए देखनेवाले लड़के आज मेरी यह बदली हुई चाल भाँप रहे होंगे और यह भी लक्ष्य कर रहे होंगे कि मैं आज इधर-उधर बिलकुल नहीं देख रही हूँ।

पहले चौराहे से मैं मुड़ी ही थी कि बिलकुल पास से मेरे कानों में एक फुसफुसाहट-सी आवाज़ आयी—रोज़ तो एकाध नज़रें मिल जाती थीं, आज क्या बात है कि इतना भी करम नहीं हो रहा है?

सुनकर मुझे अचानक ऐसा लगा कि मेरे सीने में एक बम फटा हो और मैं गिरने-गिरने को हो गयी हूँ। सँभली तो मेरे सीने के अन्दर धड़-धड़ कर रहा था। मेरे अनजाने ही मेरी चाल तेज़ हो गयी थी। ज़रा आगे बढ़कर मैंने डरी हुई आँखों से इधर-उधर देखा कि सड़क पर वह छेड़नेवाला मेरे पीछे-पीछे तो नहीं आ रहा है। चलते-फिरते कई लोग दिखायी पड़े तो मुझे कुछ ढाढ़स बँधा। लेकिन फिर भी मारे घबराहट के मेरा बुरा हाल था। रोज़-रोज़ मिलनेवाले लड़कों में अभी तो यह पहला ही था। आगे और भी कितने ही मिलेंगे। हे भगवान्! आज क्या होनेवाला है? क्या आज ही सब-कुछ होकर रहेगा?

पान की दूकान के सामने से गुज़री तो फिर कानों में भनक पड़ी—आज तो सरकार का रंग ही बदला हुआ दिखायी दे रहा है! भई, अभी से यह रंग ज़ेब नहीं देता!

मेरे पाँव लड़खड़ा गये। लेकिन जल्दी ही सँभलकर मैं आगे बढ़ गयी। सोचा, आज रास्ते-भर यही होगा क्या? पहले तो ऐसा कभी नहीं हुआ। बस ये देखते थे, लेकिन बोलते कुछ भी नहीं थे। बहुत हुआ तो ज़रा-सी आँख दबा देते थे या ज़रा-

सा मुस्करा देते थे, वह भी ऐसे कि जैसे वे ये हरकतें यों ही कर रहे हैं, उनका कोई मतलब नहीं है। लेकिन आज तो ये छेड़खानी पर उतर आये हैं, आवाज़ें कस रहे हैं। मालूम होता है कि आज मेरे इस तरह चलने में ही उन्हें कोई नयी बात दिखायी दे रही है। और ख़ुद अपने पर ग़ुस्सा आ गया कि आज मैं इस तरह क्यों चल रही हूँ, क्यों नहीं कल की ही तरह चलती हूँ। मुझे विश्वास हुआ कि अगर मैं कल की तरह चलूँ तो ये छेड़खानी नहीं करेंगे।

आगे बढ़कर मैंने अपनी चाल बदलने की कोशिश की, तो वह मुझे ऐसी बेढंगी और अजीब लगी कि जैसे वह चाल मैं कुछ ही घण्टों में भूल गयी होऊँ और अब वैसे चलना मेरे लिये नामुमकिन हो गया हो। फिर मुझे शर्म भी लगी!

क्या करती, जिस तरह इतना रास्ता मैंने तय किया था, फिर उसी तरह चलने लगी।

स्कूल के पास से गुज़री तो एक सीटी की आवाज़ बर्छी की तरह मेरे कान छेद गयी और फिर एक आवाज़ सुनायी दी—आप ही हैं न? आज तो मैंने पहचाना ही नहीं! डिब्बा तो वही है लेकिन जनाब...मुझे ऐसा लगा कि कहीं आज आपकी कोई बड़ी बहन तो रोटी लेकर नहीं जा रही है। चौबीस घण्टों में ही आप कहाँ-से-कहाँ पहुँच गयीं! बहार भी तो कहीं इस तरह अचानक नहीं आती!...

यह मुआ तो मेरे पीछे-पीछे चला आ रहा था! मारे डर के मेरी जान सूखने लगी। घबराकर जी में आया कि चीख़ पड़ूँ, लेकिन सहसा मेरे गले से कोई आवाज़ न फूटी। पाँवों में कँपकँपी छूटने की वजह से मैं तेज़ भी न चल पा रही थी। आगे ताँगों का अड्डा था। यह ख़ैरियत हुई। अचानक ही आवाज़ आनी बन्द हो गयी, तो मेरी जान में जान आयी।

आगे पीपल के पास से गुज़रते हुए मेरे कानों को यह शेर सुनने को मिला:

ये कौन नौ बहारे-नाज़ आया अज़्व-अज़्व में
जवानियाँ, जवानियों की आँधियाँ लिये हुए

दुकान पहुँचते-पहुँचते आज मेरा बुरा हाल हो गया। जी में आया कि डिब्बा पटक दूँ और पिता जी से वह-सब कह डालूँ, जिससे आज मुझे रास्ते में दो-चार होना पड़ा था। लेकिन फिर जैसे कुछ समझकर ही मैंने वैसा न किया। मैं डिब्बा रखकर, एक ओर खड़ी हो गयी। आज पिता जी के सामने खड़ी होकर कुछ कहने या पूछने की भी मेरी हिम्मत न हुई।

मैं डिब्बा रखकर, कुछ कहना होता तो कहकर वापस आ जाती थी, लेकिन आज मैंने वैसा नहीं किया। आज रास्ते में जो—कुछ हुआ था, उससे अकेली लौटने की मुझे हिम्मत न हो रही थी। मैं खड़ी-खड़ी सोचने लगी कि कैसे किसी भाई को अपने साथ घर तक ले चलूँ।

थोड़ी देर बाद पिता जी ने मेरी ओर देखकर कहा—तू गयी नहीं, कोई काम है क्या?

मुझे आटे की याद आ गयी। बोली—आटा नहीं पहुँचा, माँ...

—आटा थोड़ा था,—पिता जी बोले—एक गाहक आ गया तो बेच दिया। सुबह से लौंडों में से किसी ने भी एक बार यहाँ नहीं झाँका। अकेले मैं क्या-क्या करूँ? दुकान देखूँ कि आटा पिसवाऊँ? रोटी का वक़्त हो गया, अब आते ही होंगे कमबख़्त। तुम जाओ, मैं भेजवा दूँगा।

अब क्या करूँ? और मैंने झट एक बहाना बना दिया—माँ ने बड़े भैया को बुलाया है। कहा है, साथ ही लेते आना। एक ज़रूरी काम है।

—तो फिर आने दे उन्हें।

एक गाहक आ गया तो पिता जी फँस गये। मैं खड़ी-खड़ी इन्तज़ार करने लगी।

भाई लोग एक-एक करके आ गये। उन्हें देखकर कोई भी न कह सकता था कि हमारे घर की हालत ख़स्ता है। वे साफ़ पायजामा और कुरता पहने हुए थे। उनके जूते भी ख़ासे अच्छे थे। उनके बालों में तेल भी चमक रहा था। लेकिन पिता जी को देखकर यह कोई भी न कहता कि ये लड़के उन्हीं के हैं।

बड़े भैया ने ही मुझसे पूछा—तू क्यों खड़ी है, आशा? जा न!

मैंने कहा—माँ ने आपको बुलाया है। आपके साथ ही मैं चलूँगी।

—साथ क्यों चलेगी?—वह बोले—तू जा, मैं आ जाऊँगा।

—नहीं, मैं आपके साथ ही चलूँगी,—मैंने ज़ोर देकर कहा—माँ ने कहा है।—कहकर मैंने पिता जी की ओर देखा कि वह भी कह दें।

पिता जी ने कहा—चला जा, भाई, रोटी खाकर।

—रोटी खाकर तो मुझे कुश्ती देखने जाना है,—बड़े भैया बोले—नवाब साहब भी आयेंगे।

—माँ से मिलकर उधर से ही चले जाना,—पिता जी बोले—कोई काम होगा तभी तो बुलाया है।

—उन्हें कौन-सा काम होगा?—झुँझलाकर बड़े भैया बोले—आइये, फिर जल्दी रोटी खाइये।

वे लोग रोटी खा चुके तो मैं बड़े भैया के साथ-साथ चल पड़ी। लेकिन अब ख़याल आया कि नाहक ही मैंने बड़े भैया को साथ ले लिया। कहीं इनके सामने ही उन लड़कों में से किसी ने मुझे छेड़ दिया तो क्या होगा? कहीं लड़ाई न हो जाये। कहीं बड़े भैया को मुझी पर सन्देह न हो जाये कि इसने यार बना रखे हैं। जी में एक बार आया कि उनसे कह दूँ कि मैंने झूठ कहा था, माँ ने आपको नहीं बुलाया है।

लेकिन फिर डर के मारे उनसे यह बात मैं न कह सकी। मन-ही-मन सहमी हुई मैं उनके साथ चलती रही।

दो अड्डे सही-सलामत गुज़र गये और वहाँ खड़े लड़के मेरी ओर देखकर ही रह गये, तो मुझे इतमीनान हो गया। अब अचानक ही मेरे मन में यह ख़याल आया कि मैं शेर हो जाऊँ, और आगे जो लड़का मिले और अगर वह मेरी ओर देखे तो मैं उसे अँगूठा दिखा दूँ। इस ख़याल पर मैं तो दंग ही रह गयी। कहीं कल फिर मुझे अकेली आना पड़े तो मेरी इस हरकत का क्या नतीजा होगा? अरे बाप रे! यह ख़याल मेरे दिमाग़ में क्यों आया? और बड़े भैया ही मुझे यह हरकत करते हुए कहीं देख लें तो?

सो, मैं चुपचाप, बड़े भैया के साथ ज़रा सट-सटकर ही चलती रही कि लड़के देखें तो उन्हें मालूम हो जाये कि मैं अपने किसी आदमी के साथ चल रही हूँ, उन्होंने कोई छेड़खानी की तो ख़ैरियत नहीं।

छेड़खानी तो दूर किसी ने सीधी नज़र से देखने की भी ज़ुर्रत न की। चौराहा पार कर चुकी तो मुझे ख़याल आया कि अब मेरे बहाने का नतीजा क्या होगा? माँ ने बड़े भैया से अगर कह दिया कि मैंने तो नहीं बुलाया था तो क्या होगा? अब क्या करूँ?

लेकिन संयोग ऐसा हुआ कि वहाँ से आगे बढ़ते ही बड़े भैया का कोई दोस्त मिल गया। उसे देखते ही बड़े भैया मुझसे बोले—आशा, तू चल, मैं आ रहा हूँ।

बिल्ली के भाग से यह छींका ही टूटा था। हम लोग अब अपने मुहल्ले में थे। कोई डर नहीं था। मैं तेज़-तेज़ क़दमों से चलने लगी कि बड़े भैया से पहले ही पहुँचकर माँ से अपने बहाने की बात बता दूँ।

मैंने माँ से कह दिया। लेकिन फिर ऐसा हुआ कि उस वक़्त बड़े भैया आये ही नहीं।

मेरा पोर-पोर हिलाकर वह दिन कट गया। रात को जब सब लोग घर आये तो एक हंगामा उठ खड़ा हुआ। आटा नहीं आया था। माँ ने ग़ुस्से में आकर चूल्हा नहीं जलाया था। मैंने कहा था तो उसने यह कहकर टाल दिया था कि रहने दे, जभी आटा आयेगा, तभी चूल्हा जलेगा! उन लोगों को भी कुछ मालूम हो! अब इस तरह मैं एक दिन भी न चलने दूँगी, चाहे जो हो!

वे लोग आ गये हैं, यह मालूम होने पर भी माँ नहीं उठी। मैं उठने लगी तो मुझे भी उसने अपने पास ही पलँग पर बैठा लिया। बोली—तू चुपचाप उन्हें रसोई झाँक लेने दे, फिर आयेंगे न वे ख़ुद इधर।

हम अपने कमरे में बैठे रहे। माँ के चेहरे से ऐसा लग रहा था कि वह मन-ही-मन लड़ने की तैयारी कर रही है। आगे क्या होगा, मैं सोच-सोचकर सिटपिटायी हुई थी। चिराग़ की लौ सीधी होकर जल रही थी।

आख़िर छोटे भैया की आवाज़ सुनायी दी—माँ!

—क्या है?—माँ ने जैसे खिंची हुई कमान से तीर छोड़ा।

दरवाज़े पर आकर छोटे भैया बोले—आज खाना नहीं पका है क्या, माँ?

—क्या पकाती? तुम लोगों का सिर?—बिफरकर माँ बोली—तुम लोगों को कोई फ़िक्र रहती है कि घर में क्या है, क्या नहीं है? आज मैं देखती हूँ कि तुम लोग कैसे अपना दोज़ख भरते हो!

मँझले भैया ने आकर पूछा—क्या बात है, माँ क्यों बिगड़ रही है?

—बुलाओ, सबको बुलाओ!—माँ चिल्लाकर बोली—सबके सामने ही बात होगी! अब तक यह घर चला, अब आगे इस तरह नहीं चलेगा! तुम्हीं लोगों की वजह से हम लोग फ़क़ीर हो गये और तुम लोगों के कान पर जूँ भी नहीं रेंगती! तुम लोग बिलकुल बेहया, बेशर्म हो गये हो! सीधी तरह तुम लोग राह पर आनेवाले नहीं हो, मैं अब अच्छी तरह समझ गयी हूँ!

बड़े भैया भी आकर भाइयों के पीछे खड़े हो गये। पिता जी ने आगे आकर कहा—आटा लाया हूँ। क्या करता...

—तुम कब तक क्या-क्या करते रहोगे, जी?—माँ बिगड़कर बोली—तीन जवान लड़कों के रहते हुए क्या यही-सब करते रहने के लिए हम लोग ज़िन्दा रहेंगे? ये-सब क्यों नहीं करते हैं कुछ, मैं तो यह पूछती हूँ! और कोई काम छोड़ो, क्या आटा पिसाने या लाने के लिए भी ये छोटे हैं? क्या दो घड़ा पानी भी ये कुएँ पर से नहीं ला सकते? रात को सोता पड़ने पर या सुबह रात रहे ही मैं पानी भरती हूँ, बिटिया सयानी हुई, यह दिन में कुएँ पर जा-जाकर पानी लाती है, इनका दोज़ख भरने के लिए इतनी दूर का रास्ता तय करके अकेली दुकान जाती-आती है! क्या ये छोटे-मोटे काम भी नहीं कर सकते? खाने का वक़्त होगा तो पहुँच जायेंगे। यह घर है कि होटल है और होटल में भी क्या किसी को मुफ़्त में खाना मिलता है? क्या ये अब दो पैसा कमाने-लायक़ नहीं हो गये हैं? तुम बूढ़ी हड्डी से कब तक खटते रहोगे?

—तुम्हारे ही ये बिगाड़े हुए हैं, तुम्हीं इन्हें समझाओ,—पिता जी बोले—मैं तो जानता ही था कि एक दिन यही होगा। बूढ़ा दुकान में खटता रहता है, बूढ़ी घर में खटती रहती है और ये देखते रहते हैं और मटरगश्ती करते रहते हैं, इन्हें कोई लाज-शरम रह गयी है? आज ही, इन तीनों से पूछ लो, मैंने आटे के लिए कहा था कि नहीं? लेकिन ये मेरी कोई बात क्यों सुनने लगे? दुकान बन्द करके मैंने आटा पिसवाया था और इस वक़्त माथे पर रखकर ले आया हूँ।

—क्यों लाये हो तुम? क्या अकेले तुम्हीं को अपना दोज़ख भरना था?—माँ बोली—अब तुम कुछ लाये तो ठीक नहीं होगा! हमने बहुत सहा, अब एक दिन भी नहीं सहेंगे! इन्हें कुछ करना नहीं है तो ये हमारा घर छोड़ दें, जहाँ चाहें रहें, जहाँ

मिले खायें! हमने इन्हें पैदा किया, पाल-पोस दिया, बड़ा कर दिया और क्या कर सकते हैं हम? इनके हाथ-पाँव हो गये हैं, ये चलें-फिरें, करें-धरें और कमायें-खायें!

—क्या काम करें हम?—बड़े भैया बोले—उस छोटी-सी दुकान पर तो एक आदमी का भी काम नहीं है।

—इसी छोटी-सी दुकान की कमायी पर हमने यह कोठी खड़ी की थी! तू क्या बकता है?—पिता जी बोले—जब तक मुझमें ताक़त थी, मैंने यही दुकान ऐसे चलायी कि लोग देखते थे और अचरज करते थे। अब ताक़त नहीं रही तो क्या करूँ? दुकान मेल से चलती है, जब सौदे का मेल ही नहीं रहेगा तो दुकान कैसे चलेगी? और मैं बूढ़ा आदमी अकेले मेल जुटाऊँ कि दुकान पर बैठूँ? तुम लोग इसी दुकान पर काम करना शुरू करो तो देखो मैं फिर इसे ही कैसे चलाकर दिखा देता हूँ! लेकिन कुछ न करने के हज़ार बहाने हैं। तुम लोग बनिये के लड़के हो, किसी से उधार-पैंचा लेकर सुबह कहीं कुछ लेकर बैठते तो शाम तक दो-चार रुपये के वारे-न्यारे कर लेते। क्या बात करते हो तुम लोग? उठो जी, तुम रोटी बनाओ। चलो, बेटी, आशा।

मैं उठने लगी, तो माँ ने मेरा हाथ पकड़कर बैठा दिया। बोली—नहीं, मैं नहीं उठूँगी! ये लोग जब तक ठीक से रहने, घर का और दुकान का काम देखने का वादा नहीं करेंगे, मैं नहीं उठूँगी, नहीं उठूँगी! चारों ओर लोग नाम धरने लगे हैं। घर की हालत दिन-दिन ख़राब होती जा रही है। इनके शादी-ब्याह का वक़्त गुज़रा जा रहा है। लड़की के हाथ भी जल्दी ही पीले करने हैं। ये कुछ नहीं करेंगे तो कैसे यह नाव चलेगी?

—हमारे लिये एक दूसरी दुकान खोलवा दो,—मँझले भैया ने कहा—तीनों उसे चलायेंगे।

—कैसे चलाओगे तुम लोग?—पिता जी बोले—ये लच्छन हैं तुम लोगों के दुकान चलाने के? दुकान पर चूतड़ जमानी होती है, कपड़े गन्दे करने होते हैं, हाथ-पाँव चलाने होते हैं। तुम लोग इसी दुकान पर दो-चार महीने बैठकर दिखा दो, कुछ सीख-समझ लो। फिर दुकान भी खोल देंगे। पैसे हमारे पास नहीं हैं, लेकिन हमारी साख अभी बनी हुई है। इस कोठी से हमारी इज़्ज़त ढँकी हुई है। दस-पाँच हज़ार हमें देने से कोई इनकार नहीं करेगा। लेकिन कोई भरोसा हो तब न आदमी किसी नये काम में हाथ डाले, न कि फूँक-तापकर तमाशा देखने के लिए करे? तुम उठो, भाई, कि अब तुम भी मुझे तंग करोगी?

—ये कुछ बोलें—तो!—माँ बोली?

—लो, तुम तो एक ही दिन में सब करा-धरा लेना चाहती हो,—पिता जी बोले—ऐसा भी कहीं हुआ है? हुआ न इतना आज! अब इन्हें सोचने दो। नहीं कुछ करेंगे तो भूखों मरेंगे। हम कब तक इन्हें खिलाते-पहनाते रहेंगे? आदमी अपने ही लिये

करता है, किसी दूसरे के लिए थोड़े करता है? करेंगे तो यही सुखी रहेंगे, नहीं करेंगे तो इन्हें ही दुःख उठाना पड़ेगा। मेरी—तुम्हारी ज़िन्दगी अब कै दिन की है, एक लड़की है, यह अपने घर चली ही जायेगी।...तुम उठो।

—क्यों नहीं तुम लोग बोलते हो जी?—माँ ने भाइयों की ओर देखकर पूछा।

—करेंगे, माँ,—छोटे भाई ने कहा।

—तो सुन लो!—माँ ने उँगली उठाकर, धिराकर कहा—कल से तुम लोग दुकान पर बैठोगे! पानी भरोगे! दुकान पर रोटी ले जाओगे! बिटिया अब बाहर नहीं निकलेगी। आज सोचा तो बहुत—कुछ था, लेकिन देख लेती हूँ दो-चार दिन और। फिर तुम लोग जानोगे! जाओ, पानी लाकर कण्डाल भर दो!

भाई लोग चले गये तो माँ उठी। बोली—चलो, बेटी, चूल्हा तो जलाओ जल्दी। मैं रसोई का कपड़ा पहनकर आती हूँ।

यह काण्ड इस तरह निबट जायेगा, इसकी मुझे क़तई आशा न थी। मैं तो माँ का ताव और मुद्रा देखकर समझी थी कि आज रात हमारे घर में कोई भयंकर काण्ड होकर रहेगा। लेकिन वैसा कुछ नहीं हुआ, इससे मुझे ख़ुशी ही हुई। इस तरह की बात भी पहली बार हमारे घर में हुई थी। आगे चलकर यह बात कौन-सा रूप लेगी, यह मेरे विचारने की बात नहीं थी। मेरे विचारने की बात यह थी कि आज घर में बाक़ायदा यह ऐलान हो गया था कि मैं सयानी हो गयी हूँ और अब मेरा घर से बाहर निकलना न होगा। मेरी ज़िन्दगी का एक दौर ख़तम हो गया, अब कल से दूसरा दौर शुरू होगा। यह दौर कैसा होगा, इसकी कोई कल्पना मेरे दिमाग़ में न थी, इसलिए उसके बारे में मैं कुछ सोच भी न सकती थी। हाँ, यह ज़रूर मैं सोच रही थी कि कल से मेरे दिन कैसे कटेंगे।

दिन बीतते गये। जिस घरेलू झगड़े का उस दिन सूत्रपात हुआ था, वह दिन-दिन बढ़ता ही गया। लेकिन एक बात ज़रूर हुई कि उस दिन मेरे बारे में जो निर्णय हुआ था, उसका उल्लंघन किसी ने भी नहीं किया, जैसे सबको यह स्वीकार हो कि मेरा घर से निकलना ज़रूर बन्द हो जाना चाहिए। कई दिनों तक मुझे घर में चौबीसों घण्टे बन्द रहना बड़ा अजीब-अजीब-सा लगा, जैसे मैं क़ैद में डाल दी गयी होऊँ। रह-रहकर बाहर के दरवाज़े पर मैं जा खड़ी होती और चिक से या ज़रा चिक उठाकर बाहर उसी तरह झाँकती जैसे पिंजड़े में बन्द पंछी सींख़चों से झाँकता है। उस तरह जो सड़क का थोड़-सा हिस्सा और उस पर चलनेवाले जो थोड़े-से लोग दिखायी देते, उनसे मेरा मन बहलने के बदले और भी पगलाने लगता। ओह, कभी कितनी आज़ादी से कितनी दूर-दूर तक मैं घूमा-फिरा करती थी! और झूठ क्यों कहूँ, मुझे उन लड़कों की भी ज़रूर याद आती थी, जो दुकान के रास्ते में मेरा इन्तज़ार करते हुए मुझे बराबर मिलते थे। जाने क्यों, उस दिन का उनका उस तरह छेड़ना भी मुझे बहुत याद आता था। हो सकता है कि बेचारों ने सोचा हो कि हमारे छेड़ने

से ही उसने आना-जाना बन्द कर दिया। अब वे ज़रूर पछता रहे होंगे। उनमें, अब मैं कह सकती थी, वह स्कूल के पासवाला लड़का सबसे अच्छा था। वह छरहरे जिस्म का लड़का था। उसका रंग-रूप सबसे निकलकर था। उसके बाल घुँघराले थे और आँखें इतनी बड़ी-बड़ी और चमकीली थीं कि वह ताकता था तो मुझे ऐसा लगता कि अगर मैंने तुरन्त अपनी आँखें न हटा लीं तो मैं सीधे खिंचती हुई उसके पास चली जाऊँगी। देखने में कितना सीधा, प्यारा और मासूम वह लगता था, लेकिन उस दिन तो उसने हद ही कर दी। कमबख़्त ऐसे पीछे लग गया था और बोलता जा रहा था कि लगता था कि मेरा पीछा ही नहीं छोड़ेगा। वह तो कहो, सामने ताँगे का अड्डा आ गया, वर्ना पता नहीं कहाँ तक वह मेरे पीछे-पीछे चलता रहता। कहीं सुनसान पाकर वह मेरा हाथ भी पकड़ लेता क्या? पकड़ लेता तो मैं क्या करती? चिल्लाती तो लोग आ जाते, फिर मेरा क्या हाल होता? चारों ओर यह ख़बर फैल जाती। हाय, तब क्या होता? सहेली कहती, मैं कहती थी न! माँ, पिता जी और भाई लोग क्या कहते?

उस लड़के की मुझे याद आती थी, याद तो उन-सभी लड़कों की आती थी, लेकिन उसकी सबसे ज़्यादा आती थी। यह भी सोचती थी कि उन सबों को हमारा घर नहीं मालूम है क्या? फिर मन में ही कहती कि उन्हें हमारा घर मालूम होता तो क्या वे कभी इधर चक्कर लगाते हुए दिखायी नहीं देते? मैंने तो उनमें से कभी किसी को इधर से गुज़रते नहीं देखा। यहाँ तो ज़्यादातर अपने ही टोले-मोहल्ले के लड़के दिखायी देते हैं जिनके साथ बराबर भाई-भाई कहने का नाता रहा है। फिर इनमें तो कोई उतना अच्छा लड़का है भी नहीं। मेरी निगाहें तो उन्हीं लड़कों को ढूँढ़ती रहतीं, ख़ासकर उस स्कूल के पास मिलनेवाले, बड़ी-बड़ी आँखों और घुँघराले बालोंवाले लड़के को। कभी इधर दिखायी पड़ता तो कितना अच्छा होता! क्या अच्छा होता, भई, तुम उसे देखकर ही क्या करती? मेरा मन चट से मुझसे ही तब सवाल कर बैठता। मैं सोचकर उसका जवाब देती, कुछ इशारा तो कर ही सकती थी। उन इशारों से क्या होता? मन पूछता और कहता, और कहीं तुम्हारे इशारों पर किसी की निगाह पड़ जाती तो? मैं कहती, ऐसी बेवक़ूफ़ थोड़े ही हूँ कि मैं इस तरह इशारा करती कि कोई देख लेता? फिर भी उसका नतीजा क्या होता? भई, नतीजा कुछ होता या न होता, एक दिलचस्पी तो रहती, एक इन्तज़ार तो होता। यहाँ तो कुछ भी नहीं है। सारा दिन सूखा-सूखा ऐसा बीतता है कि बस जमुहाई लिये जाओ और बैठकर या लेटकर झख मारो या दीवारों को घूरो। काम करने में भी कमबख़्त तबीयत नहीं लगती। कोई आता है तो माँ दालान में ही बैठकर उससे बातें करती है और वहीं से उसे रुख़सत कर देती है। मुझे मनाही है कि बिना बुलाये मत आओ। मेरा बाहर के दरवाज़े पर बार-बार जाना भी माँ को एक आँख नहीं भाता। वह टोकती रहती है या किसी काम में मुझे बझा देती है, भले ही वह ग़ैरज़रूरी हो। ले-देकर एक सहेली है। लेकिन उसका भी

हमारे यहाँ आना-जाना कितना कम हो गया है। माँ मुझे भी अब उसके यहाँ ज़्यादा नहीं जाने देती। रात में दो घड़ी को कभी मिलते भी हैं तो ठीक से मुँह भी सुझायी नहीं देता है। पहले तो नवाब की कितनी ही कहानियाँ उसके पास थीं, रोज़ दो-चार सुनाती थी। लेकिन अब वह भी ज़खीरा ख़त्म हो गया है। मैंने सड़क के लड़कों की बातें एक बार उसे सुना दी थीं, उनके सिवा मेरे पास सुनाने ही को क्या था। लेकिन उसे विश्वास न हुआ कि मैंने पूरी बातें सुना दी हैं। खोद-खोदकर पूछती रही थी, लेकिन कुछ और हुआ हो तब तो मैं उसे बताऊँ? और अब न उसके पास कोई कहानी थी और न मेरे पास कोई कहानी थी और हम इस नतीजे पर पहुँच चुकी थीं कि अब हमारे पास कोई नयी कहानी आनेवाली नहीं है। अब या तो उन्हीं बासी कहानियों को हम दुहराती रहें या चुप रहें और उस बड़ी कहानी का इन्तज़ार करें जो हमारे ससुराल जाने के दिन पैदा होगी या नवाब के यहाँ जाने के दिन पैदा होगी। और हम अपना बुख़ार नवाब पर ही उतारती थीं। उस कमबख़्त का इतना डर यहाँ न होता तो हम पर ऐसी कड़ी पाबन्दी तो न होती। कम-से-कम इधर-उधर जाना-आना तो बना रहता, थोड़ी-बहुत ताक-झाँक तो चलती रहती, कुछ अच्छी सूरतें तो देखने को मिलतीं, कुछ छेड़खानियाँ तो चलतीं, कोई दिलचस्पी तो होती ज़िन्दगी में। यहाँ तो ज़िन्दगी बवाले-जान बन गयी है। आईने के सामने बैठने को भी जी न करता कि क्या करेंगे सूरत निखारकर, जोबन उभारकर, जब न तो कोई उसे देखनेवाला है और न हमें ही किसी को दिखाना है। इससे तो बेहतर है कि जल्दी-से-जल्दी हमारी शादियाँ कर दी जायें और अगर हमारे माँ-बाप यह न कर सके, तो नवाब ही हमें उठा ले जाये। किसी तरह इस बेकार, बेमज़ा, चारदीवारी के अन्दर सड़नेवाली, उबानेवाली ज़िन्दगी से तो हमें छुटकारा मिले, कोई कहानी तो पैदा हो, भले ही वह डरानेवाली हो, बरबाद करनेवाली हो, तबाह करनेवाली हो। लेकिन कुछ तो हो, कुछ तो हो!

और एक रात तो मेरी सहेली ने हद ही कर दी। मैं उसके यहाँ गयी थी। नवाब को कोसते-कोसते, माँ-बाप को रोते-रोते और ज़िन्दगी का गिला करते-करते हम थक गये तो वह बदहवास होकर, मेरे गले में बाँहें डालकर, आँखों को जाने कैसी ख़ुमारी से अधमुँदी करके, विह्वल कण्ठ से बोली—सखी, मैं सच कहती हूँ, अगर मुझे कोई इशारा करनेवाला जवान लड़का अकेले में मिल जाता तो मैं दौड़कर उसके पास जाती और यों दोनों बाँहों से जकड़कर भींच लेती!—और यह कहकर सहेली ने सचमुच मुझे इतने ज़ोर से भींच लिया कि मेरी तो जान ही निकल गयी।

—छोड़-छोड़! —मैंने कसमसाकर कहा—यह ज़ोर तू कोई मिले तो उसी पर दिखाना, मेरा मलीदा क्यों बनाती है?

लेकिन सहेली ने मुझे न छोड़ा, न छोड़ा। उसने तो अपने दाँत भी मेरी ठुड्डी में गड़ा दिये। मुझे जाने कैसा-कैसा होने लगा। उसकी साँस ज़ोर-ज़ोर से चलने लगी। वह अपनी बाँहों में मुझे लिये-दिये ही पलँग पर गिर पड़ी।

यह कैसी वहशत थी उसकी? मेरे नोचने-खसोटने के बावजूद वह मुझे छोड़ ही नहीं रही थी। वह मेरे गालों, होंठों, ठुड्डी और गर्दन को पागलों की तरह काटे जा रही थी। मैं परेशान होकर, पसीने से थकबक होकर बोली—छोड़, नहीं तो अब मैं चिल्लाती हूँ! तूने तो मेरा कचूमर ही निकाल दिया! यह कैसा मज़ाक है! मुझे यह-सब अच्छा नहीं लगता।

आख़िर मेरे गले में अपना मुँह डालकर उसने अपनी जकड़ ढीली की और हँफर-हँफर हाँफती हुई मुझसे अलग होकर वह एक ओर पड़ गयी।

मैं अपने कपड़े और बाल ठीक करती हुई बोली—यह कौन-सा खेल है, रे?

सहेली कुछ नहीं बोली। उसके चेहरे पर जैसे हवाइयाँ उड़ रही थीं। कई बार पूछा तो वह हथेली से अपना मुँह पोंछकर बोली—मुझे नहीं मालूम! मेरा जो मन हुआ मैंने किया। तेरा मन हो तो तू भी कर ले।

मैं अपने गाल सहलाती हुई बोली—मेरा तो सारा चेहरा ही भभा उठा है, इस तरह तुमने मुझे क्यों काटा? देख, कहीं कट तो नहीं गया है? बाप रे बाप! तुझे यह क्या हो गया था?

—देखती हूँ, ज़रा रुक जा, मैं सुस्ता लूँ,—सहेली बोली—कटा नहीं होगा।

—लेकिन तुझे यह हुआ क्या था?—मैंने फिर पूछा—पहले तो मैंने कभी तुममें यह वहशत नहीं देखी थी?

—पहले यह वहशत होती ही नहीं थी, तो तुम देखती कैसे?—सहेली बोली—कभी-कभी तुम्हें भी ऐसी वहशत नहीं होती है?

—नहीं तो।

—तो तुम्हें भी होने लगेगी,—उठकर बैठती हुई सहेली बोली—तुम मुझसे उम्र में कुछ छोटी हो न। थोड़े दिन और सब्र करो!

—क्या मतलब?—उसकी बात न समझकर मैंने पूछा—मुझे यह वहशत क्यों होगी?

—जैसे मुझे होती है,—सहेली अपने कपड़े और बाल ठीक करती हुई बोली—मुझे भी पहले यह कहाँ होती थी, लेकिन अब होने लगी है। और हो क्यों न? आख़िर हर बात की एक हद होती है!

—तुम ऐसा करोगी तो मैं तुम्हारे यहाँ नहीं आऊँगी!—मैंने कहा।

—तो मैं ही तुम्हारे यहाँ आ जाया करूँगी! सहेली बोली—सखी, हमारे लिये आप ही कोई कहानी पैदा नहीं होती, हमारे माँ-बाप न ख़ुद हमारे लिये कोई कहानी पैदा करते हैं और न हमें ही कोई कहानी पैदा करने की इजाज़त देते हैं, घर की चारदीवारी में उन्होंने हमें इस तरह बन्द कर दिया है कि हमारे लिये कोई कहानी

पैदा होने के सब इमकान ख़त्म हो गये हैं, तो फिर हम क्या करें? हम ख़ुद ही दोनों मिलकर क्यों न एक कहानी पैदा कर लें! कोई तो रास्ता मिले हमारी जवानी को। कोई तो दिलचस्पी पैदा हो हमारी इस क़ैद की ज़िन्दगी में!

—ना, बाबा, तुम्हारी यह हरकत तो मुझे बिलकुल ही अच्छी नहीं लगी!—मैंने कहा।

—तो लगने लगेगी, मेरी जान!—सहेली ने मुझसे फिर लिपटते हुए कहा—ज़रा वक़्त तो आने दो!

—हटो! मैंने उसकी बाँहें झिटकते हुए कहा—तुम्हारा दिमाग़ ख़राब हो गया है!

—तुम्हारा दिमाग़ भी, अगर हालत ऐसी ही बनी रही तो, एक दिन ज़रूर ख़राब हो जायेगा!—कहकर सहेली हँसने लगी।

उसका बार-बार इस तरह से कहना मुझे बहुत बुरा लग रहा था, साथ ही यह भी लग रहा था कि उसके बार-बार कहने से कहीं मैं भी सच ही उसी की तरह न हो जाऊँ। यह सोचकर मैंने बात बदली—हमारे घर की हालत तो ख़राब है, अभी भाइयों में से भी किसी की शादी नहीं हुई। लेकिन तुम्हारे घर...

—हमारे घर में तो यही सबसे बड़ी आफ़त है,—मेरी बात बीच में ही काटकर सहेली बोली—हमारे घर में मेरी दो-दो नयी भाभियाँ हैं। भाइयों और भाभियों की हरकतें देखती हूँ तो मेरे दिल पर साँप लोट जाता है। ख़ैरियत है कि तुम्हारे लिये यह अवसर नहीं है। चाचा तो अब बहुत बूढ़े हो गये हैं।

—वही-सब बातें तुमने फिर शुरू कर दीं?—मैंने झिड़ककर कहा—मैं तो दूसरी बात कह रही थी। तूने पूरी बात तो सुनी होती।

—आजकल रात-दिन मेरे मन में यही-सब बातें धूम मचाये रहती हैं,—सहेली बोली—मैं क्या करूँ? ख़ैर, तुम अपनी बात कहो।

—बात मैं यह कह रही थी,—मैं बोली कि आख़िर तुम्हारी शादी में इतनी देर क्यों हो रही है?

—हमारे पिता जी का कहना है कि हमारी लड़की इतनी सुन्दर है, फिर हम किसी को कोई बड़ी रक़म क्यों दें? कई जगहों से बातें चल चुकी हैं और लेन-देन के मामले को लेकर टूट चुकी हैं। दरअसल एक ऐसे गुण-ग्राहक की तलाश है इन लोगों को, जो मुझे देखते ही लट्टू हो जाये और बिना कोई बड़ी रक़म लिये मुझसे शादी करने को तैयार हो जाये। समझी? —कहकर सहेली हँसी। फिर आगे बोली—एक गुण-ग्राहक ज़रूर है, लेकिन लगता है कि अभी तक मेरे हुस्न की ख़ुबशू उसके पास तक नहीं पहुँची है।

—कौन है वह?—मैंने उत्सुक होकर पूछा—उसके बारे में तो तुमने मुझे कभी बताया ही नहीं।

—जाने कितनी बार बताया है!—सहेली मुस्करायी। फिर बोली—तुम उसे अच्छी तरह जानती हो।

—कहाँ जानती हूँ मैं?—मैंने कहा—जानती होती तो पूछती ही क्यों?

—सोचकर देखो,—सहेली बोली—तुम जानती हो। मैं झूठ क्यों बोलूँगी?

मैंने बहुत सोचा, लेकिन यह याद ही नहीं आयी कि सहेली ने मुझे उसके बारे में कभी कुछ बताया हो। मैंने कहा—मुझे बिलकुल याद नहीं है। बताओ, परेशान मत करो!

सहेली बोली—वह है नवाब।

—दुत!—मैं चकित होकर बोली—तू नवाब के यहाँ जाने को तैयार है क्या? यही बात थी तो...

—जब बात थी तो थी,—सहेली बोली—अब तो एक ही बात है कि कोई तो मिले।

—यह भी तुम्हारी कैसी वहशत है,—मैं दंग होकर बोली— तू उस बूढ़े नवाब के साथ शादी करना चाहती है, जिसके एक हज़ार एक बेगमें हैं। तू तो कहती थी कि इससे कहीं बेहतर है कि गले में फाँसी लगा ली जाये।

—जब कहती थी, कहती थी, अब नहीं कहती,—सहेली मेरे कान के पास मुँह लाकर बोली—तू नहीं जानती है, वहाँ बड़े मज़े हैं। बूढ़े नवाब के पास तो नाम को रहना पड़ता है, मज़े मारने के लिए तो वहाँ और कितने हैं।

—यह तुझे क्या हो गया है, भाई?—मैं बोली—आज क्या तू मुझे बिलकुल ही हैरान करके छोड़ेगी?

—क्या करूँ, सखी?—सहेली बिलकुल निढाल होकर बोली—अब मुझसे एक क्षण को भी नहीं रहा जाता। मैं तो सोचती हूँ कि किसी सवारी निकलने के दिन मैं अपनी छत पर चढ़ जाऊँ और जान-बूझकर नवाब की निगाह अपनी ओर रुजू करूँ। देखना, अगर हाल यही रहा तो मैं एक दिन यह भी कर गुज़रूँगी।

मैंने सहेली के मुँह पर हाथ रख दिया। यह कैसी पागल करनेवाली बात उसने अपने मुँह से निकाली थी? लेकिन उसने मेरा हाथ हटाकर कहा—और महल में पहुँचकर मैं तुम्हें भी वहाँ ज़रूर बुला लूँगी!

उसकी यह बात सुनकर मेरी तो रूह काँप गयी। मेरा चेहरा देखकर वह ज़ोर से हँस पड़ी और बोली—नहीं-नहीं! मैं तो यों ही मज़ाक़ कर रही थी। मैं उस मरदूद के यहाँ क्यों जाने लगी? तुम घबराओ नहीं।

—हाँ, भाई, ऐसा न करना,—मैंने पस्त होकर कहा—बड़ी बदनामी होगी, ज़िन्दगी तो तबाह हो ही जायेगी।...अच्छा, अब मैं चलूँ। रात काफ़ी गुज़र चुकी है।

—चलो, मैं दरवाज़े तक छोड़ आती हूँ।

सहेली ने दरवाज़ा खोला। मैंने चौखट पर पाँव रखकर बाहर देखा। सड़क पर काला सन्नाटा छाया हुआ था। मैंने कहा—मालूम होता है, रात बहुत बीत गयी है। कोई भी दिखायी नहीं देता। डर लगता है। तुमने बातों में ऐसा फँसा दिया कि वक़्त का कोई ख़याल ही नहीं रहा।

—इसमें डरने की क्या बात है?—सहेली बोली—रास्ते में कोई मिल जाये तो तुम्हारी यह ख़ुशक़िस्मती ही होगी।

—झाड़ू न मारूँ मैं उस पर!—मैं बोली—कोई मिलेगा तो उसे मैं तुम्हारे पास भेज दूँगी। मैं कोई तुम्हारी तरह नहीं हूँ!

—भेज देना, मैं दरवाज़े पर खड़ी हूँ!—खिल-से हँसकर सहेली बोली—लेकिन मैं जानती हूँ, तू भेजेगी नहीं!...जा अब!

मैं तेज़-तेज़ क़दमों से चलकर, सहमी हुई अपने घर के दरवाज़े पर आ खड़ी हुई। सच ही मुझे डर लग रहा था कि कहीं कोई मिल न जाये।

दरवाज़ा खटखटाया तो माँ चिराग़ लिये आयी और दरवाज़ा खोला। मैं अन्दर आ गयी तो माँ दरवाज़ा बन्द करती हुई बोली—आज तो बड़ी देर लगा दी। मुझे चिन्ता हो रही थी।

—बातों में वक़्त मालूम ही नहीं हुआ, माँ,—कहती हुई मैं माँ के आगे-आगे चलकर अपने कमरे में आ गयी।

रसोई की बग़ल का यह कमरा मेरा और माँ का था। पिता जी दालान के बग़लवाले कमरे में सोते थे और भाई लोगों के कमरे ऊपर थे। हमारे कमरे में एक ही बड़ा पलँग था, उसी पर हम माँ-बेटी सोती थीं।

माँ पड़ते ही बोली—पुष्पा कोई ख़ास बात कहती थी?

—नहीं, यों ही-सी बातें थीं,—उसकी बग़ल में लेटती हुई मैं बोली।

—चिराग़ तो बुझा दे,—माँ बोली।

मैं चिराग़ बुझाकर लेटी तो माँ बोली—अपनी शादी के बारे में कुछ नहीं कह रही थी?

—कह रही थी कि अभी कहीं तय नहीं हुआ,—मैंने कहा।

—तय कैसे हो?—माँ बोली—लाला लेना जानते हैं, देना नहीं जानते हैं। लड़कों की शादी में पन्द्रह—पन्द्रह हज़ार नक़द लिये हैं। अब लड़की के वक़्त देने की बारी आयी तो मुँह चुराते फिरते हैं। लड़की की जवानी उफन रही है। देखी नहीं

जाती। किसी दिन वह अपना मुँह काला कर लेगी तो इन लोगों को रक़म बचाने का मज़ा मिल जायेगा! यों भी इस लड़की का स्वभाव मुझे तेज़ ही मालूम देता है। क्यों रे, वह तुझसे कुछ कहती नहीं है?

मैं सहमकर बोली—नहीं, माँ, ऐसी कोई बात तो वह मुझसे नहीं करती।

—हाँ, बेटी, ऐसी-वैसी बात करनी ही नहीं चाहिए,—माँ बोली—हमें तो अभी से तेरी चिन्ता हो गयी है। लड़के लायक़ होते और उनमें से एक की भी शादी हो गयी होती तो अब हम तेरे लिये खोज-पूछ करते। देखो, अब छोटे ने दुकान में कुछ दिलचस्पी लेना शुरू किया है, वह दुकान सँभाल ले तो उन्हें कुछ फ़ुरसत मिले और वह इधर-उधर कुछ भाग-दौड़ करें। न होगा तो पहले तेरी ही शादी कर देंगे। यों, अच्छा तो यह होता कि एक लड़के की शादी हो जाती, घर में एक करने-धरनेवाली आ जाती तब तुझे हम बिदा करते। लेकिन देखो, क्या होता है।...अच्छा, अब सो जाओ।

मैंने आँखें मूँदकर सोने का बहाना किया। ज़ोर-ज़ोर से साँसें खींचने लगी। दरअसल मुझे आज नींद आनेवाली न थी। सहेली ने आज जो मेरे साथ हरकत की थी और जो-जो बातें उसने मुझसे की थीं, वे मुझे जल्दी सोने देनेवाली न थीं। मैं बेहद हैरान थी और बार-बार मुझे यही ख़याल आता था कि क्या सच ही एक दिन मेरी भी हालत उसी की तरह हो जायेगी? कमबख़्त ऐसी भूखी है कि उसे किसी बात का ख़याल ही नहीं रह गया है, जो भी सामने मिल जाये गपककर निगल जाने को तैयार बैठी है। देखो न, और कुछ नहीं हुआ तो मुझे ही दबोच लिया। कैसे पागलों की तरह उसने मुझे जगह-जगह काट खाया है। कहीं कोई निशान न पड़ गया हो, वर्ना माँ पूछेगी तो मैं क्या जवाब दूँगी? नहीं, अब फिर कभी मैं उसे अपने साथ यह हरकत नहीं करने दूँगी। ऐसी भी क्या वहशत!...माँ पूछ रही थी, अगर मैंने उसे यह-सब बता दिया होता क्या होता तब?...नहीं, मैं अब उसके यहाँ जाऊँगी ही नहीं। पागल कहती थी, छत पर चढ़कर नवाब की निगाह अपनी ओर रुजू करूँगी और उसके यहाँ चली भी जाऊँगी। फिर मुझे भी बुला लेने को कह रही थी। मैंने टोका तो कहने लगी, मैं तो मज़ाक कर रही थी। मैं कोई ऐसी बुद्धू नहीं हूँ कि मज़ाक और असली बात का फ़र्क़ भी न समझूँगी? हे भगवान्! अगर सचमुच उसने अपने मन में यह बात ठान ली तो क्या होगा? ख़ुद तो डूबेगी ही, मुझे भी ले डूबेगी। मैं क्या कर सकती हूँ, कोई भी क्या कर सकता है? नवाब के यहाँ से बुलावा आया तो जाना ही पड़ेगा। हाय राम! यह मेरी सहेली क्यों हुई? पहले तो नवाब से इतना डरती थी और मुझे भी डराती थी और अब दीवार फाँदकर उसके यहाँ जाने और मुझे भी ले जाने को तैयार है। यह क्या हो गया है उसे? जाये कमबख़्त जहन्नुम में, लेकिन मुझे क्यों घसीटेगी? मैं तो कोई उसकी तरह भूखी नहीं हूँ।

—आशा बेटी, अभी तू सोयी नहीं क्या?—माँ अचानक बोल उठी।

मैं सकपका उठी। क्या जवाब दूँ?

वही बोली—यह क्या तू मुँह में खुदुर-बुदुर किये जा रही है? कुछ सोच रही है क्या?

—नहीं तो, माँ,—मैं बोली—मैं तो सो रही हूँ।

—हाँ, बेटी, अब सो जा,—माँ बोली—देर हो जाने से यही तो गड़बड़ी होती है कि जल्दी नींद नहीं आती है।

—आ रही ह, माँ,—मैंने कहा।

माँ मेरी ओर करवट बदलकर चुप हो गयी। लेकिन मैं क्या करती? मुझे तो नींद ही नहीं आ रही थी। मन में एक ऐसी धुकपुकी समा गयी थी कि चैन ही नहीं मिल रहा था। जाने सहेली क्या कर बैठे? चाचा जी भी अजीब आदमी हैं, थोड़ी—सी रक़म के मोह में पड़कर लड़की की शादी में देर लगा रहे हैं। रोज़ तो उसे देखते होंगे, फिर भी कुछ नहीं समझते क्या? चाची जी ने तो जाने क्या—क्या मेरी माँ से मेरे बारे में कहा था, अब वह क्यों चुप बैठी हैं, अपनी बेटी के बारे में चाचा जी से क्यों नहीं कुछ कहतीं? मेरी माँ ही क्यों नहीं जाकर उनसे कहती है कि अपनी बेटी को अब सँभालो, वर्ना वह एक दिन दीवार फाँद जायेगी? मैं ही माँ को कुछ बताऊँ क्या? लेकिन यह तो सहेली का राज़ खोलना होगा। सहेली को मैं कैसे धोखा दे सकती हूँ? फिर क्या करूँ?

बहुत सोच—समझकर, आख़िर मैंने तय किया कि कल सहेली के यहाँ जाऊँगी और उससे वचन लूँगी कि चाहे वह नवाब के यहाँ ही चली जाये, लेकिन वह मुझे वहाँ हर्गिज़ न बुलाये। सहेली वचन दे देगी तो ज़रूर निभायेगी।

मन में ज़रा इतमीनान हुआ तो फिर जल्दी ही मुझे नींद भी आ गयी।

दूसरे दिन रात हुई और सब लोग खा चुके तो मैंने माँ से कहा—ज़रा सहेली के यहाँ जा रही हूँ, जल्दी ही लौट आऊँगी।

माँ ने कहा—अभी कल ही तो गयी थी। फिर कभी चली जाना। अब चलकर सो रह। पिछली रात तुझे बड़ी देर में नींद आयी थी।

मुझे डर लगा कि माँ ने कहीं कुछ भाँप तो नहीं लिया है? इसी डर के कारण फिर मैंने ज़िद न की और चुपचाप बिस्तर पर जा पड़ी। अचानक ही यह ख़याल आया कि कल तो जुम्मा है, सवारी निकलेगी। कहीं कल ही सहेली कुछ कर बैठी तो क्या होगा? अब क्या था, मेरे दिल में हौल समा गया। मैं कैसे माँ से क्या कहूँ कि वह सहेली के यहाँ जाने की मुझे इजाज़त दे दे। लेकिन फिर यह ख़याल आया कि मैं माँ से दुबारा कहूँगी तो शायद उसे कोई सन्देह हो जाये। फिर तो कभी भी जाने न देगी। मैं मन-ही-मन मनाने लगी कि सहेली ही आ जाती तो कितना अच्छा होता! मैं बड़ी आकुलता से उसके आने का इन्तज़ार करने लगी। पहले मालूम होता कि माँ

मुझे सहेली के यहाँ जाने से रोक देगी, तो दिन में ही मैं किसी लड़के से सहेली को कहलवा भेजती कि आज रात वह मेरे यहाँ ज़रूर आये। लेकिन अब क्या हो सकता है? थोड़ी देर तक इन्तज़ार करने के बाद माँ से ही कहूँ क्या कि ज़रा सहेली को बुला दो। लेकिन माँ अगर पूछेगी कि क्यों, ऐसा कौन-सा ज़रूरी काम उससे पड़ गया है, तो मैं क्या जवाब दूँगी? और मैं कोई बहाना ढूँढ़ने लगी। लेकिन मन में चोर रहता है तो कोई बहाना भी कितनी मुश्किल से दिमाग़ में आता है!

तभी अचानक आँगन से सहेली की आवाज़ आयी—सखी!

मुझे ऐसा लगा कि जैसे आँगन में कोई बुलबुल चहक उठी हो। मैं उठकर बोली—यहाँ हूँ, सहेली!—और उसे लपककर दरवाज़े पर ही ले लिया और उसके गले से लगकर विह्वल स्वर में बोली—सखी, तुम्हारी उम्र बहुत लम्बी होगी! मैं बुरी तरह तुम्हारा इन्तज़ार कर रही थी।

मुझे दबोचकर सहेली बोली—सच कह रही है? मैं तो सोचती थी कि तू मेरी कल की हरकत से बहुत नाराज़ होगी, सो, मैं मनाने आ गयी।

—नहीं, सखी, मैं नाराज़ क्यों हूँगी?—मैं उसे पलँग तक लाकर, उसे बैठाती हुई बोली—सच, आज तुमसे मिलने को मेरा मन तड़प रहा था।

—चाची जी कहाँ हैं?—सहेली ने पूछा।

—पिता जी के पाँव दबा रही होंगी। अभी देर में आयेंगी।

—पाँव ही दबा रही हैं या और कुछ भी...

—तुम्हें ज़रा भी लाज—शरम नहीं रह गयी है, सखी?—मैंने मीठी झिड़की के साथ कहा—हरदम क्या तेरे मन में यही-सब भरा रहता है?

—हाँ, सखी—सहेली बोली—मैं झूठ क्यों कहूँ, रात-दिन बस वही मेरे मन में भरा रहता है। मैं क्या करूँ? मैं बहुत व्याकुल हूँ, सखी!

—यह बात छोड़ो,—मैंने कहा—कोई और बात करो।

—मेरे पास तो और कोई बात है ही नहीं,—सहेली बोली—तुम्हारे पास हो तो कहो। मैं सुन लूँगी। लेकिन, काश, तुम भी वही, सिर्फ़ वही बात करती!

—तुम मानोगी नहीं?—उँगली से घिराकर मैंने कहा—मैं रूठ जाऊँगी, हाँ!

—भई तुम रूठ भी जाओगी, तो मैं क्या कर सकती हूँ?—सहेली बोली—जाने क्यों, मुझे तो आजकल ऐसा लगता है कि अब हमारा साथ बहुत दिनों तक नहीं चलेगा। जल्दी ही कुछ होकर रहेगा। सच पूछो तो यही सोचकर मैं इस वक़्त चली आयी कि जाने फिर सहेली से मुलाक़ात हो, न हो।

—यह कैसी बात तू मुँह से निकालती है?—मैं सहेली से लिपटकर बोली—भगवान् न करे कि ऐसा कुछ हो!

—कल जुम्मा है, तुम्हें मालूम है?

—तो क्या हुआ? ऐसे कितने जुम्मा आये और गये।

—मुझे तो, भई, लगता है हम नवाब की ज़द में आ गयी हैं?

—हम का क्या मतलब?

—मैं और तुम।

—यह तुम क्या कहती हो?—मैं डर से काँपकर बोली—तुम्हें यह कैसे मालूम हुआ?

—बस, मेरा मन कहता है,—सहेली बोली—डरो मत, सखी, दरअसल इसमें डरने की कोई बात ही नहीं है। मुझे भी कभी बहुत डर लगता था, लेकिन सच कहती हूँ, अब मुझे बिलकुल ही डर नहीं लगता है।

—तुमने कल छत पर जाने की तो नहीं सोची है?—डरी हुई ही मैं बोली।

—मैं छत पर जाऊँ —या न जाऊँ, इससे क्या बनता-बिगड़ता है?—सहेली बला के धीरज से बोली—नवाब की नज़र कहाँ नहीं है? हम अब बचनेवाली नहीं हैं, यह बात तू पक्की समझ ले। ऐसा मुझे न लगता तो आज रात मैं तेरे पास हर्गिज़ न आती। अभी पिछली ही रात तो हम मिली थीं।

मेरे मुँह से अब कोई बात ही नहीं निकली। मुझे रोना आ गया। मैंने मुँह लटका लिया।

मेरी ठुड्डी में उँगलियाँ लगाकर, मेरा मुँह ऊपर करती हुई सहेली बोली—पगली, हमारी क़िस्मत में यही लिखा है तो हम क्या कर सकती हैं? रोने से क्या होगा? मैंने कल जो तुम्हें मज़ाक—मज़ाक में कहा था, वही आज शाम को हमारे सामने आ गया।

—क्या सामने आ गया?—बझे गले से मैं बोली।

मेरी ठुड्डी से हाथ हटाकर, अपनी हथेलियों से मेरे आँसू पोंछकर सहेली बोली—क्या करोगी तुम वह—सब जानकर? आओ, मेरे गले मिलो और मुझे रुख़सत करो। मैं बहुत ही थोड़ा वक़्त लेकर तुम्हारे पास आयी हूँ। बड़े भैया तुम्हारे दरवाज़े पर मेरा इन्तज़ार कर रहे हैं।—पलँग से उतरती हुई सहेली बोली—उठो, बहन!—कहते-कहते उसकी आवाज़ भींग उठी।

मुझे एक क्षण को ऐसा लगा कि वह कोई नाटक तो नहीं कर रही है। लेकिन मैंने आँखें उठाकर उसकी ओर देखा और उसकी आँखों में मुझे झलमलाते हुए आँसू दिखायी दिये तो उसकी बात की सचाई जैसे एक बर्छी की तरह सीधे मेरे कलेजे में समा गयी। थोड़ी देर तक तो मैं सकते की हालत में ही पड़ी रह गयी। फिर ज़रा होश आया तो मैंने सहेली का हाथ पकड़कर, उसे अपने पास बैठाते हुए कहा—सखी, तू क्या शै है, मेरी तो समझ में ही नहीं आता!... कल की उस तुम्हारी नवाब के यहाँ

चले जाने की बात को, सच कहती हूँ, मैंने मज़ाक नहीं सच ही समझा था। पिछली रात बड़ी देर तक और आज तुम्हारे आने के पहले तक मैं तो इसी बात को लेकर बेहद परेशान थी और उसी के लिए तुमसे मिलने भी आ रही थी, लेकिन माँ के रोक देने की वजह से न आ सकी। तू आ गयी तो मुझे चैन मिला। लेकिन अब जो तुम कह रही हो अगर यह सच है, और मुझे यक़ीन है कि यह सच है, तो भी तुम्हारे इस तरह बिखर पड़ने की बात तो मेरी समझ में ही नहीं आ रही है...

आँखों में आँसू लिये हुए ही सहेली एक बार ज़रा-सी हँस दी।

आह! उस हँसी में कितना दर्द था! उसे देखकर मेरा मन तड़प उठा।

वह बोली—आदमी परेशान होकर जाने क्या-क्या बक जाता है, सखी। लेकिन वह क्या सचमुच ही वह-सब कर भी डालता है? तुम मेरे दिल के इतने क़रीब थी कि मैं अपने अन्दर का सब हाल तेरे सामने रख सकती थी, और तेरे साथ जो चाहे कर सकती थी। लेकिन इसी से क्या तू समझती है कि कोई मिल जाता तो मैं सचमुच ही दौड़कर उसे दबोच लेती, या सचमुच ही मैं छत पर जाकर नवाब की निगाह अपनी ओर रुजू करती? यह भला कैसे हो सकता था, सखी! कहने की बात और होती है। ख़ैर, अब मुझे रुख़सत करो। मेरे पास ज़्यादा वक़्त नहीं है। बड़े भैया नाराज़ हो रहे होंगे। हुँ! उन लोगों को शक था कि तुमसे मिलने के बहाने मैं घर से निकलूँगी तो कहीं भाग जाऊँगी। तब तो वे लोग फाँसी पर न लटका दिये जाते, सखी! ख़ैर, तुम उठो।

मैं कई क्षण तक एक अबोध बच्चे की तरह उसका मुँह निहारती रही। मुझे जैसे काठ मार गया था।

वही बोली—उठती क्यों नहीं? क्या तुम मेरे गले भी नहीं मिलोगी? मुझे रुख़सत भी नहीं करोगी?

मुझसे कुछ बोला न जा रहा था, कुछ देखा न जा रहा था और मैं उठ भी नहीं सकती थी। सहेली का हाथ पकड़े मैं बैठी रही, जैसे दुःख के समुन्दर ने अपने तल में मुझे डुबो लिया हो।

मेरा हाथ ज़ोर से हिलाकर सहेली बोली—मेरा हाथ छोड़ो, मैं जाऊँ।

—नहीं,—जाने मैं अपने पर कितना ज़ोर डालकर बोली—सखी! मेरे पास एक मुअम्मा छोड़कर मत जाओ। पूरी बात तो कहती जाओ।—और मेरी आँखों से झर-झर आँसू बहने लगे।

—आज शाम को दरबार का कोई आदमी हमारे यहाँ आया था। पिता जी से कह गया है कि कल सुबह दरबार की डोली आयेगी। सखी, कल सुबह मेरी डोली आ जायेगी!—कहते-कहते सहेली मेरे गले से लिपटकर फफक-फफककर रोने लगी।

हम दोनों एक-दूसरे को अपने-अपने अंक में भींचे हुए अपना आपा खोकर फूट-फूटकर रो रही थीं। हमें मालूम भी न हुआ कि कब मेरी माँ हमारे पास आकर खड़ी हो गयी। उसने सहेली के और मेरे कन्धे पर एक-एक हाथ रखा तो हमें होश आया। माँ ने सहेली से पूछा—क्यों, पुष्पा, वह अफ़वाह सही है, जो शाम को सुनी गयी है?

—हाँ, चाची जी!—सहेली बिलखती हुई बोली और उसने झुककर मेरी माँ के पाँव पकड़ लिये।

मेरी माँ ने सहेली के बाज़ुओं को पकड़कर उसे उठाया और उसे अपने गले से लगाकर भीगे कण्ठ से कहा—चुप रह, बेटी! हम क्या कर सकते हैं, कोई भी क्या कर सकता है? नवाब की मर्ज़ी के ख़िलाफ़ एक बात भी मुँह से निकालने की कौन हिम्मत कर सकता है? तू धीरज रख और हिम्मत से काम ले। चल तुझे पहुँचा दूँ। तेरा भाई कई बार तुझे पुकार चुका है।

सहेली मेरी माँ के अंक से छूटकर फिर मेरे गले आ मिली। हमारी रुलायी और भी ज़ोर पकड़ गयी। माँ सहेली को मुझसे अलग करने लगी तो हम एक-दूसरे का मुँह पागलों की तरह चूमने लगीं।

माँ ने ज़बरदस्ती सहेली को मुझसे अलग किया। उसके आँसू पोंछे, उसका आँचल ठीक किया और उसे लेकर कमरे से बाहर निकलने लगी, तो सहेली बोली—सखी, मुझसे कोई ग़लती हो गयी हो तो मुझे माफ़ करना!

मैं अपने मुँह पर दोनों हाथ रखकर बिलख उठी। सहेली जा रही थी। उससे फिर मेरी मुलाक़ात होगी, न होगी, कौन जाने। मेरा तो कलेजा मुँह को आ रहा था। मैं उनके पीछे-पीछे चलने लगी तो माँ ने संकेत करके मुझे रोका, लेकिन मैंने उसकी बात न मानी।

दालान में जाकर सहेली ने आँचल से अपना मुँह पोंछा और मेरी ओर मुड़कर बोली—अच्छा, सखी, अलविदा!

मेरे मुँह से कोई भी शब्द न निकला। मेरा दिल फटा जा रहा था। माँ ने सहेली को दरवाज़े से नीचे उतार दिया। माँ के कन्धों के पीछे से झाँककर मैंने बाहर देखा, सहेली अपने भाई के साथ जा रही थी। अँधेरे में वे ग़ायब हो गये तो माँ ने मुड़कर मुझसे कहा—चलो।

माँ मुझे लेकर कमरे में आयी और मुझे पलँग पर बैठाते हुए बोलीं—यह अफ़वाह शाम को ही सुनी गयी थी। इसी वजह से मैंने तुझे उसके यहाँ न जाने दिया।

—माँ!—मैंने सिर झुकाये हुए ही कहा—अगर सहेली न आती तो मेरी उससे आख़िरी मुलाक़ात भी न होती न?

—बेटी, ये दर्दनाक नज़ारे देखे नहीं जाते!—माँ ने कहा—तू अब सो रह। चिराग़ बुझा दूँ न?

—बुझा दो,—मैंने कहा। और मैं क्या कह सकती थी।

माँ ने चिराग़ बुझाया और पलँग पर आकर, मुझे अपनी गोद में लेती हुई बोली—आ, बेटी, अब सो रह। हम कुछ सोचकर ही क्या करेंगे? समझ ले, सहेली से तेरा इतने ही दिनों का साथ था।—कहकर उसने मुझे अपनी गोद में लिये ही लिटा लिया और मेरे चेहरे और सिर पर बार-बार हाथ फेरने लगी। उसके उस तरह बार-बार हाथ फेरने से सहसा ही मुझे लगा कि कहीं माँ के मन में यह बात तो नहीं है कि एक दिन मेरी बेटी के लिए भी नवाब की डोली आयेगी और मेरी बेटी को हमसे छीन ले जायेगी? सहेली ने कहा था कि मैं भी नवाब की ज़द में आ गयी हूँ। हाय! यह बात तो मैं उससे पूछना ही भूल गयी। मैंने उससे वचन लेने की बात सोची थी, लेकिन वह भी भूल गयी। हाय! ज़ालिम ने हमें रुख़सत होने के पहले गले मिलकर रोने का वक़्त भी कितना कम दिया! इससे तो अच्छा यही होता कि सीधे नवाब की डोली आयी होती और सहेली को लेकर चली गयी होती। तब यह लुलुआहट तो न होती। सोच लेते कि अचानक एक दुर्घटना घट गयी।

माँ मेरी कनपटी पर अब थपकी देने लगी, जैसे बचपन में वह मुझे सुलाने के लिए किया करती थी। लेकिन आज माँ की इन हरकतों से मुझे भय लग रहा था। मुझे ऐसा लग रहा था कि माँ मुझे सान्त्वना दे रही है। मेरे जी में आया कि माँ से पूछूँ कि, माँ, क्या सहेली की ही तरह मेरे लिये भी एक दिन नवाब की डोली आयेगी और मुझे लेकर चली जायेगी? लेकिन मैंने यह सोचकर न पूछा कि इससे माँ का दुःख और बढ़ जायेगा। अभी तक माँ ने अपने मुँह से मेरे सामने इस भावी संकट का एक बार भी ज़िक्र न किया था। उसका ज़िक्र करके वह मुझे अभी से घुलाना न चाहती थी। उसे शायद यह मालूम न था कि मुझे सब-कुछ मालूम हो गया है। और उसे मालूम हो तो भी वह इसे अपने मुँह से कहकर जो एक भ्रम मन बना हुआ था उसे दूर न करना चाहती थी। शायद वह यह भी सोच रही हो कि कौन जाने ऐसा हो कि न हो, फिर अभी से उस बात को लेकर क्यों अपने को हलक़ान किया जाये? लेकिन आज तो मैंने उस भावी संकट को अपनी आँखों से देख भी लिया था। अब उसमें किसी सन्देह की गुंजाइश कहाँ रह गयी थी? सहेली कह भी रही थी कि तुम भी नवाब की ज़द में आ गयी हो। सहेली यह बात क्यों कह रही थी? उसे यह कैसे मालूम हुआ था? क्या दरबार के उस आदमी ने मेरे बारे में भी उसके यहाँ कुछ कहा था? मैं तो सहेली से यह बात भी पूछना भूल गयी। सहेली के दुःख के सामने मैं तो अपने को बिलकुल ही भूल गयी थी। सहेली कल सुबह ही चली जायेगी। अब मैं किससे कुछ पूछूँगी? फिर मुझे ख़याल आया कि कहीं सहेली ख़ुद ही नवाब से कहकर तो मुझे महल में नहीं बुला लेगी? उसी ने तो अपने मुँह से यह बात कही

थी। लेकिन इस बात पर विश्वास करने को मेरा मन न हुआ। मुझसे मिले बिना ही अगर सहेली चली गयी होती तो मुझे उसकी इस बात पर विश्वास हो जाता। लेकिन अब नहीं हो रहा था। सहेली जिस तरह मुझसे रुख़सत होकर गयी थी, उसका ख़याल आने पर यह मैं कैसे सोच सकती थी कि जिस यन्त्रणा में वह ख़ुद जा फँसी है उसी में वह जान-बूझकर मुझे भी घसीट लेगी? नहीं, यह कैसे हो सकता है? यह हो या न हो, फिर भी बचाव कहाँ है? और मैं आख़िर माँ से पूछ ही बैठी—माँ, मेरे लिये भी एक दिन नवाब की डोली आयेगी क्या?

माँ जैसे चौंककर बोली—यह कैसी बात तू अपने मुँह से निकाल रही है, बेटी? क्या तू यही-सब सोच रही थी अब तक?...ऐसी बात नहीं सोचते, बेटी। भगवान् न करे कि वह दिन आये! मैं तो जल्दी ही तुम्हारी शादी करूँगी। तू अपनी ससुराल जायेगी, बेटी! अब सो रह! तू और कुछ भी न सोच, बेटी!

—माँ,—मैंने कुछ सोचकर कहा—कल सुबह मेरी सहेली चली जायेगी। तू मुझे उसके पास पहुँचा देती तो कितना अच्छा होता! थोड़ी देर और हम साथ-साथ रह लेतीं। बेचारी कितनी रंजीदा है! उससे यह काली रात कैसे काटी जायेगी?

माँ थोड़ी देर चुप रहकर बोली—यह नहीं हो सकता, बेटी!—फिर एक ठण्डी साँस लेकर वह बोली—तुझे तो कुछ मालूम नहीं है। डोली की खब़र के साथ ही नवाब के आदमी तैनात हो जाते हैं। वे डोली जाने के समय तक वहाँ पहरा देते हैं। वह तो पुष्पा थी कि तुमसे जाने कैसे मिलने आ गयी। वर्ना इस हालत में कोई लड़की को बाहर निकलने नहीं देता। तुम लोगों की मुलाक़ात हो गयी, यही बहुत बड़ी बात है। बेटी, सब्र कर ले और सो जा।

—सहेली से फिर तो कभी मेरी मुलाक़ात नहीं होगी,—मैंने कहा—बड़ा दर्द लगता है, माँ! नवाब के यहाँ जाकर फिर कोई लड़की लौटकर नहीं नहीं आती है, माँ!

—मैंने तो कभी किसी लड़की को लौटकर अपने घर आते नहीं देखा,—माँ ने कहा।

—उनकी सारी ज़िन्दगी महल में ही कट जाती है, माँ?—मैंने पूछा।

—मुझे यह-सब तो नहीं मालूम है कि महल में क्या होता है,—माँ ने कहा—लेकिन तू यह सब क्या सोच रही है? सो जा, बेटी!

—नींद नहीं आती है, माँ,—मैंने आख़िर कह ही दिया—मुझे डर लगता है। सहेली कह रही थी...

—क्या कह रही थी?—माँ ने घबराहट के स्वर में पूछा।

—कह रही थी कि मैं भी नवाब की ज़द में आ गयी हूँ...

—उसे यह कैसे मालूम हुआ?—माँ बिगड़कर बोली—वह झूठ कह रही होगी! उसके यहाँ डोली नहीं आ रही है, जैसे सबके यहाँ डोली आ जायेगी! तू बेकार की चिन्ता मत कर! चुपचाप सो जा!

—शायद उसे किसी तरह मालूम हुआ हो, माँ,—मैं बोली—दरबार के आदमियों ने तो उनके यहाँ कुछ मेरे बारे में नहीं कहा होगा न?

—उनके यहाँ तुम्हारे बारे में वे क्यों कुछ कहेंगे? उनको कहना होता तो हमारे यहाँ आकर कहते न!—माँ ज़रा रुककर बोली—तुम लोगों की आपस में तो कोई साठ-गाँठ नहीं है न?

—नहीं, माँ—मैं बोली—मुझे तो पहले कुछ मालूम ही नहीं था। वह तो आज...

—फिर कोई बात नहीं है,—माँ ने कहा—तू बेकार में परेशान न हो। अभी तेरी उम्र ही क्या है। सो जा, बेटा!

माँ से कोई बात करना बेकार था। मुझे विश्वास हो गया कि यह मुझे कुछ भी नहीं बतायेगी। मेरी समझ में न आ रहा था कि आख़िर कब तक यह मुझे बहलाकर रखेगी?

रह-रहकर सहेली की याद आ रही थी। न जाने वह किस हाल में होगी! बेचारी कल चली जायेगी। फिर कभी जाने उससे मुलाक़ात होगी कि नहीं होगी। एक यही थी जिसके पास दो क्षण बैठकर मैं मन बहला लेती थी। अब वक़्त कैसे कटेगा इस चारदीवारी में घिरकर?

उनींदी माँ का हाथ मेरी कनपटी को धीरे-धीरे सहला रहा था। यही-सब सोचते-सोचते मुझे नींद आ गयी।

सुबह नींद खुली तो मैं पलँग पर अकेली थी। पीछे की खिड़की से सुबह का उजाला कमरे में आ रहा था। दरवाज़े की ओर देखा तो वह बन्द था। माँ हमेशा मुझे अपने साथ ही सुबह जगा देती थी और हम दोनों बर्तन और रसोई का काम शुरू कर देती थीं। आज माँ ने मुझे क्यों नहीं जगाया, मेरी समझ में न आया। फिर सहसा सहेली की डोली की याद आयी तो मैं चट से उठ खड़ी हुई। कपड़े ठीक करके दरवाज़ा खोलने लगी तो मालूम हुआ कि दरवाज़ा बाहर से कुण्डी लगाकर बन्द कर दिया गया था। ऐसा तो कभी भी नहीं होता था। कुछ न समझकर, दरवाज़ा खड़खड़ाकर मैंने माँ को पुकारा। कई बार पुकारने पर माँ आयी। उसने दरवाज़ा खोलकर, चौखट पर खड़े होकर कहा—अभी कमरे से बाहर मत निकल। थोड़ी देर और रुक जा।

—क्यों?—मैंने पूछा।

—सड़क पर यहाँ-से-वहाँ तक दरबार के सिपाही-ही-सिपाही दिखायी दे रहे हैं,—माँ बोली—पुष्पा की डोली अब जाने ही वाली है।

—ओह!—कहकर, सिर पर हाथ धरकर मैं पलँग पर बैठ गयी।

—घर के सब लोग अन्दर ही हैं,—माँ ने कहा—ऐसे में कोई अपने घर से बाहर नहीं निकलता है। डोली चली जायेगी तो मैं तुझे बताऊँगी। तब तक तू यहीं रह।—कहकर माँ चली गयी।

बेचारी सहेली! मैं सोचने लगी कि क्या डोली में चढ़ाने के पहले सहेली को दुलहिन की तरह सजाया गया होगा? लेकिन रात-ही-रात में दुलहिन के कपड़े कहाँ से बने होंगे? फिर कौन-से कपड़े पहनकर सहेली डोली में बैठ रही होगी? मुए नवाब को यह-सब करना ही है तो क्यों नहीं सब बाक़ायदे करता? कम-से-कम लड़कियों की दुलहिन बनने की साध तो पूरी हो जाती।

थोड़ी ही देर में बाजे की आवाज़ आयी तो मेरी समझ में यह न आया कि यह बाजा कहाँ बजने लगा? बाजे की आवाज़ धीरे-धीरे बन्द हो गयी, तो माँ ने आकर कहा—डोली चली गयी, बेटी। आओ, चलो, जल्दी नाश्ता बना लें। आज देर हो गयी।

—माँ,—उठते हुए मैंने पूछा—यह बाजे की आवाज़ कैसी आ रही थी?

—क्यों?—माँ बोली—पुष्पा की डोली जा रही थी न, उसी के साथ बाजा बज रहा था। मरदूद नवाब रुख़सती के सब नाटक पूरे कराता है। एक बारात नहीं होती और सब होता है। बाक़ायदे वह दुलहिन की पोशाक भेजता है, एक हज़ार दीनार भेजता है, कई थाल शीरीनी और तोहफ़े भेजता है। बाक़ायदे एक बेगम की सवारी की तरह बाजे-गाजे के साथ डोली जाती है। डोली के आगे-आगे घोड़े पर शहर-कोतवाल रहता है और पीछे-पीछे बहुत-सारे सिपाही होते हैं।

मेरे दिन और भी बेमज़ा और उदास हो गये। घर के कामों में माँ का हाथ बँटाने, पलँग तोड़ने और सोचने के सिवा मेरे लिये और कोई काम ही नहीं रह गया था। न कहीं आना-जाना, न कोई सैर-तफ़रीह। थोड़े दिनों तक तो यही डर मुझे खाता रहा कि कहीं सहेली मुझे भी महल में न बुला ले। लेकिन बहुत दिनों तक ऐसा कुछ न हुआ तो धीरे-धीरे वह डर जाता रहा। और फिर ऐसा लगा कि जैसे सोचने के लिए भी मेरे पास कुछ न रह गया हो।

इस बीच घर की हालत कुछ सुधर गयी थी। छोटे भैया ने दुकान सँभाल ली थी और अब वह पहले से बेहतर चलने लगी थी। बड़े भैया किसी आढ़त में मुनीम लग गये थे और मँझले भैया दुकान और घर का ऊपर का काम सँभालने लगे थे। लड़ाई-झगड़ा अब बहुत कम हो गया था और एक तरह से अब गाड़ी लीक पर लग गयी थी। लेकिन मेरा इससे क्या बनना-बिगड़ना था?

साल बीतते-बीतते घर में मेहमान आये। माँ ने बताया, बड़े की शादी की बात चल रही है। जाने कितने दिनों के बाद माँ को मैंने हँसते हुए देखा था। बड़े भैया की शादी की उम्मीद बँधी और घर के वातावरण में एक परिवर्तन दिखायी देने लगा। मैंने सोचा, चलो, कुछ तो बदला। भाभी आ जायेंगी तो थोड़ी मुझे भी राहत मिलेगी, घर में एक बोलने-बतियानेवाली तो होगी। वक़्त कुछ बेहतर ही कटेगा।

और होनी ऐसी हुई कि बड़े भैया की शादी पक्की हो गयी और अगले ही लगन में भाभी हमारे घर में आ गयीं। थोड़े दिनों तक ख़ूब मज़े रहे। ख़ूब हा-हा, ही-ही रही। ख़ूब गप-शप रही। वह हमारी चोटी गूँथतीं और मैं उनकी चोटी गूँथती। दिन-भर साथ-साथ बनी रहतीं, साथ-साथ काम करतीं। वह चूल्हा जलातीं तो मैं पतीला बैठाती। वह रोटी बेलतीं तो मैं रोटी सेंकती। मैं बुहारी करती तो वह चौका उठातीं। वह कपड़े धोतीं तो मैं उन्हें निचोड़-निचोड़कर सूखने को डालती। उन्हें कभी चिढ़ाने को मन करता तो मैं नवाब की बात छेड़ देती। तब वह रूठकर कहतीं, मैं तुमसे नहीं बोलूँगी! ऐसा लगता था कि अब दिन इसी तरह हँसी-मज़ाक में बीतते जायेंगे।

लेकिन ऐसा हुआ नहीं। थोड़े दिन और बीतते-बीतते ही मुझे ऐसा लगने लगा कि जैसे सहेली की ही तरह मेरे मन में भी एक बेकली सिर उठाने लगी है। भाभी रात को बड़े भैया के पास चली जातीं तो जाने मेरा मन कैसे होने लगता। एक कसमसाहट मेरे सारे जिस्म में व्याप जाती। माँ के पास सोने को मेरा मन न करता। एक ऐसा खोया-खोयापन मन पर तारी हो जाता कि दाँतों से नाखून कुतरती हुई मैं सोचा करती कि आख़िर मुझे क्या चाहिए। मुझे लगता था कि मुझे कुछ चाहिए, लेकिन मुझे क्या चाहिए, यह मेरी समझ में न आता था। रात को देर-देर तक मुझे नींद न आती थी। हमारे कमरे के ऊपर ही भाभी का कमरा था। कभी-कभी चारपाई बजने या भाभी की चूड़ियाँ खनकने की आवाज़ आती, तो जाने मन में क्या-क्या ख़याल आते।

आईने के सामने खड़ी होती या बैठती तो ख़ुद अपना ही जिस्म देखा न जाता था। इतने ही दिनों में यह जिस्म क्या-से-क्या हो गया था। जैसे अंग-अंग फटा-फटा पड़ रहा था। बिलकुल सहेली का जिस्म मुझे याद आता था और जिस तरह उसने उस दिन मुझे दबोचा था, मेरे जी में आता था कि मैं भी...मैं सोचती कि सहेली आज रहती तो कितना अच्छा होता! क्या कहती थी वह, और किसी तरह हमारे लिये कोई नयी कहानी पैदा नहीं होती तो आओ, हमीं मिलकर कोई कहानी पैदा कर लें। कोई तो दिलचस्पी की चीज़ हो हमारी ज़िन्दगी में!...लेकिन, हाय, अब तो वह मेरी सहेली भी नहीं रही। मैं तो बिलकुल अकेली हूँ। भाभी से तो मैं वैसी बातें नहीं कर सकती। अब दिन कैसे कटेंगे, यही सवाल फिर मेरे दिमाग़ में उठने लगा। सहेली की वहशत मुझे याद थी। मैं मन-ही-मन डरने लगी कि कहीं वही वहशत मुझमें भी तो शुरू नहीं हो रही है! हाय भगवान्! अब क्या होगा?

अब भाभी को देखकर मुझे एक हीनता का अनुभव होता और फिर तो मैं उनसे जलने भी लगी। भाभी का इसमें कोई दोष नहीं था, यह मैं जानती थी, लेकिन मैं अपने मन को किसी तरह समझा ही नहीं पाती थी। मुझे सहेली की वह बात याद आती जो उसने अपनी भाभियों को लेकर कही थी। सहेली की कही हुई हर बात मेरे सामने आ रही थी, यह कितने अचरज की बात थी! उस वक़्त मैं यह-सब क्या समझती

थी?

अजीब बात है कि इस बीच मेरी शादी की कोई बात उठी ही नहीं। बड़े भैया की शादी करके जैसे माँ मेरी शादी की बात ही भूल गयी थी। ख़ुद होकर मैं उससे क्या कहती और क्या पूछती? अब रह-रहकर मुझे माँ पर भी खीझ होती। ऐसा लगता था कि घर के सब लोगों से मेरा लगाव धीरे-धीरे कम होता जा रहा है और वह दिन दूर नहीं है जब मैं इतने लोगों के रहते हुए भी इस घर में बिलकुल अकेली हो जाऊँगी।

भाभी ने कुछ दिनों तक तो मेरी दिलजोई की, लेकिन उनके प्रति मेरे व्यवहार के रूखेपन में फिर भी कोई परिवर्तन नहीं आया, तो वह भी लापरवाह हो बैठीं। माँ ने तो इधर मुझसे बात करना ही छोड़ दिया था। मैं खिझी-खिझी-सी रहने लगी। जी में आता था कि अपने ही को कुछ कर डालूँ। और कुछ नहीं तो अपने बाल ही खींचूँ, अपना मुँह ही नोचूँ। काम से भी मेरा मन उखड़ने लगा। भाभी कुछ करने को कहतीं तो मुझे ग़ुस्सा आ जाता। फिर उनकी-मेरी बोली-ठोली भी शुरू हो गयी।

एक रात मैंने माँ से कह ही तो दिया—माँ, इतने कमरे खाली हैं, एक में मेरे लिये अलग पलँग क्यों नहीं लगवा देती?

माँ थोड़ी देर तक तो मेरा मुँह ही निहारती रह गयी। फिर बोली—क्यों, तुझे अलग पलँग की क्या ज़रूरत पड़ गयी? कल तक तो तू मेरे साथ ही सोती थी।

—अब तुम्हारे साथ सोने में मुझे तकलीफ़ होती है, माँ,—मैंने हिम्मत करके कह ही दिया।

माँ फिर मेरा मुँह निहारने लगी। बोली—हूँ! तुझे तकलीफ़ होती है मेरे साथ सोने में? इतना बड़ा तो पलँग है!

—नहीं, माँ, मैं अकेली ही सोना चाहती हूँ!—मैंने ज़िद पर आकर कहा।

—जवान लड़कियों को अकेले नहीं सोने दिया जाता,—माँ बोली।

—क्यों?—मैं पूछ बैठी—अकेले सोने से मुझे क्या हो जायेगा?

—तुझे डर लगेगा, बेटी।

—मुझे बिलकुल डर नहीं लगेगा, माँ,—मैं बोली—मैं अब कोई बच्ची थोड़े ही हूँ।

—हाँ री, वह तो मैं देख ही रही हूँ!—माँ बिगड़कर बोली—बच्ची होती तो इस तरह मुझसे तू बात थोड़े ही करती, बहू से इस तरह थोड़े ही ज़बान लड़ाती! मैं सब देख रही हूँ अपनी आँखों से ही! नहीं कुछ बोलती हूँ तो इसका मतलब तू यह न समझ लेना कि मैं तेरे लच्छन भी नहीं पहचान रही हूँ! पुष्पा की चाल चलेगी तो मैं तेरी इस बौरायी जवानी को चूल्हे में झोंक दूँगी, समझ रखना!

मारे ग़ुस्से के मैं तो जल-भुनकर रह गयी। मुझे माँ से यह उम्मीद बिलकुल नहीं थी। क्या यही—सब एक दिन सुनाने के लिए यह इतने दिनों से चुप्पी साधे हुए थी?

मैं बोलने से अपने को न रोक सकी—सहेली का नाम क्यों लेती हो? उसमें कौन-सी बुराई थी?

—बड़ी सहेलीवाली आयी हैं!—माँ ने ज़बान ऐंठकर कहा—उसमें क्या बुराई थी, यह जाकर उसकी माँ से पूछ! तुझे क्या मालूम, तू तो उस वक़्त बच्ची थी न! उसके साथ का ही तो यह असर है कि आज तू मेरे साथ इस तरह की बातें कर रही है! लेकिन मैं पुष्पा की माँ नहीं हूँ! अगर तूने अपनी जवानी क़ाबू में न रखी, तो कल नवाब की डोली आनेवाली होगी तो मैं आज ही उसे मँगवा लूँगी! जाकर वहीं तू अपनी जवानी का नज़्ज़ारा दिखाना!

ग़ुस्से के मारे मैं दोनों हाथों से अपना मुँह ढँककर रोने लगी। माँ एक दिन यह बात अपने मुँह से ही कहेगी, ऐसा मैं कभी भी न सोच सकती थी। मैं ज़रूर बदली थी, लेकिन माँ भी इसी बीच इतनी बदल गयी थी, मुझे क्या मालूम था? क्या यह घर जिस तरह मेरे लिये बेगाना होता जा रहा था, उसी तरह मैं भी इन लोगों के लिए बेगानी होती जा रही हूँ? माँ को भी क्या अब मेरा बिलकुल ही मोह नहीं है? मोह होता तो वह मुझे नवाब के पास भेजने की बात अपने मुँह से क्यों निकालती? नवाब का नाम लेकर अब मुझे धमकाने का क्या मतलब है? क्या अब मैं कोई बच्ची हूँ कि नवाब से डर जाऊँगी?

—अब रोयेगी कि चुपचाप सोयेगी?—माँ ने मेरा हाथ पकड़कर मुझे पलँग पर खींचते हुए कहा।

मैंने ज़ोर लगाकर अपना हाथ छुड़ा लिया और तमककर बोली—नहीं सोऊँगी, तुम्हारे पास मैं नहीं सोऊँगी! मुझे अब तुम नवाब के यहाँ भेज ही दो!—यह बात मेरे मुँह से निकल गयी और इस पर मुझे कोई अचरज नहीं हुआ।

माँ मेरा मुँह निहारने लगी। फिर ग़ुस्से में आकर बोली—लड़की, तेरा दिमाग़ बिलकुल ख़राब हो गया है?

मुझे याद आया, उस दिन सहेली से भी मैंने यही बात कही थी। मेरे जी में आया कि उस दिन सहेली ने मेरा जो जवाब दिया था वही मैं माँ को भी दे दूँ। मैं बड़ी दबंगई से बोली—हाँ, जाऊँगी। जाऊँगी यहाँ से तो वहाँ बेहतर ही रहूँगी!

माँ पलँग से उठी और उसने एक थप्पड़ मेरे मुँह पर जमा दिया!

मुझे तो जैसे बिच्छू ने डंक मार दिया। मैं वहीं फ़र्श पर गिरकर हाथ-पाँव पटककर छटपटाने लगी और ज़ोर-ज़ोर से चीख़कर रोने लगी।

माँ भी चिल्लाये जा रही थी—मार-मारकर मैं तेरी सारी वहशत झाड़ दूँगी। एक तेरे ही जिस्म पर क्या नयी जवानी आयी है? हम लोग भी तो एक समय जवान थीं, लेकिन मजाल है कि मुँह से कोई ऐसी-वैसी बात निकल जाये!

पिता जी, भाई लोग, भाभी, सब दरवाज़े पर आकर पूछने लगे—क्या बात है? यह इस तरह क्यों चीख़-चीख़कर रो रही है?

उन्हें देखकर मैं और भी हाथ-पाँव पटकने और चीख़-चीख़कर रोने लगी। माँ ने सबको डाँटकर वापस कर दिया। वे लोग चुपचाप चले गये। किसी ने माँ से और कुछ भी न पूछा। मैं मन-ही-मन हैरान होकर रह गयी। क्या अब किसी को भी मेरी चिन्ता नहीं रह गयी है? फिर अचानक मैंने रोना-पीटना बन्द कर दिया।

माँ बोली—तुझे ज़रा भी शरम-हया नहीं रह गयी है? इस तरह नंगी होकर तू नाचेगी, हरामज़ादी, तो लोग देखकर क्या कहेंगे?—कहकर माँ मेरे खुले घुटने ढँकने लगी, तो मैंने उसके हाथ झिटक दिये और कपड़े खिसकाकर अपनी टाँगें और भी नंगी कर लीं। मैं तो अपना ब्लाउज़ भी फाड़ने की सोच रही थी कि तभी माँ मेरे दोनों हाथ पकड़कर, मेरी चिरौरी करती हुई बोली—कल तेरा बिस्तर मैं अलग लगवा दूँगी! आज जैसे भी हो यहाँ सो रह। मुझे क्या मालूम था कि तुझे अब माँ से इतनी नफ़रत हो गयी है। आज माफ़ कर दे, बेटी, मैं फिर कभी तुझे हाथ न लगाऊँगी। तूने ही तो ग़ुस्सा दिला दिया, वर्ना आज तक कभी मैंने तुझ पर हाथ छोड़ा था? ग़ुस्से में अक़्ल ठिकाने नहीं रहती, बेटी! एक बार मुझे तू माफ़ कर दे! यह न सोच कि तुझे ही चोट लगी है, तुझसे ज़्यादा मुझे चोट लगी है! हाय, अपनी जवान बेटी पर मैंने कैसे हाथ छोड़ दिया?—और माँ अचानक फफक-फफककर रो उठी।

कैसी अजीब बात है। माँ के लिए तब भी मेरे मन में कोई सहानुभूति नहीं हुई। उसे रोते देखकर एक क्रूरता का ही मज़ा मुझे मिल रहा था। मुझे विश्वास ही नहीं हो रहा था कि माँ किसी दुःख से रो रही है। मुझे लग रहा था कि अब यह मुझे फुसला रही है। मैंने उसके हाथों में से अपने हाथ खींचकर कहा—मैं तुम्हारे पास नहीं सोऊँगी, नहीं सोऊँगी, एक बार कह दिया!

माँ बोली—तू इतनी बेदरद हो गयी है, यह मुझे मालूम नहीं था।

—मेरे लिये किसी को दरद नहीं है, तो मुझे किसी के लिए दरद क्यों हो?—मैंने कह दिया।

—तेरे लिये हमें दरद नहीं है, यह तू क्या कहती है, बेटी?—माँ फिर मेरे हाथ पकड़कर बोली—तेरे लिये हमें दरद न होता तो हम लोग तेरी चिन्ता में इस तरह घुलते रहते? तुझसे घर का क्या छिपा हुआ है। थोड़ी रक़म जमा हो जाये तो...

मैंने उसके हाथ हटाकर कहा—तू तो कहती थी, बेटी, मैं तेरी शादी के लिए यह कोठी गिरवी रख दूँगी, तू तो कहती थी...

माँ बीच में ही बोल उठी—तू नहीं समझेगी माँ के दिल को! तू अपनी माँ की मजबूरी भी नहीं समझेगी। ख़ैर, इस रात को मैं तुमसे बहस नहीं करना चाहती। आज तू सो रह, कल जैसा तू कहेगी मैं इन्तज़ाम कर दूँगी।

—मैं तुम्हारे पास नहीं सोऊँगी, माँ!

—तो तू अकेली पलँग पर सो रह, मैं यहीं फ़र्श पर कुछ बिछाकर सो रहूँगी।

—नहीं, मैं कमरे में अकेली ही सोऊँगी!

—तो ले, सो!—माँ झमककर उठी और कमरे से बाहर जाकर दरवाज़ा बन्द करने लगी।

—दरवाज़ा क्यों बन्द कर रही है?—मैंने कहा—मुझे हाजत...

—तू पुकार लेना, मैं खोल दूँगी,—कहकर, बाहर से कुण्डी लगाकर माँ चली गयी।

तब जाकर मैंने चैन की एक साँस ली। जो-कुछ भी आज हुआ था, उसका रत्ती-भर भी मुझे पछतावा नहीं था। बहुत दिनों के बाद आज पहली बार मुझे इस बात का अहसास हुआ कि एक बात तो मेरे मन की हुई। मुझे अपनी शक्ति पर कुछ भरोसा हुआ। मुझे लगा कि यह मेरी पहली जीत है, मैं भी कुछ करने को स्वतन्त्र हूँ।

मैं पसीने से तर-ब्तर उठ खड़ी हुई। मुँह पर आ गये बालों को दोनों हाथों से ऊपर किया। आँचल उठाकर कन्धे पर रखने लगी, तो ख़याल आया, इसकी क्या ज़रूरत है, अब यहाँ कौन देखनेवाला है? आँचल वैसे ही छोड़कर मैंने लपककर दरवाज़े की कुण्डी अन्दर से भी लगा दी। साड़ी खोलकर रेंगनी पर टाँग दी तो मन में आया, ब्लाउज़ भी क्यों न उतार दूँ, कितनी गरमी मालूम देती है! मैंने ब्लाउज़ और अँगियाँ भी उतार फेंके और पलँग पर उसी तरह हहाकर जा गिरी, जैसे गरमी से परेशान कोई आदमी पोखर के पानी में जा गिरता है। मुझे नहीं मालूम कि ऐसी स्वतन्त्रता मैंने पहले कभी भी महसूस की हो। मैं बिस्तर पर इस पाटी से उस पाटी तक लोट-लोटकर इस स्वतन्त्रता का मज़ा लेने लगी। आज मैं बहुत ख़ुश थी। आज मैं इस पलँग पर जो चाहे कर सकती थी, कोई देखनेवाला न था। कोई टोकनेवाला न था। मेरे जिस्म के जाने कितने दिनों से बँधे हुए बन्द आज खुल गये थे। ओह, क्या क़यामत के ये दिन काटे थे मैंने! खुलकर एक आज़ादी की साँस भी मैं न ले पाती थी। सहेली के पास अपना अलग कमरा था, यह कितना अच्छा था! उसकी माँ ने कुछ सोचकर ही तो उसे अलग कमरा दिया होगा। एक मेरी माँ है जो हरदम अपनी सूखी छाती से मुझे साटे रहना चाहती है। हुंः!

मैं चित लेटकर, दोनों पाँव उठा-उठाकर कमर से उछलने लगी। पेटीकोट का भी मुझे होश न था। उसका होश रखने की ज़रूरत ही क्या थी? मेरे जी में आया कि ख़ूब खिलखिलाकर हँसूँ। फिर ख़याल आया कि ऊपर भाभी का कमरा है। उँह! चिढ़कर मैं बोली, भाभी का कमरा है तो क्या हुआ? क्या वे लोग अपने कमरे में बैठकर कोई पूजा-पाठ कर रहे हैं? और मैं सचमुच ज़ोर से खिलखिलाकर हँस पड़ी। फिर ज़रा देर चुप्पी साधकर यह जानने के लिए मैंने आहट ली कि मेरी खिलखिलाहट की कहीं कोई प्रतिक्रिया हुई है या नहीं? मैंने सोच रखा था कि अगर किसी ने आकर

मुझे टोका तो ठीक नहीं होगा! मैं उसे डाँटे बिना न रहूँगी कि मेरी हँसी पर पाबन्दी लगानेवाले तुम कौन हो?

लेकिन कोई कुछ पूछने न आया और मेरी ख़ुशी और बढ़ गयी। फिर मैं सोचने लगी कि अब क्या करूँ? तभी चिराग़ की लौ फकफक कर उठी। मैंने उसकी ओर देखा, तो वह दम तोड़ रहा था। लौ एक बार फड़की और बुझ गयी। कमरे में अँधेरा छा गया और मुझे लगा कि एक जादू का खेल ख़त्म हो गया। चलो, आज तो शुरुआत थी। अब तो रोज़ ही मैं अकेली सोऊँगी। कल से कमरे में तेल की बोतल भी रख लिया करूँगी।

मैं करवट बदलकर, गाल के नीचे हथेली रखकर अब सोने की कोशिश करने लगी। लेकिन नींद तो अभी कहीं मेरे ख़याल में भी नहीं थी। इस ख़ुशी की बौखलाहट में सोने की कौन सोच सकता था? लेकिन कमबख़्त चिराग़ ने धोखा दे दिया। इस अँधेरे ने तो जैसे सारा मज़ा ही किरकिरा करके रख दिया। मैंने करवट बदली तो मुझे ऐसा महसूस हुआ कि मेरी बाँहों में कुछ होना चाहिए, कुछ क्या, कोई होना चाहिए। यह सीने के आगे का ख़ालीपन तो जैसे काट रहा है। मैं क्या करूँ? कोई और नहीं तो, काश, आज मेरी सहेली ही मेरे पास होती। यह ख़याल आना कि सहेली की उस दिन की हरकत मुझे अचानक याद आ गयी। मन में ही मैंने यह सवाल दुहराया, क्या अब मैं भी सहेली की ही उस स्थिति से गुज़र रही हूँ? उस वक़्त सहेली की बातें, वे हरकतें मुझे कितनी बुरी लगी थीं, लेकिन आज? आज वह होती तो मैं उसे बताती, उस दिन की सारी कसर निकाल लेती!

मेरा मन कसमसाने लगा। मैंने फिर करवट बदली। एक बेचैनी-सी मेरे दिल-दिमाग़ में सनसनाने लगी। फिर मैं पट सोयी। फिर पाटी को लेकर भींचा, फिर तकिये को लेकर भींचा, लेकिन चैन का कहीं नाम न था। मेरी बेचैनी और भी बढ़ती जा रही थी। मेरा बुरा हाल हो रहा था। और फिर अचानक मुझे सहेली पर ग़ुस्सा आने लगा। उसी की तो सब करतूतें थीं जो आज मुझमें बोल रही थीं। कमबख़्त महल में जाकर मुझे भूल गयी। बुलाने को कहा था, अब शायद उसे वह भी याद न रहा। उसकी यह बात भी शायद झूठ ही थी कि मैं नवाब की ज़द में आ गयी हूँ। मैं अकेली यहाँ क्या करूँ? और मैं सिसक-सिसककर रोने लगी। फिर ख़याल आया, यह मैं रोने क्यों लगी? सहेली तो कभी भी नहीं रोती थी! कौन जाने, शायद वह भी रोती हो। कोई चौबीसों घण्टे मैं उसके साथ थोड़े बनी रहती थी।

लेकिन रोने का असर कुछ ऐसा हुआ कि फिर मैं दूसरी ही बातें सोचने लगी। भाभी की ही तरह मेरी भी शादी हो गयी होती, तो फिर मेरी यह नौबत ही क्यों होती? मैं भी अपनी ससुराल में होती, मेरा दूल्हा मेरे साथ होता। चैन की ज़िन्दगी कटती। इन लोगों को मेरी शादी की चिन्ता क्यों नहीं है? सहेली को देखकर तो माँ कहती थी कि जाने कैसे उसके माँ-बाप उसे देखते हैं। अब ये लोग कैसे मुझे देखते हैं?

थी कि जाने कैसे उसके माँ-बाप उसे देखते हैं। अब ये लोग कैसे मुझे देखते हैं? क्या सच ही ये लोग मेरे लिये नवाब की डोली आने का इन्तज़ार कर रहे हैं? एक हज़ार दीनार...मुझे याद आया, माँ ने कैसे बिस्तार से इस-सबका ज़िक्र किया था। क्या आख़िर सहेली की गति ही मेरी भी होगी? अगर वही होनेवाली है तो क्यों नहीं अब जल्दी ही हो जाती? इस घर में बन्द रहकर अब तो दिन नहीं कटते। सहेली कहती थी, नवाब तो नाम को होता है, वहाँ...

फिर तो सहेली ख़ूब मज़े कर रही होगी। अगर मैं महल में गयी तो देखूँगी न! सहेली से भेंट होगी तो पहले तो उसे ख़ूब फटकारूँगी कि महल में पाँव धरते ही वह सब-कुछ भूल गयी। फिर गले मिलकर बातें करूँगी। बताऊँगी कि जो-जो तुमने कहा था, ठीक ही कहा था। मैं बिलकुल तुम्हारे रास्ते से ही होकर आयी हूँ। मुझे कोई ग़म नहीं है।

तभी सहसा याद आया, सहेली ने कहा था, कहने से क्या होता है, क्या आदमी पागलपन में जो-जो बकवास करता है, वह-सब कर ही डालता है? क्यों नहीं कर डालता है? ज़रूर कर डालता है अगर अवसर मिले। मैं उससे पूछूँगी यह-सब। फिर उससे हाल-चाल पूछूँगी, पता लगाऊँगी कि यहाँ क्या-क्या होता है? क्या होता होगा! लड़कियों के साथ और क्या होता है? महल हो या झोंपड़ी हो, एक आदमी के साथ हो या सौ आदमियों के साथ हो, लड़कियों के लिए क्या फ़रक पड़ता है?

और मेरा दिमाग़ फिर ख़राब होने लगा। फिर-फिरकर वही बात सामने आ जाती थी। सहेली के मुँह में हमेशा बही बात होती थी। मेरे दिमाग़ में भी अब एक वही बात थी, और कुछ नहीं था। मैं क्या करूँ? सहेली तो मुझसे बातें कर लेती थी, मैं किससे कोई बात करूँ? सहेली तो और भी जाने क्या-क्या मेरे साथ कर लेती थी, मैं किसके साथ कुछ करूँ? कमबख़्त ने उस दिन कैसे मुझे दाँत काटे थे, मैं किसको दाँत काटूँ? कहीं वह स्कूल के पास खड़े रहनेवाला, घुँघराले बालोंवाला लड़का मिल जाता! अब तो वह भी ख़ूब जवान हो गया होगा। कमबख़्त फिर कभी दिखायी ही नहीं दिया। दरवाज़े पर खड़ी होकर मैंने कितने दिनों तक उसकी राह ताकी थी! एक बार भी वह दिखायी न दिया। और वे-सब लड़के! कहाँ मर-बिला गये सब-के-सब! अरे, कोई तो दिखायी दिया होता। अब तो कोई सवाल ही नहीं उठता। अब तो माँ कभी दरवाज़े पर भी नहीं जाने देती। मैं क्या करूँ? अकेली मैं क्या करूँ? और अचानक ही जैसे कहीं बिजली कौंधी हो, मेरे दिमाग़ में एक ख़याल चमक गया। क्या मैं अकेली-अकेली ही कोई नयी कहानी पैदा नहीं कर सकती? यह कैसा ख़याल था! मैं तो दंग रह गयी। फिर यह ख़याल आया कि क्या इसीलिए मैं अपने लिये अलग कमरा चाहती थी? शायद इसीलिए, इसीलिए, यह बात ज़रूर कहीं मेरे दिमाग़ में थी! अब जाकर वह मेरे सामने आयी है।

तभी झन्न-से कुण्डी बज उठी। माँ ने मेरे कमरे के दरवाज़े की कुण्डी खोली थी उसकी आवाज़ आयी—आशा, उठ, बेटी, सुबह हो गयी।

मैं चौंककर उठ बैठी। पेटीकोट पर मेरी नज़र गयी। फिर मुझे ख़याल आ गया, मैंने अन्दर से भी तो कुण्डी बन्द कर रखी है। चिल्लाने दो उसे!

माँ पल्ले हिलाकर बोली—अरे, अन्दर से भी बन्द कर रखा है क्या?

मैंने कहा—हाँ, तुमने बाहर से बन्द कर दिया तो मैंने भी अन्दर से बन्द कर दिया! तुम्हें मेरे बाहर कहीं भाग जाने का डर था तो मुझे भी तो किसी के अन्दर आ जाने का डर था!

—क्या बकती है, लड़की?—माँ बोली—दरवाज़ा खोल।

—दरवाज़ा अभी नहीं खुलेगा, तुम जाओ!—मैंने कह दिया।

—तेरा दिमाग़ बिलकुल ख़राब हो गया है क्या?

—हाँ, बिलकुल ख़राब हो गया है! तुम जाओ!

माँ चली गयी, तो मैं फिर लेट गयी। पीछे की खिड़की से रोशनी आ रही थी। मैंने पलटकर खिड़की की ओर देखा। वह काफ़ी ऊँचाई पर थी। पलँग पर खड़े होने पर शायद मेरी आँखें उस तक पहुँच सकती थीं। लेकिन वैसे देखने से क्या दिखायी देगा? सामने की दीवार देखकर मैं क्या करूँगी? दीवारें तो इस कोठी में भी बहुत-सारी हैं। लेकिन उनसे सिर टकराने के सिवा और क्या किया जा सकता है? मुझे लगा कि कमरे में खिड़की भी कुछ समझ-बूझकर ही लोगों ने इतनी ऊँचाई पर बनवायी होगी।

दरवाज़ा खटखटाने की आवाज़ आयी। फिर पिता जी की आवाज़ सुनायी पड़ी—दरवाज़ा खोल, बेटी! तू कब तक सोयी रहेगी?

अच्छा, तो माँ ने अब इन्हें भेजा है! मेरे जी में आया कि दरवाज़ा खोलूँ और जिस रूप में मैं हूँ उसी रूप में उनके सामने जा खड़ी होऊँ। यों किसी को कुछ दिखायी नहीं देता है तो इस तरह देखें कि इस बेटी के क्या हाल हैं?

कोई जवाब न पा पिता जी ज़रा ज़ोर से बोले—खोलो, आशा, मैं कह रहा हूँ न!

मैंने कहना चाहा, आप कह रहे हैं तो इसमें क्या कोई ख़ास बात हो गयी? आपका अदब मैंने बहुत किया, सबका अदब मैंने बहुत किया और सब देख लिया। अब आप हों या कोई हो, किसी के ख़याल की कोई बात नहीं उठती। आप सब लोगों की एक ही साज़िश है, मैं अब समझ गयी हूँ। अब अदब और हया का कोई सवाल ही मेरे सामने नहीं है। आप-सबके सामने मैं नंगी होकर नाचूँगी तभी आप लोगों का दिमाग़ ठिकाने आयेगा और कोई चारा नहीं है। ख़ैरियत इसी में है कि आप चले जाइये।

ज़ोर से भड़भड़ाना शुरू कर दिया।

अब क्या था, जाने मुझे ग़ुस्सा आया या किसी पागलपन का दौरा आया, मैं झट से उठी और कुण्डी खोलकर, पल्लों को धड़ाम से खोलकर बोल उठी—क्या है?

मेरी आँखों के सामने जैसे बिजली कौंधी हो, मुझे एक प्रकाश के झोंके में सामने अपने घर के सब लोग आँखें फाड़कर मुझे घूरते हुए दिखायी पड़े और फिर ऐसा लगा कि प्रकाश एकाएक बुझ गया है, मेरे सिर में एक चक्कर आया है और धड़ाम से वहीं गिर पड़ी हूँ।

मुझे होश आया तो मैंने देखा, मैं पलँग पर लेटी हुई हूँ। भाभी मुझे पंखा झल रही हैं और माँ मेरी चाँद पर मालिश कर रही है। मैं उठकर बैठी तो मुझे कुछ कमज़ोरी महसूस हुई और यह भी लगा कि मेरी आँखों के सामने एक झीना-झीना काला पर्दा टँगा हुआ है। मैंने कुछ सोचने-समझने की कोशिश की लेकिन मैं कुछ भी सोच-समझ न सकी। मेरे दिमाग़ में जैसे एक धुँधलाहट रेंग रही थी।

उसके बाद जाने कितने दिनों तक मेरी यही कैफ़ियत बनी रही। न कंघी-चोटी करने को मन करता, न कपड़े बदलने का। जहाँ बैठ जाती, बैठी रहती। कोई मक्खी मुँह पर आकर बैठ जाती तो उसे बैठे रहने देती, उड़ाने को मन ही न करता। भूख नहीं लगती थी। नींद नहीं आती थी। कुछ सोचने की कोशिश करती तो भी कुछ सोच न पाती थी। बात करने को जी न करता था, कोई बात करता था तो बड़ी उलझन होती थी। रह-रहकर जँभाई आती थी। न हँसने को मन करता था, न रोने को। कभी-कभी ऐसा ज़रूर लगता था कि मैं बेहाश हो रही हूँ। लेकिन मैं बेहोश नहीं होती थी।

ऐसे ही में एक दिन बहुत सुबह ही माँ ने मुझे उठाया। बोली—उठ, बेटी, आज तेरे लिये नवाब की डोली आनेवाली है। चल, तू जल्दी मुँह-हाथ धोकर नहा ले।

ग़ुसलख़ाने में जाकर मैंने दातौन की, कुल्ले किये और नहाया। कपड़े बदलकर कमरे में आयी तो वहाँ माँ और भाभी खड़ी थीं।

माँ बोली—डोली आ गयी। यह तेरे लिये पोशाक आयी है। कितनी अच्छी है! पहनकर तू बिलकुल बेगम लगेगी। नहीं, बहू?

—इसमें क्या शक है?—भाभी बोलीं—इनकी-जैसी हसीन कोई दूसरी लड़की महल में नहीं होगी। ये सबसे प्यारी बेगम बनेंगी।

—नवाब के यहाँ बड़े-बड़े हकीम हैं, तू वहाँ जाते ही बिलकुल ठीक हो जायेगी।

—मुझे क्या हुआ है, माँ?—मैं पूछ बैठी।

—कुछ नहीं, बेटी, तुझे कुछ नहीं हुआ है,—माँ बोली—मैं तो यों ही एक बात कह रही थी। तू जल्दी से यह पोशाक पहन ले। पहना, बहू।

—मैं पहन लूँगी,—मैंने कहा—तुम लोग बाहर जाओ।

—दुलहिन अपने हाथ से कपड़े नहीं पहनती, उसे कपड़े पहनाये जाते हैं,—भाभी बोलीं—मुझे भी मेरी भाभियों ने पहनाये थे। आप जाइये, माँ जी।

माँ बाहर चली गयी। भाभी ने किवाड़ भेड़ दिये और बोली—आईने के सामने बैठ जाओ, बीबी, पहले चोटी गूँथ दूँ।

मैं आईने के सामने बैठ गयी। आईने में जो सूरत मुझे नज़र आयी, मुझे ऐसा लगा कि मैंने इसे कभी देखा है, लेकिन याद करने की कोशिश की तो मुझे कुछ भी याद न आया।

—कितने लम्बे-लम्बे और मुलायम ये केश हैं तुम्हारे, बीबी!—भाभी बोलीं।

—इन्हें काटकर आप अपने पास रख लीजिये न, भाभी,—मैंने कहा—मैं इन्हें ले जाकर क्या करूँगी? मेरा तो चोटी-कंघी करने को मन ही नहीं क़रता।

—तुम्हें रुलाई नहीं छूटती, बीबी?—भाभी ने पूछा।

—बहुत दिन हुए, न मेरा मन रोने को करता है, न हँसने को करता है।

—आज तो तुमको रोना चाहिए।

—क्यों?

—अपने सब लोग आज छूट जायेंगे,—भाभी बोलीं—मैं तो बहुत रोयी थी।

—क्यों?

भाभी चुप हो गयीं। थोड़ी देर बाद बोलीं—ज़रा यह चोटी पकड़ो, मैं बटुआ निकाल लूँ।

मैंने चोटी पकड़ ली। लौटकर भाभी बोलीं—वाह! क्या चाँद-सूरज हैं! बड़ी क़िस्मतवाली हो, बीबी! देखोगी?

—यहाँ चाँद-सूरज कहाँ से आ गये?

—अरे, ये बटुए में आये हैं, तुम्हारी चोटी में गूँथने के लिए।

—चाहें तो आप ही इसे अपनी चोटी में गूँथ लीजिये।

—तुम सचमुच नहीं रोओगी, बीबी?

—क्यों?

—कम-से-कम दिखाने के लिए तो तुम्हें थोड़ा रोना चाहिए,—भाभी बोलीं—वर्ना लोग क्या कहेंगे?

—क्या कहेंगे?

—कहेंगे कि तुम्हारा दिल पत्थर का है।

—पत्थर का भी दिल अब मेरे पास है, भाभी?

—अच्छा, उठो, अब पोशाक पहना दें—भाभी बोलीं,—नहीं, ज़रा रुको, यह चाँद-टीका तो पहना दूँ।

—फिर एक चाँद कहाँ से आ गया?—मैंने पूछा—चाँद तो एक ही होता है।

—वह तो तुम हो, रानी!

—मैं, हूँ?

—हाँ!

—फिर मैं ज़मीन पर क्यों आयी?

—महल की ज़ीनत बनने के लिए।

—भाभी, मेरा सिर कुछ-कुछ दर्द करने लगा,—मैं बोली—अब तुम मुझसे बात मत करो।

—अब तो जा ही रही हो, रानी,—भाभी बोलीं—दो घड़ी की मेहमान हो, दो और बातें कर लेने दो।

—तो थोड़ी देर रुककर करो,—मैंने कहा—अभी मेरा दिमाग़ ठीक नहीं है।

—अच्छा, उठो, अब पोशाक पहना दूँ,—भाभी बोलीं—फिर ज़ेवर पहनाऊँगी।

मैं खड़ी हो गयी।

मुझे सब-कुछ पहनाकर भाभी बोलीं—अब ज़रा आईने के सामने बैठकर अपनी सूरत तो देखो, बीबी!

—उसे तो मैं अभी देख चुकी हूँ,—मैं बोली—उसे मैं पहचान नहीं पायी।

—यह क्या कहती हो, बीबी?—भाभी मेरी ठुड्डी में हाथ डालकर बोलीं—यह सूरत तुम्हारी नहीं तो और किसकी है?

—जाने किसकी है,—मैं बोली और पलँग पर बैठ गयी। मुझे सहसा सहेली की याद आ गयी। वह इसी तरह तो मेरी ठुड्डी में हाथ लगाती थी।

—क्या हुआ, बीबी?

—कुछ नहीं,—मैंने कहा—मैंने कहा था न, भाभी, कि आप मुझसे ज़्यादा बातें न करें। देखिये, मेरा दिमाग़ चकरा गया था।

—अब सब ठीक हो जायेगा,—भाभी बोलीं।

—क्या ठीक हो जायेगा,—मैंने पूछा—मुझे क्या हुआ है?

—कुछ नहीं,—भाभी बोलीं—यह लहँगा बहुत अच्छा है न, बीबी! और यह दुपट्टा...

तभी बाहर से माँ की आवाज़ आयी—हो गया, बहू!

—हाँ, माँ जी, आइये,—भाभी बोलीं।

माँ दरवाज़ा खोलकर अन्दर आकर बोली—बहू, तू दही-चीनी ला!

भाभी बाहर चली गयीं तो सहसा ही माँ मुझे पलँग से उठाकर मेरे गले से लिपटकर फूट-फूटकर रो पड़ी! बोली—हाय, मैं तुझसे जुदा होकर कैसे रहूँगी, बेटी? मैंने तुझे पैदा किया, पाला-पोसा, बड़ा किया और मैं ही आज तुझे हमेशा के लिए रुख़सत कर रही हूँ!...

—अब मुझे रुख़सत करो! मेरे पास ज़्यादा वक़्त नहीं है।...माँ! यह बात कभी किसी ने मुझसे कही थी क्या? मुझे ऐसा लगता है...ओ माँ!—और फिर मैं पलँग पर बैठ गयी।

—क्या हुआ, बेटी?—माँ मुझ पर झुकती हुई बोली—थोड़ी देर तक और अपना दिमाग़ ठिकाने रख, बेटी! मैं क्या करूँ? मेरा मन नहीं मानता...

—मैं बिलकुल ठीक हूँ, माँ!—मैंने कहा—तुम्हारी कोठी बच गयी। एक हज़ार दीनार और भी मिल गये। मँझले भैया के लिए दुकान खुलवा देना।

माँ गिड़गिड़ाकर बोली—बेटी, तू आज के दिन भी मुझे माफ़ न करेगी?

—माँ! मुझसे कोई बात मत करो!—दोनों हाथों से सिर पकड़कर मैं बोली—मेरी समझ में कुछ नहीं आता है,—मुझे कोई बात करना अच्छा नहीं लगता है।

भाभी हाथ में एक तश्तरी लेकर आयीं। बोलीं—लो, बीबी, मुँह तो मीठा कर लो,—और भाभी ने अपनी उँगलियों से दही-चीनी उठाकर मेरे मुँह में डाल दिया।

भाभी ने जितना खिलाया, मैंने खा लिया। फिर उन्होंने गिलास में मुझे पानी पिलाया मैंने पी लिया, फिर उन्होंने मेरे होंठ पोंछकर कहा—बीबी, अब उठकर माँ के गले मिलो।

मैं भाभी का मुँह देखने लगी तो वह सिसकती हुई बोलीं—माँ जी, इन्हें आप अब ले जाइये, देर करना ठीक नहीं है!

माँ भी सिसकने लगी। बोली—अपने पिता जी के चरण भी यह नहीं छूयेगी?

—छोड़िये वह—सब, माँ जी,—भाभी बोलीं—इन्हें ले जाकर अब डोली में बैठा दीजिये।

—चल, बेटी,—आँचल के कोने से अपनी आँखें पोंछती हुई माँ बोली।

मैं चल पड़ी। आँगन में पिता जी और भाई लोग खड़े थे। मैंने उनकी ओर एक बार देखा। उनकी आँखों में भी आँसू भरे हुए थे। दरवाज़े के नीचे डोली लगी थी। दरवाज़े और डोली के बीच दोनों ओर पर्दे टँगे हुए थे। माँ ने मुझे दरवाज़े से नीचे उतारा। बोली—बेटी! एक बार तो गले मिल ले!

मैंने घूँघट उठाकर माँ को देखा। माँ रो रही थी। उसकी दोनों आँखों से झर-झर आँसू गिर रहे थे। मैंने कहा—तू मिल ले, माँ!

माँ मेरे गले से लिपट गयी। मैं उसका मुँह निहारती हुई बोली—अरे, तू कौन है?

—मैं कोई नहीं हूँ,—माँ ने अपने आसूँ पोंछते हुए कहा—तू जल्दी डोली में बैठ जा, बेटी!

मैं डोली में बैठ गयी। डोली का दरवाज़ा बन्द हो गया। बाजा बज उठा। इस बाजे की आवाज़ मैंने पहले भी कभी सुनी थी।

डोली उठी और चलने लगी। बाजे की आवाज़ आती रही। अचानक मुझे ऐसा लगा कि अगर यह बाजा बन्द न हुआ तो मैं रोने लगूँगी। मैंने डोली का दरवाज़ा खोला और पर्दा ज़रा हटाया तो एक बाँदी मेरे पास आकर, साथ-साथ चलती हुई बोली—क्या बात है, हुज़ूर?

—यह बाजा बन्द करवाओ!—और मैंने दरवाज़ा बन्द कर लिया।

बाजा तुरन्त बन्द हो गया। मेरे दिमाग़ को चैन मिला। डोली में नीम अँधेरा और नीम उजाला था। मेरे जी में आया कि मैं ज़रा लेट रहूँ और मैं लेट गयी। फिर मैंने कुछ सोचने की कोशिश की, लेकिन कोई बात दिमाग़ में आ ही नहीं रही थी। फिर मैंने आँखें खोले उस सीमित जगह को ही देखने लगी। छोटी-सी जगह, नीम अँधेरा, नीम उजाला, देखते-देखते मुझे ऐसा लगा कि इसी तरह यह डोली चलती रहे, चलती रहे तो कितना अच्छा रहे!

डोली रुकी तो मेरे दिमाग़ को एक धक्का-सा लगा। मैं उठकर बैठी ही थी कि डोली का एक दरवाज़ा खुला और कई हाथ मेरी ओर बढ़ते हुए दिखायी दिये। फिर कई आवाज़ें एक साथ आकर मेरे कानों में पड़ीं उतरिये, हुज़ूर!

मैं उतरी तो कई बाँदियों ने अपने हाथों से मुझे सँभाला और एक बहुत बड़े कमरे में, एक बहुत बड़े पलँग पर मुझे ले जाकर उन्होंने बैठा दिया। उनमें से एक ने मेरे लटके हुए पाँवों के पास बैठकर कहा—सरकार, जूतियाँ उतार दूँ?

—उतार दो,—मैंने कहा।

वह जूतियाँ उतारकर हटी तो एक दूसरी बाँदी ने उसकी जगह बैठकर कहा—हुज़ूर, पायताबे भी उतार दूँ?

—उतार दो,—मैंने कहा।

पायताबे वह उतार चुकी, तो मैंने सोचा, अब कोई तीसरी आकर कुछ और उतारने के लिए मुझसे पूछेगी। लेकिन ऐसा नहीं हुआ। वही बाँदी मेरे दोनों पाँवों को अपने दोनों हाथों में लेकर बोली—वाह! ये पाँव हैं या दो नन्हें-नन्हें कबूतर हैं! हुज़ूर थोड़ा आराम फ़रमायें। आप थक गयी होंगी!—और उसने मेरे दोनों पाँव अपनी गोद में लेकर आहिस्ते से उन्हें पलँग पर रख दिया।

मैं लेट गयी। मुझे लगा कि मेरा सिर और जिस्म मुलायमियत पर पड़ा हुआ है। कहीं ज़र्रा-बराबर भी कोई दबाव महसूस न हुआ।

उन्हीं बाँदियों में से दो मेरे दोनों ओर खड़ी होकर बड़े-बड़े पंखे झलने लगीं। एक मेरे पास आकर बोली—पाँव दबा दूँ, हुज़ूर!

—दबा दो,—मैंने कहा।

बड़ी मुलायमियत से पाँव दबाती हुई वह बोली—हुज़ूर के दुश्मनों की तबीयत नासाज़ तो नहीं है न? हुज़ूर ने बाजा बन्द करवा दिया था।

—बाजे की आवाज़ सुनकर मुझे रोना आता था,—मैंने कहा।

—रोना तो आता ही है, हुज़ूर,—वह बोली—अपने वाल्दैन, अपने बहन-भाई, अपने घर-दुआर से जुदा होते हुए किसे रुलाई नहीं आयेगी?...उठिये, वह आपका नाश्ता आ गया।

मैं हँसना न भूली होती तो यह मुक़ाम हँसने का था। सामने देखा, कई बाँदियाँ कन्धों पर तश्त लिये चली आ रही थीं। अब मैंने देखा, यहाँ जितनी बाँदियाँ थीं सब एक ही पोशाक पहने हुए थीं, हरे रंग का चुस्त पायजामा, पीले रंग का कुरता, लाल मखमल की जाकेट और हलका सब्ज़ दुपट्टा! सबकी पीठ पर लटकी हुई लम्बी-लम्बी चोटी दिखायी देती थी।

मैं उठकर बैठ गयी। तश्तवाली बाँदियाँ मेरे सामने आकर खड़ी हो गयीं। फिर एक बाँदी एक बड़ा तसला और एक दूसरी बाँदी एक बड़ा बधना लिये हुए मेरे सामने आयी। तसलेवाली बाँदी ने झुककर तसला मेरे आगे कर दिया, तो बधनेवाली बाँदी उसमें पानी की धार छोड़ती हुई बोली—हुज़ूर, क़ुल्ली फरमायें।

मैंने हाथ में पानी लेकर क़ुल्ली कर ली, तो वे हट गयीं और एक दूसरी बाँदी ने आकर मेरे हाथ और होंठ हलके-हलके तुर्की तौलिये से पोंछ दिये।

तश्तवालियों ने तब तक तश्तों पर से तश्तपोश हटा दिये और उन्हें हाथों में थामे हुए वे झुककर खड़ी हो गयीं। दो बाँदियाँ आगे आयीं और वे तश्तों में से चम्मच से शीरीनी निकाल-निकालकर मेरे मुँह में खिलाने लगीं। मैं खाने लगी। आख़िर खाते-खाते मेरा मन ऊब गया तो मैंने हाथ उठा दिया। उनका खिलाना बन्द हो गया। वे सिर झुकाकर हट गयीं। तश्तवालियों ने तश्त कन्धे पर रखे और तश्तपोशों से उन्हें ढँककर, सिर झुकाकर वे भी चली गयीं। फिर उसी तरह मुझे क़ुल्ली करायी गयी और मेरे होंठ पोंछे गये।

यह-सब देखकर मुझे लगा कि मैं सचमुच बीमार हूँ, तभी तो इस तरह बिस्तर पर मुझे पथ्य दिया गया। माँ बार-बार कहती थी कि मुझे कुछ हो गया है, लेकिन मैं यह समझ ही न पाती थी कि मुझे क्या हुआ है। जिस दिन मैं अपने घर के लोगों के सामने गिरकर बेहोश हुई थी या बेहोश होकर गिरी थी, उसी दिन से मेरी हालत

ही बिलकुल बदल गयी थी। जाने मेरे मन या दिमाग़ की कौन-सी रग झटका पाकर टूट गयी थी कि मुझे न कोई इच्छा रह गयी थी और न किसी भी चीज़ में कोई दिलचस्पी रह गयी थी। मेरे दिमाग़ में एक शून्य-सा भर गया था और किसी तरह का भी कोई स्थिति ज्ञान नहीं रह गया था। मैं बात करने या सुनने से बराबर बचने की कोशिश करती थी, क्योंकि बात सुनने या करने से दिमाग़ पर जोर और दबाव पड़ता था और मेरा दिमाग़ ऐसा हो गया था कि वह कोई भी ज़ोर या दबाव बरदाश्त न कर पाता था।

मैं अपने घर से महल में आ गयी थी, यह मैं समझती थी, लेकिन इससे मेरी स्थिति में क्या अन्तर आ गया था, यह मेरी समझ के बाहर की बात थी। यह मेरे घर का कमरा न था, महल का कमरा था; यह मेरे कमरे का पलँग न था, शाही पलँग था; यहाँ मेरे घर के लोग न थे, महल की बाँदियाँ थीं; इससे मेरी स्थिति में क्या अन्तर आ गया था? मैं अपने कमरे के पलँग पर जैसी बैठी या लेटी रहती थी उसी तरह इस महल के कमरे में इस शाही पलँग पर बैठी या लेटी थी। जिस तरह घर के लोगों या कमरे के सामानों से मुझे कोई दिलचस्पी न थी, उसी तरह इस महल की बांदियों या कमरे के सामान से भी मुझे कोई दिलचस्पी नहीं थी। अपने घर में मैं क्यों थी और अब इस महल में मैं क्यों लायी गयी हूँ, यह भी मेरी समझ के परे की बात थी। ग़र्ज़े कि मैं एक ज़िन्दा लाश थी। मुझे कहाँ से उठाकर कहाँ डाल दिया जाता है, मुझे क्या पहना-ओढ़ा दिया जाता है, मुझे क्या खिला-पिला दिया जाता है, मुझसे क्या बातें कर ली जाती हैं, मेरे शरीर के साथ क्या कर लिया जाता है, इस सबका मेरी इच्छा से कोई सम्बन्ध नहीं था। मुझे कहीं भी छोड़ दिया जाता, मुझे कुछ भी पहनाया-ओढ़ाया न जाता, मुझे कुछ भी खिलाया-पिलाया न जाता, मुझसे कोई भी बात न की जाती, मेरे शरीर के साथ कुछ भी न किया जाता, तो भी मुझे कोई गिला न होता, मैं वहीं पड़ी-पड़ी गल जाती, मर जाती और सड़ जाती।

मैं आज यह-सब लिख रही हूँ। उस समय तो मुझे अपनी इस स्थिति का भी शायद कोई ज्ञान न था।

रात हुई और कमरे में हरी रोशनी भर गयी। यह रोशनी जाने कहाँ से आ रही थी। मुझे उसी तरह खिलाया-पिलाया गया। थोड़ी देर बाद एक बाँदी मेरे पास आयी और झुककर बोली—हुज़ूर, थोड़ी तकलीफ़ करें तो मैं कपड़े बदल दूँ।

—बदल दो,—मैंने कहा।

उसने मेरे पहने हुए सारे कपड़े और ज़ेवर उतार दिये और मेरे पाँवों की तरफ़ से एक कपड़ा डालकर उसे मेरे गले के पास लाकर हलके से बाँध दिया। वह उतारे हुए कपड़े और ज़ेवर उठाकर चली गयी तो एक दूसरी बाँदी आयी। उसने भी सिर झुकाकर कहा—हुज़ूर, ज़रा तकलीफ़ फ़रमायें तो मैं इत्र लगा दूँ।

—लगा दो,—मैंने कहा।

वह मेरे सारे बदन में इत्र लगाकर चली गयी तो एक तीसरी बाँदी आयी। बोली—हुज़ूर, ज़रा मुँह खोलें तो ये गिलौरियाँ आपके मुँह में डाल दूँ।

मैंने मुँह खोल दिया और वह मेरे मुँह में गिलौरियाँ डालकर चली गयी।

उसके बाद एक साथ पाँच बाँदियाँ आयीं। उनमें से एक आगे आकर, झुककर बोली—हुज़ूर, इजाज़त दें तो हम आपका फूलों का सिंगार कर दें।

—कर दो,—मैंने कहा।

मुझे फूलों से सजाकर वे चली गयीं, तो फिर एक बाँदी आयी। बोली—हुज़ूर को अगर तकलीफ़ न हो तो ज़रा उठें और मेरे साथ चलने का करम फ़रमायें, मैं आपको ख़ाबगाह में पहुँचा दूँ।

मैंने उठकर पाँव नीचे लटकाये ही थे कि उसने मेरे पाँवों को अपनी गोद में लेकर उनमें जूतियाँ डाल दीं। उसके साथ मैं चल पड़ी। कई कमरे पार करके वह मुझे एक दूसरे कमरे में ले आयी और उसके बीच में पड़े हुए एक पलँग पर उसने मुझे बैठा दिया, मेरे पाँवों की जूतियाँ निकालीं और इजाज़त लेकर चली गयी।

उसके बाद फिर एक और बाँदी आयी और मेरे सामने झुककर बोली—हुज़ूर, मैं आज की रात आपको एक आख़िरी तकलीफ़ देने आयी हूँ। हुज़ूर, इजाज़त दें तो मैं आपके जिस्म का यह कपड़ा उतार दूँ।

—उतार दो,—मैंने कहा।

गले का बन्द खोलती हुई वह बोली—हुज़ूर बहुत अच्छी हैं! ज़रा आप लेट जाने की तकलीफ़ फ़रमायें!

मैं लेट गयी तो वह बोली—हुज़ूर बहुत ही अच्छी हैं। ख़ुदा ने जैसी आपको चाँद की तरह सूरत अता की है, वैसी ही मक्खन की तरह उसने आपको तबीयत भी अता की है। ज़रा-ज़रा-सा यह नाज़ुक कमर उठाने की तकलीफ़ फ़रमायें, हुज़ूर!

मैंने कमर उठा दी।

कपड़ा नीचे सरकाती हुई वह बोली—हुज़ूर, बहुत-बहुत अच्छी हैं! अब कमर सीधी तो कर लीजिये। हुज़ूर, इस महल में सैकड़ों एक-से-एक बढ़कर दोशीज़ाएँ आयीं, मगर आपका मुक़ाबिला मैंने आज तक नहीं देखा। ज़रा-सा पाँव समेट तो लीजिये, हुज़ूर।

मैंने पाँव समेट लिये।

—बस-बस, हो गया, हुज़ूर!—वह बोली—इन पाँवों को तो, जी में आता है, मैं चूम लूँ! हुजूर, हर नोक-पलक से दुरुस्त, ऐसा ढला हुआ बेनुक़्स जिस्म मैंने ज़िन्दगी में पहली बार देखा है! और ऐसी नरम तबीयत तो, हुज़ूर, मैंने किसी की देखी ही नहीं! क़ुरबान जाऊँ! तभी तो हर बाँदी का आपकी तारीफ़ करते-करते मुँह सूख

रहा है। वर्ना, हुज़ूर, कितनी तो ऐसे मौक़े पर हमें इतनी तकलीफ़ देती हैं कि मैं क्या बताऊँ। कितनी तो दाँत काट बैठती हैं, लात मार बैठती हैं, चीज़ें तोड़-फोड़ देती हैं, गालियाँ बकती हैं! क्या फ़ायदा इस-सबसे, हुज़ूर? हम तो हुकुम की बन्दी हैं! हम पर नाराज़ होने से किसी को क्या मिलेगा? बहुत-बहुत शुक्रिया, हुज़ूर! ख़ुदा आपको ख़ुश रखे! हम आपके लिए दुआएँ करेंगी और हमेशा आपकी ख़िदमत में हाज़िर रहेंगी। अब आप मुझे इजाज़त देने की तकलीफ़ फ़रमायें।

—जाओ,—मैंने कहा।

वह उतारा हुआ कपड़ा हाथ में लिये हुए चली गयी।

उस दिन मैं सब देख रही थी। लेकिन कुछ भी महसूस नहीं कर रही थी। लेकिन आज मैं उस-सबका बयान उसी तरह कर सकती हूँ जैसे कोई आदमी अपना देखा हुआ कोई सपना बयान करता है।

वह कमरा गोल था, लेकिन उसमें दीवारें हैं, इसका कोई एहसास न हो रहा था। दीवारों का रंग और रोशनी का रंग इस तरह एक था कि कमरे में बैठनेवाले को ऐसा लगता था, जैसे वह खुली जगह में बैठा है और अपने चारों ओर चाँदनी में नहाते हुए संगमरमर के क्षितिज को देख रहा है। कमरे में छत है इसका भी कोई एहसास वहाँ न होता था। ऐसा लगता था कि वह खुले आसमान के नीचे बैठा है। उस पर एक पूरा चाँद खिला हुआ था और उससे दुधिया चाँदनी की धीमी-धीमी बारिश हो रही थी और मद्धिम-मद्धिम तारे लुक-लुक कर रहे थे। नीचे फ़र्श का भी कोई एहसास न हो रहा था। नीचे ऐसा लग रहा था जैसे किसी नीली झील में फेन-मण्डित नन्हीं-नन्हीं लहरें उठ रही हैं। ऐसे कमरे के बीच में पड़ा हुआ, श्वेत-सुगन्धित पुष्पों से सजा हुआ चाँदी का वह पलँग भी स्थिर न था। लगता था कि वह पलँग लहरों पर मन्थर गति से एक बजरे की तरह डोल रहा है। पलँग पर बैठने या लेटनेवाले की जिधर भी नज़र उठती, उसे रति-क्रिया में निमग्न पुष्पों से अलंकृत एक जोड़े की नंगी मूर्तियाँ दिखायी देती थीं। वे मूर्तियाँ बिलकुल जीवन्त थीं। उनके हर अंग और हर हरकत की रेखाएँ इतनी स्पष्ट थीं, कि उन पर नज़र पड़ते ही सब-कुछ एक बार में ही दिखायी पड़ जाता था। विभिन्न प्रकारों से रति-क्रिया में निमग्न ये मूर्तियाँ भी स्थिर न थीं। उनकी हरकत में जैसे जान थी और वे अपने अंग संचालित करती हुई-सी प्रतीत होती थीं। उन मूर्तियों के अगल-बगल श्वेत पुष्पों की झाड़ियाँ थीं, जिनमें लगे हुए पुष्पों के बड़े-बड़े गुच्छे झूमते हुए-से स्पष्ट दिखायी दे रहे थे। उनमें से कुछ की कई टहनियों पर पक्षियों के जोड़े रति-क्रिया में निमग्न दिखायी देते थे। झाड़ियाँ मन्द पवन में धीरे-धीरे हिलती दिखायी देती थीं। रह-रहकर कभी इधर से और कभी उधर से बेले की गुनगुनी, तेज़ और मस्त करनेवाली ख़ुशबू के झोंके आते थे और चले जाते थे।

ऐसी जगह और ऐसे वातावरण में मैं जिस्म पर केवल श्वेत पुष्पों के आभरण पहने हुए चुपचाप श्वेत पुष्पों से सजी हुई सेज पर बुत की तरह बैठी थी। वहाँ इतना-कुछ के होते हुए भी मुझे कुछ भी न हो रहा था। मेरे लिये उन-सबका जैसे कोई अस्तित्व ही नहीं था।

मेरी ही तरह फूलों से सजा हुआ नवाब आया। मेरे सामने आकर, झुककर उसने कहा—आदाब करता हूँ।

—आदाब,—मैंने कहा।

वह बोला—ऐसी जगह और ऐसी फ़िज़ा में भी आप यों चुपचाप क्यों बैठी हुई हैं? आइये, ज़रा इस ख़ाबगाह में घूमकर पहले हम थोड़ी तफ़रीह करें। उठिये।

मैं उठकर खड़ी हो गयी। उसने मेरे हाथ की उँगलियों में अपने हाथ की उँगलियाँ फँसाते हुए कहा—इधर से आइये!

मैं उसके साथ-साथ चली। मूर्तियों की एक जोड़ी के पास खड़े होकर उसने कहा—ये देखिये!—और उसने मेरी ठुड्डी में हाथ लगाकर, मेरा मुँह ज़रा ऊपर उठाते हुए कहा—इस दोशीज़ा की शक्ल से आपकी शक्ल कितनी मिलती-जुलती है! क्या हम भी इन बुतों के जोड़े की तरह खड़े हो सकते हैं?—और कहकर उसने मेरा दायाँ बाज़ू उठाया और उसे अपने बायें कन्धे पर रख लिया और उसके नीचे से ले जाकर अपने बायें बाज़ू से मेरी पीठ बाँधकर उसकी हथेली में मेरी बायीं छाती ले ली। फिर बोला—अब देखिये, बुतों के इस जोड़े को और हमारे इस जोड़े को। ये कितने मिलते-जुलते हैं!

मैं अपने सामने बुतों के जोड़े को देख रही थी, लेकिन...

नवाब ने कहा—इधर, सामने देखिये।

सामने, बुतों के जोड़े की बग़ल में ही एक आदमक़द आईना जड़ा हुआ था, उसे मैंने पहले देखा ही न था। उसमें मैंने देखा। उसमें भी मुझे वही बुतों का जोड़ा दिखायी दिया।

—देखा आपने?—नवाब ने मुस्कराकर कहा।

—हाँ,—मैंने कह दिया।

—अब आगे चलिये,—उसी तरह मुझे अपनी बाज़ू में बाँधे हुए वह बोला और अपना पाँव आगे बढ़ाया।

आगे चलकर वह फिर एक बुतों के जोड़े के पास खड़े होकर बोला—अब इसे देखिये।

मैंने उसे देखा तो वह मेरे बायें हाथ की उँगलियों में अपने दाहिने हाथ की उँगलियों को फँसाते हुए बोला—ज़रा अपना मुँह तो उठाइये।

मैंने अपना मुँह उठाया तो मेरे होंठों पर अपने होंट रखकर वह बोला—अब ज़रा आईने में देखिये।

आईने में मुझे सामने के बुतों का ही जोड़ा दिखायी दिया। मैं देख चुकी तो वह बोला—अब आगे चलिये,—और उसने उसी तरह मुझे लिये-दिये हुए अपना पाँव बढ़ा दिया।

जाने और कितने बुतों के जोड़ों के पास से होकर और उनकी ही तरह अपने में एक-एक हरकत का इज़ाफ़ा करता हुआ नवाब पूरे ख़ाबगाह का चक्कर लगाकर पलँग के पास के बुतों के जोड़ों के पास मुझे लिये-दिये पहुँचा और बोला—इसे देखिये।

मैंने देखा, वे बुत सेज पर पड़े हुए थे। नवाब बोला—हम भी अब सेज पर चलें, चलिये।

वह मुझे सेज पर लाया। लेकिन थोड़ी ही देर बाद बोला—यह क्या बात है? आपका जिस्म तो बिलकुल ठण्डा है। आपको कुछ हुआ है क्या?

मैंने कहा—माँ हमेशा कहा करती थी कि मुझे कुछ हुआ है।

वह बोला—क्या हुआ है आपको?

मैं बोली—मुझे नहीं मालूम।

—यह तो बड़ी ही अजीब बात है,—नवाब सेज पर से उठते हुए बोला—आपने पहले मुझसे क्यों न कहा? ख़ैर, आप रुकिये ज़रा।

मैं वैसे ही पड़ी रही। नवाब जल्दी ही लौटकर बोला—ज़रा उठकर आप इसे पी तो लीजिये ।

मैं उठकर बैठी तो उसने मेरे मुँह से एक बिल्लौरी प्याली लगा दी। मैं पी गयी, तो वह प्याली एक ओर फेंककर बोला—अब आइये, एक बार हम फिर ख़ाबगाह की सैर करें। उठिये।

मैं उठी तो पहले की ही तरह उँगलियाँ फँसाकर, मुझे लिये हुए वह आगे बढ़ा और फिर वही हरकतें दुहराने लगा। मैं बीच में पहुँची तो मुझे लगा कि मेरे पाँव डगमगा रहे हैं और दिमाग़ में चक्कर आ रहे हैं। मैंने अपने को सँभालने की कोशिश की, लेकिन सँभाल न पायी। मैं बेहोश हो गयी। मैं गिर पड़ी या मुझे नवाब ने सँभाल लिया, मुझे नहीं मालूम!...

सुबह मैं पलँग पर पड़ी हुई टक-टक सामने देख रही थी कि एक बाँदी ने आकर, मेरे सामने झुककर सलाम किया और बोली—हुज़ूर, ज़रा तकलीफ़ फ़रमायें तो मैं ये फूल उतारकर यह कपड़ा पहना दूँ।

पहना दो,—मैंने कहा।

फिर कल रात को जिस तरह इस सेज के लिए मुझे तैयार किया गया था, उसी तरह इस वक़्त उसके सब-कुछ उलटा करके मुझे पहलेवाले कमरे में एक बाँदी ले आयी। मुझे ग़ुसल कराया गया, नयी पोशाक पहनायी गयी और पहलेवाले पलँग पर बैठा दिया गया।

पहले ही दिन की तरह यह दूसरा दिन भी कट गया। फिर रात आयी। मैं फिर पहली रात की तरह ख़ाबगाह में पलँग पर तैयार करके बैठा दी गयी।

आज भी सब-कुछ वही था, लेकिन चाँदनी न थी। आज तो जैसे दोपहर का सूरज वहाँ चमक रहा था और सफ़ेद फूलों की जगह लाल-लाल गुलाबों ने ले ली थी। वातावरण पर से आज चाँदनी का आवरण हट गया था। आज तो तेज़ उजाले में जैसे मूर्तियाँ बिलकुल ही नंगी हो गयी थीं, आँखों के सामने आज चाँदनी का भी पर्दा न था।

नवाब आया और पिछली रात की सारी हरकतें फिर दुहरा गया। लेकिन आज भी मुझे कुछ न हुआ। हाँ, उसने जाने फिर आज मुझे क्या पिलाया कि आज पलँग से उठत-उठते ही मैं पलँग पर गिर पड़ी और बेहोश हो गयी।

सुबह हुई। तीसरा दिन भी कट गया। फिर रात आयी और फिर मुझे उसी तरह तैयार करके ख़ाबगाह की सेज पर बैठा दिया गया। आज न चाँदनी थी, न सूरज की रोशनी थी। आज रह-रहकर रोशनी अपना रंग बदल लेती थी। आज फूलों का भी कहीं नाम नहीं था। मेरे जिस्म पर भी कोई फूल न था, पलँग पर भी कोई फूल न था। मूर्तियाँ सब ग़ायब थीं। फूलों की झाड़ियों का भी कहीं कोई पता न था। आज कोई ख़ुशबू भी न थी। आज न वह झील थी, न आसमान था और न वे क्षितिज थे। आज जैसे एक चटियल मैदान में रंग-रंग की रोशनियों की धूल उड़ रही थी और फ़र्श पर गहरी-मुलायम रेत बिछी हुई थी।

आज नवाब नहीं आया। आज एक-एक कर नंगे युवक-युवतियों के मस्त जोड़े आये और पलँग के चारों ओर घूम-घूमकर, मुझे दिखा-दिखाकर मूर्तियों की तरह की हरकतें करने लगे। जाने कितने जोड़े अन्दर आ गये, तब नवाब आया। मेरे सामने खड़े होकर, सिर झुकाकर उसने कहा—आदाब।

—आदाब मैंने कहा ।

उसने कहा—आप इस तरह चुपचाप क्यों बैठी हुई हैं? आइये, हम लोग भी इन जोड़ों के साथ मज़े करें। उठिये।

मैं उठ गयी तो वह मुझे लेकर जोड़ों के बीच में आ गया। जाने कितने देर और कितनी हरकतों के बाद एक-एक कर सब जोड़े आख़िरी बुतों के जोड़े की तरह रेत पर पड़ गये। नवाब मुझे भी लेकर रेत पर पड़ गया। वह पलँग जाने इसी बीच में कहाँ ग़ायब हो गया था। लेकिन थोड़ी देर बाद ही जाने नवाब को क्या हुआ कि वह

मुझे बे-तहाशा थप्पड़, घूँसे और लात मारने लगा। वह चिल्ला-चिल्लाकर जाने क्या-क्या बक भी रहा था, लेकिन मुझे कुछ भी सुनायी न पड़ रहा था। मैं थोड़ी ही देर में बेहोश हो गयी।

मुझे होश आया तो मैं पहलेवाले कमरे में पलँग पर पड़ी हुई थी। कमरे में उजाला था। मैं आँखें फाड़कर इधर-उधर देखने लगी। तभी किसी ने पलँग के ऊपर बँधी हुई लटकी भारी मसहरी को खोल दिया। मसहरी का मेहराब मेरे ऊपर आ गिरा, तो कई हाथों को उसे उठाते हुए मैंने देखा। फिर देखा कि मसहरी पलँग के चारों ओर पर्दे की तरह टँग गयी है। अन्दर थोड़ा अँधेरा हो गया। मैंने करवट बदलने की कोशिश की लेकिन मैं करवट बदल न सकी। वैसे ही पड़ी रही और मसहरी को देखने लगी, जो छतरी की तरह फैलकर मुझे ढँक रही थी।

थोड़ी देर में एक हाथ मसहरी के अन्दर आया और उसने मेरी बायीं कलाई पकड़कर मेरा वह हाथ मसहरी ज़रा उठाकर बाहर कर दिया। बाहर किसी हाथ ने मेरी उस हथेली को अपने पर रख लिया। फिर मुझे लगा कि मेरी कलाई पर कुछ उँगलियाँ घूम रही हैं। फिर मेरे कानों में आवाज़ें आने लगीं—

—हुज़ूर, इस वक़्त तो इन्हें बुख़ार मालूम होता है।

—होगा, ज़रूर बुख़ार होगा। मैंने तो रात जो-कुछ हुआ, आपको बताया ही है। इन्हें इस वक़्त बुख़ार होना लाज़िमी है।

—तो पहले इनके बुख़ार का इलाज किया जाये। जब ये तन्दुरुस्त हो जायें तो फिर वह-सब भी देखा जायेगा। ये ज़रूर ठीक हो जायेंगी। आप क़तई कोई फ़िक्र न करें।

—हाँ, इन्हें ठीक हो जाना चाहिए। मैंने आपको सब बता दिया है। अपनी ज़िन्दगी में ऐसा मैंने कभी भी नहीं देखा है। तीन-तीन बार, हर तरह से कोशिश करके मैं देख चुका हूँ। ऐसा क्योंकर मुमकिन हो सकता है, मेरी तो समझ में ही नहीं आ रहा है। ख़ुदा ने इन्हें बेपनाह हुस्न दिया है लेकिन शहवत नाम की कोई चीज़ ही इनमें नहीं है। कितनी हैरानी की बात है! मैं कम-से-कम एक बार इन्हें मामूल सूरत में अपने पास देखना चाहता हूँ। वर्ना मुझे ताज़िन्दगी एक पछतावा रह जायेगा कि आबेहयात मेरे लबों तक आकर रह गया, उसकी एक बूँद भी मैं न चख सका।

—मैं पूरी कोशिश करूँगा, आप ख़ातिर रखें। हो सकता है कि इनके साथ मुझे कई तजुर्बे करने पड़ें। फ़िलहाल मेरी एक तज़बीज़ है। आप किसी अलग कमरे में इनके रहने का इन्तज़ाम करा दें और कुछ ऐसा करें कि इनकी तबीयत किसी और तरफ़ रुजू हो।

—इसके लिया क्या किया जाये?

—क्यों न इन्हें फ़िलहाल एव-एक घण्टा गाने सुनाये जायें?

—ठीक है, बन्दोबस्त हो जायेगा।

—और किसी को इनसे मिलने न दिया जाये, इनका कोई ख़ास जानकार हो तो बात दूसरी है।

—बहुत ठीक।

—इनके साथ बाँदियाँ भी ज़्यादा न रहें।

—ठीक है।

—आप कह रहे थे कि ये अपने से कुछ माँगती नहीं हैं, कुछ बोलती नहीं?

—जी हाँ, यह ठीक है।

—तो बाँदियों को यह हिदायत दी जाये कि वे इस बात की कोशिश करें कि यह आप ही कुछ माँगें, कुछ बोलें। लेकिन यह भी ख़याल रखा जाये कि इन्हें यह मालूम न हो कि इनसे कुछ माँगने या बोलने की कोशिश करायी जा रही है। शुरू-शुरू में ऐसा किया जा सकता है कि वक़्त होने पर इनसे पूछा जाये, ग़ुसलखाने चलेंगी, नाश्ता करेंगी, खाना लाया जाये, वग़ैरा-वग़ैरा...

—बहुत अच्छा।

—मेरी राय लिये बग़ैर आप इनके पास कभी भी न जायेंगे।

—नहीं जाऊँगा।

—बाँदियों को भी हिदायत की जाये कि वे इनके सामने आपका कोई ज़िक्र न करें।

—बहुत अच्छा।

—अच्छा, अब मुझे इजाज़त दीजिये, मैं दवा के साथ और भी हिदायतें भेजवा देता हूँ। मैं इन्हें कल फिर देखूँगा।

आवाज़ें आनी बन्द हो गयीं। थोड़ी देर बाद ही मसहरी उठी और पलँग के ऊपर पहले ही की तरह बँधकर लटक गयी। रोशनी में मेरी पलकें झपक गयीं।

थोड़ी देर बाद दो बाँदियों ने मिलकर मुझे आहिस्ते से उठाया और पलँग के नीचे एक पहियेदार कुर्सी पर बैठा दिया। फिर एक बाँदी उस कुर्सी को चलाने लगी।

जाने कितने कमरे और गलियारे पार करके एक कमरे में एक पलँग के पास आकर कुर्सी रुक गयी। फिर दो बाँदियों ने मुझे कुर्सी पर से उठाकर पलँग पर लिटा दिया। फिर एक बाँदी ने मेरे ऊपर झुककर धीरे-धीरे मेरे जिस्म के कपड़े उतारने शुरू किये। वह अँगिया और पेटीकोट छोड़कर सब कपड़े उतार चुकी तो बोली—हुज़ूर, इजाज़त हो तो ज़रा आपका बदन सेंक दें।

—सेंक दो,—मैंने कहा।

दो बाँदियाँ फिर गरम-गरम रुई के फाहों से मेरा बदन सेंकने लगीं। जाने एक कैसी गन्ध रह-रहकर मेरी नाक में भर जाती थी।

बहुत देर तक वे सेंकाई करती रहीं और मैं आँखें मूँदकर चुपचाप पड़ी रही। सेंकाई ख़तम होने पर एक बाँदी बोली—कपड़े पहना दें?

मेरी समझ में न आया कि मैं क्या जवाब दूँ। मैं उसका मुँह ताकने लगी तो वह फिर बोली—हुज़ूर, कपड़े नहीं पहनेंगी?

—नहीं,—मैंने कह दिया।

फिर दो बाँदियों ने मिलकर मुझे उठाया और मेरे सामने दो बाँदियों ने पहले की ही तरह मुझे कुल्ली करायी, मेरा मुँह धुलाया, मेरे हाथ और मुँह पोंछे।

वे हट गयीं तो एक बाँदी एक प्याली में कुछ लेकर मेरे सामने आयी और बोली—हुज़ूर के लिए यह दवा लायी हूँ।

मैं उसका मुँह देखने लगी तो एक दूसरी बाँदी ने उसके हाथ से प्याली लेकर मुझसे कहा—हुज़ूर, इजाज़त दें तो मैं यह दवा पिला दूँ!

—पिला दो,—मैंने कहा!

उसने प्याली मेरे होंठों से लगा दी। मैं दवा पी चुकी तो एक दूसरी बाँदी ने मुझे दो घूँट पानी पिलाया और एक तीसरी बाँदी ने मेरे होंठ पोंछ दिये। फिर मुझे आहिस्ते से लिटा दिया गया।

तभी एक बाँदी मेरे सामने आकर, मुझे आदाब बजाकर बोली—सरकार से हज़ारवीं बेगम मिलना चाहती हैं।

मैं उसका मुँह देखने लगी, तो एक दूसरी बाँदी उसके साथ खड़ी होकर बोली—हुज़ूर, उन बेगम का कहना है कि आप उनकी सहेली हैं, वह आपसे मिलने आना चाहती हैं।

मैं उसका भी मुँह देखने लगी तो एक तीसरी बाँदी उसके साथ खड़ी होकर बोली—हुज़ूर की इजाज़त हो तो हम उन्हें ले आयें।

—ले आओ,—मैंने कहा।

उनके जाते ही एक बाँदी आकर बोली—वह बेगम आ रही हैं, हुज़ूर की इजाज़त हो तो मैं आपको कपड़े पहना दूँ!

—पहना दो,—मैंने कहा।

उसने धीरे-धीरे एक-एक कर मुझे कपड़े पहना दिये। फिर दूसरी बाँदी ने आकर, मेरे बाल खोलकर कंघी की और चोटी बाँध दी।

थोड़ी ही देर में हज़ारवीं बेगम आ गयी। वह मेरे पैताने बैठकर बाँदियों से बोली—ज़रा देर के लिए तुम लोग यहाँ से हटो तो।—फिर मेरी ओर देखकर वह बोली—सखी, तुमने मुझे पहचाना नहीं?

मैंने सिर हिलाकर जताया कि पहचानती हूँ।

तब वह आँखों में आँसू भरकर बोली—सखी, तुम्हें यह क्या हो गया है? अरे, यह कैसा दाग़ है तुम्हारे गाल पर?—और वह मेरा गाल छूकर देखने लगी। फिर बोली—तुम्हें तो बुख़ार भी मालूम होता है। क्या वह-सब सच है जो सारे महल में सुना जा रहा है?—कहकर वह मेरा मुँह देखने लगी।

मैं भी उसका मुँह देख रही थी। वह बोली—कुछ बोलती क्यों नहीं हो? मुझ पर नाराज़ हो क्या? मैं क्या करूँ, मैं तो जिस दिन से तुम आयी हो, उसी दिन से तुमसे मिलने की कोशिश में थी। लेकिन इजाज़त ही नहीं मिल रही थी। आज इजाज़त मिली तो दौड़ी-दौड़ी आयी। लेकिन तुम्हें इस हालत में देखकर मुझे तो रोना आ रहा है। क्या हुआ, कुछ बताओ, मैं जानने को तड़प रही हूँ।

उसे बताने के लिए जैसे मेरे पास कुछ न हो, मैं उसी तरह उसका मुँह ताकती रही। वह बोली—इस तरह मेरा मुँह तुम क्या ताक रही हो? कुछ तो बोलो, कुछ तो सुनाओ! तुम्हारे घर तो सब ख़ैरियत है? हमारे यहाँ के क्या हाल-चाल हैं?

मैं फिर भी कुछ न बोली तो वह मेरा बाज़ू हिलाकर बोली—क्या बात है, सखी? तुम इस तरह ख़ामोश क्यों हो? बोलो, कुछ तो बोलो!

—मुझे कुछ बोलना अच्छा क्यों नहीं लगता,—मैंने कहा!

—क्यों, बोलना तुम्हें अच्छा नहीं लगता?

—मुझे नहीं मालूम।

—अपनी सहेली से भी बोलना, बात करना तुम्हें अच्छा नहीं लगता? कितने दिनों के बाद तो हम लोग मिले हैं, फिर भी बात करने को तुम्हारा दिल नहीं करता, सखी?

—नहीं।

—यह कैसी अजीब बात तुम अपने मुँह से निकाल रही हो?—वह बोली—ऐसा क्योंकर हो सकता है? सच ही तुम बहुत नाराज़ हो क्या?

—नहीं।

—नहीं, तो फिर क्या बात है? कुछ तो कहो,—वह बोली—तुम्हें कुछ हो तो नहीं गया है?

—माँ कहती थी, मुझे कुछ हुआ है।

—क्या हुआ है, बताओ, सखी!

—मुझे नहीं मालूम।

—चाची जी क्या कहती थीं?

—कुछ नहीं कहती थीं।

यह तो बड़ी ही अजीब बात है,—वह बोली—मैं तो यहाँ बहुत ख़ुश थी कि नवाब किसी को एक दिन से दो दिन भी ख़ाबगाह में नहीं बुलाता है और तुम्हें लगातार तीन-तीन दिन उसने ख़ाबगाह में बुलाया। तुम जिस दिन आयी थी, उसी दिन छह सवारियाँ और महल में आयी थीं। लेकिन वे सब ज्यों-की-त्यों पड़ी रहीं, नवाब ने उन्हें याद ही नहीं किया। मैं सोचती थी, यह तुम्हारे हुस्न का कमाल है, नवाब शायद तुम पर लट्टू हो गया। लेकिन आज सुबह-ही-सुबह तुम्हें लेकर जो अफ़वाह सुनने को मिली तो मैं तो रो पड़ी। तभी से तुमसे मिलने को मैं बेचैन थी। इस वक़्त जाकर इजाज़त मिली है। बताओ सखी, क्या सच ही रात उसने तुम्हें बहुत मारा-पीटा?

—हाँ।

—क्यों? क्यों मारा-पीटा उसने तुम्हें?

—मुझे नहीं मालूम।

—यह कैसे हो सकता है? हमारा ख़याल है कि तीन दिन की मतवातिर कोशिशों के बावजूद जब वह क़ामयाब न हुआ तो ग़ुस्से में आकर तुम्हें मारने-पीटने लगा, क्या यह सही है, सखी?

—मुझे नहीं मालूम।

—लो, तुम्हें तो कुछ मालूम ही नहीं है!—वह बोली—अब ऐसी तो भोली तुम मत बनो! अब तो भोलेपन की तुम्हारी उम्र भी नहीं रही। बताओ, सखी, क्या यही बात है?

—मुझे नहीं मालूम।

—तो फिर ऐसा तो नहीं, उसने तुम्हारे हुस्न से जलकर ही तुम्हें मारा-पीटा?

—मुझे नहीं मालूम।

—अच्छा, यह बताओ, तीन रातें क्या-क्या हुआ?

—मुझे नहीं मालूम।

—तब तो मुझे यही समझ लेना चाहिए कि तुम मुझे कुछ बताना ही नहीं चाहती हो? क्या सहेली से भी अब राज़ रखना चाहती हो, सखी?

—नहीं।

—तो फिर क्यों नहीं बताती कुछ?—तुम तो तीन-तीन रात ख़ाबगाह हो आयी। यहाँ तो एक ही बार में तबाह होकर रह गये। कैसी वह जगह है! मैं तो वहाँ पहुँचते

ही पागल हो गयी थी। उम्मीद थी कि फिर वहाँ जाने का मौक़ा मिलेगा, लेकिन आज तक तो कोई मौक़ा मिला नहीं। अब भी उस रात की बातें याद कर मन सिहर-सिहर उठता है।

कुछ तुम बताओ, सखी!

मैं कुछ भी न बोली तो वही बोली—क्या न बोलने की तुमने क़सम खा रखी है? मैं तो सोचती थी कि तुम आ जाओगी तो एक से दो हो जायेंगी, वक़्त कटने में आसानी होगी। लेकिन तुम तो इस तरह ख़ामोश हो कि कुछ समझ में ही नहीं आ रहा है। सखी, तुम्हें कोई बड़ा धक्का तो नहीं लगा है?

—नहीं।

—फिर क्या बात है? घर याद आ रहा है?

—नहीं।

—नहीं,—वह बोली—हाँ घर-वर की याद करना बिलकुल फ़िजूल है। कौन घर में हमें सुख-चैन मिला है कि हम उसकी याद करके अपना जी जलायें?

सखी, अभी तुम नयी-नयी हो, थोड़े दिन तक जी घबरायेगा ही। लेकिन मैं हूँ न, तुम कोई फ़िक्र मत करो। सब ठीक हो जायेगा और जैसे यहाँ सब इतनी रहती-सहती हैं, तुम भी रहने-सहने लगोगी। आख़िर एक ज़िन्दगी यहाँ भी तो है ही। ख़ूब अच्छा खाने-पीने और पहनने-ओढ़ने को मिलता है। तफ़रीह करने की हज़ारों यहाँ चीज़ें हैं। महफ़िलें जमती रहती हैं। हफ़्ते में एक बार महल में सिनेमा होता है। तर-त्योहार ख़ूब शान से मनाये जाते हैं। ताश-जुआ होता है। बहुत-सी तो ख़ूब शराब भी पीती हैं। फिर मज़े के लिए जिससे चाहो दिल लगा लो। बाँदियाँ कुटनियों का काम करती हैं। ख़बरें लाती हैं और रात को जहाँ कहो, पहुँचा भी देती हैं। नवाब को रात में होश नहीं रहता है। वह किसी नयी को लेकर ख़ाबगाह में पड़ा रहता है और हम लोग अपने चाहनेवालों के आग़ोश में पड़ी रहती हैं। एक बार तो, सखी, मैं बुरी तरह से फँस गयी थी। मेरे पेट में बच्चा आ गया था। मैंने परेशान होकर अपने चाहनेवाले से कहा तो उसने हँसकर कहा, इसमें परेशान होने की क्या बात है। लो, कल ही तुम्हारा पेट साफ़ हो जायेगा। और सच ही, सखी, जाने उसने मुझे क्या खिलाया-पिलाया कि दूसरे ही दिन सब साफ़ हो गया। अब तो मुझे हर बात का तजुर्बा हो गया है। जाने कितनों को चाह-चाहकर छोड़ चुकी हूँ या वे ही मुझे चाह-चाहकर छोड़ चुके हैं। आजकल दो के साथ-ही-साथ चल रहा है। सो, सखी, तुम किसी बात की फ़िक्र मत करो। अपनी ख़ुशक़िस्मती समझो कि मैं यहाँ हूँ। तुम्हें मैं कोई तकलीफ़ न होने दूँगी, सखी। ज़रा दो-चार दिन और गुज़र जाने दो। देखो, आज रात नवाब तुम्हें ख़ाबगाह में बुलाता है कि नहीं।...हाँ, री, एक बात और सुनने में आ रही है,—

फुसफुसाकर सहेली बोली—सुना जा रहा है कि हिन्दुस्तान से अंग्रेज़ अब जानेवाले हैं। हिन्दुस्तान जल्दी ही आज़ाद होने जा रहा है। तब डर है कि नवाबी भी ख़तम हो जायेगी और नवाब भी ख़त्म हो जायेगा। तीन दिन पहले ही तो नवाब बरतानिया से लौटा है पूरे चार महीने वहाँ रहकर। कोई सलाह-मशविरा करने वहाँ गया था। देखो, क्या होता है। कहीं नवाबी ख़तम हो गयी तो यह-सब तमाशा भी ख़तम हो जायेगा। फिर हमारा क्या होगा, भगवान् जानें। ख़न्दक में से निकलकर जाने हमें किस कुएँ में झोंका जाये। ख़ैर, जब वह दिन आयेगा तो देखा जायेगा। अभी से उस दिन को सोच-सोचकर अपनी जान क्यों सुखायी जाये?... अब तू भी कुछ बोल, कमबख़्त! मुझे कब तक बकवाये जायेगी?

—अब कोई बात मत करो, मुझे अच्छा नहीं लगता है...

—कभी तो वह भी तुम्हें अच्छा नहीं लगता था,—वह बोली—क्यों री, मेरे आने के बाद तुम्हारे दिन कैसे कटे?

—मुझे नहीं मालूम।

—तेरा दिमाग़ तो ठीक है न?

—मुझे नहीं मालूम।

—अच्छा, नहीं मालूम की बच्ची! मैं फिर कल तुम्हें बताऊँगी! आज जा रही हूँ। काफ़ी वक़्त हो गया।—कहकर वह पलँग से उतरी और मुझे चूमकर चली गयी।

उस दिन कई बार मुझे दवा पिलायी गयी, कई बार सिंकाई हुई। खाना नहीं मिला, कई बार मुझे थोड़ा-थोड़ा सेब और अंगूर खिलाया गया और दूध पिलाया गया। शाम झुकने को हुई तो पलँग के ऊपर बँधी हुई टँगी मसहरी खुलकर मेरे ऊपर छतरी की तरह फैल गयी और एक बाँदी ने मसहरी ज़रा उठाकर मेरे मुँह के पास अपना मुँह लाकर कहा—हुज़ूर, आप सितार सुनेंगी?

मैंने कुछ न कहा तो उसने अपना मुँह बाहर कर लिया। फिर एक दूसरी बाँदी का मुँह मेरे मुँह के पास आया। वह बोली—सरकार, हुक्म दें तो आपको थोड़ी देर सितार सुनाया जाये।

—सुनाया जाये,—मैंने कह दिया।

रोशनी जली और सितार बजना शुरू हो गया। थोड़ी देर तक मैंने उधर कान दिये, फिर मेरा ध्यान हट गया। लेकिन सोचने के लिए मेरे पास क्या था? मैं चुपचाप पड़ी रही। रह-रहकर ऐसा लगता था कि मेरे कानों में मधुमक्खियाँ भिन-भिन कर उठती हैं। फिर कुछ देर बाद मुझे ऐसा लगा कि मेरे चारों ओर रिमझिम-रिमझिम बारिश हो रही हो। कुछ देर बाद फिर मुझे ऐसा लगा कि धीमी-धीमी हवा में हिल-हिलकर छोटी-छोटी घण्टियाँ बज रही हैं। मेरा ध्यान थोड़ी देर के लिए उधर जाता था और फिर हट जाता था।

इसी तरह कई दिनों तक चलता रहा। हर काम अपने वक़्त पर होता रहा। वक़्त पर दवा, वक़्त पर पथ्य, वक़्त पर सहेली का आना और वक़्त पर सुबह-शाम सितार बजना। लेकिन ऐसा लगता था कि यह सब-कुछ मेरे ऊपर-ही-ऊपर होकर गुज़र जाता है। मुझे किसी से कुछ लेना-देना नहीं है। मैं अपनी जगह जैसी-की-तैसी पड़ी हूँ और अपनी-अपनी जगह सब-कुछ हो रहा है। जैसे मेरे और सब-कुछ के बीच में कोई सम्बन्ध ही न हो।

वक़्त कटता गया। अब सहेली जब आती थी तो मुझे बेहद उलझन होने लगती थी। वह बहुत बात करती थी और मैं उसे रोक न पाती थी। एक दिन बोली—सखी, अब तो तुम बिलकुल तन्दुरुस्त हो गयी हो। महल की हवा तो, मालूम होता है, तुम पर जादू का असर डाल रही है। दिन-दिन तुम और भी खिलती जाती हो और तुम्हारे हुस्न पर निखार-पर-निखार चढ़ता जा रहा है। इधर हमारी हालत देखो, क्या-से-क्या होती जा रही हूँ। आँखों के नीचे स्याह हलके दिन-दिन गहरे होते जा रहे हैं। चेहरे की मलाहत का नाम ही मिटता जा रहा है। रंग-रोग़न न लगायें तो कोई हमारी ओर देखे भी नहीं।—वह आगे बोली—अब तुम उठो और ज़रा इधर-उधर चलो-फिरो फिर देखो अपने हुस्न का जादू। जाने कितने तुम पर क़ुर्बान हो जायेंगे।—वह फुसफुसाकर बोली—नवाब फिर बरतानिया जा रहा है। मामला संगीन होता मालूम दे रहा है। सबके चेहरे पर हवाइयाँ उड़ रही हैं। पूछने पर कोई किसी से कुछ बताता नहीं है, बस उड़ती-उड़ती कुछ ख़बरें कानों में पड़ जाती हैं। सब मन-ही-मन सहमे हुए हैं, कि जाने क्या हो। सब अपनी-अपनी सबील बैठाने में लगे हुए हैं। मैंने भी एक के साथ अपना इन्तज़ाम कर लिया है। लेकिन तुम्हें फ़िक्र करने की कोई ज़रूरत नहीं है। हो सकता है कि नवाब ख़ुद ही तुम्हें रख ले। तुम्हारी ऐसी हसीन और जवान कोई दूसरी औरत हरम में नहीं है। तभी तो वह तुम्हें इस ख़ास कमरे में रखे हुए है। इधर सवारियाँ भी आनी-जानी कम हो गयी हैं। सुनने में आता है कि नवाब का दिमाग़ भी उड़ा-उड़ा रहता है। ख़ाबगाह में तुम्हें फिर तो नहीं ले जाया गया न?

—नहीं,—मैंने कहा—अब तुम अपनी बात ख़त्म करो।

—तुम बात को चला रही हो,—वह बोली—यहाँ यह ज़िन्दगी ही ख़त्म होने पर आ रही है! फिर जाने तुम कहाँ होगी और मैं कहाँ हूँगी, भेंट होगी या नहीं होगी। तुम तो मुझे कुछ बताती ही नहीं। सखी, अगर नवाब तुम्हें अपने पास रख ले तो तुम मेरे लिये भी उससे सिफ़ारिश करोगी? सखी, अब महल छोड़ने को जी नहीं चाहता। यहाँ जो मज़े हैं, वे और कहाँ नसीब होंगे? और किसी का क्या ठिकाना है? यहाँ कोई सच बोलनेवाला थोड़े ही है, सब मज़े के साथी हैं। जाने कहाँ ले जाकर किस हालत में छोड़ दें, मुझे तो बड़ा डर लगता है। तुम्हें यह-सब जानकर डर नहीं लगता, सखी?

—नहीं,—मैंने कहा—मुझे तो कुछ भी नहीं लगता।

—हाँ, भाई, क्यों लगे?—वह बोली—तुम्हारा तो ज़माना है! तुम्हें कोई डर या फ़िक्र करने की क्या ज़रूरत है? हैरत है, तुम्हें नवाब ने फिर ख़ाबगाह में क्यों नहीं बुलाया? वह कभी यहाँ तुम्हारे पास आता है?

—नहीं!

—देखो, शायद बरतानिया जाने के पहले तुम्हें फिर ख़ाबगाह में बुलाये,—वह बोली—सखी, मेरी बात कहना, भूलना नहीं। एँ?

मैं कुछ न बोली, तो वही बोली—आख़िर तुम मेरी सहेली हो, मेरा तो तुम्हें ख़याल रखना ही होगा। रखोगी न?

मैं फिर भी कुछ न बोली, तो वही बोली—न रखोगी तो जाव-जहन्नुम में!—और वह उठकर चली गयी।

दिन उसी तरह कटते रहे। लेकिन एक शाम जब रोशनी जल उठी और सितार बजने में देर होने लगी तो जाने मुझे कैसा-कैसा-सा लगा। जाने कितने दिनों बाद मुझे आज ऐसा लग रहा था कि मुझे कुछ चाहिए। आज पहली बार एक बाँदी मेरे पास आयी तो मैंने उससे अपने मन से पूछा—आज अभी तक सितार क्यों नहीं शुरू हुआ?

—बाँदी ख़ुश होकर बोली—जाने क्यों आज देर हो रही है। अभी तक सितारिये नहीं आये। मैं देखती हूँ!—कहकर वह भाग खड़ी हुई।

मैं अनमनी-सी दरवाज़े की ओर देखने लगी। आज जाने कितने दिनों के बाद पहली बार मेरी यह हालत हो रही थी। मैं आज किसी का इन्तज़ार कर रही थी, मैं आज किसी के लिए दरवाज़े पर ताक रही थी और मुझे एक अनजानी-सी बेचैनी आज हो रही थी।

लेकिन जल्दी ही मेरे ऊपर की मसहरी गिरी और मेरे ऊपर छतरी की तरह तन गयी। एक बाँदी ने मसहरी के अन्दर मुँह डालकर कहा— आज ज़रा देर हो गयी, उसके लिए सितारिये हुज़ूर से माफ़ी की दरख़ास्त कर रहे हैं। कह रहे हैं, आइन्दा फिर कभी ऐसा न होगा। आज एक साज़िन्दा अफ़ीम खाकर पड़ गया था। दूसरे साज़िन्दे के आने में ज़रा देर हो गयी। अब हुज़ूर इजाज़त दें तो सितार शुरू हो।

—शुरू हो,—मैंने कहा।

सितार की पहली ही धुन सुनकर मुझे ऐसा लगा कि आज सितार भी उस बाँदी की ही तरह ख़ुश है। मेरा ध्यान पहले से कहीं ज़्यादा आज सितार सुनने में लग रहा था। मुझे लग रहा था कि कल-कल करता हुआ कोई झरना मेरे पास बह रहा है। अचानक जब झरने की कल-कल आवाज़ बन्द हुई तो जाने मेरे मन में क्या आया कि मैंने हाथ से ज़रा-सी मसहरी उठायी और सितारिये पर एक नज़र डाल दी। सितारिया शायद पहले ही से मेरी ओर देख रहा था। उससे मेरी आँखें चार हुई ही

थीं कि उसने अपनी आँखें झुका लीं और हाथ उठाकर, उस पर अपना सिर झुका दिया। मैंने मसहरी छोड़ दी।

सितार अब जैसे खिलखिलाकर हँस पड़ा। फिर धीरे-धीरे खिलखिलाहट मद्धिम हुई और मुझे लगा कि अब फूल की पंखुरियों की तरह सितार से उनींदी मुस्काने झर रही हैं और मेरी पलकों को रेशमी पंख से सहला रही हैं। मुझे इतने दिनों के बाद अचानक लगा कि मुझ पर गुनूँदगी तारी हो रही है और मेरी पलकें ढँप रही हैं। ऐसा तो जाने कितने दिनों से मैंने महसूस न किया था। मैं मन-ही-मन हैरान थी और ख़ुश भी हो रही थी कि शायद आज मुझे नींद का एहसास हो रहा है। मैं कितने दिनों की जगी थी, मैं कितनी-कितनी थकी थी! आह, यह नींद का एहसास भी इस वक़्त कितना-कितना सुखद मुझे लगा! आज मुझे कुछ नींद-सी आती लग रही है, इसका दूर का एहसास भी मुझे ऐसा लग रहा था कि आज जाने कितने दिनों से मुर्दा पड़ी हुई मेरी ज़िन्दगी पर एक मुस्कान के आसार दिखायी पड़ रहे हों। मेरी समझ में न आ रहा था कि इस अचानक आयी ख़ुशी में मैं नींद का स्वागत करूँ और पलकें मूँद लूँ या आँखें खोलकर मैं ख़ुद देखूँ कि मुझे वह प्यारी नींद कैसे आती है? मैंने पलकें उठाने की कोशिश की तो मुझे ऐसा लगा कि उन पंखों के रेशों ने अपना रेशमी दबाव उन पर रख दिया है और पलकें उस दबाव को हटाने की ज़रा भी कोशिश नहीं कर रही हैं और जैसे कमल की पंखड़ियाँ शाम की नर्म और नाज़ुक किरणों के दबाव से आप ही मुँदती जाती हैं, उसी तरह वे भी मुँदती जा रही हों।

मेरी आँख खुलीं तो मैं चौंककर उठ बैठी और आँखें फाड़कर, चिहा-चिहाकर चारों ओर देखने लगी। यह रोशनी कितनी नयी थी, यह फ़िज़ा कितनी नयी थी, यह जगह कितनी नयी थी!

तभी एक बाँदी ने मेरे पास आकर धीमी आवाज़ में कहा—हुज़ूर को कुछ चाहिए?

—नहीं,—मैंने कहा—क्या मैं सो गयी थी?

—हाँ, हुज़ूर,—बाँदी उसी तरह धीमी आवाज़ में बोली—आप तो कल शाम से ही सो रही हैं, हुज़ूर। कल रात-भर सोयीं, आज दिन-भर सोयीं, अब तो यह रात भी काफ़ी गुज़र चुकी है। अब जाकर आपकी नींद खुली है। कल दिन में हकीम साहब चार बार आये थे। उनकी हिदायत थी कि आप जितना सोयें आपको सोने दिया जाये। आपके आस-पास कोई न आये, किसी तरह की कोई आवाज़ न हो। हुज़ूर को कुछ चाहिए तो फ़रमायें।

मेरी समझ में कुछ न आ रहा था कि बाँदी क्या कह रही थी। लेकिन मुझे इतना याद ज़रूर आ रहा था कि मैं सितार सुन रही थी और मुझे कुछ-कुछ नींद का एहसास हो रहा था। मैं कब सो गयी थी और मैं इतना सोयी थी, इसका तो मुझे कोई ज्ञान नहीं था। सितार की याद आते ही मैंने पूछा—सितार क्यों बन्द हो गया?

बाँदी बोली—हुज़ूर, कल रात-भर सितार बजता रहा था। सुबह हकीम साहब ने ही सितार बन्द करवाया। आप गहरी नींद सो रही थीं।

—अब सितार फिर कब बजेगा?—मैंने पूछा।

—जब भी आपका हुक़्म होगा?—बाँदी बोली।

—इस वक़्त भी बज सकता है?—मैंने पूछा।

—हाँ, आप हुक्म देंगी तो इस वक़्त भी बज सकता है,—उसने कहा।

—तो बजवाया जाये।

—बहुत अच्छा, सरकार।

वह चली गयी तो दो बाँदियाँ मेरे पास आयीं। एक ने कहा—हुज़ूर इजाज़त दें तो हम आपको क़ुल्ली करा दें। हकीम साहब की हिदायत है कि आपको जागते ही क़ुल्ली कराकर दवा पिलायी जाये।

मैंने क़ुल्ली की और दवा पी। बाँदी मेरे होंठ पोंछकर बोली—आप ख़ूब सोयीं, हुज़ूर। पहले तो आप कभी सोती ही नहीं थीं।

मैंने पूछा—आज मैं किसी और कमरे में लायी गयी हूँ क्या?

—नहीं तो, हुज़ूर,—बाँदी बोली—यह तो वही कमरा है।

—फिर रोशनी बदली गयी है क्या?—मैंने पूछा।

—नहीं तो, हुज़ूर,—बाँदी बोली—यही रोशनी तो कमरे में रोज़ होती है।

—आज तो मुझे यह अच्छी लग रही है,—मैंने कहा।

—यह बड़ी ख़ुशी की बात है, हुज़ूर,—बाँदी ने कहा—अब आपकी तबीयत पहले से बहुत अच्छी है! पहले तो आप हमसे कोई बात ही नहीं करती थीं।

तभी मसहरी गिरी और मेरे ऊपर छतरी की तरह तन गयी। मुझे बहुत बुरा लगा। मैंने कहा—यह पर्दा ऊपर करो।

एक बाँदी ने पर्दे में मुँह डालकर कहा—सितारिये आ रहे हैं। आपने सितार सुनने का हुक्म फ़रमाया था न?

—तो क्या हुआ?—मैंने कुछ न समझकर कहा—यह मसहरी उठाओ।

—हुज़ूर, माफ़ करें,—बाँदी बोली—महल की कोई बेगम किसी आदमी के सामने नहीं होती। महल का यह क़ायदा है। आप मेहरबानी करके मसहरी उठाने को न कहें, वर्ना हमारी जान पर बन आयेगी और मुमकिन है कि...—बाँदी बोलते-बोलते अचानक रुक गयी। फिर बोली—कल शाम को आपने मसहरी उठाकर झाँका था, इस पर भी...—और वह फिर चुप हो गयी।

—अच्छा, रहने दो,—मैंने कहा।

सितार की आवाज़ कानों में पड़ने लगी। मुझे ऐसा लगा कि सुबह की पहली किरणें कलियों के घुंघरू धीमे-धीमे बजाती हुई झील पर उतर रही हैं। थोड़ी देर में फिर ऐसा लगा कि जैसे चमकते हुए, कल-कल कर बहते हुए पानी पर ताज़े खिले हुए फूल बहते जा रहे हों। थोड़ी देर बाद फिर मुझे ऐसा लगा कि जैसे उपवन में फूलों पर फुदकती हुई नन्हीं-नन्हीं चिड़ियाँ चह-चह कर रही हों। फिर थोड़ी देर बाद मुझे ऐसा लगा कि धीमी हवा बाग़ में नये पत्तों के साथ अठखेलियाँ करती हुई बही जा रही हों। फिर थोड़ी देर बाद अचानक मुझे ऐसा लगा कि जैसे झन्न से करताल बज उठा हो। मैं चौंक उठी और मसहरी उठाकर सामने देखा। सितारिया शायद पहले ही से मेरी ओर देख रहा था। उससे मेरी आँखे चार हुईं नहीं कि उसकी आँखें झुक गयीं और उसने हाथ उठाकर और सिर झुकाकर मुझे आदाब किया। मैं उसका मुँह निहारती रही।

तभी एक बाँदी ने मेरे पास आकर कहा—हुज़ूर, सुबह हो गयी। हकीम साहब तशरीफ़ ला रहे हैं। आप इजाज़त दें तो फ़िलहाल सितार बन्द कराया जाये।

मैं कुछ न बोली, तो बाँदी फिर बोली—हुज़ूर, हकीम साहब बाहर खड़े हैं। आप सितार बन्द कराने का हुक्म दें।

—बन्द करा लो,—मैंने कह दिया।

बाँदी मसहरी ठीक करके चली गयी। सितार बन्द हुआ तो मुझे लगा कि अचानक कमरे में सन्नाटा छा गया हो।

थोड़ी देर बाद एक बाँदी ने मेरे पास आकर मेरा बायाँ हाथ धीरे से उठाकर मसहरी के बाहर किया। मेरी कलाई पर हकीम साहब की उँगलियाँ घूमीं और वह बोल पड़े—ख़ुदा का शुक्र है, उसने आपको सेहत बख़्शी! मुबारक!

—शुक्रिया,—मैंने कहा।

हकीम साहब चले गये तो पर्दा उठा और रोज़ाना की कार्यवाही शुरू हो गयी। लेकिन आज जो-कुछ हो रहा था, वह-सब मुझे इतना बेगाना न लग रहा था। मुझे लगता था कि उसमें कहीं-न-कहीं कुछ मेरी भी दिलचस्पी है, मेरी भी कुछ-न-कुछ इच्छा सम्मिलित है। आज मुझे बाँदियों में कुछ पहचान-सी मालूम हुई। आज मुझे खाने-पीने की चीज़ों में कोई स्वाद मिला। मैंने कमरे में भी थोड़ी दिलचस्पी ली। सामानों को भी उचटती नज़र से देखा-भाला।

आज सितार मैंने पहले से ज़्यादा देर तक सुना और स्वरों को समझने की भी थोड़ी-बहुत कोशिश की। बल्कि एक बाँदी से तो मैंने यह भी कहा कि सितारिये से पूछो कि क्या वह मुझे भी सितार बजाना सिखा देंगे? बाँदी ने आकर मुस्कराते हुए झुककर मुझसे कहा—सितारिये कह रहे हैं कि मैं तो हुक्म का बन्दा हूँ। जैसा हुक्म मिलेगा, मैं बख़ुशी करूँगा।

सितारिये के जाने के बाद आज मैंने सहेली का भी इन्तज़ार किया। देर तक वह नहीं आयी, तो मेरे जी में आया कि मैं किसी बाँदी को उसके पास भेजकर पुछवाऊँ कि क्या बात है आज तुम अभी तक नहीं आयी? लेकिन फिर इस बात को छोड़ दिया और एक बाँदी को बुलाकर मैंने कहा—मैं ज़रा टहलना चाहती हूँ।

—ज़रूर टहलिये, हुज़ूर!—उसने कहा।

मैंने उठाकर पाँव लटकाये तो उसने बैठकर, मेरे पाँव अपनी गोदी में लेकर उनमें जूतियाँ पहना दीं। एक दूसरी बाँदी ने मेरा दुपट्टा ठीक किया और मुझे सहारा देकर उठाया।

मैं टहलने लगी। मेरे इर्द-गिर्द कई बाँदियाँ भी चल रही थीं। मैं रुक-रुककर कोई तस्वीर या सजावट का सामान देखती और छूती थी और उसके बारे में कुछ जानने की ख़्वाहिश भी मुझे होती थी। मैं बाँदियों में से किसी से कुछ पूछ भी लेती थी और जो वह बताती थी उसे सुन भी लेती थी। एक जगह एक आदमक़द आईने के सामने मैं खड़ी हुई तो उसमें अपनी ही सूरत देखकर मैं ठगी-सी रह गयी। मुझे लगा कि जाने कितने ज़माने के बाद मैं अपनी सूरत देख रही हूँ और अब उसे पहचान नहीं पा रही हूँ। मुझे यह देखकर हैरत हुई कि मैं इतनी ज़्यादा हसीन हूँ और इतनी बेशक़ीमत और उम्दा पोशाक पहने हुई हूँ।

इतने में एक बाँदी ने आकर कहा—हुज़ूर, खाने के पहले की दवा का वक़्त हो गया, यहीं लाऊँ?

मैंने कहा—नहीं, चलो, मैं आती हूँ।

मैं पलँग पर आकर बैठ गयी। बाँदी ने मुझे दवा पिलायी, फिर दो घूँट पानी पिलाया। मेरे होंठ पोंछ दिये गये तो मैं लेट गयी। मैं अब वैसी ही ताज़गी महसूस कर रही थी, जैसे कोई बीमार अच्छा होने पर महसूस करता है। मैं जिधर नज़र उठाती उधर ही एक ताज़गी दिखायी पड़ती। बाँदियों के चेहरे भी मुझे ताज़े-ताज़े दिखायी पड़ रहे थे। मेरा मन कुछ सोचने और किसी से भी कोई बात करने को हो रहा था। मैंने एक बाँदी को हाथ से संकेत करके बुलाया। वह आ गयी तो मैंने उसे सहेली को बुलाने के लिए भेजा। वह चली गयी तो मैं कुछ सोचने की कोशिश करने लगी। लेकिन मैं कुछ सोच न पा रही थी। बस, रह-रहकर मुझे सितारिये का ही ख़याल आता था और मेरे दिमाग़ में धुनें बज उठती थीं। मुझे याद आया कि मैंने सितारिये से सितार सिखाने के लिए कहा था और मैं सोचने लगी कि मैं सितार बजाना सीख लूँगी तो ख़ूब सितार बजाऊँगी।

बाँदी ने आकर कहा—बेगम कहती हैं, मिलने की इजाज़त नहीं है।

—क्यों?—मैंने पूछा।

—अब यह मुझे क्या मालूम, हुज़ूर?—बाँदी ने कहकर सिर झुका लिया।

—यों लेटी-लेटी मैं क्या करूँ?—मैंने कहा—मन ऊबता है।

—चौपड़, शतरंज, ताश, कुछ खेलना हो तो हुक्म दें, मैं लाऊँ,—बाँदी ने कहा।

—ताश मैं खेल सकती हूँ,—मैंने कहा—लेकिन मेरे साथ और कौन खेलेगा?

—हम लोग आपके साथ खेलेंगी, हुज़ूर!

—तो लाओ।

तभी एक बाँदी ने आकर कहा—हुज़ूर, खाने का वक़्त हो गया। खाना लाया जाये।

पहली बाँदी ने कहा—ठीक है, हुज़ूर, आप खाना खा लीजिये, फिर ताश खेलियेगा।

तीन दिन और इसी तरह बीत गये। चौथी रात फिर शामत आयी।

उस शाम काफ़ी देर हो गयी और सितारिया न आया तो मैं अनमनी हो उठी।

एक बाँदी को बुलाकर मैंने पूछा—अभी तक सितार बजना क्यों नहीं शुरू हुआ?

बाँदी बोली—आज सितारिये की छुट्टी है, हुज़ूर!

—क्यों?—मैंने पूछा।

—आज आपको ख़ाबगाह जाने के लिए तैयार होना है, हुज़ूर,—बाँदी बोली—हम लोग तो कई दिन से आज के दिन का इन्तज़ार कर रही थीं। आज भी आपको यह मौक़ा न मिला होता, तो फिर जाने क्या होता।

—क्यों?

—कल सुबह नवाब साहब बरतानिया तशरीफ़ ले जा रहे है,—बाँदी बोली—फिर जाने क्या हो। सुना जा रहा है कि हिन्दोस्तान आज़ाद होने जा रहा है। यह नवाबी भी ख़त्म हो जायेगी। आपकी ख़ुशक़िस्मती है, हुज़ूर, कि नवाब साहब ने आज आपको याद फ़रमाया। ऐन मुमकिन है कि नवाब साहब नवाबी ख़त्म होने पर भी आपको रख लें। ऐसी बात न होती तो वह इस तरह आपका ख़याल न रखते। हमने इस महल में क्या-क्या नहीं देखे हैं? हमने कितनी बेगमों को सुबह के सूरज की तरह आसमान में चढ़ते देखा है फिर उन्हें ही शाम के सूरज की तरह ढलते भी देखा है। यहाँ कब क्या हो जायेगा, यह कोई भी नहीं कह सकता। एक मिनट के अन्दर जाने क्या-से-क्या हो जाता है। आपने जैसा सलूक नवाब साहब के साथ किया था, वैसा किसी दूसरी बेगम ने किया होता तो महल में उसका नाम-निशान भी बाक़ी नहीं रहता। लेकिन आपके साथ इसका बिलकुल उलटा ही हुआ। हो सकता है कि इसकी वजह आपका यह लाजवाब हुस्न हो। लेकिन, हुज़ूर, आप अब यह समझ लीजिये, कि आपको यह आख़िरी मौक़ा मिल रहा है। अगर आपने आज रात नवाब साहब को

ख़ुश कर दिया तो समझ लीजिये कि आपकी ज़िन्दगी बन गयी!...फिर, बेगम साहिबा, हमारा ख़याल कीजियेगा। हम पाँच बाँदियों ने आपकी बड़ी ख़िदमत की है।

जाने कितने दिनों के बाद आज नवाब का नाम मैंने सुना था। मुझे अब सब याद आ रहा था, जो यहाँ आने के बाद हुआ था, लेकिन उसका कोई भी असर मुझ पर हुआ हो, ऐसा मुझे मालूम नहीं हुआ और न यह जानकर ही मेरे मन में कोई बात आयी कि आज रात मुझे फिर ख़ाबगाह में जाना है। सितार न बजने से मैं अनमनी हो रही थी। मुझे ऐसा लग रहा था कि मेरे अन्दर कोई तनाव रह-रहकर हो उठता है और वह तनाव सितार बजे बिना ढीला नहीं हो सकता और न मुझे नींद ही आ सकती है। मैंने व्याकुल होकर बाँदी से कहा—तुम सितारिये को बुलाओ। मेरा बदन टूट रहा है। बड़ी बेचैनी मालूम देती है।

—हुज़ूर,—बाँदी बोली—शाम को सितार बजते ही आपको नींद आने लगती है और थोड़ी ही देर में आप सो जाती हैं। आप सो जायेंगी तो ख़ाबगाह कैसे जा सकती हैं? सोने में आपको जगाने की सख़्त मुमानियत है।

—मैं नहीं सोऊँगी,—मैंने कहा—तुम सितारिये को बुलाओ।

—बहुत अच्छा, हुज़ूर,—बाँदी बोली—मैं पूछती हूँ।—कहकर वह चली गयी।

मैं पलँग पर पड़ी-पड़ी करवटें बदलने लगी। मुझे किसी पहलू चैन न आता था। बदन बेतरह टूट रहा था। मेरे कानों में सितार की झंकार गूँज-गूँज उठती थी और मैं तड़प-तड़पकर रह जाती थी। यह कैसी बेकली थी कि थमने का नाम ही न लेती थी। जैसे रह-रहकर एक लहर उठती हो और मेरे जिस्म को निचोड़कर रख देती हो। बस, यही हो रहा था कि कब सितार बजेगा और कब मुझे सकून मिलेगा। सकून मिलने का और कोई चारा मुझे नज़र न आ रहा था।

बाँदी ने आकर, सिर झुकाकर कहा—हुज़ूर, मुझे माफ़ करें!...सितारिये को बुलाने का हुक्म मुझे नहीं मिला। हकीम साहब ने फ़रमाया है कि आप यह दवा पी लीजिये।

—मैं नहीं पीती!—मैंने चीख़कर कहा।

कई बाँदिया तब मेरे पास आ गयीं। उनमें से एक बोली—हुज़ूर, आज की रात दिमाग़ ख़राब करने के लिए नहीं है। आप ज़रा अपने पर क़ाबू रखने की कोशिश करें। आप दवा पी लीजिये। हकीम साहब ने कुछ सोच-समझकर ही यह दवा आपके लिए तजवीज़ की होगी। इसे पीते ही आपको सकून मिल जायेगा। पी लीजिये, हुज़ूर! हमारी गर्दन क्यों क़लम कराना चाहती हैं?

मैंने उन-सबों के सूखे हुए चेहरे देखे। फिर मुझे यह भी ख़याल आया कि हो सकता है, दवा पीने से मेरी बेचैनी सच ही ख़तम हो जाये। सो, मैंने वह दवा पी ली।

दवा पीने के थोड़ी ही देर बाद मुझे ऐसा लगा कि मेरा सिर भारी हो रहा है और रह-रहकर होश खता कर जाता है। मैंने आँखें खोलने की कोशिश की तो वे नहीं खुलीं। फिर मुझे ऐसा लगा कि भारी सिर के सिवा मेरे जिस्म में कोई और अंग है ही नहीं। और फिर थोड़ी देर बाद ऐसा लगा कि वह सिर भी फटकर अलग हो गया है। फिर तो मुझे किसी बात का होश ही न रहा।

जब मुझे होश आया और मेरी आँखें खुलीं तो मैंने अपने को नंग-धड़ंग फ़र्श पर पड़ा पाया। मैं उठकर बैठ गयी। मेरे जिस्म पर नुचे-खुचे फूलों के ज़ेवर थे। यह कमरा मेरा पहचाना हुआ न था। मेरे सिर में हलके-हलके चक्कर आ रहे थे। मेरी समझ में न आ रहा था कि यहाँ इस हालत में मैं क्यों पड़ी हुई हूँ!

तभी दो बाँदियाँ आयीं। उन्होंने मुझे कपड़े पहनाये। वे मेरी पहचानी हुई बाँदियाँ थीं, लेकिन वे मुझसे आँखें न मिला रही थीं। वे उदास भी दिखायी दे रही थीं। मुझे उठाकर वे जाने कितने कमरे और गलियारे पार करके एक बड़े दरवाज़े के बाहर लायीं और रुक गयीं।

दरवाज़े के अन्दर मुझे रोशनी दिखायी दे रही थी, लेकिन बाहर गहरा अन्धकार छाया था। तब मुझे एहसास हुआ कि यह रात है। मैं बोली—तुम लोग यहाँ क्यों रुक गयी?

वे दोनों दुपट्टे के आँचल से अपनी आँखें ढँककर सिसकने लगीं। एक बोली—हुज़ूर, नवाब साहब का हुक्म है कि होश आते ही आपको महल से बाहर निकाल दिया जाये और आप जहाँ कहें वहाँ आपको पहुँचा दिया जाये।

—क्यों?—मैंने कहा!

—आइये, आप आगे बढ़िये,—एक बोली—यहाँ खड़े होकर बातें करना ठीक नहीं है।

—लेकिन मैं इस रात में कहाँ जाऊँगी?—मैंने कहा—मेरे सिर में रह-रहकर चक्कर भी आ रहे हैं।

—हम क्या बतायें, हुज़ूर, कि आप कहाँ जायेंगी,—एक बोली—आप जहाँ कहेंगी, हम आपको पहुँचा देंगी। ऐसा ही हमें हुक्म मिला है। आप बताइये, हम आपको कहाँ पहुँचा दें? हम तो हुक्म की बन्दी हैं। आप अपने घर जाना चाहेंगी क्या?

—नहीं,—मैंने कहा।

—फिर आप कहाँ जायेंगी, हुज़ूर?

—मैं क्या बताऊँ कि मैं कहाँ जाऊँगी,—मैंने कहा—मेरी तो समझ में ही नहीं आ रहा है कि यह-सब क्या हो रहा है।

—यहाँ ऐसी ही बातें होती हैं, हुज़ूर,—एक बोली—आप चलती रहिये और सोचती रहिये कि आप कहाँ जा सकती हैं। हमें बेहद अफ़सोस है, लेकिन हम क्या कर सकती हैं?

हम तीनों सिर झुकाये चलने लगीं। बाग़ में पहुँचकर मैं बोली—अब कुछ भी नहीं हो सकता?

बाँदियों में से एक बोली—और कुछ भी नहीं हो सकता, हुज़ूर।

—मैं अपनी सहेली से भी नहीं मिल सकती?—मैंने कहा।

—आपको यहाँ एक मिनट भी रुकने का हुक्म नहीं है तो आप किसी से कैसे मिल कैसे सकती हैं, हुज़ूर?—एक बाँदी बोली—महल के बाहर आप जहाँ जाना चाहें हम आपको पहुँचा देंगी।

बाग़ पार करके हम एक पक्के चबूतरे पर चढ़ीं और चलने लगीं। थोड़ी देर बाद सामने से एक आवाज़ आयी—कौन है?

बाँदियों में से एक बोली—हम हरम से आ रही हैं। नवाब साहब के हुक्म से हम इन बेगम साहिबा को एक जगह पहुँचाने जा रही हैं।

तब बूटों की खट-सी आवाज़ आयी और कोई चीज़ खनखना उठी। वहाँ लट्टू जल रहे थे। हम एक बहुत बड़े बन्द फाटक के सामने आ खड़ी हुई। फाटक चड़चड़ाकर खुला तो हम बाहर निकलीं। सड़क पर आकर एक बाँदी बोली—अब बताइये, हुज़ूर, आप कहाँ जायेंगी?

—सितारिये कहाँ रहते हैं?—मैंने पूछा।

—सितारिये की कोठी वहाँ सामने है,—एक बाँदी बोली—लेकिन हुज़ूर को वह पनाह नहीं दे सकते। महल से निकाली हुई किसी भी बेगम को महल का कोई आदमी पनाह नहीं दे सकता। नवाब साहब को मालूम हो जाये तो वह क़तल करवा देंगे।

—तुम लोग इस वक़्त मुझे वहीं छोड़ दो,—मैंने कहा—वहाँ से मैं कल और कहीं चली जाऊँगी।

एक बाँदी दूसरी बाँदी से बोली—चलो, इन्हें वहीं छोड़ दें। कल तो ये वहाँ से चली ही जायेंगी। सुबह नवाब साहब बाहर जा ही रहे हैं।

हम चलने लगीं। मैं बोली—अब तो तुम लोग मुझे बताओ कि आख़िर हुआ क्या? मुझे इतना याद है कि मैं दवा पीने के थोड़ी ही देर बाद बेहोश हो गयी थी।

एक बाँदी बोली—आपकी वही बेहोशी तो ज़हर हो गयी, हुज़ूर। ख़ाबगाह जाने का वक़्त हुआ तब भी आप बेहोश थीं। हम क्या करतीं? आपको उसी हालत में हमने अपने हाथों में उठाया और ख़ाबगाह की सेज पर पहुँचा दिया। उसी हालत में आपका

फूलों का सिंगार किया गया। उम्मीद थी कि नवाब साहब के आने के वक़्त तक आप होश में आ जायेंगी। लेकिन ऐसा न हुआ? आपको यह मालूम नहीं होगा कि ख़ाबगाह के चारों ओर छोटे-छोटे कमरे हैं। उन कमरों में बाँदियाँ रात-भर नवाब साहब का कोई भी हुक़्म बजाने के लिए हरदम तैयार खड़ी रहती हैं। हम आपकी ख़िदमत में इतने दिनों तक रही थीं, इसलिए आज रात उन कमरों में हमारी ही तैनाती थी। आप पलँग पर फूलों का सिंगार किये हुए बेहोश पड़ी हुई थीं और हमारा दिल धक-धक कर रहा था कि अगर नवाब साहब के आने पर भी आपकी मूर्च्छा न टूटी तो आज क्या होगा? उस हालत में भी सेज पर पड़ी हुई आप कितनी हसीन लग रही थीं! ऐसा मालूम होता था कि आप किसी का इन्तज़ार करते-करते, थककर सेज पर सो गयी हैं। नवाब साहब आये तो जैसे हमारे दिल की धड़कन ही बन्द हो गयी। आप अभी तक वैसी ही पड़ी हुई थीं। लेकिन नवाब साहब ने आपको उस तरह पड़ी हुई देखकर सोचा कि आप सो रही हैं। उन्होंने कुछ झुककर आपको जगह-जगह चूमना शुरू कर दिया। फिर भी आपमें कोई हरकत न हुई, तो वह फूलों का एक गुच्छा लेकर आपके गालों पर उसे बारी-बारी से फेरने लगे। फिर भी आपमें कोई हरकत न हुई तो वह आपका एक हाथ पकड़कर उसे हिला-हिलाकर आपको बेदार करने लगे। फिर भी आपमें कोई हरकत न हुई तो उन्होंने आपका हाथ छोड़ दिया। और तभी हमारे कमरे की घण्टी किर्र कर उठी। मैं दौड़कर उनके पास पहुँची, तो वह बोले, क्या बात है? इनमें तो कोई हरकत ही नहीं हो रही है। मैंने सिर झुकाकर कहा, आलमपनाह! इनकी हालत तो वह दवा पीने के वक़्त से ही ऐसी है। तब से इन्होंने एक बार भी आँखें नहीं खोलीं। इस पर उन्होंने कहा, यह कैसे हो सकता है? हकीम साहब ने कहा था, दो घण्टे के बाद यह बिलकुल तरो-ताज़ा होकर उठ बैठेंगी।...तुम इन्हें होश में लानेवाली दवा तो सुँघाओ! मैं रुई के पूल में दवा डालकर लायी और आपका मुँह एक हाथ से बन्द करके दवा आपको सुँघाने लगी। आपका सिर झटके से हिला और आपने अपना हाथ उठाकर, मेरा हाथ पकड़कर, उसे अपने मुँह पर से हटा दिया। नवाब साहब ने मुझसे कहा, अब तुम जाओ। मैं कमरे में चली आयी। नवाब साहब आप पर झुके हुए थे। फिर हमने देखा, वह सेज के आस-पास चक्कर लगा रहे हैं और रह-रहकर आप पर नज़र डाल लेते हैं। फिर आपके मुँह से ओ-ओ की आवाज़ निकलने लगी। तभी हमारे कमरे की घण्टी किर्र-किर्र कर उठी और हम दोनों जनी भागकर सेज के पास पहुँचीं। लेकिन हमारे पहुँचने के पहले ही आप लेटी-लेटी क़ै करने लगी थीं। सेज से दूर हटकर नवाब साहब ने चिल्लाकर कहा, हटाओ इस ग़लीज़ को यहाँ से! इसने हमारी यह रात बरबाद करके रख दी! बीमार चाहे जितना भी हसीन हो बेकार ही होता है! महल को हम पागलख़ाना नहीं बनाना चाहते! इसे जल्दी हटाओ और तुरन्त सेज बदलकर कलवाली को लाओ!...हमने आपको

उठाकर अपने कमरे में डाला और जल्दी सेज बदलने और दूसरी को तैयार करने में लग गयीं। उसे तैयार करके ख़ाबगाह में हम ले गयीं तो नवाब साहब बोले—उसे होश आते ही महल के बाहर कर देना और वह जहाँ चाहे उसे पहुँचा देना। हम फिर यह सुनना भी नहीं चाहते कि यह हसीन लाश हमारे महल में है! हुँ:!...

—लीजिये, यह सामने सितारिये की कोठी है। फाटक से आप अन्दर चली जाइये। हमारा आपके साथ अन्दर जाना मुनासिब नहीं है। हमारा सलाम क़ुबूल कीजिये। ख़ुदा आपको ख़ुश रखे!—कहकर वह मुड़ी तो उसके साथ ही दूसरी बाँदी भी मुड़ गयी और वे तेज़-तेज़ क़दमों से चलकर थोड़ी ही देर में मेरी आँखों से ओझल हो गयीं।

फाटक पर अँधेरे में खड़ी हुई मैं कुछ सोचने को हुई कि तभी मेरे कानों में धीमी-धीमी सितार की आवाज़ सुनायी पड़ी। मुझे लगा कि वह आवाज़ जाने कब से पुकार-पुकारकर मुझे बुला रही है। मैं आगे बढ़ी और फाटक खोलकर अन्दर हो गयी। वह आवाज़ कुछ तेज़ हुई तो मेरे पाँवों की गति में भी तेज़ी आ गयी। मैं सुध-बुध खोकर बाग़ की रविश पर दौड़ने लगी। मुझे ठोकर लगी, लेकिन मैं गिरी नहीं। मेरे कान सितार की आवाज़ पर लगे हुए थे और मैं उसकी ओर दौड़ रही थी। चबूतरे की सीढ़ियों पर मैं गिर पड़ी, लेकिन फिर उठकर मैं दौड़ने लगी। सितार की पुकार और भी तेज़ हो गयी थी और मैं दौड़कर तुरन्त उसके पास पहुँच जाना चाहती थी।

सामने का बड़ा दरवाज़ा खुला हुआ था। मुझे साफ़ दिखायी दिया, एक तख़्त पर बैठें हुए सितारिये सितार बजा रहे थे। मैं बेतहाशा दौड़कर तख़्त के पास जा फ़र्श पर बैठ गयी कि अचानक सितार की पुकार रुक गयी। मैंने मुँह उठाकर देखा, तो मुझे सुनायी पड़ा—आप? आप इस वक़्त यहाँ कैसे आ गयीं, बेगम साहिबा?

मेरे मुँह से सहसा कोई बात न निकली। फिर आँखें नीची करके मैंने कहा तो यही कहा—आपने सितार क्यों बन्द कर दिया? बजाइये आप, मैं बहुत बेचैन हूँ!

लेकिन सितारिये ने मेरी बात शायद अनसुनी कर दी। वह तख़्त से उठे और दौड़कर दरवाज़े के पास गये। दरवाज़ा बन्द कर, मेरे पास लौटकर वह बोले—यह आप कहाँ बैठ गयीं, बेगम साहिबा? यह आपके बैठने की जगह नहीं है। आप उस पलँग पर बैठिये।

—आप सितार बजाइये, सितार बजाइये!—मैंने सिर हिलाकर कहा।

—बजाता हूँ,—वह बोले—आपके लिए तो आज शाम से ही मैं सितार बजा रहा हूँ। आपके लिए तो मैं ज़िन्दगी-भर सितार बजा सकता हूँ। आप उठकर उस पलँग पर तो चलिये, बेगम साहिबा!

मैं उठती हुई बोली—आप मुझे बेगम-वेगम मत कहिये! मुझे महल से निकाल दिया गया है। आप सितार बजाइये। जाने किस ज़माने से मैं सितार सुनने के लिए तड़प रही हूँ!

मैं पलँग पर बैठी तो वह झुककर मेरी जूतियाँ निकालने लगे। मैं मना करूँ कि इससे पहले ही उन्होंने जूतियाँ निकाल लीं।—बोले अब आप आराम से लेट जाइये। आप बहुत थकी हैं। मैं सितार बजा रहा हूँ।

मैं लेट गयी। वह तख़्त पर जाकर बैठ गये। सितार को उठाते हुए वह बोले—आज शाम को मैं आपके पास आने के लिए तैयार हो ही रहा था कि महल से हुक्म आया, आपको आज शाम बेगम साहिबा को सितार सुनाने के लिए नहीं जाना है। मेरी समझ में न आया कि आख़िर इसकी क्या वजह हो सकती है। फिर ख़याल आया कि सितार नहीं बजेगा तो आपको नींद कैसे आयेगी और मैं अपने ठीक वक़्त पर यहाँ बैठकर सितार बजाने लगा। सोच रहा था, काश, मेरे सितार की आवाज़ किसी तरह आपके पास पहुँच जाये, आप उसे सुनें और सो जायें। और उस वक़्त से इस वक़्त तक मैं सितार बजाता रहा। मुझे इतमीनान ही नहीं हो रहा था कि आप सो गयी होंगी। मुझे लग रहा था कि आप बहुत बेचैन हैं, आप पलँग पर छटपटा रही हैं। और मैं सितार बजाता रहा, बजाता रहा। फिर जाने कैसे एक बार मुझे लगा कि आप पलँग पर लेटी हुई हैं और मेरा सितार सुन रही हैं। लेकिन मैंने पलँग पर देखा तो आप दिखायी नहीं पड़ीं। यह कैसी अजीब बात है, बेगम साहिबा, इस वक़्त मेरा वही ख़याल सच हो गया है। आप पलँग पर लेटी हुई हैं और मैं...मैं सितार सुना रहा हूँ।

कहकर उन्होंने सितार बजाना शुरू कर दिया।

मेरी रूह को अचानक ही सकून मिल गया। ज़रा देर बाद ही मैं जैसे मन्द-मन्द लहरों पर तिरने लगी, झूलने लगी। मेरी बन्द पलकों के चारों ओर नन्हीं-नन्हीं परियाँ रुनझुन-रुनझुन अपनी पैंजनियाँ बजाती हुई नाचने लगीं। फिर वे अपने फूलों के पाँवों को बढ़ा-बढ़ाकर मेरी पलकों पर आकर थिरकने लगीं। उन फूलों के पाँवों का वह मधुर-मधुर दबाव कितना सुखद लग रहा था! मैं अपनी पलकों को बेहरकत मूँदे रही। मुझे एक अस्पष्ट-सा भय लग रहा था कि कहीं मेरी पलकों में कोई ज़र्रा-बराबर भी हरकत हुई नहीं कि वे परियाँ लुढ़क जायेंगी। मैं उनके भारहीन फूलों के पाँवों को अपनी पलकों पर सँभाले रही और उस सुखद एहसास को मन-ही-मन धीरे-धीरे पीती रही। उस एहसास को पीते-पीते जैसे मुझ पर एक नशा छाने लगा और थोड़ी ही देर में मैं अपनी सुध खोने लगी और फिर मुझे किसी बात का होश न रहा। मैं सो गयी।...

मुझे ऐसा लगा कि मेरी आँखों पर जैसे टप-टप शबनम की बूँदें चू-चूकर बज रही हैं। मैंने उन्हें पोंछने के लिए अपनी पलकों पर हाथ रखे तो कानों में सितार की

आवाज़ आयी। मैंने आँखें खोल दीं। सुबह हो गयी थी। सितार के स्वरों से जैसे शबनम से धुली हुई मुस्कराहटें झर रही थीं। सितारिये मेरी ओर देखकर मुस्कराये। बोले—उठिये, बेगम साहिबा! सुबह हो गयी!

मैंने उठकर, पलँग पर बैठते हुए कहा—शुक्रिया! ओह! कैसी भयानक रात थी! मैं सोचती हूँ, आपके यहाँ मैं न पहुँची होती तो मेरा क्या होता? किसी सड़क के किनारे मैं पड़ी होती...

—ख़ुदा इतना बेरहम नहीं हो सकता, बेगम साहिबा!—वह बोले।

—मुझे बेगम साहिबा आप मत कहिये,—मैंने कहा—मेरा नाम आशा है, मुझे आप आशा कहकर पुकारिये।

—आपको आपका नाम याद है?—उन्होंने पूछा।

—अब तो मुझे बहुत-कुछ याद आ रहा है,—मैं बोली—यह भी आपके सितार की ही इनायत है, वर्ना जब मैं महल में आयी थी तो मैं एक ज़िन्दा लाश थी। सोचती हूँ, मैं वैसी ही रहती, तो कितना अच्छा होता। जहाँ भी फेंक दी जाती मैं वहीं पड़ी रहती, मुझे कोई एहसास न होता, मैं मर जाती, सड़-गल जाती। लेकिन अब...

—ख़ुदा का लाख-लाख शुक्र है, आशा बीबी!—वह बोले—मेरी दुआ और मेहनत अकारथ न गयी। जिस दिन पहली बार आपने पर्दा उठाकर मेरी ओर देखा था, उसी दिन मैं आप पर क़ुर्बान हो गया था। ऐसा हुस्न मैंने तो अपनी ज़िन्दगी में कभी भी न देखा था। आपकी वह एक झलक क्या थी, मानो नूर का जलवा हो। मेरा दिल रौशन हो गया। उसी दिन से मैं रोज़ दुआ करता था कि आपको किसी तरह नींद आने लगे और आपका दिमाग़ ठीक हो जाये। मैंने अपनी ओर से कोई कसर न छोड़ी। मैंने अपनी सारी इल्म ख़त्म कर दी। ज़िन्दगी में ऐसा सितार मैंने पहले कभी भी न बजाया था। महफ़िलों के क़द्रदानों को ख़ुश करना एक बात है और एक भटकी हुई हसीन रूह को रास्ते पर लाना बिलकुल दूसरी बात है। यह काम बेहद मुश्किल था। लेकिन उस दिन जब मैंने आपके हुस्न की पहली झलक देखी तो जैसे मेरी रूह में, मेरी कला में एक नयी जान पड़ गयी। वह हुस्न, वह नूर बराबर मेरी आँखों के सामने बना रहने लगा और मेरी कला में बेपनाह ताक़त आती गयी। जिस शाम आपको नींद आयी, मेरी ख़ुशी का ठिकाना न था। मेरी कला कामयाब हो गयी थी। सितार को मैंने अपने माथे से लगाया था और बार-बार उसे चूमा था। वैसी राहत मुझे ज़िन्दगी में पहली बार मिली थी। आपकी जाने कबकी भटकी हुई परेशान रूह को आख़िर सकून मिल गया, यह ख़याल ही मुझे पागल बनानेवाला था। लेकिन उस रात जब मैं महल से वापस आया तो एक दूसरे ख़याल ने मेरे दिमाग़ में सिर उठाया। मुझे लगा कि आगे अब शायद आपको मेरी ज़रूरत न रह जाये, मैं आपके सामने सितार न बजा

सकूँ। नवाब ने मुझे सब-कुछ पहले ही बता दिया था और उसने आपके ठीक हो जाने पर मुझे एक बड़ा इनाम देने का भी वादा किया था। लेकिन अब मुझे इनाम की याद भी न थी। मुझे तो अब ऐसा लग रहा था कि अगर आपके सामने सितार न बजाया तो सितार बजाने का कोई लुत्फ़ ही न रह जायेगा। और आख़िर कल शाम वही दिन आ गया। आप मेरी बेचैनी का अन्दाज़ा नहीं लगा सकतीं।

—लगा सकती हूँ,—मैंने कहा—अपनी बेचैनी से ही मैं आपकी बेचैनी का भी अन्दाज़ा लगा सकती हूँ। मुझे नहीं मालूम कि अगर मुझे उन लोगों ने वह दवा न पिलायी होती और मैं बेहोश न हो गयी होती तो मेरा क्या होता। शायद मैं फिर अपनी पहली ही हालत में पहुँच गयी होती।

—आप बेहोश हो गयी थीं?—उन्होंने मेरी ओर देखते हुए पूछा।

—हाँ, मैं बेहोश हो गयी थी,—मैंने कहा—और होश में आने के बाद मुझे महल से निकाल दिया गया। बाँदियाँ कहती थीं कि नवाब ने कहा कि बीमार चाहे कितना भी हसीन हो बेकार ही होता है।

—हुँ।

—मैं कहाँ जाती? आख़िर मुझे आपकी याद आयी। लेकिन बाँदियों ने कहा कि महल से निकाली हुई किसी भी बेगम को महल का कोई आदमी अपने पास नहीं रख सकता। मेरे लिये तो इस दुनिया में कोई भी जगह नहीं है। मैं कहाँ जाऊँगी? क्या आप मुझे पनाह न देंगे? मुझे आप अपने पास न रखेंगे? क्या आप मुझे अपने पास रख लेंगे और नवाब का इसका पता लग जायेगा तो वह आपका सिर क़लम करवा देगा? बाँदियाँ कहती थीं कि...

—हाँ, वह मेरा सिर क़लम करवा सकता है,—वह बोले—लेकिन वह उसके पहले आपको मुझसे अलग नहीं कर सकता! आप कोई फ़िक्र न करें। अब यह नवाबी ज़्यादा दिन चलनेवाली दिखायी नहीं देती। हिन्दुस्तान की आज़ादी के साथ-साथ हम भी आज़ाद हो जायेंगे। और न भी हुए तो भी डरने की कोई बात नहीं है। यह दुनिया बहुत बड़ी है। एक वक़्त आता है जब आदमी को कोई फ़ैसला कर लेना होता है। मेरे लिये वह वक़्त शायद अब आ गया है। आप कोई फ़िक्र न करें। एक दिन आपने सितार सीखने की बात कही थी। मैं आपको सितार सिखाऊँगा। आप उठिये। मुँह-हाथ धोइये, फिर बातें करेंगे।

मैं उठती हुई बोली—आपके घर में और कोई दिखायी नहीं देता?

—रुकिये, मैं आपको जूतियाँ पहना दूँ,—वह मेरे लटके हुए पाँवों के पास झुकते हुए बोले।

—नहीं,—मैं पाँव ऊपर करती हुई बोली—आप मुझे दोज़ख में न डालें!

—यह आप क्या कहती हैं,—वह बोले—क्या बाप अपनी बीमार बेटी के पाँवों में जूतियाँ नहीं पहनाता? आप बीमार हैं...

—क्या कोई बाप अपनी बेटी को आप-आप भी कहता है?

—वह तो आपके हुस्न का रोब है!—वह बोले—हुस्न ख़ुदा का एक जलवा है, उसके आगे बेअदबी करना ख़ुदा की तौहीन करना है। नवाब को तो दोज़ख में भी जगह न मिलेगी!

—आप मुझे इस तरह शर्मिन्दा न करें,—मैं बोली—आपने मुझे एक नयी ज़िन्दगी अता की है, ज़िन्दगी-भर आपकी ख़िदमत करके भी मैं इस रिन से उरिन न हूँगी। आपने मुझे बेटी कहा है, मुझे लगता है कि आज मैं तर गयी। मैं आपकी बेटी के लायक़ बनूँ, आप ख़ुदा से यही दुआ करें। कौन जाने आपके पाँवों में पहुँचने के लिए ही मेरी क़िस्मत ने मुझे—ये-सब चक्कर दिये। आपको पाकर मैं सब-कुछ पा गयी हूँ। मेरी तमन्ना अब यही है कि ज़िन्दगी की आख़िरी साँस तक मैं आपकी ख़िदमत करती रहूँ।—और पलँग से उतरकर मैंने उनके पाँव पकड़ लिये।

उन्होंने मेरे बाज़ू पकड़कर मुझे उठाया और मेरे सिर पर हाथ रखकर कहा—समझो कि तुम अपने घर में आ गयी हो। तुम कहती हो कि मैंने तुम्हें एक नयी ज़िन्दगी अता की है और मैं समझता हूँ कि तुमने मुझे एक नयी ज़िन्दगी अता की है। अब मेरी कला नवाब की ग़ुलाम नहीं रहेगी, वह अब आज़ाद हो गयी है, बेटी! मैं तो उस दिन की सोचता हूँ जब तुम्हारा हुस्न और मेरी कला एक जाँ होंगे। वही दिन मेरी ख़ुशी का असली दिन होगा। ख़ैर, तुम चलो, हाथ-मुँह तो धोओ। हाँ, तुमने पूछा था कि इस घर में कोई और दिखायी नहीं देता। इस घर में मैं हूँ, मेरा सितार है और मेरा एक बावर्ची है, और कोई नहीं है। ऐसा क्यों है, इसकी भी एक दास्तान है और उसका भी ताल्लुक़ नवाब से ही है। ख़ैर, तुम छोड़ो वे बातें इस वक़्त। हमें इस घर में अब नहीं रहना है। हम जल्दी ही, बल्कि आज ही यह घर छोड़ देंगे। फिर जो हो, देखा जायेगा। इस दोज़ख से तो कोई भी जगह बेहतर ही होगी। चलो, तुम्हें ग़ुसलखाना दिखा दूँ।

मैं उनके पीछे-पीछे चली तो ज़रा दूर चलने के बाद ही वह बोले—तुम्हें कपड़े चाहिए न? इन कपड़ों का बदल डालना ही बेहतर है। आओ इधर।

मैं उनके साथ चलती हुई बोली—बाबा, मेरे लिये कपड़े आपके पास कहाँ होंगे?

वह कुछ न बोले। मुझे एक कमरे में ले जाकर, वहाँ एक बड़ा बक्स खोलकर वह बोले—देखो, इसमें कपड़े पड़े हुए हैं, तुम्हें ठीक ही होने चाहिए।

मैंने बक्स का ढक्कन उठाकर देखा, उसमें ज़नाने कपड़े पड़े हुए थे। मैंने अचकचाकर पूछा—बाबा, ये किसके कपड़े हैं?

—ये कपड़े जानकी के हैं, बेटा,—वह आँखों में आँसू भरकर बोले—वह महल में है और उसके कपड़े यहाँ पड़े हुए हैं।

—जानकी कौन, बाबा?—मैंने उनकी ओर देखकर कहा—आपकी आँखों में आँसू क्यों आ रहे हैं?

—फिर कभी बताऊँगा, बेटी,—वह हथेलियों से आँसू पोंछकर बोले—तुम कुछ कपड़े निकाल लो, समझो ये कपड़े तुम्हारे ही हैं। कौन जाने, मैंने जानकी को खोकर ही तुम्हें पाया हो। जानकी मेरी बेटी थी।—कहकर वह फफक पड़े।

—बाबा!—मैंने कहा—इन कपड़ों को रहने दीजिये! ये मेरी बहन की निशानी हैं। मेरे लिये कोई और ला दीजिये।

—नहीं, एक जोड़ा निकालकर तुम पहनो तो,—वह अपने आँसू पोंछकर बोले—जानकी के कपड़ों में ही मैं तुम्हें आज देखना चाहता हूँ। मेरी जानकी ही तो अपने घर आयी है!—कहते हुए बाबा कमरे से बाहर निकल गये।

मेरी आँखें भी भर आयीं। उन कपड़ों को छूते हुए कलेजे में एक दर्द उमड़ता था। बाबा का ख़याल न होता तो मैं उन कपड़ों को न छूती। मैंने एक जोड़ा निकालकर बक्स बन्द कर दिया और ताला लगाकर, चाभी लिये हुए बाहर आयी।

चाभी उनके हाथ में देकर मैं सिर झुकाकर खड़ी हो गयी।

वह बोले—अच्छा, यह जोड़ा तुमने निकाला है? यह जोड़ा जानकी को बहुत पसन्द था। वह बहुत ख़ुश होती थी तो यह जोड़ा पहनती थी। आओ, चलो।

ग़ुसलखाने से मैं निकली तो देखा कमरे के एक ओर एक बूढ़ा चौकी पर दस्तरख़ान चुन रहा था। उसने आहट पाकर मेरी ओर देखा और फिर घूरने लगा तो बाबा बोले—इस तरह क्या घूर रहे हो, बड़े मियाँ? जानकी बिटिया को तुम नहीं पहचानते हो?—फिर वह मेरी ओर मुड़कर बोले—सलाम करो, बेटी, बड़े मियाँ को।

मैंने सलाम किया तो बड़े मियाँ बोले—जीती रहो, बिटिया! क्या बताऊँ, मेरी आँखें कमज़ोर हो गयी हैं।—और मेरे पास आकर, मेरे गालों को छूकर, बोले—तू कितनी दुबली हो गयी है, बिटिया! बीमार थी क्या? जहन्नुम में जाये वह शैतान नवाब! अब तुम महल में न जाना, बिटिया!

—आज रात को हम लखनऊ के लिए रवाना होंगे, बड़े मियाँ,—बाबा बोले—मैंने तय कर लिया है कि अब यहाँ नहीं रहना है।

—बहुत अच्छा तय किया है आपने, हुज़ूर,—बड़े मियाँ बोले—इस दोज़ख से जितनी ही जल्दी छुटकारा मिल जाये उतना ही अच्छा। मुझे भी ले चलेंगे न, हुज़ूर?

—ज़रूर ले चलेंगे, बड़े मियाँ,—बाबा बोले—आप कोई हम लोगों से अलग हैं? अब बिटिया को लाइये दस्तरख़ान पर।

—आओ, बिटिया,—बड़े मियाँ बोले—इन्होंने पहले बताया नहीं, वर्ना कोई ख़ास चीज़ न बनायी होती!

—ठीक है, बड़े मियाँ,—मैंने कहा—मैं तो घर की लड़की हूँ, कोई मेहमान थोड़े ही हूँ।

हम नाश्ते पर बैठ गये। बाबा रह-रहकर मेरे कपड़ों की ओर देख रहे थे। खाना न उनसे बन रहा था, न मुझसे।

बड़े मियाँ चले गये, तो बाबा बोले—बक्स में से एक बुर्क़ा भी निकाल लेना। इस हुस्न को अब हमें बद नज़रों से बचाना है। महल के कपड़े कहाँ रखे हैं?

—ग़ुसलखाने में।

—उन्हें जला देना होगा,—वह बोले—नाश्ता करके तुम अपने कमरे में चली जाओ।

मैं उनका मुँह देखने लगी तो वह बोले—मेरा मतलब जानकी के कमरे से है। बेटा, आज से मैं तुम्हें जानकी ही कहूँ, तो कैसा रहे?

—कहिये, बाबा,—मैं बोली—मैं आपकी जानकी ही तो हूँ!

—ठीक है, मैं तुम्हें जानकी ही कहूँगा,—वह बोले—तुम अपने कमरे में ही रहना। वहाँ तुम्हारी कितनी ही किताबें और दीगर सामान पड़े हैं, उन्हें सहेज लो। आज रात को हम रवाना हो जायेंगे। बिना मेरे बुलाये तुम कमरे से न निकलना। जाने कौन-कौन आये हमारे यहाँ। यों मुझे भी सब सामान दुरुस्त करना है। ठीक है न?

—जी, बाबा।

—जो बाँदियाँ तुम्हें यहाँ पहुँचा गयी थीं, वे तो किसी से कुछ नहीं कहेंगी?

—नहीं, बाबा,—मैं बोली—वे तो ख़ुद ही डर रही थीं कि किसी को मालूम न हो जाये कि वे मुझे यहाँ पहुँचा गयी हैं। उन्होंने मुझे किसी से बताने को ख़ुद ही मना किया था।

—ठीक है,—वह बोले—परेशानी की कोई बात नहीं है। नवाब चला गया होगा। सब आज़ादी की साँस ले रहे होंगे। किसी को किसी की फ़िक्र नहीं होगी। सब अपने में मस्त होंगे। ख़ुदा, तेरा शुक्र है!

मैं जानकी के कमरे में गयी तो देखा, बड़े मियाँ उसकी सफ़ाई कर रहे थे। वह बोले—बिटिया, ज़रा तुम बाहर ही रहो, मैं इसे साफ़ कर दूँ। मुझे तो कुछ मालूम ही नहीं था, वर्ना मैं पहले ही से तुम्हारा कमरा साफ़ करके रखता। तुम कब आयी थी, बिटिया?

—रात को आयी थी, बड़े मियाँ,—मैं मन-ही-मन सहमती हुई बोली कि कहीं बड़े मियाँ मुझे जानकी समझकर मुझसे कोई ऐसी बात न पूछ बैठें, जो मुझे

मालूम न हो और मैं अभी ही पकड़ ली जाऊँ। मैं दरवाज़े के बाहर आकर खड़ी हो गयी।

बड़े मियाँ ने फिर मुझसे कुछ न पूछा। वह बुहारी करते रहे और अपने-आप बुदबुदाते रहे—बिटिया, तुझे क्या मालूम कि तेरे महल में जाने के बाद तेरे बाबा पर क्या गुज़रा। कई दिनों तक तो उन्होंने खाना छुआ तक नहीं। इसी तेरे कमरे में बैठकर वह रोते रहे। न सितार छुआ, न किसी से मिले। एक तुझी को लेकर तो उनकी ज़िन्दगी थी और तुम्हें भी उनके हाथों से उस शैतान नवाब ने बेदर्दी से छीन लिया। मैं उन्हें कितना समझाता था कि बिटिया एक दिन ज़रूर आ जायेगी, लेकिन वह कहते, नहीं, बड़े मियाँ, उस दोज़ख में एक बार जाकर कोई लड़की अपने घर नहीं लौटती है। कौन-सा मुँह लेकर वह अपने घर आये? अपनी माँ की तरह जानकी भी मर गयी होती तो मुझे सब्र हो जाता। लेकिन यह-सब मुझसे नहीं सहा जाता, बड़े मियाँ! जाने महल में उस पर क्या गुज़र रही हो। मेरे बिछोह में कहीं घुल-घुलकर वह मर न जाये। वह मर भी जायेगी तो भी मुझे कुछ पता न चलेगा, बड़े मियाँ! क्या मैंने यही दिन देखने के लिए अपनी बेटी को अपने ज़िगर का ख़ून पिलाकर पाला था? मैंने तो सोचा था कि एक दिन वह मुझसे भी बढ़-चढ़कर सितारिया बनेगी। हाय, बड़े मियाँ, यह क्या हो गया? मैंने तो अपनी बेटी को सात पर्दों में छुपाकर रखा था, उसकी ख़बर उस शैतान तक कैसे पहुँच गयी?...बिटिया, यही-सब वह कहते थे, तुम्हारी इन चीज़ों को देखते और छूते थे और रोते थे। मुझसे वह-सब देखा न जाता था, बिटिया। लेकिन मैं क्या कर सकता था? बस, यही कहता था, बिटिया एक दिन ज़रूर आ जायेगी, वह आपको छोड़कर कहीं भी नहीं रह सकती, हुज़ूर!...आज तुम आ गयी, बिटिया, यह कितनी ख़ुशी की बात है! आज रात को हम यह जगह छोड़ देंगे, इस ज़ालिम, लम्पट, बदज़ात, शैतान के राज में रहना और दोज़ख में रहना दोनों बराबर है!—फिर वह एक ओर खड़े होकर बोले—आओ, बिटिया, अन्दर आओ! यह तुम्हारा कमरा जाने कब से तुम्हारा इन्तज़ार कर रहा था। तुम अपनी चीज़-बस्तों को सँभालो। इनमें से जो-जो अपने साथ ले जाना हो, उन्हें छाँटकर तुम रखो, मैं आकर बक्स में रख दूँगा या बाँध दूँगा।

मैं कमरे में आ गयी, तो बड़े मियाँ चले गये। यह वही कमरा था, जिसमें बाबा मुझे कपड़े निकालने के लिए ले आये थे। अब इसे मैंने देखा तो मुझे ऐसा लगा कि अभी-अभी इस कमरे को छोड़कर जानकी गयी है। सभी चीज़ें अपनी-अपनी जगह पर पड़ी थीं, जैसे जानकी के जाने के बाद उन्हें किसी ने छुआ भी न हो। एक ओर कई बक्स रखे हुए थे। बक्सों के पास ही एक चादर से ढँकी हुई चौकी पड़ी थी, जिस पर कई सितार रखे हुए थे। ये सितार खिलौनों के आकार से लेकर बड़े आकार तक के थे। कई पर ग़िलाफ़ चढ़े हुए थे। इस चौकी की बग़ल में एक शीशेवाली आलमारी थी, जिसमें तरह-तरह की किताबें भरी हुई थीं। आलमारी पर सरस्वती की

एक दो-फुटी संगमरमर की मूर्ति थी। सरस्वती सिर झुकाये सितार बजा रही थीं। दूसरी ओर बक्सों के सामने एक बिस्तर लगा हुआ पलँग था। सिरहाने पड़े तकिये पर भी सरस्वती का चित्र कढ़ा हुआ था। पलँग के आगे एक चौकी थी, उस पर क़ालीन बिछा हुआ। चौकी के ठीक सामने दीवार पर भी सरस्वती का एक चित्र टँगा हुआ था। मैंने सोचा, जानकी शायद इस चौकी पर बैठकर सितार बजाती होगी और सरस्वती के चित्र को सामने देखती रहती होगी। सरस्वतीमय इस कमरे का वातावरण ही निराला था। जानकी को लेकर बाबा का क्या सपना होगा, इस कमरे को देखकर कोई भी सहज ही समझ सकता था। मुझे डर लगा कि मुझे लेकर वे सपने बाबा कैसे सच कर पायेंगे? मैंने तो सितार की सूरत ही उनके हाथों में पहली बार देखी थी। सितार के स्वरों ने मेरी आत्मा को झंकृत अवश्य कर दिया था, लेकिन उसके पीछे स्वरों की कोई समझ तो थी नहीं। यह तो केवल एक प्रकृत आकर्षण था, ठीक वैसा ही जैसा कि हरिणों को होता है। उन स्वरों को सुनकर मैं हरिण की तरह मुग्ध हो जाती थी। किन्तु हरिण तो सितार नहीं बजा सकता।

उन चीज़ों को छूते हुए, उस पलँग पर बैठते हुए भी मुझे डर लगा। मैं जानकी नहीं थी, जानकी का कोई भी संस्कार मुझमें न था। मैं कभी जानकी बन सकती हूँ, इसकी कल्पना भी करना असम्भव था। मैं तो एक बहुत ही साधारण लड़की थी। सिर्फ़ हुस्न से क्या होता है? संस्कारहीन सौन्दर्य का क्या अर्थ है? संस्कार से आदमी आदमी बनता है, न कि सौन्दर्य से। संस्कार का तो मुझमें कोई भी सौन्दर्य न था। मैं अब कोई बच्ची भी नहीं थी कि धीरे-धीरे मुझे सुसंस्कृत किया जाता। मैं सोचने लगी, कैसे क्या होगा? जानकी की जगह मैं कैसे ले सकूँगी? बाबा के सपनों को मैं कैसे सच कर पाऊँगी? बाबा मुझे अभी जानते ही क्या हैं? वह मेरे हुस्न के साथ अपनी कला को बैठाने की बात कर रहे थे। कहाँ मेरा हुस्न और कहाँ उनकी कला? हुस्न तो भगवान् ने मुझे दिया है, लेकिन कला तो सीखने और महारत की चीज़ है। इस उम्र में शुरू करके मैं कब तक इस कला में महारत हासिल कर सकूँगी? जानकी को तो, मालूम होता है, बाबा ने बचपन के खेल से ही सितार सिखाना शुरू कर दिया होगा। उसी ज़माने के ये नन्हें-नन्हें सितार होंगे। फिर कौन जाने मुझमें वह प्रतिभा है भी कि नहीं। जी तो बहुत करता है सितार बजाने को, लेकिन सितार बजाना तो कोई खेल नहीं है...

मैं कोने में खड़ी-खड़ी कमरे के सामानों को देख रही थी और यही सब सोच रही थी कि बाबा कमरे में आये। मुझे उस तरह खड़ी देखकर वह बोले—अरे, इस तरह खड़ी क्यों हो, बेटी? यह-सब तुम्हारा ही तो है। तुम्हारे लिये ऐसा ही कमरा मैं लखनऊ में भी बनवा दूँगा। ये सारे सामान वहाँ भी इसी तरह सजे होंगे। इस चौकी पर बैठकर तुम रियाज़ करोगी।...

—बाबा, मुझे तो कुछ भी नहीं आता,—मैं बोली—मैं तो बड़ी बेशऊर लड़की हूँ।

—सब सीखकर इस दुनिया में कौन आता है, बेटी?—बाबा बोले—सब यहीं सीखना पड़ता है और आदमी सब सीख भी लेता है। लगन होना चाहिए, बेटी, फिर तो कोई भी चीज़ मुश्किल नहीं है। मैं तुम्हें सब सिखा दूँगा, बेटी। तुम कोई भी चिन्ता मत करो। एक समय जानकी भी ऐसा ही कहती थी, लेकिन फिर सीखने लगी तो सब आसान हो गया। वह मुझसे कहीं बड़ी कलाकर होती, मगर क्या करें। क़िस्मत में तो कुछ और ही लिखा था।

—बाबा, आप कहते थे, नवाबी ख़त्म होने जा रही है,—मैंने कहा—तब क्या जीजी हमारे पास नहीं आ जायेगी?

—जानकी को महल में गये पूरा साल हो रहा है, बेटी,—वह बोले—तीन-चार महीने तक बाँदियों से उसकी ख़बर मुझे बराबर मिलती रही, फिर अचानक एक दिन उसकी ख़बर आनी बन्द हो गयी। उसके बाद मैंने बहुत कोशिश की उसके बारे में कुछ जानने की, लेकिन मैं कामयाब न हो सका। जाने जानकी को क्या हो गया?

—वह होगी महल में ही, बाबा,—मैं बोली,—वह एक दिन ज़रूर हमारे पास आयेगी!

—इसी उम्मीद में तो मैं आज तक यहाँ पड़ा रहा, वर्ना कब का यहाँ से चला गया होता।—वह बोले—अब कोई उम्मीद नहीं रही, बेटी।

—हम यहाँ नहीं रुक सकते, बाबा?—मैं बोली।

—नहीं, बेटी, हम यहाँ नहीं रुक सकते,—वह बोले—मेरा तजुर्बा बहुत कड़वा है। जानकी की उम्मीद में बैठकर मैं तुम्हें भी गँवाना नहीं चाहता। जानकी अगर ज़िन्दा होगी और इस मुल्क में होगी तो उसका पता हमें ज़रूर एक दिन लग जायेगा। गुन को छिपाकर आदमी बहुत दिनों तक नहीं रख सकता। जानकी के पास एक गुन है, अगर वह ज़िन्दा होगी तो उसके गुन की ख़ुशबू एक-न-एक दिन हम तक ज़रूर पहुँचेगी। तुम उसकी चिन्ता मत करो। मैं तुम्हें ही एक दिन जानकी बनाकर छोड़ूँगा। मुझे अपनी मेहनत पर विश्वास है। तुम अपना दिल कमज़ोर न करो, बेटी!—और उन्होंने एक सितार उठाकर मेरे हाथों में थमाते हुए कहा—तुम चौकी पर बैठ जाओ और इसे ज़रा टुनटुनाकर देखो तो। वह सबकी गुरु तुम्हें देख रही हैं और मुस्करा रही हैं।—कहकर बाबा ने सामने टँगी हुई सरस्वती के चित्र की ओर संकेत किया और बोले—उन्हीं की कृपा से सब होता है, बेटी!

कहकर बाबा कमरे से बाहर जाने लगे तो सितार चौकी पर रखकर मैंने झुककर उनके पाँव पकड़ लिये। बाबा ने मेरे सिर पर हाथ रखकर मुझे आशीर्वाद दिये। फिर मुझे उठाकर चौकी के पास वह ले भी आये और मुझे चौकी पर बैठाकर कहा—उन्हें प्रणाम करो, बेटी!

मैंने दोनों हाथ जोड़कर सरस्वती को प्रणाम किया। तब बाबा ने कहा—अब सितार को प्रणाम करो, बेटी!

मैंने सितार को भी प्रणाम कर लिया तब बाबा ने सितार उठाकर मेरे कन्धे पर रखा और मेरे हाथों को तारों पर रखकर कहा—तुम यों ही बैठी रहो, बेटी। मैं फूल-सुगन्ध लेकर आता हूँ। तुम्हारा पहला पाठ यहीं और अभी शुरू हो जाये।

शाम होने को आयी तो मेरे सितार सुनने के थोड़ी देर पहले बाबा कमरे में आये। मैं तब भी पहले पाठ का अभ्यास कर रही थी। उन्होंने मेरे हाथ से सितार लेकर कहा—बेटी, अब तुम्हारे सितार सुनने का वक़्त हो रहा है। तुम थोड़ा खा-पीकर पलँग पर लेट जाओ, मैं सितार बजाऊँगा। तुम सो रहना। हमारी गाड़ी डेढ़ बजे रवाना होती है। हम यहाँ से बारह-साढ़े बारह तक रवाना होंगे। सब इन्तज़ाम हो गया है। तुम्हें बारह बजे मैं जगा लूँगा।

—आज मैं सोऊँगी नहीं, बाबा,—मैंने कहा।

—नहीं, तुम्हारा सितार सुनना और सोना, दोनों बहुत ही ज़रूरी है। कहीं कल की तरह तुम्हें आज भी बेचैनी हुई तो हम बड़ी परेशानी में पड़ जायेंगे।

—और सोने पर कहीं मेरी नींद न खुले?

—मैं उठा लूँगा, बेटी, तुम इसकी चिन्ता मत करो,—वह बोले—मैं तुम्हें सुला सकता हूँ तो क्या जगा नहीं सकता? तुम्हें अभी काफ़ी दिनों तक एहतियात बरतनी होगी, बेटी। मैं बड़े मियाँ को भेजता हूँ।—कहकर वह बाहर निकल गये।

मुझे भूख नहीं थी और आज मैं सोना भी नहीं चाहती थी। लेकिन बाबा की बात मैं कैसे टाल सकती थी? जो रुचा-पचा खाकर, हाथ-मुँह धो-पोंछकर मैं पलँग पर लेट गयी। बाबा चौकी पर बैठकर सितार बजाने लगे।

मैं सोचती थी कि आज मुझे नींद नहीं आयेगी। लेकिन ज़रा देर में ही मुझे अपने पर क़ाबू न रहा। नींद की लहरें एक-पर-एक आ-आकर मेरी पलकों से टकराने लगीं और मैं सो गयी।

मेरी नींद खुली तो मुझे ऐसा लगा, जैसे सितार मेरे कानों में गुनगुना रहा है—जागो, जागो, मेरी रानी!

तभी बाबा की आवाज़ मेरे कानों में पड़ी—नींद खुल गयी, बिटिया?

—हाँ, बाबा,—मैंने कहा।

—तो उठो, हमारे रवाना होने का वक़्त हो गया,—बाबा सितार पर खोल चढ़ाते हुए बोले—बड़े मियाँ सब सामान लेकर स्टेशन गये। हम लोगों के लिए टमटम बाहर इन्तज़ार कर रहा है।

मैं पलँग से उतरकर जूतियाँ पहनती हुई बोली—चलिये, बाबा।

—तबीयत ठीक है न, बेटी?

—जी, बाबा।

—तो लो, यह बुर्क़ा पहन लो।

मैंने बुर्क़ा पहन लिया तो बाबा ने मेरा हाथ पकड़ा और हम सड़क पर आकर टमटम में बैठ गये।

हम ठीक वक़्त पर प्लेटफ़ार्म पर पहुँचे थे। गाड़ी लगी हुई थी और डिब्बे के सामने खड़े हुए बड़े मियाँ हमारा इन्तज़ार कर रहे थे। हमें देखते ही वह बोले—जल्दी चढ़िये, हुज़ूर!

हम डिब्बे के अन्दर चले गये तो वह बोले—दरवाज़ा अन्दर से बन्द कर लीजिये और खिड़कियाँ गिरा लीजिये, हुज़ूर। कोतवाल एक बार इधर चक्कर लगा गया है। लेकिन घबराने की कोई बात नहीं है। गाड़ी अब छूटने ही वाली है। मैं बग़ल के डिब्बे में हूँ। कोई ज़रूरत पड़े तो आवाज़ दीजियेगा।

बड़े मियाँ का जाना था कि गाड़ी ने सीटी दे दी। बाबा ने जल्दी-जल्दी दोनों ओर के दरवाज़े अन्दर से बन्द किये और सब खिड़कियाँ गिरा दीं। तब मुझसे बोले—तुम आराम से बैठो, बेटी।

दो सीटों पर दो बिस्तर लगे हुए थे। मैं एक पर सहमी हुई बैठ गयी।

दूसरी सीट पर बाबा बैठे ही थे कि गाड़ी में हरकत हुई। बाबा ने दोनों हाथ उठाकर भगवान् का शुक्रिया अदा किया और बोले—बेटी, अब बुर्क़ा उतार दो। आख़िर हमारी ज़िन्दगी की गाड़ी आगे सरकी। अब हमें कोई डर नहीं है।

मैंने बुर्क़ा उतार दिया। आज यह डर नाम की चीज़ भी मेरे मन में जाने कितने दिनों के बाद आयी थी। गाड़ी की रफ़्तार ज्यों-ज्यों बढ़ती गयी, यह डर ख़त्म होता गया। मैं इतमीनान से जूतियाँ उतारकर बैठी तो बाबा बोले—और सोओगी, बेटी?

—नहीं, बाबा, मैं काफ़ी सो चुकी हूँ।

—ठीक कहती हो, बेटी?—वह बोले—तुम्हें यह लगता है कि तुम काफ़ी सो चुकी हो?

—हाँ, बाबा,—मैं बोली—अब मैं ठीक हो जाऊँगी। मुझे तो अभी-अभी जाने कितने दिनों के बाद डर भी लगा था।

—अच्छा!—बाबा बोले—यह तो बहुत अच्छी अलामत है, बेटी।

—और आज तो, जाने कितने दिनों बाद मैंने अपने बारे में भी सोचा था।

—अच्छा!—बाबा बोले—क्या सोचा था तुमने अपने बारे में, कुछ मुझे भी तो बताओ।—चमकती आँखों से मुझे घूरते हुए—से बाबा बोले।

मैं ज़रा हिचककर बोली—यही कि मैं कैसे जीजी की तरह बनकर उसकी जगह ले सकूँगी। मुझे तो कुछ आता नहीं है।

—तेरी जीजी को भी तो मैंने ही बनाया था न, बेटी,—वह बोले—तू क्यों कोई फ़िक्र करती है? तुझे तो एक दिन मैं वह बनाकर बैठा दूँगा कि लोग देखेंगे और अचरज करेंगे।

—लखनऊ में आपके कौन हैं, बाबा?—मैंने यों ही पूछा।

—वहाँ मेरा एक शागिर्द है,—बाबा बोले—उसने बड़ा नाम कमाया है। लेकिन उसके यहाँ हम ठहरेंगे नहीं। दो-चार दिन के अन्दर ही हम कोई घर ले लेंगे। वह-सब सोचना तुम्हारा काम नहीं है। तुम्हारे लिये तो बस एक ही काम रहेगा और वह है सितार का रियाज़।

—मैं करूँगी, बाबा!

—तुम ज़रूर करोगी, यह मैं जानता हूँ।

—आप थोड़ा सो रहिये, बाबा,—मैंने कहा—आप बहुत थक गये होंगे।

—मुझे नींद नहीं आयेगी, बेटी,—वह बोले—आज जब यह जगह मैं छोड़ रहा हूँ, मुझे वह दिन याद आ रहा है, जब पहली बार मैं यहाँ के दरबार में आया था। इस नवाब की तख़्तनशीनी का वह जलसा था। हिन्दुस्तान के कितने ही मशहूर व मारूफ़ गवैये और साज़िन्दे उसमें बुलाये गये थे। दस दिन तक महफ़िलें लगातार चलती रहीं। क्या ज़बरदस्त जमावड़ा था कलाकारों का और क़द्रदानों का। आख़िरी दिन आम दरबार लगा था। यह नवाब सोने और हीरों से जगमगाते हुए तख़्त पर बैठा था और उसके सामने जलसे में मदऊ दीगर नवाब और उसके दरबारी सोने की कुर्सियों पर बैठे थे। उसके बाद हम कलाकार चाँदी की कुर्सियों पर बैठाये गये थे। हमारे बाद ताल्लुक़ेदारों, रईसों और ज़मींदारों की कई पाँतें थीं। फिर आम लोग बहुत बड़ी तादाद में फ़र्श पर बैठे हुए थे। दरबार शुरू हुआ और नवाब ने खड़े होकर सबसे पहले खेताब बाँटे। फिर सनदें बँटने लगीं तो मुझे अपना नाम पुकारा जाता सुनायी दिया। मैं उठकर तख़्त के पास गया और काँपते हाथों से नवाब को सलाम किया, फिर सनद ली और सलाम करके वापस आ गया। मालूम हुआ कि मुझे दरबार का सितारिया बनाया गया है। बेटी, उस दिन मैं बहुत ख़ुश हुआ था। यह एक बहुत बड़ी इज़्ज़त मुझे मिली थी। कलाकारों ने मुझे बधाइयाँ दीं। उस वक़्त मेरी उम्र बहुत ज़्यादा न थी। मेरी उम्र को देखते हुए मेरे लिये यह रुतबा बहुत बड़ा था। फिर सबसे बड़ी बात यह थी कि नवाब के साये में रहकर बेफ़िक्री से मैं अपनी कला के लिए पूरा वक़्त दे सकता था। एक हफ़्ते की मोहलत लेकर मैं आगरे गया और अपनी बीवी और पाँच साल की जानकी को लेकर यहाँ आ गया। हमारे लिये पहले ही से यह कोठी ख़ाली करवा दी गयी थी। हम आराम से रहने-सहने लगे। हफ़्ते में एक रात, जुम्मे के दिन मुझे मजलिस में शामिल होना होता था। बाक़ी सब अपना वक़्त था।

मैं पूरे जोश से अगली मजलिस की तैयारी करता था और मुझे लगता था कि मेरी कला दिनों-दिन चमकती जा रही है। लेकिन यह बात बहुत दिनों तक नहीं चली। नवाब ऐयाशी में डूब गया। ऐश के सिवा उसकी ज़िन्दगी में कुछ रह ही नहीं गया। मजलिसों की रौनक़ जाती रही। नवाब ने मजलिसों में आना क़रीब-क़रीब बन्द कर दिया और कभी-कभी आता भी तो दो-चार मिनट बैठकर चला जाता। धीरे-धीरे मेरा सारा जोश ही ख़त्म हो गया। मजलिस में जाना हाज़िरी देने के बराबर हो गया। फिर नवाब की बदनामी की वजह से मुझे ऐसा लगता था कि मेरे मुँह पर भी कालिख पुतती जा रही है। दरबार के सब गवैयों और साज़िन्दों का भी यही हाल था। उनमें से भी बहुत-सारे कला को छोड़कर ऐयाशी और नशे में अपने दिन बिताने लगे। जानकी न होती तो, कौन जाने, मैं भी उसी सब में डूब गया होता और मेरी भी कला मर गयी होती। लेकिन जानकी ने मुझे बचा लिया। उसी के लिए मैं सितार उठाता और बजाता। दरबार में तो अब कोई क़द्रदाँ रह नहीं गया था। मैंने कई बार दरबार से छुट्टी चाही, लेकिन वह मुझे नहीं मिली। इसी बेदिली और कशमकश में ज़िन्दगी कटने लगी। ऐसा लगता था कि मेरी ज़िन्दगी के साथ-साथ मेरी कला के दिन भी ख़त्म हो गये। दिल की उस हालत में मैं जानकी को भी कुछ बना सकूँगा, इस पर से भी मेरा विश्वास टूटने लगा। इसी बीच एक और आफ़त आयी। जानकी की माँ सात दिन की बीमारी में ही जाती रही। उस वक़्त जानकी तेरह बरस की थी। मेरा दिल अब बिलकुल टूट गया। जानकी न रहती तो पता नहीं उस वक़्त मैं क्या कर बैठता। मैंने फिर नवाब से छुट्टी चाही, लेकिन फिर वह मुझे नहीं मिली। अजीब साँसत में ज़िन्दगी पड़ी थी। मुझे जानकी के सिवा और किसी बात में कोई दिलचस्पी नहीं रह गयी। मैंने बड़े मियाँ के सिवा सब नौकरों-चाकरों को अलग कर दिया। घर से बाहर निकलना बन्द कर दिया। जुम्मे के दिन मजलिस में जाता और बैठकर चला आता। आख़िर जानकी ने ही मुझे फिर सँभाल लिया। मैं उदास बैठा रहता तो वह सितार लाकर मेरे हाथों में थमा देती और ख़ुद भी सितार लेकर बैठ जाती और कहती, बाबा, मैं विहाग बजा रही हूँ। ज़रा सुनिये, मैं ग़लत तो नहीं बजाती? और वह जान-बूझकर ग़लत बजाती और फिर मैं उसे सुधारने लगता और मेरी तबीयत कुछ बहल जाती। जानकी ही अब मेरी ज़िन्दगी बन गयी। सारी नाउम्मीदियों को झटककर मैं जानकी में ही रम गया। उसे घण्टों मैं सितार सिखाता। वह घण्टों मुझे सितार सुनाती। मेरी कला में फिर जैसे जान आने लगी। तभी वह घटना घटी, जिसकी मुझे क़तई उम्मीद न थी। नवाब की आँखें मेरे घर की इज़्ज़त पर भी उठेंगी, यह कौन सोच सकता था? एक दिन नवाब की डोली आयी और जानकी को लेकर चली गयी। न मैं कुछ कर सका, न जानकी कुछ कर सकी। जाते वक़्त की जानकी की रुलाई आज भी मेरे कानों में गूँज रही है। मुझे ताज़्ज़ुब है कि उस वक़्त मेरा कलेजा फट क्यों

नहीं गया। यह ज़िन्दगी कितनी बेहया है, उस दिन मुझे मालूम हुआ। जानकी ने उस हालत में भी मेरे पाँव पकड़कर बार-बार कहा था, बाबा, तुम अपने पर क़ाबू रखो! एक दिन ज़रूर मैं तुम्हारे पास लौट आऊँगी! बेचारी जानकी और बेचारा मैं!—कहकर बाबा ने सिर झुका लिया!

मैं अपनी जगह से उठकर उनके पास आ गयी और उनकी पीठ पर हाथ रखकर बोली—बाबा, जीजी एक दिन ज़रूर आपके पास आ जायेगी! वह कह गयो है तो ज़रूर आयेगी!

बाबा ने हथेलियों से आँखें पोंछीं और कहा—उस मासूम पर क्या बीती, कौन जाने! ताज़्जुब है, मैं किस विश्वास पर उसकी राह देखता ज़िन्दा रहा। बेटी, जब तुम्हारे लिये नवाब के यहाँ से मेरा बुलावा आया, तो मैंने अचानक सोचा कि शायद यह मेरी बच्ची ही हो! उस दिन मैं बहुत रोया था, बेटी। फिर सोचा, कौन जाने, इसी बहाने बेटी का दीदार नसीब में लिखा हो। मैं तुम्हारे पलँग के सामने बैठकर सितार बजाता था और मेरी निगाहें बराबर तुम्हारे पर्दे पर अटकी रहती थीं। जिस शाम पहली बार तुम्हारा दीदार हुआ था, मेरी रूह काँप उठी थी।

—बाबा,—मैं बोल पड़ी—मेरी सूरत-शक्ल जीजी से मिलती-जुलती है क्या?

बाबा थोड़ी देर तक ख़ामोश बने रहे। फिर बोले—बेटी, ज़रूर कुछ मिलती है, लेकिन तुम उससे कहीं ज़्यादा हसीन हो। मैं जानकी का बाप होकर भी यह कह रहा हूँ, तो तुम समझ सकती हो कि इस बात में कितनी सच्चाई है। तुम तो हुस्न की हद हो, बेटी! मैं तुम्हें बता चुका हूँ कि तुम्हारी पहली झलक पाकर मुझे कैसा लगा। लेकिन तुम्हें मैंने उस वक़्त नहीं बताया था कि तब तारों पर मेरी उँगलियाँ काँप गयी थीं। हुस्न बेटी की जगह नहीं ले सकता। एक पल को मुझे ज़रूर नाउम्मीदी हुई थी। लेकिन फिर मेरी रूह तुरन्त ही जाग उठी थी। और जैसे मैंने नूर का जलवा देखा हो, मेरे अन्दर मेरा कलाकार बोल उठा था, तुम्हारी कला सिर्फ़ तुम्हारी बेटी के लिए नहीं है, कलाकार का दिल इतना छोटा नहीं होता। कला तो सारे मख़लूम की है, कलाकार के दिल में तो दुनिया का दर्द होता है। तुम अपने हाथों को काँपने से रोको। यह सोयी हुई रूह जाग रही है, इसे बेदार करना तुम्हारा फ़र्ज़ है। और मैंने ढील को थाम लिया और फिर दुगुने जोश से सितार बजाने लगा। उन दिनों शायद मेरी कला सबसे ऊँचाई पर आ गयी थी। और आज देखो,—बाबा आँखें झपकाकर बोले—ख़ुदा ने कितना बड़ा इनाम आप ही मेरी झोली में डाल दिया। जानकी ही की तरह आज तुमने भी मेरा हाथ थाम लिया है। तुम जानकी की ही तरह मेरी प्यारी बेटी बन गयी हो।

—बाबा, हम नवाबी टूटने पर फिर एक बार यहाँ आयेंगे,—मैंने कहा—जीजी का पता हम ज़रूर लगायेंगे। महल में मेरी एक सहेली भी है। मुझे पता होता तो मैं जीजी के बारे में ज़रूर पता लगा लेती।

—बेटी, तुम कैसे पता लगाती, तुम्हें तो अपना ही कुछ पता नहीं था?—बाबा बोले—क़िस्मत में होगा तो पता लग जायेगा, बेटी। तुम ख़ुदा से यही दुआ करो कि जहाँ भी हो और चाहे जैसे भी, वह ज़िन्दा हो!

—आमीन!—मैंने हाथ जोड़कर कहा। फिर ज़रा देर बाद बोली—बाबा, जीजी आपके पास आ जायेगी तो आप मुझे छोड़ देंगे?

—कौन बेटी ताज़िन्दगी अपने बाप के पास रही है, बेटी,—बाबा बोले—एक-न-एक दिन तो तुम लोगों से मुझे जुदा होना ही पड़ेगा। तुम लोगों के दुल्हे आकर तुम लोगों को मुझसे जुदा करके ले जायेंगे। लेकिन वह जुदाई कुछ और होती है, बेटी। उसमें ग़म भी होता है और ख़ुशी भी होती है और शायद ख़ुशी ज़्यादा ही होती है कि बेटी अपना संसार बसाने जा रही है, अपनी ज़िन्दगी मुकम्मल करने जा रही है। मुँह से उस वक़्त बस यही दुआ निकलती है, बेटी ख़ुश रहे, फले-फूले!...

—बाबा!—मैं अचानक बोल पड़ी, लेकिन आगे मुझसे कुछ भी न कहा गया।

—क्या बात है, बेटी?—बाबा मेरी ओर देखते हुए बोले।

—कुछ नहीं, बाबा,—मैंने सिर झुकाकर कहा।

—अब अपने बाबा से भी तू बात चुरायेगी?—बाबा बोले—बता, क्या कह रही थी तू?

—बाबा,—मैंने सिर झुकाये हुए ही कहा—मैं आपसे कोई बात चुराकर कहाँ रहूँगी? ...मैं कह रही थी कि आप मुझे नहीं जानते, इसीलिए यह कह रहे हैं।

—मैं क्या नहीं जानता, बेटी?—बाबा ने मेरी ओर घूरते हुए कहा।

—अब क्या बताऊँ,—मैंने सिर झुकाये हुए ही कहा—मेरी भी दास्तान बहुत लम्बी और बेहद दर्दीली है। मैं आपको कैसे सुनाऊँ, मेरी समझ में नहीं आता। लेकिन फिर सोचती हूँ कि आपको न सुनाऊँगी तो फिर किसको सुनाऊँगी? मेरी गुमराह ज़िन्दगी को राह पर लानेवाले आप हैं। पैदा करनेवाले माँ-बाप से कहीं ऊँची जगह आपकी मेरे दिल में है। आपको यह जानना ही चाहिए कि आपने जिस लड़की को अपनी बेटी बनाया है, वह कौन है, कैसी है, किन-किन रास्तों से होकर वह गुज़री है और अब कहाँ खड़ी है।

मैं चुप हुई तो बाबा बोले—सुनाओ, बेटी! जानकी और तुममें मेरे लिये यही तो सबसे बड़ा अन्तर है कि जानकी को हमने जन्म दिया था और पाल-पोसकर बड़ा किया था और तुम मुझे एकाएक ही इतनी बड़ी मिल गयी। मैं तुम्हारे बारे में कुछ भी नहीं जानता। लेकिन मुझे ऐसा मालूम नहीं होता है कि मैं तुम्हें नहीं जानता। कुछ ताल्लुक़ात ऐसे होते ही हैं, बेटी, जिनमें एक बार देखना और मिलना ही जैसे सब-कुछ जान लेना होता है। फिर भी तुम बताओ, बेटी।

—बाबा,—मैं बोली—मैं आपसे एक भी झूठ बात नहीं बोल सकती। इसलिए कहीं मुझसे बेअदबी हो जाये तो मुझे माफ़ करेंगे। मैं तो अपनी दास्तान भी भूल ही चुकी थी। आपकी इनायत न होती तो शायद कभी फिर उसे मैं याद भी न कर पाती। फिर मैं कैसे कहूँ कि मुझे सब-कुछ याद ही है।

—जो भी याद हो सुनाओ, बेटी,—मेरे लिये कोई फ़र्क़ नहीं पड़ता।

और मैंने अपनी दास्तान शुरू की। सुनाते-सुनाते जब मैंने अपने घर के लोगों के सामने पहली बार बेहोश होने की घटना सुनायी तो बाबा सिर हिलाकर बोल पड़े—ओ-हो! क्या हालत है वाल्दैनों और लड़कियों की इस नवाबी में! ऐ ख़ुदा! तू इस नवाब को ग़ारत कर! लड़कियों पर रहम कर! ताज़्जुब है इनकी दोज़खी ज़िन्दगी तू कैसे देखता जा रहा है!

—बाबा,—मैं बोली—उसी दिन से जाने मेरे दिल-दिमाग़ को क्या हुआ कि तब से मेरी ज़िन्दगी ही बदल गयी। मुझे दुनिया की किसी बात में कोई दिलचस्पी ही नहीं रह गयी। मुझे लगता है कि मैं ज़िन्दा रहते हुए भी मर चुकी थी। लेकिन हैरत की बात तो यह है कि मुझे इस बात का भी एहसास न था कि मैं ज़िन्दा हूँ या कि मर चुकी हूँ। सच तो यह है कि मुझे किसी बात का एहसास ही नहीं रह गया था। जहाँ पड़ी हूँ, बुत की तरह पड़ी हूँ। न पहनने-ओढ़ने का होश, न खाने-पीने का होश, नींद बिलकुल ग़ायब। इसी हालत में नवाब की डोली आयी।...बाबा, रुख़सती के वक़्त मैं माँ से गले भी न मिल सकी, पिता जी के पाँव भी न छू सकी। मैं एक बूँद आँसू भी नहीं रोयी, बाबा!—कहते-कहते जाने मेरे दिल में क्या हुआ कि मैं अचानक फूट-फूटकर रो पड़ी।

बाबा मेरे सिर और पीठ पर हाथ फेरते हुए बोले—न रो, बेटी! मैं अच्छी तरह सब समझ रहा हूँ। इसमें तेरा कोई भी दोष नहीं था, बेटी, तुम क्या करती? तुम्हारे दिल-दिमाग़ की उस कैफ़ियत में तुमसे कोई उम्मीद करना ही बेवकूफ़ी होती।

मैं देर तक रोती और सिसकती रही। आख़िर जी शान्त हुआ तो मैं बोली—उस दिन से क़सम है, बाबा, कि मेरे दिमाग़ में कभी भी किसी मर्द का कोई ख़याल उठा हो या कोई भी जिन्सी बात आयी हो। नवाब तीन-तीन रात सब कोशिश करके हार गया तो आख़िर मुझे मारा-पीटा। फिर मेरा एलाज शुरू हुआ। आप सितार बजाने आये। मुझे नींद आने लगी और लगा कि मेरी तबीयत सँभल रही है। मुझे चीज़ों में थोड़ी दिलचस्पी भी आने लगी थी। फिर वह दिन भी आया, जिस शाम आप सितार बजाने न आये। उस रात फिर मुझे ख़ाबगाह में लोग ले जानेवाले थे। नवाब को डर था कि सितार सुनकर मैं सो जाऊँगी तो फिर जागूँगी नहीं। हकीम साहब ने सोने पर मुझे जगाने को मना किया था। लेकिन जब मुझे सितार सुनने को न मिला तो मैं बेचैन हो उठी। यह बेचैनी कोई मामूली न थी। मुझे लगता था कि मैं फिर अपनी पुरानी हालत

में ही पहुँच जाऊँगी। तभी मुझे वह दवा पिलायी गयी और मैं ज़रा देर में ही बेहोश हो गयी। फिर बाँदियों से जो मुझे मालूम हुआ, वह मैं आपको बता ही चुकी हूँ। बाबा, अब मैं ठीक लगती हूँ लेकिन फिर कभी मुझे कोई जिन्सी ख़्वाहिश होगी, इसकी क़तई मुझे उम्मीद नहीं है। वह हिस ही शायद मुझमें मर चुकी है। इसलिए, बाबा, तुम मुझसे वह-सब बात कभी मत कहना। मैं शादी करके भला क्या करूँगी? मेरा मन तो किसी मर्द की तरफ़ देखने को भी नहीं करता।

—बेटी, तेरा मन करता हो या न करता हो, उसी से तो सब-कुछ नहीं होता है,—बाबा बोले—इतने दिनों के बाद अभी तो तू बात करने लायक़ हुई है। आगे के बारे में अभी से कोई क्या कह सकता है? तुम्हारा यह हुस्न...

—नहीं, बाबा, नहीं!—मैं सिर हिलाकर बोली—मैं सितार सीखूँगी, सितार बजाऊँगी और कुछ नहीं करूँगी, कुछ नहीं करूँगी!

—अच्छा, भाई,—बाबा मेरी पीठ पर हाथ रखकर बोले—तेरी मर्ज़ी के ख़िलाफ़ मैं कैसे कुछ कर सकता हूँ? तू जो चाहेगी वही होगा। तू किसी बात की चिन्ता मत कर।...

लखनऊ में चौक के पास एक तीन कमरों का कोठा लेकर हम आबाद हो गये। मेरी सितार की तालीम शुरू हुई और बाबा की महफ़िल देखते-देखते ही गमक उठी। बाबा मुझे अपनी महफ़िल में शामिल न होने देते। मैं पीछे के कमरे में बैठकर ही उनका सितार सुनती। कहीं बाहर ले जाते तो मैं हमेशा बुर्क़ा ओढ़े रहती। बाबा कहते—मुझे तुमसे कोई डर नहीं है, डर है दूसरों की नज़रों का। तुम्हारे हुस्न के पीछे कैसा दिल-दिमाग़ है, यह किसे मालूम? तुम्हें देखते ही जाने कितने भौंरों की तरह मँडराने लगेंगे। फ़िलहाल मैं नहीं चाहता कि हम किसी ऐसी परेशानी में पड़ें। हुस्न और परेशानी का बराबर का साथ है, बेटी।...

सुबह मेरी तालीम होती, शाम को बाबा की महफ़िल जमती। रात को देर तक मैं अपना सबक़ दुहराती और बाबा मेरे सामने बैठकर सुनते। मेरी तरक़्क़ी देखकर बाबा ख़ुश होते, मेरी पीठ ठोंकते। मुझे ख़ुद भी कम ख़ुशी न होती। मुझे अब अपने पर विश्वास हो गया था। मेरी धुन, लगन और मेहनत देखकर कभी-कभी तो बाबा भी हैरान रह जाते। आख़िर जब बड़ी रात चली जाती तो वह सितार मेरे हाथों से ले लेते और कहते—तू अब पलँग पर चल, मैं सितार बजाता हूँ।

मैं पलँग पर जाकर लेट जाती। बाबा सितार बजाते। और मैं मीठी नींद सो जाती। सुबह मेरी नींद खुलती तो सितार की आवाज़ कानों में पड़ती और मैं उठ बैठती।

एक रात मैंने कहा—बाबा, तुम सो जाया करो। मैं देखूँ, मुझे आप ही नींद आती है कि नहीं?

बाबा बोले—यह आज़माइश तू बाबा के मर जाने के बाद करना। तू मेरी यह ख़ुशी भी अब छीन लेना चाहती है?

—बाबा!—मैं चीख़-सी पड़ी—आप यह क्या कहते हैं? मैं क्या कभी भी ऐसी बात अपने मन में ला सकती हूँ? मैं तो सोचती हूँ कि महफ़िल में आप थक जाते हैं और फिर मैं अब ठीक भी तो हो गयी हूँ।

—कौन जाने, बेटी,—बाबा बोले—मैं जान-बूझकर कोई ख़तरा मोल लेना नहीं चाहता। जिस दिन तू कभी आप ही सो जाना उस दिन यह बात करना। तब तक तू मेरी यह थपकी सहती जा!

—बाबा!—मैं चीख़कर रो पड़ी—आज तुम्हें क्या हो गया है?—और मैंने उनके पाँव पकड़ लिये।

बाबा मेरी पीठ पर हाथ फेरते हुए हँसकर बोले—पगली! कभी-कभी हमें थोड़ा लड़ना-झगड़ना भी चाहिए। तू तो कभी रूठती भी नहीं कि मैं तुझे मनाऊँ। इतनी मीठी ज़िन्दगी भी अच्छी नहीं होती। कभी-कभी थोड़ी तलख़ी और तुर्शी भी ज़रूर चाहिए। मैंने तो योंही एक बात कही थी। इसमें रोने-धोने की क्या ज़रूरत है? ले, मैं अपनी बात वापस लेता हूँ। अब तो तू ख़ुश है! चल, उठ।

मैं उनके पाँव पकड़े हुए ही बोली—बाबा, अनजान में भी अगर मुझसे कोई ग़लती हो गयी हो तो मुझे आप माफ़ करें!

मुझे उठाते हुए वह बोले—तुझसे कोई ग़लती होनेवाली नहीं है, रे! ग़लती तो मुझसे हो गयी, जो ऐसी बात मेरे मुँह से निकल गयी। सच तो यह है कि जिस ज़ंजीर ने मुझे-तुम्हें बाँधा, वह ज़ंजीर मुझे बहुत प्यारी है। मैं सोचता हूँ कि अब मुझे और तुम्हें बाँधने के लिए कोई ज़ंजीर दरकार नहीं, फिर भी ज़ंजीर मुझसे तोड़ी नहीं जाती है। जाने क्यों मुझे डर-सा लगता है कि वह ज़ंजीर टूटी नहीं कि कहीं तुम मुझसे अलग न हो जाओ। सो, बेटी, इसे तुम चलने दो। मैं सितार बजाऊँ और तुम सो जाओ। मैं सितार बजाऊँ और तुम जाग उठो। यह क्या मेरी ख़ुशी की बात नहीं है? एक इसी वजह से तो मैं कहीं बाहर सितार बजाने नहीं जाता। सोचता हूँ, फिर मेरी बेटी को नींद कैसे आयेगी? चल, तू पलँग पर जा, मैं सितार बजाता हूँ।

मैं आँचल से मुँह पोंछती हुई पलँग पर जा लेटी। बाबा सितार बजाने लगे। और मैं सो गयी।

एक दिन ख़बर मिली कि मुल्क आज़ाद हो गया। फिर एक दिन ख़बर आयी कि नवाबियाँ ख़त्म हो गयीं। बाबा उस दिन बहुत उदास रहे। शाम को न उनकी महफ़िल जमी और न रात को मैंने सितार उठाया। आख़िर मैंने ही कहा—बाबा, चलो, हम नवाबपुर चलें और जीजी को ढूँढ़ें।

उन्होंने कहा—तू क्यों जायेगी?

मुझे बाबा की बात याद आ गयी। मैं बोली—बाबा, तुम चले जाओगे तो मुझे नींद कैसे आयेगी?

बाबा बोले—वही तो मैं सोच रहा हूँ, वर्ना क्या मैं अभी तक यहाँ रुका रहता?

मैंने कहा—मुझे भी ले चलो, बाबा। अब क्या डर है?

—नहीं,—वह बोले—तुझे कहीं भी नहीं जाना है। तू जाकर अपना रियाज़ कर।

—आज तबीयत नहीं लगती, बाबा,—मैंने कहा।

—चलो, मैं भी चलता हूँ,—बाबा बोले।

मैं क्या करती? अपने कमरे में जाकर, अपनी चौकी पर बैठकर मैंने सितार उठा लिया। बाबा आये। दो बार मेरे कमरे में टहले। फिर बोले—ज़रा मैं शागिर्द के यहाँ हो आऊँ?

मैंने कहा—हो आइये, बाबा।

वह दरवाज़े तक गये। फिर लौटकर बोले—मेरा दिमाग़ ख़राब हो गया है। उसे मैं क्या कहकर नवाबपुर भेजूँगा? वह तो तुम्हें ही जानकी समझता है।

—मैं जानकी ही तो हूँ, बाबा,—मैं रुआँसी होकर बोली।

—हाँ, बेटी, तुम्हीं मेरी जानकी हो,—वह बोले और मुँह घुमाकर फिर टहलने लगे।

मेरे जी में आया कि मैं कह दूँ, बाबा, तुम जाओ, मुझे नींद आ जायेगी। लेकिन फिर डर के मारे मैं यह न कह सकी। सितार लिये हुए मैं चुपचाप बैठी रही।

कई चक्कर लगाने के बाद बाबा मेरे सामने अचानक खड़े होकर बोले—हाँ, तुम जानकी ही हो। मुझे ही जाने क्या हो गया था। बेटी, मेरी बात से तुम्हें कोई चोट पहुँची हो तो तुम अपने बूढ़े बाबा को माफ़ कर दो! मैं क्या बताऊँ, एक चोर मेरे मन में बैठा हुआ है। मैं बहुत कोशिश करता हूँ कि वह निकल जाये, लेकिन वह नहीं निकलता। मैं तुमसे झूठ नहीं बोलूँगा। मुझे आज फिर वैसा ही एहसास हुआ जैसा कि तुम्हारी पहली झलक पाकर हुआ था। उस वक़्त मेरी उँगलियाँ काँपी थीं, आज मेरा दिल काँपा था। मैं गुनाहगार हूँ, बेटी! जानकी को लेकर मैं तुम्हें भूल गया होऊँ, ऐसी बात नहीं है, लेकिन मेरे मन में यह बात ज़रूर उठी थी कि कहीं सचमुच जानकी मेरे पास आ गयी तो क्या होगा? क्या मैं तब भी तुम्हें जानकी की ही तरह मानता रहूँगा? इस सवाल का जवाब मुझे नहीं मिलता है और मैं परेशान हूँ।

—इसमें परेशानी की क्या बात है, बाबा?—मैंने कहा—जीजी आ जाये तो मुझे आपसे कम ख़ुशी न होगी। मुझे आपसे बिना माँगे ही जो मिला है, उस पर मैं कभी भी अपना हक़ न जताऊँगी, बाबा! वैसी क्षुद्रता करके आपके पाँव छूने लायक़ मैं कैसे रहूँगी? जीजी आये, वह अपनी जगह ले, इसमें मुझे ख़ुशी ही होगी। आपके दिल के

दर्द को मैं न समझूँगी, बाबा, तो कौन समझेगा? आप मेरी चिन्ता बिलकुल न करें, बाबा!

झुककर मेरा माथा चूमकर बाबा बोले—तुम फ़रिश्ता हो, बेटी!

—नहीं बाबा, तुम्हारे सामने तो मैं कुछ भी नहीं हूँ,—मैं बोली—तुम जाओ, बाबा, जीजी को ढूँढ़कर लाओ। मैं दो-तीन रात जागकर भी काट लूँगी। मुझे कुछ भी नहीं होगा। मैं अब बिलकुल ठीक हो गयी हूँ।

—नहीं बेटी,—बाबा बोले—मैं तुम्हें छोड़कर कहीं भी नहीं जाऊँगा। जानकी को आना होगा तो यहाँ भी वह आ सकती है।...तुम सितार बजाओ।

—आज मेरा मन नहीं करता, बाबा।

—मैं कहता हूँ न, बजाओ,—बाबा बोले—सितार ही हमारे दर्द की दवा है। बजाओ, बेटी!

—क्या बजाऊँ, बाबा?

—जो तुम्हारे मन में आये।

—मेघ बजाऊँ, बाबा?

—बजाओ।

मैं बजाने लगी। ज़रा देर बाद मैंने जान-बूझकर एक ग़लत तार पर उँगली रख दी।

—यह क्या किया, तुमने?—बाबा बोले।

—ग़लती हुई क्या, बाबा?

—यह कोई मामूली ग़लती है?—बाबा बोले—तू तो ऐसी ग़लती कभी भी नहीं करती थी! आज क्या बात है? रुको, मैं अपना सितार लाता हूँ।

बाबा सितार लेकर आये। मेरी बग़ल में बैठकर बोले—तू बिलकुल जानकी ही है, बेटी! बाबा का मन बहलाने के लिए ही न तुमने यह ग़लती जान-बूझकर की थी? चलो, अब बजाओ।

बाबा और मैं एक साथ ही सितार बजाने लगे। थोड़ी ही देर में एक समाँ बँध गयी। जैसे दो प्रतिद्वन्द्वी एक-दूसरे के सामने बैठकर, जान की बाज़ी लगाकर सितार बजा रहे हों। बाबा मेरी ओर देखकर बजा रहे थे और मैं उनकी ओर देखकर बजा रही थी। हम दोनों किसी और लोक में पहुँच गये थे, जहाँ हम दो और स्वरों के सिवा और कुछ भी नहीं था। और फिर थोड़ी ही देर बाद मुझे ऐसा लगा कि बाबा का अस्तित्व भी मेरे सामने से मिट गया है और मैं अपनी धुन में इतनी ग़र्क़ हो गयी हूँ कि ख़ुद अपना अस्तित्व भी भूल गयी हूँ!

जाने कितनी देर बाद मेरा कन्धा किसी ने झिंझोड़ा तो मैं अपने में वापस आयी। बाबा का हाथ मेरे कन्धे पर था। वह हाँफते हुए कह रहे थे—मैं हार गया, बेटी!...अब मुझे कोई चिन्ता नहीं है, कोई भी चिन्ता नहीं है!

मैं अचकचायी हुई कई क्षणों तक उनका मुँह देखती रही। फिर सितार एक ओर रखकर उनके चरणों पर गिर गयी। मेरी पीठ सहलाते हुए वह बोले—बेटी, आज मैं बहुत ख़ुश हूँ, बहुत ख़ुश हूँ! तेरी तालीम अब पूरी हो गयी!

तभी बिजली कड़क उठी। बाबा ने कहा—देख, आसमान भी मेरी बात की ताईद करता है। उठ, बेटी, तू उन्हें प्रणाम कर!

मैंने उठकर, दोनों हाथ जोड़कर सरस्वती को प्रणाम किया।

दूसरे दिन बाबा ने मेरी अन्तिम दीक्षा का जलसा किया। शहर के सभी गवैये, साज़िन्दे और क़द्रदान आमन्त्रित थे। घर को ख़ूब सजाया गया। सुबह से ही बारजे पर रोशनचौकी बज रही थी। सुबह ही पड़ोस की औरतों ने आकर मेरे हाथों-पाँवों में मेंहदी रचा दी थी। शाम होते-होते घर औरतों और मर्दों से भर गया। कई औरतों ने मिलकर मेरा सिंगार किया। एक दिन भाभी ने भी इसी तरह मेरा सिंगार किया था, लेकिन उसमें और इसमें कितना फ़र्क़ था! बाबा ने सितार को दुलहे की तरह सजाया।

बाबा ने मुझे लाकर महफ़िल में बैठाया। कमरा खचाखच भरा हुआ था और रोशनी जगमग-जगमग कर रही थी। बाबा दुलहे की तरह सजे हुए सितार को मेरी गोद में बैठाते हुए बोले—बेटी, आज तेरी सुहाग रात है। तेरा दुलहा तेरे पहलू में है। अपने दुलहे को हमेशा ख़ुश रखना! तेरा सुहाग अमर रहे!

सितार को एक ओर रखकर मैं उठी और झुककर बाबा के पाँव छुए। तालियों की गड़गड़ाहट से महफ़िल गूँज उठी। बाबा ने मेरे सिर पर हाथ रखकर मुझे आशीर्वाद दिया और मेरे बाज़ू पकड़कर मुझे उठाते हुए कहा—बेटी, महफ़िल को आदाब करो!

मैंने महफ़िल के सामने मुँह करके हाथ जोड़े तो सबके हाथ मेरी ओर उठ गये। बाबा ने मेरा हाथ पकड़कर मुझे फिर आसन पर बैठा दिया। कहा—अब सितार लो, बेटी।

मैंने सितार को प्रणाम किया और उसे उठाकर अपने कन्धे पर रखते हुए बाबा की ओर देखा। बाबा ने कहा—अब शुरू करो, वन्दना।

मेरी उँगलियाँ काँपीं। दिल धक-धक हुआ। मैंने बाबा की ओर देखा। बाबा का सिर हिला और मैं सँभल गयी। फिर तो मैं रही और मेरा सितार रहा।

वन्दना समाप्त हुई तो महफ़िल वाह-वाह और तालियों की गड़गड़ाहट से गूँज उठी।

बाबा ने कहा—महफ़िल को आदाब करो, बेटी!

मैंने आदाब किया तो फिर महफ़िल तालियों की गड़गड़ाहट से गूँज उठी।

फिर मजलिस जमी तो जाने कितनी रात गुज़र गयी। मुझे कोई होश ही न था। बाबा ने मेरी गोद से सितार लेकर जब कहा कि आज अब बस करो तो मुझे होश आया। फिर उन्होंने कहा—अब खड़ी होकर महफ़िल को आदाब करो।

मैं खड़ी हुई तो देखा, मेरे सामने फ़र्श पर सिक्कों और नोटों का ढेर लगा हुआ था। मैंने हाथ जोड़े तो लोगों ने मुझे चारों ओर से घेर लिया। सबके मुँह पर बस एक ही बात थी—जैसी ख़ुदा ने आपको सूरत दी है वैसी ही उसने सीरत भी दी है! वाह-वाह! और किसी ने मेरे हाथ में गुलदस्ता थमाया और किसी ने मेरे गले में हार पहनाया।

उसके बाद हर शाम को मेरी महफ़िल जमने लगी और चाँदी बरसने लगी। बाबा हमेशा महफ़िल में मेरे साथ बैठते, लेकिन वह सितार न बजाते। कोई फ़रमाइश होती तो मैं अनुमति के लिए बाबा की ओर देखती। बाबा सिर हिला देते और मैं शुरू कर देती। लोग वाह-वाह करते तो मैं महफ़िल की ओर न देखकर बाबा की ओर देखती, बाबा मुस्करा देते।

एक रात महफ़िल बर्ख़ास्त होने पर मैं अपने कमरे में आयी और कपड़े बदलकर अभी पलँग पर बैठी ही थी कि बाबा मेरे कमरे में आये। चौकी पर बैठकर वह बोले—बेटी, मुझे जो डर था, आख़िर वही हुआ?

—क्या, बाबा?—मैंने अचकचाकर पूछा।

—तुम्हारे गाहकों का ताँता लग गया है,—वह बोले—मेरी समझ में नहीं आता कि मैं क्या करूँ।

उनकी बात ठीक—ठीक मैं समझ न सकी। मैं उनका मुँह ताकने लगी।

वह बोले—सारे शहर में तुम्हारी धूम मची हुई है। कितनों की महफ़िलें तुमने सूनी कर दी हैं। मैं समझता था कि यह तुम्हारी कला की करामात है। लेकिन अब लगता है कि यह-सब तुम्हारी कला का नहीं, बल्कि तुम्हारे हुस्न का जादू है। तुम्हारी कला के गाहकों की नहीं, बल्कि तुम्हारे हुस्न के गाहकों की भीड़ लगती है तुम्हारी महफ़िल में। लोग अब मुँह फाड़-फाड़कर मुझसे तुम्हारा मोल-तोल करने लगे हैं। कई मुँहमाँगी रक़म देकर तुम्हें रखैल बनाने को तैयार हैं।

मैं हैरान होकर बोली—बाबा, क़सम है कि महफ़िल में आनेवालों में से एक को भी कभी मैंने आँख उठाकर भी देखा हो। आप तो जानते हैं...

—बेटी,—वह बोले—मैं जानता हूँ। लेकिन साथ ही मैं यह भी देखता हूँ कि वे कमबख़्त तुम्हारा सितार सुनने के बजाय बराबर तुम्हारा मुँह ताका करते हैं।

—बाबा, कल से मेरी महफ़िल नहीं होगी!—मैंने कहा—इसमें तुम्हारे इतने परेशान होने की क्या बात है?

—अब तुम्हारी महफ़िल न होने से क्या होगा, बेटी?—बाबा बोले—अब तो लोगों ने चाँद देख लिया है। ये शहर के रईस लोग हैं, हो सकता है कि ये लोग अब हमें तंग करना शुरू कर दें।

—हम क्या अब किसी की नवाबी में बसे हैं, बाबा?—मैं बोली—कोई भी हमारे साथ ज़बरदस्ती कैसे कर सकता है?

—तुम वह-सब नहीं समझती, बेटी,—बाबा बोले—ख़ैर, देखा जायेगा।—कहकर वे उठे और अपने कमरे में चले गये।

बाबा की परेशानी सचमुच मेरी समझ में न आ रही थी। लेकिन दूसरे दिन वह आप ही मेरी समझ में आ गयी।

दूसरे दिन शाम को मैं महफ़िल में नहीं गयी। बाबा ख़ुद महफ़िल में बैठे। मैं बावर्चीख़ाने में बड़े मियाँ के पास आ गयी। पहले मैं बराबर पर्दे की ओट से बाबा की महफ़िल में शामिल होती थी, लेकिन आज वैसा करना भी मैंने मुनासिब न समझा। डर था कि कहीं लोग पर्दे पर ही अपनी नज़रें न गड़ा दें। मैंने वह दरवाज़ा भी उठँगा दिया था।

बड़े मियाँ बोले—बिटिया, अपने बाबा से कहो कि अब कोई कोठी लें और दो-चार नौकर-चाकर रखें। यहाँ तो अब बड़ी तकलीफ़ हो रही है। महफ़िल का कमरा भी अब छोटा पड़ रहा है।

मैंने यों ही कह दिया—कहूँगी। आप लाइये, कोई काम हो तो बताइये, मैं कर दूँ।

—आज क्या बात है, बिटिया?—वह मेरी ओर ताककर बोले—आज तुम्हारी महफ़िल नहीं जमेगी क्या? तबीयत तो ठीक है?

—हाँ, तबीयत ठीक है,—मैंने कहा—आज बाबा महफ़िल में गये हैं।

—उन्हें अब आराम करने दो, बिटिया,—वह बोले—कब तक खटाओगी तुम उन्हें?

—वह आप ही गये हैं, बड़े मियाँ,—मैं बोली—उनसे बैठना हो सकता है क्या?

—यह तो तुम पर मुनहसर करता है, बिटिया,—बड़े मियाँ बोले—तुम चाहो तो क्या नहीं हो सकता? तुम किसी से मिलती-जुलती नहीं, तुम्हें क्या मालूम हो? नीचे बाज़ार में तो तुमको लेकर जाने कितनी बातें हो रही हैं। लोग मुझसे पूछते हैं कि किस रईस के यहाँ जानकी देवी की बात तय हो रही है?

—फिर आप क्या कहते हैं, बड़े मियाँ?—मैंने यों ही पूछा।

—मैं कहता हूँ,—बड़े मियाँ बोले—रईसों की क्या गिनती है? हमारी बिटिया चाहे तो उनकी बात किसी राजे-रजवाड़े से भी तय हो सकती है।

—एक नवाब से पेट नहीं भरा, बड़े मियाँ?—मैंने कहा।

—वह तो कमीना था, बिटिया,—वह बोले—सब क्या उसी तरह के होते हैं?

मेरे मुँह से कोई बात न निकल जाये, यह सोचकर मैं वहाँ से यह कहकर चली आयी—बड़े मियाँ, एक प्याली चाय आप दे सकें, तो बड़ी मेहरबानी हो। मैं अपने कमरे में चलती हूँ।

वक़्त से पहले ही उस रात बाबा की महफ़िल बर्ख़ास्त हो गयी। लेकिन उतना वक़्त भी मेरे लिये काटना मुश्किल हो गया। सितार मैं बजा नहीं सकती थी, और कोई काम मेरे लिये था ही क्या? पढ़ने के लिए एकाध किताब भी उठायी थी, लेकिन उसमें भी मेरा मन न लगा था। किसी तरह कमरे में टहलकर, बैठकर और लेटकर मैंने वह वक़्त काटा था।

बाबा मेरे कमरे में आये तो वह ख़ुश नहीं थे। वह मेरे पलँग पर मेरे पास ही मुँह लटकाकर बैठ गये। मैं उनका मुँह ताकती इन्तज़ार करने लगी कि बाबा कुछ कहेंगे। लेकिन वह देर तक वैसे ही चुप बैठे रहे तो मुझसे न रहा गया। मैंने पूछा—बाबा, आप इस तरह क्यों बैठे हैं? कोई बात हो गयी क्या?

—नहीं, कुछ नहीं,—बाबा उठते हुए बोले—बड़े मियाँ से तुम दस्तरख़ान चुनने के लिए कहो।

मैं उनका हाथ पकड़कर बोली—बाबा, मुझे लगता है, आप मुझसे कुछ छुपा रहे हैं। बताइये, बाबा, क्या बात है?

वह खड़े-खड़े ही बोले—तुमने देखा नहीं आज की महफ़िल?

—नहीं, बाबा,—मैंने कहा—मैं तो आज उधर झाँकी भी नहीं?

—सच?

—हाँ, बाबा,—मैं बोली—मैं क्या आपसे कभी झूठ बोली हूँ?

—आज मेरी महफ़िल बिलकुल नहीं जमी, बेटी,—बाबा पलँग पर बैठकर बोले—आये तो बहुत-सारे लोग थे, लेकिन जब उन्हें मालूम हुआ कि आज जानकी देवी महफ़िल में नहीं आयेंगी तो थोड़ी ही देर में सब उठ-उठकर चले गये, बस तीन मुर्ग़ियाँ मेरा मर्सिया पढ़ने को रह गयीं। मजलिस क्या जमती? और जानती हो, वे तीनों क्यों रुक गये थे?—बाबा ने मेरी ओर देखकर कहा—वे रुक गये थे यह जानने को कि हमने क्या तय किया? समझी?

मैं भौंचक-सी बोली—बाबा, यह कैसे मुमकिन हो सकता है? आपकी महफ़िलें तो...

—बेटी, मैं जानता था कि यही होगा,—बाबा बोले,—ख़ैर, तुम दस्तरख़ान चुनवाओ। मुझे भूख लगी है। आज मैं लखनऊ को भी देख चुका। अब और नहीं देखना है।—कहकर बाबा उठे और अपने कमरे में चले गये।

बाबा को जो भूख लगी थी, मुझे मालूम थी। लेकिन शायद यही सोचकर कि वह न खायेंगे तो मैं भी न खाऊँगी, उन्होंने बड़े इतमीनान से खाना खाया और मुझे भी पूछ-पूछकर खाना खिलाया।

पान खाकर वह बोले—तुम अभी सोओगी कि कुछ देर है?

मुझे हैरत हुई कि बाबा के चेहरे पर अब वह उदासी नहीं थी। मैंने कहा—बाबा, अभी मैं नहीं सोऊँगी। हम कुछ देर तक बात करेंगे। मैं यह कहती हूँ कि आप सीधे उन लोगों को यह बात क्यों नहीं बता देते कि मुझमें कोई जिन्सी हिस नहीं है, किसी का भी मेरे पीछे पड़ना बिलकुल बेसूद है?

बाबा हँसकर बोले—यह बताने की बात नहीं है, बेटी। और फिर मैं यह बात किसी से कहूँ भी तो क्या वह मेरी बात पर विश्वास कर लेगा?—ज़रा देर रुककर बाबा आगे बोले—फिर, बेटी, अब एक यही सवाल नहीं रह गया कि लोग तुम्हारा पीछा क्यों नहीं छोड़ते? अब तो एक और सवाल भी हमारे सामने आ गया है कि फिर मेरा क्या होगा?

—क्यों?—मैं उनकी बात न समझकर बोली—आपका क्या होना है, बाबा?

—क्या मैं सितार बजाना छोड़ दूँगा?

—नहीं, बाबा, आप सितार बजाना क्यों छोड़ेंगे?

बजाऊँगा तो अब यहाँ कौन सुनेगा? आज की महफ़िल की बात बतायी थी न मैंने?—बाबा बोले—बेटी, अब यहाँ सिर्फ़ तुम्हारी ही महफ़िल जम सकती है, मेरी हर्गिज़ न जमेगी!

मेरे चौदहों तबक़ रौशन हो गये। मैं बेचैन होकर बोली—बाबा, यह बात तुमने पहले क्यों न सोची थी? मेरी महफ़िल ही तुमने क्यों शुरू करायी? हाय! अब क्या होगा?

बाबा ने मेरी पीठ पर हाथ रखते हुए कहा—बेटी, तुम्हारे घबराने की कोई ज़रूरत नहीं है। पहले ही से आदमी कैसे सब-कुछ सोच ले सकता है? मैंने जो कुछ किया है, अपना फ़र्ज़ समझकर ही किया है। तुम्हारी महफ़िल मैं कैसे शुरू नहीं करता? कला कोई ख़ुद भोगने की चीज़ नहीं है, बेटी। वह दूसरों तक न पहुँच सकी तो वह कला क्या है? ऐसा करके मैंने कोई ग़लती नहीं की है, बेटी। ग़लती मुझसे एक दूसरी ही हुई है, और इसका एहसास मुझे थोड़ी देर पहले ही हुआ है। सब ठीक हो जायेगा, बेटी। तुम घबराओ नहीं, मैंने सब सोच लिया है। मैं कल बताऊँगा। इस वक़्त तुम आराम से सो रहो।

—मुझे नींद नहीं आयेगी, बाबा?

—यह बात तुम किससे कह रही हो, बेटी?

—माफ़ कीजिये, बाबा,—मेरा दिमाग़ इस वक़्त ठीक नहीं है।

—फिर तो तुम्हारा सो जाना और भी ज़रूरी है। चलो, पलँग पर जाकर लेट जाओ तो।

मैं क्या करती? मैं जाकर पलँग पर लेट गयी। बाबा सितार बजाने लगे। लेकिन मुझे न नींद आनी थी और न आयी। बाबा सितार बजाते रहे और मैं आँखें मूँदे जागती रही। फिर बहुत देर हो गयी तो बाबा की तसल्ली के लिए मैंने नाक बजाना शुरू कर दिया। थोड़ी देर के बाद बाबा ने सितार बजाना बन्द कर दिया, तो मैं मन-ही-मन हैरान रह गयी कि आज सचमुच मुझे नींद नहीं आयी। कहीं बाबा को यह बात मालूम हो गयी तो? यह कितना बड़ा दूसरा धक्का लगेगा उन्हें! वह तो अब भी यही सोचते हैं कि मैं उन्हीं के सुलाये सोती हूँ और उन्हीं के जगाये जागती हूँ; वह न सुलायें तो मुझे नींद न आये और वह न जगायें तो जाने मैं कितने दिनों सोती रहूँ। यह एक ऐसी बात थी कि बाबा इसको लेकर बुरी तरह बँधे हुए थे। न वह मुझे छोड़कर कहीं जाते थे, न आइन्दा कभी मुझे छोड़कर वह कहीं जाने की बात सोचते थे। इसी कारण वह जीजी को खोजने भी नहीं गये। यह बात अब बराबर मेरे दिमाग़ पर भार की तरह लदी रहती थी और मैं यह सोचती रहती थी कि कैसे एक बार अपने मन से सोकर और जागकर उन्हें दिखा दूँ कि अब मैं बिना उनके सुलाये भी सो और जाग सकती हूँ। लेकिन बाबा इसका मुझे कभी अवसर ही नहीं देते थे। वह सोचते थे कि एक दिन भी इस क्रम में कोई अन्तर आया तो मेरा दिमाग़ फिर पहले ही की तरह ख़राब हो जायेगा। वह यह बात मानने को तैयार ही नहीं होते थे कि अब मैं बिलकुल ठीक हो गयी हूँ, मैं अब स्वाभाविक ढंग से ही सो और जाग सकती हूँ। यह मैं कैसे कहूँ कि मेरे मन में भी यह शंका न थी कि मैं आप ही सो-जाग नहीं सकती। इतने दिनों की पड़ी हुई आदत से छुटकारा पाने की बात सोचना मुश्किल ही था। लेकिन आज जान-बूझकर ही, कोशिश करके ही मैंने उनके सितार के प्रभाव को काट दिया था, मैं उनके सितार बजाने के बावजूद भी जागती रह गयी थी। ऐसा आज मैंने एक चिढ़ और ज़िद में ही किया था। बाबा ने वह बात बता दी होती तो मैं ऐसा हर्गिज़ न करती। लेकिन इससे एक बात तो सिद्ध हो ही गयी थी कि मैं अपने दिमाग़ पर काबू रख सकती हूँ। अपने मन से जगी रह सकती हूँ तो अपने मन से सो भी सकती हूँ। और फिर मैंने सोने की कोशिश की। आप ही जागे रह जाना जैसे एक बहुत बड़े काम में मेरे सफलता प्राप्त करने की तरह था, तो मेरा मन प्रसन्न था और मैं हलकापन महसूस कर रही थी। मैंने कल्पना में सितार पर उन्हीं रागिनियों में से एक रागिनी छेड़ी जो बाबा मुझे सुलाने के लिए बजाया करते थे और मुझे सचमुच नींद आ गयी।

सुबह मेरी नींद खुली तो सितार की आवाज़ मेरे कानों में पड़ रही थी। मैं उठकर बैठ गयी। मैं बहुत प्रसन्न थी। अब मुझे विश्वास हो गया था कि बाबा सितार न भी बजाते तो मैं जाग जाती। जाने कितने दिनों से मेरे मन पर पड़ा हुआ वह भार आज पहली बार हट गया था। बाबा को इस फ़र्ज़ से आज मैंने मुक्त कर दिया था। लेकिन यह बात बाबा को बताने की हिम्मत अभी मुझमें नहीं थी। मैंने रात की ही बात छेड़ी। बोली—बाबा, तुमने क्या सोचा है, बताओ।

—रात-भर तुम यही सोचती रही क्या?—बाबा सितार एक ओर रखकर बोले।

मेरा कलेजा धक-से कर गया। क्या बाबा को रात की बात मालूम हो गयी है? मैंने उनका मुँह निहारा। नहीं, वहाँ कोई ऐसा भाव मुझे दिखायी नहीं दिया। फिर भी मैं बोली—नहीं, बाबा, रात तो मैं ख़ूब सोयी!—बाबा की तसल्ली के लिए अब मैं झूठ भी बोलने लगी थी। सच बात कहकर मैं अपने बाबा को चोट पहुँचाना नहीं चाहती थी। ऐसे झूठ को क्या कहा जायेगा? मैं नहीं जानती। लेकिन अपने हित-चिन्तक की तसल्ली के लिए झूठ बोलने में कोई बुराई नहीं है, यह मैं ज़रूर सोचती थी।

बाबा गम्भीर होकर बोले—मैंने दो बातें सोची हैं, एक तो यह कि हम यह जगह छोड़ देंगे। और दूसरी बात यह कि हम जहाँ भी रहें, अब अलग-अलग रहेंगे, हमारी महफ़िलें अब अलग-अलग जमेंगी।

—बाबा,—मैं आपसे अलग नहीं रह सकती,—मैं उठकर, बाबा के पास आकर बैठती हुई बोली—यह दूसरी बात मैं आपकी नहीं मान सकती, चाहे जो हो!

मेरे कन्धे पर हाथ रखकर बाबा बोले—बेटी, मैंने बहुत सोच-समझकर यह बात तय की है। रात मैंने ये बातें तुम्हें बतायी थीं कि जल्दी में कहीं कोई ग़लती न हो जाये। हमारे अलग-अलग रहने का कोई सवाल नहीं है। हम साथ-साथ भी रहेंगे और अलग-अलग भी रहेंगे। हमारी महफ़िलें ज़रूर अलग-अलग जगहों पर होंगी। इसी में हम दोनों की भलाई है। इसी से हम दोनों की शख़्सियत अलग-अलग बनी रहेगी। तुम्हें एक घटना सुनाऊँ। कल रात महफ़िल से उठते ही वह मुझे याद आयी थी। अगर वह पहले याद आयी होती तो यह संकट हमारे सामने न आता और हम यहीं बने रहते। ख़ैर, यह बात तुम छोड़ो, वह घटना सुनो।

बाबा आगे बोले—मेरी तालीम पूरी हो गयी तो मेरे उस्ताद ने भी एक दिन वैसा ही जलसा किया जैसा कि मैंने तुम्हारी तालीम पूरी होने पर किया था। दूसरे दिन उस्ताद ने मुझसे कहा, बेटा, अब जाओ, दुनिया को अपना गुन दिखाओ। उनकी बात सुनकर मुझे बड़ा दुःख हुआ। मुझे उस्ताद से बहुत मुहब्बत थी। मैंने भी उस दिन उनसे यही बातें गिड़गिड़ाकर कहीं, जो अभी तुमने मुझसे कही हैं कि, उस्ताद, आप मुझे अपने से अलग न करें, मैं अलग नहीं रह सकता! इस पर मुझे उस्ताद ने बहुत समझाया था। उन्होंने कहा था, बेटा, दो गुनियों को कभी भी एक साथ नहीं रहना चाहिए। एक साथ रहने से दोनों को नुक़सान उठाना पड़ता है। अलग और आज़ाद

रहकर ही तुम अपनी शख़्सियत बना सकते हो। तुम जहाँ भी रहोगे, मेरी साया तुम पर रहेगी। तुम्हारी तरक़्क़ी के लिए ही मैं ऐसा कह रहा हूँ। दिल की कमज़ोरी के चक्कर में पड़कर अपनी ज़िन्दगी और कला को ख़राब नहीं करना चाहिए।...अब तुम मेरी बात समझ गयी न, बेटी?

—बाबा, आप तो अपने उस्ताद के सिर्फ़ शागिर्द थे,—मैं बोली—मैं तो आपकी बेटी भी हूँ!

—सबके ऊपर तुम एक गुनी हो, इस बात को मत भूलो, बेटी! बाबा बोले—फिर हम रहेंगे भी एक ही शहर में। फिलहाल तुम मुझे यह करने दो, फिर देखा जायेगा। अभी तो जाने तुम्हारा यह हुस्न क्या-क्या गुल खिलायेगा!

—मेरी नींद का क्या होगा, बाबा?—मैंने आख़िरी हथियार चलाया।

—उसकी चिन्ता मुझे है, बेटी, तुम बेफ़िक्र रहो।

और हम एक हफ़्ते के अन्दर ही यहाँ आ गये। बाबा ने जैसा चाहा, सब इन्तज़ाम किया। मेरे लिये इस मोहल्ले में यह घर लिया और अपने लिये दूसरे मोहल्ले में एक घर लिया। मेरी महफ़िल जम गयी तो उन्होंने अपनी महफ़िल शुरू कर दी।—वह महफ़िल के वक़्त अपने घर चले जाते, बाक़ी वक़्त उनका मेरे यहाँ ही कटता था।

मुझे लेकर यहाँ भी लखनऊ की ही हालत शुरू हुई थी। कितनों ने मुझ पर अपने को न्योछावर करने का ऐलान किया। कितने ही मेरे पीछे पड़ गये। लेकिन अब मैंने बाबा को यह-सब लेकर कोई तकलीफ़ देना ठीक न समझा। मेरे नौकर ही इस काम के लिए काफ़ी थे। धीरे-धीरे मेरे बारे में यह बात मशहूर हो गयी कि मैं मर्दों से कोई ताल्लुक़ नहीं रखती, मैं असली कलाकार हूँ, कला के सिवा मेरी दिलचस्पी और किसी भी बात में नहीं है और यही सच भी था। हर तरह से अब मैं ठीक हो गयी थी, लेकिन जिन्स के बारे में मुझमें कोई भी फ़र्क़ नहीं आया था, जैसे कि वह हमेशा के लिए मुझसे रुख़सत हो चुका था।

लोगों ने जब देखा कि पैसे से कोई दाल गलनेवाली नहीं है तो फिर कई मुझ से मुहब्बत का दम भरनेवाले, मुझ पर मर-मिटनेवाले भी सामने आये और हाथ धोकर पीछे पड़े रहे। लेकिन ये बातें ऐसी हो गयी थीं, कि इनसे अब मुझे कोई भी घबराहट न होती थी। मुहब्बतनामों का भी ताँता लगा, लेकिन मैंने एक का भी कोई जवाब न दिया। कितनों ने मुझसे दो बातें ही करनी चाहीं, लेकिन मैंने कभी भी उनमें से किसी से एक बात न की। ये लोग अपनी राह चलते रहे और मैं अपनी राह चलती रही। कभी किसी ने मुझे महफ़िल में भी छेड़ने की हिम्मत न की, ऐसा मेरा रोब था, ऐसी मेरी धाक थी। ऐसे लोगों के बारे में कभी भी मैंने अपने अन्तरंग क्षणों में भी कभी कुछ सोचा हो, इसकी मुझे याद नहीं।

हाँ, एक नयी बात मैंने ज़रूर की। ज़िन्दगी एक ढर्रे पर आ गयी और वक़्त आराम से कटने लगा तो मैंने बाबा से कहकर एक मास्टरनी लगा ली और पढ़ना शुरू किया। मेरी पढ़ाई दर्जे चार तक हुई थी, लेकिन वह भी जाने कबकी मैं भूल चुकी थी। जीजी की किताबों में से कोई किताब उठाकर उसे टो-टोकर मैं पढ़ ज़रूर लेती थी, लेकिन उसमें से बहुत-सारा मेरी समझ में ही न आता था।

वक़्त मेरी मर्ज़ी के मुताबिक कटने लगा। बाबा भी जैसे जान-बूझकर ही धीरे-धीरे मुझसे अपने को अलग करते गये। वह कहते—बेटी, मैं बूढ़ा हुआ, धीरे-धीरे मुझे अपनी मोह-ममता समेटनी चाहिए न? तुम्हारी ज़िन्दगी राह पर लग गयी। अब मेरे लिये काम ही क्या है? एक तुम्हारी नींद थी जिसकी मुझे चिन्ता लगी रहती थी, सो अब उसमें भी कोई बात नहीं रही। तुम आप ही सोने और जागने लगी हो। ख़ुदा ने सब ठीक-ठाक कर दिया, मैं उसका शुक्रिया अदा करता हूँ!

एक दिन मैंने पूछा—बाबा, जीजी की याद अब आपको नहीं आती?

वह हँसकर बोले—नहीं आती, यह कैसे कहूँ? लेकिन, बेटी, ऐसा लगता है कि अब उसकी याद भी मेरी आँखों की ही तरह धुँधलाती जा रही है। काश, कुछ ऐसा होता कि मैं एक बार उसे देख लेता और मेरी यह मुराद भी पूरी हो जाती।

—यों ही आपकी यह मुराद कैसे पूरी हो जायेगी, बाबा?—मैं बोली—न तो आप उसे कहीं ढूँढ़ने जाते हैं और न मुझे जाने देते हैं। अब तो कोई वैसी बात भी नहीं है।

—बेटी, अब मैं उसे कहाँ ढूँढूँगा गा और तुम उसे कहाँ ढूँढ़ोगी?—बाबा बोले—छोड़ो यह बात, दुनिया में किसकी सब मुरादें पूरी हुई हैं कि मेरी होगी?

लेकिन बाबा के दिल की यह क़लक़ मैं महसूस करती थी। बाबा ने मेरी ही ख़ातिर जीजी को ढूँढ़ने ने का ख़याल तरक किया था। वर्ना नवाबी के टूटने वक़्त शायद नवाबपुर जाने पर उसका पता लग जाता। अब तो बहुत-सा वक़्त गुज़र गया था। जाने कहाँ का पानी आज तक कहाँ पहुँचा होगा। फिर भी मैं एक कोशिश कर गुज़रना चाहती थी।

एक दिन मैंने बाबा से कहा—बाबा, एक जगह इतने दिनों से बँधे रहने की वजह से मेरा मन अब ऊब गया है। चलिये, कुछ दिनों के लिए बाहर चलें। कहीं घूमें-फिरें, कुछ देखें-सुनें। थोड़ा मन बहल जायेगा। बाबा बोले—बेटी, मेरा मन तो कहीं जाने-आने को नहीं करता। तुम चाहो तो दो-चार दिन कहीं से घूम आओ। तुम्हारी महफ़िल ज़्यादा दिन तक बन्द नहीं रहनी चाहिए।

—आप भी चलिये, बाबा,—मैंने कहा—न हो, कहीं तीरथ पर ही चलें।

—मेरा तीरथ तो यही है, बेटी,—बाबा ने सितार की ओर इशारा करके कहा—तुम जाओ और घूम-फिर आओ। लेकिन अपना ख़याल रखना। तुम्हारी उम्र तो काफ़ी हो गयी, लेकिन लगता है कि तुम्हारा हुस्न आज भी जवान है।

—मुझे कुछ नहीं होने का, बाबा,—मैंने कहा—तुम नाहक़ फ़िक्र करते हो। लेकिन मैं अकेली नहीं जाऊँगी। तुम नहीं चलोगे तो मैं भी नहीं जाऊँगी।

—ऐसा है तो चलो लखनऊ घूम आयें,—बाबा बोले—दो-चार रोज़ में लौट आयेंगे।

—बाबा, वहाँ से बस एक-दो दिन के लिए बनारस चलेंगे,—मैं बोली—फिर वहाँ से ज़रूर इलाहाबाद लौट आयेंगे। मेरी एक यही बात आप मान लीजिये। वहाँ भी कुछ गुनी-मानी हैं।

—ठीक है,—बाबा ने कहा।

दूसरे दिन रात की गाड़ी से हम लखनऊ गये। बाबा ने पहले ही अपने शागिर्द को तार दे दिया था। स्टेशन पर वह हमें लेने आया था। सलाम-दुआ के बाद ही वह बोला—आपकी जानकी देवी को देखकर अचानक ही एक बात याद आ गयी है, उस्ताद। आप लोगों के लखनऊ से जाने के कुछ ही दिन बाद एक और जानकी बाई यहाँ आ गयी थीं। उनकी भी जानकी देवी की ही तरह शहर में धूम मची तो मुझे शक हुआ कि कहीं आपकी जानकी देवी ही तो जानकी बाई बनकर नहीं आ गयीं? मैं एक दिन यही देखने उनकी महफ़िल में गया। लेकिन वह आपकी जानकी देवी नहीं थीं। कला में तो वह इनसे उन्नीस नहीं पड़ती थीं, लेकिन हुस्न में वह इनकी बराबरी नहीं कर सकती थीं। तब यह भी अफ़वाह फैली थी कि यह कोई जानकी देवी की शोहरत सुनकर उनका ही नाम लेकर शहर में आ गयी है। लेकिन, भाई, वह बात कहाँ, जानकी देवी का मुक़ाबिला वह क्या करेगी? लेकिन, उस्ताद, महफ़िल उनकी भी ख़ूब चली और आज तक जमी हुई हैं। फिर भी जानकी देवी को आज तक यहाँ के लोग नहीं भूले हैं।

बाबा की आँखों में मैंने अपने बुर्के में से ही एक चमक देखी। मेरे लिये तो अपनी ख़ुशी दबाना भी मुश्किल हो उठा। यह कैसे संयोग की बात है कि हम घर से निकले और जीजी मिल गयीं। ऐसी उम्मीद किसे हो सकती है? लेकिन, मुझे हैरत हुई, बाबा ने अपने शागिर्द से तब भी उन जानकी बाई के बारे में कुछ भी न पूछा! मैंने देर तक इन्तज़ार किया कि अब पूछेंगे। लेकिन फिर भी वह चुप ही रहे तो मेरा ही मुँह कुछ पूछने को खुजलाने लगा। बाबा ने शायद मेरे मन की यह बात ताड़ ली। उन्होंने और कोई बात छेड़ दी।

शागिर्द के घर हम लोग पहुँचे, तो एकान्त पाकर मैंने बाबा से कहा—बाबा, वह जीजी ही होंगी।

बाबा ने कहा—आज शाम को मैं उसकी महफ़िल में जाऊँगा। तब तक तुम बिलकुल ख़ामोश रहो।

—बाबा,—मैं भी चलूँगी,—मैंने कहा!

—नहीं, यह कैसे हो सकता है?—बाबा बोले—तुम तो सड़क पर भी नहीं निकलोगी। तुम यहाँ के लिए कोई अजनबी नहीं हो। आज शाम मुझे हो आने दो, फिर कुछ सोचेंगे। पहले बात तो पक्की हो जाये। कौन जाने, वह हो, न हो। नाम के बारे में क्या कहा जा सकता है? हो सकता है कि शागिर्द ने जिस अफ़वाह की बात बतायी थी, वही सही हो! किसी ने अपनी दुकान चलाने के लिए तुम्हारा नाम ले लिया हो।

—नहीं, बाबा,—मैंने कहा—मेरा दिल कहता है, यह मेरी जीजी ही हैं।

—तुम्हारे मुँह में घी-शक्कर!—कहते हुए बाबा का चेहरा ख़ुशी के मारे दमक उठा। उनकी धँसी हुई आँखों के आँसू भी जैसे हँस उठे।

शाम को बाबा गये और तभी से मैं उनके लौटने का इन्तज़ार करने लगी। वक़्त काटना मुश्किल हो रहा था। उनके शागिर्द की महफ़िल जाने कितनी देर तक चलकर उठ गयी। फिर भी बाबा न लौटे तो मेरी बेचैनी की हद न रही। दस्तरख़ान पर बाबा के शागिर्द की बीवी मुझे बुलाने आयी तो मैंने कह दिया कि बाबा के आने पर ही मैं उनके साथ खाऊँगी। इस पर उसने कहा कि बाबा नहीं हैं, यह तो हमें मालूम ही नहीं था। आख़िर वह गये कहाँ हैं कि अभी तक नहीं लौटे? मैं उसे क्या बताती? मैंने कह दिया कि मुझे बताकर वह नहीं गये हैं। फिर मियाँ-बीवी दोनों मेरे पास ही आकर बैठ गये। शागिर्द ने कहा—उस्ताद को खिलाये बिना हम कैसे खा सकते हैं? आ जाने दो उन्हें, फिर साथ ही खायेंगे।

हम तीनों बैठकर बाबा का इन्तज़ार करने लगे। कई बार शागिर्द नीचे सड़क पर भी जा-जाकर देख आया। मेरी ही तरह वह भी हैरान-परेशान था। उसकी बीवी नींद के झोंके न सँभाल पायी तो आख़िर उठती हुई बोली—मैं तो ज़रा लेटूँगी, बाबा आयें तो मुझे जगा लेना।—और उसके साथ उसका मियाँ भी उठकर चला गया।

सड़क पर आमद-रफ़्त बन्द हो गयी। कहीं से कोई आवाज़ न आ रही थी। मैं कमरे में अकेली पड़ी बाबा का इन्तज़ार करती रही। जाने क्या बात हुई, मेरी समझ में ही कुछ न आ रहा था। जीजी से भेंट हो गयी और उसने उन्हें रोक लिया, तो भी तो उन्हें मुझे ख़बर करनी चाहिए थी। बाबा के साथ कुछ और भी हो सकता है, यह तो मैं सोचना भी न चाहती थी। आख़िर इन्तज़ार करते-करते पूरी रात आँखों में ही कट गयी। सुबह जी में आया कि बाबा के शागिर्द के साथ मैं जानकी बाई के यहाँ जाऊँ और देखूँ कि क्या बात है। लेकिन फिर यह सोचकर कि जाने बाबा को मेरा वहाँ जाना कैसा लगे, मैंने वहाँ जाने की बात टाल दी।

आहट पाकर मैं पलँग पर उठ बैठी। सोचा, बाबा आ गये क्या? लेकिन तभी बाबा के शागिर्द की आवाज़ दरवाज़े के बाहर से आयी—जानकी देवी, आपका यह लिफ़ाफ़ा है, अभी एक आदमी दे गया है।

मैंने लपककर लिफ़ाफ़ा ले लिया और दरवाज़ा बन्द करके लिफ़ाफ़ा फाड़कर, खत निकालकर पढ़ने लगी :—

प्यारी बेटी,

तुम्हारी ही बात सच निकली। यह तुम्हारी जीजी ही है।

रात मैं तुम्हारे पास न आ सका, न तुम्हें कोई ख़बर ही दे सका, इसका मुझे बेहद अफ़सोस है। लेकिन मुझे यह यक़ीन है कि तुम समझ सकती हो कि ऐसा क्यों हुआ। फिर तुम मुझे ज़रूर माफ़ कर दोगी।

तुम पहली गाड़ी से इलाहाबाद चली जाओ और वहाँ हमारा इन्तज़ार करो।

तुम्हारा,

बाबा।

खत पढ़कर मेरी रात-भर की सारी बेचैनी एक पल में धुल गयी। मेरा मन ख़ुशी से झूम उठा। बाबा की आख़िरी मुराद भी पूरी हो गयी, इससे बढ़कर मेरे लिये ख़ुशी की और क्या बात हो सकती थी? बाबा मेरी चिन्ता छोड़कर जीजी के हो रहे, सच कहती हूँ, यह ख़याल तो मेरे मन में आया ही नहीं। एक ख़याल बस यही आया कि मैं एक बार जीजी के साथ बाबा को देखती! बाबा कितने ख़ुश होंगे, जीजी कितनी ख़ुश होंगी! बाबा यह अवसर मुझे देंगे, इसमें मुझे सन्देह नहीं था, इसलिए उसका अफ़सोस भी मुझे नहीं हुआ।

मैं पहली गाड़ी से इलाहाबाद आ गयी।...

उसी दिन गाड़ी में आपने मुझे पहली बार देखा और आप अपना होश-हवास खो बैठे थे, यह बात मुझे आपके पहले पत्र से मालूम हुई थी। सच मानिये, मैंने प्लेटफार्म पर आपको नहीं देखा था। किसी मर्द की ओर आँख उठाने की मेरी आदत ही नहीं है, किसी मर्द को देखने की मुझे ख़्वाहिश ही नहीं होती। तीन बार आपने मुझसे मिलने और बात करने की कोशिश की है, आख़िरी बार आपके सामने बैठकर मैंने आपसे बातें भी की हैं, लेकिन फिर भी, आप मेरी बात सच मानिये, मैंने आपको एक बार भी अच्छी तरह नहीं देखा है, आपको देखने की मुझे कोई ख़्वाहिश ही नहीं हुई। लेकिन यह सच है कि इतने बरसों में बाबा, बड़े मियाँ, बाबा के शागिर्द और नौकरों के अलावा आप पहले ग़ैर आदमी हैं, जिसके पास बैठकर मैंने एक बार बात की है। और आप पहले ही आदमी हैं जिसे मैंने अपनी दास्तान पढ़ने को दी है। इसकी वजह सिर्फ़ यह है कि आपकी सच्चाई, ज़िद और परेशानी देखकर मुझे तरस आ गया। यह तरस भी इतने बरसों के बाद सिर्फ़ आप पर आया। इसका मतलब और कुछ न समझें और कुछ हो ही नहीं सकता। दास्तान आपको पढ़ने के लिए भी मैंने

यही सोचकर दी है कि आप इसे पढ़कर मुझे अच्छी तरह समझ लें और अपनी बेवक़ूफी से बाज़ आयें। दरअसल आपको मुझसे कुछ भी मिलनेवाला नहीं है, किसी भी मर्द को मुझसे कुछ भी मिलनेवाला नहीं है। मेरा हुस्न सिर्फ़ देखने के लिए है, इसे कोई मर्द भोग नहीं सकता, भोग के लिए यह बिलकुल व्यर्थ है। आशा है, आप मेरी बात समझेंगे और मुझे क्षमा करेंगे। आप सज्जन, समझदार और वयस्क आदमी हैं, आप कोशिश करेंगे तो अपने पर ज़रूर काबू पा लेंगे।

बाबा की अनुमति लेकर ही मैंने उस दिन आपसे बात की थी और आपको अपनी दास्तान पढ़ने को दी थी। बाबा तीन दिन बाद जीजी को साथ लेकर यहाँ आये थे। उनका और जीजी का हँसता हुआ चेहरा देखकर मैं निहाल हो गयी थी। जीजी मेरे गले मिली थीं और उसने मुझे बहन कहकर पुकारा था। न मेरे मन में कोई जलन थी और न उसके मन में कोई जलन थी। बाबा ने मेरे बारे में सब-कुछ उसे बता दिया था। अपने बारे में उसने ख़ुद ही मुझे सब-कुछ बता दिया। वह बार-बार यह कहती रही—तू मुझसे कहीं बढ़कर है, तू मेरे बाबा के पास न आती तो जाने बाबा का क्या होता? तू मुझे सगी बहन से भी कहीं बढ़कर प्यारी है!

बाबा का भी हम दोनों में से किसी के प्रति कोई पक्षपात दिखायी नहीं दिया। वह बराबर यही कहते रहे—तुम दोनों ख़ुश रहो, तुम दोनों ख़ुश रहो!—उन्होंने अपना अलगवाला घर छोड़ दिया और अपनी महफ़िल बन्द कर दी। बोले—अब तो मेरी दो-दो महफ़िलें गुलज़ार हो गयी हैं!

अब बाबा जब मन होता है, मेरे यहाँ रहते हैं और जब मन होता है जीजी के यहाँ लखनऊ रहते हैं। उनके दिन ख़ूब आराम-चैन से कट रहे हैं। जीजी भी ख़ूब ख़ुश हैं। जब हरम की औरतों को छुट्टी मिली थी, वह एक बाँदी के साथ महल से बाहर आयी थीं। बाबा की उसने बहुत तलाश की थी। फिर वह लखनऊ में बाँदी के साथ ही आकर बस गयी थीं और अपनी महफ़िल शुरू कर दी थी।

उस दिन जब बाबा जीजी को साथ लेकर मेरे यहाँ आये थे, इतने बरसों के बाद पहली बार मुझे अपने माँ-बाप, भाइयों और भाभी की एक ज़रा-सी याद आयी थी। मैंने सोचा था कि क्या वे भी मुझे पाकर बाबा की ही तरह ख़ुश होते? उसका कोई जवाब मुझे नहीं मिला था। मैं तो यह भी न सोच सकती थी कि उन लोगों ने मुझे हरम टूटने पर खोजा भी होगा। वे लोग कभी मुझे याद भी न करते होंगे, ऐसा तो मैं नहीं कह सकती हूँ, लेकिन इतना मैं ज़रूर जानती हूँ कि बाबा की तरह वे लोग अपनी बेटी-बहन की याद हर्गिज़ न करते होंगे, उनके दिल में बाबा की तरह दर्द भी न होगा। मैं यह भी जानती हूँ कि मैं अगर ख़ुद उनके यहाँ जाऊँ तो वे शायद मुझसे बात भी करना न चाहें, बाबा की तरह व्यवहार करने की तो बात ही दूर है। बाबा का कौन-सा धर्म है, बाबा का किस समाज से सम्बन्ध है, मैं नहीं जानती हूँ। इतने दिनों से उनके साथ रहती हूँ लेकिन धर्म और समाज की कोई बात कभी भी

उनके मुँह से मैंने कभी सुनी हो, इसकी याद मुझे नहीं है लेकिन मेरे माँ-बाप का एक धर्म है, उनका एक समाज से सम्बन्ध है। उस समाज में लोग मुझे कलंकिनी कहेंगे। उस समाज के डर से ही मेरे माँ-बाप मुझे आश्रय देने का साहस नहीं कर सकते।

उस दिन मुझे यह भी ख़याल आया था कि महल से निकाले जाने पर बाबा से अगर मेरा साथ न हुआ होता तो मेरा क्या होता? जीजी के पास एक हुनर था, महल छोड़ने के बाद उसने अपना एक सिलसिला लगा लिया। लेकिन मेरे पास तो कोई भी हुनर न था, मैं क्या करती? मेरे हुस्न के गाहक बहुत-सारे मिलते, लेकिन जब उन्हें मालूम होता कि मेरा हुस्न बेकार है तो वे भी मुझे नवाब की ही तरह सड़क दिखा देते। मेरा हसीन चोला तब डगर-डगर डोलता, तब शायद मेरा दिमाग़ फिर ख़राब हो जाता और मैं कहीं भी पड़ जाती और सड़-गल जाती। उस समय सहेली की भी याद आयी। जाने बेचारी किस हाल में हो। कहती तो थी कि किसी के साथ सिलसिला जमा रही है, जाने जमा या कि नहीं जमा। उसके पास भी तो कोई हुनर न था। कोई ठीक सिलसिला न लगा होगा, तो कौन जाने वह कोई कोठा आबाद किये हुए हो और अपना जिस्म बेच रही हो। मेरे पास तो बेचने के लिए अपना जिस्म भी न था।

यह बाबा ही थे कि उन्होंने मेरी ज़िन्दगी सुधार दी और मुझे इस लायक़ बना दिया। उनकी मुहब्बत और उनका एहसान मैं कभी भी नहीं भूल सकती। उनका बदला कैसे चुकाया जा सकता है? उनकी खिदमत चाहे मैं जितनी करूँ कम है और अब तो इस खिदमत में भी मेरी एक हिस्सेदारिन हो गयी है। लेकिन इस हिस्सेदारिन से मुझे कोई जलन नहीं है, बल्कि मैं तो उसकी भी शुक्रगुज़ार हूँ कि उसने बाबा पर अपना पूरा अधिकार नहीं जमा लिया। बाबा तो उसी के थे, उन पर वह अपना अधिकार जमा भी लेती तो कुछ बुरा न करती। तब शायद मुझे कुछ बुरा लगता, लेकिन मैं कर ही क्या सकती थी? लेकिन बाबा यह स्वीकार कर लेते, इसमें मुझे सन्देह है। वह तो अब जब भी मेरे पास होते हैं, किसी-किसी दिन रात को ज़रूर कहते हैं—चल, तू पलँग पर जा, मैं सितार बजाता हूँ!—ऐसा करके शायद वह मेरे और अपने सम्बन्ध की पहली कड़ी को ज़िन्दा बनाये रखना चाहते हैं। यह मुझे अब बिलकुल भार नहीं लगता है, बल्कि बहुत अच्छा लगता है। कभी-कभी कई दिनों तक वह ऐसा अपने मन से नहीं करते हैं, तब ख़ुद ही मैं उनसे कहती हूँ—बाबा, मैं पलँग पर जाती हूँ, ज़रा आप सितार बजाने की मेहरबानी करें! आपका सितार सुनते-सुनते मुझे जो नींद आती है, उसका मज़ा ही कुछ और है!

इस तरह मेरी भी ज़िन्दगी ख़ूब आराम से कट रही है। आपकी वजह से भी उसमें कोई खलल नहीं पड़ी है। मैंने तो किसी दिन भूले से भी आपके बारे में कुछ भी नहीं सोचा, सोचने की मुझे कभी कोई ज़रूरत ही महसूस नहीं हुई।

इस दास्तान में अब कुछ भी बढ़नेवाला नहीं है। मेरी मौत की एक बात इसमें एक और कभी ज़रूर जुड़ेगी, लेकिन वह तो एक बिलकुल ही मामूली घटना होगी।

कालिन्दी प्रसाद ने दास्तान ख़त्म की, एक ठण्डी साँस लेकर पन्नों को सहेजकर लिफ़ाफ़े में रखा और उठ खड़े हुए। उनका दिल भारी था और दिमाग़ में जैसे शून्य भायँ-भायँ कर रहा था। तकिये के नीचे से उन्होंने झुककर चाभी का गुच्छा निकाला और धीरे-धीरे चलकर वह लोहे की आलमारी के पास आये। आलमारी खोलकर उसमें लिफ़ाफ़ा रखकर उन्होंने आलमारी बन्द की। दीवार-घड़ी पर उन्होंने नज़र डाली, ठीक सवा तीन बजे थे और उनके हटाते-हटाते बड़ी सूई ने उछलकर छोटी सुई को ढँक लिया। सुइयों का यह संयोग देखकर कालिन्दी प्रसाद के होंठों पर एक हलकी मुस्कान आ गयी। लेकिन फिर तुरन्त ही उन्हें लगा कि इस संयोग के पीछे कोई संकेत नहीं हो सकता, यह केवल संयोग की बात है।

वह पलँग की ओर जाने लगे तो ख़याल आया कि बत्ती बुझा दें, लेकिन बत्ती नहीं बुझायी। उनके दिमाग़ में इस वक़्त गहरा अन्धकार छाया हुआ था। वह-यह नहीं चाहते थे कि उनकी आँखों के सामने भी अन्धकार छा जाये। वह पलँग पर जाकर पड़ गये और देर तक बस गहरी-गहरी साँसें लेते हुए पड़े रहे। कुछ सोचने की मनःस्थिति उनकी थी ही नहीं या कि उन्हें यही नहीं लगता था कि कुछ सोचने को रह गया है।

आज शाम से ही अपने कमरे का दरवाज़ा बन्द करके वह दास्तान पढ़ना जो उन्होंने शुरू किया था, तो अब जाकर उठे थे। रात के खाने को पूछने के लिए पहले नौकर आया था, फिर बड़ा लड़का आया था और फिर उनकी पत्नी आयी थीं। लेकिन उन्होंने अन्दर से ही कह दिया था कि आज वह खाना नहीं खायेंगे। नौकर यह सुनकर ही चला गया था। बड़े लड़के ने यह सुनकर पूछा था कि क्यों नहीं खायेंगे, तबीयत तो ठीक है न? कालिन्दी प्रसाद ने कह दिया था कि तबीयत ठीक है, यों ही आज खाने का मन नहीं है। बड़े लड़के ने जाकर अपने पिता जी की यह बात अपनी माँ से बतायी थी। तब वह आयी थीं। न खाने की बात सुनकर उन्होंने कहा था कि ज़रा दरवाज़ा तो खोलो, इस तरह सरे-शाम से ही कमरा बन्द करके तुम क्यों पड़े हुए हो? लेकिन कालिन्दी प्रसाद ने दरवाज़ा नहीं खोला था। उन्होंने कह दिया था कि, भाई, इस वक़्त माफ़ करो, मैं कुछ ज़रूरी काग़ज़ात पढ़ रहा हूँ। मुझे भूख बिलकुल नहीं है। तुम लोगों के परेशान होने की कोई बात नहीं है। तुम लोग खाओ-पियो और आराम से सोओ। मुझे भूख लगेगी तो नौकर से कुछ फल-वल लेकर खा लूँगा। तुम मेहरबानी करके इस वक़्त जाओ! उनकी पत्नी ने एक बार और दरवाज़ा खोलवाने की कोशिश की थी! सोने जाने के पहले वह आयी थीं और उन्होंने कहा था कि जो हो, थोड़ा खा-पी लो, इसमें तुम्हारा कोई इतना वक़्त ख़राब नहीं होगा, फिर रात-भर काग़ज़ात पढ़ो या जो चाहो करो। खोलो तो दरवाज़ा! लेकिन कालिन्दी प्रसाद ने

फिर भी दरवाज़ा न खोला था। कह दिया था कि मुझे तंग मत करो, जाओ। और चिढ़कर क्या बुदबुदाती हुई उनकी पत्नी चली गयी थीं, उन्होंने नहीं सुना था।

इन छोटे-मोटे विघ्नों के बावजूद कालिन्दी प्रसाद की तल्लीनता में कोई अन्तर न आया था। वह किसी औरत की दास्तान नहीं, जैसे अपना भाग्य-लेख पढ़ रहे थे। वही उत्सुकता, वही आकुलता और वही तल्लीनता थी। जल्दी-से-जल्दी वह पूरा-का-पूरा पढ़ लेना चाहते थे और सब-कुछ जान लेना चाहते थे। बीच में कोई भी व्याघात उन्हें सह्य न था। घरवालों के साथ पहले भी उन्होंने कभी ऐसा आचरण किया हो, यह कोई भी नहीं कह सकता था। वह बड़े ही सज्जन, संयमशील, मधुर, सौम्य, न्यायशील और सन्तुलित स्वभाव के व्यक्ति थे। उन्होंने आज तक अपनी पत्नी, लड़कों, बहुओं या अपने से सम्बन्धित किसी भी व्यक्ति को भी कोई शिकायत का मौक़ा न दिया था। उन्होंने अपना व्यक्तित्व और आचरण कुछ इस तरह ढाल लिया था कि उनसे किसी भिन्न आचरण की कोई कल्पना ही नहीं कर सकता था। स्वयं कालिन्दी प्रसाद को भी अपने आचरण पर ऐसा पक्का विश्वास था कि अनजाने भी उनसे कोई भिन्न आचरण होगा, यह वह सोच ही न सकते थे। जैसे अब यह उनके प्रकृत स्वभाव का ही एक अंग हो गया था। इसके लिए अब कोई प्रयास करना ही नहीं पड़ता था।

लेकिन जब से उन्होंने जानकी देवी को देखा था, जैसे अचानक उनका स्वभाव ही बदल गया था। अब प्रयास करके भी वह अपना स्वभाव बनाये न रख पाते थे। ऐसा उनके जीवन में पहले भी कभी हुआ ही, यह उन्हें याद न था। जानकी देवी को पहला पत्र लिखने के पहले उन्होंने कई दिनों तक सुस्थिर बैठकर बहुत सोचा था। दिमाग़ क़तई उन्हें यह हरकत करने की इज़ाजत न दे रहा था। इससे उनके सुखी परिवार में विघटन की स्थिति पैदा हो सकती थीं। समाज में उनकी किरकिरी हो सकती थी। उनकी अर्जित प्रतिष्ठा को चोट पहुँच सकती थी। जीवन विशृंखलित हो सकता था। जीवन के सारे अर्जन पर पानी फिर सकता था। इतने बड़े सम्मान, इतने बड़े नाम पर अचानक, एक ही ग़लत क़दम उठाने से ख़तरा आ सकता था। वह कोई साधारण आदमी तो थे नहीं। देश के इने-गिने-पूँजीपतियों में वह एक थे। लेकिन पूँजीपतियों की तरह उनका सम्मान केवल धन के लिए न था। देश-भक्तों के बीच भी उनका नाम बड़े सम्मान से लिया जाता था। देश के इने-गिने नेताओं में वह एक थे, गोकि नेतागिरी का उन्होंने, अपने स्वभाव के अनुसार ही, कभी दम न भरा था। कभी वह भाषण न देते थे, बयान न देते थे, दौरा न करते थे, जेल न जाते थे और यही उनकी सबसे बड़ी ख़ूबी समझी जाती थी, इसी ख़ूबी के कारण उन्हें मौन साधक समझा जाता था, उन्हें यश-लिप्सा से दूर समझा जाता था। स्वतन्त्रता-संग्राम में उनका बहुत बड़ा आर्थिक सहयोग था, लेकिन वह भी गुप्त दान के रूप में ही था, इसका भी कोई श्रेय लेने को वह कभी तैयार न हुए। इन्हीं सब कारणों से उनका अपना एक अलग-थलग

स्थान था, समाज में उन्हें और पूँजीपतियों के समक्ष एक विशेष सम्मान प्राप्त था, यहाँ तक कि वह गाँधी जी के भी विशेष प्रिय समझे जाते थे।

कालिन्दी प्रसाद को सबके ऊपर अपने इसी सामाजिक सम्मान की चिन्ता थी। इस पर वह किसी भी तरह कोई आँच न आने देना चाहते थे। बाक़ी की उन्हें कोई विशेष चिन्ता नहीं थी। कौन पूँजीपति यह सब थोड़ा-बहुत नहीं करता? घर में थोड़े दिनों के लिए ज़रूर कुछ गड़बड़ी होगी, फिर धीरे-धीरे सब ठीक हो जायेगा। पत्नी से अब उनका कोई विशेष सम्बन्ध नहीं रह गया था। लड़के-लड़कियों के ब्याह हो गये थे और वे अपनी-अपनी जगह पर जम गये थे। उन्हें अपने बाप से अब लेना-देना ही क्या था?

कालिन्दी प्रसाद ने बहुत सोचा था, लेकिन अन्त में उन्होंने पाया था कि वह अपने दिल के हाथों मज़बूर हैं। जानकी देवी के बिना अब उन्हें चैन नहीं मिलने का। जो आग उनके दिल में लगी है, वह बुझनेवाली नहीं है। फिर उन्होंने यह भी सोचा था कि क्या लोग मेरे इस काम को आदमी की एक कमज़ोरी समझकर माफ़ नहीं कर देंगे? मैंने कभी कोई ग़लत काम नहीं किया है, मेरी एक ग़लती को लोग नज़रअन्दाज़ नहीं कर जायेंगे? इतना अनुदार तो उन्हें नहीं होना चाहिए। मैंने आज तक इतना त्याग किया है लेकिन उसका कभी भी कोई सिला नहीं चाहा है, यहाँ तक कि एम.पी. या मन्त्री पद भी मैंने स्वीकार नहीं किया, तो क्या लोग मेरी एक ख़ुशी को भी स्वीकार न करेंगे?

यही सब सोच-विचारकर आख़िर नितान्त विवशता की स्थिति में कालिन्दी प्रसाद ने पहला पत्र जानकी देवी को लिखा था। आशा के विपरीत जब उन्हें जानकी देवी का कोई जवाब न मिला था, तो उन्होंने फिर एक सिरे से सोचना-विचारना शुरू किया था। लेकिन फिर वह पहले ही नतीजे पर पहुँचे थे और उन्होंने दो अक्षर का जवाब न पाने के अपमान को भी पीकर जानकी देवी को दूसरा पत्र लिखा था। और जब उसका भी जवाब उन्हें न मिला था, तो उन्होंने तीसरी बार फिर एक सिरे से सब-कुछ सोचा था और फिर उसी नतीजे पर पहुँचे थे। इस तरह कई बार अपमान-पर-अपमान सहकर भी उन्होंने जानकी देवी का पीछा न छोड़ा था। यह स्वयं में एक ऐसी बात थी जैसी कि उनके जीवन में पहले कभी भी न हुई थी। ऐसी बेहयापन कभी भी उन्हें करना पड़ेगा, इसकी कल्पना न वह स्वयं कर सकते थे और न उनको तनिक भी जाननेवाला कोई कर सकता था। लेकिन उनकी कुछ विवशता ही ऐसी थी कि उन्होंने वह-सब ज़िल्लत भी झेल ली। आख़िर दो बार टरकाकर तीसरी बार जानकी देवी उनसे मिली थीं और अपनी वह दास्तान पढ़ने को दी थी। इतनी ज़िल्लतों और परेशानियों के बाद तो उनको यह दास्तान मिली थी और उसे पढ़ने के बाद यह नतीजा निकला कि उनकी सारी उम्मीदों पर पानी फिर गया था। फिर कालिन्दी प्रसाद की यह स्थिति न होती तो और क्या होता? यह तो कुछ ऐसा ही हुआ, जैसे कोई आदमी

एक फल तोड़ने के लिए बड़ी मेहनत से पेड़ पर चढ़े और जैसे ही उसका हाथ फल तक पहुँचे, पेड़ ही जड़ से टूटकर धड़ाम से गिर पड़े। कालिन्दी प्रसाद एक पक्षाघात के रोगी की तरह पलँग पर पड़े थे।

बड़ी देर के बाद उन्हें थोड़ी ठण्डक महसूस हुई तो उन्होंने पैताने से पाँवों से ही कम्बल खींचकर गर्दन तक ओढ़ लिया। घड़ी पर उन्होंने नज़र डाली तो चार के आगे फिर दोनों सुइयाँ एक जगह पर दिखायी पड़ीं। कालिन्दी प्रसाद फिर तो करीब-क़रीब चौंककर ही उठ बैठे। एक बार सुइयों के संयोग को वह संयोग कहकर टाल चुके थे, लेकिन सुइयों का फिर संयोग देखकर वह अबकी उस तरह नहीं टाल पाये। उन्हें अबकी जैसे घड़ी की टिक-टिक से एक आवाज़ सुनायी दी कि चाहे जो हो, जानकी देवी और आपका संयोग होगा। कालिन्दी प्रसाद के जीवन में ज्योतिष, मुहूर्त्त, सगुन, आकस्मिक संकेत, सपने आदि का बड़ा महत्व रहा था और उन पर उनका अगाध विश्वास भी था। दो ज्योतिषाचार्यों को बराबर उनके यहाँ से माहवारी तनख़्वाह बँधी थी। वे बराबर उनकी जन्म-पत्री और हस्त-रेखाओं का अध्ययन किया करते थे और उन्हें बराबर आगत की सूचना देते रहते थे और आवश्यकतानुसार उनकी भलाई के लिए अनुष्ठान आदि किया करते थे। किसी भी नये काम में उनकी अनुमति के बिना वह हाथ न डालते थे। यात्रा पर उनसे हमेशा मुहूर्त्त निकलवाकर निकलते थे।

कालिन्दी प्रसाद को आश्चर्य हुआ कि अब तक वह कैसे ज्योतिषाचार्यों की भविष्यवाणी भूले रहे? ज्योतिषाचार्यों की उपस्थिति में ही अबकी उनकी दिल्ली से बम्बई की यात्रा का कार्यक्रम बना था। उन्होंने कहा था कि सेठ जी, आपके बम्बई पहुँचने के तुरन्त बाद ही वहाँ से आपकी पूरब की यात्रा का योग है और इस यात्रा में आपके साथ कोई नयी घटना का भी अवश्यम्भावी योग है। यह भी सम्भव है कि इस घटना के घटने तक आपको किसी-न-किसी यात्रा पर ही रहना पड़े। कालिन्दी प्रसाद ने तब उनसे पूछा था कि नयी घटना किस तरह की होगी? उससे किसी हानि-लाभ की भी कोई सम्भावना है क्या? गणना करके ज्योतिषाचार्यों ने तब उन्हें बताया था कि नयी घटना किसी सुन्दर वस्तु के संयोग से घटनी चाहिए। इस घटना से किसी आर्थिक हानि-लाभ की तो शंका नहीं है, किन्तु आपको मानसिक क्लेश हो सकता है। इस पर कालिन्दी प्रसाद ने पूछा था कि वह सुन्दर वस्तु क्या हो सकती है और मुझे उससे मानसिक क्लेश क्या पहुँचेगा? ज्योतिषाचार्यों ने इसका उत्तर दिया था कि उस वस्तु का पहला अक्षर अ होना चाहिए, जैसे अँगूठी, आभरण, आवास, अक्षता...कालिन्दी प्रसाद ने यहाँ उन्हें टोका था और हँसकर पूछा था कि क्या इस उम्र में मेरा किसी अक्षता से भी संयोग हो सकता है? इस पर दोनों आचार्य भी हँस पड़े थे। बोले थे कि ये तो हमने उदाहरण दिये, सेठ जी। और आपको मानसिक क्लेश इसलिए होगा कि आप उस सुन्दर वस्तु को प्राप्त करना चाहेंगे और उसे प्राप्त करना

आपके लिए बड़ा कठिन होगा। तब कालिन्दी प्रसाद ने पूछा था कि क्या अन्तत: मैं उसे प्राप्त कर लूँगा? इसका जवाब ज्योतिषाचार्यों ने यह दिया था कि अभी हम यह नहीं बता सकते। यह तो तभी बता सकते हैं, जब उस वस्तु से आपका संयोग हो जाये। हाँ, इसका अनुष्ठान हम अवश्य करेंगे कि आपको मानसिक क्लेश कम-से-कम हो। सेठ जी, भाग्य-लेख एकदम तो मिटाया नहीं जा सकता।

यह सब याद आना था कि कालिन्दी प्रसाद की हालत ही बदल गयी। उन्हें अपने ज्योतिषाचार्यों पर गर्व हो आया। कैसी अक्षर-अक्षर सत्य निकली है उनकी भविष्यवाणी! जानकी देवी नहीं, उसका असली नाम आशा है और वह कितनी सुन्दर है और साथ ही अक्षता भी है। उनके ज्योतिषियों की जिह्वा पर क्या सरस्वती का वास है? और फिर देखो, कहाँ जाकर उससे मिलने का संयोग हुआं! बम्बई पहुँचते ही लखनऊ का ट्रंककाल मिला और मालूम हुआ कि मेरा लखनऊ जाना अत्यावश्यक है। लखनऊ का काम ख़त्म हुआ तो नैनी का ट्रंककाल मिला। मालूम हुआ कि कारखाने के उद्घाटन की तिथि मुख्यमन्त्री की सुविधा के अनुसार एक हफ़्ता इधर कर ली गयी है। मुख्यमन्त्री की इच्छा है कि इस अवसर पर आप भी अवश्य यहाँ आने की कृपा करें। मुख्यमन्त्री आजकल इलाहाबाद में ही हैं। वह आपसे मिलना चाहते हैं। सो, वह इलाहाबाद के लिए रवाना हुए। और यही यात्रा उनके लिए आफ़त की जड़ हो गयी। ओफ़! कितना मानसिक क्लेश भोगना पड़ा है उन्हें और आगे जाने अभी कितना भोगना बाक़ी है! अनुष्ठान के मामले में ज्योतिषियों की प्रशंसा नहीं की जा सकती। या कौन जाने कि यदि उन्होंने अनुष्ठान न किया होता तो यह मानसिक क्लेश और भी कितना बड़ा होता और जानकी देवी ने भी जाने मुझसे बात की होती या न की होती। नहीं, ज्योतिषियों की हिनाई नहीं की जा सकती।

कालिन्दी प्रसाद अब सब-कुछ भूलकर जल्द-से-जल्द ज्योतिषियों से मिलने के लिए उतावले हो उठे। उन्हें लगा कि मेरी सारी मुश्किल की कुंजी उन्हीं के पास हैं, मैं नाहक़ इतना परेशान हो रहा हूँ। उन्होंने कहा था कि उस वस्तु से आपका संयोग हो जाये, तब हम बता सकते हैं कि वह आपको प्राप्त हो सकेगी या नहीं हो सकेगी। कालिन्दी प्रसाद को इस समय यह भी लगा कि वह मुझे प्राप्त न भी होनेवाली होगी तो भी मेरे ज्योतिषी कोई-न-कोई अनुष्ठान करके मुझे उसे प्राप्त करा ही देंगे। मेरे ज्योतिषियों की कोई भी भविष्यवाणी आज तक झूठी नहीं हुई है, कोई भी अनुष्ठान आज तक व्यर्थ नहीं गया है।

इसी ख़ुशी के जोश में उन्होंने पलँग के सिरहाने लगी घण्टी का बटन दबा दिया। घनन्-घनन् घण्टी रात के सन्नाटे को चीरती हुई बज उठी। उन्होंने पलँग से उठकर दरवाज़ा खोला और पलटने ही वाले थे कि नौकर की आवाज़ आयी—क्या हुकुम है, सरकार?

कालिन्दी प्रसाद ने कहा—जल्दी ओवल्टीन रस्क के साथ ले आ!

नौकर गया ही था कि उनकी पत्नी आँख मलती हुई सीधे उनके कमरे में घुस आयीं। बोलीं—अब जाकर तुम्हारा काम ख़त्म हुआ है! देखो, घड़ी में कितने बजे हैं! ऐसे कौन-से ज़रूरी काग़ज़ात थे कि उनको रातों-रात ही पढ़ना ज़रूरी था?—कहती हुई वह पति के पास ही पलँग पर बैठ गयीं।

कालिन्दी प्रसाद ने उत्सुकतावश ही घड़ी पर निगाह डाली कि देखें अब सुइयों की क्या स्थिति है। और लो! यह तीसरी बार फिर घड़ी की सुइयाँ पाँच के आगे एक जगह पर थीं। मन-ही-मन कालिन्दी प्रसाद उछल पड़े कि, भाई, संयोग एक बार हो सकता है, दो बार भी हो सकता है, लेकिन तीन-तीन बार वही-वही संयोग हो, यह भला कौन मान सकता है? यह संयोग हर्गिज़ नहीं हो सकता, यह तो बार-बार होनी का स्पष्ट संकेत है! इसमें कोई भी सन्देह नहीं है! मैं ज्योतिषाचार्यों को यह सुइयों की बात भी ज़रूर बताऊँगा!

—कुछ बोलते क्यों नहीं?—उनकी पत्नी बोलीं—मुझे तो तुम्हारी चिन्ता के मारे एक छन को भी नींद नहीं आयी।

—बताऊँगा, तुम्हें न बताऊँगा तो किसे बताऊँगा?—कालिन्दी प्रसाद बोले—लेकिन अभी नहीं, बाद में बताऊँगा। कोई ऐसी चिन्ता की बात नहीं है। तुम जाकर सोओ, दो-तीन घण्टे तो अभी सो ही सकती हो। मैं भी ओवल्टीन लेकर सोऊँगा। नौकर बनाकर लाता ही होगा।

वहीं पलँग पर पसरती हुई उनकी पत्नी जमुहाई लेकर बोलीं—अब नींद क्या आयेगी? सुबह जमुना-स्नान करने जाना है। आज से कार्तिक-स्नान शुरू होगा न। तुम भी चलोगे?

—चलता तो ज़रूर,—कालिन्दी प्रसाद बोले—लेकिन रात-भर का जगा हूँ। थोड़ा सो नहीं लूँगा तो तबीयत ख़राब हो जायेगी।

—अब सुबह होने पर तुम क्या सोओगे,—उनकी पत्नी बोलीं—इससे तो अच्छा हो कि नहा-धोकर, जलपान करके सो रहना।

—नहीं, मेरा सिर भारी हो रहा है,—कालिन्दी प्रसाद बोले—हाँ, पदम से कह देना कि सुबह ही ज्योतिषाचार्यों को एक्सप्रेस फ़ोनोग्राम तुरन्त आने के लिए दे दे।

—क्यों?—उनकी पत्नी बोलीं—उनकी ऐसी जल्दी क्या ज़रूरत पड़ गयी? उन काग़ज़ों के बारे में तुम्हें उनसे कुछ पूछना है क्या? मुझे तुम क्यों नहीं बताते?

—बताऊँगा,—वह बोले—ऐसी कोई बात है, जिसे मैंने आज तक तुम्हें नहीं बताया है? तुम कोई चिन्ता मत करो, मैं कहता हूँ न! और सुनो, वह नीलमवाली अँगूठी तुम जमुना जी लेते जाना और जमुना जी के पानी में पाँच बार उसे स्नान कराकर लाना।

—तुम्हारी एक-एक बात से मेरी चिन्ता बढ़ती जा रही है,—उनकी पत्नी बोलीं—नीलम की अँगूठी की तुम्हें ज़रूरत पड़ गयी, इसी से मालूम होता है कि मामला कितना संगीन है! तुम बताओ, मुझे अभी बताओ!

तभी नौकर ट्रे में ओवल्टीन और रस्क लेकर आ गया। कालिन्दी प्रसाद को छुटकारा मिल गया। वह उठकर बाथरूम में घुस गये।

—रानी माँ,—नौकर बोला—आपके लिए भी एक गिलास लाऊँ?

—नहीं,—उसी तरह पसरी हुई वह बोलीं—तुम जाओ!

नौकर चला गया। कालिन्दी प्रसाद बाथरूम से निकलकर आये और गिलास में पाट से ओवल्टीन ढालते हुए बोले—तुम भी लोगी?

—नहीं,—पत्नी बोलीं—तुम मुझे वह बात बताओ!

—देखो, अभी ज़िद न करो,—कालिन्दी प्रसाद बोले—वक़्त पर मैं तुम्हें ख़ुद ही बता दूँगा!—कहते हुए उन्होंने रस्क का टुकड़ा कट से काटा।

—अभी बताने से तुम्हारा क्या बिगड़ जायेगा?—पत्नी बोलीं—मेरे मन में तुमने एक खटकनेवाली बात डाल दी, अब मुझे चैन कैसे मिलेगा?

—ऐसी कोई बात नहीं है,—कालिन्दी प्रसाद ओवल्टीन का गिलास मुँह से लगाते हुए बोले—मेरा थोड़ा आराम करना बहुत ज़रूरी है।

—मैं चली जाऊँ क्या?—पत्नी बोलीं।

—नहीं,—नहीं, तुम चाहो तो आराम से एक ओर लेटो,—कालिन्दी प्रसाद बोले—यों, अब सुबह होने में देर ही कितनी है। जमुना-स्नान तो सूर्योदय के पहले ही होता है न! रानी, तुम्हारे ही पुण्य-प्रताप से तो मेरी हर मुश्किल हल होती रही है। जब तक तुम हो, मुझे किसी बात की चिन्ता नहीं है!

—बाबू जी मुझे लक्ष्मी बेटा कहा करते थे—पत्नी बोलीं—वे कहते थे, जिस घर में मेरी बेटी जायेगी, उस घर में लक्ष्मी अपने पाँव तोड़कर बैठ जायेंगी!

—सो तो बिलकुल ठीक है,—कालिन्दी प्रसाद बोले—यह कौन नहीं जानता है कि तुम्हारे साथ-ही-साथ लक्ष्मी जी हमारे घर में आयी थीं। तब से आज तक क्या-क्या हो गया, सब तुम्हारी ही माया है, रानी! मैं भला किस योग्य था! तुम जाओ, अब जमुना जी जाने की तैयारी कराओ। सब बहुओं को भी ले जाओ। बड़ी गाड़ी में जाना और हाथ खोलकर ब्राह्मणों और भिखारियों को दान देना!

उठती हुई पत्नी बोलीं—अबकी पूरा महीना नहाऊँगी, पिछले साल तो तीन नागे हो गये थे, बड़ा अफ़सोस हुआ!

—हाँ,—हाँ,—कालिन्दी प्रसाद बोले—अबकी कोई नागा नहीं होगा।

पत्नी जाती हुई बोलीं—तुम आराम करो!

—पदम से तार देने को कह देना।

—कह दूँगी!

कालिन्दी प्रसाद ने जाती हुई पत्नी का स्थूल शरीर पीछे से देखा, और मन-ही-मन बोले—लक्ष्मी जी, आप तनिक सुन्दर भी रही होतीं तो कितना अच्छा होता!—और उन्होंने उठकर दरवाज़ा बन्द कर लिया।

वह पलँग पर आकर लेटे तो अचानक उन्हें आज जाकर यह महसूस हुआ कि पत्नी के कारण ही मुझे सारी भौतिक सिद्धियाँ प्राप्त हुईं, यह सच है, किन्तु साथ ही यह भी सच है कि पत्नी के ही कारण मुझमें ब्याह के दिन से ही एक हीन भावना आ समायी थी। शायद उस हीन भावना से छुटकारा पाने के लिए ही मैंने इतना परिश्रम किया, इतनी सम्पदा एकत्रित की, इतना यश और नाम प्राप्त किया। किन्तु वह हीन भावना क्या आज भी मेरे मन से गयी है? काश, रानी सुन्दर न होती तो कम-से-कम कुरूप तो न होती! लेकिन रानी सुन्दर होती तो मुझे ही क्यों मिलती, वह किसी बड़े सेठ के घर क्यों न गयी होती? उस समय हमारी स्थिति कितनी ख़राब थी। तो शायद मेरी हीन भावना की जड़ में यही रूप का द्वन्द्व था, जिसे इतनी सम्पदा, इतना यश भी मेरे मन से उखाड़ न सका। आज लगता है कि मैं अन्दर-ही-अन्दर रूप की भूख को पालता रहा था। अब यह उम्र हो जाने पर, सब ओर से निश्चिन्त हो जाने पर, वह भूख मिटाने का एक अवसर प्राप्त हुआ है तो मैं उस पर पिल पड़ा हूँ। कितनी सुन्दर है जानकी देवी!

कालिन्दी प्रसाद ने सचमुच सोचा था कि ओवल्टीन लेकर आराम करेंगे। आराम करने के लिए ही वह पलँग पर लेटे भी थे किन्तु फिर उनका दिमाग़ मँडराने लगा। उन्हें अचानक ही अब ख़याल आया कि मैंने तो अब तक जानकी देवी को प्राप्त करने की ही सोचता रहा हूँ, यह तो एकदम भूल ही गया था कि उसमें जिन्सी ख़्वाहिश ही नहीं है। उसका ऐसा रूप व्यर्थ है, इस पर कौन विश्वास कर सकता है, लेकिन उसने अपनी दास्तान में जब यह बात लिखी है तो उस पर अविश्वास भी कैसे किया जाये? झूठ वह नहीं बोल सकती। जब उसने यह बात लिखी है तो यह बात सच ही होगी। और जब यह बात सच है तो उसे प्राप्त करके ही क्या होगा? क्या मैं सिर्फ़ सामने बैठाकर देखने के लिए उसे चाहता हूँ? मेरी रूप की भूख क्या उसे देखने-भर से मिट जायेगी? फिर यह भी तो हो सकता है कि जब उसमें कोई जिन्सी हिस ही नहीं है तो वह किसी मर्द के पास रहेगी ही क्यों? उसे किसी मर्द की ज़रूरत ही क्यों होगी? उसे किसी मर्द की ज़रूरत नहीं है, इसमें किसी सन्देह की गुंजाइश नहीं है। ऐसा न होता तो क्या अब तक वह अकेली बैठी रहती? जाने कितनों ने उसके चौखट पर नाक रगड़ी है, उनमें एक-से-एक बढ़कर लोग होंगे, वह किसी को चुनकर उसके साथ न हो लेती? और कालिन्दी प्रसाद को रूप को लेकर अपने दुर्भाग्य पर एक कटु हँसी आ गयी। एक रूप उन्हें वह मिला जिसे लेकर वह आज तक एक

हीन भावना से पीड़ित हैं, और एक रूप यह मिलने का इस आयु में ऐसा संयोग भी हुआ तो वह इतना व्यर्थ है!

और कालिन्दी प्रसाद फिर, इतनी दूर आकर भी, एक बार और एक सिरे से सब सोचने लगे। क्या अब भी इस रास्ते से पाँव पीछे करना सम्भव नहीं है? जानकी देवी ऐसी हैं, यह जानकर भी क्या चाहने की बेवक़ूफ़ी की जा सकती है? क्या मेरा मन यह सब जानकर भी उस पर मर-मिटने से बाज़ नहीं आ सकता? कालिन्दी प्रसाद अपने मन को टटोलने लगे, तो जानकी देवी की मूर्ति उनके सामने आ खड़ी हुई और वह अचानक विह्वल-से होकर एकटक उसे देखने लगे। और उन्हें लगा कि उसे देखते रहने में भी कितना बड़ा सुख है! मेरी आँखों को भी पहले यह सुख कब प्राप्त हुआ? क्या यह सुख भी उनके लिए एक असाधारण वस्तु नहीं है? न हो जिन्सी हिस जानकी देवी में, अब इस आयु में वह मुझमें ही कितनी रह गयी है। एक सुन्दर मूर्ति अपने पास भी है, यह एहसास ही क्या कम है? और फिर, कौन जाने, कोई दवा कराने से जानकी देवी में वह हिस भी पैदा हो जाये। य़हाँ कौन कमी है, दो-चार लाख इस पर भी फूँक देंगे तो क्या बिगड़ता है? इंग्लैण्ड या अमरीका या रूस ले जायेंगे उसे, वहाँ एक-से-एक बढ़-चढ़कर डॉक्टर हैं। कोई ऐसी बात तो है नहीं कि जानकी देवी में शुरू से ही जिन्सी हिस न रही हो। किसी रोग के कारण उसकी यह हालत हुई है तो क्यों वह इलाज से ठीक नहीं हो सकती?

तभी कालिन्दी प्रसाद के कानों से यह आवाज़ आ टकरायी—क्यों जी, तुम सोये नहीं क्या? तुम्हारे कमरे में तो रोशनी जल रही है। अब तो सुबह हो गयी। हम लोग स्नान करने जा रही हैं।

कालिन्दी प्रसाद को अब ख़याल आया कि उन्होंने आराम करने को तो सोचा था, लेकिन रोशनी बुझाना भूल गये थे। वह बोले—जाओ तुम लोग, मुझे नींद नहीं आयी।—और जानेवाले पाँवों की आहट लेने लगे।

आहट आनी बन्द हो गयी तो वह उठे। अब पड़े रहना सहसा उन्हें बुरा लगा। उन्होंने दरवाज़ा खोला, तो एक ठण्डी हवा का झोंका और सुबह की रोशनी का रेला एक ही साथ कमरे में आ गये। उन्होंने घण्टी का बटन दबाया और कम्बल ओढ़कर पलँग पर बैठ गये।

नौकर ट्रे में चाय लेकर आया तो वह बोले—ड्रेसिंग-गाउन पहनाओ। आज चाय नहीं लेंगे।

नौकर कमरे की बग़ल में बने हुए ड्रेसिंग-कक्ष में गया और वहाँ से दोनों हाथों में ड्रेसिंग-गाउन टाँगे हुए आकर कालिन्दी प्रसाद के सामने खड़ा हो गया। उन्होंने खड़े होकर हाथ फैला दिये तो नौकर ने ड्रेसिंग-गाउन पहनाकर उसकी रेशमी डोर उनकी कमर में बाँध दी। बोला—चाय ले जाऊँ, सरकार?

—हाँ,—कालिन्दी प्रसाद बोले—बत्ती बुझा दो,—और कहकर वह कमरे से बाहर निकल आये।

जाने कितने दिनों के बाद आज उनके जी में आया कि आज ज़रा लान में चलकर टहला जाये। हवा अच्छी मालूम दे रही है!

लिफ़्ट से चार मंज़िलें उतरकर वह नीचे आये। ओसारे में ज़रा रुककर वह लिफ़्टमैन से बोले—बड़े साहब से पूछो, फ़ोनोग्राम कर दिया? मैं लान में हूँ।

पोर्टिको पार करके वह सड़क पर आ गये और फाटक से होकर लान में घुस गये। पौ फटने के स्वर्णिम उजाले में हलके ओस में भीगा हुआ लान बड़ा ही सुहाना लग रहा था। दूर-दूर तक चारों ओर बड़ी-बड़ी क्यारियों में तरह-तरह के रंग-बिरंगे फूल ओस में मुँह धोकर, सिर उठाकर पीली आभा में मुस्करा रहे थे। कालिन्दी प्रसाद जिधर निकल जाते, फूल सुगन्ध उड़ाकर उनका स्वागत करते। उनका लान इतना सुन्दर है, उसमें इतने-सारे सुन्दर-सुन्दर फूल हैं, कालिन्दी प्रसाद को कहाँ मालूम था? उन्हें यह लान देखने की फुरसत ही कब मिलती थी? लान के अग़ल-बग़ल की सड़कों से जाने कितनी बार उनकी गाड़ी गुज़रकर पोर्टिको में खड़ी हुई है या बड़े फाटक के बाहर निकल गयी, लेकिन उन्होंने जाने कितने दिनों से लान पर एक नज़र भी नहीं डाली। उनकी समझ में कभी यह बात ही नहीं आयी कि लान भी कोई देखने-सुनने की चीज़ है। ठीक है, कोठी के सामने एक बड़ा ही शानदार लान है, उससे कोठी की शोभा बढ़ती है, लेकिन दरअसल उस लान का ज़िन्दगी में क्या उपयोग है? कालिन्दी प्रसाद का वक़्त फूलों-पत्तों-घासों को देखने के लिए थोड़े ही हैं। आज भी वह क्या कोई फूल-पत्ता देखने लान में आये थे। वह तो यों ही ज़रा टहलने का मन हुआ था, सोचा था, टहलते-टहलते सोचेंगे, सो वह लान में आ गये थे।

लेकिन लान में आते ही उन्हें लगा कि यह तो सचमुच देखने की चीज़ है। दिमाग़ को कितनी ताज़गी मिलती है इन्हें देखकर और फूलों का सौन्दर्य तो ऐसा है कि बस देखते रहने को जी करता है। इनका सौन्दर्य कोई ऐसा निरर्थक तो नहीं है। इन्हें देखकर मन में कैसी प्रसन्नता की लहरें उठती हैं।

कालिन्दी प्रसाद घूम-घूमकर फूलों को देखने लगे और मन-ही-मन उनकी सराहना करने लगे। अचानक एक क्यारी में बड़े-बड़े, लाल-लाल गुलाबों पर उनकी नज़र पड़ी तो वह उधर बढ़ गये।

सूरज की पहली किरणों में वे लाल-लाल गुलाब हँस रहे थे और हलकी हवा के झोंकों पर धीरे-धीरे झूम रहे थे। उन्हें देखकर कालिन्दी प्रसाद ठगे-से खड़े हो गये और आँखों से ही उनका सौन्दर्य पीने लगे। ओह, कैसी एक प्रसन्नतापूर्ण तृप्ति मिलती है इन्हें देखकर! कालिन्दी प्रसाद को बड़ा अफ़सोस हो रहा था कि इस सौन्दर्य की ओर मेरी दृष्टि पहले कभी क्यों नहीं गयी? इन्हें देखकर मन-प्राणों में कैसी एक

आनन्ददायक विह्वलता जगती है, कैसी अद्‌भुत अनुभूति होती है और कालिन्दी प्रसाद को अचानक ही लगा कि जानकी देवी को देखकर भी ऐसी ही अद्‌भुत अनुभूति उन्हें हुई थी। और उसी तरह अचानक ही एक बात और उनके मन-प्राणों पर प्रकाश के झोंके की तरह उजागर हो उठी और उससे जो प्रसन्नता उन्हें हुई उसका वर्णन करना कठिन है।

कालिन्दी प्रसाद की सारी परेशानी जैसे उसी क्षण छूमन्तर हो गयी। उन्होंने उस क्षण को सराहा, जब अचानक उनके मन में लान में जाकर टहलने की बात उठी थी। वह लान में न आते और इन सुन्दर फूलों को न देखते तो यह बात हर्गिज़ उनके दिमाग़ में न आती!

तभी उनके कानों में आवाज़ आयी—सरकार, बड़े साहब कहते हैं, फ़ोनोग्राम हो गया है।

कालिन्दी प्रसाद ने आँखें उठाकर देखा, आदमी खड़ा था। उनके जी में आया कि इस समय इसे कोई बख़्शीश दी जाये। लेकिन इस समय उनके पास था ही क्या कि वह उसको देते। उन्होंने कहा—आदमी से कहो मेरे बाथरूम में पानी तैयार करे। और हाँ, किसी माली को फ़ौरन मेरे पास भेजो।

आदमी चला गया। कालिन्दी प्रसाद खड़े-खड़े उन फूलों को फिर देखने लगे। फूल उसी तरह झूम रहे थे और हँस रहे थे। और कालिन्दी प्रसाद के मन में आया कि वह भी हँसें, खिलखिलायें।

—क्या हुकुम है, सरकार?—माली ने आकर कहा।

—इन फूलों को मेरे कमरे में लाओ!—कालिन्दी प्रसाद ने कहा और मुड़कर लान के फाटक की ओर चल पड़े।

वह अपने कमरे में पहुँचे तो नौकर कमरे की सफ़ाई कर रहा था। खड़ा होकर वह बोला—सरकार, पानी तैयार है।

—ठीक है,—कालिन्दी प्रसाद बोले—किसी से कहो, मेरे कपड़े उतारे। और सुनो, माली फूल लेकर आ रहा है, उसे गुलदान में लगाने को कहना।

—बहुत अच्छा, सरकार,—कहकर नौकर बाहर चला गया।

तुरन्त ही एक नौकर ने आकर कालिन्दी प्रसाद के ऊपर के कपड़े उतार दिये तो वह स्लीपिंग सूट पहने हुए बग़ल के अपने बाथरूम में घुस गये। मालिश करने को नहलवाने के लिए उन्होंने जान-बूझकर किसी को नहीं बुलाया। वह बाथरूम के एकान्त में थोड़ा हँसना और गुनगुनाना चाहते थे। उन्होंने दरवाज़ा बन्द कर लिया।

आदमक़द आईने के सामने खड़े होकर वह हँस पड़े। फिर चेहरे को उँगलियों से टो-टोकर देखा। मांस कुछ ज़्यादा आ गया है। लेकिन यह अच्छा ही है, वर्ना यहाँ

झुर्रियों के जाल फैले हुए दिखायी देते। लाली में कोई कमी नहीं आयी है। कभी कितना हसीन यह चेहरा था और आज भी कोई बुरा तो नहीं लगता। हजामत का ख़याल नहीं आया, वर्ना यह और ख़ूबसूरत दिखायी देता। बालों की ये सफ़ेद खूटियाँ कमबख़्त तुरन्त अपना सिर उठाने लगती हैं। सिर के बालों में अभी कुछ दम बाक़ी है। कोई उम्दा खिज़ाब लगाया जाये...तो ये अब भी सँभल सकते हैं। छोड़ो, यार, अभी यह-सब, फिर देखा जायेगा। जानकी देवी को तो इस-सबसे कुछ लेना-देना ही नहीं है। लेकिन, यार, उन फूलों को देखकर वह बात ख़ूब दिमाग़ में आयी!

वह आईने के सामने से हटकर बाथ-टब की ओर आ गये। एक क़तार में तीन-तीन बड़े-बड़े बाथ-टब भरे हुए पड़े थे। पहले में सुगन्धित झाग उबल-सा रहा था। उसमें उँगली डालकर देखा। पानी ठीक गरम था। वह कपड़े उतारकर उसमें पड़ गये। एक गुनगुनाहट उनके सारे बदन में रेंग गयी। वह टाँगे ऊपर कर टब में लेट गये। पंकज का यह-सब इन्तज़ाम है। वर्ना कालिन्दी प्रसाद को यह-सब ऐयाशी करने की कहाँ फ़ुरसत थी? दो लोटे पानी शरीर पर डालने का तो उन्हें होश न रहता था। जानकी देवी आने को तैयार हो गयीं तो, कालिन्दी प्रसाद ने सोचा, एक शानदार कोठी बनवायेंगे, उसमें ऐसे ही बाथरूम बनवायेंगे। जानकी देवी इसी तरह नहायेंगी और मैं भी इसी तरह नहाऊँगा। थोड़ा ऐश लूट लेंगे आख़िरी ज़िन्दगी में। यहाँ तो सब-कुछ हुआ, मगर कोई मज़ा करने का हौसला ही नहीं हुआ। कमाया मैंने और साहबज़ादे लोग मज़े लूट रहे हैं। देखो, बच्चुओ! अगर पासा पड़ गया तो मैं भी दिखा दूँगा! सालो! रश्क करोगे तुम लोग! तुम्हीं लोग क्या, जो देखेगा वही रश्क करेगा! वह चाँद का टुकड़ा, नहीं, पूरा चाँद है, चाँद! कौन कहता है कि उसका हुस्न बेकार है? फूल का हुस्न क्या बेकार होता है? आँखों को ऐसा हुस्न देखने को भी मिले तो भी अपने भाग्य की सराहना करनी चाहिए! उसे देखकर भी जो आनन्द प्राप्त होगा, वह किस आनन्द से कम होगा? फूलों ने क्या बात सुझायी आज! वाह! जानकी देवी मेरी होकर रहें, मैं उन्हें देखता भी रहूँ, तो बहुत है, बहुत है! और मुझे कुछ नहीं चाहिए!

कालिन्दी प्रसाद उस टब में से निकलकर बग़ल के टब में पड़ गये। उन्हें लगा कि सारे बदन में धीमी-धीमी गुदगुदी होने लगी हो। उनके विचार आगे बढ़े, सौन्दर्य का कोई उपयोग हो या न हो, सौन्दर्य स्वयं में ही एक सर्वाधिक उपयोगी वस्तु है। अब इन फूलों का क्या उपयोग है? लेकिन देखा, आज उन पर नज़र पड़ गयी तो क्या मज़ा आ गया! जब निर्जीव फूलों के सौन्दर्य का यह हाल है तो एक सजीव फूल के क्या कहने! जानकी देवी तो एक ज़िन्दा फूल हैं!

वह तीसरे टब में कूदे तो थोड़ी ही देर में उन्हें ऐसा लगा कि सारे शरीर में एक सुखद अलसता व्यापी जा रही है। जी में आया कि आँखें मूँद लें और इसी में सो जायें। कालिन्दी प्रसाद ने सोचा, यह पंकज कहाँ से देखकर आया था यह-सब? पेरिस से या रोम से? सारी दुनिया घूम आया वह तीन-तीन बार और मैं हूँ कि देशभक्त

बना हुआ अपने ही देश का चक्कर लगाये जा रहा हूँ। जानकी देवी आ जायें तो मैं भी जाऊँगा उसे साथ लेकर विदेश। पेरिस, रोम सब हम देखेंगे!

वह टब से निकले तो उनके सारे बदन में एक प्यारी, हलकी सनसनाहट हुई और क्षणों में ही उनका बदन ऐसे खुश्क हो गया, जैसे तौलिये से रगड़-रगड़कर सुखाया गया हो। जाने पानी में साहब-जादे कौन-सा अर्क़ मिलवाते हैं!

बाथरूम के अन्दर से ही वह अपने ड्रेसिंग-कक्ष का दरवाज़ा खोलकर उसमें आ गये। जाँघिया पहनकर उन्होंने घण्टी का बटन दबा दिया और तुरन्त ही एक नौकर अन्दर आ गया, जैसे वह बाहर घण्टी बजने का ही इन्तज़ार कर रहा हो। उसने कालिन्दी प्रसाद को नीम जाड़े के कपड़े पहनाये, उनके बाल सँवारे, फिर बोला—सरकार आपका शेव आज रह गया।

कालिन्दी प्रसाद ने दाढ़ी-मूँछ पर हाथ फेरकर कहा—मैं भूल गया।

—हुक्म हो तो अब हो जाये, सरकार,—नौकर बोला—क्या देर लगती है!

—तो कर ही डालो,—कालिन्दी प्रसाद ने कह दिया।

नौकर ने बिलकुल मशीन की तेज़ी से उनके कन्धों पर कपड़ा डाला, दाढ़ी-मूँछ में लोशन लगाया और शेविंग मशीन के स्विच गिराकर मशीन उनकी दाढ़ी पर तेज़ी से फेरने लगा। शेव करके उसने क्रीम वग़ैरा लगाकर दाढ़ी चिकना दी और कपड़ा हटाकर कहा—लीजिये, सरकार, हो गया। और कोई हुक्म है?

—नहीं, तुम अब जाओ,—कालिन्दी प्रसाद ने कहा।

वह कमरे में आये तो देखा, कमरा भी उन्हीं की तरह तरो-ताज़ा दिखायी दिया। सबसे पहले उन्होंने गुलदान की ओर नज़र डाली। फूलों को देखकर उन्हें फिर एक बार वैसी ही ख़ुशी हुई, जैसी कि उन्हें लान में देखकर हुई थी। वीनस की आदमक़द मूर्ति के ठीक आगे यह संगमरमर का, शंख की आकृति का बना हुआ गुलदान था और ऊँचाई में वीनस के सीने तक पहुँचता था। वीनस के श्वेत सीने के पास वे लाल-लाल गुलाब के फूल कालिन्दी प्रसाद को ऐसे लगे, जैसे वे वीनस के सीने में ही खिले हुए हों। कालिन्दी प्रसाद ने देखा, यह वीनस की मूर्ति भी कमबख़्त कितनी सुन्दर है! आज के पहले मैंने इसे कभी ध्यान से क्यों नहीं देखा? जाने यह यहाँ कब से पड़ी हैं। पंकज इसे भी शायद रोम से ही लाया था और यहाँ मेरे कमरे में रखवा दिया था। तब से यहाँ बेचारी यह खड़ी है और हैरत है न कि मैंने कभी इसे आँख-भर देखा भी नहीं। अब देखूँगा, सब-कुछ देखूँगा, अब जाकर तो मुझे ज़िन्दगी में एक मौक़ा मिला है। मैं भी जानकी देवी के लिए जो कोठी बनवाऊँगा, उसमें वीनस की एक क्या कई मूर्तियाँ रखूँगा और उनके सीने में रोज़ तरह-तरह के रंग-बिरंगे फूल खिलाऊँगा। अब सब करूँगा, मैं सब करूँगा!

—सरकार, जलपान कहाँ लगाऊँ?—एक नौकर ने उनके पास आकर धीरे से पूछा।

—यहीं लाओ,—कहकर वह उधर चले गये, जिधर बड़े-बड़े कोच लगे हुए थे।

एक कोच में धँसते-धँसते उन्होंने ऐसा महसूस किया कि आज इसमें भी कोई नयापन आ गया है। कितना मुलायम और आरामदेह यह कोच है! इस मेरे कमरे में ही आराम-आराइश की कितनी चीज़ें हैं, लेकिन मैंने इनका क्या उपयोग किया? व्यौपार-व्यौपार! धन-धन! सारी ज़िन्दगी ही साली चौपट होकर रह गयी! लेकिन अब कुछ नहीं, अब केवल उपभोग करूँगा! लड़के साले देखें अब कारबार! सब मशीन की तरह तो चल रहा है!

नौकर ने उनके सामने अर्द्ध-वृत्ताकार मेज़ करके उस पर जलपान का ट्रे रखा, तो उसे देखकर कालिन्दी प्रसाद बोले—यह क्या लाया है?

—सरकार, आपका जलपान...

—ले जाओ यह दलिया-फलिया और फल-वल!—कालिन्दी प्रसाद कुछ बिगड़कर बोले—यह-सब खाते-खाते तबीयत ऊब गयी है! डॉक्टर सब जायें जहन्नुम में! और क्या-क्या बना है?

—सरकार, बादाम की खीर बनी है, मेवे भरकर मीठी कचौड़ी बनी है, पिस्ते की नमकीन टिकिया बनी है, सेब का हलुआ बना है...

—तो लाओ वह-सब न!—कालिन्दी प्रसाद बोले—तुम्हें मालूम है, रात मैंने खाना नहीं खाया था!

नौकर ट्रे उठाकर, भागकर चला गया। कालिन्दी प्रसाद उसे देखकर ज़रा-सा हँसे। क्या सोचता होगा वह? कोई कुछ सोचे, मुझे किसकी परवाह है? साले तर माल आप चाभते हैं और मेरे सामने रूखा-सूखा डाल देते हैं! डॉक्टर यह कहते हैं, डॉक्टर वह कहते हैं! बकते हैं सब साले! अब किसी की बात मैं नहीं मानूँगा! जो जी में आयेगा, खाऊँगा! जो जी में आयेगा, करूँगा!

नौकर ने बड़ी ट्रे लाकर मेज़ पर रखी तो देखकर कालिन्दी प्रसाद के मुँह में पानी भर आया। वाह! इन चीज़ों को देखकर भूख बढ़ती है! भूख बढ़ने का ख़याल आते ही उन्होंने इशारा करके नौकर को अपने क़रीब बुलाया और धीरे से उससे पूछा-क्यों, बे, बड़े साहब जलपान के वक़्त भी वह लेते हैं?

—क्या, सरकार?—नौकर उनका मुँह ताकता हुआ बोला।

—अरे, वही जिसे पीने से भूख तेज़ होती है और मन ज़रा मगन होता है?

—जी, एक पेग लेते हैं।

—तो जा, मेरे लिये भी ला,—कालिन्दी प्रसाद बोले—और बड़े साहब से कह दे, थोड़ी यहाँ भी रखवा दें। रानी माँ आ गयीं क्या?

—अभी नहीं आयी हैं, सरकार।

—अच्छा, दौड़कर जल्दी जा और ला!

कमाया-धमाया मैंने और मज़े ये लोग उड़ा रहे हैं! सुना है, बड़ी क़ीमती बोतलें आती हैं। देखता हूँ न मैं आज कि क्या मज़ा है?

नौकर ने एक छोटी मेज़ उनके पास खींचकर उस पर बोतल, सोडा और गिलास रखे तो कालिन्दी प्रसाद बोले—एक पेग बनाकर दे, बे!

पेग बनाकर रखता हुआ नौकर बोला—सरकार, कुछ भुने हुए नमकीन बादाम-काजू-किशमिश वग़ैरा भी ला दूँ?

—ला, जल्दी ला, पूछता क्या है?

—सरकर, सिगरेट भी लेता आऊँ?

—ला, वह भी ला!

नौकर चला गया तो उन्होंने सोचा, अब कुछ भी न छोड़ेंगे और गिलास उठाकर एक घूँट ले लिया। गला जल उठा, मुँह में कड़वाहट भर गयी। उन्होंने मुँह बनाकर नमकीन टिकिया से एक टुकड़ा तोड़कर मुँह में डाला तो ज़रा चैन मिला। तभी उन्हें लगा कि पेट में जैसे कुछ जल उठा हो।

नौकर ने आकर सिगरेट का टिन और नमकीनों की तश्तरियाँ रखीं और बोला—और कोई हुक्म है, सरकार?

—अबे, यह तो बड़ी गरम और कड़वी चीज़ मालूम देती है,—उन्होंने नौकर की ओर देखते हुए कहा।

—सरकार, पूरा ले लेंगे तो तबीयत मगन हो जायेगी,—नौकर बोला—आपकी आदत नहीं है न। मैं जाऊँ, सरकार?

—नहीं, दरवाज़ा बन्द करके तुम मेरे पास रुको।

नौकर दरवाज़ा बन्द करने गया तो उन्होंने एक घूँट और ले लिया और तुरन्त चार—पाँच काजू उठाकर मुँह में डाल लिये।

नौकर लौट आया, तो कालिन्दी प्रसाद मुँह बिचकाकर बोले—एक सिगरेट तो निकाल!

कालिन्दी प्रसाद को लगा कि जैसे एक सनसनाहट पेट से उठकर दिमाग़ की ओर आ रही है। वह बोले—यह कोई तेज़ चीज़ है क्या रे?

—बहुत ही अच्छी चीज़ है, सरकार,—नौकर ने कहते हुए सिगरेट उनकी ओर बढ़ाया तो कालिन्दी प्रसाद ने सिगरेट की ओर अपना हाथ बढ़ाने के बजाय अपने होंठ खोल दिये। नौकर ने सिगरेट उनके होंठों में पकड़ाकर उसे जला दिया।

एक कश लेकर कालिन्दी प्रसाद को लगा कि अब कुछ अच्छा-अच्छा-सा लग रहा है। बोले—अब कुछ मज़ा आया।

—ख़ूब मज़ा आयेगा, सरकार,—नौकर बोला—यह तो अमृत है। बेजान आदमी में भी जान डाल देनेवाली चीज़ है!

—सच!—कहकर कालिन्दी प्रसाद ने अबकी बार जो गिलास उठाया तो उसे खाली करके ही छोड़ा और ताबड़तोड़ नमकीन मेवे खाने लगे, फिर एक ज़ोरदार कश लेकर वह बोले—वाह! तूने बिलकुल ठीक कहा है, यह तो सच ही अमृत है। थोड़ी और दे तो!

—सरकार, आपकी आदत नहीं है...

—अबे, आदत डालने से ही पड़ती है न?—कालिन्दी प्रसाद बोले—तू एक पेग और तो दे! यह तो लाजवाब चीज़ है, भाई! ख़ूब!—और कालिन्दी प्रसाद को एक हिचकी आयी।

दूसरा पेग भी कालिन्दी प्रसाद चढ़ा गये तो उन्हें लगा कि वह यह लोक छोड़कर दूसरे लोक में उड़े चले जा रहे हैं। ऐसा लगना था कि उन्हें एक भय ने अचानक जाने कहाँ से आकर जकड़ लिया। उन्होंने कोच का हत्था पकड़ लिया और पुश्त पर सिर रखकर पाँव फैला दिये। उन्हें आँखों के सामने नौकर कभी खड़ा हुआ दिखायी देता था और कभी लगता था कि वह धुआँ बनकर ग़ायब हो गया है। उनका मन कुछ बोलने को कर रहा था लेकिन गले से कोई बात निकल ही नहीं रही थी। फिर उन्हें लगा कि उनका शरीर नहीं, सिर्फ़ सिर उड़ा जा रहा है, शरीर तो शिथिल होकर एक जगह पड़ा हुआ है। उन्होंने बहुत ज़ोर देकर आख़िर मुँह से एक बात निकाली—मेरा सिर पकड़ो।

नौकर ने उनका सिर पकड़कर धीरे से उन्हें कोच पर लिटा दिया और पाँव भी उठाकर कोच पर रख दिये। कालिन्दी प्रसाद ने आँखें खोलकर देखा, लेकिन उन्हें कुछ भी दिखायी न दिया तो फिर आँखें बन्द कर लीं।

नौकर का बुरा हाल हो रहा था। वह जल्दी से बाथरूम से तौलिया भिगोकर लाया और उनका सिर-मुँह बार-बार पोंछने लगा। कालिन्दी प्रसाद सुन्न-से पड़े हुए थे।

काफ़ी देर के बाद उन्होंने आँखें खोलीं तो उन्हें लगा कि अब होश वापस आ रहा है। वह बोले—मुझे पलँग पर पहुँचा दो।

—सरकार, आपने कुछ खाया नहीं,—नौकर उनके मुँह के पास झुककर बोला—खाली पेट था, इसीलिए लग गया। आप कुछ खा लीजिये, तो ठीक हो जायेगा

—तो तुम खिला दो,—वह बोले।

नौकर ने उन्हें उठाकर बैठाया और चम्मच से उन्हें खिलाने लगा, तो उसका मुँह देखते हुए कालिन्दी प्रसाद बोले—तुम्हारा क्या नाम है?

—चन्दर।

—चन्दर,—कालिन्दी प्रसाद बोले—तुम बहुत ही अच्छे आदमी हो! सुनो, मैं एक नयी बीवी ला रहा हूँ। उसके लिए मैं एक नयी कोठी शहर से कहीं दूर बनवाऊँगा। तुम उस कोठी में काम करोगे। समझे?

—जी, सरकार।

—किसी से कहना नहीं, समझे?

—जी, सरकार।

—तुम्हारी बीवी है?

—जी, सरकार।

—वह कहाँ है?

—यहीं है, सरकार। एक बच्चा भी है।

—मेरे भी एक बच्चा होगा, चन्दर, समझे? तुम सब लोग नयी कोठी में रहोगे। समझे?

—जी, सरकार।

—किसी से बताना नहीं! तुम बहुत अच्छे आदमी हो, इसलिए मैंने तुम्हें अपने दिल की बात बता दी। और तुम्हें तो हमारे ही साथ रहना है।—और कालिन्दी प्रसाद को हिचकी आ गयी।

—पानी लीजिये, सरकार,—उनके मुँह से गिलास लगाते हुए नौकर बोला।

पानी पीकर कालिन्दी प्रसाद बोले—और खिलाओ!

—अब आराम कीजिये, सरकार,—नौकर बोला—आप बहुत खा चुके हैं।

—खाना बहुत अच्छा लग रहा है, थोड़ा और खिला।

—मेरी बात मानिये, सरकार,—नौकर गिड़गिड़ाकर बोला—अब चलिये, पलँग पर पहुँचा दूँ। वर्ना मेरी फ़ज़ीहत हो जायेगी। रानी माँ, बड़े साहब...

—वे कौन होते हैं तुम्हारी फ़ज़ीहत करनेवाले?—कालिन्दी प्रसाद बोले—तुम हमारे आदमी हो!

—अच्छा, सरकार,—नौकर बोला—अब आप चलिये, आराम कीजिये। मैं आपका नौकर हूँ, मेरी एक बात मानिये!

—हाँ, यह ठीक है, तुम मेरे नौकर हो, मैं तुम्हारी बात ज़रूर मानूँगा!—कहकर कालिन्दी प्रसाद उठने लगे, तो उनका शरीर बेक़ाबू हो गया। नौकर ने सँभाल न लिया होता तो वह गिर पड़े होते। बोले—ठीक है, तुम मुझे पलँग पर पहुँचा दो।

नौकर ने उन्हें ले जाकर पलँग पर लिटा दिया। कालिन्दी प्रसाद का ख़याल था कि अब पूरे होश में आ गये हैं। इसलिए उन्होंने फिर सोचना शुरू किया। उन्हें यह ठीक याद आया कि मैं अपनी नयी ज़िन्दगी के बारे में कुछ सोच रहा था। क्या सोच रहा था, अब वह यह याद करने लगे तो उन्हें लगा कि दरअसल वह आराम करने की सोच रहे थे। और यह ख़याल आना था कि उन्हें लगा कि उन्हें नींद आ रही है। और फिर जाने क्या हुआ कि उन्हें कुछ भी लगना बन्द हो गया, जैसे कि अचानक ही उन्हें गहरी नींद आ गयी हो।

कालिन्दी प्रसाद की आँखें खुलीं तो कमरे में रोशनी भरी हुई थी। उन्होंने देखा कि उनके ऊपर कोई झुका हुआ है। फिर उनके कानों में आवाज़ आयी—कहिये, सेठ जी, तबीयत ठीक है न?

कालिन्दी प्रसाद ने कोई जवाब नहीं दिया। उन्होंने इधर-उधर आँखें घुमाकर देखा और स्थिति को कुछ समझने की कोशिश की। लेकिन उनकी समझ में यह न आया कि ये लोग मेरे पास क्यों इकटठ्े हुए हैं। फिर यों ही उन्होंने कहा—मैं पानी पीऊँगा।

—अभी लीजिये,—एक आवाज़ उनके कानों में आयी—आप उठकर बैठ सकते हैं क्या?

—हाँ, क्यों नहीं बैठ सकता?—कालिन्दी प्रसाद ने कहा और वह सचमुच उठकर बैठ गये। फिर बोले—क्या बात है, तुम लोग यहाँ क्यों बैठे हो?

—कोई बात नहीं है,—उनके कानों में आवाज़ आयी—लीजिये, यह पीजिये। आपने मुझे पहचाना नहीं?

अब ध्यान से उन्होंने उस आदमी को देखा जो उनके होंठों से गिलास लगा रहा था। फिर पीकर बोले—यह कोई दवा है क्या?

—हाँ,—वह आदमी बोला—यह पानी पी लीजिये। आप मुझे पहचानते हैं न? इन लोगों को पहचानते हैं न?

—ख़ूब पहचानता हूँ, डॉक्टर साहब!—कालिन्दी प्रसाद बोले—लेकिन आपने मुझे दवा क्यों पिलायी? मुझे कुछ हुआ है क्या?

—नहीं, आपको कुछ नहीं हुआ है,—डॉक्टर बोला—इन लोगों को कोई सन्देह था। आप ख़ूब सोये न?

—हाँ, ख़ूब सोया,—कालिन्दी प्रसाद बोले—इधर बहुत दिनों से मुझे अच्छी तरह नींद नहीं आ रही थी। आज ख़ूब सोया!

—आपने मुझसे बताया होता,—डॉक्टर बोला—मैं सोने की दवा भेजवा देता। सेठ जी, आपको कोई चिन्ता नहीं करनी चाहिए। आपको स्वास्थ्य के लिए चिन्ता करना हानिकारक है। आप लेटियेगा?

—नहीं, अब मैं थोड़ा टहलूँगा,—कालिन्दी प्रसाद बोले—लान में जाकर।

—बाहर थोड़ी ठण्डक है,—डॉक्टर बोला—आप कमरे में ही टहलिये, इतना बड़ा तो कमरा है।

पंकज ने रुक—रुककर तीन बार घण्टी का बटन दबाया। तीन नौकर तुरन्त हाज़िर हो गये तो उसने कहा—सामान इधर-उधर करके टहलने की जगह बनाओ!

कमरे की लम्बाई में टहलने की जगह बन गयी तो डॉक्टर ने कहा—सेठ जी, अब आप टहलिये और मुझे इजाज़त दीजिये।

कालिन्दी प्रसाद उठते हुए बोले—जाइये, कोई बात नहीं है।

डॉक्टर के साथ ही सब लोग कमरे से बाहर निकल गये और उन लोगों की ओर से लापरवाह होकर कालिन्दी प्रसाद टहलने लगे। थोड़ी देर में उनकी पत्नी आकर सोफ़े पर पसर गयीं। बोलीं—यह तुमको आज क्या सूझी थी? जिस दिन तुम यह अँगूठी निकलवाते हो, कुछ-न-कुछ होकर रहता है।

कालिन्दी प्रसाद पत्नी के सामने धीरे-धीरे टहलते हुए ही बोले—बड़ा बोलता नीलम है, रानी! तुम उसे निकालकर उधर गयी वह इधर बोलने लगा! आज ख़ूब मज़ा आया, रानी!

—हाँ, तुमको मज़ा आया और हम लोग परेशान होकर रह गये!—पत्नी बोलीं।

—रानी, आज चाय पीने को मन करता है।

—अच्छा, डॉक्टर से फ़ोन करके पूछते हैं,—कहकर पत्नी ने कोच के दस्ते की बग़ल में लगा हुआ घण्टी का बटन दबाया।

—डॉक्टर को मारो गोली!—कालिन्दी प्रसाद बोले—मैंने तय कर लिया है कि मैं आज से सब खाऊँगा, सब पीऊँगा!

नौकर आया तो पत्नी बोलीं—बड़े साहब से कह कि फ़ोन करके डॉक्टर से पूछें, सेठ जी चाय पीना चाहते हैं।

—बहुत अच्छा, सरकार,—कहकर नौकर चला गया।

—मेरे कमरे का फ़ोन ठीक करवा दो,—कालिन्दी प्रसाद बोले।

—डॉक्टर से पूछूँगी,—पत्नी बोलीं।

—डॉक्टरों ने तो मेरी ज़िन्दगी जहन्नुम कर दी है!—कालिन्दी प्रसाद ने कहा—मैं अब उनकी एक भी बात माननेवाला नहीं हूँ। सारी ज़िन्दगी साली बेकार होकर रह गयी है। तुम्हीं कहो, मेरी क्या ज़िन्दगी है?

—लो, चाय आ गयी,—नौकर को ट्रे लेकर आते हुए देखकर पत्नी बोलीं।

नौकर ने एक छोटी मेज़ खींचकर, ट्रे रख दी और पूछकर चला गया।

—आओ, चाय पीओ,—पत्नी ने कहा।

कालिन्दी प्रसाद उनकी बग़ल में आकर बोले—बनाओ।

वह चाय पीने लगे तो पत्नी बोलीं—रात को क्या खाओगे?

—सब खाऊँगा, कह दिया एक बार!

—अच्छा-अच्छा, बिगड़ो मत।

चाय पीकर कालिन्दी प्रसाद बोले—अच्छा, तुम जाओ, मुझे एक ज़रूरी काम करना है।

—आज मैं तुम्हें कोई काम न करने दूँगी!—पत्नी बोलीं—अब पलँग पर चलकर सीधे आराम करो! न हो, मेरे कमरे में चलो।

—अच्छा, आराम ही करूँगा,—कालिन्दी प्रसाद बोले—तुम्हारी पूजा हो गयी?

—अभी कहाँ?—पत्नी बोलीं—चार बजे से ही तो हम लोग तुम्हारे पास बैठे थे।

—तो जाओ, तुम अपनी पूजा करो,—कालिन्दी प्रसाद बोले—पूजा में नीलम की अँगूठी भी रख लेना।

—ना, बाबा, मैं तो नहीं रखूँगी!—पत्नी बोलीं—कल ज्योतिषाचार्य लोग आ जायेंगे, तो जो तुम्हारे जी में आये करना।

—अच्छा, तुम जाओ।

पत्नी चली गयीं तो कालिन्दी प्रसाद उठकर सीधे वीनस की मूर्ति के पास पहुँचे और फूलों को देखने लगे। टहलते हुए कई बार उनकी दृष्टि फूलों पर पड़ी थी लेकिन पत्नी की उपस्थिति में वह वहाँ नहीं गये थे। उनके जी में आया कि वह फूलों को छूएँ, उन्हें सूँघें और चूम लें। लेकिन बढ़ा हुआ हाथ उन्होंने रोक लिया। बोले—यह क्या गधापन है? ऐसा करोगे, मियाँ, तो पहले ही दिन जानकी देवी अपने घर का रास्ता पकड़ लेंगी। यह शर्त नहीं है, समझे?

वह वहाँ से हट आये और फिर टहलने लगे। घड़ी पर नज़र गयी तो देखा दोनों सुइयाँ आठ के आगे एक जगह पर थीं। उनके मुँह से निकल गया—वाह! यह चौथी बार ऐसा हुआ है! अब तो कोई सन्देह रह ही नहीं गया!—और कालिन्दी प्रसाद का दिमाग़ फिर उसी घेरे में चक्कर लगाने लगा।

दूसरे दिन ग्यारह बजते-बजते एक ज्योतिषाचार्य आ पहुँचे। कालिन्दी प्रसाद ने तुरन्त उन्हें अपने कमरे में बुला लिया।

ज्योतिषाचार्य ने कमरे में प्रवेश किया तो कालिन्दी प्रसाद ने चट बढ़कर उनके चरण छुए और कोचों की ओर बढ़ते हुए बोले आइये, महाराज, मैं तो बड़ी बेकली से इन्तज़ार कर रहा था!

उनके पीछे-पीछे चलते हुए ज्योतिषाचार्य बोले—व्याकुल होने की तो कोई बात ही नहीं, सेठ जी। जिस घड़ी आपका तार पहुँचा, वह घड़ी ऐसी थी कि जिस काम के लिए आपने तार दिया था, वह सिद्ध हो गया समझिये। मैंने उसी क्षण आपकी जन्म-पत्री देखी और सच मानिये, मेरी तो प्रसन्नता की सीमा न रही!

—बैठिये-बैठिये!—सामने के कोच की ओर संकेत करके कालिन्दी प्रसाद ख़ुद भी बैठते हुए बोले—तो क्या पाया आपने?

—सेठ जी, आपको याद होगा, मैंने कई साल पहले कहा था कि आपके दूसरे विवाह का योग है...

—रुकिये, महाराज,—कालिन्दी प्रसाद ने ज्योतिषाचार्य को रोककर घण्टी का बटन दबाया।

नौकर आ गया तो वह बोले—दरवाज़ा बन्द करके बाहर बैठो! देखना कोई भी अन्दर न आये!

—बहुत अच्छा, सरकार,—कहकर नौकर चला गया।

—हाँ, तो अब आप कहिये,—कालिन्दी प्रसाद ने ज्योतिषाचार्य की ओर मुँह करके कहा।

—वह योग आ गया, सरकार,—कालिन्दी प्रसाद से ज्योतिषाचार्य बोले—और सुनिये, आपकी नयी पत्नी से एक पुत्री का भी योग है।

कालिन्दी प्रसाद प्रसन्न होकर बोले—सच कहते हैं, महाराज?

मेरी कोई बात आज तक झूठ हुई है?—ज्योतिषाचार्य बोले—अब आप कहिये, कैसे बुलाने का आपने कष्ट किया? आपकी यात्रा कैसी रही? कोई नयी बात घटी क्या? घटनी तो अवश्य चाहिए!

—घटी, महाराज,—कालिन्दी प्रसाद बोले—और ऐसी घटी कि मेरी तो हालत ही ख़राब हो गयी।

—मानसिक क्लेश हुआ होगा...

—साधारण क्लेश नहीं हुआ, महाराज...

—सेठ जी, उस घटना से तो आपका विक्षिप्तावस्था प्राप्त होने का योग था,—ज्योतिषाचार्य बोले—बड़ा बुरा ग्रह था, वह तो मैंने उसका क्रोध बहुत-कुछ शमन कर दिया। हाँ, आप आगे कहिये। किस वस्तु को लेकर वह घटना घटी?

—वस्तु नहीं, महाराज,—कालिन्दी प्रसाद बोले—साक्षात् अप्सरा! मैं तो उसे देखते ही पागल हो गया।

—योग ही ऐसा था, सेठ जी,—ज्योतिषाचार्य बोले—मैं तो अपनी आँखों के सामने ही सब देख रहा था, ज़रा-सा इधर हुआ तो प्रेम और ज़रा-सा उधर होता तो पागलपन! खैर, उनका नाम आपको मालूम हो गया?

—आशा...

—आशा! रुकिये, रुकिये, रुकिये ज़रा। सेठ जी!—कहते हुए ज्योतिषाचार्य ने बेठन खोलकर पत्रा निकाला और कई पन्ने उलटकर एक पन्ने पर रुक गये।

सिर हिलाते हुए देर तक गणना करके वह बोले—यही है, सेठ जी, बिलकुल यही है। आपने अप्सरा कहा था न? यह गन्धर्व ही हैं और इनके साथ आपका गन्धर्व विवाह ही होगा...लेकिन एक बात है...

—वह क्या, महाराज?—कालिन्दी प्रसाद उत्सुक होकर बोले।

—उन्हें गन्धर्व रोग है क्या?

—वह क्या होता है, महाराज?

—एक तरह का उन्माद है यह,—ज्योतिषाचार्य बोले—लेकिन आप कोई चिन्ता न करें। सब ठीक हो जायेगा। इन्हीं से आपको पुत्री होनी चाहिए।

—सच, महाराज?—हर्षातिरेक से विह्वल होकर कालिन्दी प्रसाद बोले!

—मेरी कोई बात आज तक झूठ हुई है, सेठ जी?—गर्व से सिर उठाकर ज्योतिषाचार्य बोले—दूसरे महाराज को भी तो आपने बुलाया होगा?

—हाँ,—कालिन्दी प्रसाद बोले—वह तो अभी तक नहीं आये।

—आ ही रहे होंगे, आप देखें, उनकी गणना क्या कहती है।

—खैर, अब आप कुछ और बताइये।

—आज्ञा कीजिये, सेठ जी!

—उसे प्राप्त करने में कोई कठिनाई है, क्या?

—किसी अप्सरा को प्राप्त करना क्या कोई साधारण बात होती है, सेठ जी?

—प्राप्त हो जायेगी?

—अवश्य हो जायेंगी। किसी वस्तु को प्राप्त करने के लिए लगन होनी चाहिए, सेठ जी।

—फिर गृह-कलह?

—बिलकुल साधारण। नव गृह-निर्माण का भी योग है।

—अर्थ-हानि?

—उसकी चिन्ता आपको करने की क्या आवश्यकता है?

—यश-हानि?

—बिलकुल नहीं! जहाँ सम्पदा है, वहीं यश है, सम्पदा के रहते यश-हानि का क्या भय है? सेठजी, आप निश्चिन्त होकर आगे बढ़िये! सारी विघ्न-बाधाएँ आप ही दूर हो जायेंगी। मैं तो सब अपनी आँखों के सामने ही देख रहा हूँ।

—मैं अब जाकर निश्चिन्त हुआ, महाराज!—उठते हुए कालिन्दी प्रसाद ने कहा—अब आप अतिथि-गृह में पधारें। भोजन पायें। विदाई अवसर के अनुकूल ही आपकी होगी। मेरी यात्रा का मुहूर्त्त देकर ही आपको जाना होगा।

—आपकी आज्ञा के अनुसार ही सब होगा, सेठ जी,—कहकर बेठन बाँधकर ज्योतिषाचार्य भी उठ खड़े हुए।

कालिन्दी प्रसाद उन्हें द्वार तक पहुँचाकर मुड़े ही थे कि उनकी पत्नी आ गयीं। वह अपने पति का चेहरा देखकर, ख़ुश होकर बोलीं—बड़े ख़ुश मालूम होते हो? तुम्हारा मसला हल हो गया क्या?

—लगता तो है,—कालिन्दी प्रसाद मुस्कराकर बोले।

—तो अब बताओ, क्या बात थी?—पत्नी ने भी हँसकर पूछा।

—ज्योतिषाचार्य को बुलाकर पूछ लो,—कालिन्दी प्रसाद बोले—वह अतिथि—गृह में अभी-अभी गये हैं।

—तुम्हीं बता दो न।

—नहीं, मैं ठीक तरह से न बता पाऊँगा,—कालिन्दी प्रसाद बोले—तुम उन्हीं से पूछ लो, वह तुम्हें पूरी बात समझा देंगे।

—अभी तो दूसरे भी आनेवाले हैं।

—तुम उनसे भी पूछ लेना, ये उनसे ज़्यादा पहुँचे हुए हैं,—कालिन्दी प्रसाद बोले—मैं आज़मा चुका हूँ।

—तो तुम नहीं बताओगे?

—उनसे पूछ लेने में क्या हर्ज़ है?—कालिन्दी प्रसाद बोले—आख़िर तुम्हें भी तो कुछ पूछना-जाँचना होगा। तुम बुला लो उन्हें।

—अच्छा,—कहती हुई पत्नी कमरे से बाहर चली गयीं। उन्हें जाते हुए कालिन्दी प्रसाद ने मुस्कराकर देखा और आगे बढ़कर दरवाज़ा बन्द कर लिया। प्रसन्नता के मारे वह खिलखिलाकर हँसना चाहते थे। लेकिन तुरन्त ही उन्हें लगा कि यह अवसर पागल होकर हँसने का नहीं है। मन की ख़ुशी को दबाकर मुझे इस समय गम्भीर बल्कि उदास दिखना चाहिए। होतव्यता ही ऐसी है तो कोई क्या कर सकता है?...रानी, मुझे क्षमा करना! मैं तुम्हें कोई कष्ट नहीं होने दूँगा। तुम्हारा बड़ा एहसान है मुझ पर,

मैं तुम्हें आजीवन नहीं भूल सकता। इस मामले में मैं भाग्य-रेखा के आगे विवश हूँ, क्या करूँ?

कालिन्दी प्रसाद सचमुच गम्भीर हो उठे। वह धीरे-धीरे ही चल कर वीनस की मूर्ति के पास जा पहुँचे और उन्होंने फूलों को देखा माली कितना होशियार है, उसने आज भी गुलाब के फूल ही गुलदान में लगाये हैं।

उन फूलों को देखते-देखते कालिन्दी प्रसाद को ऐसा लगा कि कोई भय नहीं है। वह फूलों को छू सकते हैं, सूँघ सकते हैं और चूम सकते हैं।

कालिन्दी प्रसाद ने और भी अधिक गम्भीर होकर फूलों पर अपने अधर रख दिये और उन्होंने महसूस किया कि उनके सिर के बाल अर्द्ध-स्फुटित अधरों से छू रहे हैं और उनके मानस में वर्षों से जमी हुई हीन भावना पिघल रही है।

बारह फरवरी, सन् उन्नीस सौ तिरसठ।

●

कालिन्दी

प्रथम प्रकाशन वर्ष १९६३

अमरकान्त को सस्नेह

किताब ख़तम कर रम्भा ने उसे बन्द किया और अधलेटी ही उसे बीच की मेज़ पर फेंककर, होंठों पर उँगलियाँ रखकर एक जँभाई ली। फिर कोच के दस्ते के पीछे हाथ बढ़ाकर, बिना देखे ही टोकर घण्टी का बटन दबा दिया।

किर्र की आवाज़ के साथ ही रामी पर्दा उठाकर अन्दर आयी और बोली—क्या हुकुम है, बीबी जी?

—एक गिलास पानी दे,—रम्भा ने कहकर पहले ही की तरह होंठों पर उँगलियाँ रखकर एक और जँभाई ली।

रामी ने कोच के पीछे से जाकर रेफ्रीजरेटर खोला और एक सुबक-से दूधिया रंग के गिलास में बोतल से ठण्डा पानी ढाल, बोतल अन्दर रख, रेफ्रीजरेटर बन्द कर, एक छोटी-सी हलकी स्लेटी रंग की तश्तरी पर गिलास रखकर वह रम्भा के पास आयी और उसके सिरहाने कोच से लगी हुई छोटी-सी तिपाई पर गिलास मय-तश्तरी रखती हुई बोली—बीबी जी, पानी।

तभी बाहर से जाने कितने मोटे-महीन पर्दों को पारकर पोर्टिको से कार रुकने की आवाज़ आयी। रम्भा ने उसी तरह अधलेटी ही अपनी बायीं कलाई घुमाकर हीरे की तरह चमकती नन्हीं-सी घड़ी पर नज़र डाली।

—अभी तो चार ही बजे हैं,—वह काजल की रेखाओं की तरह खिंची भौंहों पर एक हलका बल डालकर अपने-आप में बुदबुदायी और सामने सीधी खड़ी हुई रामी की ओर अपनी पारे की तरह चमकती-थिरकती आँखें उठाकर बोली—देखो, बाहर कौन आया है?

रामी पर्दा हटाकर कमरे से बाहर चली गयी, तो रम्भा ने अपने मूँगे की तरह लाल होंठों पर दायें हाथ की तर्जनी रखकर सोचा, यह कौन हो सकता है? पापा के आने का वक़्त तो अभी नहीं हुआ है। वह छह बजे के पहले यहाँ कभी भी नहीं आते। और दूसरा यहाँ कौन आ सकता है? यहाँ कोई दूसरा तो आज तक कभी आया नहीं। मास्टर साहब या मेम साहब ने गैरेज से हमारी गाड़ी तो नहीं निकलवायी है? लेकिन ये तो मुझसे पूछे बिना कभी भी गाड़ी नहीं निकलवाते। कौन हो सकता है यह, भला? लेकिन कोई और होता तो क्या चौकीदार उसे फाटक के अन्दर घुसने देता?

रम्भा के अब तक के एकदम सपाट और आवश्यकता से कहीं अधिक सुखी और सीमित जीवन में ऐसे हलके-फुलके विस्मय के अवसर भी बहुत ही कम आये थे। किसी चिन्ता की छाया ने भी उसे कभी कहीं दूर से भी न छुआ था। वह एक ऐसे क़िले में निवास करती थी, जिसमें तनिक भी असुखकर किसी भी बात के किसी भी ओर से आने की कोई भी सम्भावना ही नहीं थी। कदाचित् इसी कारण कभी उसे किसी ओर से भी किंचित् भी शंका का आभास मिलता तो उसे उससे एक प्रकार का सुख ही मिलता था। उसकी बाँकी भौंहों पर एक सुखकर, हलका बल आ जाता और वह सोचती, काश, आज कुछ ऐसी घट जाये जो आज तक नहीं घटी!

उसके होंठों पर एक हलकी मुस्कान उभरते-उभरते रह गयी। ऐसा कुछ शायद कभी भी न घटेगा, उसे इसका जैसे पक्का विश्वास था। फिर व्यर्थ के लिए उसके बारे में कुछ सोचा ही क्यों जाये? और उसी तरह अधलेटी ही वह गिलास की ओर ज़रा-सी मुड़ी और उसे उठाकर घूँट-घूँट पानी पीने लगी। पानी ख़ूब ठण्डा था और उसे घूँट-घूँट पीने में ही मज़ा आ रहा था। उसकी आँखें दरवाज़े की ओर लगी हुई थीं। रामी इतनी देर क्यों लगा रही है?

पर्दा हटा तो रम्भा ने गिलास होंठों से हटाकर देखा, रामी अपनी गोद में दोनों बाँहों में जाने क्या-क्या सँभाले अन्दर आ रही थी। रम्भा ने पूछा—यह-सब क्या है? कौन आया है?

हँसते हुए चेहरे से रामी दरवाज़े के पास ही ठिठककर बोली—सरकार आये हैं, बीबी जी, आपके लिए बहुत-सारी चीज़ें लाये हैं!

—पापा? इस वक़्त?—उठकर बैठती हुई रम्भा बोली—बाहर तो अभी बहुत गर्मी होगी?—और वह अपनी आन्ध्र-रेशम की श्वेत, महीन साड़ी का आँचल ठीक करने लगी।

—इसे कहाँ रख दूँ, बीबी जी?—रामी उसके पास खिसकती हुई बोली।

—उस बड़ी मेज़ पर रख दो,—कहती हुई रम्भा उठ खड़ी हुई।

तभी पर्दे के बाहर से आवाज़ आयी—बेबी, हम लोग अन्दर आ जायें?

हम लोग कौन? रम्भा के मन में बात उठी, पापा तो किसी को भी अपने साथ लेकर मेरे कमरे में नहीं आते? आज क्या बात है?

तभी फिर पर्दे के उधर से एक दूसरी महीन-सी आवाज़ आयी—बेबी! मुबारक!

ओह! यह तो मेम साहब हैं! यह मुबारक किसलिए?

—बेटी! बधाई!

यह आवाज़ मास्टर साहब की है! पापा के साथ ये लोग मुझे किसलिए मुबारक और बधाई देने आये हैं? तनिक उत्सुक और ख़ुश होकर रम्भा दरवाज़े की ओर बढ़ती हुई बोली—आओ, पापा! आइये, मेम...

वह बात पूरी भी न कर पायी थी कि तीनों जन एक साथ ही कमरे में आ गये। पापा ने रम्भा को अपनी गोद में भरते हुए कहा—बधाई, बेबी! बहुत-बहुत बधाई!

—किसलिए, पापा?—पापा की बाँहों में बँधी हुई रम्भा ने मुँह ऊपर करके अपनी उज्ज्वल आँखें नचाकर पूछा—आप लोग मुझे किसलिए बधाई दे रहे हैं?

—अरी, तू ऐसी भुलक्कड़ है?—पापा ने रम्भा की पीठ थपथपाते हुए कहा—आज सोलह जून है न?

—ओह! होंठों को चोगे की तरह बनाती हुई, चमकती आँखों से ख़ुशी छलकाती हुई रम्भा चीख़-सी उठी—मेरा नतीजा आ गया है क्या?

—हाँ, मेरी बच्ची!—मेम साहब बोलीं—तू फ़र्स्ट डिवीज़न में पास है! यह कितनी ख़ुशी की बात है!—और उन्होंने अपने दोनों हाथ रम्भा की ओर फैला दिये!

रम्भा उनकी गोद में आ गयी। मेम साहब ने उसकी पीठ ठोकी और उसका माथा चूमा और बोलीं—मुझे बहुत ख़ुशी हुई, बेबी! मुझे तुमसे यही उम्मीद थी!

—बेटी,—पापा बोले—मास्टर साहब के चरण छू!

रम्भा झुककर मास्टर साहब के चरण छूने ही वाली थी कि उन्होंने उसके बाज़ू थामकर उसे उठा लिया और बोले—हो गया, बेबी! भगवान् तुम्हें इस तरह की और हज़ारों सफलताएँ दें! मैं आज, बहुत ख़ुश हूँ!—और उन्होंने भी उसकी पीठ ठोक दी!

—देखो, तुम्हारे पापा इस ख़ुशी पर तुम्हारे लिये क्या-क्या लाये हैं!—मेम साहब बड़ी मेज़ की ओर बढ़ती हुई बोलीं।

—चन्दर!—पापा ने पुकारा—अरे भाई, तू कहाँ रह गया?

—आया, सरकार,—चन्दर भी रामी की ही तरह गोद में दोनों बाँहों में कई डिब्बे और पोटलियाँ सँभाले हुए अन्दर आया और बोला—कहाँ रख दूँ, बीबी जी?

रम्भा ने बड़ी मेज़ की ओर संकेत कर दिया और आप भी उधर ही बढ़ गयी।

—देखो ,बेबी!—मेम साहब बोलीं—यह कितनी उम्दा क़लमों का सेट है!

चन्दर वहाँ से हटने लगा तो पापा बोल—जल्दी मेज़ पर मिठाइयाँ लगा, सब लोग मुँह मीठा करेंगे। और सुनो,—पापा ने जेब से कुछ दस-दस रुपये के नोट निकालकर चन्दर की ओर बढ़ाते हुए कहा—इसे नौकरों में बाँट दो, कहना, बेबी के पास होने की ख़ुशी की बख़्शीश है। बाद में मिठाइयाँ भी सबको देना, एँ?

—जी, सरकार,—नोट दोनों हाथों में लेकर, उन्हें सिर से छुलाकर चन्दर बोला।

—आइये, मास्टर साहब,—पापा बोले—तब तक हम बैठक में चलें, इन्हें चीज़ें देखने दीजिये। जल्दी में जो-कुछ आँखों के सामने पड़ा मैं लेता आया। जाने इसको

क्या पसन्द आयेगा और क्या नहीं पसन्द आयेगा। जैसे ही इसके नतीजे का तार मिला, मैं आफ़िस से चल पड़ा था।

आगे-आगे पापा और पीछे-पीछे मास्टर साहब चलकर बैठक में आये। पापा सामने के बड़े कोच पर बैठते हुए, बग़ल के कोच की ओर संकेत करके बोले—बैठिये, मास्टर साहब!

बूढ़े मास्टर साहब बैठ गये, तो पापा बोले—आप लोगों का परिश्रम सार्थक हुआ, मास्टर साहब! मुझे बहुत ख़ुशी हुई। इसी महीने से आप लोगों को पचास-पचास रुपयों की तरक़्क़ी मिलेगी। मैं आप लोगों का बेहद शुक्रगुज़ार हूँ। मेरे और बेबी के भाग्य से ही आप लोग हमें मिले हैं, वर्ना आजकल कर्त्तव्य-परायण, ईमानदार और परिश्रमी आदमी ढूँढ़े से भी कहाँ मिलते हैं? बिटिया जो-कुछ आज बनी है, उसका सारा श्रेय आप ही लोगों को है। मैंने बिल चुकाने के सिवा और क्या किया है?

—ऐसा मत कहिये, सेठ जी,—मास्टर साहब सेठ जी का मुँह निहारते हुए बोले—हम लोग तो आपके ग़ुलाम हैं और आपकी आज्ञा का पालन करना अपना कर्त्तव्य समझते हैं। आप हम लोगों को नौकर नहीं समझते और हमें इतना मान देते हैं, इसके लिए आपका कृतज्ञ तो हमें होना चाहिए। आजकल आप-जैसा मालिक कहाँ मिलता है? हमें तो आप ऐसा अनुभव करने का कभी अवसर ही नहीं देते हैं कि आप हमारे मालिक हैं और हम आपके नौकर हैं। और जहाँ तक बिटिया रानी की ऐसी सफलता का सवाल है, वह तो उनकी योग्यता के अनुकूल ही है। वह बड़ी ही प्रतिभाशाली लड़की हैं। उनका भविष्य उज्ज्वल है। सौन्दर्य और प्रतिभा का ऐसा मेल बहुत मुश्किल से मिलता है, सेठ जी! आप तो भाग्यवान् हैं ही, हम भी उन्हें पाकर अपने को कम भाग्यवान् नहीं समझते! हमें उन पर गर्व है। आप उनका दाख़िला अब विश्वविद्यालय में कराइये, उनकी प्रतिभा के विकास के लिए यह अत्यावश्यक है। घर की संकुचित सीमा में उन्हें बाँधे रखना अब उचित नहीं होगा। उनकी प्रतिभा के विकास के लिए अब समुचित क्षेत्र मिलना ही चाहिए! आपके क्या विचार हैं?

दरअसल इसी विषय पर विचार करने के लिए सेठ जी मास्टर साहब को अपने साथ बैठक में ले आये थे। लेकिन विषय जब स्वयं मास्टर साहब ने ही छेड़ दिया तो वह थोड़ी देर के लिए ऐसे ख़ामोश हो गये, जैसे यह एक बहुत ही गम्भीर समस्या हो और इस पर अपना विचार प्रकट करने के पहले कुछ सोचना ज़रूरी हो। मास्टर साहब के सामने वह इस विषय को बिलकुल सीधे तौर पर और तुरन्त न लाना चाहते थे। वह चाहते थे कि ठीक पृष्ठभूमि तैयार करके ही वह इस विषय पर आयें। दरअसल वह रम्भा के भावी जीवन का नक़्शा अपने मन में बना चुके थे, लेकिन उसे वह एक-ब-एक मास्टर साहब के सामने खोलना न चाहते थे। वह इस विषय को इस तरह रखना चाहते थे, जैसे मास्टर साहब के साथ-साथ ही इस विषय पर वह कुछ विचार करना चाहते हों और साथ ही किसी नतीजे पर पहुँचना चाहते हों।

ऐसा ही करना वह बुद्धिमानी समझते थे। रम्भा के विषय में आज तक हर बात तय करने में उन्होंने अपनी इसी नीति से काम लिया था और उन्हें आशातीत सफलता मिली थी। आगे भी वह इसी नीति से काम लेना चाहते थे। वह किसी भी प्रकार इस बात का कोई आभास न होने देना चाहते थे कि मास्टर साहब या मेम साहब पर कोई भी कर्त्तव्यभार लादा जा रहा है। रम्भा के जीवन में मेम साहब और मास्टर साहब की जो जगह बन गयी थी, वह उसे बख़ूबी जानते थे। रम्भा के पापा तो वह नाम के थे, रम्भा के माँ-बाप मेम साहब और मास्टर साहब ही थे। इनके साथ रम्भा का यह सम्बन्ध विकसित होने में उन्होंने पूरी-पूरी सहायता की थी, वह चाहते भी यही थे। वह तो सुबह-शाम इस कोठी में थोड़ी देर के लिए आते थे और रम्भा से मिलकर थोड़ी देर बातचीत करके चले जाते थे। बहुत हुआ तो कभी-कभार रम्भा को लेकर वह कहीं घूमने-फिरने या नाटक-सिनेमा या होटल-रेस्तराँ चले जाते थे। लेकिन मेम साहब, मास्टर साहब और रम्भा का साथ तो चौबीसों घण्टे का था। मेम साहब और मास्टर साहब रम्भा के ट्यूटर गार्जियन ही न थे, बल्कि रम्भा पर उन्हें पूरा-पूरा वही अधिकार प्राप्त था, जो माँ-बाप को अपने बच्चे पर प्राप्त होता है। सेठ जी ने ही उन्हें यह अधिकार दिया था और रम्भा इस बात को समझे, इसके लिए उन्होंने बराबर प्रयत्न किया था। और सेठ जी को ख़ुशी थी कि वह अपने प्रयत्न में पूरे-पूरे सफल हुए थे। इस कोठी में मेम साहब और मास्टर साहब रम्भा के माँ-बाप की ही तरह रहते थे और उन्हें वही सब सम्मान प्राप्त थे। रम्भा को जिस चीज़ की ज़रूरत पड़ती थी, वह इन्हीं से कहती थी और ये उसे पूरा करते थे। उन्हीं में से किसी के साथ या दोनों के साथ वह बाहर जाती थी। उनकी अनुमति के बिना वह कोई भी काम न करती थी। यह सम्बन्ध सेठ जी के प्रयत्न से धीरे-धीरे विकसित हुआ था और अब उन्हें इस बात में तनिक भी सन्देह न था कि यह सम्बन्ध परिपक्व हो गया है। रम्भा अब मेम साहब और मास्टर साहब को माँ-बाप की ही तरह मानती थी और मेम साहब और मास्टर साहब भी रम्भा को अपनी बेटी की तरह प्यार करते थे। इस सम्बन्ध के बीच बस एक ही खटका था, वह यह कि मेम साहब और मास्टर साहब को बाक़ायदे हर महीने अच्छी-अच्छी तनख़ाहें मिलती थीं। लेकिन सेठ जी को अब इतने वर्षों बाद यह भी एहसास होता था कि तनख़ाह की बात बिलकुल औपचारिक बनकर रह गयी है, जैसा कि जेब-ख़र्च की बात होती है। इसमें मालिक और मातहत की गन्ध नहीं रह गयी है। मेम साहब और मास्टर साहब को भी कुछ ऐसा ही एहसास होता है। वे तो कई बार सेठ जी से यह भी कह चुके हैं कि इस तनख़ाह की क्या ज़रूरत है? हमारी हर ज़रूरत तो आप ख़ुद ही पूरी कर देते हैं। यों हमारे पास पैसे भी काफ़ी जमा हो गये हैं। और सेठ जी इस पर कहते हैं कि मैं आप लोगों को क्या देता हूँ? आप लोग जो काम कर रहे हैं, उसका मुआवज़ा कोई क्या दे सकता है? यह तो मैं आप लोगों को सिर्फ़ शुकराना देता हूँ।

सेठ जी इसी सम्बन्ध की पृष्ठभूमि में बात करना चाहते थे। उन्होंने जैसे इसकी याद दिलाने की गरज़ से ही बहुत धीमी आवाज़ में पूछा—मास्टर साहब, आपको यहाँ आये कितने वर्ष हो गये?

मास्टर साहब उनके इस प्रश्न से अचकचा-से गये। उनकी समझ में न आया कि सहसा सेठ जी ने किस उद्देश्य से इस अवसर पर यह सवाल किया है। उन्होंने सेठ जी का मुँह ताकते हुए कहा—जुलाई में पूरे दस वर्ष हो जायेंगे।

और मेम साहब को आये हुए पूरे सोलह वर्ष हो जायेंगे,—सेठ जी कुछ खोये हुए-से बोले—रम्भा का जन्म सात जुलाई, सन् उन्नीस सौ चौबीस को हुआ था। रम्भा की माँ ने तेरह जुलाई, सन् उन्नीस सौ चौबीस के दिन शाम को ठीक छह बजे अपनी आख़िरी साँस ली थी। सत्रह जुलाई को मैं, ग्यारह दिन की बच्ची रम्भा और मेम साहब बम्बई से यहाँ के लिए रवाना हुए थे। सोलह वर्ष बीत गये, मास्टर साहब!—कहकर सेठ जी ने ठण्डी साँस ली।

—जी, सेठ जी,—मास्टर साहब बोले—सोलह वर्ष बीत गये।

—मुझे यह उम्मीद नहीं थी, मास्टर साहब कि उस हादसे के बाद मैं इतने दिनों तक जीवित रहूँगा। यही क्यों, इतनी बड़ी आयु मेरी है, इसकी तो मैं कल्पना भी नहीं करता था। बम्बई से लौटकर मैंने पहला काम अपना वसीयतनामा तैयार कराने का किया था। बच्ची और मेम साहब के जीवन की पूरी व्यवस्था करने के बाद मैं इनकी ओर से निश्चिन्त होकर अपनी मृत्यु की प्रतीक्षा करने लगा था। उन दिनों मेरी बहुत ख़राब हालत थी। मेरा दिल टूट गया था। मुझे ज़िन्दगी में कोई भी दिलचस्पी नहीं रह गयी थी। मैं मरना ही चाहता था, यह तो नहीं कह सकता, लेकिन, मास्टर साहब, मैं ज़िन्दा बच जाऊँगा, इस पर मुझे तनिक भी विश्वास नहीं होता था। आज उन दिनों की सोचता हूँ तो बड़ा आश्चर्य होता है। पूरे सोलह वर्ष मैं जीवित रह गया! यह कैसे हुआ? मैं ख़ुद भी नहीं जानता। रम्भा की माँ की चोट आज भी मेरे दिल पर है और मृत्यु के साथ ही मेरे साथ जायेगी। उसने अपने अन्तिम क्षणों में बच्ची को लेकर मुझसे एक वचन लिया था। मैंने उसे वचन तो दे दिया था लेकिन उसे पूरा कर पाऊँगा, इसकी मुझे रंच-मात्र भी आशा न थी। मास्टर साहब, क्या उसी वचन को पूरा करने की प्रेरणा से मैं इतने दिनों तक जीवित रह गया?

कौन जाने?—मास्टर साहब धीरे से बोले। दरअसल वह इस समय ये दो शब्द भी बोलकर सेठ जी की बात में व्याघात नहीं पहुँचाना चाहते थे। सेठ जी की इस समय की मन:स्थिति को वह समझते थे! इस मन:स्थिति में पिछले दस वर्षों में जाने वह उन्हें कितनी बार देख चुके थे और उन्होंने पूरी तरह समझ लिया था कि मन:स्थिति में ख़ुद चुपचाप रहकर सेठ जी को पूरा बहने दिया जाये। जब गहरे घावों के बन्द खुल रहे हों, तो छेड़ना किसी प्रकार भी उचित नहीं हो सकता।

--कौन जाने,—सेठ जी ने मास्टर साहब की बात दुहरायी और आगे कहा—लेकिन मैं यह ज़रूर जानता हूँ कि मैं अपने जीवन के इस भाग के लिए निश्चय रूप से रम्भा का, मेम साहब का और आपका ऋणी हूँ। और, मास्टर साहब, वह वचन पूरा करने का समय भी आ गया। इसे मैं पूरा कर लूँ तो एक बड़े ऋण से भी मैं उऋण हो जाऊँ।—कहकर सेठ जी ने मास्टर साहब की ओर देखा।

मास्टर साहब ने उनसे अपनी आँखें मिलाकर सिर झुका लिया। वह कुछ भी न बोले।

सेठ जी आगे बोले—मास्टर साहब, मैंने रम्भा की माँ को वचन दिया था कि रम्भा की आयु सोलह वर्ष होते ही मैं उसकी शादी कर दूँगा।

—शादी! अभी?—चौंककर मास्टर साहब बोल पड़े।

सेठ जी ने तुरन्त कोई जवाब न दिया। थोड़ी देर तक ख़ामोश रहकर वह धीमे स्वर में बोले—रम्भा से सम्बन्धित आप लोगों की हर बात की मैं क़द्र करता हूँ और उसे ही मैं तरजीह देता हूँ, आप यह जानते हैं न, मास्टर साहब?

—यह तो आपकी कृपा है,—मास्टर साहब बोले।

—नहीं, यह बात नहीं है,—सेठ जी बोले—बात यह है कि मैं यह अच्छी तरह जानता हूँ कि रम्भा जो-कुछ आज बनी है, वह आप लोगों की ही बनायी हुई है। आप लोगों ने जिस समझदारी, योग्यता और परिश्रम से यह कर्त्तव्य निभाया है वह कोई साधारण बात नहीं है। आगे भी आप लोगों को ही यह कर्त्तव्य निभाना है। मैंने कभी किसी तरह का दख़ल दिया है, मास्टर साहब?

—नहीं, ऐसा मैं नहीं कहूँगा,—मास्टर साहब बोले।

—मास्टर साहब, आपको वे बातें याद हैं,—सेठ जी ने धीमे स्वर में कहा—जो मैंने रम्भा की माँ के बारे में आपकी नियुक्ति के दिन आपको बतायी थीं?

—उन बातों को मैं कैसे भूल सकता हूँ?—मास्टर साहब ने कहा—वे बातें तो हमेशा दिमाग़ में रहती हैं।

—फिर भी, मास्टर साहब,—सेठ जी बोले—रम्भा की माँ के बारे में एक बात मैंने न तो आपको बतायी है और न मेम साहब को। आप लोगों के लिए वह जानना कोई ज़रूरी भी नहीं है। वह एक रहस्य है और मैं चाहूँगा कि वह मेरे ही तक सीमित रहे। लेकिन आज इस घड़ी इतना तो आप लोगों को बता ही सकता हूँ कि अपनी मृत्यु के समय रम्भा की माँ ने मुझसे जो यह वचन लिया था, उसका कारण उसके जीवन की एक बहुत ही दर्दनाक घटना थी। उस घटना के कारण उसका पूरा जीवन ही अभिशप्त हो गया था। वह नहीं चाहती थी कि वह घटना उसकी बच्ची के जीवन में भी घटे। उसे भय था कि अगर सोलह साल की आयु में उसकी बच्ची की शादी न हुई तो वह घटना उसकी बच्ची के जीवन में भी घट सकती है। उसका कहना था

कि, अगर मेरी शादी सोलह साल की उम्र में हो गयी होती तो वह घटना न घटती और मेरा जीवन अभिशप्त न होता। उसके जीवन की कहानी बड़ी दर्दनाक है, मास्टर साहब!—सेठ जी एक ठण्डी साँस लेकर बोले—अब आप यह समझ सकते हैं कि उस वचन से मेरा कैसा भावनात्मक सम्बन्ध है और उसे पूरा करके मुझे कैसी राहत मिलेगी और रम्भा की माँ की आत्मा को कैसी शान्ति मिलेगी!

—मुझे यह मालूम न था, सेठ जी,—मास्टर साहब बोले—मुझे आप क्षमा करेंगे। मैंने यह सोचकर ही वह बात कही थी कि अभी बेबी की शादी हो जायेगी तो उनकी प्रतिभा कुण्ठित हो जायेगी और हमें जो आशाएँ उनसे लगी हुई हैं, वे शायद फिर पूरी न होंगी।

—आपकी बात उचित ही है, मास्टर साहब,—सेठ जी बोले—बेबी के भविष्य की चिन्ता आप लोगों को होना स्वाभाविक ही है। मुझे भी इसकी चिन्ता है। मैंने अब बेबी के आगे के जीवन की जो योजना बनायी है, बहुत सोच-समझकर बनायी है। अगर वह कार्यान्वित हो गयी तो बेबी की प्रतिभा के विकास में निश्चय ही कोई बाधा न पहुँचेगी और आप लोगों की सभी आशाएँ निश्चित रूप से पूरी होंगी। विस्तार से इस योजना के विषय में बताने की स्थिति में अभी मैं नहीं हूँ। कल मैं कलकत्ता जा रहा हूँ, वहाँ से चार-पाँच दिन में लौटकर मैं आप लोगों को सब बताऊँगा। रम्भा के लिए एक सुयोग्य पात्र मेरी दृष्टि में कई वर्षों से है! आप भगवान् से प्रार्थना कीजिये कि मेरी यात्रा सफल हो। मेरी यह बात आप मेम साहब के कान में भी डाल दीजियेगा। आप लोग...—सेठ जी रम्भा को अपनी ही ओर दौड़कर आते हुए देखकर बोले—बेबी आ रही है। शायद मेज़ लग गयी।

रम्भा उनके पास आकर, हँसती हुई और उँगली में आँचल का कोना लपेटती हुई बोली—चलिये, पापा! चलिये! ग्रैनपा, मेज़ लग गयी है!

—चलो, बेटा, हम तो इन्तज़ार ही कर रहे थे,—उठते हुए सेठ जी बोले।

आगे-आगे रम्भा और उसके पीछे-पीछे सेठ जी और मास्टर साहब खाने के कमरे की ओर चले। सेठ जी और मास्टर साहब रम्भा के पाँवों की थिरकन देख रहे थे। रम्भा कितनी ख़ुश थी!

वे लोग पहुँचे तो मेज़ पर गुलदान में मेम साहब गुलदस्ता जमा रही थीं।

सेठ जी ने कमरे में चारों ओर नज़र घुमाकर कहा—वाह! इतनी ही देर में यह कमरा कैसा सज गया!

—ग्रैनी ने सजाया है, पापा!—हँसती हुई, बड़े-बड़े हीरों की तरह चमकती हुई आँखों से देखती हुई रम्भा बोली।

—मैं आज बहुत ख़ुश हूँ, बेबी!—मेम साहब भी हँसती हुई बोलीं और उन्होंने अपने दोनों हाथ रम्भा की ओर विह्वल-सी होकर फैला दिये।

रम्भा ने बढ़कर उन्हें आलिंगन में बाँध लिया। उन्होंने फिर रम्भा का माथा चूम लिया और कहा—ऐसा दिन हमें बार-बार देखने को मिले, बेबी!—और उन्होंने तश्तरी में से बर्फी का एक टुकड़ा निकालकर रम्भा के मुँह में डाल दिया।

—शुक्रिया, ग्रैनी!—कहकर हँसती हुई ही रम्भा बर्फी चुभलाने लगी।

मास्टर साहब और सेठ जी ने भी रम्भा को बारी-बारी से अपने पास बुलाकर मेम साहब की ही तरह उसके मुँह में मिठाई के टुकड़े डाले और अपनी ख़ुशी प्रकट की। रम्भा ने उन्हें भी शुक्रिया कहा।

फिर यह चार व्यक्तियों का परिवार मेज़ पर बैठ गया। दिन में एक बार रोज़ शाम को यह परिवार इस कमरे में इस मेज़ पर बैठकर शाम की चाय लेने बैठता था। लेकिन आज की बात ही कुछ और थी। आज तो सब हँस रहे थे, यह कमरा भी हँस रहा था, यह मेज़ भी हँस रही थी। ऐसा दृश्य वर्ष में सिर्फ़ एक बार रम्भा के जन्म-दिन पर ही उपस्थित होता था। पिछले वर्ष जब रम्भा सीनियर कैम्ब्रिज की परीक्षा में ससम्मान उत्तीर्ण हुई थी, तब भी यह दृश्य उपस्थित हुआ था। किन्तु अबकी ख़ुशी की मात्रा कहीं अधिक थी। रम्भा और मेम साहब की ख़ुशी की तो सीमा ही नहीं थी। मास्टर साहब भी निश्चय ही उतने ही ख़ुश होते अगर सेठ जी ने उन्हें रम्भा की शादी के बारे में बातें न बतायी होतीं। सेठ जी की प्रसन्नता के नीचे किस योजना का जाल बिछ रहा था, इसे मास्टर साहब के अतिरिक्त कोई भी न जानता था। लेकिन मेम साहब और रम्भा के बीच एक दूसरी ही योजना बन गयी थी।

रम्भा अनुकूल अवसर पाकर बोली—पापा, ग्रैनी कहती थीं कि अब तो मुझे आप आगे पढ़ने के लिए इंग्लैण्ड भेजेंगे न? पिछले साल तो आपने भेजा नहीं।

सेठ जी हँसकर बोले—तुम्हारी ग्रैनी का मन तो हरदम इंग्लैण्ड भागने को करता है। तुम्हारी मुहब्बत इन्हें न होती तो कभी की यह भाग गयी होतीं!

सुनकर सब लोग ज़ोर से हँस पड़े।

मेम साहब बोलीं—यह तो ग़लत बात नहीं है। ओह! कितने साल हो गये मुझे यहाँ रहते हुए! लेकिन एक बात और है, बेबी के आगे पढ़ने के लिए बेहतरीन जगह वही है। इस मुल्क की पढ़ाई तो कुछ है नहीं। देखिये, आपके मुल्क के जितने बड़े-बड़े रहनुमा हैं, सब-के-सब वहीं के पढ़े हुए हैं, गैंडी, नेहड्रू...

—सो तो ठीक है, मेम साहब,—सेठ जी बोले—लेकिन आप क्या यह पसन्द करेंगी कि बेबी वहाँ से पढ़कर आये और यहाँ...

—ओह, नो-नो!—मेम साहब बीच में ही बोल उठीं—बेबी वह सब क्यों करेंगी? बेबी बहुत अच्छा डॉक्टर बन सकती हैं, यह प्रोफ़ेसर हो सकती हैं, जो भी यह चाहें बन सकती हैं!

—यह सब बनने की इसे क्या ज़रूरत है, मेम साहब?—सेठ जी बोले—इसे कभी कोई काम करने की ज़रूरत पड़ेगी, ऐसा तो मैं नहीं सोचता! यों, आपका जब मन हो आप इसे ले जाइये और इंग्लैण्ड घूम आइये और भी जहाँ-जहाँ जी करे घूम आइये और इसे घुमा लाइये। अभी तो एक महीने का वक़्त है?

—ग्रैनपा को भी हम लोग अपने साथ ले जायेंगे!—रम्भा बोल उठी।

—और मुझे?

सेठ जी के इस सवाल पर सब हँस उठे। रम्भा ने लजाकर अपना सिर झुका लिया और बोली—आप भी चलिये, पापा, तो बहुत मज़ा रहेगा!

—नहीं, भाई, मुझे कहाँ फ़ुरसत मिलेगी?—सेठ जी बोले—मैंने तो मज़ाक़ किया था। तुम इन लोगों के साथ जाकर घूम-फिर आओ। मैं एक ज़रूरी काम से कल कलकत्ता जा रहा हूँ। चार-पाँच दिन में लौट आऊँगा। तब तक, मेम साहब, आप इंग्लैण्ड का प्रोग्राम बना लें। आपके साथ जाने में रम्भा के लिए वहाँ बहुत सहूलियत रहेगी। मास्टर साहब भी घूम आयेंगे, यह बहुत अच्छा रहेगा। रम्भा के साथ-साथ आप लोगों ने भी बड़ी लम्बी क़ैद भोगी है। लेकिन समझिये कि अब आज़ादी के दिन आ गये। मैं और आप लोगों को ऐसी क़ैद में न रखूँगा!—कहकर सेठ जी हो-होकर हँस उठे।

—कितनी जल्दी यह वक़्त कट गया!—मेम साहब बोलीं—बेबी, तुम अगली सात जुलाई को अपनी उम्र का सोलहवाँ साल पूरा कर लोगी।

—जन्म-दिन हम यहीं पापा के साथ मनायेंगे!—रम्भा किलककर बोली—तब तक तो हम घूमकर लौट आयेंगे न, ग्रैनी?

—हाँ-हाँ, मेरी बच्ची!—मेम साहब बोलीं—तब तक हम ज़रूर लौट आयेंगे!

—अपनी ग्रैनी के लिए काफ़ी तो मँगवाओ!—सेठ जी बोले और हमारे लिये कोई शर्बत, क्यों मास्टर साहब?

—जी, हाँ,—इतनी देर के बाद मास्टर साहब बोले।

मेज़ पर से लोग उठे, तो रम्भा बोली—ग्रैनी, आप पापा से कहें कि आज हमीं लोगों के साथ यह खाना खायें।

मेम साहब के पहले ही सेठ जी बोल उठे—बेटी, रात को मैं खाना ही क्या खाता हूँ? फिर कल कलकत्ता जाना है...

—नहीं, पापा!—अपने पापा से लिपटती हुई, मचलकर रम्भा बोली—आज तो आप हमारे साथ ज़रूर खाना खाइये! आप कभी भी हमारे साथ खाना नहीं खाते!

—अच्छा-अच्छा,—सेठ जी रम्भा का गाल थपथपाकर बोले—आ जाऊँगा, भाई, आ जाऊँगा।

—ग्रैनी!—रम्भा ताली बजाकर बोली—पापा आज हमारे साथ खाना खायेंगे! आज शाम की मेरी पढ़ाई नहीं होगी! मैं किचेन में आपके साथ रहूँगी!

—नहीं, मेम साहब,—सेठ जी बोले—आप तो जानती हैं...

—नहीं, कुछ नहीं!—रम्भा उसी तरह ख़ुशी के मारे चीख़ पड़ी—आज पापा हम लोगों के साथ खाना खायेंगे। आज मैं कितनी ख़ुश हूँ!

—चाइल्ड!—मेम साहब होंठों में बुदबुदायीं।

—मेम साहब, ज़रा आप अपने कमरे में चलिये,—सेठ जी ने उनके पास आकर धीमे से कहा।

—बेबी, तुम जाओ, जल्दी बाथ लेकर तैयार तो हो जाओ—मेम साहब बोलीं—सैर का वक़्त हो रहा है।

—अच्छा, पापा, टा-टा!—कहती हुई रम्भा अपने कमरे में चली गयी।

मास्टर साहब , आप...

—मैं अपने कमरे में जाता हूँ, सेठ जी, सैर के लिए तैयार होना है न।

—बहुत अच्छा,—सेठ जी बोले—ज़रा मुझे मेम साहब से एक काम है।

सेठ जी मेम साहब के कमरे में आकर धीरे से बोले—मेम साहब, मुझे बेबी की हाल की तस्वीरों का कोई अलबम चाहिए।

लोहे की बड़ी आलमारी की ओर बढ़ती हुई मेम साहब बोलीं, अभी देती हूँ। मैं आज भी बेबी की कई तस्वीरें लूँगी। बेबी आज बहुत ख़ुश है। ख़ुदा इसे बहुत-सारी ऐसी खुशियाँ दे!

सेठ जी को यह उम्मीद थी कि बेबी का अलबम माँगने पर शायद मेम साहब पूछें कि इसकी आपको क्या ज़रूरत है? लेकिन मेम साहब ने अलबम उनके हाथ में थमाने के बाद भी कुछ न पूछा तो वह आप ही बोले—मेम साहब, बेबी के बारे में आज मैंने मास्टर साहब से एक बात कही है, वह आपको बतायेंगे।

—बहुत अच्छा,—मेम साहब बोलीं,—आप तशरीफ़ तो रखिये!

—नहीं, इस वक़्त मैं जाऊँगा,—सेठ जी बोले—मेम साहब, इस काम में मुझे आपकी मदद की सबसे ज़्यादा ज़रूरत पड़ेगी।

—मैं पूरी कोशिश करूँगी,—मेम साहब बोलीं,—आप कोई फ़िक्र न करें। बेबी मेरी किसी भी बात को इनकार नहीं करती।

—मेम साहब,—सेठ जी बोले—बहुत मुमकिन है कि बेबी की आगे की पढ़ाई इंग्लैण्ड में ही हो। लेकिन अभी कोई पक्की बात मैं नहीं कह सकता। ख़ैर, आप इंग्लैण्ड घूमने का प्रोग्राम ज़रूर बनाइये। पच्चीस जून तक रवाना हो जाइये।

—बहुत अच्छा,—मेम साहब बोलीं—आप तशरीफ़ तो रखिये, इस तरह खड़े-खड़े बात करना अच्छा नहीं लगता।

—नहीं, अब मैं जाऊँगा,—मेम साहब की ओर हाथ बढ़ाते हुए सेठ जी बोले—मैं खाने के वक़्त आऊँगा।

—बहुत अच्छा,—मेम साहब हाथ मिलाकर बोलीं—बाई-बाई!

—बाई-बाई!—कहकर सेठ जी कमरे से बाहर निकल आये।

: २ :

ठीक पाँचवें दिन सेठ जी कलकत्ता से वापस आ गये। पहले दर्जे के डिब्बे से वह आगे और उनके पीछे एक चालीस वर्ष के सज्जन प्लेटफ़ार्म पर उतरे और अपना-अपना सामान उतरने की प्रतीक्षा करने लगे। इन सज्जन के गाल पावरोटी की तरह फूले हुए थे, नाक काली गाजर की तरह थी और मुँह तो बड़े की तरह लटका हुआ था। वह सोने की कमानी का चमकदार चश्मा लगाये हुए थे, जिनके शीशों के पीछे से उनकी अण्डाकार बड़ी-बड़ी आँखें साफ़ दिखायी दे रही थीं। उनके दोनों हाथों की दो-दो मोटी-मोटी उँगलियों में बड़ी-बड़ी हीरे की अँगूठियाँ थीं, जो जब भी वह अपना हाथ उठाते शुक्र तारे की तरह चमक उठती थीं। उनके गले में सोने की मोटी जंज़ीर थी। वह सफ़ेद पम्प जूते, सफ़ेद ही मोज़े, महीन तंजेबी धोती, सफ़ेद बारीक सिल्क की कफ़दार क़मीज़ और सफ़ेद रेशम का बन्द गले का कोट पहने हुए थे, जिसके सब बटन खुले हुए थे और वे भी अँगूठियों की ही तरह रह-रहकर चमक उठते थे। कमीज़ के हीरे के बटन गले तक बन्द थे, जिसके नीचे गले से लेकर उनके थोड़े फूले हुए पेट तक बनियान झलक रही थी। इन उज्ज्वल कपड़ों से अनढँके रह गये उनके अंग उसी तरह चमक रहे थे जैसे धूप में सड़क का अलकतरा चमकता है।

उन्होंने कोट की जेब में से सोने का सिगरेट-केस निकाला और उसे कट-से खोलकर, मुँह की सफ़ेद बत्तीसी चमकाते हुए, सेठ जी को सिगरेट पेश करते हुए बोले—बाबू जी, सिगरेट लीजिये।

—मैं नहीं पीता, भाई, कितनी बार तुमसे कह चुका,—सेठ जी ने हाथ उठाकर कहा—तुम पिओ।

सज्जन हँसकर बोले—माफ़ कीजियेगा, बाबू जी, मैं भूल जाता हूँ। इस वक़्त, आप सोच ही सकते हैं, मैं बहुत ख़ुश हूँ!—कहकर उन्होंने बड़ी नफ़ासत से एक

सिगरेट निकाली और उसे होंठों में दबाकर, कट-से सिगरेट-केस बन्द कर जेब में रखा और दूसरी जेब में से लाइटर निकाल सिगरेट जलाकर फक-फक ऐसे धुआँ छोड़ने लगे, जैसे वह सिगरेट पी न रहे हों, बल्कि यों ही फूँक रहे हों।

वही हँसकर और मुँह चियारकर बोले—बाबू जी, तो आप फ़ोन करेंगे न?

—हाँ, मैं फ़ोन करूँगा,—सेठ जी धीरे से बोले।

—यहाँ का मेरा फ़ोन नम्बर...

—है मेरे पास, भाई—सेठ जी बोले—तुम परेशान मत होओ।

—बाबू जी, अगर चार बजे शाम को चाय पर ही...

—मैं देखूँगा,—सेठ जी बोले—जब मुनासिब होगा, इन्तज़ाम करूँगा। जल्दी मत मचाओ।

—बाबू जी, आप तो जानते ही हैं—वह फिर हँसकर बोले—मैं तो तभी से पागल हो रहा हूँ। मैं तो कहता था यह देखने-दिखाने की औपचारिकता...

—चुप रहो।

—बाबू जी, आप लोग अपना सामान सहेज लीजिये,—उनके सामने खड़े होकर एक कुली बोला।

सेठ जी और उन सज्जन ने एक ही साथ सामानों पर नज़रें डालीं और एक ही साथ बोले—ठीक है, टैक्सी-स्टैण्ड पर ले चलो।

कुलियों ने सामान उठाये और चल पड़े। उनसे थोड़े फ़ासले पर ये दोनों जने भी चलने लगे।

सज्जन बोले—कोई भेंट की चीज़ लाऊँगा न?

—नहीं, अभी कोई ज़रूरत नहीं है, सेठ जी बोले।

—ज़रूरत तो होगी बाबू जी—वह सेठ जी की ओर मुँह उठाकर बोले। क़द में वह सेठ जी से छोटे थे, इस कारण सेठ जी से आँखें मिलाने के लिए उन्हें अपना मुँह ऊपर उठाना पड़ता था।

—देखेंगे,—सेठ जी बोले—अभी लाने की कोई ज़रूरत नहीं है। और देखो, तुम मेरी कोठी पर नहीं आओगे, वहाँ किसी को फ़ोन नहीं करोगे और अपनी बहन से भी नहीं मिलोगे। सिर्फ़ अपनी कोठी में बैठकर मेरे फ़ोन का इन्तज़ार करोगे। अपने साथ किसी को भी न लाओगे, ड्राइवर को भी नहीं। ख़ुद गाड़ी चलाकर आना। तुम अभी कुछ जानते नहीं, मामला बेहद नाज़ुक है। इसी वजह से अपने आज यहाँ पहुँचने की सूचना मैंने किसी को नहीं दी और न तुम्हें देने दिया। मैं विस्तार से फिर सब-कुछ तुम्हें बताऊँगा। तब तक मैं जैसा कहूँ, तुम ख़ामोशी से करते जाओ और कुछ नहीं।

—बहुत अच्छा, बाबू जी—हाथ जोड़कर वह सज्जन बोले और उन्होंने अपने हाथों की उँगलियाँ फँसा लीं।

एक-एक टैक्सी पर वे बैठ गये और टैक्सियाँ अपनी-अपनी दिशा की ओर रवाना हो गयीं।

सेठ जी कोठी पर पहुँचे तो सुबह के नौ बज गये थे। जल्दी से नहाकर, कपड़े बदलकर वह रम्भा की कोठी के लिए रवाना हो गये।

उस समय दस बज रहे थे और मेम साहब रम्भा को उसके कमरे में पढ़ा रही थीं। सेठ जी मास्टर साहब के कमरे में आये। उन्हें अचानक इस वक़्त देखकर मास्टर साहब बड़ी हड़बड़ी में अपनी आरामकुर्सी से उठे, जिस पर लेटकर वह कोई किताब पढ़ रहे थे। उनके हाथ से छूटकर किताब भी नीचे गिर गयी। उन्हें नमस्कार करने का भी होश न रहा। वह किसी तरह इतना ही बोल पाये—आप! इस वक़्त?

—हाँ, मास्टर साहब, नमस्कार!—सेठ जी पास के कोच पर बैठते हुए बोले—आप परेशान न होइये। आइये, यहाँ बैठिये। एक बहुत ही ज़रूरी काम था, इसलिए अभी आना पड़ा।

मास्टर साहब सँभलकर सेठ जी की बग़ल के कोच पर बैठ गये। बोले—आप कलकत्ता से कब लौटे?

—आज सुबह ही लौटा हूँ,—सेठ जी बोले—यहाँ सब ठीक है न?

—जी हाँ, सब ठीक है आपकी कृपा से, आप कहिये,—मास्टर साहब स्थिर होकर बोले—यात्रा में आपको कोई कष्ट तो नहीं हुआ? इस आयु में...

—नहीं, कोई कष्ट नहीं हुआ, मास्टर साहब,—सेठ जी बोले—आपने वह बात मेम साहब को बता दी थी?

—जी, हाँ,—मास्टर साहब बोले—मैंने तो उसी रात को उन्हें वह बात बता दी थी।

—उनकी राय क्या है?—सेठ जी बोले।

—जो आपकी राय वही हमारी राय—मास्टर साहब बोले—हमारी दूसरी राय कैसे हो सकती है?

—तो ठीक है,—सेठ जी बोले—मैं उसे अपने साथ लाया हूँ। मैं चाहता हूँ कि आज ही उसे चाय पर या खाने पर, जब भी आप लोग मुनासिब समझें, बुलाऊँ, आप लोग उसे देख लीजिये, बेबी भी उसे देख ले। यों देखना-सुनना कुछ है नहीं, मैंने सब देख-सुनकर और समझ-बूझकर तय कर लिया है। एक औपचारिकता निभानी है, सो निभा देंगे। वह काम जितना ही मुख़्तसर हो, उतना ही अच्छा होगा। मैं सिर्फ़ एक मेहमान की हैसियत से उसे यहाँ लाऊँगा। अभी उससे या बेबी से इस विषय

में कोई बात न होगी, इसका ख़याल रखना है आपको भी और मेम साहब को भी। बाद में वक़्त आने पर सब बातें हो जायेंगी। तो कब बुलाऊँ उसे?

—जब आप चाहें,—मास्टर साहब बोले—खाने-पीने की बात है, मेम साहब से आप राय ले लेते तो अच्छा होता।

—नहीं, इतना वक़्त मेरे पास नहीं है,—सेठ जी बोले—और फिर मैं यह भी नहीं चाहता कि इस वक़्त बेबी को कुछ मालूम हो। उसे मेम साहब वक़्त पर बता देंगी कि पापा के एक मेहमान भी आज आ रहे हैं, बस और कुछ नहीं। मेरे ख़याल में रात का वक़्त ही ठीक रहेगा, खाने पर। क्यों?

—ठीक है,—मास्टर साहब बोले।

—आप लोगों ने इंग्लैण्ड जाने की तैयारी कर ली है?—सेठ जी ने पूछा।

—जी, हाँ,—मास्टर साहब बोले—हम लोग आपके आने का ही इन्तज़ार कर रहे थे। बेबी और मेम साहब बहुत ख़ुश हैं।

—और आप?—सेठ जी ने पूछा।

—मेरा स्वभाव तो आप जानते ही हैं,—मास्टर साहब बोले—मुझे तो कहीं भी जाना-आना अच्छा नहीं लगता। शान्तिप्रिय आदमी हूँ, जहाँ पड़ा हूँ, पड़े रहना चाहता हूँ। अब शरीर में न तो उतनी शक्ति है और न मन में उतना उल्लास है। जो थोड़ी-बहुत दिलचस्पी है वह सिर्फ़ बेबी को लेकर ही है। वह दिलचस्पी ख़त्म होने के बाद मैं ज़्यादा दिन नहीं चलूँगा।

—यह दिलचस्पी आपकी मैं कभी भी ख़त्म न होने दूँगा, मास्टर साहब!—सेठ जी बोले—बेबी को आपके ही भरोसे पर छोड़कर मैं निश्चिन्त हूँ। जब तक आप जीवित रहेंगे, आपको बेबी के साथ रहना होगा। मेम साहब को भी ऐसा ही करना होगा। मैं आप लोगों को किसी भी हालत में बेबी से अलग न होने दूँगा। मेरी आगे की योजना में...ख़ैर, ये बातें मैं आप लोगों को फिर बताऊँगा। आप लोग निश्चिन्त रहिये और जल्दी इंग्लैण्ड घूमकर बेबी के जन्म-दिवस के पहले ही लौट आइये। कल ही मैं हवाई जहाज़ का पता लगाऊँगा। और एक पूरा हवाई जहाज़ ही आप लोगों को ले जाने और ले आने के लिए ठीक करा दूँगा। आप मेम साहब से यह बात भी कह दीजियेगा।

—सेठ जी,—मास्टर साहब बोले—मुझे तो हवाई जहाज़ से बड़ा डर लगता है।

पहले कभी नहीं चढ़ा हूँ।

—इसमें डरने की कोई बात नहीं है,—सेठ जी बोले—मुझसे तो आपकी ज़्यादा उम्र नहीं होगी। मैं कितनी बार चढ़ चुका हूँ। बड़ा मज़ा आता है। सब तरह के आराम होते हैं। डरने की कोई भी बात नहीं है। आप ज़रूर घूम आइये!

—वह तो करना ही होगा,—मास्टर साहब बोले—बेबी मुझे ले जाये बिना माननेवाली थोड़े है!

—अच्छा, तो अब मैं चलूँगा,—उठते हुए सेठ जी बोले—आपसे मैंने जो बातें कही हैं, उनका ध्यान रखियेगा। हम लोग ठीक नौ बजे यहाँ पहुँच जायेंगे!

मास्टर साहब भी उठते हुए बोले—बहुत अच्छा। नमस्कार!

—नमस्कार,—कहते हुए सेठ जी कमरे से बाहर हो गये।

सेठ जी फाटक पर ही गाड़ी रोककर अन्दर गये थे। पोर्टिको में वह गाड़ी ले जाते तो सबको उनके आने की ख़बर लग जाती, तब रम्भा से भी उन्हें ज़रूर मिलना पड़ता, जो कि वह इस वक़्त नहीं चाहते थे। वह जानते थे कि इस कोठी के सब काम घड़ी की सुइयों की तरह चलते हैं। मिनट-मिनट का यहाँ हिसाब होता है। हर आदमी वक़्त पर काम करता है, वक़्त पर आराम करता है, किसी के काम में कोई दख़ल नहीं देता। मशीन का हिसाब है इस कोठी का। उन्हें ख़ुशी हुई कि मास्टर साहब और चौकीदार के सिवा और किसी को उनके यहाँ आने की बात मालूम नहीं हुई। चौकीदार को उन्होंने पहले ही चुप रहने की ताक़ीद कर दी थी। ऐसा उन्होंने क्यों किया, यह सोचते हुए ही वह फाटक तक आये और शोफ़र के दरवाज़ा खोलते ही गाड़ी में बैठ गये। गाड़ी चल पड़ी। सेठ जी बोले—ऑफ़िस!

काश, यह सोनेलाल का बच्चा शक्ल-सूरत में ज़रा भी बेहतर होता, सेठ जी ने मुँह बिगाड़कर मन-ही-मन कहा, तब मैं इस तरह क्यों करता? तब तो सीधे रम्भा से बताकर उसे लाता और साफ़-साफ़ कह देता कि यह तुझे देखने आया है, इसके साथ तेरी शादी की बात चल रही है। लेकिन यह साला तो बिलकुल सूअर है, सूअर! इसे देखकर मन भिनक उठता है। इसके जिस्म पर हीरा और सोना भी मिट्टी हो जाता है। इसे देखकर मास्टर साहब, मेम साहब और बेचारी रम्भा का क्या होगा? मुँह से वे लोग भले ही कुछ न कहें, लेकिन मन में तो मुझे धिक्कारेंगे कि सेठ जी क्या देखकर, क्या सोचकर अपनी गुड़िया-सी बच्ची के लिए इस सूअर को ले आये हैं? कौए के गले में सुहारी इसी को कहते हैं। बिलकुल ठीक वे धिक्कारेंगे, सेठ जी ने सोचा, वही क्या जो भी देखेगा, वही धिक्कारेगा। ज़मीन-आसमान क्या, पाताल-आसमान का फ़रक है इनमें? रम्भा बिलकुल अपनी माँ पर पड़ी है। इतनी सुन्दर लड़की कहाँ किसी को देखने को मिलती है? रम्भा की माँ अगर मेरी बिरादरी की होती, मेरी ब्याहता होती, तो रम्भा के लिए इस सूअर को मैं क्यों लाता? तब रम्भा के लिए जाने कितने सुन्दर-सुन्दर लड़कों को मैं क़तार में खड़ा कर देता। जिसे रम्भा चुनती उसी से उसका ब्याह होता।

गाड़ी एक हलके धक्के के साथ रुक गयी। सेठ जी विचार-तन्द्रा से चौंककर बोले—क्या बात है? गाड़ी क्यों रोक दी?

—लाल बत्ती जल गयी, सरकार,—शोफ़र ने उनकी ओर मुड़कर कहा—मैं सोचता था कि गाड़ी निकाल ले जाऊँगा।

—सँभालकर चलाओ।

—माफ़ करें, हुज़ूर—शोफ़र ने कहा और बत्ती की ओर देखने लगा।

सेठ जी ने भी सिर निकालकर बत्ती की ओर देखा। फिर सिर अन्दर करके आराम से बैठ गये। लेकिन थोड़ी ही देर में गर्मी से बेचैन हो उठे। खिड़कियों से जैसे गर्म भाप के झोंके अन्दर आ रहे थे और जैसे जिस्म को उबाले दे रहे थे। सेठ जी ने रूमाल निकालकर माथा, मुँह, गाल और गर्दन का आगा-पीछा पोंछकर और फिर सिर निकालकर बत्ती की ओर देखा। लाल बत्ती बुझ गयी थी और पीली बत्ती जल रही थी। अब हरी बत्ती जलेगी।

गाड़ी जैसे पानी पर बह चली। सेठ जी के मुँह से निकला—ओफ़! कैसी गर्मी पड़ती है इस दिल्ली में!—फिर मन में ही बोले, इस लड़की के चक्कर में पड़कर इस साल पहाड़ भी मैं न जा सका। चलो, अब इस ज़िम्मेदारी से भी मुक्ति मिलने ही वाली है। और कोई नहीं तो सोनेलाल ही सही! मैं क्या कर सकता हूँ? तीन-चार साल पहले तक तो यह सोनेलाल कोई इतना बुरा दिखायी न देता था, इसी बीच जाने कैसे इसका रंग-रूप ही बिगड़कर रह गया। आगे चलकर जाने यह और कैसा हो जायेगा! लेकिन रम्भा-जैसी स्थिति में पड़ी हुई लड़की के लिए कोई भी क्या कर सकता है? यह तो कहो कि यह सोनेलाल भी तैयार हो गया। दुत! सोनेलाल के तैयार होने में कौन-सी ख़ास बात है, जब मैं रम्भा की माँ को एक नज़र देखकर ही उस पर मर मिटा था? रम्भा को भी जो देखेगा उस पर मर मिटेगा। मैंने रम्भा को यह अवसर ही कहाँ दिया? अब भी मैं हिम्मत से काम लूँ और रम्भा को विश्वविद्यालय में दाख़िल करा दूँ तो जाने क्या-क्या गुल खिले! एक-से-एक बढ़कर उस पर मर-मिटनेवाले मिल जायेंगे। फिर जिससे चाहे रम्भा शादी कर सकती है। लेकिन यह हिम्मत मैं कैसे कर सकता हूँ? जिस राज़ को मैंने इतने वर्षों से तोप-ढाँककर रखा है, वह खुल न जायेगा? मेरी बदनामी न होगी? और फिर उस वचन का क्या होगा, जो मैंने रम्भा की माँ को उसके मरते समय दिया था? रम्भा की माँ ने मुझसे कोई ग़लत वचन न लिया था। उस बेचारी को अपने माँ-बाप की मजबूरी या ग़लती से क्या-क्या भोगना पड़ा था! वह कहाँ-कहाँ से होकर आख़िर कहाँ पहुँची थी! मुझसे उसकी भेंट न हुई होती और मैंने उसे अपनी कोशिश से प्राप्त न कर लिया होता और उसके साथ घर न बसा लिया होता तो आख़िर उसका क्या होता? बेचारी दूध की जली थी। सोचती थी कि अगर उम्र पर मेरी शादी हो गयी होती तो मेरी यह गति तो न होती, फिर उसने अपनी बेटी के लिए मुझसे यह वचन लिया तो क्या बुरा किया। उसकी बेटी की भी वही गति न हो, इसकी उसे चिन्ता थी तो इसमें कौन-सी अस्वाभाविक बात है। आख़िर उसी का तो ख़ून उसकी बेटी में भी है। कौन जाने देर

करने से इसकी भी वही हालत हो जो इसकी माँ की हुई थी। नहीं-नहीं, मैं अब देर बिलकुल ही नहीं करूँगा। सोनेलाल ही सही।...लेकिन सेठ जी, अगर रम्भा सोनेलाल के साथ शादी करने को तैयार न हुई तो? सेठ जी अपने ही से यह सवाल पूछकर ख़ुद ही इसका जवाब ढूँढ़ने लगे।

यह सवाल पहली बार उन्होंने अपने से नहीं किया था। सोनेलाल से कलकत्ता में मिलते ही यह सवाल उनके दिमाग़ में पहली बार उठा था और वह तभी से बहुत ही गम्भीरतापूर्वक इस सवाल का जवाब ढूँढ़ रहे थे। जवाब उन्हें अभी तक नहीं मिला था। इसी कारण वह इतनी हेरा-फेरी कर रहे थे। सब-कुछ कर रहे थे लेकिन अन्तिम बिन्दु को अपनी मुट्ठी में सुरक्षित रखकर ही वह कर रहे थे। सोनेलाल को भी अभी तक उन्होंने रम्भा की तसवीरें दिखाने के अलावा कुछ भी न बताया था और न उससे कोई पक्का वादा ही किया था। रम्भा को तो अभी तक उन्होंने इस बात की हवा तक न लगने दी थी। लेकिन यह कब तक चलेगा? अगर सोनेलाल से रम्भा की शादी होती है तो इस सवाल का जवाब मिलना ही चाहिए। इसके बिना तो गाड़ी एक क़दम भी आगे नहीं चल सकती। इस सवाल का जवाब मुश्किल था, सेठ जी यह जानते थे और इसी कारण वह इसे पाँच दिनों से टालते आ रहे थे और इसका जवाब खोजने के बदले इसे टालने में ही अपनी बुद्धि ख़र्च कर रहे थे। शायद यही सोचकर वह जल्दी-से-जल्दी रम्भा को इंग्लैण्ड भेज देना चाहते थे कि थोड़ा और उन्हें सोचने का समय मिल जाये।

इंग्लैण्ड की बात याद आते ही अचानक सेठ जी को सूझा कि क्यों न रम्भा के साथ ही सोनेलाल को भी इंग्लैण्ड भेज दूँ? शायद सोनेलाल ख़ुद ही रम्भा को किसी तरह तैयार कर ले। आख़िर मैंने रम्भा की माँ को अपनी कोशिशों से तैयार कर लिया था कि नहीं? रम्भा की माँ भी कब तैयार होनेवाली थी? बाप रे बाप! उसे मनाने में तो मेरे दाँतों में पसीना आ गया था! लेकिन आख़िर मैं अपने जी की करके ही रहा। क्या सोनेलाल भी ऐसा ही नहीं कर सकता है? लेकिन सेठ जी, सेठ जी के मन में आप ही सवाल उठा, क्या आप भी सोनेलाल की तरह सुअरमुँहा थे? नहीं-नहीं, सोनेलाल को रम्भा के साथ नहीं भेजा जा सकता! इसमें मामले के और भी चौपट हो जाने का ख़तरा है। तब तो बननेवाली बात भी होगी, तो हमेशा के लिए बिगड़ जायेगी। फिर मैं कहाँ किसको इतनी जल्दी ढूँढ़ पाऊँगा, जो चाहे जैसा भी हो, लेकिन गाँठ का तो ऐसा हो जो रम्भा के ख़र्च का भार सँभाल सके। मैं कितना ख़र्च करता हूँ रम्भा पर, कोई इसका हिसाब है? जाने कितनों की बधिया बैठ जाये! कम-से-कम सोनेलाल इस बात में तो पक्का है। बेचारा अपने रूप-रंग के लिए क्या कर सकता है? इस पर उसका अख़्तियार ही क्या है?

सेठ जी के मन में अब अचानक सोनेलाल के प्रति सहानुभूति उमड़ पड़ी। वह दयार्द्र होकर उसके विषय में सोचने लगे। बेचारे का यह दुर्भाग्य ही है न कि उसे

ऐसी पत्नी मिली जो अपने घर से बीमार ही आयी और आज जाने कितने वर्ष हो गये वह अब भी बीमार ही पड़ी है, एक दिन के लिए भी स्वस्थ न हुई। सोनेलाल ने जाने कितने लाख रुपये ख़र्च कर दिये उसके इलाज में लेकिन वह न तो अच्छी होती है और न मरती ही है। मर जाती तो सोनेलाल को इससे छुट्टी तो मिल जाती। फिर वह अपनी दूसरी शादी कर लेता। यों तो वह दूसरी शादी खुल्लम-खुल्ला कर नहीं सकता। कर लेगा तो उसकी पत्नी के नाम उसके ससुर ने जो कई करोड़ों के शेयर कम्पनियों में खरीदकर उसे दिये हैं, सब-के-सब चले न जायेंगे। फिर मियाँ सोनेलाल कहाँ के रहेंगे, कौन पूछेगा इन्हें? ठीक मेरी जो हालत थी रम्भा की माँ से मिलने के पहले वही हालत है बेचारे की। मुझे बदसूरत पत्नी मिली थी और इसे बीमार पत्नी मिली है। यह कैसी बात है हमारी बिरादरी में कि हमारे युवकों के जीवन की नींव ब्याह के बाद पत्नी-धन पर ही डाली जाती है और उसे सदा के लिए पत्नी का ग़ुलाम बना दिया जाता है। पत्नी अगर ठीक है तब तो कोई बात नहीं। लेकिन मैं क्या करता और बेचारा सोनेलाल क्या करे? अपने वक़्त पर आकर मैंने रम्भा की माँ को जिस तरह रख लिया, उसी तरह अब यह रम्भा को रखना चाहता है। शादी! हूँ शादी की बात मैं क्यों अब तक सोचता रहा? क्या मास्टर जी और मेम साहब को मुग़ालते में रखने के लिए?

सेठ जी ने यहाँ मुस्कराकर चुटकी बजायी और मन ही में उल्लास के साथ बोले, सेठ जी, यह ख़ुद एक जाल बुनकर आप अपने को ही इसमें क्यों फँसाकर परेशान हो रहे हैं? अरे, शादी की बात हटाकर सीधी तरह बात कीजिये न! फिर देखिये मसला कितना आसान हो जाता है। कहिये कि सेठ सोनेलाल रम्भा देवी को गुप्त रूप से रखैल बनाकर रखना चाहता है। इसके लिए सेठ सोनेलाल जितनी रक़म हम चाहें रम्भा देवी के नाम पर जमा करने को तैयार हो सकता है और रम्भा देवी की हर माँग पूरा करने को तैयार है! रम्भा देवी के लिए इसमें कितनी बड़ी सुविधा है, एँ? जब तक वह चाहे सोनेलाल की रखैल बनकर रहे और फिर अगर किसी दूसरे मनचाहे से मन लग जाये तो सेठ सोनेलाल को झोंके भाड़ में और अपना रास्ता पकड़े!

वाह, सेठ जी! सेठ जी के मन में आया कि वह अपनी पीठ ठोक लें। वह मन-ही-मन अतीव प्रसन्न होकर बोले, आपने कभी आज तक किसी मामले में मात खायी है? सभी देवताओं और शैतानों की बुद्धि तो आपको मिली है! कौन मसला है जो आपने हल नहीं किया है और आगे हल नहीं कर सकते? आप ख़ामख़ाह के लिए इतने परेशान हो रहे थे।

सेठ जी को अचानक ही उस समय याद आया कि कार में ही चलते-चलते उन्होंने अपने जीवन के कई बड़े-बड़े मसले हल किये हैं। रम्भा की माँ को जब प्राप्त करने के लिए वह चले थे...

तभी गाड़ी धीमी हुई और रुक गयी और सेठ जी को ऐसा लगा कि उनके दिमाग़ में भी ब्रेक लग गया है।

शोफ़र ने दरवाज़ा खोला तो सेठ जी नीचे उतरे। वह सीधे अपने ऑफ़िस के कमरे से होकर अपने प्राइवेट चेम्बर में पहुँचे और फ़ोन का चोंगा उठाकर, सोनेलाल का नम्बर मिलाते हुए सोफ़े पर बैठ गये। घण्टी अभी एक बार भी पूरी तरह न बज पायी थी कि उधर से आवाज़ आयी—हेलो!

—हेलो!—सेठ जी बोले—आप कौन हैं, जी?

—मैं सेठ सोनेलाल कलकत्तेवाला हूँ, जी!—उधर से आवाज़ आयी—आप कौन हैं, जी? किसे चाहते हैं?

—मैं तुम्हीं को चाहता हूँ, बेटा,—सेठ जी मुस्कराकर बोले—तुमने मुझे पहचाना नहीं?

—ओह, कालिन्दी बाबू जी हैं क्या? पहचान गया! पहचान गया! मैं तो दो घण्टे से फ़ोन लेकर, अपना हाथ-पाँव तोड़कर आपकी काल के इन्तज़ार में बैठा हुआ हूँ! कहिये, जल्दी कहिये, क्या तय हुआ?

—रात को ठीक नौ बजे हम डिनर पर वहाँ पहुँचेंगे...

—क्यों, चाय पर तय नहीं हुआ क्या? नौ बजने में तो अभी पूरे दस घण्टे बाक़ी हैं! बाबू जी, मेरा तो एक-एक पल बड़ी मुश्किल से कट रहा है। आपको क्या बताऊँ? आप तो सब जानते ही हैं। क्या अब भी कुछ नहीं हो सकता?

—नहीं, कुछ नहीं हो सकता,—सेठ जी धीरे से बोले—बेटा, ऐसे कामों में जल्दीबाज़ी बिलकुल नहीं करनी चाहिए। तुम जानते हो, मामला कितना नाज़ुक है। सुनो अब आगे का कार्यक्रम! तुम ठीक साढ़े आठ बजे मुझे कश्मीरी गेट पर स्पेन्सर के सामने मिलोगे। मैं वहाँ तुम्हारा इन्तज़ार करूँगा। तुम अपनी गाड़ी ख़ुद चलाकर आओगे और किसी को साथ नहीं लाओगे। ठीक है?

—ठीक है, बाबू जी, ठीक है!—सोनेलाल बोला—मैं साढ़े आठ बजे क्या, पहले ही वहाँ पहुँच जाऊँगा। वह जो कोई भेंट करनेवाली चीज़ के बारे में मैंने आपसे कहा था...

—अभी उसकी कोई ज़रूरत नहीं है, मैंने तुमसे कहा था न। मैं देखता हूँ कि उतावली में पड़कर तुम...

—नहीं-नहीं, बाबू जी, आप माफ़ करें!—सोनेलाल बोला—यह बात तो यों ही मेरे मुँह से निकल गयी। आप जैसा कहेंगे, मैं बिलकुल वैसा ही करूँगा। निश्चिन्त रहिये!

—हाँ, ऐसा ही होना चाहिए,—सेठ जी बोले—वर्ना बात बिगड़ जायेगी तो चिड़िया यों फुर्र से उड़ जायेगी! बेटा, तुम अपनी शकल नहीं देखते?

—बाबू जी, मेरी शकल इतनी ख़राब नहीं थी,—सोनेलाल जैसे रोकर बोला—यह-सब उस चुड़ैल की वजह से हुआ है, जो मेरे गले बँधी हुई पड़ी है! उसकी वजह से तो मेरी ज़िन्दगी ही ग़ारत हो गयी, बाबू जी! अगर आपने यह काम करा दिया तो मैं जीवन भर आपका आभार मानूँगा! मेरी ज़िन्दगी सुधर जायेगी। बाबू जी, तब मेरी शकल भी ज़रूर ठीक हो जायेगी, आप देखियेगा।

—सब हो जायेगी,—सेठ जी बोले—लेकिन जो-जो मैं कहता हूँ, वही करो और धीरज से काम लो। एक महीने का वक़्त दो मुझे। अभी तो आज श्रीगणेश हो रहा है। उसका पचीस तारीख़ को इंग्लैण्ड जाने का प्रोग्राम है।

—यह आप क्या कहते हैं, बाबू जी?—व्यग्र होकर सोनेलाल बोला—क्या वह बाद में इंग्लैण्ड-अमेरिका नहीं जा सकती? मैं तो सोचता था...

—फिर वही बातें करने लगे तुम?

—सेठ जी ने डाँटकर कहा—देखता हूँ कि तुम सब चौपट करके ही दम लोगे।
—नहीं, बाबू जी, नहीं!

सोनेलाल गिड़गिड़ाकर बोला—मुझे माफ़ करें! ज़रा जल्दी है, इसीलिए मेरे मुँह से ऐसी बात निकल गयी। आप तो समझते ही हैं। आपसे क्या छिपा हुआ है?...अच्छा, बाबू जी, क्या मैं भी उसके साथ इंग्लैण्ड जा सकता हूँ?

—नहीं!

—क्यों, बाबू जी?

—इसलिए कि अभी उसके साथ तुम्हारे जाने से सब मामला चौपट हो जायेगा—सेठ जी बोले—मुझे तो सबसे बड़ा ख़तरा यही लगता है कि आज रात को तुम्हें देखते ही वह कहीं बिदक न जाये। सो, बेटा, तुम जल्दी मत मचाओ। यह काम धीरे-धीरे ही होगा। उसका इंग्लैण्ड का प्रोग्राम सिर्फ़ एक-डेढ़ हफ़्ते का है। उसे जाने दो। इस बीच हम सब बातें विस्तार से तय कर लेंगे और लौटते ही सब ठीक हो जायेगा, मुझे विश्वास है। समझे?

—जी, बाबू जी,—सोनेलाल बोला—मैं क्या कह सकता हूँ? आप जो कह रहे हैं वही ठीक होगा।

—तो सुनो, अभी एक हवाई जहाज़ चार्टर तो करा दो।

—मैं?

—मेरा तो यही ख़याल है कि तुम्हें ही कराना चाहिए,—सेठ जी बोले—यों, मैं भी करा सकता हूँ, लेकिन इस अवसर पर तुम्हारा ही कराना बेहतर है। तुम्हारी ओर से यह पेशक़दमी होगी, समझे?

—जी, समझता हूँ,—सोनेलाल बोला—मैं अभी आदमी भेजता हूँ।

—पच्चीस जून को रवानगी और पाँच जुलाई को वापसी, समझे?

—जी!

—सात जुलाई को उसका जन्म-दिन है। तुम उस अवसर पर आओ और समझो कि तभी सब ठीक हो जायेगा।

—हो जायेगा न, बाबू जी?

—ज़रूर हो जायेगा,—सेठ जी बोले—तुम पूरा इतमीनान रखो। हाँ, सुनो, इनका पास-पोर्ट भी बनवाना होगा न?

—हाँ।

—तो यह काम भी तुम्हीं करा डालो,—सेठ जी मुस्कराकर बोले—मुझ बूढ़े को क्यों तकलीफ दोगे? मै उनके फार्म वग़ैरा भरवाकर तुम्हें दे दूँगा। उसके साथ उसके दो ट्यूटर गार्जियन और एक नौकर जायेंगे। समझे?

—जी, बाबू जी, हो जायेगा।

—वक़्त बहुत कम है,—सेठ जी बोले—लेकिन तुम्हारा वक़्त क़ीमती भी तो बहुत है।

—मेरा तो एक-एक पल अब एक-एक सदी की तरह बीतेगा—सोनेलाल बोला—ख़ैर, आप चिन्ता न करें, पासपोर्ट तो मैं दो घण्टे में बनवा दूँगा। सब आपकी कृपा है! और कुछ?

—नहीं, फिलहाल और कुछ नहीं,—सेठ जी बोले—तुम साढ़े आठ बजे वहाँ पहुँचना।

—पहुँचूँगा, बाबू जी।

—अच्छा, नमस्कार!

—नमस्कार!

सेठ जी ने चोंगा रख दिया और दोनों हाथ झाड़ दिये। फिर आप ही बोले—चढ़ो, बेटा, रन पर! अभी तो तसवीर देखकर ही तुम्हारा यह हाल है, फिर सचमुच तुम उस चाँद के टुकड़े को देख लोगे तो तुम्हारा क्या हाल होगा? बेटा, यही हाल मेरा भी हुआ था, जब मैंने रम्भा की माँ को देखा था। मैंने कितना ख़र्च किया था रम्भा की माँ पर? देखें, तुम कितना करते हो? बेचारी रम्भा की माँ! आज वह रहती तो क्या वह मुझे यह सब करने देती? झाडू न मारती वह सोनेलाल के मुँह पर! जब रम्भा उसके पेट में आयी थी तो वह क्या-क्या कहती थी! बेचारी बच्ची का मुँह भी न देख पायी। सच पूछो तो मेरे ही कारण उसे मरना पड़ा। डॉक्टरों ने कितना मना किया था कि इस उम्र में इन्हें बच्चा नहीं होना चाहिए। लेकिन...

—तभी फ़ोन गरगरा उठा। उन्होंने उठाया तो आवाज़ आयी—सरकार, बड़े साहब का फ़ोन है।

—मिलाओ।

—हेलो!

—हेलो! पिता जी बोल रहे हैं?

—हाँ, बेटा, कहो, क्या बात है?

—प्रणाम, पिता जी!...हम लोग लंच पर आपका इन्तज़ार कर रहे हैं, पिता जी!—पद्म बोला—आपने आज जलपान भी नहीं किया। मुझे तो कोठी पर आने पर ही पता लगा कि आप कलकत्ता से वापस आ गये हैं। तबीयत तो ठीक है न, पिता जी?

—हाँ, ठीक ही है,—सेठ जी बोले—मैं आ रहा हूँ,—और उन्होंने फ़ोन रख दिया।

: ३ :

रात को ठीक सवा आठ बजे सेठ जी ने अपनी गाड़ी कश्मीरी गेट के टैक्सी-स्टैण्ड पर रोकवायी। शोफ़र ने दरवाज़ा खोला, तो वह उतरकर बोले—तुम गाड़ी वापस ले जाओ।

शोफ़र गाड़ी लेकर चला गया तो सेठ जी ने स्पेन्सर की ओर क़दम उठाया। उन्होंने देखा, स्पेन्सर के सामने सोनेलाल खड़ा-खड़ा सिगरेट फूँक रहा था! उसकी नज़र सेठ जी पर पड़ी तो उसने हँसकर अपना हाथ ऊपर उठाया और दो क़दम आगे बढ़कर उसने सेठ जी का दाहिना हाथ अपने दोनों हाथों में ले लिया और मुँह में सिगरेट दबाये ही बोला—बाबू जी, आप ठीक वक़्त पर आ गये,—और उसने लपककर अपनी कार का अगला दरवाज़ा खोलकर कहा—बैठिये, बाबू जी!

सेठ जी बैठ गये तो वह उनके कान के पास मुँह ले जाकर बोला—बाबू जी, आप इजाज़त दें तो एक बोतल ले लूँ। ज़रा मज़ा रहेगा।

—नहीं, तुम चुपचाप आकर बैठो और गाड़ी चलाओ!—सेठ जी ने कहा—अभी यह-सब कुछ भी नहीं।

सोनेलाल कार के आगे से आकर, दरवाज़ा खोलकर, अन्दर बैठकर, दरवाज़ा बन्द करते हुए बोला—किधर चलना है, बाबू जी?

—सामने से चलो,—सेठ जी बोले—रास्ता मैं बताऊँगा।

गाड़ी चल पड़ी।—बायीं ओर चलो,—अगली मोड़ पर सेठ जी बोले—और, भाई, ज़रा धीरे गाड़ी चलाओ, मैं बूढ़ा आदमी हूँ। हमारे पास काफ़ी वक़्त है।

चक्के पर अपनी कलाई घुमाकर सोनेलाल ने घड़ी देखी और कहा—बहुत अच्छा, बाबू जी!

—सीधे चलो,—सेठ जी उसकी पोशाक देखकर बोले—यह पोशाक और इसका शेड तुम पर बहुत अच्छा लगता है।

—बहुत सोचकर यह जोड़ा निकाला है, बाबू जी,—सोनेलाल बोला—पिछले साल जब मैं पेरिस गया था तो एक ड्रेस-एक्सपर्ट से पाँच जोड़े लिये थे, उन्हीं में से एक यह डिनर सूट है! यहाँ हिन्दुस्तान में तो किसी साले को कोई तमीज़ ही नहीं है!

—तुम्हारी ये अँगूठियाँ भी ठीक हैं।

—ये प्लेटिनम की हैं, बाबू जी, और इनके नीलम तो...

—ओह! ये नीलम हैं? इतने एक साथ पहनते हो?

—बड़े हिसाब से इन्हें डाला गया है, बाबू जी,—सोनेलाल बोला—ये एक-दूसरे की मदद करते हैं और सब मिलकर ऐसी ताक़त पैदा करते हैं कि लाख बिगड़नेवाली बात हो तो भी बनकर रहेगी! मेरे ज्योतिषी ने कई सालों की मेहनत के बाद इन्हें तैयार किया था। इनमें से हर एक जाने कितनी-कितनी बार के आज़माये हुए हैं।

—मेरे पास भी एक नीलम है,—सेठ जी बोले—ऐसा बोलता, ऐसा बोलता कि तुम्हें क्या बताऊँ?

—ज़रूर होगा, बाबू जी,—सोनेलाल बोला—दुनिया में एक-से-एक बढ़कर चीज़ें हैं! सीधे चलूँ न?

—हाँ, सीधे चलो!

—अभी दूर है क्या?

—हाँ, अभी दूर है,—सेठ जी बोले—सोनेंलाल, इस वक़्त तुम्हारी शक्ल भी कोई उतनी बुरी नहीं लगती!

—आज बड़ी मेहनत की है मैंने अपनी शकल पर,—सोनेलाल बोला—यह तो गर्मी की वजह से चेहरे पर कुछ रह नहीं पाता। कैसी गर्मी पड़ती है यहाँ!—कहकर उसने कोट की जेब से रूमाल निकालकर फूल की तरह अपने चेहरे पर फेरा। एक भीनी ख़ुशबू कार के अन्दर फैल गयी।

—ज़रा अब सँभल के गाड़ी चलाना,—सेठ जी, बोले—आगे कच्ची सड़क है।

—कहाँ है वह जगह, बाबू जी?—सोनेलाल सामने देखते हुए बोला—आगे रोशनी भी नहीं है क्या?

—आगे जंगल है,—सेठ जी बोले—इधर आबादी नहीं है। जंगल के बीच उसकी कोठी है। लेकिन उस कोठी में हर आधुनिक आराम-आशाइस की चीज़ है। उसके पास अपना जेनरेटर है। पूरी कोठी एयरकण्डीशण्ड है।

—इसीलिए शायद वह गर्मियों में पहाड़ नहीं जाती,—सोनेलाल ने कहा।

—पहाड़ क्या, वह कहीं नहीं जाती,—सेठ जी बोले—यह पहली बार वह इंग्लैण्ड जा रही है। हाँ, हवाई जहाज़ का क्या हुआ?

—हो जायेगा, आप कोई चिन्ता न करें,—सोनेलाल बोला—मैंने आदमी इस काम पर लगा दिया है।...सीधे चलूँ?

—हाँ,—सेठ जी बोले—अब दूर नहीं है।

—दोनों ओर जंगल हैं, बाबू जी,—सोनेलाल बोला—रात को इधर आना-जाना तो ख़तरे से खाली नहीं मालूम पड़ता है, बाबू जी।

—इधर तो दिन में भी बहुत कम लोग आते हैं,—सेठ जी बोले—जंगल के उस पार पी. डब्लू. डी. की सड़क है, जो पंजाब जाती है। सुनो एक ज़रूरी बात तुमसे कहना मैं भूल गया था!

—कहिये, बाबू जी,—सोनेलाल हँसकर बोला—और कोई हिदायत है क्या?

—हाँ, एक और ज़रूरी हिदायत है,—सेठ जी बोले—तुम सिर्फ़ बदसूरत ही नहीं हो, मूर्ख और उजड्ड भी एक नम्बर के हो, इसलिए...

—यह आप क्या कहते हैं, बाबू जी,—सोनेलाल चकित होकर सेठ जी के मुँह की ओर देखता हुआ बोला—इतना बड़ा कारोबार मैं सँभाले हुए हूँ?

—मैं सब जानता हूँ,—सेठ जी बोले—मुझसे कारोबार कैसे चलता है, इसकी बात मत करो! मेरी बात ध्यान से सुनो...अरे, भाई, गाड़ी का ध्यान रखो, यह...

—आप कोई चिन्ता न करें,—सोनेलाल बोला—कोई गड्ढा था। आप अपनी बात कहिये। कभी-कभी आप ऐसी बात कह देते हैं कि मेरा मन छोटा हो जाता है।

—मैं तुम्हारा बुज़ुर्ग हूँ, सम्बन्ध में तुम्हारे बाप के बराबर हूँ,—सेठ जी अपनापन के साथ बोले—मैं जो-कुछ कहता हूँ, तुम्हारी भलाई के लिए ही कहता हूँ। बात यह है कि वह लड़की जितनी सुन्दर है, तबीयत की उतनी ही नाज़ुक भी है। जिस तरह से उसकी तालीम-तरबीयत हुई है, बहुत कम लड़कियों की हो पाती है। नफ़ासत और अदब-क़ायदा उसकी रग-रग में कूट-कूटकर भरा हुआ है। ऐसी सुन्दर और सुसंस्कृत लड़की तुमने अपनी ज़िन्दगी में पहले कभी भी न देखी होगी। इसीलिए मेरा कहना है कि उसके सामने तुम अपना मुँह सीकर बैठना, एक बात भी

ज़बान से न निकालना। मेरे पास ही बैठना, मेरे साथ ही रहना। समझे?...अब दाहिनी ओर घूमो। हम आ गये।

कार घुमाते हुए सोनेलाल बोला—यह तो आपकी बड़ी ज़्यादती है, बाबू जी!

—तुम्हारी भलाई के लिए ही मैंने यह हिदायत दी है,—सेठ जी बोले—कहीं तुम्हारे मुँह से कोई बात निकल गयी और उसे बुरा लग गया, तो समझो, सब मामला चौपट हो गया। इसलिए, बेटा, अपने को सँभाल लेना। उसे देखकर अपने को सँभालना मुश्किल होगा, मैं यह जानता हूँ, लेकिन कोशिश करोगे तो यह कोई उतना मुश्किल काम भी नहीं है। लो, हम आ गये। वह रोशनी देख रहे हो?

—हाँ, बाबू जी,—सोनेलाल बोला—मेरा तो दिल धक-धक करने लगा!—और उसने दोनों हाथों की उँगलियों को मुँह के पास ले जाकर अँगूठियों को चूम लिया।

—यह क्या कर रहे हो?—सेठ जी अचकचाकर बोल उठे—तुमने हैण्डिल छोड़ दी थी?

—आप घबराइये नहीं, बाबू जी,—सोनेलाल आश्वस्त होकर बोला—जब तक मेरे साथ ये अँगूठियाँ हैं, कुछ भी न होगा!

—तुम्हारा कुछ न हो, लेकिन मेरा...

—माफ़ कीजिये बाबू जी,—ब्रेक लगाते हुए सोनेलाल बोला—यहीं रुकना है न?

—हाँ, यहीं रोको,—कहकर सेठ जी ने धीरे से पुकारा—नारायन।

—जी, सरकार!

सोनेलाल ने देखा, फाटक के दोनों ओर दो चौकीदार कन्धे पर बन्दूक लिये खड़े थे। उन्हीं में से एक ने लपककर कार का दरवाज़ा खोला और दूसरा फाटक खोलने लगा।

दोनों कार से उतरकर फाटक के अन्दर आये। कोठी तारों के देश की तरह जगमग-जगमग कर रही थी। सोनेलाल बोला—बड़ी शानदार कोठी है, बाबू जी!

—चुप रहो!—सेठ जी ने धीमी आवाज़ में उसे डाँटा—अपने पर पूरा-पूरा क़ाबू रखना, समझे?

—बहुत अच्छा, बाबू जी।

पोर्टिको में सीढ़ियों के पास रम्भा, मेम साहब और मास्टर साहब एक क़तार में मेहमान के स्वागतार्थ खड़े थे। बत्तियों की तेज़ रोशनी उन पर पड़ रही थी। इस कोठी के जीवन में ऐसा यह पहला अवसर आया था जब यहाँ एक मेहमान के स्वागत की तैयारी हुई थी। रम्भा बच्चों की तरह ख़ुश थी। मेम साहब और मास्टर साहब अन्दर से थोड़े गम्भीर थे लेकिन वे भी ऊपर से रम्भा की ख़ुशी में साथ दे रहे थे।

अपने पापा और मेहमान को ज़रा दूर से ही देखकर रम्भा किलक उठी—ग्रैनी, वे लोग आ गये!

—हाँ, मेरी बच्ची,—मेम साहब बोलीं—वे लोग आ गये। ज़रा तुम ख़याल रखना।

रम्भा धीरे से हँस पड़ी।

सोनेलाल की नज़र उसी वक़्त उस पर पड़ी थी। उसकी समझ में न आया कि यह लड़की के दाँत चमके थे या कि उसके गले के हीरे? उसकी आँखें चौंधिया गयीं। उसने सेठ जी का हाथ पकड़ लिया।

उसका हाथ थामे ही सेठ जी पोर्टिको में आये और बोले—मेरे मेहमान से आप लोग मिलिये! ये सेठ सोनेलाल कलकत्तेवाले हैं! और ये हैं मिस रम्भा के मास्टर साहब!

—नमस्कार!

—नमस्कार,—सोनेलाल मास्टर साहब से हाथ मिला रहा था, लेकिन आँखें रम्भा पर ही टिकी थीं।

—और ये हैं मिस रम्भा की ग्रैनी, मेम साहब!

—गुड इवनिंग! कहते हुए मेम साहब मुस्करायीं और उन्होंने अपना हाथ बढ़ाया।

—गुड इवनिंग,—नज़र रम्भा पर ही टिकाये हुए सोनेलाल ने मेम साहब से हाथ मिलाया।

—और ये हैं मिस रम्भा!

—गुड इवनिंग!—सोनेलाल पहले ही बोल उठा और उसने रम्भा की ओर हाथ बढ़ा दिया।

—गुड इवनिंग!—रम्भा ने कहा और सोनेलाल के हाथ पर अपना हाथ रख दिया।

सोनेलाल रम्भा का मुँह ही देखे जा रहा था कि उसके पाँव पर सेठ जी के जूते का दबाव पड़ा। तब वह सावधान होकर अपना हाथ हटाते हुए बोला—आपसे...आप लोगों से मिलकर मुझे बहुत...बेहद ख़ुशी हुई...मैं...

—मेम साहब, चलिये,—सेठ जी बोल उठे और उन्होंने हाथ बढ़ाकर सोनेलाल का बायाँ हाथ पकड़ लिया।

सोनेलाल के जी में आया कि अपना दायाँ हाथ चूम लूँ जिसे मिस रम्भा ने अभी छुआ था, लेकिन सेठ जी के डर से वह उसे उँगलियों से ही खुजलाकर रह गया। उसकी आँखें ज़रूर रम्भा का ही पीछा कर रही थीं।

मेम साहब ने बड़ा ही शानदार इन्तज़ाम किया। डाइनिंग हाल की आज शान ही निराली थी। उसे देखकर फिर सोनेलाल का मन उसकी प्रशंसा में कुछ कहने को हुआ, लेकिन सेठ जी के डर से उसने अपनी ज़बान दाँतों से दबा ली।

खाने की बड़ी मेज़ पर एक ओर मेम साहब और रम्भा बैठीं और दूसरी ओर सेठ जी, सोनेलाल और मास्टर साहब बैठे। सोनेलाल रम्भा की ओर देखने की कोशिश कर रहा था लेकिन उसकी नज़र रम्भा पर ठहर ही नहीं रही थी। ऐसा लगता था कि हाल की सारी रोशनी रम्भा के चेहरे पर ही पड़ रही थी और उस पर आँख ठहराना मुश्किल था।

रम्भा का मन रह-रहकर, पुलक-पुलककर कुछ बोलने को हो उठता था, लेकिन किसी ओर से कोई बात करने का उत्साह न देखकर वह मेम साहब का मुँह ताक-ताककर रह जाती थी।

खाने परसे गये। मेम साहब ने कहा—मेहरबानी करके आप लोग शुरू करें!—और उन्होंने दाहिने हाथ से अपने सीने पर क्रास का चिन्ह बनाया।

खाना शुरू हुआ। एकाध चम्मचों की आवाज़ों के सिवा वहाँ कोई आवाज़ न थी। रम्भा की समझ में न आता था कि ऐसी चुप्पी क्यों छायी हुई है? सोनेलाल को खाने का होश ही न था। लेकिन सेठ जी औपचारिकता निभा रहे थे। मेम साहब और मास्टर साहब के मन में चाहे जो हो, वे खा रहे थे।

बहुत जल्दी ही लोगों ने हाथ खींच लिये। सेठ जी बोले—मेम साहब, आप इजाज़त दें तो उठा जाये?

—ज़रूर!—कहती हुई मेम साहब उठ खड़ी हुईं।

सब लोग उठ खड़े हुए तो सेठ जी बोले—मेम साहब, अब हमें इजाज़त दीजिये। बड़ी देर हो गयी है। रास्ता बहुत ख़राब है।—और उन्होंने सोनेलाल का हाथ फिर पकड़ लिया।

—जैसी आपकी मर्ज़ी,—मेम साहब बोलीं—आइये आप लोग।

सेठ जी को लगा कि सोनेलाल का हाथ पकड़कर उसको घसीटना पड़ रहा है। पोर्टिको में आकर विदाई की औपचारिकता निभायी गयी।

सोनेलाल के पाँव उठ ही नहीं रहे थे। कुछ दूर आकर आख़िर उससे न रहा गया। वह बोला—बाबू जी, यह आपकी बहुत बड़ी ज़्यादती है। ज़रा दो मिनट रुक जाते तो क्या बिगड़ जाता आपका? मेरी तो हालत आपने ख़राब कर दी! इससे तो अच्छा था कि...

—चुप रहो!—सेठ जी ने हलके-से डाँटकर कहा—जो कहना हो गाड़ी में बैठकर कहना!

—गाड़ी तो मुझसे इस हालत में नहीं चलायी जा सकती,—सोनेलाल फिर भी बोला—बाबू जी, मेरे दिलो-दिमाग़ की बत्तियाँ, मुझे लगता है कि या तो बिलकुल गुल हो गयी हैं या फिर इतनी तेज़ जल रही हैं कि मुझे तो कुछ सुझायी ही नहीं देता। यह आपने कैसा ज़ुल्म किया, बाबू जी? मैं तो मर जाऊँगा!

—चुप रहो, सोनेलाल!—सेठ जी बोले—मैं कह रहा हूँ न?

—मैं चुप नहीं रह सकता, बाबू जी,—चुप नहीं रह सकता मैं...

तभी बूटों की खटाक-खटाक आवाज़ें आयीं और सेठ जी ने सोनेलाल के मुँह पर हाथ रख दिया। बोले—गाड़ी मैं चलाऊँगा।

एक चौकीदार ने लपककर गाड़ी का अगला दरवाज़ा खोल दिया। सेठ जी बैठ गये तो उसने वह दरवाज़ा बन्द कर, लपककर दूसरा दरवाज़ा खोल दिया। सोनेलाल अन्दर जाकर बैठ गया तो चौकीदार ने दरवाज़ा बन्द किया और बूट बजाकर सलामी दी।

गाड़ी घूमकर सरक चली।

सोनेलाल खोया-खोया हुआ-सा बोला—बाबू जी, आपने जो इसकी प्रशंसा की थी, वह तो इसके सामने कुछ भी नहीं है। यह तो सचमुच कोई अप्सरा है, इसका नाम रम्भा ठीक ही रखा गया है। मैं तो ऐसे रूप, ऐसे सौन्दर्य की कल्पना भी नहीं कर सकता था। जो इसकी तसवीरें आपने मुझे दिखायी थीं, उनसे भी इसके सौन्दर्य का क़यास नहीं किया जा सकता। इसे मैंने न देखा होता तो मुझे हर्गिज़ यह विश्वास न होता कि कोई लड़की इतनी सुन्दर भी हो सकती है।

—देख लिया न!—मुस्कराते हुए सेठ जी बोले।

—देख लिया और तर गया, बाबू जी!—सोनेलाल ने कहा—अगर यह वह प्याला होती, जिसके साथ शर्त यह होती कि जो इसे पियेगा, मर जायेगा, तो भी मैं यह शर्त स्वीकार कर लेता और इसे पीकर मर जाना हज़ारों ज़िन्दगियों से कहीं ज़्यादा पसन्द करता! मैं तो उसे देखकर बिलकुल अवाक् हो गया हूँ, बाबू जी! मुझसे तो कुछ बोला ही नहीं जा रहा है। अब क्या होगा?

—क्यों?—सेठ जी सामने देखते हुए ही मुस्कराये।

—यह मुझे मिलेगी, ऐसा विश्वास नहीं होता!

—लगन चाहिए,—सेठ जी मुँह में जैसे कुछ चुभलाते हुए बोले—दुनिया की हर चीज़ मिल सकती है।

—आप सच कहते हैं, बाबू जी?—सोनेलाल एक बच्चे की तरह सेठ जी की ओर देखते हुए बोला—वह मुझे मिल जायेगी?

—मेरा तो यही ख़याल है,—सेठ जी वैसे ही बोले—ऐसा नहीं होता तो मैं तुम्हें यहाँ लाता ही क्यों?

—कैसे मिलेगी, बाबू जी?—सोनेलाल गिड़गिड़ाकर बोला—मुझे तो विश्वास ही नहीं होता, आसमान का चाँद किसे मिला है?

—अबे, यह आसमान का चाँद नहीं है,—सेठ जी बोले—यह एक लड़की है, यह किसी-न-किसी को तो मिलेगी ही, फिर तुझे ही क्यों नहीं मिलेगी? मैं कहता हूँ न कि यह तुझे ज़रूर मिलेगी! जैसा मैं कहूँगा, तू वैसा ही करेगा तो तुझे यह लड़की ज़रूर मिल जायेगी!

सोनेलाल ने झुककर सेठ ज़ी के पाँव पकड़ लिये और और भी गिड़गिड़ाकर बोला—बाबू जी, आपके चरण छूकर कहता हूँ, आप जैसा कहेंगे, मैं बिलकुल वैसा ही करूँगा! मुझे आप यह लड़की प्राप्त करवा दीजिये!

—हो जायेगी,—सेठ जी बोले—अपना यह हाथ हटा। मैं बूढ़ा आदमी हूँ, जाने कितने दिन बाद तेरी ख़ातिर गाड़ी चला रहा हूँ। तेरे लिये मैं सब करूँगा। तू इन्हें इंग्लैण्ड से लौट आने दे, फिर सब ठीक हो जायेगा।

—इंग्लैण्ड जाने के पहले ही नहीं हो सकता, बाबू जी?—सोनेलाल बोला।

—नहीं, तुझे तो मैं सब बता चुका हूँ,—सेठ जी बोले—थोड़े दिन की तो बात है।

—कहीं वह इंग्लैण्ड जाकर वहीं तो नहीं रह जायेगी?

—नहीं, ऐसा कैसे हो सकता है?—सेठ जी बोले—ऐसी बेवकूफ़ी की बातें मत सोचो। मेरी बातों पर विश्वास करो।

—यह कौन है, बाबू जी?

—यह जानकर तू क्या करेगा?—सेठ जी बोले—तुम्हें आम खाने से मतलब है कि पेड़ गिनने से?

—कल हम फिर यहाँ आयेंगे, बाबू जी?

—नहीं, अब इंग्लैण्ड से लौटने के बाद ही उससे तुम्हारी भेंट होगी, उसके जन्म-दिन के अवसर पर। तब तुम उसे कोई भेंट भी दोगे। उसी दिन तुम्हारी बात पक्की होगी। कितनी-कितनी बार एक ही बात मुझे तुम्हें समझानी होगी?

—मेरे दिल की हालत आप नहीं समझते!

—नहीं समझता तो इस बुढ़ापे में तुम्हारे लिये मैं अपने को परेशान क्यों करता?

—आपसे तो भेंट होगी न, बाबू जी?

—नहीं! ज़रूरत पड़ने पर मैं ही तुम्हें फ़ोन करूँगा। उनके इंग्लैण्ड रवाना होने के तुरन्त बाद ही हम और तुम सब बातें तय करने के लिए बैठेंगे।

—यह बात तो पहले भी हो सकती है?

—नहीं, पहले नहीं हो सकती,—सेठ जी बोले—इस बीच मुझे उससे बात करनी होगी, उसे मनाना होगा। उसकी क्या माँगें हैं, यह जानने की मैं कोशिश करूँगा।

—मैं तो सब-कुछ मानने के लिए तैयार हूँ! उसके लिए हर क़ीमत अदा कर सकता हूँ।

—भाई, मुझे उससे मालूम तो कर लेने दो,—सेठ जी बोले—तुम कल उनके लिए हवाई जहाज़ ज़रूर ठीक करा दो। पासपोर्ट भी बनवा दो।

—हो जायेगा, बाबू जी,—सोनेलाल बोला—यह तो बहुत ही मामूली बात है।

—बस, तो ठीक है, सेठ जी बोले—अब तुम गाड़ी चला सकते हो?

—चला लूँगा।

—तो अगले टैक्सी-स्टैण्ड से तुम अपनी गाड़ी लेकर जाओ, मैं टैक्सी लेकर चला जाऊँगा।

—मैं आपको पहुँचा दूँगा।

—फिर वही बेवकूफ़ी की बात तुमने की!

—माफ़ कीजिये, मैं भूल गया था।

सेठ जी ने टैक्सी-स्टैण्ड पर गाड़ी रोक दी।

अगले दिन चार बजे सेठ जी की गाड़ी रम्भा की कोठी के पोर्टिको में जा रुकी।

रम्भा ने गाड़ी रुकने की आवाज़ सुनी तो उसने नौकरानी को बुलाकर कहा—देखो, कौन है।

थोड़ी ही देर बाद नौकरानी ने आकर उसे बताया कि सरकार आये हैं और मेम साहब के कमरे में गये हैं। रम्भा ने किताब में निशान लगाया और उसे पास की तिपाई पर रखकर उठ खड़ी हुई। आँचल ठीक करती हुई वह अपने कमरे से बाहर आयी और मेम साहब के कमरे की ओर चल पड़ी।

मेम साहब के दरवाज़े पर जाकर वह बोली—ग्रेनी, पापा हैं न? मैं अन्दर आ जाऊँ?

मेम साहब ने दरवाज़े पर आकर कहा—आओ, मेरी बच्ची!—और वह उसका हाथ पकड़कर अन्दर ले आयीं।

सेठ जी भी उठकर बोले—आओ, बेटी! मैं समझा कि तुम आराम कर रही होगी, इसलिए तुम्हारी ओर नहीं आया। तुम्हारी ग्रेनी से मुझे कुछ ज़रूरी बातें करनी हैं। तुम लोगों के लिए हवाई जहाज़ ठीक हो गया है। पासपोर्ट के फ़ार्म मैं लाया हूँ। तुम लोग इसे भरकर आज ही मुझे दे दो। पच्चीस को तुम लोगों को रवाना होना है।

—बहुत अच्छा, पापा!—रम्भा बिलकुल सेठ जी के पास जा, उनसे सटकर, उनके कोट का एक बटन उँगलियों से छूती हुई बोली—मैं तो यह जानने के लिए आ गयी कि आपकी तबीयत कैसी है। रात ग्रैनी कह रही थीं कि आपकी तबीयत ठीक नहीं थी।

सेठ जी ने मेम साहब की ओर एक नज़र देखकर कहा—लम्बे सफ़र की वजह से कल मैं बेहद थका हुआ था। मैं बूढ़ा हूँ न, बेटी?

—अब आपकी तबीयत कैसी है, पापा?

—ठीक है, बेटी,—सेठ जी बोले—तुम इस वक़्त क्या कर रही थी?

—मैं लारेन्स की एक किताब पढ़ रही थी, पापा।

—तो जाओ, पढ़ो, बेटी,—सेठ जी बोले—मैं अभी थोड़ी देर में तुम्हारे पास आता हूँ।

—बहुत अच्छा, लेकिन आइयेगा ज़रूर!—कहकर रम्भा कमरे से बाहर हो गयी।

—सोफ़े पर बैठते हुए सेठ जी बोले—मास्टर साहब को भी बुला लीजिये।

मेम साहब ने घण्टी का बटन दबाया। नौकरानी आयी तो वह बोलीं—जाओ, मास्टर साहब को सेठ जी का और मेरा सलाम बोलो।

नौकरानी चली गयी तो सेठ जी बोले—और कहिये, बेबी ने मेरे मेहमान के बारे में कुछ पूछा था?

—नहीं,—मेम साहब बोलीं—उसे ताज्जुब था कि खाते वक़्त सब लोग इतने ख़ामोश क्यों थे। मैंने कह दिया कि तुम्हारे पापा की तबीयत ठीक नहीं थी, इसीलिए लोगों ने बात करना मुनासिब न समझा।

—तभी वह मुझसे पूछने आयी थी,—सेठ जी बोले—और? बेबी को कोई सन्देह तो नहीं हुआ?

—बिलकुल नहीं, अभी उसे कुछ भी मालूम नहीं है।

—मैं अन्दर आ जाऊँ?—तभी दरवाज़े पर से मास्टर साहब की आवाज़ आयी।

—आइये, मास्टर साहब,—मेम साहब ने दरवाज़े पर आकर कहा और उन्हें अन्दर ले गयीं।

—आइये, मास्टर साहब,—सेठ जी ने भी उठते हुए कहा।

—नमस्कार, सेठ जी!—मास्टर साहब सोफ़े की ओर आते हुए बोले—आप बैठिये, बैठिये!

—बैठिये,—बैठते हुए सेठ जी ने कहा—आप भी बैठिये, मेम साहब!

थोडी देर की ख़ामोशी के बाद सेठ जी बोले—कहिये, आप लोगों की क्या राय है?

मेम साहब और मास्टर साहब ने एक-दूसरे की ओर देखा। फिर मेम साहब नाक सिकोड़कर बोलीं—बहुत बदसूरत है!

—उम्र भी बहुत ज़्यादा है,—मास्टर साहब ने भी मुँह बनाकर कहा।

—और? और कुछ? यह तो मुझे भी मालूम है।—सेठ जी ने धीरे से कहा।

—बेबी उसे बिलकुल पसन्द नहीं करेंगी,—मेम साहब ने कहा।

—कोई जोड़ है ही नहीं,—मास्टर साहब ने कहा।

—यह भी मुझे मालूम है,—सेठ जी बोले—और कुछ?

—और कुछ हम क्या कह सकते हैं?—मेम साहब बोलीं—एक बार ही तो हमने उसे देखा है और उसके बारे में हम लोग क्या जानते हैं? आप बताइये।

—वह मेरे बड़े लड़के का साला है...

—वह आपके सम्बन्धी हैं?—चौंककर मास्टर साहब और मेम साहब एक ही साथ बोले।

—हाँ,—सेठ जी बोले—वह बीसों फ़ैक्टरियों का मालिक है, उसके पास अपार धन है।

—होगा, ज़रूर होगा!—मेम साहब बोलीं—लेकिन इस उम्र तक क्या वह बग़ैर शादी के हैं?

—नहीं, उसकी शादी तो बहुत पहले हो चुकी है,—सेठ जी बोले—लेकिन उसकी बीवी हमेशा बीमार रहती है और बिलकुल बेकार है।

—वह दूसरी शादी करेंगे?—मास्टर साहब ने पूछा।

—जैसी आप लोगों की राय हो,—सेठ जी बोले—वह शादी भी कर सकता है, रखैल भी रख सकता है। मेरी राय है कि बेबी उसके यहाँ रखैल की ही तरह रहे तो बेहतर होगा।

—क्यों? ऐसा क्यों?—मेम साहब ने अपना मुँह लम्बा करके कहा।

मास्टर साहब भी हैरान होकर सेठ जी का मुँह ताकने लगे।

सेठ जी थोड़ी देर ख़ामोश रहकर बोले—रखैल बनकर रहने से बेबी की आज़ादी बनी रहेगी। आगे चलकर वह जब चाहे इस आदमी से छुटकारा पा सकती है और जिससे चाहे शादी कर सकती है। मैं यह नहीं चाहता कि इस बदसूरत आदमी से बँधकर बेबी को अपनी पूरी ज़िन्दगी बसर करनी पड़े। मैं तो फ़िलहाल एक इन्तज़ाम करना चाहता हूँ।

—ऐसा क्यों?—मास्टर साहब बोले—मेरी समझ में तो कुछ नहीं आता।

—मेरी भी समझ में कुछ नहीं आता,—मेम साहब भी बोलीं।

—आप लोगों ने शायद मेरी बात ध्यान से नहीं सुनी,—सेठ जी गम्भीरता से बोले—वर्ना आप लोग इस तरह की बात नहीं करते। बात बड़ी सीधी-सी है। मैं नहीं चाहता कि बेबी-जैसी लड़की अपनी पूरी ज़िन्दगी इस आदमी के साथ बिता दे। इस आदमी के साथ बेबी का सम्बन्ध मैं सिर्फ़ इस मक़सद से क़ायम करना चाहता हूँ कि बेबी अपनी इस पोशीदा और क़ैद और तनहाई की ज़िन्दगी से छुटकारा पाकर बाहर की दुनिया में जा सके और समाज में अपनी जगह बना सके। उसके बाद बेबी क्या करेगी, कैसे रहेगी? यह उस पर मुनहसर करता है।

—लेकिन आप इसी आदमी को लेकर ये बातें क्यों सोच रहे हैं?—मास्टर साहब बोले—क्या कोई दूसरा, ज़रा कम उम्र का, ज़रा ख़ूबसूरत नहीं मिल सकता?

—फ़िलहाल मेरे सामने इस आदमी के सिवा कोई भी दूसरा आदमी नहीं है,—सेठ जी बोले—आप लोगों को मैंने यह तो बताया है कि बेबी मेरी रखैल की बेटी है और बेबी की माँ को मैं एक बदनाम बस्ती से ले आया था। हमारे समाज में बेबी-जैसी लड़की के लिए कोई जगह नहीं है। हमारे समाज का कोई भी इज़्ज़तदार आदमी बेबी को अपनी बीवी या बहू बनाकर अपने घर में नहीं रख सकता...

—बेबी इतनी ख़ूबसूरत है, उसे तो कोई भी...

—मेम साहब, यह इंग्लैण्ड नहीं है, हिन्दुस्तान है!—सेठ जी बोले—मेरी बात मास्टर साहब बेहतर समझ सकते हैं। क्यों, मास्टर साहब, मैं ग़लत कहता हूँ?

—नहीं, मैं ऐसा नहीं कह सकता,—मास्टर साहब बोले।

—क्या किसी दूसरे शहर में जाकर हम आज़ादी से नहीं रह सकते?—मेम साहब बोलीं—वहाँ बेबी आसानी से समाज में मिल सकेगी...

—मेम साहब, यह हो सकता है,—सेठ जी बोले—लेकिन आप देखती हैं, मैं कितना बूढ़ा हो गया हूँ, जाने कब मर जाऊँ। फिर बेबी का क्या होगा? फिर मैंने इसकी माँ से जो वादा किया था वह भी मुझे पूरा करना है। उसे पूरा करने का वक़्त अब आ गया है।

—फिर तो मजबूरी है, हम क्या कह सकते हैं?—मास्टर साहब बोले!

—मैंने बहुत सोच-समझकर क़दम उठाया है, मास्टर साहब! सेठ जी बोले—आप ठीक कहते हैं, ऐसा ही करने को हम मजबूर हैं। दूसरा कोई भी चारा नहीं है। बेबी का जिस तरह पालन-पोषण हुआ है, उसकी जिस तरह तालीम-तरबीयत हुई है और वह जैसे रहती-सहती है, उसका भार सँभालना किसी मामूली आदमी के वश का नहीं है। इस कोठी का माहवारी ख़र्च कितना है, मेम साहब?

—क़रीब-क़रीब छह हज़ार,—मेम साहब बोलीं—लेकिन बेबी के नाम रुपया भी तो काफ़ी जमा है।

—कितना जमा है?—सेठ जी ने पूछा।

—आपको मालूम ही है,—मेम साहब बोलीं—पाँच लाख जमा है।

—अगर मैं आज मर जाऊँ,—सेठ जी बोले—तो यह रक़म कितने दिन चलेगी?—कहकर सेठ जी ने मेम साहब की ओर देखा और कहा—बोलिये!

—आपने बताया था कि आपने अपने वसीयतनामे में...

—मास्टर साहब!—सेठ जी बोले—मेरे मरने के बाद मेरे वसीयतनामे का क्या होगा, कौन जाने! यह दुनिया बड़ी बेईमान है, मास्टर साहब और क़ानून ख़ुद आपको कुछ भी नहीं दिला सकता। क़ानून से कुछ लेने के लिए आदमी को कचहरी में जाना पड़ता है। बेबी कचहरी में जायेगी? कौन जाने तब तक आप लोग भी ज़िन्दा रहेंगे या मर जायेंगे। हमें बेबी की आगे की ज़िन्दगी को हर पहलू से देखना चाहिए। मैंने बहुत सोच-समझकर यह स्कीम तैयार की है। फिर बेबी की माँ से किया हुआ मेरा वादा तो सबके ऊपर है। उसे तो हर हालत में मुझे पूरा ही करना है। इन सब बातों को सामने रखकर अब आप लोग इस मसले पर विचार कीजिये, और मुझे बताइये। आप लोगों के इंग्लैण्ड से लौटते ही मैं यह काम पूरा कर देना चाहता हूँ। मेरी ज़िन्दगी का कोई भी भरोसा नहीं है। मैं अब बिलकुल इन्तज़ार नहीं कर सकता।

मेम साहब और मास्टर साहब ने सिर झुका लिया। थोड़ी देर तक वहाँ ख़ामोशी छायी रही।

सेठ जी ही फिर बोले—बोलिये आप लोग!

—जब मजबूरी ही है तो क्या कहा जाये?—मास्टर साहब बोले—आप जैसा मुनासिब समझें करें।

—ओह,—मेम साहब बोलीं—बेबी इसके लिए कैसे तैयार होगी?

—उसे तैयार करना आप लोगों का काम है,—सेठ जी बोले—दरअसल इसी काम के लिए मैं आप लोगों को इंग्लैण्ड भेज रहा हूँ। मैंने जो-जो बातें आप लोगों से कही हैं, उनमें से जो भी उसे बताना मुनासिब हो, आप लोग उसे बताइये। ज़िन्दगी के लिए ख़ासकर बेबी-जैसी लड़की की ज़िन्दगी के लिए पैसा सबसे ज़्यादा ज़रूरी चीज़ है। फिर मैं देखूँगा कि उस पर कोई क़ैद या पाबन्दी न रहे। वह आज़ाद रहेगी। उसकी पढ़ाई, जैसी भी आप लोग चाहेंगे, चलती रहेगी। कोई बड़ा शहर ही रहने को मिलेगा। बड़ी कोठी होगी, कार होगी, आराम-आशाइस की सभी चीज़ें होंगी, पैसे की इफ़रात होगी। मज़े की ज़िन्दगी होगी। और सबके ऊपर एक और बात है!—कहकर सेठ जी ने मास्टर साहब और फिर मेम साहब की ओर देखा।

वे कुछ न बोले तो सेठ जी राज़दाराना ढंग से बोले—वह कोई बेबी के साथ ज़्यादा दिन थोड़े रहेगा। कभी दो दिन, कभी चार दिन, बहुत दिन हुआ तो एक हफ़्ता। वह बड़ा कारोबारी आदमी है। इससे ज़्यादा उसे वक़्त मिलेगा ही नहीं बेबी अपने आराम-आशाइस के लिए यह ज़हमत अपने दिल पर ज़ोर डालकर किसी तरह बरदाश्त कर सकती है। वह आदमी सूरत-शकल का चाहे जैसा भी हो, दिल का अच्छा आदमी है और हर बेवकूफ़ की तरह भोला-भाला है। ऐसे आदमी अपनी बीवी को बहुत मानते हैं। वह बेबी को हर्गिज़ तंग नहीं करेगा। उसने तो बेबी को जब से देखा है, सौ जान से उस पर निसार है। वह तो हमेशा बेबी के पाँव चूमता रहेगा। उसके इशारे पर नाचता रहेगा। और फिर एक और भी बात है!—कहकर सेठ जी ने फिर मेम साहब और मास्टर साहब की ओर देखा।

फिर भी वे लोग न बोले, तो सेठ जी ही बोले—अपनी रखैल से आदमी बहुत डरता है और हमारी बिरादरी के लोग तो और भी डरते हैं। मेरा ही देखिये, आप लोगों को तो सब मालूम ही है!...यही सब बातें हैं, जो बेबी को आप लोगों को समझानी हैं। बेबी आप लोगों की बातें हर्गिज़ नहीं टाल सकती। उसकी बेहतरी के लिए ही तो हम लोग ऐसा कर रहे हैं। ठीक है?—कहकर सेठ जी ने मेम साहब की ओर देखा।

—ठीक है,—मेम साहब ने कहा।

—क्यों, मास्टर साहब?—सेठ जी मास्टर साहब की ओर मुड़े।

—ठीक है,—मास्टर साहब ने कहा।

—आप लोगों के इंग्लैण्ड से लौटते-लौटते मैं उससे सब शर्तें तय कर लूँगा,—सेठ जी बोले—वह तो हमारी हर शर्त मानने को तैयार है। आप लोग कोई ख़ास शर्त चाहते हों, तो मुझे बता दीजिये।

—आप जो करेंगे, सब ठीक ही होगा,—मास्टर साहब ने कहा।

—और क्या?—मेम साहब ने कहा—आप तो सब जानते-समझते ही हैं। बेबी आपकी बेटी है, उसके लिए जो भी करेंगे, वह ठीक ही होगा। हाँ, आप एक बात का ज़रूर ख़याल रखियेगा, बेबी की पढ़ाई न रुकने पाये।

—नहीं-नहीं, बेबी की पढ़ाई हर्गिज़ न रुकेगी!—सेठ जी बोले—बल्कि मैं तो यह सोच रहा हूँ कि बेबी को इंग्लैण्ड में पढ़ाने की भी शर्त क्यों न रखी जाये। लेकिन एक ही बात से मुझे इसमें हिचक होती है कि बेबी मुझसे बहुत दूर हो जायेगी। मास्टर साहब को भी शायद इससे तकलीफ़ हो। क्यों, मास्टर साहब?

—यह क्या कोई ज़रूरी है कि मैं बेबी के साथ रहूँ ही?—मास्टर साहब ने पूछा।

—बिलकुल ज़रूरी है!—सेठ जी ने कहा—आप दोनों को तो बेबी के साथ हर हालत में रहना ही है! आप लोगों के बिना बेबी कैसे रह सकती है? और मुझे कैसे

इतमीनान रहेगा? आख़िर वह मेरी बेटी है, मैं अजनबियों के हाथ में उसे नहीं सौंप सकता। खैर, यह सब बाद की बातें हैं, देखी जायेंगी। आप अपने साथ किस नौकर को इंग्लैण्ड ले जायेंगे?

—बेबी से पूछकर तय करेंगे,—मेम साहब ने कहा।

—ठीक है,—सेठ जी ने बैग से फ़ार्म निकालकर मेम साहब के हाथ में देते हुए कहा—ये चार फ़ार्म हैं। अभी भरकर मुझे दे दीजिये। तसवीरें तो सबकी होंगी ही?

—हैं,—मेम साहब ने कहा।

—तो मैं ज़रा बेबी से मिल लूँ,—कहते हुए सेठ जी उठे।

—चाय का भी वक़्त हो गया है,—उठती हुई मेम साहब बोलीं—आप लोगों के लिए शर्बत बनवाती हूँ। कुछ खाइयेगा भी आप, सेठ जी?

—नहीं-नहीं!—सेठ जी बोले—आप तो मेरे पेट का हाल जानती ही हैं। मैं शर्बत पी लूँगा।

—शुक्रिया!—मेम साहब बोलीं।

: ४ :

अपने प्राइवेट चेम्बर में जाकर, आराम से बैठकर सेठ जी ने फ़ोन का चोंगा उठाया और सोनेलाल का नम्बर मिलाया। घण्टी टुन से बजी कि उधर से आवाज़ आयी—हेलो! सेठ सोनेलाल कलकत्तेवाला!

—कहो, बेटे, अच्छे तो हो?—मुस्कराकर सेठ जी ने पूछा।

—ओह! कालिन्दी बाबू जी!—सोनेलाल बोला—आपने तो तरसाकर मुझे मार डाला, बाबू जी! आज भी मैं आठ बजे सुबह से ही फ़ोन लेकर बैठा हूँ। अब आपको फ़ुरसत मिली है, चार बजे!

—तुम आठ बजे से ही फ़ोन लेकर क्यों बैठे हो?—सेठ जी ने पूछा।

—उनका हवाई जहाज़ तो सुबह साढ़े सात बजे ही उड़ गया था न?

—तुम्हें कैसे मालूम?

—वाह!—सोनेलाल बोला—मैंने ही हवाई जहाज़ ठीक कराया था, मुझे ही मालूम न होगा?

—लेकिन यह हवाई ज़हाज तो छह बजे उड़नेवाला था?—सेठ जी ने ज़रा चकराकर कहा—तुम कहते हो, साढ़े सात बजे उड़ा?

—डेढ घण्टे लेट उड़ा, बाबू जी!

—मैं यही तो जानना चाहता हूँ कि तुम्हें यह कैसे मालूम हुआ कि हवाई जहाज़ डेढ़ घण्टे लेट उड़ा?

—आप तो हवाई अड्डे पर दिखायी नहीं दिये, बाबू जी...

—तो तुम अड्डे पर गये थे क्या?—बिगड़कर सेठ जी ने पूछा।

—माफ़ कीजियेगा, बाबू जी!—सकपकाकर सोनेलाल बोला—लेकिन क़सम से कहता हूँ, उन लोगों में से किसी ने भी मुझे नहीं देखा...

—लेकिन तुम वहाँ गये ही क्यों?—डाँटकर सेठ जी ने कहा—मैंने तुम्हें वहाँ जाने से मना किया था न?

—बाबू जी,—माफ़ कीजिये!—गिड़गिड़ाकर सोनेलाल बोला—मैं क्या बताऊँ, मैंने तो अपने को बहुत रोका, बहुत रोका, लेकिन आख़िर मन नहीं माना, बाबू जी! आप तो जानते ही हैं, मैंने जब से उसे देखा है, मेरा मन बावला हो गया है। किसी पहलू भी चैन नहीं है मुझको। बाबू जी और कोई भले न समझे, आप तो मेरे दिल की हालत समझ ही सकते हैं...

—मैं क्यों समझ सकता हूँ?—यों ही सेठ जी के मुँह से निकल गया।

—आप इसलिए समझ सकते हैं, बाबू जी,—सोनेलाल बोला—क्योंकि सुना गया था आप भी अपनी ज़िन्दगी में एक औरत के पीछे पागल हुए थे...

—शटअप!—सेठ जी सचमुच ग़ुस्सा होकर बोले—यह बकवास बन्द करो! मैं अब तुमसे कोई भी बात नहीं कर सकता! तुम बिलकुल नालायक़ आदमी हो! फ़ोन बन्द करो! इडियट!

सेठ जी सचमुच सोनेलाल से कोई बात न करना चाहते तो वह आप भी फ़ोन बन्द कर सकते थे। लेकिन उन्होंने ऐसा नहीं किया।

उधर से आवाज़ आती रही—हेल्लो! हेल्लो! बाबू जी! ऐसा मत कीजिये! मैं आपके पाँव पकड़ता हूँ! हेल्लो! बाबू जी! यह मेरी पहली ग़लती है, आप मुझे माफ़ कर दीजिये!...हेल्लो! हेल्लो, बाबू जी! फिर मैं ऐसी कोई ग़लती न करूँगा! बाबू जी! बाबू जी! मैं मर जाऊँगा। बाबू जी! बाबू जी! आप मेरे पिता के बराबर हैं...मुझे अपना लड़का समझकर ही आप एक बार क्षमा कर दीजिये! बाबू जी! बाबू जी!...

सेठ जी आख़िर मुस्कराकर बोले—कान पकड़ो!

—यह लीजिये!—सोनेलाल बोला—मैंने अपने कान पकड़ लिये हैं, बाबू जी! अब मुझे क्षमा कर दीजिये!

—कर दिया,—सेठ जी बोले—लेकिन याद रखना, फिर अगर तुमने कोई ग़लती की तो मैं माफ़ न करूँगा! समझे?

—समझ रहा हूँ, बाबू जी!—सोनेलाल बोला—आपने तो मुझे बिलकुल ही बेदम कर दिया था! ओफ़!... ख़ैर, अब आगे कहिये। क्या आज्ञा है मेरे लिये?

—अब आज रहने दो,—सेठ जी बोले—तुमने मेरा दिमाग़ ख़राब कर दिया है। कल मैं तुम्हें फिर फ़ोन करूँगा।

—नहीं-नहीं, बाबू जी!—सोनेलाल चिरौरी करता हुआ बोला—आप ऐसा न कीजिये! मैं मर जाऊँगा! मेरा तो एक-एक पल भारी हो रहा है! बस, आपके भरोसे जी रहा हूँ। आप मुझे क्षमा कर दीजिये! मैं फिर आपके पाँव पकड़ता हूँ! आप मुझे आज्ञा दीजिये! मैं आपसे मिलने को तड़प रहा हूँ! वह न सही, उसके बारे में बात ही सही! बाबू जी, आप बताइये, मुझे क्या करना है?

—अच्छा,—सेठ जी बोले—दिमाग़ तो मेरा ख़राब है, लेकिन, ख़ैर, आज ठीक छह बजे तुम कश्मीरी गेट पर मुझे मिलो।

—बहुत अच्छा, बाबू जी,—सोनेलाल ने राहत की साँस लेकर कहा—वहीं चलेंगे?

—हाँ,—सेठ जी बोले—अकेले ही आना।

—बहुत अच्छा, बाबू जी!

सेठ जी ने फ़ोन रख दिया।...

गाड़ी रम्भा की कोठी के फाटक पर रुकी और सेठ जी ने पुकारा—नारायन!

—जी, सरकार!—कहता हुआ नारायन गाड़ी की ओर लपका।

दूसरा चौकीदार फाटक खोलने लगा।

सेठ जी बोले—गाड़ी पोर्टिको में रुकेगी।

—बहुत अच्छा, सरकार,—नारायन बोला—लाइये।

—तुम चलकर बैठक का दरवाज़ा खुलवाओ,—सेठ जी ने कहा।

—बहुत अच्छा, सरकार,—कहता हुआ नारायन कोठी की ओर भागा।

सोनेलाल ने गाड़ी लाकर पोर्टिको में खड़ी कर दी। दूसरे चौकीदार ने दरवाज़े खोले और वे नीचे उतरे।

नारायन दौड़ा-दौड़ा आकर बोला—जाइये, सरकार, बैठक खुल गयी है।

दोनों बैठक में आकर कोचों पर बैठ गये। सेठ जी ने पूछा—क्या लोगे?

—कुछ नहीं,—सोनेलाल बोला—एक गिलास ठण्डा पानी पीऊँगा।

—शर्बत लो,—सेठ जी बोले—यहाँ जो चाहोगे, मिलेगा?

—नहीं, अभी सिर्फ़ पानी पीऊँगा, सोनेलाल बोला—आप बात शुरू कीजिये, वही ज़्यादा ज़रूरी है।

सेठ जी ने घण्टी का बटन दबाया। नौकर आया तो वह बोले—दो गिलास पानी लाओ।

—बहुत अच्छा, सरकार—कहकर नौकर चला गया।

अब आप बात शुरू कीजिये,—सोनेलाल बोला।

—पानी पी लो, फिर इतमीनान से बातें करेंगे,—सेठ जी बोले—तुम तो हर बात में उतावली दिखाते हो।

—आप तो सब जानते हैं, बाबू जी...

—रुको, पानी आ गया!—सेठ जी ने उसकी ओर हाथ उठाकर कहा।

ट्रे की तश्तरियों पर से उन लोगों ने गिलास उठाकर पानी पी लिया तो गिलास लेकर नौकर चला गया।

रूमाल से होंठ पोंछकर सोनेलाल बोला—बाबू जी, यह जानकी देवी कौन हैं?

—क्यों?—सेठ जी बोले—यह नाम तुम्हें कैसे मालूम हुआ?

सोनेलाल सेठ जी की ओर ध्यान से देखता हुआ बोला—मिस रम्भा के फ़ार्म पर यह नाम था न। मिस रम्भा जानकी देवी की बेटी हैं, यह उनके फ़ार्म से ही मुझे मालूम हुआ। मिस रम्भा के पिता के नाम की जगह उनकी माँ का ही नाम लिखा हुआ था। बाबू जी, माफ़ कीजियेगा, जानकी देवी कोई तवायफ़ हैं क्या?

—यह जानकर तुम क्या करोगे?—कड़ी निगाहों से सोनेलाल को देखते हुए सेठ जी बोले—मिस रम्भा अगर किसी तवायफ़ की बेटी हों तो तुम क्या उनके साथ कोई सम्बन्ध न करोगे?

—नहीं-नहीं, बाबू जी!—सोनेलाल तुरन्त बोला—मेरा मतलब यह नहीं था। सोना और सुन्दर नारी चाहे जहाँ भी हो, उन्हें लेने में कोई पाप नहीं लगता। मैं तो यों ही जिज्ञासावश, एक बात जानना चाहता था।

तुम यहाँ अपनी जिज्ञासा शान्त करने आये हो या कि मिस रम्भा के बारे में बात करने आये हो?—सेठ जी ने कड़े स्वर में पूछा और आगे कहा—मियाँ, आख़िर तुम अपने को क्या समझते हो? तुम्हारे पास पैसे के सिवा क्या है? तुम्हारी-जैसी शकल-सूरतवाले आदमी से तो कोई मामूली-से-मामूली लड़की भी एक बात करना पसन्द नहीं करेगी। तुम किस ख़याल में हो? लड़कियाँ पैसे की भूखी नहीं होतीं, वे अपने मन-लायक़ सुन्दर युवक भिखारी पर भी अपनी जान क़ुरबान कर देती हैं। और फिर मिस रम्भा को क्या पैसों की कोई कमी है? देखते हो न तुम उनकी यह कोठी! तुम्हारी किस कोठी से यह कोठी किसी भी माने में कम है? बोलो!

—बाबू जी, आप तो हर बात पर बिगड़ने लगते हैं,—रुआँसा होकर सोनेलाल बोला—मैं तो यों ही कह रहा था...

बीच ही में सेठ जी नाक चढ़ाकर बोल उठे—तुम जानते हो, मिस रम्भा तो तुम्हारी सूरत भी देखना बर्दाश्त नहीं कर सकतीं, तुमसे उनका बात करना तो दूर है!

—यह आप क्या कहते हैं, बाबू जी?—आकुल स्वर में सोनेलाल बोला—आपने तो कहा था कि मिस रम्भा तैयार हो जायेंगी।

—तुम्हारी इस कथनी से वह तैयार हो जायेंगी?—कड़े स्वर में सेठ जी बोले—बेटा, तुमने ऐसी बात मेरे मुँह पर कही है, मैं तो कुछ नहीं कहता, लेकिन अगर तुमने यही बात मिस रम्भा के सामने कही होती तो जानते हो क्या होता? वह तुम्हारे इस सुअर-मुँहे पर दस जूतियाँ लगातीं और चौकीदार को बुलाकर तुम्हें फाटक से बाहर करवा देतीं। समझे? तुम धन्नासेठ होगे अपने घर के!

—जो आप चाहिए, कह लीजिये, बाबू जी!—सोनेलाल मुँह लटकाकर बोला—मैं सब सुन लूँगा। आप मेरे बुज़ुर्ग हैं, आप मुझे न डाँटेंगे तो और कौन डाँटेगा। मैं क्या कहूँ, आप ठीक कहते हैं, मैं इडियट हूँ। मेरे इस मुँह से जाने कैसी-कैसी-बेवकूफ़ी की बातें निकल जाती हैं।—और यह कहते हुए उसने अपने दोनों हाथों से तड़-तड़ दो-दो थप्पड़ मार लिये।

—हैं, हैं! यह तुम क्या करते हो?—सेठ जी ने हाथ बढ़ाकर उसके हाथ पकड़ लिये। बोले—बेटा, मैं जो कहता और करता हूँ, वह तुम्हारी भलाई के लिए ही कहता और करता हूँ, वर्ना मुझे क्या पड़ी थी इस चक्कर में पड़ने की? तुम अपनी जगह ख़ुश रहते और मिस रम्भा अपनी जगह ख़ुश रहतीं। मुझे क्या लेना-देना है तुम लोगों के बीच में पड़कर?

—मैं जो ख़ुश रहता, वह तो आपको मालूम ही है!—पिटे हुए बच्चे की तरह सोनेलाल बोला।

—इसीलिए तो मैं इतनी परेशानी उठा रहा हूँ कि तुम्हें ख़ुशी नसीब हो,—सेठ जी बोले—लेकिन तुम बार-बार कुछ-न-कुछ ऐसी कह या कर बैठते हो कि मेरे सब किये-धरे पर पानी फिर जाता है।

—अब मैं अपने से कुछ भी न कहूँगा और कुछ भी न करूँगा, बाबू जी!—सोनेलाल दयनीय स्वर में बोला—एक बार और माफ़ कर दीजिये!

—मैं तो तुम्हें सौ बार माफ़ कर दूँगा,—सेठ जी बोले—लेकिन मिस रम्भा तो तुम्हें एक बार भी माफ़ न करेंगी। वह क्यों माफ़ करेंगी, वह किसी की दबैल थोड़ी हैं, भाई!

—आप ठीक कहते हैं, बाबू जी,—सोनेलाल बोला—वह क्यों माफ़ करेंगी? मैं क़सम खाता हूँ, बाबू जी, मैं आगे इसका पूरा-पूरा ध्यान रखूँगा!

—बच्चू!—सेठ जी बोले—ध्यान न रखोगे तो तुम्हारा ही बिगड़ेगा, मेरा इसमें क्या बिगड़ने को है? मैं कोई हमेशा तो तुम्हारे साथ रहूँगा नहीं कि तुम्हें सावधान करता

रहूँगा। रहना तो तुम्हें और मिस रम्भा को एक साथ है। तुम उनके साथ कोई बदसलूकी करोगे तो उसका मज़ा तुम्हें ही चखना पड़ेगा।

—मिस रम्भा मेरे साथ रहेंगी न, बाबू जी?—मुँह चियारकर सोनेलाल बोला।

—लो, अभी से यह बात कोई कैसे कह सकता है?—सेठ जी बोले—कोशिश करना हमारा फ़र्ज है। अभी तो इस विषय में कोई बात करने के लिए मिस रम्भा तैयार ही नहीं हैं।

—आप तो कहते थे,—परेशान होकर सोनेलाल बोला—कि...

—मैं कुछ समझकर ही कहता था,—सेठ जी बोले,—और अब भी कहता हूँ कि वह मान जायेंगी। लेकिन...

—लेकिन, क्या, बाबू जी?—सोनेलाल धीरज खोकर बोला—मैं तो हर तरह से तैयार हूँ। आप जो कहेंगे...

—देखो!—गम्भीर होकर सेठ जी बोले—मिस रम्भा अपनी ग्रैनी को बहुत मानती हैं। और ग्रैनी मेरी बात का बहुत ख़याल रखती हैं। मैंने बड़ी कोशिशों से ग्रैनी को पटाया है। ग्रैनी ने मुझसे वादा किया है कि वह मिस रम्भा को मनाने की हर-सम्भव कोशिश करेंगी। लेकिन उनकी तुमसे कुछ शर्तें हैं...

—मैं तो हर शर्त मानने को तैयार हूँ, बाबू जी!—सोनेलाल तुरन्त बोला—आप चाहें तो मैं सादे काग़ज़ पर हस्ताक्षर कर सकता हूँ! आप लोग जो शर्तें चाहें उस पर लिख लें।

—फिर भी तुम सुन लो, यह ज़रूरी है,—सेठ जी बोले—फिर बाक़ायदा किसी वकील से काग़ज़ बनवा लेंगे।

—ठीक है, बाबू जी,—सोनेलाल अधीर होकर बोला—आप बताइये।

—तुम ध्यान से सुनना,—सेठ जी गम्भीर बनकर बोले—ये बातें जल्दी में और अस्थिर मन से सुनने-सुनाने की नहीं हैं। इनका तुम्हारी पूरी ज़िन्दगी से सम्बन्ध है। ऐसा कुछ भी नहीं होना चाहिए, जिससे तुम्हें बाद में पछताना पड़े। मैं भी अपनी पूरी ज़िम्मेदारी समझता हूँ, जानता हूँ, अगर कोई ऐसी-वैसी बात हुई तो तुम मुझे ही कोसोगे। मेम साहब की रखी हुई ये शर्तें हैं, कोई ज़रूरी नहीं कि हम इन्हें ज्यों-का-त्यों मान लें। हमें सोच-समझकर ही अपना निर्णय लेना चाहिए। क्यों, ठीक कहता हूँ न?

—मुझे तो कुछ भी सोचना-समझना नहीं है,—सोनेलाल बोला—आप तो सब जानते ही हैं, बाबू जी!

—लेकिन मुझे तो तुम्हारी ओर से ज़रूर सोचना-समझना है,—सेठ जी बोले—मैं यों ही तुम्हें सब-कुछ मानने न दूँगा। तुम्हारे दिल दिमाग़ की हालत इस

वक़्त ठीक नहीं है, लेकिन मैं तो अच्छी तरह सोच-समझ सकता हूँ। मैं तो कोई ग़ैर नहीं हूँ। हम दोनों मिलकर इन शर्तों पर विचार करेंगे, क्यों?

—ठीक है, बाबू जी,—सोनेलाल तटस्थ-सा होकर बोला—मैं तो एक ही बात जानता हूँ, और वह यह है कि जैसे भी हो मिस रम्भा मुझे मिल जायें! बाक़ी बातें आप जैसा ठीक समझें तय कर लें।...ख़ैर आप कहिये।—कहकर सोनेलाल दाहिनी कुहनी के बल ज़रा उठँग-सा गया।

थोड़ी देर तक वहाँ ख़ामोशी छायी रही। इस समय का उपयोग सेठ जी ने अपने को सुस्थिर करने में किया। फिर वह एक कुशल व्यापारी की तरह बोले—सुनो! पहले मैं उन चीज़ों का ज़िक्र कर रहा हूँ, जिसकी माँग वे लोग कर रहे हैं। तुम इनके विषय में अपना मत देते जाना। ऐं?

—बहुत अच्छा,—सोनेलाल वैसे ही कुहनी पर टिका हुआ बोला—आप कहिये, मैं ख़ूब ध्यान से सुन रहा हूँ!

सेठ जी ने कहना शुरू किया—एक इसी कोठी की ही तरह कोठी, मुल्क के किसी भी बड़े शहर में। दिल्ली को छोड़कर यह किसी भी शहर में हो सकती है, जैसे कलकत्ता, बम्बई, मद्रास...

—कलकत्ता और बम्बई में भी ठीक नहीं रहेगा,—सोनेलाल बोला।

—क्यों?—जान-बूझकर भी सेठ जी ने पूछा।

—कलकत्ता की बात तो आप जानते ही हैं—सोनेलाल बोला—और बम्बई में मेरे ससुर रहते हैं, वहाँ भी ठीक नहीं रहेगा। मद्रास ठीक रहेगा। हमारी वहाँ दो कोठियाँ हैं, एक माउण्ट रोड पर और एक त्यागराय नगर में। इनमें से एक मैं मिस रम्भा के नाम करा दूँगा।

—ये कोठियाँ कैसी हैं?—सेठ जी अब बाक़ायदे जिरह पर आ गये।

—बहुत अच्छी हैं, बाबू जी!—सोनेलाल बोला—मिस रम्भा की इस कोठी से किसी भी माने में कम नहीं हैं। त्यागराय नगरवाली कोठी तो मैंने पिछले साल ही बनवायी है। बहुत ही अच्छी जगह पर, पनगल पार्क के बिलकुल सामने है। पूरी-की-पूरी इसी कोठी की तरह एयर कण्डीशण्ड है। सज्जा-सामान भी सभी अत्याधुनिक हैं। मेरा ख़याल है कि यही कोठी मिस रम्भा के लिए ठीक होगी। अभी यह संयोगवश ख़ाली भी है। ढाई हज़ार तक किराया मिल रहा था, लेकिन मैंने नहीं उठाया। मेरी माँग तीन हज़ार की है।

—लेकिन मद्रास तो बिलकुल पिछड़ा हुआ शहर है,—सेठ जी बोले—जाने मिस रम्भा को पसन्द आयेगा कि नहीं! ख़ैर, चलो, इसे मैं तो कोई बेजा नहीं समझता, अब हर चीज़ मिस रम्भा की इच्छा के अनुसार थोड़े ही होगा। तो इस कोठी को तुम मिस रम्भा के नाम लिखा दोगे?

—जी हाँ, आप जब कहें, मैं लिख सकता हूँ!—सोनेलाल ने कहा।

—जब कहने का कोई सवाल नहीं है,—सेठ जी बोले—तुम्हें अपना हर काम पाँच जुलाई तक पूरा कर लेना है। मिस रम्भा के जन्म-दिन के अवसर पर ही यह शुभ कार्य मैं करा डालना चाहता हूँ।

—बहुत अच्छा,—सोनेलाल बोला—हो जायेगा! आप आगे बढ़िये।

—एक नयी केडलक गाड़ी...

—ठीक है, आगे बढ़िये!—सोनेलाल ने कहा—इसमें कोई विचारने की बात ही नहीं है।

—उसके ख़र्चे के लिए पाँच हज़ार माहवार तुम्हें देना होगा,—सेठ जी ने कहा—यह रक़म मेरे देखने में कोई ज़्यादा नहीं है, यहाँ उसका छह-सात हज़ार माहवार का ख़र्च है।

—आपके देखने में यह रक़म ठीक है, तो मुझे क्या कहना है?—सोनेलाल ने कहा—आप आगे बढ़िये।

—ऐसा ही दृष्टिकोण तुम रखोगे तो मेरे देखने में कोई झंझट नहीं होगी,—सेठ जी बोले—तुम्हारी आन-बान-शान के मुताबिक़ ही मिस रम्भा को रहना चाहिए। मेरा तो अपना विचार है कि जब किसी लड़की को रखना चाहिए तो इसका ध्यान ज़रूर रखना चाहिए कि जैसी वह अपने घर में रहती-सहती है, उससे कहीं बेहतर तरीक़े से उसे रहने-सहने का अवसर मिले। तभी तो वह ख़ुश रहेगी और यह सोचेगी भी कि उसका आदमी उसका पूरा-पूरा ख़याल रखता है। क्यों, मैं कोई ग़लत बात तो नहीं कह रहा हूँ?

—जी, नहीं,—सोनेलाल बोला—आप बिलकुल ठीक फ़रमा रहे हैं! मैं मिस रम्भा को हर्गिज़ कोई तकलीफ़ न होने दूँगा!

—बिलकुल ऐसा ही होना चाहिए,—सेठ जी ने कहा—वर्ना वह बेचारी क्या कहेगी कि खसम भी किया और तकलीफ़ भी उठा रही हूँ! और साथ ही उसे तकलीफ़ होगी तो वह मुझे भी ज़रूर कोसेगी। देखो, मेरा तो ख़याल तुम्हें बराबर रखना ही होगा। मिस रम्भा मेरी किसी भी तरह की कोई शिकायत करें, इसका मौक़ा तुम्हें नहीं देना चाहिए।

—क्या कहते हैं, बाबू जी?—सोनेलाल ने कुहनी बदलकर कहा—मैं भला कभी भी ऐसा कर सकता हूँ?

—तुमसे मुझे यही उम्मीद है,—सेठ जी ने कहा—अब आगे सुनो!

—कहिये—सोनेलाल ने कहा और उनकी ओर देखने लगा!

—वे लोग यह भी चाहते हैं कि तुम मिस रम्भा के नाम से पाँच लाख रुपया किसी बैंक में जमा करा दो,—कहकर सेठ जी ने कनखियों से सोनेलाल की ओर देखा।

सोनेलाल ने सीधे बैठकर कहा—अब इसकी क्या ज़रूरत है, बाबू जी?

—मेरा भी यही ख़्याल था कि इसकी कोई ज़रूरत नहीं है,—सेठ जी ने कहा—मैंने उन लोगों से कहा भी कि जब कोठी मिस रम्भा के नाम पर होगी, जब कार उनके पास होगी, जब माहवारी ख़र्च उन्हें मिलेगा तो उनके नाम से बैंक में रुपया जमा कराने का क्या तुक है? लेकिन उन लोगों ने जब ज़िद की और कहा कि, भाई, मिस रम्भा लड़की की जात हैं, कहीं ख़ुदा न खास्ता, कुछ अनबन हो गयी और यह नौबत आ गयी कि सेठ सोनेलाल लड़की को छोड़ दें तो उस बेचारी का क्या होगा? तो मैंने भी यह सोचकर उनकी बात मान ली कि क्या होता है कोई भी रक़म मिस रम्भा के नाम से जमा करने से, जब आख़िर मिस रम्भा तुम्हारी ही होंगी? यह तो तुम पर निर्भर करता है कि मिस रम्भा को किस तरह अपना बना लो कि वह तुम पर पूरा विश्वास करने लगें और तुम पर अपना सब-कुछ न्योछावर कर दें। है न ठीक बात?

—हाँ, बाबू जी,—सोनेलाल बोला—आप बिलकुल ठीक कहते हैं आप देखियेगा, मैं किस तरह उन्हें अपना बना लेता हूँ! अभी वे लोग मुझे जानते ही क्या हैं। लेकिन आप तो मुझे अच्छी तरह जानते हैं, बाबू जी! जब मैं उस जनम की रोगिणी से इतने दिनों तक निर्वाह करता रहा और किसी और लड़की की ओर कभी आँख उठाकर न देखा, तो मैं मिस रम्भा के साथ किसी तरह का अशोभनीय काम कर सकता हूँ? मैं दिल का बहुत अच्छा आदमी हूँ, बाबू जी! मिस रम्भा के सामने जब मैं अपना दिल खोलकर रख दूँगा तो आप देखियेगा, वह मेरी माला न जपने लगें तो कोई बात है?

—वह तो मैं जानता हूँ,—सेठ जी बोले—इसीलिए तो मैंने उन लोगों की यह शर्त भी मान ली।

—लेकिन, बाबू जी,—सोनेलाल अपनी व्यावसायिक बुद्धि का परिचय देते हुए बोला—भला बैंक में जमा करके रुपया सड़ाने से क्या फ़ायदा? अगर ऐसी ही बात है तो मैं मिस रम्भा के नाम से अपनी किसी कम्पनी के पाँच लाख के शेयर ख़रीद दूँगा।

—वाह!—सेठ जी ख़ुश होकर बोले—क्या ख़ुश कर देनेवाली बात तुमने कही है! मान गया मैं तुम्हारी बुद्धि का लोहा! ठीक है, इस बात पर मैं उन्हें मना लेने की कोशिश करूँगा। मुझे आशा है, वे लोग मान जायेंगे, इसमें न मानने-जैसी कोई बात ही नहीं है! यह तो बहुत ही अच्छा रहेगा।

सोनेलाल ने एक विजेता की तरह सेठ जी की ओर देखा और सिर हिलाते हुए कहा—अब आगे चलिये। अभी और कुछ है क्या?

—अब कोई ख़ास चीज़ नहीं है,—हलके ढंग से सेठ जी बोले—तुम तो जानते ही हो, लड़कियों को ज़ेवर-वेवर की बड़ी चाहत होती है, तुम मिस रम्भा के लिए पाँच के सेट हीरे-मोती के बनवा देना।

—इसमें कहने की क्या बात है?—सोनेलाल बोला—मुझे तो ख़ुद ही बड़ा शौक़ है हीरे-जवाहरात का। मिस रम्भा को तो मैं हीरे-जवाहरात से लाद दूँगा, बाबू जी, आप देखियेगा! बस, यही थीं न उन लोगों की शर्तें कि और अभी कोई बाक़ी हैं?

—हो गयीं, बेटा,—सेठ जी बोले—बस, अब एक-दो औपचारिक बातें रह गयी हैं, उन्हें भी तुम सुन ही लो, ताकि यह अध्याय ही ख़त्म हो जाये और तुम कल ही से इन्तज़ाम में लग जाओ। वक़्त बहुत थोड़ा है।

—हो जायेगा, बाबू जी, सोनेलाल बोला—आदमी के पास रुपया होना चाहिए, फिर किसी इन्तज़ाम में कितनी देर लगती है। ख़ैर, आप कह डालिये वे बातें भी। फिर ज़रा काफ़ी पी जाये गर्म-गर्म? अब तबीयत मेरी कुछ हलकी मालूम होती है। आप कहिये!

—बड़ी मामूली बातें हैं,—सेठ जी बोले—एक तो यह है कि मेम साहब और मास्टर साहब हमेशा मिस रम्भा के साथ रहेंगे।

—ज़रूर-ज़रूर!—सोनेलाल बोला—भला मुझे इसमें क्या आपत्ति हो सकती है? मिस रम्भा अकेली उस अनजान शहर में कैसे रहेंगी? और?

—और यह कि मिस रम्भा अपनी पढ़ाई जारी रखेंगी,—सेठ जी बोले—वह यूनिवर्सिटी में दाख़िला लेंगी।

—यह तो बहुत ही अच्छा है, बाबू जी!—सोनेलाल बोला—अभी उनकी उम्र ही क्या है। उन्हें ज़रूर पढ़ना चाहिए, वह जहाँ तक चाहें, पढ़ें। मैं क्यों रोकूँगा? बल्कि मैं तो उन्हें पढ़ने के लिए ख़ुद भी उत्साहित करूँगा।

—क्या तुम पसन्द करोगे कि वह अपनी आगे की पढ़ाई के लिए इंग्लैण्ड चली जायें?—सेठ जी ने पूछा।

—नहीं, बाबू जी,—सोनेलाल बोला—उतनी दूर मैं उन्हें कैसे भेज सकता हूँ? आप तो जानते हैं, बाबू जी...

—हाँ, मेरा भी यही ख़याल था,—सेठ जी बोले—मैंने उनसे यह कह भी दिया था। बात यह है कि मिस रम्भा बड़ी प्रतिभाशाली लड़की हैं। उन्होंने सीनियर कैम्ब्रिज फर्स्ट डिवीज़न में पास किया था और अबकी इण्टरमीडियट भी उन्होंने फ़र्स्ट डिवीज़न में पास किया है, इसलिए मेम साहब की इच्छा थी कि वह अपनी आगे की पढ़ाई इंग्लैण्ड में करतीं। ख़ैर, तुम छोड़ो ये बातें। उन लोगों की इतनी सारी बातें हम लोगों ने मान लीं, यही क्या कम है? एकाध हम लोगों की बातें भी उन्हें माननी ही

चाहिए।...बस, एक बात और रह गयी, वह यह कि तुम मिस रम्भा पर अपनी ओर से कोई भी पाबन्दी न लगाओगे। वह बिलकुल आज़ाद रहेंगी।

—मैं भला कोई पाबन्दी क्यों लगाऊँगा, बाबू जी?—सोनेलाल बोला—आप तो जानते हैं कि मैं आज़ाद तबीयत का आदमी हूँ और हर एक की आज़ादी की क़द्र करता हूँ। मैं तो साल में दस-बीस दिन ही उनके साथ रहूँगा, अगर मैं चाहूँ भी तो उन पर कैसे कोई पाबन्दी लगा सकता हूँ? यह बात तो उन्हें सोचना ही नहीं चाहिए।

—लो, अब काफ़ी मँगाता हूँ,—सेठ जी ने कहा—बस, एक आख़िरी बात और रह गयी है, मगर वह तुम्हारे तय करने की है,—कहकर सेठ जी ने घण्टी का बटन दबा दिया।

नौकर आया तो उन्होंने कहा—सेठ जी के लिए काफ़ी लाओ।—फिर सोनेलाल की ओर मुड़कर उन्होंने पूछा—क्यों भाई, काफ़ी के साथ क्या लोगे?

—कुछ नहीं, कुछ नही!—सोनेलाल बोला—मुझे सिर्फ़ काफ़ी चाहिए ज़रा तेज़।

—ठीक है,—सेठ जी ने नौकर से कहा—और मेरे लिये ठण्डी ओवल्टीन लाओ।

—बहुत अच्छा, सरकार,—कहकर नौकर चला गया।

सेठ जी बोले—भई, वह आख़िरी बात यह है कि तुम मिस रम्भा को किस रूम में रखोगे? शादी करोगे?

—नहीं, बाबू जी,—सोनेलाल सिर हिलाकर बोला—आप तो सब जानते ही हैं, शादी कैसे कर सकता हूँ?

—हाँ, मैं परिस्थिति से वाक़िफ हूँ,—सेठ जी बोले—तुम बाक़ायदे शादी नहीं कर सकते, यह बात मैं ख़ुद भी उनसे कह चुका हूँ। लेकिन वे लोग चाहते हैं कि तुम मिस रम्भा से बाक़ायदा शादी करो। उनका कहना है कि रखैल की समाज में बड़ी भर्त्सना होती है। मिस रम्भा की प्रतिष्ठा पर कोई आँच आये, यह वे लोग बर्दाश्त नहीं कर सकते। सुनो, तुम सिविल मैरेज क्यों नहीं कर लेते?

—बाबू जी, आप तो सब जानते हैं,—सोनेलाल बोला—ऐसा कोई काम मैं करूँगा तो मेरी गर्दन नप जायेगी। इस तरह का ख़तरा मैं कैसे मोल ले सकता हूँ? शादी-वादी में क्या रखा है? असल बात तो दिल मिलने की है। आप तो सब जानते ही हैं, रखैल बीवियों से कहीं ज़्यादा प्यारी होती हैं। फिर यह किसी को कैसे मालूम हो सकता है कि मिस रम्भा किसी की रखैल हैं? वह बिलकुल आज़ाद रहकर कुमारियों की तरह रहेंगी। किसी को इस बात की हवा तक न लगने पायेगी कि वह किसी की रखैल हैं। जैसे वह यहाँ रहती-सहती हैं, वैसे ही वहाँ भी रहे-सहेंगी। आप इस विषय में उन्हें समझाइये। बीवी होने में उन्हीं का नुक़सान है, आप तो जानते हैं फिर जो आज़ादी वह चाहती हैं, उन्हें कैसे मिलेगी?

—तुम ठीक कहते हो,—सेठ जी बोले—लेकिन इसमें एक और बात ग़ौर करने की है, वह यह कि, भाई, तुम लोगों का सम्बन्ध होना तो लाज़िमी है। फिर बाल-बच्चे भी होंगे ही। उनका क्या होगा?

—वही होगा जो मिस रम्भा का हो रहा है,—सोनेलाल इतनी देर के बाद हँसकर बोला—इसमें सोचने की कौन-सी बात है, बाबू जी?

—चुप रहो!—सेठ जी ने डाँटकर कहा—तुम्हारी काफ़ी आ रही है।

नौकर ने ट्रे उनके बीच में तिपाई पर रखकर पूछा—बना दूँ, सरकार?

—नहीं, तुम जाओ!—सेठ जी बोले।

सोनेलाल काफ़ी बनाने लगा तो सेठ जी बिगड़कर बोले—फिर तुमने वही मूर्खता की बात की न? यह बात तू रम्भा से भी कहेगा?

—नहीं, नहीं, बाबू जी!—सोनेलाल बोला—यह बात तो यों ही मेरे मुँह से निकल गयी, आप मुझे माफ़ करें! मैं तो...

—मैं तो तुम्हें हज़ार बार माफ़ कर सकता हूँ,—सेठ जी बोले—लेकिन, बेटा, मिस रम्भा एक बार भी तुम्हें माफ़ न करेंगी। ये रिश्ते बड़े नाजुक होते हैं, बनते-बनते बनते हैं लेकिन इनके टूटने में ज़रा भी देर नहीं लगती, समझे? मैं तुम्हारी भलाई के लिए ही कहता हूँ कि तुम अपनी ज़बान पर काबू रखना।

—रखूँगा, बाबू जी, रखूँगा,—सोनेलाल बोला—देखिये, कितनी देर बाद जाकर मैंने एक मूर्खता की बात की है! मैं धीरे-धीरे अपने को ठीक कर लूँगा, बाबू जी! आप कोई चिन्ता न करें।

—अच्छा, तो बताओ,—सेठ जी ने पूछा—उन बच्चों का क्या होगा?

—आप ओवल्टीन लीजिये, बाबू जी,—सोनेलाल काफ़ी की चुस्की लेकर बोला—आप सचमुच समझते हैं, बाबू जी, कि हमारे बच्चे होंगे?

—अरे, इसमें समझने की क्या बात है?—सेठ जी ने ओवल्टीन उठाते हुए कहा—जब औरत-मर्द के सम्बन्ध होते हैं तो बच्चे होते ही हैं।—कहकर उन्होंने भी ओवल्टीन की चुस्की ली।

—नहीं होगा, बाबू जी,—सोनेलाल फिर हँसकर बोला—आजकल के ज़माने में तो बच्चों का होना और न होना आदमी पर मुनहसर करता है।

—हाँ, यह कही है तुमने क़ायदे की बात!—सेठ जी भी हँसकर बोले—मैं मानता हूँ! तो तुम मिस रम्भा को रखैल की ही तरह रखना चाहते हो?

—यही मुनासिब होगा, बाबू जी,—सोनेलाल ने कहा—बस हो गयीं न आपकी बातें ख़तम? मेरे देखने में तो अब कोई बात रह नहीं गयी है।

—हाँ, यही मोटी-मोटी कुछ बातें थीं,—सेठ जी बोले—और कुछ होंगी तो फिर देख लेंगे। मुझे बड़ी ख़ुशी हुई कि सब बातें इतनी सरलता से तय हो गयीं। तुम्हारा सहयोग निश्चय ही सराहनीय रहा। अब, बस, एक ही हिचक रह गयी है...

—अब भी कोई हिचक रह ही गयी है, बाबू जी?—सोनेलाल ने सेठ जी की ओर आँखें उठाकर कहा।

भाई, मिस रम्भा के मानने की बात है न? वह...

—लीजिये,—अचकचाकर सोनेलाल बोला—आप यह क्या कह रहे हैं, बाबू जी? मैंने उन लोगों की इतनी-सारी बातें बिना हिचक के मान लीं और वह मेरी एक बात नहीं मानेंगी? आप तो सब जानते हैं, बाबू जी...

सुनकर सेठ जी हँस पड़े। बोले—बेटा, तुम बहुत-बहुत भोले हो, इसमें कोई भी सन्देह नहीं है। ख़ैर, अब यह मेरी ज़िम्मेदारी रही कि मिस रम्भा मान जायें। मैं कल तक काग़ज़ तैयार कराके तुम्हें दिखा दूँगा। तुम अब सारा बन्दोबस्त कर डालो। देखो, फ़िलहाल तुम पाँच लाख रुपयों का एक ड्राफ्ट ही उन्हें दे देना, फिर बाद में उनसे लेकर शेयरों में डाल लेना। क्यों, ठीक है न!

—चलिये, यह भी हो जायेगा,—सोनेलाल ने प्याला ट्रे में रखते हुए कहा।

—तो सात जुलाई तक सारे बन्दोबस्त कर डालो। सात जुलाई की शाम को इसी कोठी में सारी औपचारिकता पूरी कर ली जायेगी। आठ जुलाई को वे लोग मद्रास के लिए रवाना हो जायेंगे। ठीक है?—कहकर सेठ जी ने भी अपना गिलास ट्रे में रख दिया।

—ठीक है, बाबू जी,—सोनेलाल बोला—मैं तब तक सब इन्तज़ाम कर लूँगा। आप निश्चिन्त रहें।

—तो अब चला जाये न?—सेठ जी उठते हुए बोले।

—चलिये,—सोनेलाल भी कहता हुआ उठ खड़ा हुआ।

: ५ :

पाँच जुलाई की रात साढ़े सात बजे हवाई सर्विस की गाड़ी कोठी के सामने आ रुकी। मेम साहब ने पुकारा—नारायन!

नारायन गाड़ी की ओर लपका। तब तक शोफ़र ने दरवाज़े खोल दिये थे। सब लोग नीचे उतर आये। नारायन ने सबको सलाम किया।

मेम साहब ने नारायन से पूछा—सब ख़ैरियत है न?

—जी, मेम साहब!—नारायन ने कहा—आप लोग तो अच्छी तरह रहे, मेम साहब?

—हाँ,—मेम साहब ने कहा—सामान सहेजकर उतरवा लो। चन्दर, तुम देखो!

—बहुत अच्छा, सरकार!—चन्दर ने कहा।

दूसरे चौकीदार ने तब तक फाटक खोल दिया था। सब लोग अन्दर आये। मेम साहब और मास्टर साहब थके हुए लगते थे, लेकिन रम्भा चहक रही थी। वे लोग पोर्टिको के पास आये, तो देखा, सामने एक सीढ़ी पर सेठ जी खड़े मुस्करा रहे हैं। रम्भा दौड़कर उनसे लिपट गयी। पुलककर बोली—पापा, ख़ूब मज़ा आया! बड़ा शानदार शहर है लन्दन!...

रम्भा की पीठ थपथपाते हुए सेठ जी बोले—मुझे बड़ी ख़ुशी हुई, तुम सैर कर आयी! अब जाओ, नहा-धो लो। फिर बातें करेंगे। अभी मैं यहाँ रुकूँगा।

रम्भा चली गयी तो मेम साहब सामने आकर सेठ जी से बोलीं—गुड इवनिंग!

—गुड इवनिंग!—सेठ जी ने मेम साहब का बढ़ा हुआ हाथ अपने हाथ में लेकर कहा—कहिये, सफ़र कैसा रहा?

—बहुत अच्छा रहा!—मेम साहब बोलीं—वक़्त बहुत कम था। बेबी के साथ घूमते-घूमते मैं तो थक गयी।

—अच्छा, आप चलकर नहा-धो लीजिये। फिर बातें होंगी। अभी मैं थोड़ी देर तक और रुका हूँ।

मेम साहब चली गयीं तो मास्टर साहब ने सामने आकर कहा—नमस्कार, सेठ जी!

—नमस्कार!—सेठ जी ने भी उनसे हाथ मिलाते हुए कुशल-समाचार पूछा। फिर कहा—आप तो बहुत थक गये मालूम देते हैं, मास्टर साहब?

—हाँ,—मास्टर साहब बोले—अब यह-सब मुझसे नहीं चलता।

—चलिये, अपने कमरे में चलिये!—सेठ जी बोले—तब तक मैं आपके ही कमरे में बैठूँगा।—चलते हुए सेठ जी ने पूछा—मास्टर साहब, हवाई जहाज़ में तो आपको कोई तकलीफ़ नहीं हुई न?

—नहीं,—मास्टर साहब बोले—मैं तो बहुत डरता था, लेकिन सब कुशलपूर्वक बीत गया। आप कहिये, अच्छी तरह रहे न?

—हाँ,—सेठ जी बोले—मुझे बस, उसी एक बात की परेशानी रही। और सब ठीक है।

दोनों कमरे में जाकर सोफ़ों पर बैठ गये। सेठ जी ने कहा—मास्टर साहब, आप गरम-गरम एक प्याला चाय पी लीजिये। आप बाथ रूम से हो आइये, तब तक मैं मँगाता हूँ।

—नहीं,—अपने गंजे सिर पर हाथ फेरते हुए मास्टर साहब बोले—अब तो खाने का वक़्त हो गया। चाय पी लूँगा तो न तो मुझसे खाना खाया जायेगा और न फिर नींद आयेगी।

—अच्छा, तो आप फ़ारिग़ हो लीजिये,—सेठ जी बोले—तब तक मैं लान में टहलता हूँ। आज हवा कुछ अच्छी चल रही है।—कहकर सेठ जी उठ खड़े हुए।

खाना हो जाने के बाद सेठ जी ने रम्भा से विदा ली और मास्टर साहब के साथ उनके कमरे में आकर बैठ गये।

थोड़ी देर बाद सेठ जी ने कहा—अब मैं जाऊँगा। मास्टर साहब, कहिये, उस मामले का क्या बना? मैं जानने को तड़प रहा हूँ। बेबी मान गयी न?

—बेबी से आपने आज भी बात नहीं की क्या?—मास्टर साहब ने कहा—अब तो बीच में एक दिन ही रह गया है।

—नहीं, मैंने तो कोई बात नहीं की,—सेठ जी बोले—शंकित होकर—आप लोगों की बेबी से क्या बातें हुई हैं, मुझे जल्दी बताइये!

—बेचारी बेबी को क्या समझ है अभी इन बातों की?—मास्टर साहब बोले—वह हमारी बातें सुनकर हँसने लगीं। बोलीं—अभी क्या ज़रूरत है शादी-वादी की? अभी तो मुझे कई सालों तक पढ़ना है। उसके बाद देखा जायेगा। लेकिन धीरे-धीरे सब बातें हम लोगों ने उन्हें समझायीं और यह भी कहा कि आपके पापा की भी यही राय है, तो वह बोलीं, मैं क्या कह सकती हूँ? आप लोग जैसा चाहें करें, लेकिन मैं अपनी पढ़ाई नहीं छोड़ सकती और न आप लोगों को छोड़ सकती हूँ।

—इसका तो सवाल ही नहीं उठता,—सेठ जी बोले—ख़ैर आप आगे कहिये, मास्टर साहब।

मास्टर साहब बोले—हम लोगों ने उन्हें समझाया कि वह जैसा चाहेंगी, वैसा ही होगा, बल्कि उन्हें और अधिक सुविधाएँ प्राप्त होंगी। तब वह बोलीं, मैं कुछ नहीं जानती, आप लोग जानें। बड़ी भोली हैं बेबी, सेठ जी! क्या बताऊँ, अभी तो वह इस विषय में कुछ सोच-समझ भी नहीं पाती हैं। जैसा उनसे हम कहेंगे, वैसा ही वह करेंगी। सेठ जी, उनके इस भोलेपन से मन कचोट उठता है। जब उनमें इन बातों की समझ-बूझ आयेगी और वह अपने रूप को और फिर उस आदमी को देखेंगी तो हमें क्या कहेंगी? सेठ जी, यह तो कुछ वैसे ही हुआ जैसे बाछी का पगहा पकड़कर कोई क़साई के हाथ में दे दे!

—मास्टर साहब, आप भावुक मत बनिये,—सेठ जी ज़रा सख़्त होकर बोले—मैं आपकी नहीं, बेबी की बातें जानना चाहता हूँ! आप ही की तरह मैं भी बूढ़ा और अनुभवी हूँ, लेकिन मैं यह जानता हूँ कि यह दुनिया भावुक लोगों के लिए नहीं है। आप कोई भी वैसी बात मन में न लाइये! मैंने अपनी व्यावसायिक बुद्धि से सब सोच-

समझकर देख लिया है और तब यह क़दम उठाया है। हाँ, अब आप यह बताइये कि बेबी से उस आदमी के बारे में भी बातें हुए थीं न?

—जी हाँ, हुई थीं,—मास्टर साहब हताश होकर बोले—बेबी को उनके बारे में भी कुछ नहीं कहना है। दरअसल, सेठ जी, बात यह है कि बेबी जिस तरह समाज से कटकर यहाँ के अलग-थलग माहौल में रही हैं, उन्हें अभी इन बातों का कोई ज्ञान नहीं है। वह हमारी किसी बात में भी कोई आपत्ति नहीं कर सकतीं। जैसे हम लोग चाहेंगे, वैसा ही वह करेंगी। लेकिन, सेठ जी, आप बुरा तो मानेंगे, लेकिन एक बार और मैं कहूँगा कि फिर आप इस विषय में सोच लीजिये। मुझे लगता है कि कहीं-न-कहीं कोई बहुत बड़ी ग़लती हो रही है।

—मास्टर साहब,—सेठ जी ज़रा तेज़ होकर बोले—मैं कोई चुप नहीं बैठा रहा हूँ! मैंने सोचा है और बार-बार सोचा है। मेरा निर्णय अपनी जगह पर बिलकुल ठीक है। आप अपने में किसी प्रकार की भी कमज़ोरी न आने दीजिये। अब मुझे यह बताइये कि क्या मेम साहब भी आपकी ही तरह सोचती हैं?

—नहीं, वह मेरी तरह नहीं सोचतीं,—मास्टर साहब बोले—वह अंग्रेज़ महिला हैं। वह दूसरी तरह सब बातों को देखती हैं। बल्कि यह कहूँ कि वह आपकी योजना को बहुत ही अच्छा समझती हैं, तो भी ग़लत बात न होगी। वह तो बार-बार बेबी से यही कहती रहीं कि बेबी, आप बड़ी क़िस्मतवाली हैं! आपको ऐसा धनी आदमी मिल रहा है। मैं आपकी उम्र की होती और मुझे कोई ऐसा आदमी रखने को तैयार होता तो मैं तुरन्त उसके साथ चली जाती। आदमी की ज़िन्दगी में आख़िर तक सिर्फ़ पैसा काम देता है और पैसा आदमी के पास हो तो दुनिया झख मारकर उसका साथ देती है। बेबी, आप बड़ी क़िस्मतवाली हैं। मैं आपको बधाई देती हूँ!

—बिलकुल ठीक कहती हैं, मेम साहब!—सेठ जी ख़ुश होकर बोले—आदमी को अपने जीवन के प्रति यही व्यावहारिक दृष्टिकोण रखना चाहिए। मास्टर साहब, हमारा यह देश झूठे आदर्शों के चक्कर में पड़कर ही ग़ारत हुआ है। ख़ैर, मुझे ख़ुशी है कि बेबी ने कोई आपत्ति नहीं की। मुझे उससे यही उम्मीद थी। लेकिन, मास्टर साहब, आप ज़रा अपने को कड़ा कीजिये। आप देखियेगा, जैसा मैं सोच रहा हूँ, सब ठीक-ठीक चलेगा। बेबी की ज़िन्दगी आराम से कटेगी।

—मैं कौन अब अधिक दिनों तक ज़िन्दा रहनेवाला हूँ?—मास्टर साहब बोले—सेठ जी, आप तो अब मुझे मुक्त कर देते तो बहुत अच्छा होता!

—मेरे ही मुक्त कर देने से आप मुक्त हो जायेंगे, मास्टर साहब?—सेठ जी बोले—आप बेबी को छोड़कर चले जा सकते हैं?

—यही तो कठिन बात मालूम होती है,—मास्टर साहब सिर झुकाकर बोले—सेठ जी, मेरा इस दुनिया में कोई भी नहीं है। मैं आपको पहले भी बता चुका हूँ, मैं बहुत ही कम उम्र में विधुर हो गया था। हमारे कोई बच्चा भी नहीं हुआ था। लेकिन

फिर मैं दूसरी शादी करने को अपने को कभी तैयार न कर सका। अपनी बीवी की याद मुझे आज भी है। बेबी को पाकर एक तरह से मेरे जीवन की एक बड़ी इच्छा पूरी हुई। सेठ जी, मैं आपका कृतज्ञ हूँ कि आपने मेरे और बेबी के बीच इस तरह का सम्बन्ध विकसित होने में इतनी सहायता की। अब तो मेरी समझ में ही नहीं आता कि बेबी से अलग होकर मैं जीवित भी रह सकता हूँ!

—आप बेबी से अलग नहीं होंगे, मास्टर साहब,—सेठ जी बोले—आपकी और मेम साहब की पूरी ज़िन्दगी का इन्तज़ाम मैंने कर दिया है। यह देखिये!—सेठ जी ने बैग से काग़ज़ निकालकर मास्टर साहब के हाथ में देते हुए कहा—ऐसा बढ़िया सौदा तो मैंने एक भी अपनी ज़िन्दगी में नहीं किया था। आप इसे देखिये, मेम साहब को भी दिखाइये और आप लोग ज़रूरी समझें तो इसे बेबी को भी ज़रूर दिखाइये। इससे बेहतर कोई समझौता नहीं हो सकता था। हर बात बेबी के पक्ष में है। उस काठ के उल्लू के लिए तो इसमें कोई जगह ही नहीं हैं...अच्छा, अब मैं चलूँगा!—उठते हुए सेठ जी ने कहा—मेम साहब से कह दीजियेगा कि परसों के जलसे की तैयारी कल से ही शुरू कर दें। ख़ूब शानदार होना चाहिए सब-कुछ। यह आख़िरी जलसा होगा इस कोठी में।

—आप बेबी से बात नहीं करेंगे?—मास्टर साहब भी उठते हुए बोले—आप ख़ुद भी बेबी से ज़रूर बातें कर लीजिये और उन्हें अपनी ओर से सब बातें समझा दीजिये। वह इससे बहुत ख़ुश होंगी।

—मैं बात करूँगा बेबी से भी, मास्टर साहब,—सेठ जी बोले—क्यों न करूँगा? आख़िर वह मेरी बच्ची है। आप चिन्ता न करें। उसके मन में अगर कुछ होगा भी तो मैं ज़रूर निकाल लूँगा। लेकिन यह ज़रूरी है कि आप अपने को ज़रा कड़ा रखिये। बेबी के सामने आपकी कमज़ोरी प्रकट नहीं होनी चाहिए।

—नहीं-नहीं, सेठ जी!—मास्टर साहब बोले—उनके सामने ऐसा कैसे हो सकता है? वह तो आपके सामने मैंने अपने मन की बातें कह दीं।

—अच्छा, नमस्कार!—सेठ जी बोले।

मास्टर साहब ने हाथ जोड़ दिये और सेठ जी बैग उठाकर कमरे से बाहर हो गये।

सेठ जी की गाड़ी जंगल के अन्धकार को चीरती हुई मद्धिम गति से आगे बढ़ती जा रही थी। सेठ जी जाने कितने दिनों के बाद आज बहुत प्रसन्न थे। एक बहुत बड़ी ज़िम्मेदारी जिसे वह अपने साथ इतने वर्षों से सचेत रूप से बाँधे हुए थे, उससे अब उन्हें छुटकारा मिलने जा रहा था। उन्हें ख़ुशी थी कि उन्होंने अपनी ज़िम्मेदारी पूरी तरह निभा दी थी और रम्भा की माँ के प्रति अपनी वफ़ादारी में उन्होंने एक भी दाग़ न लगने दिया था।

उन्हें इस घड़ी वे सब बातें याद आ रही थीं और अचानक उन पर एक दुःख के दौरे ने हमला कर दिया कि अब सब ख़त्म हो जायेगा। रम्भा चली जायेगी। वह कोठी खाली हो जायेगी और उनकी ज़िन्दगी की एक रंगीन निशानी हमेशा के लिए मिट जायेगी। परसों यह कोठी एक अन्तिम दृश्य भी देखेगी और फिर परदा गिर जायेगा और नाटक ख़त्म हो जायेगा। सेठ जी मन में ही बुदबुदा उठे, आह! यह कोठी मैंने किस चाह से बनवायी थी! अब यह वीरान हो जायेगी! इस कोठी की ज़िन्दगी इतनी छोटी होगी, तब मैं क्या जानता था। मैंने तो सोचा था कि जाने कितने वर्षों तक मैं जानकी देवी के साथ इस कोठी में रहूँगा और जन्नत के मज़े उड़ाऊँगा। लेकिन क्या हुआ, आह, क्या हुआ?

सेठ जी का मन भर आया। उन्होंने ड्राइवर की ओर देखा। यह उनका इतने वर्षों का अकेला साथी था। कितना वफ़ादार, कितना ईमानदार! उनके जी में आया कि वह ड्राइवर से पूछें, क्यों, भाई रामधन, उस दिन की तुम्हें याद है जब पहली बार मैं जानकी देवी के साथ कार में बैठकर इलाहाबाद से यहाँ इस कोठी में आया था? इसे ज़रूर याद होगा, सेठ जी ने सोचा, इसे सब याद होगा। लेकिन यह बेचारा तो इस गाड़ी की ही तरह सदा मूक रहा है। कभी एक बात जो इसने अपने मुँह से कभी निकाली होती! इसे भी जब यह मालूम होगा कि यह कोठी खाली हो गयी और अब यहाँ आने-जाने की कोई ज़रूरत नहीं रही तो कम दुःख न होगा। तब क्या यह मुझसे पूछेगा कि, सरकार, वह कोठी क्यों खाली हो गयी? अब आप वहाँ क्यों नहीं जाते? नहीं, यह बेचारा कभी भी कुछ भी न पूछेगा, इसने आज तक कब क्या पूछा है? बस, यही एक यहाँ चश्मदीद गवाह है। लेकिन अपने मुँह से यह कभी भी कुछ भी न कहेगा, कुछ भी न पूछेगा। ऐसा आदमी दुनिया में कहाँ मिलता है? बेचारा जवान हमारे यहाँ आया था और अब बूढ़ा हो गया। लेकिन गाड़ी अब भी कैसी लाजवाब चलाता है! इसकी इतनी बड़ी ख़िदमत का सिला इसको मैंने क्या दिया? और सेठ जी का मन दयार्द्र हो उठा। उन्होंने उसी दम अपने मन में यह तय किया कि इसे अब नौकरी से छुट्टी दे देनी चाहिए और एक गाड़ी इसे इनाम दे देनी चाहिए। इसके लिए एक गाड़ी क्या बड़ी चीज़ है? बेचारा चलाकर कमाये खायेगा और मुझे दुआएँ देगा। रम्भा की गाड़ी अब खाली हो ही जायेगी। कितनी बड़ी और शानदार गाड़ी है! उसे ही इसे दे देंगे। उनके मन में आया कि अपने इस शुभ निर्णय की सूचना मैं अभी ड्राइवर को दे दूँ। लेकिन फिर उन्होंने यह सोचकर उसे यह सूचना नहीं दी कि इसमें सूचना देने की क्या बात है, मैं सीधे इसे गाड़ी ही दे दूँगा। अचानक एक ऐसी गाड़ी पाकर यह कितना ख़ुश होगा!

सेठ जी को फिर याद आया कि एक मूक गवाह और भी हमारे सालीसिटर की सेफ़ में मुहरबन्द पड़ा हुआ है। मेरे मरने के बाद वह मिस रम्भा और मिसेज़ थामस के नामों का ऐलान करेगा, लोग सुनेंगे और आश्चर्य में पड़-पड़कर एक-दूसरे से

पूछेंगे कि, भाई, ये मिस रम्भा और मिसेज़ थामस कौन हैं, जिनके नाम सेठ जी इतनी बड़ी रक़म अपने वसीयतनामे में दर्ज करा गये हैं? हो सकता है कि यह आश्चर्यजनक समाचार अख़बारों में भी छपे और सब लोग पढ़ें और अटकलें लगायें कि यह मिस रम्भा और मिसेज़ थामस कौन हैं? मिस रम्भा ने अगर दावा पेश किया तब तो सब बातें सबके सामने आ जायेगी। लोग कहेंगे, यह देखो, एक देशभक्त पूँजीपति को, इसने तो एक रखैल भी रख छोड़ी थी और उससे इसकी एक लड़की भी है मिस रम्भा! मेरे नाम को इससे निश्चय ही बड़ा बट्टा लगेगा और मेरे वारिसों को निश्चय ही इससे बड़ी शर्मिन्दगी होगी। और सेठ जी ने बड़ी ही अनिच्छापूर्वक यह सोचा कि क्यों न इस वसीयतनामे को रद्द कर दिया जाये। आख़िर मिस रम्भा और मिसेज़ थामस को अब रुपयों की ज़रूरत ही क्या है? इतने रुपये तो उन लोगों के पास हैं। सोनेलाल भी पाँच लाख दे ही रहा है। और सेठ जी को अफ़सोस हुआ कि मैंने वसीयतनामे की बात मास्टर साहब और मेम साहब को किस कमज़ोरी में बता दिया? ऐसा मुझे हर्गिज़ न करना चाहिए था। उन्होंने मिस रम्भा को भी ज़रूर बता दी होगी यह बात! ख़ैर, अभी कुछ नहीं बिगड़ा है, मैं उनसे यह बात कह दूँगा। ठीक वक़्त पर मुझे यह बात याद आ गयी, यह कितना अच्छा हुआ, भूल गया होता तो कितनी बुरी बात होती!

और अब सेठ जी बड़े ध्यान से सोचने लगे कि कहीं और तो कोई गवाह नहीं है? उन्हें चन्दर और उसकी औरत रामी की याद आयी, लेकिन उन्होंने उन पर कोई ध्यान नहीं दिया। सोचा कि हो सकता है, मेम साहब उन्हें अपने ही साथ मद्रास ले जायें। बहुत पुराने और वफ़ादार नौकर हैं, अभी शरीर से ख़ूब पुष्ट और परिश्रमी भी हैं।

सेठ जी आगे सोचने लगे तो उन्हें अचानक जानकी देवी की दास्तान की याद आ गयी। वह दास्तान और उनके वे तीनों पत्र आज भी उनकी सेफ़ में लिफ़ाफ़े में बन्द पड़े हुए हैं। सेठ जी को आश्चर्य हुआ कि इतने बड़े गवाह को मैं अभी तक क्यों भूला हुआ था? बाप रे बाप! इसे सही-सलामत छोड़ देना कितना ख़तरनाक होता? उन्हें पढ़ने के बाद तो पर्दा ही फ़ाश हो जाता! और सेठ जी ने तय किया कि उन पन्नों को आज ही, इसी वक़्त मैं आग के सुपुर्द कर दूँगा। इस काम को हर्गिज़-हर्गिज़ नहीं टालना चाहिए! समझ में नहीं आता कि इस दास्तान को और अपने पत्रों को आज तक मैं रखे ही क्यों रहा? ऐसी बेवकूफ़ी की बात तो मुझसे कभी भी नहीं होती! सेठ जी ने सोचा कि शायद ऐसा इसलिए हुआ कि वह दास्तान बहुत अच्छी लिखी हुई है। उसे मैंने कितनी बार पढ़ा है! और सेठ जी पर अचानक ही यह सनक सवार हुई कि मैं भी क्यों न अपनी दास्तान लिख डालूँ? मैं क्या नहीं लिख सकता? मैंने कितने ही लेख लिखे हैं! मेरे कितने ही बयान अख़बारों में प्रकाशित हुए हैं। आज भी कितने ही सम्पादक और संवाददाता मेरे यहाँ कुछ पा जाने के लिए धरना दिये

रहते हैं। पहले मुझे यह ख़याल क्यों न आया, ताज़्जुब है! लेकिन फिर सेठ जी ने सोचा कि आख़िर मैं अपनी दास्तान लिखकर करूँगा क्या? जानकी देवी ने तो अपनी दास्तान मुझे पढ़ने को दी थी, मैं अपनी दास्तान किसे पढ़ने को देकर अपनी शामत बुलाऊँगा? और अचानक सेठ जी को ख़याल आया कि क्यों न अपनी दास्तान लिखकर मैं रम्भा को पढ़ने को दूँ? बेचारी को मालूम तो हो कि वह कौन है, उसके माँ-बाप कौन हैं। उसे जानना ही चाहिए! निश्चय ही उससे कोई भी ख़तरा मुझे नहीं हो सकता, क्योंकि हमारे सभी राज़ साझे के हैं। इससे एक और लाभ यह होगा कि तब वह यह बात भी ठीक-ठीक समझ जायेगी कि आख़िर सोनेलाल-जैसे कुपात्र के साथ उसे रखने के लिए मैं क्यों मज़बूर था। मास्टर साहब बेबी से बात करने को कह रहे थे, लेकिन बेबी को तो सब बातें कहकर बतायी नहीं जा सकतीं। बेबी को अब तक पूरे अन्धकार में मैं रखे रहा हूँ, वह तो कुछ भी नहीं जानती। एक-न-एक दिन उसे सब-कुछ जानने की उत्सुकता अवश्य होगी। हो सकता है कि यहाँ से जाने के बाद ही उसे अपनी स्थिति का ज्ञान होना शुरू हो जाये। वह यह सोचे बिना रह ही कैसे सकती है कि उसके पापा ने आख़िर उसकी ऐसी व्यवस्था क्यों की? वह अभी अपने मुँह से कुछ भी नहीं कह रही है, लेकिन ठीक स्थिति से जब उसे दो-चार होना पड़ेगा तो वह चुप कैसे रहेगी?

और सेठ जी के मन में अचानक यह विचार आया कि मैं जानकी देवी की दास्तान भी रम्भा को क्यों न दे दूँ? जानकी देवी की सब बातें तो मैं अपनी दास्तान में लिख नहीं सकता। यही ठीक रहेगा, मैं जानकी देवी की दास्तान को जलाऊँगा नहीं, उसे भी रम्भा को ही दे दूँगा। वह अपनी माँ और अपने पिता की दास्तानें पढ़कर पूरी स्थिति को अच्छी तरह समझ जायेगी। तब शायद वह अपनी स्थिति के बारे में हमें दोषी नहीं ठहरायेगी, वह हमारी मजबूरी समझेगी और हो सकता है कि फिर उसे हमारे साथ सहानुभूति ही हो।

तभी अचानक सेठ जी को ख़याल आया कि क्या मैं भी जानकी देवी की ही तरह अपनी दास्तान सच-सच लिख सकता हूँ? इस प्रश्न के साथ ही सेठ जी का मन ग्लानि से भर उठा। उनकी सारी ज़िन्दगी एक रील की तरह उनकी आँखों के सामने घूम गयी। ओह! सेठ जी मन में ही बोले, मेरी पूरी ज़िन्दगी कितनी बड़ी एक झूठ रही है! मिथ्या आचरण के सिवा और मैंने क्या किया है? मेरा धन, मेरी प्रतिष्ठा, मेरे यश के नीचे कैसा एक मिथ्या का पनाला बह रहा है, यह कौन जानता है? हाँ, इतना अवश्य है कि इस पनाले में आज भी जानकी देवी एक कमल के फूल की तरह खिली हुई हैं। सिर्फ़ जानकी देवी के साथ ही मैं मिथ्या आचरण न कर सका। जानकी देवी अगर जीवित रहतीं, तो कौन जाने शायद मेरी ज़िन्दगी का रास्ता ही बदल जाता। उस निश्छल, निरीह, सुन्दर नारी के समक्ष बैठकर जैसे मेरी सारी कलुषता धुल जाती थी। क्या सचमुच मैं जानकी देवी से प्रेम करने लगा था? नहीं, उसे मैं प्रेम कैसे कह

सकता हूँ? हाँ, इतना अवश्य जानता हूँ कि वह मुझे एक देवी की तरह लगती थी और मैं सदा उसकी पूजा करते रहना चाहता था। जानकी देवी से सचमुच प्रेम नहीं किया जा सकता था, उस प्रतिमा की तो पूजा ही की जा सकती थी। उससे प्रेम करने की योग्यता मुझमें कहाँ थी? प्रेम करने के लिए आदमी में जो सच्चाई, शक्ति और साहस होना चाहिए, वह मुझमें कहाँ था? जानकी देवी के साथ अपने सम्बन्ध को भी तो मैं समाज में न रख सकता था। अपनी इसी अयोग्यता के कारण तो मैंने एक मन्दिर बनवाया था और उसमें जानकी देवी को प्रतिमा की तरह लाकर प्रतिष्ठित कर दिया था। जानकी देवी एक प्रतिमा की तरह ही मेरी पूजा स्वीकार लेती थी। प्रतिमा ने कब, कहाँ, किस पुजारी या पुजापा के विरुद्ध मुँह खोला है?...मैं यह सब लिखूँगा, सब लिखूँगा! इसी प्रतिमा के सामने मैं जीवन में एक बार अवश्य सब-कुछ सच-सच स्वीकार करूँगा, जिस तरह उसने अपना सब-कुछ मेरे समक्ष खोलकर रख दिया था। रम्भा हम दोनों के बीच खड़ी होकर हम दोनों को ज्यों-का-त्यों देखे, वही तो अकेली हम दोनों के सम्बन्ध की जीवन्त साक्षी है। इस साक्षी के सामने दुराव का कोई प्रश्न ही कहाँ उठता है? सारी ज़िन्दगी सारी दुनिया से मैं दुराव रखता हूँ, इस भार को, इस ग्लानि को अपनी आत्मा पर लिये-दिये इस दुनिया को छोड़ना तो बड़ा कठिन होगा। कम-से-कम एक को तो मैं अपने जीवन का साक्षी बना जाऊँ। इस आत्मस्वीकृति से निश्चय ही मेरी आत्मा का भार कुछ कम होगा, मेरी आत्मा की ग्लानि कुछ कम होगी।

फिर तो सेठ जी की प्रसन्नता दुगुनी हो उठी। अब वह ड्राइवर से बोले बिना न रहे सके। बोले—रामधन!

—जी, सरकार!

—परसों यह कोठी खाली हो जायेगी!

—क्यों, सरकार?

—बेबी की परसों शादी हो जायेगी और वह अपनी ससुराल चली जायेगी।

—परसों ही, सरकार?

—हाँ, रामधन,—सेठ जी जैसे मर्माहत होकर बोले—अब हमें यहाँ आने-जाने की ज़रूरत नहीं पड़ेगी। मैं सोचता हूँ कि अब तुम्हें छुट्टी दे दूँ?

—माई-बाप!—ड्राइवर जैसे रोकर बोला—फिर मेरे पेट का क्या होगा? इस उम्र में मुझे कौन अपने यहाँ रखेगा? मेरी सारी उम्र तो आपकी ख़िदमत में गुज़र गयी!

—रामधन, दुःखी मत होओ!—सेठ जी ने दयार्द्र होकर कहा—मैंने सोचा है कि बेबी की गाड़ी तुम्हें दे दूँगा। वह अब खाली हो जायेगी न!

—वह हाथी लेकर मैं क्या करूँगा, सरकार?—ड्राइवर बोला—इससे तो अच्छा हो कि आप मुझे एक टैक्सी दिला दें।

सेठ जी उसकी बात सुनकर हँसे बिना न रह सके। बोले—अच्छा, अच्छा! तुझे मैं एक टैक्सी ही दिला दूँगा। अब तो ख़ुश है न?

—जी, सरकार,—ड्राइवर बोला—आपकी मेहरबानी को मैं ज़िन्दगी-भर न भूल सकूँगा।

पोर्टिको में गाड़ी रोककर ड्राइवर ने उतरकर दरवाज़ा खोला और बायें हाथ से दरवाज़ा पकड़कर, दाहिना हाथ सलाम करने के लिए माथे से छुलाकर खड़ा हो गया। सेठ जी उतरकर हमेशा की तरह तुरन्त नहीं चले गये। उनके मन में आज जाने क्या आया कि वह एक क्षण को रुके और बोले—रामधन, आज मैं तुमसे हाथ मिलाना चाहता हूँ!—और उन्होंने अपना हाथ उसकी ओर बढ़ा दिया।

दरवाज़ा छोड़कर रामधन ने तुरन्त झुककर सेठ जी के पाँव पकड़ लिये। बोला—सरकार, मुझे तो यही ज़ेब देता है!

तभी चौकीदारों के बूटों की खट-से आवाज़ हुई और सेठ जी चौंककर सीढ़ियों पर चढ़ने लगे।

अपने कमरे में जाकर उन्होंने दरवाज़ा अन्दर से बन्द कर लिया। उन्हें याद आया कि जानकी देवी की दास्तान पढ़ने के लिए भी उन्होंने एक रात इसी तरह यह दरवाज़ा अन्दर से बन्द किया था। उस वक़्त खाने के लिए पूछने को नौकर आया था और फिर रानी ख़ुद आयी थी। अब कौन आयेगा? नौकर आ सकता है। पंकज को तो अब मेरी कोई चिन्ता रही नहीं। और बेचारी रानी तो रही ही नहीं। सो, आज कोई विघ्न नहीं पड़ेगा।

वह थोड़ी देर तक यों ही टहलते रहे। अचानक उनकी दृष्टि वीनस की मूर्ति पर पड़ी, उसके सीने में अब भी गुलाब के फूल खिले हुए थे। माली तब से बराबर ये फूल गुलदान में लगा जाता है। इन फूलों से उस दिन कैसी दृष्टि मुझे मिली थी! और सेठ जी के जी में आया कि मैं फिर एक बार इन फूलों को सूँघूँ और चूमूँ और उस दिन की याद ताज़ा करूँ। इसमें कितना सुख है! और वह फूलों पर झुक गये।

उनकी मन:स्थिति आज अजीब-सी हो रही थी। रह-रहकर उन्हें पुरानी बातें याद आती थीं और उनका मन भर-भर आता था। लगता था कि वह मृत्यु-शय्या पर लेटे हैं और अपने जीवन से विदा ले रहे हैं...यह जीवन कितना लम्बा था और आज लगता है कि यह कितना छोटा था, जैसे आसमान में एक तारा टूटा हो और देखते-देखते बुझ गया हो और सब समाप्त हो गया हो।

सेठ जी बहुत व्याकुल हो उठे। उन्हें लगा कि इन क्षणों का कोई भी भरोसा नहीं है, इस आलोक का कोई भी भरोसा नहीं है। ये क्षण पहले भी तो कई बार आये हैं, यह आलोक पहले भी तो कई बार कौंधा है, लेकिन मैं इन्हें कब पकड़ पाया हूँ?

उन्होंने तुरन्त दराज़ से क़लम और काग़ज़ निकाले और अपनी दास्तान लिखने बैठ गये।

सात जुलाई की शाम जैसे क्षणों में ही आ गयी। इस शाम को सेठ जी कैसा आचरण करेंगे, बहुत सोच-समझकर उन्होंने मन-ही-मन निश्चय किया था। लेकिन वह अब अपने इस निर्णय पर क़ायम न रह सके। अपनी दास्तान उन्होंने पूरी ईमानदारी और साहस से लिखी थी और इस समय भी उन पर वही नशा तारी था और वह चाहते थे कि यह नशा बना रहे, अब हमेशा बना रहे!

पूर्व-योजना के अनुसार उन्हें सोनेलाल ठीक छह बजे कश्मीरी गेट पर मिला। लेकिन आज उन्होंने अपनी गाड़ी वापस नहीं की। उन्होंने उसके पास अपनी गाड़ी रोकवायी और सिर बाहर निकालकर सोनेलाल से कहा—तुम मेरी गाड़ी के पीछे-पीछे आओ,—और फिर अपने ड्राइवर से उन्होंने कहा—रामधन, गाड़ी जंगल की कोठी ले चलो। आज बेबी की शादी की दावत में तुम्हें भी शामिल होना है।

गाड़ियाँ एक-दूसरे के पीछे चल पड़ीं। सेठ जी ने कई बार देखा था कि आज उनका ड्राइवर भी उन्हीं की तरह बेहद उदास था। उनके मन में आया कि इससे कोई बात की जाये। वह बोले—रामधन, भाई, तुम आज इतने उदास क्यों हो? मैं कल ही टैक्सी दिलवा दूँगा।

—सरकार,—ड्राइवर बोला—टैक्सी क्या आपसे बढ़कर है?

सेठ जी ने चकित होकर देखा, ड्राइवर अपनी हथेली से आँखें पोंछ रहा था। सेठ जी के मन में अचानक आया कि कहूँ, रामधन, तू मेरे लिये रोता है? अरे, मैं इस लायक़ नहीं हूँ रे, कि कोई मेरे लिये रोये! मैं नीच हूँ, अधम हूँ, पापी हूँ, झूठा हूँ, मक्कार हूँ, लोलुप हूँ...और तू, तू रामधन, ज़रूर इस लायक़ है कि तेरे लिये आदमी रोये! तेरे पास ईमान का धन है, तू सच्चा है, तेरे मन में दर्द है, प्रेम है, इन्सानियत है...

लेकिन सेठ जी से कुछ बोला न गया। वह ज़ोर लगाकर अपने को रोके रहे। उन्हें डर हुआ कि वह अब कुछ भी बोले तो जाने क्या हो जायेगा। उन्होंने ड्राइवर की ओर फिर देखने का भी साहस न किया। वह कभी इधर की खिड़की से और कभी उधर की खिड़की से बाहर देखने लगे। वह सोच रहे थे कि मन की बात मुँह से निकालना कितना बड़ा काम है! दुनिया के सब लोग अपने मन की बात सच-सच बोलने लगें तो यह दुनिया क्या-से-क्या बन जाये! ऐसा क्या कभी हो सकता है? नहीं होगा, नहीं होगा, ईमानदारी से इस दुनिया का कौन-सा कारोबार चल सकता है? ये कारोबार! और सेठ जी का मुँह जैसे ऐंठ-सा गया।

बहुत देर के बाद सेठ जी के मुँह से बस एक बात निकली—रामधन!

ड्राइवर ने सिर ज़रा-सा उनकी ओर मोड़ा तो वह बोले—मैं तुम्हें छुट्टी नहीं दूँगा, रामधन, जब तक जीऊँगा मैं तुम्हें अपने पास रखूँगा।

उन्होंने देखा, ड्राइवर का चेहरा अचानक खिल उठा। वह गद्‌गद होकर बोला—सरकार, आपने मेरी जान बचा ली! आपकी ज़िन्दगी के लिए मैं दुआ करूँगा!

गाड़ी की रफ़्तार कुछ तेज़ हो गयी। सेठ जी बोले—तुम्हारी तनख़ाह भी मैं बढ़ा दूँगा, रामधन, और तुम्हारी पेन्शन का भी मैं इन्तज़ाम कर दूँगा। तुम बेफ़िक्र रहो।

—आपके रहते मुझे कोई फ़िक्र करने की क्या ज़रूरत है, माई-बाप?—रामधन ने कहा—आपके जीते-जी मेरी मिट्‌टी उठ जाये, मैं तो भगवान् से यही मनाऊँगा!

सेठ जी ने फिर खिड़की से बाहर देखा और सोचा, इस रामधन में और मास्टर साहब में कोई भी अन्तर नहीं है। बेचारे मास्टर साहब भी कितने दुःखी हैं! बेबी के लिए मैंने जो इन्तज़ाम किया है, उसे उनका मन स्वीकार नहीं कर पा रहा है। काश, मैं साहस से काम ले पाता और बेबी को अपनी बग़ल में लेकर समाज में सिर उठाकर खड़ा हो पाता! तब यह दृश्य कितना भिन्न होता? ख़ूब बाजे बजते, ख़ूब आतिशबाज़ियाँ छूटतीं, ख़ूब बड़ी बारात आती, ख़ूब सुन्दर दूल्हा आता, हज़ारों लोग निमन्त्रित होते, कितनी बड़ी ख़ुशी मनायी जाती! दुलहिन रम्भा तब कितनी ख़ुश, कितनी सुन्दर दिखायी देती! और आज? आज क्या होगा? ओफ़! सेठ जी मुँह में ही बोल पड़े, मेरी बच्ची! मेरे बच्चों में सबसे प्यारी, सबसे सुन्दर मेरी बच्ची! मुझे क्षमा करना! तेरा यह बाप बड़ा कायर है, बड़ा ही नीच है! उसने तुम्हारे लिये सोने की चिता सजायी है!

सेठ जी के मन में आया कि रोयें। लेकिन उन्हें लगा कि मैं रामधन नहीं हूँ कि मन में दुःख होगा तो रो दूँगा। मैं सेठ कालिन्दी प्रसाद हूँ, जिसका मन सिर्फ़ व्यापार करना जानता है, सिर्फ़ सोना कमाना जानता है। वह सिर्फ़ सोने के लिए रोता है और सिर्फ़ सोने के लिए हँसता है। उसके रोने और हँसने का मन के दर्द और मन की ख़ुशी से कोई भी सम्बन्ध नहीं है। आज उसे रोना नहीं चाहिए, आज उसे हँसना चाहिए, ख़ूब हँसना चाहिए! उसकी बेटी को आज कितना सोना मिलने जा रहा है—सोनेलाल!

गाड़ियाँ पोर्टिको में जा रुकीं। सेठ जी अपनी गाड़ी से और सोनेलाल अपनी गाड़ी से एक ही साथ उतरे। सोनेलाल लपककर सेठ जी के पास आया और ख़ुशी के मारे दाँत दिखाता हुआ बोला—बाबू जी, मेरी गाड़ी से अटैचियाँ उतरवानी हैं!

सेठ जी उसका कोई जवाब न देकर ड्राइवर से बोले—रामधन, चन्दर को बुलाकर, उस गाड़ी से अटैचियाँ उतरवाकर मेम साहब के कमरे में पहुँचवा दो। इन सेठ जी को भी उन्हीं के कमरे में पहुँचाना है। समझे?

—जी, सरकार,—ड्राइवर बोला।

तब तक सेठ जी सीढ़ियाँ चढ़ने लगे थे। सोनेलाल हकबकाया-सा उनकी पीठ देख रहा था।

सेठ जी तेज़ क़दमों से चलते हुए, सीध में देखते हुए सीधे रम्भा के कमरे में पहुँचे। कोठी की रोशनी और सजावट की ओर उनकी दृष्टि नहीं गयी थी। रम्भा के कमरे की रोशनी और सजावट पर भी उनकी दृष्टि नहीं पड़ी। वह कमरे में प्रविष्ट हुए ही थे कि रम्भा कोच से उठकर दौड़ती हुई उनके पास आयी और उनसे लिपट गयी। सेठ जी की आत्मा की नींव तक हिल उठी।

भरी-भरी रम्भा जाने कब से बैठी अपने पापा का इन्तज़ार कर रही थी। पापा से मिलते ही जैसे उसकी आँखों में छाये बादल बरस पड़े। वह बरसती आँखों को ऊपर उठाकर विह्वल स्वर में बोली—पापा! पापा! यह आपने क्या किया? अभी से आपने मुझे अपने से अलग करने की क्यों ठान ली?—और उसने बिलखकर फिर अपना मुँह पापा की गोद में डाल दिया।

बहुत ज़ोर डालकर, आर्द्र कण्ठ से धीरे-धीरे सेठ जी बोले—मेरी बेटी! मेरी बच्ची! न रो!—और उसकी पीठ सहलाते हुए वह उसे कोच की ओर ले आये और बोले—बेटी, बैठ, बैठ जा।

रम्भा सिसकती हुई, सिर झुकाकर बैठ गयी तो उसकी पीठ पर हाथ फेरते हुए सेठ जी बोले—बेटी, मैं तुम्हें अपने से अलग नहीं कर रहा हूँ, सिर्फ़ तुम्हारा घर बदल रहा हूँ। तुम्हें अब मैं एक ऐसे शहर में भेज रहा हूँ, जहाँ आज़ादी से तुम घूम-फिर सकोगी। यूनिवर्सिटी जाकर पढ़-लिख सकोगी। जब तक मैं ज़िन्दा हूँ तब तक मुझे सदा अपने ही पास समझना। तुम्हें भला मैं कैसे छोड़ सकता हूँ? ऐसी बात मन में न लाना, बेटी। यह काम मुझे आज ही करना था। मैंने तुम्हारी माँ से वादा किया था कि मैं तुम्हारी शादी तुम्हारी उम्र सोलह होते-होते ज़रूर कर दूँगा।

—यह मेरी शादी है, पापा?—बिलखती रम्भा ने अपना होंठ दाँतों से काटकर कहा—शादियाँ इसी तरह होती हैं?

—मैंने तुम्हारी माँ से इसी तरह शादी की थी, बेटी,—सेठ जी के मुँह से यह बात कैसे निकल गयी, उनकी समझ में न आया। वह अपनी जीभ काटकर तुरन्त बोले—बेटी, समझ लो, कि तुम्हारा पिता ऐसा ही करने को मजबूर है। और मैं क्या कहूँ?

—पापा, आपने तो मेरी माँ के बारे में कभी भी कुछ भी न बताया,—रम्भा बोली—वह होतीं तो आप यह-सब इस तरह से नहीं कर सकते थे, पापा!

—तुम ठीक कहती हो, बेटी,—सेठ जी बोले—लेकिन यह वक़्त यह-सब बातें करने का नहीं है। ये-सब बातें अपने वक़्त पर तुम्हें मालूम हो जायेगी, मैं तुमसे कुछ भी न छिपाऊँगा, बेटी।

—हम लोग इसी शहर में नहीं रह सकते, पापा?

—नहीं, बेटी, मेम साहब ने तो तुम्हें सब-कुछ बताया ही होगा।

—लेकिन मेरी समझ में तो कुछ भी नहीं आता, पापा।

—समझ जाओगी, बेटी, तुम सब समझ जाओगी!—उसके सिर पर हाथ फेरते हुए सेठ जी बोले—इस वक़्त तुम धीरज से काम लो। मेम साहब और मास्टर साहब सदा तुम्हारे साथ रहेंगे और वहाँ भी तुम इसी घर की तरह रहोगी। घबराने की कोई बात नहीं है, बेटी।

—लेकिन पापा, आप तो वहाँ नहीं रहेंगे।

—मैं यहीं कहाँ रहता था, पगली?

—आप यहाँ क्यों नहीं रहते थे, पापा?

सेठ जी के मुँह से फिर सही जवाब निकलने जा रहा था कि उन्होंने अपनी जीभ दाँतों में दबा ली। फिर बोले—इसलिए कि तुमसे बहुत मुहब्बत हो जाती और फिर तुमसे अलग होने में बहुत ज़्यादा तकलीफ़ होती।

—आप मुझसे मुहब्बत नहीं करते, पापा?

—ऐसा तू समझती है?

—नहीं, पापा!—कहकर रम्भा उनसे लिपट गयी और बोली—मुझे तो आपसे बहुत मुहब्बत है, पापा! मैं रोज़ शाम को आपके आने का इन्तज़ार किया करती थी।

—मैं भी रोज़ शाम को तुम्हें देखने के लिए तड़पा करता था, बेटी!—सेठ जी बोले—मैं वहाँ भी आऊँगा, बेटी।

—रोज़ आयेंगे, पापा?

—लो, तुम तो बिलकुल बच्चियों की तरह बातें करने लगी!—सेठ जी उसके गाल पर एक हलकी चपत लगाकर बोले—रोज़ मैं इतनी दूर कैसे आ-जा सकता हूँ? तुम जब बुलाओगी, आऊँगा।

—हफ़्ते में एक बार, पापा?

—मुझ बूढ़े को तुम दौड़वाकर मार डालना चाहती हो क्या, बेटी?

—नहीं तो महीने में तो आपको एक बार आना ही होगा!

—आऊँगा, बेटी।

—वहाँ से तो मैं आपको फ़ोन भी कर सकूँगी, पापा।

—हाँ-हाँ, बराबर!

—यहाँ से आपको फ़ोन करना क्यों मना था, पापा?

—फिर बताऊँगा।

—मैं आपको रोज़ फोन करूँगी, पापा!

—करना। चार बजे शाम को। आफ़िस के नम्बर पर। नम्बर तुम्हें मालूम है?

—हाँ। फोर-ज़ीरो-नाईन-सिक्स।

—तुम्हें कैसे मालूम हुआ?

तभी दरवाज़े पर से मेम साहब की आवाज़ आयी—मैं अन्दर आ सकती हूँ?

सेठ जी बोले—आइये, मेम साहब!

मेम साहब ने अन्दर आकर गुड इवनिंग कहा और खड़े-खड़े ही बड़े औपचारिक ढंग से दोनों हाथों से दरवाज़े की ओर संकेत करते हुए कहा—वक़्त हो गया, आप लोग तशरीफ़ ले चलिये।

सेठ जी उठ खड़े हुए तो मेम साहब ने आगे बढ़कर रम्भा का हाथ पकड़कर उसे उठाते हुए कहा—चलो, मेरी बच्ची!

वे लोग जिस कमरे में आये वह बड़े दिन की तरह सजा हुआ था और उसमें मास्टर साहब और सोनेलाल पहले ही से मौजूद थे। उन दोनों ने सिर झुकाकर इन लोगों का स्वागत किया।

सेठ जी ने मेम साहब के कान के पास मुँह ले जाकर धीरे से कहा—मेम साहब, सब ठीक है?

मेम साहब ने भी धीरे से ही कहा—सब ठीक है।

तब सेठ जी ने कहा—मेम साहब, आज के दिन मेरी ख़्वाहिश है कि कोठी के सब लोगों को इस जलसे में शामिल किया जाये।

मेम साहब ने अचकचाकर सेठ जी की ओर देखा तो सेठ जी बेहिचक बोले—सबको बुलाइये, मेम साहब! आज यह कोठी का आख़िरी जलसा है, इसमें सबको शरीक़ होने दीजिये।

मेम साहब ने घण्टी का बटन दबाया और लगातार उसे तब तक दबाये रखा, जब तक कोठी के सब नौकर-नौकरानियाँ कमरे में न आ गये। आज सब-के-सब नये-नये कपड़े पहने हुए थे।

सेठ जी ने कहा—मेम साहब, मेरे ड्राइवर को भी बुला लीजिये और चौकीदारों को भी कहलवायें कि वे भी फाटक में ताला लगाकर यहाँ आ जायें।

मेम साहब का संकेत पाते ही एक आदमी दौड़ा गया और उन्हें बुला लाया।

सेठ जी को अब कुछ अच्छा-सा लगा कि यह कमरा कुछ भर-सा गया है। लेकिन तभी उन्हें लगा कि नौकरों की उपस्थिति से तो यहाँ की ख़ामोशी और भी गहरी हो गयी है। यह उन्हें बिलकुल अच्छा न लगा और वह बिना कुछ सोचे-समझे नौकरों की ओर गये और बोले—तुम लोग इस तरह ख़ामोश क्यों खड़े हो? आज

बेबी का जन्म-दिन है! आज बेबी की शादी है। तुम लोग नाचो, गाओ और ख़ुशी मनाओ!

नौकरों ने एक-दूसरे को आपस में देखा और तुरन्त कठपुतलियों की तरह भंगड़ा नाचने लगे। उनके पाँवों की चापों और हाथों की तालियों की आवाज़ें कमरे में गूँज उठीं।

मुस्कराते हुए सेठ जी मेम साहब के पास आये। वह उन्हीं की ओर भौंहें सिकुड़ाये हुए देख रही थीं। सेठ जी बोले—मेम साहब, आइये, हम भी नाचें!—और फिर वह ख़ामोश खड़े मास्टर साहब की ओर भी मुड़कर बोले—आइये, मास्टर साहब, आप भी आइये!—और फिर सोनेलाल की ओर मुड़कर उन्होंने कहा—ऐसे खड़ा तू क्या देख रहा है? आ भूतड़ी के! तू भी नाच!

मास्टर साहब नौकरों के दल में आ शामिल हुए! सोनेलाल भी रम्भा की ओर मुड़-मुड़के देखता हुआ, पाँव घसीटते हुए नौकरों के दल के पास आ खड़ा हुआ। लेकिन मेम साहब बोलीं—मुझे बेबी के साथ इसके जन्म-दिन की कुछ रस्में पूरी करनी हैं।

—रस्में तो आप ज़िन्दगी-भर पूरी करती रहेंगी!—सेठ जी बोले—लेकिन यह दिन आपको फिर कभी नसीब न होगा! आइये! आइये!

मेम साहब उनकी ओर आश्चर्य-भरी आँखों से दो क्षण देखती खड़ी रहीं लेकिन जब सेठ जी ने उनका हाथ पकड़कर खींचा और उन्हें लिये हुए नौकरों के दल में ख़ुद भी शामिल हो गये, तो वह क्या करतीं?

उनके शामिल होने से नौकरों को कुछ संकोच हुआ और उनके नाच की गति धीमी हो गयी। सेठ जी ने यह देखा तो उन्होंने ख़ुद ही अपने हाथ ऊपर ले जाते हुए नौकरों को बढ़ावा दिया। फिर जाने किधर एक फुसफुसाहट शुरू हुई और वहाँ जमा हुए सभी नौकरों के कानों में पहुँच गयी कि मालूम होता है कि बेटी के बिछुड़ने के दुःख से सेठ जी का दिमाग़ कुछ गड़बड़ा गया है। फिर क्या था, उनका संकोच जाता रहा और वे ज़ोर से नाचने लगे और पागलों की तरह तालों पर चीखने-चिल्लाने लगे।

सेठ जी ने यह देखा तो उनकी तबीयत ख़ुश हो गयी। वह चिल्लाकर बोले—रामधन, गाड़ी में जो बोतलें रखी हैं उन्हें ले आ और इन लोगों को पिला! चन्दर! तू भी रामधन की मदद कर! आज ख़ुशी का दिन है! आज हम-सब बराबर हैं। आज हम मन भरके ख़ुशी मना लें! कल बेबी चली जायेगी!

तभी सेठ जी का ध्यान बेबी की ओर गया। वह दूर खड़ी एक अबूझ बच्ची की तरह यह-सब देख रही थी। सेठ जी उसके पास जाकर बोले—बेटी, तू यहाँ क्यों खड़ी है? आ, तू भी आ! यह सब तेरे ही लिये तो ख़ुशी मना रहे हैं!

—पापा!—आकुल कण्ठ से रम्भा बोली—यह आपको क्या हो गया है?

—बेटी! मैं तो आज बहुत ख़ुश हूँ!—सेठ जी उसका हाथ पकड़कर बोले—आ, बेटी, आ! ये ही लोग अपने हैं! कितने वर्षों से ये लोग हमारे साथ हैं! जो लड़के आये थे जवान हो गये, जो जवान आये थे, बूढ़े हो गये और जो बूढ़े आये थे वे और भी बूढ़े हो गये! हमारा यही परिवार है, बेटी! आ, बेटी, इनके साथ ख़ुशी मनाने में किसी संकोच की ज़रूरत नहीं है!—और वह रम्भा का हाथ पकड़े हुए ही उसके साथ आ दल में शामिल हो गये।

तब तक नौकरों में एक दौर चल चुका था और उनका जोश दुगुना हो गया था। उनकी पद-चापों, तालियों और ख़ुशी की चीखों से पूरी कोठी गूँजने लगी थी। उनके बीच में मास्टर साहब तो ठीक चल रहे थे, लेकिन मेम साहब और सोनेलाल की स्थिति बहुत ख़राब थी। इन लोगों को तो सबसे पहले गिलास दिखाये गये थे लेकिन इन लोगों ने इनकार कर दिया था। सोनेलाल का मन तो था लेकिन मौक़े की नज़ाकत समझकर वह टाल गया था।

सेठ जी ने उनकी यह स्थिति देखी तो वह चिल्लाकर बोले—चन्दर! अबे एक पेग मुझे भी दे!

चन्दर दौड़कर उनके पास आया और गिलास उनके हाथों में थमा दिया। जाने कौन-सी एक भूली बात सेठ जी के दिमाग़ में कौंधी, लेकिन एक झटके में उन्होंने उसे परे कर दिया और एक ही घूँट में गिलास ख़ाली करके कहा—मेम साहब को भी दे! मेहमान को भी दे! और मास्टर साहब को भी दे! और फिर रम्भा की ओर मुड़कर वह बोले—बेबी, तू भी ले!

—पापा!

—कुछ नहीं; कुछ नहीं!—सेठ जी हाथ हिलाकर बोले—आज रात मैं किसी की भी न सुनूँगा! आज सब पीयेंगे, सब नाचेंगे, सब ख़ुशी मनायेंगे!—और सेठ जी एक ठहाका मारकर हँस पड़े।

दो दौर और चलते-चलते वहाँ नौकरों और मालिकों का सब अन्तर उड़ गया और पूरा एक हुड़दंग ही मच गया। कमरे की तेज़ रोशनी में भी जैसे सबकी आँखें चुँधिया गयी थीं और कोई किसी को पहचान न रहा था। एक गति में पूरा समूह डोल रहा था, झूम रहा था, नाच रहा था और चीख रहा था। सेठ जी की आवाज़ सबसे ऊपर सुनायी दे रही थी और सब लोग जैसे उनकी सब हरकतों में उनसे होड़ ले रहे थे।

जब एक दौर और चल गया, तो सेठ जी अपने ड्राइवर का कन्धा पकड़े हुए समूह से बाहर आये और किसी तरह अपने पर क़ाबू रखकर बोले—रामधन, तुम गाड़ी चला सकते हो?

—बराबर, सरकार!—दहकती हुई आँखों को चमकाकर ड्राइवर ने कहा।

—तो चलो,—सेठ जी बोले—हम लोग चलें। कल सुबह फिर यहाँ आना होगा।

—चलिये, सरकार।

: ६ :

सजी सजायी कोठी जैसे इन लोगों के आने का इन्तज़ार ही कर रही थी।

टैक्सियों के फाटक पर रुकते ही चौकीदार और माली दौड़कर आये। चौकीदार ने ताला खोलकर फाटक को खोला और माथे पर एक हाथ रखकर सिपाही की तरह एक ओर खड़ा हो गया। टैक्सियाँ पोर्टिकों में आ खड़ी हुईं तो सबसे पहले सोनेलाल नीचे उतरा और माली के हाथ में चाभियों का गुच्छा देकर बोला—जल्दी दरवाज़ा खोलो।

उसके बाद उसने रम्भा का हाथ पकड़कर उसे नीचे उतारा। फिर सब टैक्सियों से एक-एक कर सब लोग उतर पड़े। नौकर सामान उतरवाने लगे और सोनेलाल रम्भा, मेम साहब और मास्टर साहब को लेकर कोठी के अन्दर आया। उन्हें ड्राइंग हाल में बैठाकर वह बोला—आप लोग बैठिये, मैं और कमरों के ताले खुलवाता हूँ,—कहकर वह तेज़ क़दमों से ड्राइंग हाल के बाहर चला गया।

मेम साहब और मास्टर साहब बेहद थके हुए मालूम देते थे। लेकिन रम्भा का चेहरा ताज़े गुलाब की तरह खिला हुआ था। अपनी स्थिति की उसे अभी कोई समझ नहीं थी, इसलिए वह प्रसन्न थी। जो नयापन उसकी ज़िन्दगी में आया था, वह ऊपर से रम्भा को बहुत ही आकर्षक और लुभानेवाला लगा था और वह एक अबोध बालिका की तरह उससे चमत्कृत थी। सोनेलाल ने उसकी ख़ूब-ख़ूब दिलजोई की थी। एक आज्ञाकारी और स्नेही नौकर की तरह वह उसके सामने सदा एक पाँव पर खड़ा रहा और उसके मुँह से निकलने के पहले ही उसने उसकी हर ज़रूरत को पूरा किया था। इतने नौकर-चाकरों के साथ रहते हुए भी रम्भा के सब काम सोनेलाल ने ख़ुद ही किये थे। उसके भैंसे की तरह मोटे शरीर की उछल-कूद और फुर्ती देखकर रम्भा को कभी-कभी हँसी आती थी, लेकिन वह हँसती नहीं थी। सोनेलाल उसका इतना ध्यान रख रहा है, इससे वह मन-ही-मन बहुत ख़ुश होती थी। सोनेलाल कभी-कभी उसकी ओर मुग्ध होकर देखता था तो वह उसकी नज़रों को मुस्कराकर पहचानने की कोशिश करती थी, इस तरह की नज़रें उसके लिए बिलकुल नयी थीं। अभी तक वह पापा, मास्टर साहब और कोठी के नौकरों के अलावा किसी ऐसे आदमी से मिली ही नहीं थी, जो उसे ऐसी नज़रों से देखता। इसलिए उसे ये नज़रें जितनी अजीब लगती थीं उतनी ही अच्छी भी लगती थीं। रम्भा ने अभी तक सोनेलाल के रूप, रंग और

शरीर की ओर कोई ध्यान ही नहीं दिया था। दरअसल उन बातों की ओर ध्यान देने की बात अभी उसके मन में पैदा ही नहीं हुई थी। समाज से इस तरह कटकर, अलग-थलग रहकर उसका अब तक का जीवन बीता था कि वह बाहर के किसी आदमी के संसर्ग में ही नहीं आयी थी। इसलिए यह सोनेलाल नाम का आदमी जो पहली बार उसे मिला था, वह अपने नयेपन के कारण ही उसके लिए पर्याप्त मनोरंजक था।

सोनेलाल ने आकर रम्भा के पास खड़े होकर, बड़े अदब से कहा—रम्भा देवी, चलिये, मैं आपको आपके कमरे में पहुँचा दूँ।

रम्भा ने मेम साहब और मास्टर साहब की ओर देखा, तो सोनेलाल ने कहा—इन्हें मैं अभी इनके कमरे में पहुँचा दूँगा। आप पहले चलिये तो।

मेम साहब ने कहा—जाओ, बेटी, अभी हम चाय पर मिलेंगे।

—हाँ, हाँ, चाय के लिए मैंने कह दिया है!—सोनेलाल ने कहा—तब तक आप लोग नहा-धो लीजिये।

—मैं तो अब शाम को ही नहाऊँगी,—मेम साहब ने कहा—दो दिन हो गये एक प्याली अच्छी चाय पिये।

—अच्छा-अच्छा!—सोनेलाल बोला—फिर सब लोग चलिये, पहले चाय ही ले ली जाये।

—यही ठीक रहेगा,—रम्भा ने कहा—लेकिन ग्रैनपा तो चाय पीते नहीं।

—ये जो चाहेंगे मिलेगा,—सोनेलाल बोला—यहाँ किसी चीज़ की कमी नहीं है।

पहले तो मैं नहाऊँगा,—मास्टर साहब ने कहा—दो दिन से शरीर पर एक बूँद पानी नहीं पड़ा है। आप लोग चाय पर चलिये।—कहते हुए मास्टर साहब उठ खड़े हुए।

मेम साहब ने कहा—सेठ जी, इन्हें इनके कमरे में पहुँचा दीजिये और हमारी चाय यहीं भेज दीजिये। मैं तो बहुत थक गयी हूँ, ज़रा चाय पेट में जाये तो कुछ दम आये।

बहुत अच्छा,—सोनेलाल ने कहा और मास्टर साहब को लेकर चला गया।

मेम साहब कोच पर उठँग-सी गयीं। रम्भा बैठी रही।

—बेबी, कोठी तो यह भी शानदार मालूम देती है,—मेम साहब बोलीं—बिलकुल नयी है।

—जी,—रम्भा ने कहा।

—ये सेठ जी भी अच्छे ही मालूम देते हैं,—मेम साहब ने कहा—रास्ते में कोई तकलीफ़ इन्होंने नहीं होने दी।

—जी।

—लेकिन तुम्हारे पापा की बहुत याद आयेगी,—मेम साहब बोलीं—बेचारे बहुत उदास होंगे!

—ग्रैनी, मैं उन्हें फ़ोन करूँ?—रम्भा बोली—अभी तीन बजे हैं, पापा ऑफ़िस में होंगे।

—जाने कितनी देर में फ़ोन मिले,—मेम साहब बोलीं—यहाँ से कितनी दूर है दिल्ली! सेठ जी आते हैं तो पूछो।

—पापा को मैं रोज़ फ़ोन करूँगी!—रम्भा बोली।

—ज़रूर करना!—मेम साहब बोलीं—मैं भी बात करूँगी।

तभी आगे-आगे सोनेलाल और उसके पीछे-पीछे नौकर ट्रे में चाय लिये आ गये।

नौकर तिपाई पर ट्रे रखकर खड़ा हुआ तो सोनेलाल उससे बोला—तुम जाओ,—और वह खुद ही चाय बनाने लगा।

रम्भा ने कहा—मैं पापा को फ़ोन करूँगी। उन्होंने कहा था पहुँचते ही फ़ोन करना।

—चाय पी लीजिये तो फ़ोन कीजिये,—सोनेलाल ने कहकर पहला प्याला रम्भा की ओर बढ़ाया।

रम्भा बोली—पहले ग्रैनी को दीजिये।

—अच्छा-अच्छा,—कहकर सोनेलाल ने वही प्याला मेम साहब की ओर बढ़ा दिया।

—शुक्रिया!—प्याला लेती हुई मेम साहब बोलीं—कितनी देर में फ़ोन मिल जायेगा?

—जल्दी ही मिल जायेगा,—सोनेलाल दूसरा प्याला रम्भा की ओर बढ़ाते हुए बोला—हम लोगों को फ़ोन मिलने में देर नहीं होती। हर बड़े शहर में एक्सचेंजवाले हमारे वाक़िफ़ होते हैं। उन्हें हम हर महीने बख़्शीश देते हैं।

—तब तो तुरन्त मिलवा दीजिये!—अधीर होकर रम्भा बोली—बल्कि आप अभी बुक कर दीजिये, पास ही तो यह फ़ोन है। आपको पापा के ऑफ़िस का फ़ोन नम्बर मालूम है न?

—हाँ-हाँ, भाई,—सोनेलाल बोला—उनके सब नम्बर मुझे मालूम हैं।

—तो फिर ज़रा तकलीफ़ कीजिये!—रम्भा बोली।

सोनेलाल उठकर फ़ोन के पास गया और खड़े-खड़े ही उसने ट्रंक का नम्बर मिलाया।

रम्भा और मेम साहब उसकी ही ओर देखने लगीं। वे सुनना चाहती थीं कि सोनेलाल क्या बोल रहा है? लेकिन सोनेलाल होंठों में ही बोल रहा था। उसकी आवाज़ उन तक नहीं पहुँच रही थी।

ज़रा देर बाद ही आकर सोनेलाल बोला—बुक कर दिया। जल्दी ही मिल जायेगा। अब आप लोग उठिये। मेम साहब, आप भी आइये, ज़रा रम्भा देवी का कमरा देख लीजिये। किसी चीज़ की कमी हो तो बता दीजिये, बड़ी जल्दी में इनका कमरा सजवाया है।

तीनों उठकर रम्भा के कमरे में आये। कमरे में घुसते ही एक नज़र देखकर मेम साहब बोलीं—कमरा तो बड़ा शानदार है! बेबी के वहाँ के कमरे से किसी भी माने में कम नहीं है, बल्कि उससे बढ़कर ही है।

अपने हाथों को मलता हुआ सोनेलाल बोला—यहाँ के सबसे बड़े फर्नीशर से मैंने यह कमरा सजवाया है। ज़रूरत की हर चीज़ इस कमरे में है। हर चीज़ बिलकुल आधुनिक है। फिर भी रम्भा देवी की रुचि से तो मैं परिचित न था, फर्नीशर ने मुझसे यह बात पूछी थी, लेकिन मैं उसे क्या बताता जबकि मुझे ख़ुद कुछ मालूम नहीं था। आप लोग सब चीज़ें अच्छी तरह देख लीजिये, फिर मुझे बताइये, मैं फर्नीशर को बुलाकर ठीक करवा दूँगा। मैं तीन-चार दिन तो आप लोगों के साथ हूँ ही। चलिये, वह स्टडी कार्नर देखिये, इसके लिए मैंने ख़ास तौर पर फर्नीशर से कहा था।

ज़रा इतमीनान से हम सब देखेंगी,—मेम साहब बोलीं—अभी आप मेहरबानी करके मुझे मेरे कमरे में पहुँचा दें। मैं नहा-धो लूँ।

बहुत अच्छा,—सोनेलाल बोला—आप लोग तैयार हो जाइये तो मैं आप लोगों को शाम को समुद्र-तट तक ले चलूँगा। बड़ा शानदार समुद्र-तट है यहाँ का। आप लोग देखकर ख़ुश हो जायेंगी। एक्वेरियम भी देखेंगे और शाम की चाय भी 'बीच रेस्तराँ' में लेंगे। रम्भा देवी, आप भी तैयार हो जाइये, आपके सामान उधर ड्रेसिंग कार्नर में मैंने रखवा दिये हैं। आइये, मेम साहब।

—पापा का फ़ोन?—रम्भा बोली।

—फ़ोन वह है न,—सोनेलाल ने संकेत करके कहा—आते ही मैं मिला दूँगा।

—अभी देर लगेगी?

—नहीं, देर तो नहीं लगनी चाहिए।

—तो मैं पापा से बात करके ही बाथरूम में जाऊँगी।

—बहुत अच्छा,—सोनेलाल बोला—मैं एक बार फिर खटखटाता हूँ, अपने कमरे से। आप आइये, मेम साहब।

उनके जाने के पाँच मिनट के बाद ही रम्भा के कमरे का फ़ोन बज उठा। रम्भा अभी घूम-घूमकर कमरे को देख ही रही थी। घण्टी की आवाज़ सुनकर वह लपककर

फ़ोन के पास गयी और ललककर उसने चोंगा उठाया। सोनेलाल की आवाज़ थी—रम्भा देवी, आप अपने पापा से बात कीजिये।

—हेलो, पापा!—रम्भा पुलककर बोली—मैं प्रणाम करती हूँ!

—जीती रहो, बेटी!—उधर से सेठ जी की आवाज़ आयी—तुम लोग सकुशल वहाँ पहुँच गये न?

—जी, पापा,—रम्भा ख़ुश होकर बोली—हमें कोई तकलीफ़ नहीं हुई। आप तो अच्छी तरह हैं, पापा?

—हाँ-हाँ, मुझे क्या होना है?

—ग्रैनी कह रही थीं, आप बहुत उदास होंगे।

—अपनी ग्रैनी और ग्रैनपा को बुलाओ, उनसे भी बात करना चाहता हूँ।

—अच्छा, पापा, बुलाती हूँ,—कहकर रम्भा सोच ही रही थी कि मैं उनको कैसे बुलाऊँ कि फ़ोन से ही सोनेलाल की आवाज़ आयी—मैं उनके कमरे से अभी फ़ोन मिला दूँगा, आप पहले अपनी बात ख़तम कर लीजिये।

—हेलो, पापा!

—हाँ-हाँ,!

—अभी उनका फ़ोन मिला दिया जायेगा,—रम्भा बोली—पहले आप मुझसे तो बातें कर लें। मैं तो आपसे बहुत-सारी बातें करना चाहती हूँ!

—बोलो, बोलो, बेटी!—सेठ जी बोले—तुम्हें वह कोठी तो पसन्द आयी?

—जी, पापा, कोठी तो बहुत अच्छी है!

—और अपनी गाड़ी तुमने देखी?

—अभी तो नहीं देखी, पापा,—रम्भा बोली—शाम को हम समुद्र-तट पर जायेंगे।

—बहुत अच्छा, बेटी,—सेठ जी बोले—सोनेलाल वहाँ कब तक रुकने को कह रहा था?

—तीन-चार दिन!

—तुम उसके साथ घूम-फिर लो ख़ूब,—सेठ जी बोले—फिर तो तुम्हारी पढ़ाई शुरू हो जायेगी।

—पापा, आप कब आयेंगे?—रम्भा मुस्कराकर बोली—पापा, आप जल्दी आइये, आपको देखने को बड़ा मन करता है।

—अच्छा-अच्छा, मैं जल्दी ही आऊँगा,—सेठ जी बोले—और तो तुम ख़ुश हो न, बेटी?

—जी, पापा,—रम्भा बोली—मुझे तो बहुत अच्छा लग रहा है।

—यह जानकर मैं बहुत ख़ुश हुआ!—सेठ जी बोले—अब तुम फ़ोन अपनी ग्रैनी से मिला दो।

—अच्छा, प्रणाम, पापा!

—ख़ुश रहो, बेटी!

मेम साहब के कमरे के फ़ोन की घण्टी बजी तो उन्होंने चोंगा उठाया। सोनेलाल की आवाज़ आयी—हेलो, मेम साहब, सेठ जी से बात कीजिये।

—उनका फ़ोन मिल गया?—मेम साहब व्यस्त होकर बोलीं की उधर से आवाज़ आयी—हेलो, मेम साहब, गुड मार्निंग!

—गुड मार्निंग!—मेम साहब ख़ुश होकर बोलीं—बेबी से आपने बात की?

—जी, हाँ,—यह जानकर बहुत ख़ुशी हुई कि बेबी ख़ुश है!—सेठ जी बोले—मेम साहब आपको तो रास्ते में कोई तकलीफ़ नहीं हुई?

—नहीं, तकलीफ़ तो कोई नहीं हुई,—मेम साहब बोलीं—लेकिन मैं थक गयी हूँ। एक-दो दिन आराम करूँगी तो ठीक हो जाऊँगी।

—और कोई खास बात?—सेठ जी ने पूछा।

—नहीं, सब ठीक है,—मेम साहब बोलीं—यह कोठी तो मुझे पसन्द आयी। बेबी का कमरा भी बहुत अच्छा है। सब इन्तज़ाम बहुत अच्छा मालूम देता है!

—आप ज़रा हर बात का पूरा-पूरा ध्यान रखियेगा,—सेठ जी बोले—बेबी को कोई तकलीफ़ नहीं होनी चाहिए।

—नहीं,नहीं!—मेम साहब बोलीं—जब तक हम हैं, बेबी को कोई तकलीफ़ कैसे हो सकती है? आप कोई चिन्ता न करें।

—अच्छा, तो अब ज़रा फ़ोन मास्टर साहब की ओर कर दीजिये,—सेठ जी बोले—गुड बाई!

—गुड बाई!

—मास्टर साहब के कमरे का फ़ोन बजा तो उन्होंने चोंगा उठाया। सोनेलाल की आवाज़ आयी—हेलो, मास्टर साहब, सेठ जी से बात कीजिये।

—नमस्कार, मास्टर साहब!—सेठ जी की आवाज़ आयी।

—नमस्कार, नमस्कार!—मास्टर साहब बोले—आप अच्छी तरह तो हैं?

—जी, हाँ,—आप अपनी कहिये,—सेठ जी बोले—आप आराम से पहुँच गये न?

—जी हाँ।

—कैसा लग रहा है आपको वहाँ?

—अभी क्या बता सकता हूँ?

—क्यों, मेम साहब तो कह रही थीं कि कोठी बहुत अच्छी है...

—हाँ, कोठी तो अच्छी मालूम देती है,—मास्टर साहब अपने अन्दाज़ में बोले—लेकिन अच्छी कोठी ही होने से क्या होता है?...

—बेबी तो ख़ूब ख़ुश मालूम देती है...

—होगी,—मास्टर साहब बोले—मेरी तो अभी तक उससे कोई बात हुई नहीं।

—ख़ैर,—सेठ जी बोले—आप बेबी का दाख़िला विश्वविद्यालय में तुरन्त करा दीजिये। जो विषय वह चाहे, वही दिलवाइयेगा। कोई ऐसा विषय हो जो आप लोगों से न चल सके तो तुरन्त उसके लिए ट्यूटर रख लीजियेगा। बेबी की पढ़ाई में कोई कोताही नहीं होनी चाहिए। उसे एम.ए. कर ही लेना चाहिए।

—हाँ, इसका मैं पूरा-पूरा ख़याल रखूँगा।

—फ़ुरसत मिलते ही मैं एक बार वहाँ आऊँगा और सब-कुछ अपनी आँखों से ही देखूँगा। आप लोग बेबी का बराबर ध्यान रखें।

—बहुत अच्छा,—मास्टर साहब बोले—आप कोई चिन्ता न करें।

—अच्छा, नमस्कार!

—नमस्कार!

मास्टर साहब ने फ़ोन रख दिया, तो सोनेलाल बोला—हेलो! हेलो, बाबू जी!

एक्सचेंज से आवाज़ आयी—टाइम अप! लाइन कट! एक्सक्यूज़ मी, सर!

सोनेलाल ने चोंगा रख दिया। आप ही उसके मुँह से निकल गया—और सब तो ठीक है, लेकिन यह मास्टर साहब तो काफ़ी निराशावादी मालूम देते हैं। इनका ज़रा ख़याल रखना होगा!

सूरज डूबने के थोड़ी देर पहले सोनेलाल तैयार होकर सबसे पहले मास्टर साहब के कमरे में गया।

मास्टर साहब सोफ़े पर उठँगे हुए कोई किताब पढ़ रहे थे। सोनेलाल ने खड़े-खड़े कहा—मास्टर साहब, चलिये, आपको समुद्र-तट की सैर करा लाऊँ।

मास्टर साहब बैठते हुए बोले—मैं तो बहुत थका हुआ हूँ, कहीं जाने की तबीयत नहीं करती। आप लोग घूम आइये।

—कार में चलेंगे और वहाँ रेत पर बैठेंगे। चलिये, मास्टर साहब, आपकी तबीयत समुद्र की हवा लगते ही ख़ुश हो जायेगी।

—नहीं, भाई, आज तो माफ़ कीजिये,—मास्टर साहब ने कहा—फिर किसी दिन चलूँगा। यों भी मैं तो कहीं आता-जाता नहीं। शाम-सुबह थोड़ी टहलने की आदत ज़रूर है। मन होगा तो यहीं लान में टहल लूँगा। आप लोग हो आइये।

—मैं तो चाहता था कि आज हम सब लोग चलते—सोनेलाल ने कहा—रम्भा देवी की नयी गाड़ी है...

—नहीं, मुझे आज तो माफ़ ही कीजिये,—मास्टर साहब ने कहा—फिर कभी चलूँगा।

—अच्छा,—सोनेलाल बोला—किसी चीज़ की ज़रूरत हो तो मँगा लीजियेगा, कोई संकोच मत कीजियेगा, यह आपका ही घर है। मैं तो दो-चार दिन का मेहमान हूँ।

—बहुत अच्छा।

सोनेलाल तब मेम साहब के कमरे की ओर चला। उसे लगा कि हो सकता है कि मेम साहब भी हमारे साथ न जायें। शायद ये लोग जान-बूझकर ही मेरे साथ अकेली रम्भा देवी को ही भेजना चाहते हैं। बुज़ुर्ग लोग हैं, सब-कुछ जानते-समझते हैं, हम लोगों के बीच में मूसलचन्द नहीं बनना चाहते हैं। यह सोचकर सोनेलाल को बड़ी ख़ुशी हुई।

यही हुआ। सचमुच मेम साहब ने भी थकान का बहाना बनाकर जाना टाल दिया। सोनेलाल ने अपने ऊपरी मन से इशारा किया तो मेम साहब ने साफ़ ही संकेत कर दिया—आप बेबी को ले जाकर घुमा लाइये। हम लोगों को साथ ले जाकर आप क्यों अपना मज़ा किरकिरा करेंगे? तीन-चार रोज़ ही तो आपको यहाँ रहना है।

सोनेलाल ने शरमाकर कहा—शुक्रिया, मेम साहब!

और मेम साहब ने जाने उसके शरमाने में क्या देखा कि वह हँस पड़ीं। फिर सोनेलाल की पीठ पर हाथ रखकर उन्होंने उसे दरवाज़े तक पहुँचा दिया।

सोनेलाल रम्भा के कमरे की ओर चला तो उसे सन्देह हुआ कि कहीं मास्टर साहब और मेम साहब के न जाने के कारण रम्भा देवी भी जाने से इनकार न कर दें। इससे उसकी ख़ुशी में थोड़ी कमी आ गयी। फिर उसने सोचा, जो हो, मास्टर साहब और मेम साहब आख़िर नौकरी ही तो करते हैं। उनकी मालकिन होकर रम्भा देवी उनकी बात में पड़कर मेरे साथ जाने से क्यों इनकार करेंगी? क्या इतनी समझ उनमें न होगी कि मेरा और उनका सम्बन्ध क्या है? मेरी बात वह कैसे टालेंगी? मेरी बात तो सर्वोपरि है न?

सोनेलाल ने दरवाज़े की घण्टी पर धीरे से उँगली रखी। तत्काल रम्भा ने दरवाज़ा खोला और सोनेलाल को देखकर बोली—आइये!

सोनेलाल ने अन्दर होते हुए, रम्भा को तैयार देखकर कहा—अब बैठने का समय नहीं है। चलिये, हम लोग समुद्र-तट की सैर कर आयें।...अरे, माली फूल नहीं दे गया क्या?

—दे तो गया है,—रम्भा बोली—लेकिन मैं तो फूल नहीं लगाती।

—क्यों?—सोनेलाल तत्पर होकर बोला—आपके बाल कितने मुलायम, सुन्दर और लम्बे हैं। ये दो होकर भी कितनी मोटी-मोटी चोटियाँ बनी हैं...

—पूरे बाल मेरी मुट्ठियों में नहीं आते,—बीच में ही रम्भा बोली—इसलिए मुझे दो चोटियाँ बनानी पड़ती हैं।

—वह तो मैं देख ही रहा हूँ,—सोनेलाल रम्भा के बिलकुल पास आकर बोला—आपके रूप के अनुकूल ही आपके बाल भी हैं! इनमें फूलों के दो चाँद टाँकिये, फिर देखिये इनकी बहार! यहाँ की तो सब लड़कियाँ और औरतें अपने बालों में ख़ूब फूल बाँधती हैं। आप अपनी आँखों से ही देख लीजियेगा। कहाँ हैं वे फूल? लाइये, मैं अपने हाथों से उन्हें आपके बालों में टाँक दूँ।

ड्रेसिंग कार्नर की ओर चलते हुए रम्भा बोली—ग्रैनी मेरे बालों में कभी फूल नहीं बाँधती थीं। वह कहती थीं, पढ़नेवाली लड़कियों को बालों में फूल नहीं लगाना चाहिए।

—आप फूल लगाकर कॉलेज मत जाइयेगा,—सोनेलाल रम्भा के साथ-साथ चलते हुए बोला—लेकिन मेरे साथ तो और बात है न!

—ग्रैनी कुछ कहेंगी तो नहीं?

—नहीं-नहीं, वह तो देखकर और भी ख़ुश होंगी!—सोनेलाल ने कहा।

ड्रेसिंग कार्नर में घुसते ही सोनेलाल खिल उठा। वह बिलकुल आईनाघर की तरह था। सोनेलाल जिधर नज़र उठाता, उसे रम्भा दिखायी देती। शरीर का हर कोण उसमें कहीं से भी देखा जा सकता था। उसे लगा कि क्या जिस तरह से मैं इन्हें देख रहा हूँ, उसी तरह रम्भा देवी भी उसे देख रही होंगी? यह सवाल उठना था कि वह बोला—लाइये, फूल मुझे दीजिये।

रम्भा ने मेज़ से उठाकर मोतिया के गूँथे हुए गजरे सोनेलाल के हाथ में दे दिये।

सोनेलाल ने एक-एक गजरा एक-एक चोटी की जड़ में चौथ के चाँद की तरह ज़रा-ज़रा तिरछा करके लटका दिया। फिर बोला—देखिये अब! बालों का शृंगार फूलों से बेहतर और किसी चीज़ से नहीं होता, ख़ुशबू की ख़ुशबू और शृंगार का शृंगार!

रम्भा ने देखा तो वह भी खिल उठी। बोली—सचमुच ये तो बहुत सुन्दर लगते हैं!

—मैं कहता नहीं था?—सोनेलाल भी ललककर बोला और रम्भा का हाथ पकड़ते हुए उसने कहा—चलिये अब।

दोनों साथ-साथ पोर्टिको आये। गाड़ी खड़ी थी। उन्हें देखकर शोफ़र आगे का दरवाज़ा खोलकर खड़ा हो गया।

रम्भा ने कहा—ग्रैनी और ग्रैनपा को बुला लीजिये।

—उन्हें बुलाने तो मैं पहले ही गया था,—सोनेलाल बोला—वे बहुत थके हुए हैं, आराम करना चाहते हैं। आप बैठिये।

रम्भा ज़रा-सी अनमनी हुई। उसके जी में आया कि कुछ कहे, लेकिन शोफ़र को देखकर वह कुछ भी न बोली और गाड़ी में अन्दर जाकर बैठ गयी। शोफ़र ने फिर लपककर दूसरी ओर का दरवाज़ा खोला तो सोनेलाल भी अन्दर जाकर ह्वील पर हाथ रखते हुए बैठ गया। शोफ़र ने दरवाज़ा बन्द कर दिया और माथे से हाथ छुलाकर खड़ा हो गया।

सोनेलाल ने गाड़ी चला दी। फाटक पर खड़े चौकीदार ने भी सलाम ठोंका।

सड़क पर आकर सोनेलाल बोला—कैसी चाल है गाड़ी की! आगे चलकर अभी और खुलेगी। आप गाड़ी चलाती हैं न?

नहीं,—रम्भा बोली—पापा ने नहीं सीखने दिया।

—यहाँ सीख लीजिये,—सोनेलाल बोला—आपका ड्राइवर तो बहुत पुराना मालूम होता है।

—जी, वह तो शुरू से हमारे साथ है।

—मैं उससे कह दूँगा कि वह आपको गाड़ी चलाना सिखा दे!

—ग्रैनी तो...

—नहीं, वे लोग अब अपको कुछ भी न कहेंगे,—सोनेलाल बोला—अब आप मालकिन हैं, आपकी मर्ज़ी में कोई भी दख़ल न देगा।

—लेकिन मैं तो उनकी मर्ज़ी के ख़िलाफ़ कुछ भी नहीं कर सकती,—रम्भा बोली—वे मेरे लिये मेरे माँ-बाप से बढ़कर हैं।

—सो तो आप बिलकुल ठीक कह रही हैं,—सोनेलाल धीरे से बोला—लेकिन एक वक़्त ऐसा आता है जब समझदार माँ-बाप लड़के-लड़की की मर्ज़ी में ख़ुद ही दख़ल नहीं देते। आज ही का देखिये, हम तो चाहते थे कि वे लोग हमारे साथ सैर को आयें, लेकिन वे लोग ख़ुद ही अपनी मर्ज़ी से नहीं आये। जानते थे न कि उनके आने से हमारी आज़ादी में ख़लल पड़ेगा?

रम्भा कुछ नहीं बोली, तो सोनेलाल ही बोला—आज ज़िन्दगी में पहली बार मुझे यह एहसास हुआ है कि मैं बड़ा सौभाग्यशाली हूँ! आपको पाकर मुझे ऐसा लगता है कि मैंने सब-कुछ पा लिया है!

फिर भी रम्भा कुछ न बोली तो सोनेलाल भी कुछ देर के लिए ख़ामोश रह गया। रम्भा दरअसल अपनी ज़िन्दगी में पहली बार एक अपरिचित आदमी के निकट बैठी थी। वह अपने मन में कुछ सहमी-सहमी अवश्य थी, लेकिन इस बात के नयेपन के प्रति भी वह कम सचेत न थी। एक तरह की एक हलकी सनसनी रह-रहकर उसकी रगों में दौड़ जाती थी। यह नया हो रहा अनुभव उसकी नयी ज़िन्दगी की शुरुआत थी, वह यह अनुभव कर रही थी, लेकिन आगे क्या होगा, यह सोचने की ज़रूरत उसे महसूस न हो रही थी। इस परिवर्तन से ही अभी वह अभिभूत थी और इसका मज़ा लेना चाहती थी। उसकी बग़ल में, बिलकुल उससे सटकर बैठा हुआ पुरुष अभी उसके लिए कोई अपना आदमी न था, किन्तु इतना वह ज़रूर जानती थी कि इसी आदमी के माध्यम से उसकी ज़िन्दगी में नयापन आया है, इसलिए इस आदमी का निश्चय ही महत्त्व है।

वह बोली—आप तीन-चार दिन में ही यहाँ से क्यों चले जायेंगे?

यह सवाल सुनकर सोनेलाल मन-ही-मन बहुत ख़ुश हुआ। बोला—हमारा बहुत बड़ा कारोबार है। उसे देखना-सँभालना पड़ता है। फिर भी मैं कोशिश करूँगा कि दो-चार दिन और ठहर जाऊँ। यों, मेरा मन आपसे अलग होने को तो नहीं करता। मैं बराबर आता-जाता रहूँगा और जहाँ भी रहूँगा, वहाँ से रोज़ आपको फ़ोन करता रहूँगा। मुझे हमेशा आपकी याद रहेगी।

रम्भा कुछ नहीं बोली। वह सोचने लगी कि शायद मेरे जीवन में यह जो परिवर्तन आया है, वह बहुत ही कम दिनों के लिए है। इस आदमी के यहाँ से जाते ही मुझे फिर अपनी पुरानी ज़िन्दगी में लौट जाना पड़ेगा।

सोनेलाल ने पूछा—आप क्या सोच रही हैं?

—यही कि,—रम्भा ने अपने मन की बात कही—आपके चले जाने के बाद मुझे फिर अपनी पुरानी ज़िन्दगी में लौट जाना पड़ेगा।

—नहीं-नहीं,—सोनेलाल उत्साहित होकर बोला—ऐसा अब क्यों होगा? आप जो ज़िन्दगी छोड़ आयी हैं, वह, समझिये, हमेशा के लिए छूट गयी। अब तो आपकी एक नयी ज़िन्दगी शुरू हुई है। आप यहाँ बिलकुल आज़ाद हैं। आप पर कोई बन्धन नहीं है। अब तो आप कॉलेज पढ़ने भी जायेंगी। महिलाओं के कितने ही क्लब यहाँ हैं, आप किसी में शामिल हो जाइये।—पता नहीं क्या होगा,—रम्भा कुछ चिन्तित होकर बोली—सामाजिक जीवन का मुझे कोई भी अनुभव नहीं है।

—अनुभव करने से न होगा!—सोनेलाल बोला—आपमें किस बात की कमी है? आपका तो समाज इस तरह स्वागत करेगा कि आप दंग रह जायेंगी। लोग हाथों-हाथ आपको लिये फिरेंगे। आप बहुत जल्दी ही अपने कॉलेज में, क्लब में और समाज में लोकप्रिय हो जायेंगी। आपको तो मालूम ही नहीं होगा कि वक़्त कैसे बीत जाता

है। बल्कि मुझे तो यह भी डर है कि अपनी व्यस्तता में आप कहीं मुझे भी न भूल जायें!—कहकर सोनेलाल ने रम्भा की ओर तिरछी नज़रों से देखा।

सोनेलाल की ओर रम्भा ने देखा तो वह अचानक बोल पड़ी—देखिये! कैसे काले बादल छाये हैं, पानी बरसनेवाला ही है।

सोनेलाल ने खिड़की में से देखा और हँसकर बोला—अरे, यह बादल तो गरज भी रहे हैं! आप शोर सुन रही हैं?

—हाँ,—रम्भा बोली—आप वापस चलिये!

हँसकर ही सोनेलाल बोला—हमारे भींगने का कोई सवाल ही नहीं है। और थोड़ा भीगेंगे भी तो मज़ा ही आयेगा! अब आये हैं तो सैर ज़रूर करेंगे!

रम्भा कुछ भी न समझकर सोनेलाल का मुँह ताकने लगी तो सोनेलाल हँसते हुए ही बोला—रम्भा देवी! हमारी गाड़ी बीच रोड पर है। हम समुद्र के साथ-साथ चल रहे हैं। आसमान पर ये बादल नहीं छाये हैं, यह समुद्र है और उसी का गर्जन हम लोग सुन रहे हैं।

—सचमुच?—रम्भा एक बच्चे की तरह चकित होकर बोली।

—हाँ-हाँ!—सोनेलाल बोला—ज़रा आगे चलकर अब आपको समुद्र दिखायी देने लगेगा।

रम्भा सोनेलाल की ओर की खिड़की से देखती रही। थोड़ी ही देर के बाद गाड़ी दायीं ओर मोड़ते हुए सोनेलाल ने कहा—लीजिये, अब हम आ ही गये। अच्छी तरह समुद्र को देखिये!—और उसने 'बीच रेस्तराँ' के पास आकर गाड़ी रोक दी।

सोनेलाल अपनी ओर का दरवाज़ा खोलकर उतरा और रम्भा की ओर के दरवाज़े की ओर लपका कि उत्सुक रम्भा ख़ुद ही दरवाज़ा खोलकर नीचे उतर गयी और समुद्र की ओर एकटक देखने लगी।

वह विराट् विस्तार जैसे रम्भा के क़यास में समा ही नहीं रहा था। वह हत्बुद्धि की तरह आपा खोकर क्षितिज के छोर तक फैले, लाखों हाथियों की तरह चिंघाड़ते हुए सागर को अपलक नेत्रों से देख रही थी। पहाड़ों की तरह झाग उगलती हुई लहरें उठ रही थीं और अपने विराट् डैनों से, पागलों की तरह चीख़ती हुई एक-दूसरे पर झपट्टा मार रही थीं। उनके डैने इस युद्ध में टूट जाते थे और उबलते हुए पानी पर जैसे उनके टूटे हुए पंख तैरते हुए किनारे आ लगते थे। फिर ज़रा बाद ही ऐसा लगा कि एक काला पर्दा पूरे सागर पर छा गया है और अन्धकार के चिंघाड़ के अतिरिक्त और कुछ भी नहीं रह गया है।

—हमें कुछ देर हो गयी,—सोनेलाल बोला—रात को समुद्र बड़ा भयावना हो जाता है। हम कल सुबह सूरज निकलने के पहले यहाँ आयेंगे और सूर्योदय का दृश्य देखेंगे। आप सूरज का गोला क्षितिज से उभरते हुए देखकर मुग्ध हो जायेंगी। कभी

हम कन्याकुमारी भी चलेंगे और वहाँ प्रात:, सूर्योदय और सन्ध्या को सूर्यास्त देखेंगे। आइये, ज़रा सागर के पास चलें।

खोयी-खोयी रम्भा सोनेलाल के साथ चल पड़ी। सागर के दृश्य-प्रभाव ने उसके मानस को आलोड़ित कर दिया था। सोनेलाल ने कब उसका हाथ पकड़ लिया था, उसे मालूम ही नहीं हुआ था। सोनेलाल बोला—पूर्णिमा की रात को तो सागर उन्मत्त हो उठता है। वह दृश्य भी देखने-लायक़ होता है। लगता है कि सागर दूध का झाग उगल रहा है और लहरें लपक-लपककर चाँद को छूना चाहती हैं।

—यह मुँह पर बौछार कैसी आ पड़ी?—रम्भा वैनिटी बैग से रूमाल निकालती हुई बोली।

—यह सागर की गुलाब-पाशी है,—सोनेलाल बोला—ज़रा दूर ही रहा जाये तो अच्छा।

—क्यों?—रम्भा बोली—और पास चलिये न?

—सारे कपड़े और मुँह-हाथ नमकीन हो जायेंगे।

—ओह, तो क्या हुआ?—रम्भा ललककर बोली—मैं तो ज़रा अन्दर तक चलूँगी।

—पाँवों में खुजली होने लगेगी,—सोनेलाल बोला—आइये, इधर ही थोड़ी देर तक बैठें। किसी दिन सुबह आकर हम यहाँ स्नान करेंगे और स्टीमर पर सैर भी करेंगे।

—नहीं, मैं ज़रा अन्दर जाऊँगी!—रम्भा फिर ज़िद करके बोली—आप न चलेंगे तो मैं अकेली ही जाऊँगी।

—चलिये, सोनेलाल अपने को दबाकर बोला—लेकिन यह शाम बरबाद हो जायेगी। हमारे कपड़े भीग जायेंगे और हमें तुरन्त ही घर लौटना होगा।

—कोई बात नहीं,—रम्भा बोली—इस विराट् का स्पर्श किये बिना मैं नहीं रह सकती। मुझे तैरना आता तो...

—समुद्र में तैरना कठिन होता है,—सोनेलाल बोला—मैं कोठी में एक स्वीमिंग पूल बनवा दूँगा। आप उसमें तैरना सीख लीजियेगा।

पानी पास आते ही रम्भा दौड़ पड़ी। सोनेलाल ने उसका हाथ पकड़कर आकुल कण्ठ से कहा—यह आप क्या करती हैं? इस तरह समुद्र में घुसने से तो जाने क्या हो जाये। रुकिये!

लेकिन रम्भा रुकनेवाली न थी। वह दनदनाती हुई ठेहुनों तक पानी में पहुँच गयी। उसके पीछे-पीछे उसे रोकते हुए सोनेलाल भी घिसटता हुआ-सा चला गया। तभी लहर आयी और उनकी कमर तक तत्क्षण पानी पहुँच गया और उसके दबाव से दोनों गिरने-गिरने को हो आये।

सोनेलाल चीख़ा—सँभालिये! सँभालिये अपने को!—लहर लौटेगी तो उसके ज़ोर को रोकना कठिन होगा। बाहर भागिये!—और वह रम्भा का हाथ खींचता हुआ बाहर की ओर लपका।

रम्भा का तो होश-हवास ही खता हो गया। उसे क्या मालूम था कि ऐसा होता है। उसकी पिण्डलियाँ थरथरा रही थीं और सोनेलाल का तो पूरा शरीर ही काँप रहा था।

लहर के लौटने में तनिक भी देर नहीं लगी। वे किनारे तक आ गये थे। फिर भी दहशत के मारे उनके पाँव उखड़ गये। वे गिर पड़े और उन्हें लगा कि अब वे बह जायेंगे, लेकिन लहर का वहाँ ज़ोर नहीं था। ज़रा देर बाद ही उन्होंने अपने को भीगे रेत पर पाया। तब उनकी जान में जान आयी।

सोनेलाल ने रम्भा को उठाया और कहा—अब तो जल्दी चलिये! वर्ना दूसरी लहर आती होगी।

दोनों थोड़ी दूर पर आकर धम्म-से रेत पर बैठ गये। दोनों हाँफ रहे थे। अभी तक डर उनके मन से निकला न था।

सोनेलाल सिर हिलाते हुए बोला—बाप रे बाप! आज क्या होनेवाला था। मैंने कितना मना किया था, आप मानी नहीं!

—मुझे क्या मालूम था कि ऐसा होता है,—सूखे कण्ठ से रम्भा बोली।

—मुझे तो मालूम था,—सोनेलाल बोला—भाग्य था कि हम लोग बच गये।

रम्भा ने चिंघाड़ते हुए काले सागर की ओर देखा और फिर एक बार भय से काँप उठी। बोली—चलिये, हम लोग घर चलें और जल्दी कपड़े बदलें।

—मैंने क्या-क्या प्रोग्राम बनाया था,—सोनेलाल पछताता हुआ बोला—सब चौपट हो गया।

—चलिये, क्या हुआ,—रम्भा उठती हुई बोली—कपड़े बदलकर फिर हम आ जायेंगे।

—फिर नहाना भी तो होगा,—सोनेलाल बोला—थोड़ी ही देर में देखियेगा, खुजली शुरू हो जायेगी।

—लीजिये मेरा बैग तो समुद में ही गिर गया!—रम्भा बोली।

—जाने दीजिये,—सोनेलाल बोला—बैग के सिर ही बीत गया, ख़ैरियत मनाइये! कोई ख़ास चीज़ तो उसमें नहीं थी न?

—नहीं,—रम्भा बोली—कोई वैसी चीज़ नहीं थी। लेकिन आप ग्रैनी से कुछ मत कहियेगा।

—नहीं, नहीं, मैं किसी से कुछ भी न कहूँगा!

वे गाड़ी की ओर चलने लगे। दोनों के कपड़े भीग गये थे। रम्भा के पाँव के पास साड़ी फद-फद कर रही थी। अब उसे अपनी चप्पलों का ख़याल आया। बोली—चप्पलें भी बह गयीं और आपके जूते?

—मेरे जूते-मोज़े तो फच-फच कर रहे हैं,—चलकर सोनेलाल बोला—यह देखिये। कोई सुनेगा तो क्या कहेगा? रम्भा देवी, यह आपको क्या हो गया था?

—मैं नहीं जानती,—रम्भा बोली—जाने मुझे क्या हुआ कि मैं अपने को रोक न सकी। शायद समुद्र के आकर्षण ने ही मुझे खींचा था। मैं तो समुद्र पर दृष्टि पड़ते ही अभिभूत हो उठी थी।

दोनों गाड़ी में बैठ गये। गाड़ी चलाते हुए सोनेलाल बोला—ख़ैर, छोड़िये, यह सब! जो हो गया उसकी चिन्ता करना व्यर्थ है। अब आगे का प्रोग्राम बनाया जाये। सेकेण्ड शो देखा जाये तो कैसा है?

—अब आज रहने दीजिये,—रम्भा बोली—कल देखेंगे। मेरा मन तो रह-रहकर काँप जाता है। सोचती हूँ, कहीं मैं बह गयी होती...

सोनेलाल ने रम्भा के होंठों पर अपना हाथ रख दिया। बोला—ऐसी बात मुँह से न निकालिये! मैं भाग्य का इतना खोटा नहीं हूँ। सुनिये, एक बात मुझे याद आ गयी। हमारे ज्योतिषी ने एक बार मुझे पानी से सावधान किया था। अभी अचानक वह बात याद आ गयी। हमारे ज्योतिषी वर्ष के आरम्भ में हम लोगों का आगामी वर्ष-फल निकालकर देते हैं और हमें हर बात व्याख्या के साथ समझाते हैं। इस वर्ष के आरम्भ में उन्होंने मुझे बहुत-सारी बातें बतायी थीं, उनमें एक यह पानीवाली बात भी थी। उन्होंने कहा था कि इस वर्ष आप पर पानी से एक ग्रह है, आप पानी से बचकर रहियेगा। होतव्यता को कोई रोक नहीं सकता, लेकिन यही सोचकर आदमी को असावधान नहीं रहना चाहिए। देखिये, आज मैं आपके कारण वह बात बिलकुल भूल गया था, वर्ना मैं तो इस समुद्र के पास भी नहीं फटकता। मैंने तो समुद्र-स्नान और स्टीमर पर सैर करने का भी प्रोग्राम बनाया था। मैं आपसे पूछ रहा था कि आपको क्या हो गया था, अब सोच रहा हूँ कि मुझे क्या हो गया था जो मैं इतने बड़े ग्रह की बात भूल गया था? लेकिन चलिये, ख़ुशी की बात यह है कि आज वह ग्रह कट गया। कौन जाने आप ही के कारण मैं बच गया होऊँ।...आपके पास अपनी जन्म-कुण्डली तो होगी, मुझे दीजियेगा, मैं अपने ज्योतिषी को उसे दिखाऊँगा। बड़े जबरदस्त ज्योतिषी हैं वह। आज तक उनकी कोई भविष्यवाणी झूठी नहीं हुई!

—मेरे पास तो नहीं है,—रम्भा बोली,—शायद ग्रैनी के पास हो।

—उनसे लेकर मुझे ज़रूर दीजियेगा!—सोनेलाल बोला—मैं आपका वर्ष-फल निकलवाकर भेज दूँगा।

—बहुत अच्छा।

गाड़ी पोर्टिको में रुकी और शोफ़र के दौड़कर आने के पहले ही वे दोनों अपने-अपने दरवाज़े खोलकर नीचे उतरे और बिना इधर-उधर देखे अपने-अपने कमरे की ओर तेज़-तेज़ क़दमों से चले गये।

: ७ :

पूरे सात दिन रहकर सोनेलाल चला गया। उसकी गाड़ी छूटने के बाद जब रम्भा मेम साहब और मास्टर साहब के साथ लौटी, तो उसे वे लोग कुछ अजनबी-से लग रहे थे। उसे लगता था कि जाने कितने दिनों के बाद आज मैं अपनी ग्रेनी और ग्रेनपा को देख रही हूँ। उनके साथ बैठने में भी आज उसे संकोच लग रहा था। उसे लगता था कि इन सात दिनों में ही मैं बिलकुल बदल गयी हूँ। उसे आश्चर्य हुआ कि इन सात दिनों में कैसे अपनी ग्रेनी और ग्रेनपा को इस तरह भूली रही! क्या इन्हें मेरी यह हरकत बुरी नहीं लगी होगी? उसे इस समय उनकी ओर देखने का भी साहस न हो रहा था।

रास्ते-भर कोई कुछ नहीं बोला। वे या तो शोफ़र के सिर को या आगे की सड़क देखते रहे। इस ख़ामोशी से रम्भा की तबीयत में और भी उलझन होती रही। कई बार उसके जी में आया कि कुछ बोले, लेकिन उसके मुँह से कोई बात ही नहीं निकल रही थी। जाने मेम साहब और मास्टर साहब भी कुछ क्यों नहीं बोल रहे थे? मास्टर साहब तो यों भी बहुत कम बोलते हैं, लेकिन मेम साहब तो ऐसा नहीं करतीं। लेकिन आज वह भी इस तरह चुप थीं, जैसे वह किसी बात पर नाराज़ हों।

वे लोग गाड़ी से उतरकर अपने-अपने कमरे में चले गये। रम्भा को उम्मीद थी कि कोठी पर पहुँचकर ये लोग उसके साथ कुछ देर बैठेंगे और उससे कुछ बातें करेंगे। लेकिन ऐसा न हुआ तो उसे और भी बुरा लगा। वह अपने कमरे में आकर अनमनी-सी कोच पर उठँग गयी। उसे इस समय सब-कुछ बड़ा अजीब-सा लगने लगा। उसका जी रोने-रोने को हो आया। उसे लगा कि अब मैं बिलकुल अकेली हो गयी हूँ। शायद ग्रेनी और ग्रेनपा को भी मेरी कोई चिन्ता नहीं है। मुझसे कोई ग़लती भी हो गयी हो तो क्या उनका फ़र्ज़ नहीं है कि वे लोग मुझे माफ़ कर दें? लेकिन वे लोग तो इतनी देर तक मुझसे कुछ बोले ही नहीं। ऐसा तो पहले कभी भी नहीं हुआ।

तभी दरवाज़े पर मेम साहब की आवाज़ आयी—बेबी, मैं अन्दर आ सकती हूँ?

रम्भा ने उटकर बैठते हुए कहा—आइये, ग्रेनी! दरवाज़ा खुला है।

मेम साहब उसके पास आकर खड़ी-खड़ी ही बोलीं—यहाँ के लेडीज़ क्लब की कुछ औरतें आपसे मिलने आयी हैं। बेचारी कई बार और भी आ चुकी हैं। तब आप लोग बाहर रहते थे। उन्हें बैठक में बैठाऊँ क्या? आप बात करेंगी?

रम्भा को मेम साहब का उस तरह औपचारिक ढंग से बोलना खल गया। वह उठकर उनसे लिपटती हुई बोली—ग्रैनी, आप इस तरह मुझसे क्यों बात कर रही हैं? पहले तो आप इस तरह मुझसे न बोलती थीं। आप ज़रा मेरे पास बैठिये, मेरा मन बहुत उदास है।

—लेकिन उन लोगों को क्या कहा जाये?—मेम साहब बोलीं।

—आप बैठिये तो!—मेम साहब का हाथ पकड़कर उन्हें कोच पर बैठाती हुई रम्भा बोली—उन्हें किसी को बुलाकर कहलवा देती हूँ।—और उसने घण्टी का बटन दबा दिया।

नौकरानी आयी, तो रम्भा उससे बोली—रामी, बाहर बरामदे में कुछ लोग बैठी हैं, उनसे जाकर कह दे कि आज मिलना न हो सकेगा, तबीयत ठीक नहीं है। मैं ख़ुद ही किसी दिन उनके क्लब में जाऊँगी।

नौकरानी चली गयी तो रम्भा मेम साहब का हाथ पकड़कर बोली—ग्रैनी, आप लोग मुझसे नाराज़ हैं क्या?

—यह तुम क्या कह रही हो, मेरी बच्ची?—मेम साहब ने चौंककर रम्भा की ओर देखते हुए कहा—यह कैसे मुमकिन हो सकता है? बल्कि हम लोग तो बेहद ख़ुश हैं। पहले कुछ डरते थे कि जाने सेठ सोनेलाल कैसे आदमी हों, लेकिन अब तो हमें मालूम हो गया कि वह अच्छे आदमी हैं और तुम लोगों की ख़ूब बनेगी। हम लोग तो बहुत ख़ुश हैं, बेबी!—और मेम साहब हँसते हुए रम्भा की पीठ पर हाथ फेरने लगीं।

—फिर मुझसे आप लोग बात क्यों नहीं करते?—मुँह लटकाकर रम्भा बोली—स्टेशन से इतनी दूर तक हम लोग साथ-साथ आये, आप लोगों में से किसी ने भी मुझसे एक बात नहीं की।

—मेरी प्यारी बच्ची!—मेम साहब ने उसी तरह उसकी पीठ सहलाते हुए कहा—शोफ़र के सामने हम उस वक़्त तुमसे क्या बात करते? तुम घर की मालकिन हो, तुम्हारे साथ हर बात का ख़याल करके ही तो हमें बात-व्यवहार करना चाहिए।

—पहले तो आप लोग मेरे साथ ऐसा न करते थे,—रम्भा उसी तरह मुँह लटकाये हुए बोली—मैं तो जैसी तब थी वैसी ही अब भी हूँ।

—नहीं, मेरी बच्ची!—मेम साहब पुचकारकर बोलीं—अब तुम वह नहीं हो, जो तुम पहले थी। पहले तुम एक घर की बच्ची थी, अब तुम एक घर की मालकिन हो। पहले हमारा फ़र्ज़ था कि हम तुम्हें अच्छी तरह पालें-पोसें, तुम्हारी तालीम-तरबीयत का अच्छी तरह ध्यान रखें। और अब हमारा फ़र्ज़ है कि हम तुम्हें एक अच्छी और कामयाब मालकिन बनने में तुम्हारी हर तरह की मदद करें। हमें इस बात की बहुत ख़ुशी है कि तुम्हारी इस नयी ज़िन्दगी की शुरुआत बहुत अच्छी हुई है। आगे

भी तुम इसी तरह ख़ुश रहो, हम इसकी दिल से दुआ करते हैं। तुम अब बच्ची नहीं हो, कि तुमसे हम कहें कि यह करो, वह करो। अब तुम सयानी हुई, घरवाली हुई, अब तुम्हें इस घर का, अपने नौकरों-चाकरों का और हमारा भी ध्यान रखना सीखना होगा। हम बूढ़े हुए, हमने आज तक तुम्हारी ख़िदमत की, अब तुम्हारा यह फ़र्ज़ है कि हमें कम-से-कम तकलीफ़ दो और अपनी ज़िन्दगी आप सँभालना सीखो। आख़िर हम कब तक तुम्हारे साथ रहेंगे? तुम हमें अलग भले न करो, लेकिन तुम हमें मौत से तो नहीं बचा सकती...

—ग्रैनी!—रम्भा घबराकर बोल उठी—यह आप क्या कहती हैं? मुझसे तो कुछ भी नहीं हो सकता! मैं तो आप लोगों के बिना रह नहीं सकती! अभी मुझे पढ़ना है। अभी से यह-सब भार मैं कैसे सँभाल सकती हूँ? नहीं-नहीं, ग्रैनी, यह नहीं हो सकता! आप लोग मुझे अपनी बच्ची ही समझिये और पहले ही की तरह बात व्यवहार कीजिये। वर्ना मैं यहाँ एक दिन भी नहीं रहूँगी। इस तरह मैं रह ही नहीं सकती!

—घबराओ नहीं, मेरी बच्ची!—मेम साहब धीरे से बोलीं—धीरे-धीरे सब ठीक हो जायेगा। हम हर तरह से तुम्हारी मदद करेंगे, बेबी। हम तुम्हें छोड़कर कहाँ जाते हैं? लेकिन तुम्हें अब अपनी भलाई के लिए ही यह समझना चाहिए कि अब तुम बच्ची नहीं हो। अब तुम्हारी ज़िम्मेदारियों की ज़िन्दगी शुरू हो गयी है। इसे तुम्हें समझने की कोशिश करनी चाहिए।

—मैं कुछ नहीं समझूँगी, कुछ नहीं समझूँगी!—सिर हिलाकर रम्भा बोली—मैं पहले जैसे रहती थी, वैसे ही रहूँगी और आप लोग भी जैसे पहले रहते थे वैसे ही रहेंगे। और मैं कुछ भी नहीं सुनना चाहती।

—अच्छा-अच्छा,—हँसकर मेम साहब बोलीं—तुम कोई फ़िक्र मत करो, सब ठीक हो जायेगा।

—मैं जानती हूँ कि आप लोग मुझसे नाराज़ होकर ही ऐसी बातें सोच रहे हैं, क्योंकि मैं सात दिनों तक सेठ सोनेलाल के साथ...

—नहीं-नहीं, मेरी बच्ची!—अपनी छाती पर क्रास बनाती हुई मेम साहब सिर हिलाकर बोलीं—यह कैसे हो सकता है? हमें तो यह देखकर बेहद ख़ुशी हुई कि तुम लोग इतनी जल्दी हिल-मिल गये। मेरी बच्ची! तुम्हारी ख़ुशी हम लोगों के लिए सबसे क़ीमती चीज़ है! तुम कभी भी यह बात अपने मन में न लाना कि हम लोग तुमसे किसी बात पर कभी भी नाराज़ हो सकते हैं। बेबी, ख़ुदा के लिए, यह बात अपने मन से निकाल दो कि हम लोग तुम पर नाराज़ हैं, वर्ना हमें बड़ी तकलीफ़ होगी।

—माफ़ कर दीजिये, ग्रैनी!—रम्भा मेम साहब के दोनों हाथ अपने हाथों में लेकर बोली—मुझसे ग़लती हुई। आप लोग मुझसे नहीं बोले तो मैं समझी...

—नहीं-नहीं, मेरी बच्ची! ऐसा तुम्हें नहीं समझना चाहिए।

—ग्रैनी!—रम्भा ख़ुश होकर बोली—ग्रैनपा को भी बुलवाइये, हम लोग यहीं इकट्ठे चाय पीयेंगे। उन्होंने तो अभी तक मेरा यह कमरा भी नहीं देखा।

मेम साहब उठने को हुईं तो कुछ सोचकर रम्भा बोली—आप बैठिये, ग्रैनी! मैं ही उन्हें ले आती हूँ।—और उठकर तेज़ क़दमों से चलती हुई वह कमरे से बाहर हो गयी।

रम्भा ने मास्टर साहब के कमरे के दरवाज़े पर खड़े होकर, मुस्कराकर पूछा—ग्रैनपा, में अन्दर आऊँ?

हाथ की किताब बन्द कर आरामकुर्सी पर से उठते हुए मास्टर साहब स्नेह-भरे स्वर में बोले—आओ, बेबी, आओ!

रम्भा अन्दर जाकर उनके सामने खड़ी हो गयी तो मास्टर साहब भी खड़े होते हुए बोले—बैठो, बेबी!

कमरे को एक नज़र देखकर रम्भा बोली—ग्रैनपा, आपका कमरा भी बहुत अच्छा है!

—हाँ, अच्छा है,—मास्टर साहब बोले—तुम बैठो तो!

—बैठूँगी नहीं, आप मेरे कमरे में चलिये,—रम्भा आँचल का छोर उँगली में लपेटती हुई बोली—ग्रैनी वहीं हैं। हम लोग वहीं इकट्ठे चाय पीयेंगे।

—मैं चाय कहाँ पीता हूँ, बेटी?—मास्टर साहब बोले—तुम पीओ।

—आप जो पीते हैं, वही मैं आपको पिलाऊँगी,—रम्भा बोली—आप चलिये तो!

—मेम साहब को भी यहीं बुला लें तो कैसा?—मास्टर साहब हाथ की किताब मेज़ पर रखकर बोले—तुम्हारे दाख़िले का फ़ार्म आ गया है, उसे...

—यह कल देखेंगे, आप इस वक़्त चलिये!—रम्भा ज़िद करके बोली—आपने तो अभी मेरा कमरा भी नहीं देखा है।

—उसे देखना मेरे लिये कोई ज़रूरी नहीं है,—मास्टर साहब बोले—ख़ैर चलो।

कमरे में आकर मास्टर साहब बग़ल के कोच पर बैठ गये और रम्भा मेम साहब के पास बैठ गयी, तो मेम साहब हँसकर बोलीं—मास्टर साहब, बेबी कहती थी कि हम लोग इस पर नाराज़ हैं।

—नहीं, ग्रैनपा!—रम्भा आँखें झुकाती हुई बोली—ग्रैनी झूठ कहती हैं!—कहकर रम्भा ने ज़ोर से घण्टी का बटन दबा दिया।

तुरन्त नौकरानी आ गयी। रम्भा बोली—रामी, मास्टर साहब के लिए नींबू का शरबत और हमारे लिये चाय यहीं लाओ, जल्दी!

—बहुत अच्छा,—कहकर भागती हुई-सी नौकरानी चली गयी।

मास्टर साहब बोले—बेबी का फ़ार्म आ गया है। यह कल भरने को कहती है। लेकिन आज हम यह क्यों न तय कर लें कि यह कौन-कौन विषय लेगी?

—ठीक है,—मेम साहब बोलीं—बोलो, बेबी!

—कल ही सोचेंगे,—रम्भा बोली—आज हम लोग कुछ और बातें करें। मुझे मालूम होता है कि हम लोगों को बात किये बहुत दिन हो गये। पापा को भी इधर मैंने फ़ोन नहीं किया। ग्रैनी, मैं उनको आज फ़ोन करूँ?

—क्या वक़्त है?

—अभी चार बजे हैं,—रम्भा बोली—पाँच बजे तक ज़रूर फ़ोन मिल जायेगा।

—तो करो।

—पापा ज़रूर सोचते होंगे कि हम लोग यहाँ आकर उन्हें भूल गये,—रम्भा बोली—ग्रैनी, आपने भी उन्हें फ़ोन करने की याद नहीं दिलायी?

मेम साहब मुस्करा पड़ीं। बोलीं—कोई बात नहीं है, आज तुम उन्हें फ़ोन करो।

रम्भा उठकर तुरन्त काल बुक करके आ गयी। तब तक चाय आ गयी थी। मेम साहब ने चाय बनाने के लिए हाथ बढ़ाया तो रम्भा ने उन्हें रोक दिया। बोली—आज मैं चाय बनाऊँगी!—और उसने पहले शर्बत का गिलास उठाकर मास्टर साहब को दिया।

चाय की एक चुस्की लेकर रम्भा बोली—ग्रैनी, आज शाम का कोई प्रोग्राम बनाइये। हम लोग इकट्ठे चलेंगे।

—तुम्हीं बनाओ,—मेम साहब बोलीं।

—पिक्चर चलें?—रम्भा ने पूछा।

—मैं तो चल सकती हूँ,—मेम साहब बोलीं—लेकिन मास्टर साहब से पूछो। ये तो पिक्चर देखते नहीं।

—आप लोग देख आइये,—मास्टर साहब ने कहा।

—नहीं, ग्रैनपा, आपको भी चलना होगा!—रम्भा बोली।

—मुझे ले जाकर क्या करोगी?—मास्टर साहब बोले—मुझे तो पिक्चर-विक्चर में कोई दिलचस्पी है नहीं।

—नहीं ग्रैनपा, आप चलिये आज मेरी ख़ातिर!—रम्भा फिर मेम साहब की ओर देखकर बोली—ग्रैनी, आप अख़बार में देखकर तय कीजिये कि कौन-सी पिक्चर चलेंगे! ग्रैनपा ज़रूर चलेंगे।

—क्यों, मास्टर साहब!—मेम साहब ने उनसे पूछा।

—चलिये,—मास्टर साहब ने कहा—बेबी नहीं मानेगी तो चलना ही पड़ेगा।

—ग्रैनी, मैं कार चलाना सीख लूँ?—रम्भा ने पिक्चर की बात तय हो जाने के बाद पूछा।

—सीख लो,—मेम साहब ने कहा।

—फिर तो मैं ख़ुद ही गाड़ी चलाकर आप लोगों को ले जाया करूँगी!—रम्भा ने ख़ुश होकर पूछा—ग्रैनी, मैं कितने दिनों में सीख लूँगी?

—जल्दी ही सीख लोगी, बेबी,—मेम साहब यों ही बोलीं।

—और क्लब के बारे में आपका क्या ख़याल है?—रम्भा ने आगे पूछा—शामिल हो जाऊँ क्या? आप कहती थीं, कई दिनों से वे लोग आ रही हैं।

—ज़रूर शामिल हो जाओ,—मेम साहब ने कहा।

—क्लबों में क्या होता है, ग्रैनी?—रम्भा ने कहा—मुझे तो कुछ मालूम नहीं है, आपको तो ज़रूर मालूम होगा।

—अब मास्टर साहब बोले—बेबी, मुझे सख़्त अफ़सोस है कि तुम यह सब बातें तो कर सकती हो, लेकिन एक ज़रूरी बात है, वह तुम नहीं कर सकती।

—नहीं-नहीं, ग्रैनपा!—रम्भा बोली—ऐसी बात नहीं है। मैं तो यों ही आप लोगों की राय ले रही थी। बात यह है कि सेठ सोनेलाल कह गये हैं कि मुझे गाड़ी चलाना सीख लेना चाहिए और किसी क्लब में शामिल हो जाना चाहिए, इससे यहाँ के सामाजिक जीवन में प्रवेश करने में आसानी होगी। लेकिन मैं आप लोगों की राय लिये बिना कैसे कुछ कर सकती हूँ? रहना तो मुझे आप लोगों के साथ है, सेठ सोनेलाल का क्या है? वह तो दो-चार दिन के लिए आयेंगे और चले जायेंगे।

—ठीक है यह सब,—मास्टर साहब बोले—लेकिन तुम्हारा पढ़ना भी तो ज़रूरी है। यूनिवर्सिटी खुलने को अब चार दिन रह गये हैं...

—ग्रैनपा,—रम्भा बोली—लेकिन विषय चुनना और फ़ार्म भरना कौन मुश्किल काम है? फ़ार्म आख़िर आज तो अब दाख़िल होगा नहीं और चार विषयों में से तीन विषय चुनना कौन मुश्किल काम है जबकि उनमें से एक विषय अंग्रेज़ी रहेगी। बाक़ी तीन विषयों में से आप जो कहें दो ले लूँगी।

—यह मेरे कहने की ही बात नहीं है,—मास्टर साहब बोले—तुम्हें ख़ुद सोच-समझकर तय करना होगा।

—लीजिये, उनमें से एक तो हिन्दी रहेगी,—रम्भा बोली—बाक़ी दो में से आप जो कहें, मैं एक ले लूँगी।

—देखो, आयी न मुश्किल सामने,—मास्टर साहब बोले—पता नहीं, इस यूनिवर्सिटी में हिन्दी है या नहीं.।...

—तो कल सुबह हम लोग इकट्ठे यूनिवर्सिटी चलेंगे और वहाँ पता लगाकर फ़ार्म भरकर जमा कर देंगे।—रम्भा मुस्कराकर बोली—हो गयी न आपकी बात भी।

मास्टर साहब और मेम साहब दोनों उसका मुँह ताकने लगे।

—हाँ, हो गयी,—मास्टर साहब बोले—अब मैं चलूँ। पिक्चर चलने के लिए तैयार होना है न?—उसकी ओर देखते हुए ही मास्टर साहब बोले।

—नहीं, ग्रैनपा, अभी आप थोड़ी देर तक और बैठिये—रम्भा बोली—अभी तो बहुत वक़्त है। जाने कितने दिनों बाद तो आज हम लोग बात करने बैठे हैं...अरे, आप लोग मेरी ओर इस तरह क्यों देख रहे हैं?

मास्टर साहब ने मेम साहब की ओर मुस्कराकर देखा। मेम साहब भी मुस्करा उठीं।

—आप लोग मुझसे कुछ क्यों नहीं कहते?—रम्भा बोली—इस तरह आपस में देखकर आप लोग क्यों मुस्करा रहे हैं?

मास्टर साहब बोले—बेबी, दरअसल आज हम लोगों को तुम्हारे मुँह से इस तरह की बातें सुनकर बड़ी ख़ुशी हुई है। इतने ही दिनों में तुममें इतना आत्मविश्वास आ गया और तुम इस तरह अधिकारपूर्ण स्वर में बातें करने लगी, इससे हम आश्वस्त हुए।

—नहीं,-नहीं, मास्टर साहब!—कहते-कहते रम्भा ने अपनी जीभ दाँतों से दबा ली, जैसे मास्टर साहब की बात की सच्चाई से स्वयं ही अचानक अवगत हो गयी हो। फिर बोली—मास्टर साहब, आप माफ़ कर दें अगर...

—नहीं-नहीं, बेबी!—मास्टर साहब बीच ही में बोले—इसमें तुम्हारी कोई ग़लती नहीं है। ऐसा तो होना ही चाहिए। ऐसा न होता तो वह अस्वाभाविक होता और तब हमें ख़ुशी के बदले परेशानी ही होती। तुम कोई वैसी बात मत सोचो। तुम्हारे पापा भी यह बात जानकर बहुत ख़ुश होंगे। दरअसल हम लोग तो बहुत ही चिन्तित थे कि तुम कैसे अपने इस नये जीवन का स्वागत करोगी, कैसे इसे समझोगी और इसकी ज़िम्मेदारियों को सँभालोगी। तुम कितनी अल्हड़ थी, बेबी! लेकिन आज हन मान गये कि किसी लड़की को ये बातें सिखानी नहीं पड़तीं, वह ख़ुद ही सीख लेती है और बहुत जल्दी सीख लेती है। तुमने हमारी एक बहुत बड़ी चिन्ता दूर कर दी और हम लोग बहुत ख़ुश हैं। क्यों, मेम साहब?

—आप बिलकुल ठीक कह रहे हैं,—मेम साहब बोलीं—मैं भी इसे यही समझा रही थी।

—नहीं-नहीं,—रम्भा बोली—यह सब कहकर आप लोग मुझसे छुटकारा नहीं पा सकते!

—छुटकारा पाना कौन चाहता है, बेबी?—मास्टर साहब बोले—अब तो निश्चिन्त होकर हम लोग आराम करेंगे।

मास्टर साहब की ओर रम्भा ने देखा। उसे आश्चर्य हो रहा था कि मास्टर साहब आज इतना बोल रहे हैं और इतने ख़ुश भी हैं। बोली—आप लोगों ने मेरे लिये बहुत तकलीफ़ उठायी है, मैं आप लोगों को थोड़ा आराम पहुँचा सकूँ तो मुझे ख़ुशी ही होगी।

—यही तो, यही तो,—मास्टर साहब बोले—यही तो अच्छे लड़के-लड़कियों का काम है! बेबी, तुम हमारे क़यास में कहीं अधिक समझदार निकली।

—आप ही लोगों की तो बनायी हुई हूँ,—रम्भा बोली—मैं ऐसा कोई काम कैसे कर सकती हूँ, जिससे आप लोगों को तकलीफ़ पहुँचे।

—अच्छा, अब मुझे इजाज़त दो,—मास्टर साहब बोले—मैं तैयार हो जाऊँ।

—पापा से बात करेंगे न?—रम्भा ने पूछा।

—तुम चाहोगी तो ज़रूर करेंगे, कहते हुए मास्टर साहब उठ खड़े हुए।

—मैं क्यों न चाहूँगी?—रम्भा बोली—हम इकट्ठे बात करेंगे। फ़ोन मिलते ही मैं आपको बुला लूँगी।

—बहुत अच्छा,—कहकर मास्टर साहब कमरे से बाहर हो गये।

—मैं भी चलूँ न?—मेम साहब ने पूछा।

—आप बैठिये, ग्रैनी,—रम्भा ने कहा—और चाय मँगवाती हूँ। कहकर उसने घण्टी का बटन दबाया।

—मेरी बच्ची!—मेम साहब बोलीं—यह सब कितना अच्छा हो गया!

—हाँ, ग्रैनी,—रम्भा बोली—आप ख़ुश हैं, यह जानकर मैं बहुत ख़ुश हूँ।

नौकरानी आयी तो रम्भा ने उससे चाय लाने को कहा। फिर मेम साहब से बोली—ग्रैनी, कल मैं क्लब चलूँगी। आप भी मेरे साथ चलियेगा। आपको उन लोगों ने क्लब का पता दिया है न?

—हाँ, वे लोग मेम्बरशिप का फ़ार्म भी दे गयी हैं,—मेम साहब बोलीं—लेकिन तुम मुझे क्यों ले जाओगी? मैं वहाँ जाकर क्या करूँगी?

—क्यों?—रम्भा बोली—आप भी क्लब में शामिल हो जाइये। हम दोनों एक साथ वहाँ जाया-आया करेंगी। वहाँ अभी अकेली जाना मुझसे न बनेगा।

—ओह!—मेम साहब बोलीं—ठीक है, मैं चलूँगी। मेरा भी शाम का वक़्त कट जायेगा।

—पहले तो हम लोग शाम को एक साथ टहलने जाते थे न, ग्रैनी?

—पहले की बातें छोड़ो बेबी—मेम साहब बोलीं—अब नयी ज़िन्दगी का मजा . लो!

—मास्टर साहब शाम को क्या करेंगे?

—हम लोगों की चिन्ता तुम मत करो, बेबी,—मेम साहब बोलीं—हम लोग अपनी ज़िन्दगी पूरी कर चुके हैं। मास्टर साहब को तो, तुम जानती हो, अकेले ही अच्छा लगता है। कोई उन्हें न छेड़े तो रात-दिन वह आराम-कुर्सी पर पड़े-पड़े किताबें पढ़ा करें।

—हम अपनी एक बहुत अच्छी लाइब्रेरी भी बनायेंगे,—रम्भा बोली—एक दिन हम लोग किताबों की दुकानों पर चलेंगे और किताबें चुनकर आर्डर दे आयेंगे।

—ठीक है।

चाय आ गयी। रम्भा ने चाय बनाकर मेम साहब को दी और फिर ख़ुद भी एक प्याली ली। बोली—ग्रैनी, सेठ सोनेलाल ने मेरी जन्म-कुण्डली माँगी थी। आपके पास वह है क्या? मैं आपसे पूछना भूल गयी थी।

—नहीं, मेरे पास तो नहीं है,—मेम साहब बोलीं—शायद तुम्हारे पापा के पास हो, उन्होंने तुम्हें वह दी नहीं क्या?

रम्भा को सहसा अपने पापा के दिये हुए दो लिफ़ाफ़ों की याद आ गयी। उसने सोचा, शायद उन्हीं में से किसी में मेरी जन्म कुण्डली भी हो। उसने उन लिफ़ाफ़ों को आज ही रात को देखने की बात सोचकर कहा—पापा का फ़ोन अभी तक नहीं मिला, मैं उनसे इस बारे में भी पूछूँगी।

तभी फ़ोन की घण्टी बज उठी। वह दौड़कर फ़ोन के पास जाती हुई बोली—शायद पापा का फ़ोन मिल गया।

उसने चोंगा उठाया तो आवाज़ आयी—हेलो! ३३४५६१...देखिये! सेठ कालिन्दी प्रसाद तो फ़ोन पर नहीं मिल रहे हैं। कई बार कोशिश कर चुके? फिर कोशिश करें क्या? या फिर किसी और से बात करा दें?

रम्भा ने उदास होकर अपनी कलाई-घड़ी देखी। पाँच बजने में सिर्फ़ दस मिनट बाक़ी थे। बोली—नहीं, काल रद्द कर दीजिये। कल मैं फिर बुक करूँगी।

वह मुँह लटकाये हुए मेम साहब के पास आयी तो वह बोलीं—क्या हुआ? काल नहीं मिला क्या?

—पापा नहीं मिल रहे हैं।

—कहीं गये होंगे,—मेम साहब बोलीं—ख़ैर, कल फिर काल करेंगे।

रम्भा मुँह लटकाकर बैठ गयी। बोली—कहीं उनकी तबीयत ख़राब न हो?

—नहीं-नहीं,—मेम साहब बोलीं—तबीयत ख़राब होती तो वह ज़रूर ख़बर देते।

—ग्रैनी, पापा ने भी हमें फ़ोन नहीं किया? क्या उनको नहीं करना चाहिए था?

—करना चाहिए था, ग्रैनी बोलीं—शायद उन्हें फ़ुरसत न मिली हो। अब उठो, तैयार हो जाओ, तुम्हारा पिक्चर का प्रोग्राम है न? मैं चलूँ?

—अच्छा,—कहकर रम्भा उठ खड़ी हुई—आप अख़बार देखकर पिक्चर चुन लें।

मेम साहब चली गयीं तो रम्भा फिर बैठ गयी। मन में ही वह बोली, यह कैसे अचरज की बात है, मैं पापा के दिये हुए लिफ़ाफ़ों को भी भूल गयी थी? मुझे इधर किसी बात का होश ही न रहा। पापा ने लिफ़ाफ़े देते हुए कहा था, बेटी, इन लिफ़ाफ़ों को तुम अपनी जान के पीछे रखना। ये कभी भी किसी दूसरे के हाथ में न पड़ें। और मैं हूँ कि उनसे बिलकुल लापरवाह हो गयी थी। आख़िर उन लिफ़ाफ़ों में क्या होगा? उस वक़्त तो मैं उनसे कुछ पूछ भी न सकी और न उन्होंने ही मुझे कुछ बताया। अभी देखूँ क्या? उसने घड़ी देखी और ड्रेसिंग कार्नर की ओर चल पड़ी, जिससे लगे हुए एक कमरे में उसके बक्से और अटैचियाँ आदि रखे हुए थे।

वहाँ पहुँची तो उसे सहसा यह याद न आया कि वे लिफ़ाफ़े किस बक्से या अटैची में हैं। उसे इतना याद था कि उसने बहुत सावधानी से सहेजकर वे लिफ़ाफ़े किसी बक्से या अटैची में रखे हैं, लेकिन किसमें, यह ज़ोर देने पर भी उसे याद न आया। इस पर वह और भी हैरान रह गयी। क्या सचमुच मैं इधर दीन-दुनिया से इतनी बेख़बर हो गयी हूँ?

उसने एक-एक कर तीन अटैचियाँ खोलकर देख डालीं, लेकिन किसी में भी वे लिफ़ाफ़े न मिले। तब परेशान होकर उसने फिर कलाई-घड़ी की ओर देखा। अब वक़्त बहुत कम था। उसके जी में आया कि क्यों न पिक्चर कैन्सिल कर दें? लेकिन फिर सोचा कि पिक्चर का प्रोग्राम तो मैंने ख़ुद बनाया था। कैन्सिल करने पर वे लोग क्या कहेंगे। पहले ही मैं इन लोगों के साथ काफ़ी लापरवाही बरत चुकी हूँ।

झुंझलाकर वह बाथरूम में चली गयी।

वहाँ से निकलकर वह श्रृंगार-मेज़ पर बैठी तो फिर अपनी स्थिति पर ग़ौर करने का उस पर एक दौरा आ गया।

वह मेम साहब को भूल गयी थी, मास्टर साहब को भूल गयी थी, यहाँ तक कि पापा को भी भूल गयी थी। उसे यह भी याद न आ रहा था कि किस बकसे में उसकी कौन चीज़ है। ऐसी बावली वह कैसे हो गयी थी, अब यह सोचकर भी उसे आश्चर्य हो रहा था। क्या सोनेलाल ने उस पर कोई जादू कर दिया था? नहीं, यह स्वीकार करने के लिए वह क़तई तैयार नहीं थी। दरअसल जो बात थी वह एक लम्बी

क़ैद की ज़िन्दगी से छुटकारा पाकर आज़ाद हवा में आ जाने की थी। यह सचमुच पागल बना देनेवाली ही हवा थी। इस हवा के आने में सोनेलाल से उसे मदद मिली थी, इसलिए उसके प्रति आकण्ठ वह आभार से डूबी थी। उस हवा में उसने उसे उड़ाया था स्वच्छन्द पक्षी की तरह और वह उसके साथ सब-कुछ भूलकर उड़ी थी। इस आज़ाद ज़िन्दगी का सब-कुछ उसके लिए नया था, जिज्ञासा की तीव्र भावना के वशीभूत होकर वह सोनेलाल के इशारों पर मुक्त होकर नाची थी। इस नाच में उसने क्या पाया था और क्या खोया था, इसका भी कोई ज्ञान उसे नहीं था। वह नाचना, स्वच्छन्द होकर, पागल की तरह नाचना स्वयं में ही एक बहुत बड़ी उपलब्धि थी, जिसके लिए जाने कितने दिनों से उसकी आत्मा तड़प रही थी। इस स्थिति में अगर वह सब-कुछ भूल गयी थी, तो इसमें आश्चर्य की कौन-सी बात थी?

एक बड़े लम्बे और संकुचित जीवन से मुक्त होकर उसने समुद्र का अछोह विस्तार देखा था, ऊँची-ऊँची लहरों का स्वच्छन्द नर्तन देखा था। समुद्र को भेंट लेने और लहरों को छू लेने के लिए वह ललक न उठती तो और क्या करती? उसे जब अपने जीवन का ही ध्यान न था तो पापा, मेम साहब, मास्टर साहब और चीज़-बस्त का ध्यान किसे रहता? यह आज़ादी का नशा कोई साधारण नशा तो न था। वह तो कुछ ऐसा ही था, जैसे एक काली कोठरी से निकालकर किसी बच्चे को चाँद और तारों के देश में उछाल दिया गया हो।

बेचारी कच्ची उम्र की रम्भा क्या करती?

लेकिन सोनेलाल के जाते ही उसे लगा कि जैसे उसे आज़ाद हवा में उड़ानेवाले उसके सांथी ने अचानक उसका साथ छोड़ दिया हो और वह धड़ाम से फिर अपनी पुरानी कारा में आ गिरी हो। कारा के अपने साथियों की तब उसे याद आयी। लेकिन उसने उनकी ओर देखा तो वे अब उसे अपरिचित-से लगे। वह उन्हें भूल गयी थी, इसलिए उसे उनके लिए अफ़सोस हुआ। लेकिन चूँकि वह आज़ादी का मज़ा ले चुकी थी, इसलिए वह कारा के इन अपने साथियों के साथ वह पुरानी घनिष्ठता पुनः प्राप्त न कर पा रही थी। वह उन्हें जताना चाहती थी कि उसमें कोई भी परिवर्तन नहीं हुआ है, लेकिन वह अपने मन में यह जानती थी कि अब वह पहलेवाली नहीं रह गयी है। दरअसल अब वह बिना अपने साथी के अकेली भी उस आज़ाद हवा में उड़ने का मन्सूबा बाँधनेवाली कोई शक्ति रह नहीं गयी है। वह आज़ाद है। वह अपनी ज़िन्दगी की मालकिन है।

उसे इस बात से प्रसन्नता ही हुई कि मास्टर साहब और मेम साहब उसमें आये हुए परिवर्तन को समझते हैं और वे उससे ख़ुश भी हैं।

रम्भा यह-सब सोच ही रही थी कि दरवाज़े पर से मेम साहब की आवाज़ आयी—बेबी, छह बज गये। हम लोग तैयार हैं?

रम्भा उठ खड़ी हुई। थोड़ी-बहुत उदासी जो आ गयी थी, उसका भी अब कहीं पता न था। वह ख़ुश-ख़ुश दरवाज़े की ओर बढ़ती हुई बोली—आ रही हूँ, ग्रैनी।

: ८ :

पिक्चर से लौटकर वह मेम साहब से बोली—मैं सिर्फ़ थोड़ा फल और दूध लूँगी। आप मेरे कमरे में ही भिजवा दें। आप लोग खाना खा लें।

—क्यों?—मेम साहब ने पूछा—तुम्हारी तबीयत तो ठीक है?

—जी, हाँ,—रम्भा बोली—मैं बिलकुल ठीक हूँ। और कुछ खाने को इस वक़्त मन नहीं करता।

वह अभी कपड़े बदल ही रही थी कि नौकरानी की आवाज़ आयी—बेबी साहब, मैं आपके लिए फल और दूध लायी हूँ। कहाँ रख दूँ?

ड्रेसिंग कार्नर से ही रम्भा बोली—कौन है? रामी?

—जी, बेबी साहब।

—रुक, मैं अभी आ रही हूँ।

कपड़े बदलकर, ड्रेसिंग कार्नर के दरवाज़े से रम्भा बोली—रामी, ट्रे खाने की मेज़ पर रखकर तू इधर तो आ।

रामी आ गयी तो रम्भा बोली—क्यों रे? आज यह तुझे बेबी साहब कहना किसने सिखाया है?

—मेम साहब ने सब नौकर-नौकरानियों को हिदायत दी है कि अब से आपको बेबी साहब कहा जाये।

—अच्छा,—मुस्कराकर रम्भा बोली—तू मेरे साथ आ। एक काम है।

सामानों के कमरे में नौकरानी को ले जाकर, बत्ती जलाकर रम्भा ने कहा—इन बक्सों को खोल-खोलकर मुझे इनके सामान दिखाती जा। मुझे एक चीज़ की तलाश है, याद नहीं आ रही है कि वह किस बक्से में पड़ी हुई है।

—दूध ठण्डा हो जायेगा, बेबी साहब,—नौकरानी बोली—आप पहले पी लीजिये मेहरबानी करके।

—फिर तू जा, यहीं ला,—रम्भा बोली—यह भी देख लेना कि दरवाज़ा बन्द है न?

—बहुत अच्छा,—कहकर नौकरानी चली गयी।

रम्भा कुर्सी पर बैठ गयी। उसके मन में धुकधुकी लगी हुई थी। पिक्चर में उसका मन बिलकुल ही न लगा था। हरदम उसके मन में उन लिफ़ाफ़ों का ख़याल बना रहा था। वह बार-बार सोचने की कोशिश कर रही थी कि लिफ़ाफ़े कहाँ रखे हैं, लेकिन

उसे कुछ याद ही न आ रहा था। उसे रह-रहकर उस रात नाचने और शराब पीने की बात याद आती थी और उसे अब लगता था कि सुबह जब पापा ने मुझे वह लिफ़ाफ़े दिये थे, तो शायद मेरा दिमाग़ पूरी तरह ठीक न था। इसी कारण मैंने उन्हें कहाँ रखा था, इसकी याद नहीं आ रही है।

पापा को आख़िर उस रात क्या सूझी थी? ऐसा तो वह कभी भी न करते थे। मुझे भी उन्होंने नाच में शामिल कर लिया। मैं क्या जानूँ वह नाच? मुझे तो नौकर-नौकरानियों के बीच बड़ा अजीब लग रहा था। लेकिन जब मुझे भी पापा ने पीने को मजबूर किया और मैं पीने लगी तो जाने मेरे दिमाग़ की क्या हालत हुई कि मैं भी उन लोगों के साथ नाचने लगी। अपने हाथ-पाँव की हरकतों पर जैसे मेरा कोई क़ाबू ही न रह गया हो। मैं भी समूह की गति में बही जा रही थी। मैं यह भूल गयी थी कि मैं नौकर-नौकरानियों के बीच में हूँ। निश्चय ही वे मेरी अनाड़ी हरकतों को देखकर हँसे होंगे लेकिन मुझे तो इन बातों का कोई होश ही नहीं था। और फिर मुझे क्या हुआ, मुझे नहीं मालूम। सुबह तड़के मेम साहब ने मुझे जगाया। मैंने आँखें खोलीं तो वह मेरे पास पलँग पर बैठकर, मेरे सिर पर हाथ फेरते हुए बोलीं—गुड मार्निंग! कैसी तबीयत है, बेबी?

मेरी समझ में न आया कि मेम साहब मेरी तबीयत के बारे में क्यों पूछ रही हैं? क्या मेरी तबीयत ख़राब थी? मैंने कहा—गुड मार्निंग, ग्रैनी! रात क्या हुआ था, मुझे तो कुछ याद नहीं है। मुझे तो यह भी मालूम नहीं कि मैं अपने बिस्तर पर आकर कब सोयी?

—क्या बताऊँ, मेरी बच्ची?—मेम साहब बोलीं—जाने तुम्हारे पापा को रात क्या सूझी थी! हमने क्या प्रोग्राम बनाया था और क्या हो गया। हम लोगों को उस हालत में छोड़कर तुम्हारे पापा जाने कब हम लोगों के बीच से चले गये थे। तुम फ़र्श पर गिरी तो नौकरों में चीख़-पुकार मच गयी। बेबी, उस वक़्त मैं कुछ ज़्यादा ही पी हुई थी। तुम्हें नहीं मालूम होगा, मैं बराबर रात को खाने के पहले एक पेग शेरी या कोई हलकी ह्विस्की लेती हूँ। यह मेरी बहुत पुरानी आदत है। लेकिन इतनी ज़्यादा मैं कभी भी नहीं पीती हूँ। लेकिन रात अपने को रोकना मुश्किल था। शराब बहुत अच्छी थी। वहाँ कुछ ऐसा समाँ बँधा था और तुम्हारे पापा की ऐसी ज़िद थी कि मैं अपने पर क़ाबू न पा सकी। फिर भी मैं अपनी हद में ही थी। तुम्हारे गिरने की बात कान में पड़ी तो मैं अपने को सँभालकर तुम्हारे पास पहुँची। रामी तुम्हारा सिर अपनी गोद में लिये बैठी हुई थी और कई नौकरानियाँ तुम पर झुकी हुई थीं। मुझे देखकर रामी बोली, मेम साहब, बीबी जी को तो नशा लग गया मालूम होता है। चलिये, इन्हें इनके कमरे में ले चलें। और उसने तुम्हें अपनी गोद में उठा लिया। इतनी पीकर भी वह अपने पूरे होशो-हवास में थी। वह तुम्हें कमरे में लायी और बिस्तर पर लिटा दिया। रामी को तुम्हारे पास छोड़कर मैं बाहर गयी। सोचा, अब नाच बन्द करवा दूँ। वहाँ

पहुँची तो देखा कि सेठ सोनेलाल गिरे पड़े थे और क़ै-पर-क़ै कर रहे थे। उनकी ओर किसी का ध्यान ही नहीं था। सब मस्त होकर नाच रहे थे। मैंने मास्टर साहब को पुकारा, तो कोई भी जवाब न आया। मैंने फिर उन्हें ढूँढ़ना शुरू किया, लेकिन वह वहाँ थे ही नहीं। शायद वह भी पहले ही खिसक गये थे। तब मैंने डाँटकर नाच बन्द करने को कहा। डर से सहमकर सब अपनी-अपनी जगह पर खड़े हो गये। मैंने चन्दर को बुलाया और सेठ सोनेलाल के पास बैठकर उन्हें देखने लगी। वह बहुत परेशान थे और ओ-ओ किये जा रहे थे। उनके मुँह, नाक, आँखों से पानी बह रहा था। मैंने चन्दर को उन्हें उठाने के लिए कहा। उसने सहारा दिया तो सेठ सोनेलाल डगमगाते पाँवों पर खड़े हुए। चन्दर को मैंने उन्हें गेस्ट-रूम के बाथरूम में ले जाने को कहा। बेचारे के सब कपड़े गन्दे हो गये थे। वहाँ उनके कपड़े उतरवाये, नहलवाये और मास्टर साहब के पास से कुछ कपड़े मँगवाकर पहनवाये। फिर उन्हें बिस्तर पर लेटाकर मैं तुम्हारे पास आयी। रामी ने कहा, बेबी सो गयी हैं। कोई चिन्ता की बात नहीं है। और फिस-से हँस दी। मैंने उससे कहा, तुम लोग जाकर खाना खा लो, हम तो खायेंगे नहीं। मास्टर साहब से ज़रूर पूछ लो। और देखो, बेबी,—मेम साहब हँसकर बोलीं—उनकी शरारत, कमबख़्तों ने बाक़ायदे डाइनिंग हाल में बैठकर डिनर उड़ाया और वह शोर मचाया कि तुम्हारे कमरे तक उनकी आवाज़ें ज़ोर-ज़ोर से सुनायी पड़ रही थीं। मैंने कई बार सोचा कि जाकर उन्हें मना करूँ कि वे शोर न मचायें, लेकिन फिर नहीं गयी। सोचा, सब इस वक़्त मस्त हैं, जाने क्या कर या कह बैठें। सोनेलाल को लेकर हम जा रहे थे तो मुझे ऐसा लगा था कि उनमें से किसी ने सीटी बजायी थी और किसी ने बोका भी बुलाया था।—उठती हुई मेम साहब बोलीं—तुम ज़रा जल्दी तैयार हो जाओ, साढ़े दस बजे गाड़ी जाती है।

मैंने कहा—मेम साहब, पापा आयें तो उनसे आप नौकरों की बदतमीज़ी के बारे में कहियेगा।

—नहीं, मेरी बच्ची!—मेम साहब बोलीं—इसमें शिकायत की कोई ऐसी बात नहीं है। इन बेचारों को ऐसे मौक़े मिलते ही कहाँ हैं? लेकिन जब मिलते हैं तो फिर इनके दिल-दिमाग़ खुल जाते हैं और फिर ये किसी बात की भी परवाह नहीं करते, ख़ूब खुल-खेलते हैं। शराब पीकर तो बड़े-बड़े लोग क्लबों में वो-वो बदतमीज़ियाँ करते हैं कि देखकर शर्म आती है। ये बेचारे तो सीधे-साधे, बेसमझ लोग हैं। फिर तुम्हारे पापा ने ही तो उन्हें बुलाया था और उनसे पीने और नाचने को कहा था। अब उन्हीं से इनकी शिकायत कैसे की जा सकती है? ख़ैर, तुम उठो। यह कोई ऐसी बात नहीं है।—और वह यह कहती हुई चली गयीं—मैं ज़रा सेठ सोनेलाल को देखूँ।

मैं उठी तो मेरे सिर में चक्कर आ गया। मैं फिर लेट गयी। रामी बेड-टी लेकर आयी तो थोड़ी देर बाद मैं फिर उठी। फिर चक्कर आया, लेकिन अबकी बहुत ही

हलका था। रामी ने मुझे चाय बनाकर दी और मुझसे पूछा—बीबी जी, आपकी तबीयत ठीक है न?

चाय की एक चुस्की लेकर मैंने पूछा—तुम्हें कुछ नहीं हुआ?

वह मुस्कराकर बोली—हम लोगों को क्या होना था? बीबी जी! हम लोगों ने तो ख़ूब मौज़ की। आपकी और मेहमान की तबीयत ख़राब न हुई होती तो रात-भर हम लोग नाचते और पीते रहते। बहुत ही बढ़िया शराब थी, ऐसी हम लोगों को कहाँ नसीब होती है और फिर यहाँ तो बरसों से एक घूँट पीने को नहीं मिली थी? सब लोग सरकार को दुआएँ दे रहे थे। कह रहे थे कि मालिक हो तो ऐसा!

—डिनर भी ख़ूब उड़ाया तुम लोगों ने!—मैं यों ही बोली—बाक़ायदे डायनिंग हाल में मेज़ पर बैठकर! और सुना है, तुम लोगों ने ख़ूब शोर भी मचाया।

नौकरानी ने सिर झुकाकर कहा—बात यह है, बीबी जी, कि सब लोग ज़रा मौज़ में थे। आप लोगों में कोई वहाँ था नहीं। ज़रा लोगों के मन आया कि आज बाक़ायदे साहबों की तरह हम लोग मेज़-कुर्सी पर बैठकर खाना खायें। बस हो गया। और, बीबी जी, ऐसे में शोर तो मचता ही है। जोती ज़रा ज़्यादा मस्त हो गयी थी...अब आपसे क्या बतायें...

—एक प्याली और दे,—मैंने कहा—मेरा तो सिर अब भी चकरा रहा है।

—चाय पी लीजिये, ठीक हो जायेगा, बीबी जी,—वह चाय देती हुई बोली—मेम साहब सब सामान बँधवाने में लगी हैं। आप भी जल्दी बाथरूम हो आइये। सरकार भी अब आते ही होंगे। सबको कहीं जाना है। मेम साहब कहती हैं, सब लोग चलेंगे। कहाँ जाना है, बीबी जी?

—मुझे नहीं मालूम,—मैंने पूछा—मेहमान का क्या हाल है?

—वह तो मास्टर साहब के साथ अभी-अभी स्टेशन गये हैं।

मैं चाय पी चुकी तो नौकरानी ट्रे उठाकर चली गयी।

मैं तैयार होकर अपने कमरे में आयी ही थी कि पापा आ गये। दरवाज़े से उनकी आवाज़ सुनायी दी—बेटी, मैं आऊँ?

—आइये, पापा—मैंने कहा और दरवाज़े की ओर बढ़ गयी।

पापा ने कमरे में आते ही अपना बैग खोला और उसमें से दो लिफ़ाफ़े निकालकर मुझे देते हुए धीरे से बोले—बेटी, इन्हें सँभालकर रख लो इन्हें अपनी जान के पीछे रखना। ध्यान रखना कि ये किसी दूसरे के हाथ में न प[illegible]। चल, रख मेरे सामने।

मैंने अचकचाकर उन लिफ़ाफ़ों को देखते हुए कुछ [illegible]ा चाहा कि दरवाज़े पर से मेम साहब की आवाज़ सुनायी दी—बेबी, हम लोग अन्दर आ जायें? तुम्हारे सामान ठीक करवाने हैं।

पापा बोले—मेम साहब, ज़रा एक मिनट रुकिये,—फिर वह मुझसे बोले—इन्हें रख जल्दी।

मैंने उन लिफ़ाफ़ों को पास के एक बक्से में रख दिया। मैंने बक्सा बन्द किया ही था कि पापा की आवाज़ आयी—आइये, मेम साहब।

मेम साहब नौकरों को लेकर अन्दर आ गयीं। पापा ने जाने मेम साहब से धीरे-धीरे क्या बात की और फिर मेरे पास आकर बोले—अच्छा, बेटी, मैं तो चलता हूँ। फिर जल्दी ही तुमसे मद्रास में मिलूँगा। मुझे एक ज़रूरी काम है, वर्ना मैं स्टेशन तुम्हें छोड़ने चलता। देखो, शायद स्टेशन पर आ ही जाऊँ।

मैं कुछ कहने ही वाली थी कि पापा कमरे से बाहर निकल गये।

स्टेशन पर मैं उनकी राह ताकती रही। कई बार मेम साहब और मास्टर साहब से भी पूछा। वे कह देते कि आते ही होंगे। लेकिन वह नहीं आये और गाड़ी छूट गयी...

नौकरानी ट्रे हाथ में लिये हुए आकर बोली—बेबी साहब, माफ़ कीजियेगा, जो फल और दूध मैं आपके लिए लायी थी, वे तो ठण्डे ही न थे। फिर दूसरे लेने चली गयी। मेम साहब ने रेफ्रीजरेटर खोलकर बोतल निकाली और उसे टोकर देखा तो वह बोलीं, यह भी ठण्डा नहीं है, क्या बात है? फिर मालूम हुआ कि मशीन ही जाने कब से ख़राब पड़ी है। तब उन्होंने बरफ़ लाने के लिए आदमी दौड़ाया। इतनी रात हो गयी है। पास में कहीं बरफ़ नहीं मिली। जाने कहाँ से वह अब जाकर बरफ़ लाया तो मैं फल और दूध तैयार कराके लायी हूँ। बेबी साहब, माफ़ करें, मेम साहब ने भी आपसे माफ़ी माँगी है।

रम्भा ने कहा—कोई बात नहीं, तू वह तिपाई खींचकर उस पर रख। मुझे कोई भूख नहीं लगी है। और चल, जल्दी बक्से खोलकर मुझे दिखा। दरवाज़ा बन्द कर दिया है न?

—जी,—तिपाई पर ट्रे रखती हुई नौकरानी बोली।

रम्भा फिर दाँतों से टूँग-टूँगकर सेब के ठण्डे टुकड़े मिचरा-मिचराकर खाने लगी और नौकरानी एक के बाद एक बक्से खोलकर, उनके सामान निकाल-निकालकर रम्भा को दिखाने लगी। आख़िर नौकरानी ने वे लिफ़ाफ़े रम्भा को दिखाये, तो रम्भा का मन खिल उठा। उसके जी में आया कि वह झपटकर उन लिफ़ाफ़ों को नौकरानी के हाथ से ले ले, लेकिन फिर उसने अपने को संयमित कर लिया और बोली—और सामान दिखा।

नौकरानी उस बक्से का सारा सामान निकाल-निकालकर दिखा चुकी तो जान-बूझकर, अलसाकर रम्भा बोली—रामी, आज अब रहने दे। बाक़ी बक्सों को कल देखेंगे। तू जा, तुझे भी तो अभी खाना-वाना है। मुझे नींद आने लगी।

—तो चलिये, आपका बिस्तर ठीक कर दूँ,—नौकरानी रम्भा के पास आकर उसे चाभियों का गुच्छा देती हुई बोली।

—तू बिस्तर ठीक करके चली जा, अभी मैं बाथरूम जाऊँगी।

रामी ट्रे उठाकर चली गयी, तो रम्भा उठी और उसने वह बक्सा खोलकर लिफ़ाफ़े निकाले और उन्हें देखने लगी। लिफ़ाफ़े बन्द थे और उनके ऊपर कुछ भी लिखा हुआ न था। उसने कमरे की रोशनी बुझायी और स्टडी कार्नर में आकर लिफ़ाफ़े को मेज़ पर रख दिये और कमरे में यह देखने आ गयी कि नौकरानी चली गयी या अभी बिस्तर ही ठीक कर रही है।

नौकरानी अभी बिस्तर ठीक कर रही थी। उसका बिस्तर ठीक कर वह बग़ल का दूसरा बिस्तर ठीक करने को बढ़ी तो रम्भा बोली—उसे ठीक करने की क्या ज़रूरत है? उसे जैसा है, वैसा ही छोड़ दो और तुम जाओ।

नौकरानी चली गयी तो उसके पीछे-पीछे आकर रम्भा ने दरवाज़ा बन्द कर दिया। फिर स्टडी कार्नर में जाकर, वे लिफ़ाफ़े लेकर वह अपने बिस्तर पर आ गयी। सिरहाने के स्टैण्ड का लैम्प जलाकर उसने कमरे की रोशनी बुझा दी और लिफ़ाफ़ों को उलट-पलटकर फिर देखने लगी कि शायद उन पर कुछ लिखा हुआ हो या कोई संकेतचिह्न ही हो। उन पर कुछ भी लिखा हुआ न था। लेकिन अचानक उसका ध्यान एक लिफ़ाफ़े के कोने पर पड़े हुए चिह्न की ओर गया तो उसने दूसरे लिफ़ाफ़े के भी उसी ओर के कोने पर देखा, वही चिह्न बना हुआ था। उसने सोचा, ये संकेत एक और दो नम्बर के हैं। पहले मुझे एक नम्बर का ही लिफ़ाफ़ा खोलना चाहिए। दूसरा लिफ़ाफ़ा तकिये पर रखकर उसने पहला लिफ़ाफ़ा सावधानी से खोला और उसमें के काग़ज़ों को बाहर निकाला। तह खोलकर उसने देखा, वे बहुत-सारे पन्ने थे। उसने बड़ी उत्सुकता के साथ पढ़ना शुरू किया—

प्यारी बेटी,

इसके पहले कि तुम आगे के पन्नों को पढ़ना शुरू करो, मेरे इस पत्र को ख़ूब ध्यान से पढ़ लो और गुन लो। हो सकता है कि तब तुम आगे के पन्नों को या दूसरे लिफ़ाफ़े में बन्द पन्नों को कभी पढ़ो ही नहीं और सच पूछो तो उन्हें पढ़ने की तुम्हें कोई ज़रूरत भी नहीं है। वह तो सिर्फ़ अपना एक फ़र्ज़ निभाने के लिए और अपनी आत्मा की शान्ति के लिए मैंने ये पन्ने लिखकर और दूसरे लिफ़ाफ़े में तुम्हारी माँ के लिखे हुए पन्ने तुम्हारे पास छोड़ रहा हूँ।

पहले कभी मैंने सोचा भी न था कि कभी ये सब बातें मैं लिखूँगा। दरअसल ये बातें लिखी जाने लायक़ हैं भी नहीं। ये बातें मेरे मन में ही रहतीं और मेरे शरीर के साथ ही चिता में जल गयी होतीं तो अच्छा होता। और तुम न होती तो शायद ऐसा ही होता भी। आदमी अपनी ज़िन्दगी के कितने राज़ अपने साथ ही लेकर चला

जाता है, इसका हिसाब कौन लगा सकता है? ईसाइयों के यहाँ मरने के पहले आत्मस्वीकृतियों का रिवाज़ है, लेकिन, बेटी, कम-से-कम मुझे यह विश्वास नहीं होता कि कोई ईसाई भी अपनी ज़िन्दगी के सब राज़ किसी पादरी के सामने खोल पाता होगा। ईसाई भी आख़िर आदमी ही हैं और मैं अपनी इस ज़िन्दगी में हज़ारों आदमियों से मिल चुका हूँ और तुमसे यह कहता हूँ, मुझे एक भी आदमी ऐसा न मिला जो सच बोलता हो और सच सुनना चाहता हो। यहाँ सच की दुहाई देकर लोग झूठ बोलते हैं। यह ज़िन्दगी कुछ नहीं, बस झूठ का कारोबार बनकर रह गयी है। बोलना सीखने के साथ-साथ ही यहाँ आदमी अपने माँ-बाप और सम्बन्धियों से ही झूठ बोलना भी सीखता है और सारी ज़िन्दगी झूठ बोलता रहता है और सारे झूठ लिये-दिये इस दुनिया से कूच कर जाता है। उसके जाने के बाद लोग फिर उसके बारे में झूठ बोलते हैं, झूठ ही उसकी कितनी ही ख़ूबियाँ निकाल-निकालकर सामने रखने लगते हैं। हमारे जीवन का एकमात्र आधार यह झूठ बन गया है। जो झूठ बोलने की कला में जितना ही पटु है, वह जीवन में उतना ही सफल आदमी है। आदमी ने यह झूठ का आधार छोड़ा नहीं कि धारों-धार गया। उसे सच बोलकर तो इस दुनिया में भीख भी नहीं मिल सकती और सब तो बात ही छोड़ो।

लेकिन यहाँ एक अजीब स्थिति यह है कि हम अपना झूठ बोलने का अधिकार तो सुरक्षित रखना चाहते हैं, लेकिन साथ ही यह भी चाहते हैं कि हमसे जो आदमी बात कर रहा है वह सच बोले और सच न भी बोले तो कम-से-कम हमारे बराबर झूठ न बोले। हम चाहते हैं कि हमारे झूठ का पलड़ा हमेशा भारी रहे, तभी तो हम सामनेवाले को ठग सकते हैं और अपना उल्लू सीधा कर सकते हैं। अगर कहीं इसके उलटा हुआ तब तो हमसे ही सामनेवाला अपना उल्लू सीधा कर ले जायेगा। मालिक चाहता है कि मेरा नौकर मेरे लिये, मेरे लाभ के लिए चाहे जितना झूठ बोले, लेकिन वह इस बात को हर्गिज़-हर्गिज़ बर्दाश्त नहीं करता कि उसका नौकर कभी अपने लिये, अपने लाभ के लिए भी उससे झूठ बोले। हर बेईमान मालिक यह चाहता है कि उसका नौकर हरिश्चन्द्र का अवतार हो, हर व्यभिचारी पति यह चाहता है कि उसकी पत्नी सावित्री की अवतार हो और यहाँ किसी औरत को तो कुछ चाहने का अधिकार ही नहीं है। यह कैसी विडम्बना है, बेटी!

मैं नहीं जानता कि तुम कितना झूठ बोलती हो। तुम्हारे सम्पर्क में अधिक रहने का मुझे कभी अवसर ही नहीं मिला। लेकिन मैं यह जानता हूँ कि मैं कितना झूठ बोलता हूँ। तुम्हें यह जानकर आश्चर्य होगा कि मैं दुनिया के इने-गिने सबसे अधिक और सबसे बड़े झूठ बोलनेवालों में से एक हूँ। यह एक सच बात मैं तुमसे इसलिए कह रहा हूँ क्योंकि तुम्हारे साथ मुझे कोई भी कारोबार नहीं करना है, क्योंकि तुमसे मुझे किसी भी लाभ-हानि की कोई आशंका नहीं है। साथ ही यह भी सच है कि अगर मैं इतना बड़ा झूठ बोलनेवाला न होता तो मैं तुम्हें इस आराम और आशाइस में न

पाल पाता। मैं कोई साधारण झूठ बोलनेवाला होता तो निश्चय ही जिस वक़्त तुम पैदा हुई थी उसी वक़्त तुम्हें मैं कपड़े में लपेटता और घूरे पर फेंक आता। बड़ा झूठ बड़ी शक्ति अर्जित करता है। मैं एक बड़ा ही शक्तिमान् आदमी हूँ। जिस झूठ ने मुझे यह शक्ति दी है, उस झूठ को मैं उसी की दी हुई शक्ति से पाल-पोस भी सकता हूँ, बड़ी शान से मैं उसकी रक्षा भी कर सकता हूँ। बेटी, मैंने तुम्हें बचा लिया और जिस शान से तुम्हारा लालन-पालन हुआ है, वह तुम जानती हो, वैसा इस दुनिया में विरलों को ही नसीब होता है।

लेकिन मेरा ख़याल है कि अभी तक तुम इस झूठ से बिलकुल नावाक़िफ़ हो। इससे वाक़िफ़ होने की तुम्हें अभी तक कोई ज़रूरत भी नहीं थी, क्योंकि ज़िन्दगी और उसकी ज़रूरतों से तुम्हारा कोई सम्बन्ध नहीं था, उनकी चिन्ता तो हमें थी।

लेकिन चूँकि अब तुम अपनी ज़िन्दगी शुरू करने जा रही हो, इसलिए मैं यह ज़रूरी समझता हूँ कि तुम्हें यह बात बता दूँ कि गर्भ में आने के क्षण से आज तक तुम्हारे जीवन का आधार भी झूठ ही रहा है, गोकि हमने यह पूरी कोशिश की है कि इस झूठ की भनक भी तुम्हारे कानों तक न पहुँचे। हम अपने इस काम में कितने सफल हुए हैं, हम नहीं कह सकते, क्योंकि हम तुम्हारे मन की बात नहीं जानते। यह हो सकता है कि तुम्हारे मन में अपने रहस्यमय जीवन के बारे में कभी कोई शंका उठी हो, लेकिन जहाँ तक हमें मालूम है, तुमने कभी भी यह शंका प्रकट नहीं की है। इसलिए हम यह मानकर चलते हैं कि अभी तक तुम उस झूठ से परिचित नहीं हो। यदि सम्भव होता तो हम कोशिश करते कि तुम्हारी यह ज़िन्दगी इसी तरह बीत जाये और तुम्हें कभी भी झूठ से परिचित होने का अवसर न मिले। लेकिन यह असम्भव है। तुम अब सयानी हो गयी हो, कुछ पढ़-लिख भी गयी हो, समझदार भी हो गयी हो। हम चाहें तो भी अब बहुत दिनों तक तुम्हें इस झूठ से अपरिचित नहीं रख सकते। इसलिए, इसके पहले कि तुम्हारे मन में इस झूठ के प्रति जिज्ञासा उपजे, हमने सीधे ही तुम्हें इस झूठ में ही ढकेल देने का निश्चय किया है। तुम्हारी ज़िन्दगी भी हम लोग एक बड़े झूठ से शुरू कर रहे हैं, यह तुम्हें अवश्य ही और बहुत जल्दी मालूम हो जायेगा।

इस झूठ के पनाले में तुम हाथ-पाँव मारो, डूबो-उतराओ और ग़लत-सही नतीजों पर पहुँचो, इससे बेहतर मैं यह समझता हूँ कि इस पूरे झूठ को ही तुम्हारे सामने सच-सच रख दूँ, ताकि इधर-उधर भटकने से तुम बच सको और इस झूठ को सदेह अपनी आँखों से देख सको। एक बात और है जो मुझे ऐसा करने को प्रेरित कर रही है। वह यह कि अगर मैं इस झूठ को सच-सच तुम्हें नहीं बता देता तो सम्भव है कि एक-न-एक दिन तुम्हारे जीवन में ऐसा अवसर आये, जब तुम हम लोगों को कोसो कि हम लोगों ने तुम्हें अन्धकार में क्यों रखा। फिर यह भी बात है कि इन तथ्यों के प्रकाश में तुम अपने जीवन का रास्ता चुन सको।

लेकिन, मेरी प्यारी बेटी, यहीं मैं तुम्हें सावधान भी करना चाहता हूँ। यह भी सम्भव है कि इन बातों के ज्ञान से तुम्हारा पूरा जीवन ही अभिशप्त हो जाये, हम लोगों के काले साये जीवन-भर तुम्हारे ऊपर मँडराते रहें और तुम्हें सदा परेशान करते रहें और तुम अपना जीवन अपने इच्छानुकूल व्यतीत न कर सको। अगर ऐसा हुआ तो मुझे इतना रंज होगा, जिसकी तुम कल्पना भी नहीं कर सकती। अपने अनुभवों के आधार पर मैं यहाँ यह भी कह देना चाहता हूँ कि, ऐसा होने की ही सम्भावना निन्यानबे प्रतिशत है। इसलिए, मेरी बेटी, इन पन्नों को तुम उस वक़्त तक हर्गिज़ न पढ़ना,जब तक तुम्हें यह विश्वास न हो जाये कि तुम इस सम्भावना को लाँघ जाओगी और इनका कोई भी प्रभाव अपने जीवन पर न पड़ने दोगी। इसके लिए बहुत बड़ी शक्ति की आवश्यकता होगी। पहले उस शक्ति को अर्जित करने का तुम प्रयत्न करो। यहाँ यह बात भी मैं स्पष्ट रूप से तुम्हें बता देना चाहता हूँ कि यह शक्ति तुम केवल झूठ से ही अर्जित कर सकती हो।

यही सब ख़ूब सोच-समझकर हमने तुम्हारे जीवन की नींव एक बहुत ज़बर्दस्त झूठ पर डाली है। इस झूठ से निश्चय ही तुम्हें एक बहुत बड़ी शक्ति प्राप्त हुई है, तुम आज एक बड़ी सम्पदा की मालकिन बन गयी हो। लेकिन अभी तक तुम इस शक्ति से अपरिचित हो, क्योंकि तुम्हें इस झूठ का अभी और कोई ज्ञान नहीं है। निश्चय ही तुम्हें जो यह शक्ति प्राप्त हुई है, वह तुम्हारे झूठ का परिणाम नहीं है, वह तो हमने अपने झूठ से तुम्हें प्राप्त करा दी है। लेकिन शक्ति चाहे जैसे भी प्राप्त हो, वह शक्ति है और वह तुम्हारे पास है। झूठ से अपरिचित रहकर भी, अगर तुम चाहो तो, इस शक्ति से भली-भाँति परिचित हो सकती हो और इसके ही आधार पर अपने जीवन को गढ़ सकती हो। इसके लिए अगर तुम तैयार होओ तो निःसन्देह तुम्हें आगे के पन्नों को पढ़ने की कोई भी ज़रूरत नहीं होगी। तुम इस झूठ से अनभिज्ञ रहकर भी भली-भाँति जीवनयापन कर सकती हो। वह इस तरह कि हमने जो व्यवस्था तुम्हारे लिए की है, उसे तुम ख़ुशी से स्वीकार लो और उसी से सन्तुष्ट रहो। यह व्यवस्था बहुत ही मज़बूत है और अगर तुम इसे चलने दोगी तो यह निर्बाध रूप से बहुत दिनों तक चल सकती है। अगर तुम इसे चला सको, तो इससे बड़ी प्रसन्नता मेरे लिये और दूसरी नहीं होगी, क्योंकि यह पथ नितान्त निरापद है, इस पर चलने में तुम्हें मानसिक क्लेश तो हो सकता है, लेकिन भौतिक क्लेश तुम्हें बिलकुल भी नहीं होगा। बेटी, अपने आराम-आशाइस और सुख-सुविधा के लिए यह मानसिक क्लेश तुम झेल सको, तो इससे कोई बड़ी बात न होगी। दरअसल मन और शरीर, दोनों का एक साथ सुख इस संसार में उपलब्ध ही नहीं है। मुझे नहीं मालूम कि यह किसी को भी कभी प्राप्त होता है। इसलिए आदमी को इन दोनों में से एक को चुनना पड़ता है और दूसरे को मारना पड़ता है। अपनी भाषा में इसी बात को मैं कहूँ तो वह इस तरह होगी, आदमी को सच और झूठ में से एक को चुनना पड़ता है। सच मन है और झूठ शरीर

है। यहाँ सब लोग शरीर को यानी झूठ को ही चुनते हैं, हज़ारों और लाखों में भी शायद ही कोई एक हो, जो मन को यानी सच को चुनता है। इसका कारण यह है कि मन का रास्ता कठिन है और शरीर का रास्ता सरल है, सच को अपनाकर यहाँ जीवित नहीं रहा जा सकता, जीने के लिए झूठ का दामन पकड़ना आवश्यक है। सो, बेटी, यह चुनाव तुम्हें भी करना पड़ेगा। मैं चाहता हूँ, तुम भी सबों की तरह शरीर को ही चुनो और मन को मारो। जो झूठ की व्यवस्था हम लोगों ने तुम्हारे लिये की है, उसे स्वीकार कर लो, सच की क़तई चिन्ता तुम मत करो। फिर तो आगे के पन्नों को पढ़ने की तुम्हें ज़रूरत ही नहीं होगी। यही क्यों, इस स्थिति में तुम्हें कुछ भी करना-धरना न होगा, बस, मन मारकर जो तुम्हें उपलब्ध है, और तुम जानती हो तुम्हें बहुत ही अधिक उपलब्ध है, उसका उपभोग करो।

लेकिन एक बात और मैं यहाँ कहना चाहता हूँ। तुम्हारी आयु अभी बहुत कम है। तुम्हें जीवन का अभी कोई अनुभव भी नहीं है। तुम्हारा मन पवित्र और बेदाग़ है। शारीरिक सुखों का महत्त्व भी तुम्हें अभी नहीं मालूम है। स्वभावत: तुम भावुक हो। इस स्थिति में मन को मारना तुम्हारे लिये आसान न होगा। तुम्हारा मन ज़रूर ज़ोर मारेगा, और हो सकता है कि वही तुम पर हावी हो जाये और तुम्हें उकसाये कि इस झूठी व्यवस्था को तोड़-फोड़ दो, इससे विद्रोह करो, मन की दौलत के सामने यह सब-कुछ हेय है। यह झूठ जीवन का सबसे बड़ा धोखा है, मन के सुख के बिना शरीर के सुख का कोई अर्थ ही नहीं है। बिना मन के शरीर का होना-न-होना दोनों बराबर है। इससे तो अच्छा है कि इस खोखले जीवन को ही ख़त्म कर दिया जाये। इसमें सार ही क्या है? इसके जीने का मतलब ही क्या है?

तब स्थिति बड़ी भीषण हो जायेगी, बेटी। इस व्यवस्था को तोड़ते ही तुम जिस स्थिति में पड़ जाओगी, उसकी कल्पना भी तुम अभी नहीं कर सकती।

इस झूठ को तिरस्कृत कर अगर तुम इसे अपने से काटकर अलग कर दो और सच को अपना लो, तो तुम्हारे पास केवल एक बड़ा शून्य रह जायेगा। तुम्हारे पास इस समय जो कुछ है, वह केवल झूठ की उपलब्धि है, झूठ को अस्वीकार कर उसकी उपलब्धि को तुम कैसे स्वीकार करोगी? शेष शून्य को लेकर तुम अपना जीवन कैसे चलाओगी? ज़रा सोचो तो, क्या तुम इस आराम-आशाइस का त्याग कर सकोगी? सुख-सुविधाओं को छोड़ सकोगी? अपनी आदतों और संस्कारों से लड़ सकोगी? बिना किसी आधार के अपना नया जीवन शुरू कर सकोगी? कठिन जीवन-संघर्ष में तुम टिक सकोगी?

मेरा ख़याल है कि वह बड़ा ही दुरूह कार्य होगा। यह सही है कि इस बीच तुम बी.ए. या एम.ए. कर लोगी तो तब तुम्हें सौ-डेढ़ सौ की नौकरी मिल जायेगी। ज़रा सोचो तो कि इस रक़म से तुम कैसी ज़िन्दगी बसर कर सकती हो? यह भी सही है कि तुम सुन्दर हो, तुम पर कितने ही मर मिटनेवाले मिल सकते हैं। इनमें यह भी

सच हो सकता है कि एकाध तुमसे सच्चा प्रेम करनेवाले भी हों। मैं यह भी मान लेता हूँ कि तुम भी उनमें से किसी एक को प्रेम कर सकती हो। लेकिन तुम्हारा प्रेमी सेठ सोनेलाल की तरह सम्पन्न ही होगा, यह तो नहीं कहा जा सकता; और अगर वह सम्पन्न होगा और तुम उसके साथ अपना सम्बन्ध बनाओगी तो निश्चय ही फिर तुम झूठ के चंगुल में ही फँस जाओगी, क्योंकि हमारे समाज में सम्पन्नता बिना झूठ के आ ही नहीं सकती, सम्पन्नता का उपभोग भी कोई ईमानदार आदमी नहीं कर सकता, झूठ की कमायी को खाकर कोई ईमानदार बना ही कैसे रह सकता है?

सो, ये ही रास्ते हैं तुम्हारे आगे के जीवन के। इन्हीं में से तुम्हें एक को चुनना है। यह चुनाव तुम्हें ही करना पड़ेगा और उसके परिणामों को भी तुम्हें ही भोगना है। तुम अब पूर्ण रूप से स्वतन्त्र हो।

हम अपनी स्थिति और समझ के अनुसार जो तुम्हारी व्यवस्था कर सकते थे, वह हमने कर दी है। लेकिन इसका मतलब यह नहीं है कि हमने तुम्हें इस व्यवस्था में सदा के लिए बाँध दिया है। यह एक अस्थायी व्यवस्था है और यह तुम पर ही मुनहसर करता है कि तुम इसे स्थायी बनाओ या तोड़ दो। इसकी ज़िम्मेदारी तुम्हारे ही ऊपर है। यह इसलिए लिख रहा हूँ, ताकि आगे चलकर तुम हमें किसी प्रकार भी दोषी न ठहराओ।

मेम साहब और मास्टर साहब भी अब तुम्हारी किसी मर्जी में किसी प्रकार भी दख़ल न देंगे। तुम जैसा चाहोगी, वे लोग वैसा ही करेंगे। तुम अब अपने घर और अपने जीवन की मालकिन हो। तुम अपने सब आचरणों के लिए स्वतन्त्र हो। यहाँ तक कि सेठ सोनेलाल भी तुम पर अपना कोई अधिकार नहीं जता सकता है।

मेरा तो ख़याल है कि इस समय तुम जिस स्थिति में हो, उसे ही बनाये रखोगी और आगे के पन्नों को ज्यों-का-त्यों लिफ़ाफ़े में बन्द करके रख दोगी, कम-से-कम उस वक़्त के लिए, जब तक कि इस स्थिति में कोई परिवर्तन लाने की तुम्हें आवश्यकता प्रतीत न हो।

तुम्हारा,
पापा

पत्र ख़तम करते-करते रम्भा की हालत ख़राब हो गयी। उसने झुँझलाकर सब काग़जों को उलटे-सीधे तहकर लिफ़ाफ़े में घुसेड़ा और दोनों लिफ़ाफ़ों को साइड मेज़ पर फेंक दिया। यही सब बेकार की बातें पढ़ने को मैंने इन लिफ़ाफ़ों को इतनी परेशान होकर ढूँढ़ा था और फिर इतनी उत्सुकता से एक को खोलकर पढ़ने बैठी थी? आख़िर क्या मतलब है इन बातों का? इनका तो कोई सिर-पैर ही मेरी समझ में नहीं आया! बुदबुदाते हुए उसने बत्ती बुझाकर, नीली बत्ती जलायी और लेट गयी। फिर

बुदबुदायी—यह सब क्या और क्यों लिखा है पापा ने? मैं तो बिलकुल ठीक हूँ, मैं तो बहुत ख़ुश हूँ! मुझे यह जानने की क्या ज़रूरत है कि मेरे लिये कौन-सी व्यवस्था की गयी है। मैं जिस व्यवस्था में दिल्ली में रहती थी, उससे भी अच्छी व्यवस्था में यहाँ हूँ, वहाँ की तरह यहाँ बन्धन नहीं है। यहाँ मैं जहाँ चाहूँ जा-आ सकती हूँ, जो चाहूँ कर सकती हूँ। कोई रोकने-टोकनेवाला नहीं है। मेम साहब और मास्टर साहब को भी इसमें कुछ बुरा नहीं लगता। मैं कल यूनिवर्सिटी जाऊँगी, क्लब जाऊँगी, मोटर चलाना सीखूँगी। अब तो कुछ ज़िन्दगी का मज़ा आ रहा है। और पापा जाने क्या-क्या लिखते हैं। झूठ-सच, शरीर-मन, सुख-सुविधा, कठिन-सरल...यह सब क्या है? यह सब जानने की मुझे क्या ज़रूरत है? सेठ सोनेलाल रहते तो आज भी जाने मैं कहाँ-कहाँ उनके साथ हो आयी होती और इस वक़्त...

सहसा रम्भा का ध्यान बग़ल के सूने पलँग की ओर चला गया और वह सोचने लगी, आज यह पलँग खाली है, कल रात इस पर सेठ सोनेलाल थे। आज वह चले न गये होते तो वह इस पलँग पर होते और या तो मुझसे कोई बहुत ही दिलचस्प बात करते होते और मुझे हँसाते होते या मेरी प्रशंसा करते होते या मुझे गुदगुदाते होते या मेरी अनुमति लेकर मुझे चूमते होते या...

और पापा लिखते हैं...पापा आख़िर क्या लिखते हैं? मेरी समझ में तो ख़ाक-पत्थर कुछ भी नहीं आया। उन्हें क्या मालूम कि मैं कितनी ख़ुश हूँ, इतने दिनों में मैंने क्या-क्या देख लिया है और जान-समझ लिया है। पापा तो मुझे क़ैदी बनाकर रखे हुए थे। न कहीं जाने-आने देते थे, न किसी से मिलने-जुलने देते थे। मेम साहब और मास्टर साहब को मेरे ऊपर चौकीदारों की तरह उन्होंने बैठा दिया था। कभी-कभार ये लोग मुझे बाहर ले भी जाते थे तो हर मिनट मेरे सिर पर सवार रहते थे और एक भी तो दिलचस्प बात न करते थे। ओह, अगर मैं यहाँ न आयी होती तो शायद कभी भी यह न जान पाती कि यह दुनिया कितनी बड़ी है और इसमें क्या-क्या है? सेठ सोनेलाल तो मेरे ऊपर चौकीदारी नहीं करते। वह तो ख़ूब हँसते-हँसाते हैं, तरह-तरह की बातें करते हैं, तरह-तरह की हरकतें करते हैं, यहाँ तक कि मेरे साथ खेलते और दौड़ते भी हैं...उस दिन सुबह मुझे अड्यार नदी की ओर सैर कराने ले गये थे, नदी-किनारे पहुँचकर मेरे जी में आया कि दौड़ूँ और दौड़ने लगी। फिर क्या था वह भी मेरे पीछे-पीछे दौड़ने लगे...कितना मज़ा आया उन्हें दौड़ते देखकर! बेचारे मोटे-थुल-थुल शरीर से दौड़ न पाते थे, ऐसा लगता था कि अब लुढ़के, अब लुढ़के, लेकिन आप हैं कि दौड़ते चले आ रहे हैं और कुत्ते की तरह जीभ लटकाकर हाँफ रहे हैं। मेरा तो हँसते-हँसते बुरा हाल हो गया!...और पहले ही दिन समुद्र के किनारे! वह तो मेरे साथ समुद्र में बह ही जानेवाले थे। अपने पानी के ग्रह को भी भूल गये थे। यह कोई आदमी हुए न कि मास्टर साहब और मेम साहब या ख़ुद पापा भी, कि हरदम मुँह पर तोबड़ा लटकाये हुए हैं! अरे, तुम लोग बूढ़े हो, मैं तो बूढ़ी नहीं हूँ

कि घर में बैठकर माला जपती रहूँ? ठीक है, जब तक मैं बच्ची थी, तब तक जैसे तुम लोगों ने मुझे रखा, मैं रही। अब तो मैं कोई बच्ची नहीं हूँ कि तुम लोग मेरी उँगली पकड़कर मुझे चलाते रहो।...

पापा जाने काहे-काहे से मुझे सावधान कर रहे हैं। जाने कौन-कौन-से मेरी ज़िन्दगी के रास्ते बता रहे हैं। कह रहे हैं, यह रास्ता ऐसा है, वह रास्ता वैसा है। तुम जिस रास्ते को चाहो, चुनने के लिए स्वतन्त्र हो...मैं स्वतन्त्र हो गयी हूँ, यह तो मुझे मालूम हो रहा है, क्योंकि मेम साहब और मास्टर साहब से मैंने इतने दिनों तक कोई बात भी न की और उन लोगों ने मेरी इस बात का बुरा भी न माना, बल्कि यही कहते रहे कि तुम मालकिन हो। मेम साहब ने आज नौकरों को मुझे बेबी साहब कहना सिखाया है, कल से मुमकिन है कि मेम साहब और मास्टर साहब भी मेरे साथ अदब से पेश आयें, मुझे बेबी साहब कहकर सम्बोधित करें। लेकिन यह रास्ता चुनना क्या है? सच का रास्ता क्या है और झूठ का रास्ता क्या है? मन का रास्ता क्या है और शरीर का रास्ता क्या है? हुँ! मुझे क्या ज़रूरत है यह सब जानने की? मुझे क्या ज़रूरत है कोई रास्ता चुनने की? आप लोगों ने अपनी क़ैद से रिहा कर मुझे इस रास्ते पर लगा दिया, शुक्रिया! मैं इसी रास्ते पर ख़ुश हूँ, मैं इसी रास्ते पर चलूँगी, चलती रहूँगी। सेठ सोनेलाल चले गये तो क्या हुआ, अब मैं पुरानी ज़िन्दगी में लौटनेवाली नहीं हूँ, यह सामने का खुला हुआ रास्ता मैं अब छोड़नेवाली नहीं हूँ, अब कोई मेरा रास्ता रोकेगा तो ठीक नहीं होगा, चाहे जो हो! अब मैं किसी की क़ैद में रहनेवाली नहीं हूँ।

हैं! यह कहने की मुझे क्या ज़रूरत है? यह तो पापा ने ख़ुद ही लिखा है कि अब तुम पूर्ण रूप से स्वतन्त्र हो। पापा ने लिखा है...छोड़ो जी, पापा की बातें। बेकार में यह सब सोचकर अपना दिमाग़ क्यों ख़राब किया जाये? अब सोना चाहिए। और रम्भा आँखें मूँदकर सोने के प्रयत्न में अपने दिमाग़ से यह-सब बातें बरबस हटाने लगी। लेकिन ये बातें थीं कि हटने का नाम न लेती थीं, वे फिर-फिर आ जाती थीं और उसके दिमाग़ को कुरेदने लगती थीं। अचानक उसे लगा कि पापा के बारे में ऐसी बातें मेरे दिमाग़ में कैसे आयीं? आख़िर पापा ने ख़ुद ही तो मुझे क़ैद से मुक्त करके यहाँ भेजा है। सेठ सोनेलाल को भी तो वही लाये थे। उनके साथ उन्होंने ही तो मुझे यहाँ भेजा था। यह आज़ादी भी तो उन्होंने ही मुझे दिलायी है। लेकिन यह व्यवस्था की बात क्या है? पापा ने मेरे लिये यहाँ कौन-सी व्यवस्था की है? मेम साहब ने बताया था कि अब तुम्हारी सारी ज़िम्मेदारी सेठ सोनेलाल ने अपने ऊपर ले ली है। सेठ सोनेलाल बहुत बड़े, बहुत अच्छे आदमी हैं। उनके साथ यहाँ से भी कहीं ज़्यादा आराम-आशाइस के साथ तुम रहोगी। सबके ऊपर यह बात है कि तुम हर तरह से आज़ाद रहोगी। तुम्हारे पापा ने बहुत सोच-समझकर, तुम्हारी भलाई के लिए ही सेठ सोनेलाल के साथ तुम्हारा यह रिश्ता क़ायम किया है।

—यह कैसा रिश्ता है, ग्रैनी?—मैंने पूछा था।

—जो तुम्हारी माँ का तुम्हारे पापा के साथ था।

—मुझे तो माँ के बारे में कुछ भी मालूम नहीं है, ग्रैनी!

—तुम्हें वक़्त पर सब मालूम हो जायेगा, अभी तुम्हें यह सब जानने की कोई ज़रूरत नहीं है।

और मैं चुप हो गयी थी। इन लोगों से किसी बात पर मैं बहस न कर सकती थी। इन लोगों की सब बातें चुपचाप सुन लेना और उन्हीं के अनुसार आचरण करना मुझे सिखाया गया था।

पापा ने माँ के बारे में ही बताने के लिए तो यह सब नहीं लिखा है, रम्भा को अचानक यह ख़याल आया, लेकिन फिर उसने सोचा, माँ के बारे में मैं कुछ जानूँ या न जानूँ, इससे क्या बनता-बिगड़ता है? लेकिन पापा यों ही तो ये बातें मुझे नहीं लिखेंगे, कोई तो उद्देश्य होगा उनका। ऐसा न होता तो यह बात वह क्यों लिखते कि इन लिफ़ाफ़ों को तुम जान के पीछे रखना। इनमें निश्चय ही उन्होंने कुछ महत्त्वपूर्ण बातें लिखी होंगी मेरे लिये। रम्भा को अब अफ़सोस हुआ कि मैंने पापा की बातों को इतने हलकेपन और लापरवाही से क्यों लिया? इतने ही दिनों की आज़ादी की हवा में क्या मुझे इस तरह इतरा जाना चाहिए कि मैं पिछले सब सम्बन्धों को भूल जाऊँ, पिछली सब बातों को भूल जाऊँ? मुझे क्या समझ है अभी ज़िन्दगी की? पापा ने मुझे ये बातें समझायी हैं तो उन्होंने कौन-सा ग़लत काम किया है? मुझे उनकी बातों को ध्यान देकर पढ़ना और समझना चाहिए, न कि इस तरह झुँझलाकर फेंक देना चाहिए? आज़ादी पाने का क्या यह मतलब होता है कि मैं बावली होकर अपने अतीत को भूल जाऊँ और भविष्य की कोई चिन्ता न करूँ? आख़िर इस आज़ादी को भी अभी मैं क्या समझती हूँ? आज मास्टर साहब और मेम साहब मुझे छोड़कर चले जायें तो मैं अकेली यहाँ क्या और कैसे करूँगी? मुझे अभी मालूम ही क्या है? नहीं-नहीं, मुझे इस तरह अन्धा नहीं होना चाहिए। इस तरह तो मैं अपने ही पाँवों में कुल्हाड़ी मार लूँगी।

रम्भा ने उठकर साइड मेज़ से वे लिफ़ाफ़े बड़े सम्मानपूर्वक उठाये और उन्हें इस तरह देखने लगी, जैसे उनका जो अभी-अभी इस तरह उसने अनादर किया था उसका उसे बेहद अफ़सोस हो। उसने उन पर बड़ी श्रद्धा से अपना हांथ फेरा और मन-ही-मन उसने अपने पापा से क्षमा माँगी। फिर, इससे भी जैसे उसका प्रायश्चित पूरा न हुआ हो, उसने उन लिफ़ाफ़ों को उठाकर अपनी आँखों से लगा लिया। इस समय उसके मन की स्थिति बड़ी करुण, बड़ी दयनीय हो रही थी। उसे लग रहा था कि जैसे पापा उसके सामने आ खड़े हुए हों और उससे कह रहे हों, बेटी, मुझे तुमसे यह उम्मीद न थी। मैंने तुम्हारे लिये क्या-क्या न किया और तुमने मेरे अन्तिम शब्दों

का भी इस तरह अनादर कर दिया? तुम अपने पर ज़ब्र करके ही इन बातों को पढ़ लेती तो तुम्हारा क्या बिगड़ जाता? मैंने तो तुमसे यह भी न कहा कि तुम इन्हें मानो। मैंने तुमसे यह भी कहा है कि कोई ज़रूरी नहीं कि तुम इन्हें पढ़ो ही। लेकिन, बेटी, तुमने तो इन्हें ऐसे फेंक दिया, जैसे मेरा तुमसे कभी का कोई सम्बन्ध ही न रहा हो।

—नहीं, पापा, नहीं!—रम्भा के होंठों से बेआवाज़ ये शब्द निकले और लगा कि वह अब रो देगा।

: ९ :

रम्भा तकिये पर पन्नों को फैलाकर पढ़ रही थी :—

दास्तान एक पनाले की जिसमें कमल का एक फूल खिला है

इस शीर्षक से, बेटी, तुम चौंको नहीं। बहुत सोच-समझकर और देर तक माथा-पच्ची करके मैंने अपनी दास्तान को यह शीर्षक दिया है। मेरा विचार है कि यही सही शीर्षक हो सकता है। यह पूरी दास्तान पढ़कर तुम भी इस शीर्षक से सहमत होगी। इस शीर्षक से लेकर अन्त तक इस दास्तान का एक-एक शब्द सच है। अपने जीवन में पहली बार यह क़स्द करके मैं यह दास्तान लिखने बैठा हूँ कि इसमें एक शब्द भी मैं झूठ न बोलूँगा। जीवन-भर झूठ बोलनेवाले एक आदमी के लिए यह काम कितना कठिन है, यह तुम समझ सकती हो। यह काम मेरे लिये जितना कठिन है, उतना ही ख़तरनाक भी है। पता नहीं, तुम्हें मालूम है कि नहीं कि मैं इस देश के इने-गिने सर्वाधिक सम्पन्न और सम्मानित व्यक्तियों में से एक हूँ। इस देश का कोई विरला आदमी ही होगा, जो मेरे नाम से परिचित न हो। लेकिन मेरी सच्ची दास्तान की जानकारी एक व्यक्ति को भी नहीं है। अगर इसकी जानकारी या इसके एक अंश की भी जानकारी किसी को हो और अगर वह चाहे तो मेरी सारी इज़्ज़त को मिट्टी में मिला सकता है। इस ख़तरे को जानकर भी मैं यह दास्तान लिखने बैठा हूँ। यह दास्तान लिखकर मैं तुमको दूँगा। तुम इसे पढ़कर मेरे बारे में जो राय बनाओगी, वह बहुत बुरी होगी। फिर तुम मेरे बारे में क्या सोचोगी, इसकी कल्पना मैं कर सकता हूँ। फिर भी मैं चाहता हूँ कि मेरे जीवन की सच्ची दास्तान तुम पढ़ो और जानो कि तुम्हारे पापा कितने बड़े शैतान हैं। अगर तुम न होती तो यह दास्तान न लिखी जाती, फिर तो यह मेरे साथ ही चिता पर जल जाती। यह सच्ची दास्तान लिखने की प्रेरणा मुझे तुम्हारी माँ से मिली है। एक दिन उसने अपनी सच्ची दास्तान मुझे पढ़ने को दी थी। उसे मैं अब तक जान की तरह सँभाले रहा। अपनी इस दास्तान के साथ ही वह दास्तान भी मैं तुम्हें दे दूँगा। तुम ये दोनों दास्तानें पढ़ना। तब तुम्हें अपनी सही स्थिति का पता लग जायेगा। फिर इन दोनों दास्तानों को तुम जला देना। ऐसा मैं तुम्हारी ही भलाई के लिए

लिख रहा हूँ। तुम्हारी माँ तो रही नहीं, मैं भी अब बहुत दिनों तक न चलूँगा। फिर इस दास्तान का सम्बन्ध मेरे बच्चों से ही रह जायेगा, जिसमें तुम भी एक हो। अगर ये दास्तानें तुमने जलाया नहीं तो सम्भव है ये कभी किसी के हाथ पड़ जायें। तब जो होगा वह तुम्हीं लोगों को भोगना पड़ेगा। सो, मैं चाहता हूँ कि मेरे बच्चों में एक तुम्हीं इन दास्तानों की साक्षी रहो। मेरे और बच्चों को इन दास्तानों की कोई ज़रूरत नहीं है। उनकी और तुम्हारी स्थिति में एक बहुत बड़ा अन्तर है, जो तुम्हें आगे चलकर मालूम होगा। फिर उन लोगों का जीवन मेरे ही बनाये रास्तों पर चल रहा है। वे भी मेरे ही समान धन और प्रतिष्ठा अर्जित करेंगे। लेकिन तुम्हारे विषय में अभी से क्या कहा जा सकता है? हो सकता है, कि तुम इन रास्तों पर न चलो, कोई और रास्ता अपने लिये चुनो। एक बात और है। इस दास्तान में कुछ बातें ऐसी हैं, जिनका सम्बन्ध केवल तुमसे है, मेरे दूसरे बच्चों से नहीं है। यह बात अभी तुम नहीं समझोगी, लेकिन पूरी दास्तान पढ़ लेने के बाद ज़रूर समझ जाओगी। इसीलिए यह दास्तान मैं सिर्फ़ तुम्हीं को दूँगा।

तुम्हारी माँ की दास्तान का मैं ही अकेला साक्षी हूँ। एक और साक्षी उसके बाबा थे लेकिन वह मर गये। मैंने इस दास्तान को जला डालने की सोची थी। लेकिन फिर सोचा कि इसे भी तुम्हें ही दे दूँ। तुम्हारी माँ जीवित रहती तो यह दास्तान तुम्हें देने का सवाल ही नहीं उठता। फिर मैं अपनी दास्तान भी शायद न लिखता। तब तो तुम्हारा जीवन भी कुछ दूसरा ही होता। तुम्हें इन दास्तानों की तब ज़रूरत भी न पड़ती। यह दास्तान भी मैं तुम्हें उसी कारण से दूँगा, जिस कारण से मैं अपनी दास्तान तुम्हें दूँगा। तुम्हें अपने माँ-बाप को ठीक तरह से जानना-समझना चाहिए।

एक बात और मैं तुम्हें शुरू में ही बता देना चाहता हूँ, वह इसलिए कि इस बात का भी यह दास्तान लिखाने में एक बहुत बड़ा हाथ है। यह एक अजीब बात है और इसकी सच्चाई में शायद कोई विश्वास न करे, लेकिन यह बात है बिलकुल सच। झूठ तो मैं एक शब्द भी न लिखूँगा, यह पहले ही कह चुका हूँ। वह बात यह है कि मेरा जीवन जिस तरह से आरम्भ हुआ था, ठीक उसी तरह तुम्हारा जीवन भी आरम्भ हो रहा है। तुम्हें आश्चर्य हो रहा है न? लेकिन तुम आगे की बातें पढ़ोगी तो मेरे कथन की सच्चाई समझ लोगी। मेरे मन में आज यह डर है कि कहीं तुम्हें भी मेरे जीवन को ही दुहराना न पड़े। लेकिन मैं मर्द था और काफ़ी समझदार भी था और तुम लड़की हो और मैं नहीं जानता कि तुम्हें कितनी समझ है, क्योंकि क़रीब-क़रीब मैंने तुम्हें दुनिया से बिलकुल अलग-थलग रखकर पाला है। मेरे पिता ने जो अन्याय मेरे साथ जान-बूझकर किया था, वही अन्याय मैंने भी तुम्हारे साथ किया है। तुम अगर लड़की न होती, तो शायद मैं इतना व्याकुल न होता। सेठ सोनेलाल भी, तुम्हें आश्चर्य होगा यह जानकर, मेरे-ही-से भाग्य का शिकार है। ख़ैर, अब तुम मेरी दास्तान सुनो!

रम्भा ने केवल क़र्त्तव्यवश पढ़ना शुरू किया था। लेकिन यहाँ तक आते-आते तीव्र उत्सुकता के कारण उसे हौल-सा होने लगा। इस भूमिका ने उसकी जिज्ञासा को इतना जाग्रत कर दिया कि उसे होने लगा कि कैसे आगे के पन्नों को जल्दी-से-जल्दी पढ़ जाये। वह मन को एकाग्र कर तेज़ी से पढ़ने लगी :

मेरा जन्म जयपुर में एक बहुत बड़े सेठ के घराने में हुआ था। मैं अपने माता-पिता का इकलौता बेटा था और जाने कितनी मनौतियों, पूजा-पाठों और अनुष्ठानों के बाद बहुत दिनों में पैदा हुआ था। होश सँभालने पर मैंने सुना था कि मेरे पैदा होने पर लगातार सत्ताईस दिनों तक ख़ुशियाँ मनायी गयी थीं। हज़ारों ब्राह्मणों और भिखारियों को भोज दिया गया था और पूरे वस्त्र, पाँच-पाँच रुपये नक़द दक्षिणा के साथ, दान दिये गये थे। कितने ही मठों और मन्दिरों को सोना और धन दान दिया गया था। बिरादरी का भोज पूरे सात दिनों तक चलता रहा था। ऐसा लगता था कि यह जश्न कभी ख़तम ही न होगा। लोगों का कहना था कि ऐसा ज़श्न जयपुर में अपने जीवन में किसी ने नहीं देखा था।

इतनी बड़ी ख़ुशी और इतना बड़ा भाग्य लेकर मैं पैदा हुआ था। मेरा लालन-पालन उसके अनुकूल ही हुआ, यह कोई भी समझ सकता है। ऐसे में किसी भी बच्चे का बिगड़ना लाज़िमी है, लेकिन लोगों का कहना था कि मैं बिलकुल ही न बिगड़ा। मैं सम्पन्नता के साथ प्रतिभा भी लेकर आया था। जो मुझे देखता या मुझसे बात करता, वही मेरी बुद्धि देखकर आश्चर्य करता। मेरी कुशाग्र बुद्धि देखकर मेरे माता-पिता डरने लगे। वे मुझे बाहर के लोगों से छिपाकर रखने लगे और घर के लोगों और नौकरों-चाकरों को यह हिदायत दी गयी कि कोई भी बच्चे की बुद्धि की सराहना न करे।

लेकिन इससे मेरी बुद्धि की बाढ़ रुकनेवाली न लगी तो पिता जी मेरी पढ़ाई में देर करने लगे। मैं कभी-कभी यों ही मुहल्ले के लड़कों के साथ मुहल्ले की महाजनी पाठशाला या प्राइमरी स्कूल में चला जाता और पिता जी को इसका पता चलता तो मुझ पर डाँट पड़ती—तुझे पाठशाला जाने की क्या ज़रूरत है? जब ज़रा बड़ा हो जायेगा तो पाठशाला के गुरु जी ख़ुद तुम्हें पढ़ाने आयेंगे।

लेकिन अब वे लोग मुझे घर में छिपाकर रख न सकते थे। माँ की चौकस चौकीदारी के बावजूद मैं घर से बाहर निकल जाता। लड़कों के साथ खेलता। उनके घरों में जाकर उनकी ही पटरी पर उनसे पूछ-पूछकर अक्षर लिखने की कोशिश करता था। उन्हीं की किताबें उलट-पलटकर तस्वीरें देखता। महाजनी पाठशाला के सामने सहन में रोज़ शाम को लड़के एक साथ क़तार में खड़े होकर, चिल्ला-चिल्लाकर गिनती-पहाड़े वग़ैरा दुहराते तो मैं उनके पास जा खड़ा होता और ध्यान से गिनती और पहाड़े वग़ैरा सुनता। एक लड़का क़तार के सामने खड़ा होकर गाने की तरह रेघा-रेघाकर बुलाता और सब लड़के उसे बोलते। सुनते-सुनते मुझे पूरी गिनती, बीस तक

पहाड़े, सौ-सौ तक सवैया, डेढ़ा, अढ़ैया, अँगूठा, ढेंगूचा, पहूँचा आदि याद हो गये। एक दिन बुलानेवाले लड़के के आगे-आगे मैं अनायास बोलने लगा, तो बुलानेवाले लड़के के पास खड़े हुए गुरु जी का ध्यान मेरी ओर आकर्षित हो गया। उन्होंने मुझे बुलाया तो मैं बेझिझक उनके पास चला गया। उन्होंने पूछा—तुम्हें कै तक गिनती आती है?

मैं एक साँस में कहना शुरू किया—मुझे सौ तक गिनती आती है, बीस तक पहाड़े आते हैं, सौ-सौ तक सवैया, डेढ़ा, अढ़ैया, अँगूठा, ढेंगूचा, पहूँचा सब आता है। कहिये तो सुनाऊँ?

—अच्छा!—गुरु जी ने चकित होकर पूछा—कैसे सीखा? तू तो अभी पढ़ता नहीं है।

—यहीं सुन-सुनकर।

—अच्छा, बता तो, पन्द्रह सवैये?

—पौने उन्नीस,—मैंने चट कहा।

—गुरु जी ने आँखें फाड़कर पूछा—और तेरह पहूँचे?

—साढ़े एकहत्तर!

—वाह!—गुरु जी ने झुककर मेरी पीठ ठोंकी और फिर पूछा—तेरे पिता जी कोठी पर हैं?

—जी, गद्दी पर बैठे हैं।

—तो चल, मैं ज़रा उनके पास चलूँ।

गुरु जी मुझे साथ-साथ लिये हमारी गद्दी पर आये। पिता जी सामने बहुत-सारे काग़ज़ फैलाये हुए बैठे थे। उन्होंने चश्मे के अन्दर से आँखें उठाकर गुरु जी को देखा और आँखों से ही बैठने का संकेत किया। गुरु जी बैठ गये। मैं उनके पास खड़ा रहा, तो पिता जी ने आँखों से ही मुझे जाने का संकेत किया। मैं टलने लगा तो गुरु जी ने मेरी बाँह पकड़ ली और मुझे भी अपने पास ही बैठा लिया। मैंने पिता जी की ओर देखा तो वह मुस्करा रहे थे।

थोड़ी देर बाद उन्होंने जाने क्या बोलकर एक काग़ज़ एक मुनीम की ओर बढ़ा दिया और गुरु जी से हाथ का संकेत कर आने का कारण जानना चाहा। गुरु जी ने कहा—आप खाली हो जाइये, तो बातें करूँगा।

पिता जी ने संकेत किया कि आप कहिये, मेरा काम तो इसी तरह चलता रहेगा। फिर उन्होंने एक ओर क़तार में बैठे हुए मुनीमों में से एक को संकेत करके ही कहा कि गुरु जी से बातें करो।

मुनीम जी ने गुरु जी को अपने पास बुला लिया। मैं वहीं बैठा रहा। थोड़ी देर तक उनमें जाने क्या-क्या बातें हुईं। फिर गुरु जी उठकर मेरी ओर बिना देखे बाहर चले गये।

पिता जी ने हाथ का संकेत कर मुझे अपने पास बुलाया। मैं उनके पास जाकर बैठा तो उन्होंने मेरी पीठ पर हाथ रख कर, आँखों से संकेत करके पूछा कि गुरु जी क्या कहते हैं? मैंने कहा—मुझे मालूम नहीं।

मुनीम जी ने कहा—गुरु जी कहते हैं, अब राजा मुन्ने को पढ़ाना चाहिए।

फिर पिता जी मुनीमों की ओर एक-एक काग़ज़ फेंकते हुए बोले—हाँ-हाँ, जी।...लो।...जितना मिले।...हाँ-हाँ, जी।...कोई बात नहीं।...ज़रूरत हो तो चढ़ो, लेकिन ज़्यादा नहीं।...ज़्यादा गरम हो जाये तो निकाल दो...नहीं, रोकना नहीं है।...ठीक है, ठीक है, ठीक है!...जयराम जी!—फिर बड़े मुनीम जी की ओर देखकर बोले—मुनीम जी, छोरा कै साल का हो गया?

—अगले सावन में राजा भैया अपना आठवाँ साल पूरा कर लेंगे।

—तो अभी क्या जल्दी है, मुनीम जी?—पिता जी बोले—दो-चार साल के बाद पढ़ना शुरू करेगा छोरा।

—गुरु जी कहते थे,—मुनीम जी ने कहा—कि राजा भैया ने सुन-सुनकर ही गिनती, पहाड़े, सवैया, डेढ़ा वग़ैरा याद कर लिया है। अब इन्हें...

पिता जी मेरी ओर मुड़कर बोले—क्यों रे? यह बात ठीक है?

—जी,—मैंने कहा—मुझे तो सब याद है। सुनाऊँ?

—नहीं-नहीं, इसकी कोई ज़रूरत नहीं है,—पिता जी बोले—कल से थोड़ी-थोड़ी देर मुनीम जी के पास बैठा कर। ये तुझे हिसाब वग़ैरा सिखा देंगे। क्यों, मुनीम जी?

—हाँ—जी,—मुनीम जी बोले—इससे बड़ी ख़ुशी की बात मेरे लिये क्या होगी?

—नहीं, पिता जी,—मैं बोला—मैं तो स्कूल में पढ़ूँगा।

—स्कूल में?—पिता जी बोले—स्कूल में कौन-सी पढ़ाई होती है, रे? न हो, गुरु जी से ही कहलवा दूँगा कि वह आकर तुझे एकाध घण्टे पढ़ा दिया करें।

—नहीं, मैं गुरु जी से नहीं पढ़ूँगा,—मैंने कहा—मैं तो स्कूल में ही पढ़ूँगा।

—फिर गुरु जी को यहाँ क्यों लाया था?

—मैं उन्हें कहाँ लाया था?—मैंने कहा—वही मुझे लाये थे। मैं तो उसी स्कूल में पढ़ूँगा, जिसमें नरेन्द्र पढ़ता है।

—सुनते हैं, मुनीम जी?—पिता जी हँसकर बोले—अव्वलन तो इसे पढ़ने-लिखने की कोई ज़रूरत ही नहीं है, फिर स्कूल की पढ़ाई पढ़कर इसे क्या करना है? नरेन्द्र तो वकील का लड़का है, स्कूल, कॉलेज में पढ़कर वकील बनेगा। लेकिन इसे तो अपना कारोबार सँभालना है। हिसाब-किताब, खाता-बही थोड़ा-बहुत यह जान ले, इसके लिए यही बहुत है। क्यों, मुनीम जी?

—हाँ, जी,—मुनीम जी बोले—लेकिन भैया को पढ़ने का शौक़ है तो...

—पढ़कर यह करेगा क्या, मुनीम जी?—पिता जी बोले—दो-चार साल बाद मैं इसे अपने पास बैठाना शुरू करूँगा कि इसे पढ़ने-लिखने में वक़्त बरबाद करने दूँगा? कौन-दो-चार हैं हमारे कि चलो, एक पढ़ना चाहता है तो पढ़ ले?

—मैं तो पढ़ूँगा, मैं तो पढ़ूँगा!—मैंने कहा—मैं माता जी से जाकर कहता हूँ। कल से मैं ज़रूर स्कूल में पढ़ने जाऊँगा!—कहकर मैं उठा और गद्दी से बाहर आकर, गलियारे से होकर घर में घुस गया। पिता जी की हँसी की आवाज़ मेरे कानों में पड़ रही थी।

मैं माता जी के पास जाकर रोने लगा। उन्होंने मुझे गोद में बैठाकर मेरे आँसू पोंछे और रोने का कारण पूछा। मैंने रोते हुए कहा—मैं स्कूल पढ़ने जाऊँगा! पिता जी कहते हैं...

—उनके कहने से क्या होता है?—माता जी मेरी पीठ सहलाती हुई बोलीं—तुम ज़रूर स्कूल जाना, ज़रूर पढ़ना! इसमें रोने की क्या बात है? मैं तो सोचती थी कि अभी तू छोटा है...

—हूँ!—मैंने ठुनककर कहा—नरेन्द्र तो मुझसे भी छोटा है।

—अच्छा, भाई, जाना,—माता जी बोलीं—अब चुप रह। साँझ समय नहीं रोते।

—मैं कल से ही जाऊँगा!

—कल से ही जाना,—माता जी बोलीं—मैं मुनीम जी को तुम्हारा नाम लिखवाने स्कूल तुम्हारे साथ भेज दूँगी। अब चल, तेरा मुँह-हाथ धो-पोंछ दूँ। जाने कहाँ-कहाँ घूमने-फिरने लगा है। जाने कितनी देर से तूने कुछ खाया-पिया भी नहीं। रोज़-रोज़ दुबला होता जाता है।

—मुझे पैसे दो, मैं बाज़ार से किताबें ख़रीद लाऊँ,—माता जी के साथ चलते हुए मैंने कहा।

—बेटे,—माता जी बोलीं—तू ऐसे किताब नहीं छू सकता। पुरोहित जी को बुलाकर मैं विद्या आरम्भ करने का मुहूर्त्त निकलवाऊँगी। तेरे लिये रेशमी कपड़े, सोने की क़लम-दावात-पटरी और चन्दन की स्याही बनवाऊँगी। तब न पुरोहित जी तेरा

विद्या-आरम्भ करायेंगे। लोगों को मिठाई बाँटी जायेगी। फिर तू किताबें ख़रीदना, स्कूल जाना...

—माता जी, इस सब में तो बहुत देर होगी,—मैंने कहा—मुझे तो कल ही स्कूल जाना है।

—देर क्या होगी, राजा बेटे?—माता जी मेरे मुँह में कुल्ली के लिए अँजुरी से पानी देती हुई बोलीं—कल का मुहूर्त्त निकल आयेगा तो कल ही सब हो जायेगा। इसमें देर लगने की क्या बात है? मैं सुबह ही पुरोहित जी को बुलवाऊँगी।

इस चक्कर में ही कई दिन बीत गये। मैं रोज़ तक़ाज़ा करता और माता जी कोई-न-कोई बहाना बनाकर टाल जातीं। मुझे बहुत बाद में चलकर यह मालूम हुआ था कि दरअसल वे लोग मुझे पढ़ाना न चाहते थे। वे लोग विद्या से डरते थे। उन लोगों का ख़याल था कि जैसे ही लड़का विद्या सीखना शुरू करेगा, उसे कुछ-न-कुछ हो जायेगा। तेज़ लड़कों पर हज़ारों तरह के ग्रह रहते हैं।

लेकिन मैं माननेवाला न था। मेरी ज़िद रोज़-रोज़ बढ़ती गयी और आख़िर एक दिन मैंने माता जी से कह दिया कि जब तक मेरी पढ़ाई आप लोग शुरू न करायेंगे, मैं खाना नहीं खाऊँगा। माता जी ने बहुत मनाया लेकिन मैं न माना। फिर पिता जी ने बहुत मनाया, लेकिन फिर भी मैं न माना। उनकी कल की बात पर मुझे विश्वास ही न रह गया था। स्कूल जाने और पढ़ने के सिवा मुझे कुछ सूझता ही न था। नरेन्द्र को रोज़ स्कूल जाते देखता तो मैं तड़पकर रह जाता। उसके पास बहुत-सी सुन्दर-सुन्दर, रंग-बिरंगी किताबें थीं। वह बहुत देर तक अपनी किताबें मुझे न देखने देता था। बार-बार वह मुझसे कहता था कि तुम अपने पिता जी से किताबें क्यों नहीं ख़रीदवा लेते। इतने बड़े हो गये, पढ़ने स्कूल क्यों नहीं चलते? और मैं अपने माता-पिता पर जल-भुनकर रह जाता था, जो न मुझे स्कूल भेजते थे और न मेरे लिये किताबें खरीदते थे। इसी कारण उस दिन मैंने ठान दी थी।

आख़िर लोग मजबूर हो गये तो उन्होंने पुरोहित जी को बुलवा भेजा। बहुत देर हो गयी थी। माता जी ने कहा—चल, अब तो खा ले, राजा मुन्ना! अब तो पुरोहित जी आ रहे हैं। हमारी बात मान, तब हम तेरा विद्यारम्भ करा ही देंगे।

—नहीं, मैं अभी नहीं खाऊँगा,—मैंने कहा—विद्या आरम्भ होने के बाद ही मैं खाऊँगा।

उनकी झुँझलाहट की हद हो गयी। वे लोग बेहद परेशान हो गये। उन लोगों में से भी किसी ने खाना न खाया था। लेकिन मैं अपनी ज़िद पर अड़ा हुआ चुपचाप पलँग पर बैठा रहा। किसी बात पर कान ही न देता था।

पुरोहित जी कोठी के अन्दर आये। उनके लिए ओसारे में आसन डाला गया। वह हाथ-पाँव धो-पोंछकर बैठ गये तो पिता जी ने कहा—लड़के के विद्यारम्भ का मुहूर्त्त

निकालें। इसने अभी तक खाना भी नहीं खाया। बारह बजने को आये। कहता है, विद्यारम्भ के बाद ही खाना खाऊँगा।

—कहाँ हैं राजा भैया? उन्हें मेरे पास बुलाइये!—पुरोहित जी ने ख़ुश होकर कहा—यह तो बहुत ही शुभ लक्षण हैं। मैंने तो जब इनकी जन्म-कुण्डली बनायी थी, तभी आप लोगों से कहा था कि ये विद्या के भी बहुत बड़े धनी होंगे।

पिता जी ने मुझे पुकारा। मैं सामने के कमरे में पलँग पर बैठा सब देख-सुन रहा था। पुकार सुनकर मैं पुरोहित जी के सामने आकर खड़ा हो गया। वह पन्ना खोलने में लगे हुए थे। उन्होंने मुझे देखा तो बोले—राजा भैया को आसन दीजिये। ये मेरे सामने बैठेंगे। मैं अभी मुहूर्त्त निकालता हूँ।

मैं बैठ गया। उन्होंने गणना करके कहा—तीन बजकर पाँच मिनट पर बहुत ही शुभ मुहूर्त्त है, आप लोग तैयारी कीजिये!

माता जी, जो लम्बा घूँघट काढ़कर पास ही बैठी थीं, बोलीं—तैयारी तो हो ही जायेगी, लेकिन तब तक क्या यह बिना खाये-पिये ही बैठा रहेगा? हम लोगों को तो आज इसने परेशान करके रख दिया। जब इसने अपने मुँह में कुछ न डाला तो हम अपने मुँह में कैसे कुछ डालते? रसोई कब से तैयार होकर...

—नहीं-नहीं, राजा भैया क्यों न खायेंगे?—पुरोहित जी ने कहा—इन्होंने आज अन्न ग्रहण नहीं किया यह अच्छा ही हुआ। आप इनके लिए फल-फूल मँगवाइये, मैं अपने हाथ से इन्हें खिलाऊँगा। स्नान तो ये कर चुके होंगे न?

—स्नान तो यह सुबह ही करता है,—माता जी बोलीं—पूरा ब्राह्मण है!

—वह तो मैं जानता ही हूँ,—पुरोहित जी ने कहा—मुझसे क्या छिपा हुआ है? वह तो एक बाधा थी, जो आज तक इनका विद्यारम्भ नहीं हुआ। वह बाधा अभी-अभी ठीक बारह बजे टली है। अब आगे इनकी पढ़ाई तीर की तरह जायेगी। आप लोग देखियेगा। अब वह किसी के रोकने से रुकनेवाली नहीं है। बहुत बड़ी विद्या और बहुत बड़े धन के ये मालिक होंगे। आप लोग कोई चिन्ता न करें, इन्हें आयु भी बहुत लम्बी मिली है। इनकी तरह के विरले ही लोग इस संसार में जन्म लेते हैं। ये बहुत अधिक यश अपने जीवन में प्राप्त करेंगे। ये अपने हठ के ऐसे पक्के हैं कि जिस काम में हाथ डालेंगे, उसे पूरा करके ही दम लेंगे।

पुरोहित जी की कोई बात झूठ न निकली, मेरा जीवन इसका साक्षी है। लेकिन एक बार ऐसा लगा था कि उनकी सारी बातें झूठी हो जायेगी।

मेरी पढ़ाई सचमुच तीर की ही तरह एम.ए. तक जा पहुँची थी। पढ़ाई के विषय में मेरी बात के आगे किसी की भी बात न चली थी। मैं बहुत अच्छे नम्बरों से, तुम्हारी ही तरह, हर इम्तिहान फलाँगता हुआ चला गया था। बीच-बीच में कई बार मेरी शादी की बात चली थी, लेकिन मैं हर बार इनकार कर गया था।

एम.ए. फ़ाइनल का इम्तिहान देकर मैं घर आया, तो सबसे पहले मेरी शादी की ही बात चली। मेरे सामने अब कोई बहाना न रह गया था। रिश्ते धड़ाधड़ एक-पर-एक आने लगे। मैं लड़की देखकर शादी करना चाहता था, लेकिन उस वक़्त यह चलन न था। माता जी ने मुझे आश्वासन दिया कि लड़की की चिन्ता तू मत कर। मैं न अपनी आँखों से देखकर अपने सूरज-से बेटे के लिए चाँद-सी बहू लाऊँगी!

एक दिन हमारी कोठी में कई रिश्तेदारों और रिश्तेदारिनियों का जमावड़ा हुआ। फिर एक दिन माता जी, पिता जी, कई मौसे-मौसियाँ, फूफे-फूफियाँ और मामे-मामियाँ इकट्ठे लड़कियाँ देखने रवाना हुए। कई हफ़्तों का उनका कार्यक्रम था। जहाँ-जहाँ से मेरे लिये रिश्ते आये थे, सब जगहों की लड़कियों को देखना था और फिर सब दृष्टियों से उनमें से सबसे अच्छी लड़की को चुनना था।

लौटकर आये तो सब लोग बहुत ख़ुश थे। अच्छी-अच्छी लड़कियाँ भी उन्होंने इतनी देखी थीं कि उनमें से किसी एक का चुनाव करना बहुत कठिन था। दिन-दिन-भर और बहुत रात गये तक कई दिनों घर में लड़कियों की ही चर्चा चलती रही। मामियाँ तो सीधे मौक़ा पाकर मुझसे भी बात करतीं और मेरी भी राय लेतीं। वे मेरे साथ जब लड़कियों की बात करतीं तो ऐसा लगता कि जैसे उनका मुँह रसगुल्ले के रस से भरा हुआ हो। वे कुम्हड़े की तरह फूले-फूले पेटोंवाली फूहड़ मामियाँ जब लड़कियों के रूपों का बखान करतीं, तो बड़ा अजीब लगता और उस वक़्त तो उनकी बातें और भी अजीब हो जातीं जब वे आपस में ही किसी की नाक से, किसी की आँखों से, किसी के होंठों से, किसी के ललाट से उन लड़कियों की नाकों, आँखों, होंठों, ललाटों से तुलना करने लगतीं और एक-दूसरी से बढ़कर अपने को रूप की पारखी सिद्ध करने की कोशिश करने लगतीं। मुझे बहुत हँसी आती। वे समझतीं कि मैं उन लड़कियों की बातें सुनकर ख़ुश हो रहा हूँ। लेकिन मेरी समझ में ख़ाक न आता कि आख़िर वे लड़कियाँ हैं कैसी?

माता जी से मैं पूछता तो वह कहतीं—अभी किसके बारे में तुझे बतायें? लोग कुछ तय कर लें तो तुम्हें बताऊँ। लड़की के साथ-साथ और भी बीसों बातें देखनी-समझनी होती हैं। तू हमारा एक ही तो लड़का है, जल्दी में पड़कर हम लोग थोड़े ही कुछ करेंगे।

और हफ़्ता बीतते-बीतते एक बहुत बड़ी दुर्घटना घट गयी।

उस रात सुबह तक पिता जी सब मुनीमों के साथ गद्दी पर बैठे रहे। रात-भर फ़ोनों की घण्टियाँ बजती रहीं। कई बार मेरी नींद टूटी और कई बार मैं सोया। मेरी समझ में न आ रहा था कि गद्दी में आज रात को इतनी देर तक क्या हो रहा है। रात को देर-देर तक पिता जी कानों में फ़ोनों के चोंगे लगाये गद्दी में बैठते थे और सट्टेबाज़ी करते थे, यह तो मुझे मालूम था।

लेकिन इतनी रात तक मैंने कभी भी उन्हें गद्दी में बैठे हुए न देखा था।

सुबह उठकर मैं गद्दी में आया, तो देखा, पिता जी को घेरकर सभी मुनीम ऐसे बैठे थे, जैसे वे मातम मना रहे हों। मुझ पर पिता जी की नज़र पड़नी थी कि वह धाड़ मारकर रोने लगे। मुनीम लोग भी रोने लगे।

मेरी समझ में कुछ भी न आ रहा था। मैं पिता जी के पास बैठकर पूछने लगा—क्या हुआ, आप इस तरह अचानक क्यों रो उठे?

पिता जी मुझसे लिपटकर और भी ज़ोर-ज़ोर से रोने लगे। एक मुनीम ने रुँधे कण्ठ से कहा—घाटा लग गया है।

—तो क्या हुआ?—मैंने कहा—इसमें रोने की क्या बात है? कारोबार में हानि-लाभ तो चलता ही रहता है।

—यह कोई मामूली घाटा नहीं लगा है, राजा भैया!—बड़े मुनीम जी बोले—इससे तो हमारी कमर ही टूट गयी है। आप सेठ जी को सँभालकर कोठी में ले जाइये। गद्दी में ताला लगाना है।

दालान तक वे पिता जी को पहुँचा गये। फिर मैं सँभालकर उन्हें अन्दर ले आया। उन्हें इस हालत में देखकर सब-के-सब दौड़कर हमारे पास आये। माता जी ने पिता जी का हाथ थामकर, सकते की हालत में मुझसे पूछा—इन्हें क्या हो गया?

पिता जी ने माता जी की ओर शून्य-सी आँखों से देखा, फिर उन्होंने एक चीख़ मारी और बेहोश होकर धड़ाम से आँगन में गिर पड़े।

माता जी छाती कूट-कूटकर रोने लगीं। दूसरी सब औरतें भी उनके पास बैठकर रोने लगीं। हम लोग पिता जी को उठाकर कमरे के अन्दर ले गये और उन्हें पानी का छींटा देकर होश में लाने लगे। पिता जी होश में आकर, चारों ओर अपनी निर्भाव आँखों से देखते और थोड़ी देर में फिर अचेत हो जाते।

घाटे की बात जब माता जी को मालूम हुई तो वह छाती कूट-कूटकर, रो-रोकर कहने लगीं—हाय हमारे बेटे की शादी भी न हो पायी!...कितना हम कहते थे कि जल्दी शादी कर डालो!..अब क्या होगा? यही होतव्यता थी क्या?...हाय-हाय।

औरतें उन्हें समझा रही थीं—शादी क्यों न होगी? ऐसे सुन्दर, इतने पढ़े-लिखे लड़के को लड़कियों की क्या कमी है? आप चिन्ता न करें। धीरज धरें। जैसे आज सब गया है, वैसे ही एक दिन फिर आ जायेगा। जिसने लिया है, वही फिर देगा!

—रोने-धोने से क्या होनेवाला है? ज़िन्दगी सलामत रहे, तो फिर सब होगा।

मैंने फ़ोन करके डॉक्टर को बुलाया। जाने क्यों मुझे कोई उतनी परेशानी न हो रही थी। दरअसल घाटे का कोई ठीक-ठीक अन्दाज़ा मुझे था ही नहीं। फिर मैं सोचता था कि अब तो मेरी पढ़ाई ख़तम हो गयी। मैं अच्छे नम्बरों से एम.ए. कर लूँगा। मुझे

ज़रूर कोई अच्छी नौकरी मिल जायेगी। हम तीन प्राणियों का मज़े से गुज़ारा हो जायेगा। इसमें परेशान होने की क्या बात है?

मैंने यह-सब बातें माता जी को समझायीं, तो वह रोते हुए ही बोलीं—तुझे क्या मालूम है? हाय-हाय! तू नौकरी करेगा।

दवा लेने के बाद पिता जी की हालत जब ज़रा सुधरी तो उनसे भी मैंने वही बातें कहकर धीरज धरने को कहा। उन्होंने भी माता जी की ही तरह कहा—हमारे ख़ानदान में आज तक किसी ने नौकरी नहीं की और तू कहता है नौकरी करने को? नौकरी की कमायी से हमारी इज़्ज़त बचेगी? बेटा, तू नहीं समझता कि आज क्या हो गया! कल क्या था और आज क्या हो गया!

मामे और मौसे मुझे उनके पास से हटा ले गये। बोले—बेटा, उन्हें बहुत बड़ा धक्का लगा है। उन्हें थिराने दें। उनका दिमाग़ ख़राब हो जायेगा तो जो कुछ बच सकता है, वह भी चला जायेगा। तू किसी को भेजकर बड़े मुनीम जी को बुला, देखें क्या गया है और क्या बचा हुआ है।

कोठी के अन्दर दिन-भर लोगों की आवा-जाही लगी रही, जैसे मातम के मौक़े पर होता है। कई वकील भी बुलाये गये। बैंकों के कई मैनेजर भी आये। कई बार कोठी का बाहर का फाटक बन्द कर, लोगों ने पिता जी के कमरे में बैठकर जाने क्या-क्या बातें कीं और क्या-क्या काग़ज़-पत्तर बनाये। मुझे उन बातों में शामिल न होने दिया गया। बन्द गद्दी के सामने भीड़ लगी हुई थी।

घर में जलपान या खाना उस दिन नहीं बना। बाज़ार से मँगाकर सबने जलपान किया और फिर खाना खाया। माता जी और पिता जी ने न तो जलपान ही किया और न खाना ही खाया। मुझसे भी कुछ खाया-पिया न गया। लेकिन हमारे सम्बन्धियों ने एकाध बार पूछने के सिवा कोई चिन्ता न दिखायी और ख़ुद ख़ूब खाया-पिया।

रात की गाड़ी से सब रिश्तेदार चले गये। वे ही लोग कोठी का इन्तज़ाम कर गये थे। एक के सिवा सब नौकर-चाकरों को भी उन्होंने अलग कर दिया था। कोठी में एक नौकर के साथ हम तीन प्राणी ही रह गये। कोठी सायँ-सायँ कर रही थी।

सुबह पिता जी ने मुझे अपने पास बुलाकर बैठाया। माता जी पहले ही से उनके पास बैठी हुई थीं। पिता जी ने कहा—बेटा, हमारा दीवाला निकल गया है। लेकिन यह कोठी बचाने का इन्तज़ाम हमने कर लिया है। कुछ रुपये भी बचा लिये हैं, ज़ेवरात भी हमारे पास काफ़ी हैं। लेकिन अभी कुछ दिनों तक हमें फक्कड़ की ही तरह रहना होगा। तुम चिन्ता मत करो। हमारा भाग्य फिर कभी-न-कभी ज़रूर पलटेगा।

मैंने कहा—मुझे तो कोई चिन्ता नहीं है। मुझे तो आप लोगों की इतनी परेशानी कुछ समझ में नहीं आ रही है। मुझे ज़रूर कोई अच्छी नौकरी मिल जायेगी। मैं आई.सी.एस. में बैठूँ तो उसमें भी ज़रूर आ सकता हूँ...

—तू कुछ भी नहीं समझता, बेटा,—पिता जी बोले—नौकरी आख़िर नौकरी ही है, आदमी खाने-पीने में ही तमाम रहता है। हम व्यापारी लोग हैं, किसी दूकान पर बैठकर चार पैसे कमाना हम हज़ार-पाँच सौ की नौकरी के सामने बेहतर समझते हैं। नौकरी में कोई क्या तरक़्क़ी कर सकता है? लेकिन व्यापार में, चाहे कितना ही छोटा क्यों न हो, हमेशा तरक़्क़ी की गुंजाइश बनी रहती है। एकाध बार भी पाँसा पड़ गया तो समझो, वारे-न्यारे हो गये। नौकरी करना और गधे पर चढ़कर यात्रा करना, दोनों बराबर हैं। और व्यापार करना तो तूफ़ान में चढ़कर सफ़र करने की तरह है। दुर्घटना का ख़तरा ज़रूर रहता है, लेकिन मंज़िल पर जल्दी-से-जल्दी पहुँचने की भी उम्मीद रहती है। नौकरी की बात तुम मत सोचो। सब ठीक है, ऐसा ही समझो। तुम्हें मालूम नहीं, हमारे परदादा इस शहर में एक लोटा और धोती लेकर आये थे और एक मामूली किराने की दूकान खोली थी। जिन लोगों ने उनकी कहानी सुनी है वे जानते हैं कि दस साल के अन्दर ही वह कहाँ-से-कहाँ पहुँच गये। हमारी रगो में उन्हीं का ख़ून है। तुम बिलकुल न घबराओ। यह आँधी निकल जाने दो। फिर देखना, गद्दी खुलेगी और शान से चलेगी!

मेरी समझ में न आ रहा था कि ऐसा परिवर्तन अचानक पिता जी में कहाँ से आ गया। कल सुबह उनकी वह हालत थी और आज यह हालत है। माता जी भी अब उतनी दु:खी न लग रही थीं।

पिता जी फिर बोले—एक तुम्हारी शादी की चिन्ता रह गयी—मेरा मुँह एक बार देखकर वह बोले—अब इसके लिए भी हमें थोड़े दिनों तक इन्तज़ार करना पड़ेगा।

—मेरी शादी की चिन्ता आप लोग न करें,—मैंने कहा—वह न भी हो तो कोई बात नहीं है। मैं तो ऐसे भी रह सकता हूँ।

—क्या बात करते हो, बेटा?—माता जी बोलीं—तुम ऐसे क्यों रहोगे? बात यह है कि...

उन्हें रोककर पिता जी बोले—बात यह है, बेटा, कि हम लोगों के यहाँ शादी-ब्याह भी एक बड़ा कारोबार ही है। जितना बड़ा हमारा कारोबार होता है, उतना ही बड़ा हमारे यहाँ शादी का कारोबार होता है! तुम्हारी माता जी जब आयी थीं तो हमारा कारोबार दुगुना हो गया था। मुझे उम्मीद थी कि तुम्हारी शादी के बाद फिर हमारा कारोबार दुगुना हो जायेगा। लेकिन, तुम तो देखते हो, आज हमारे पास कोई भी कारोबार नहीं रह गया है। इस स्थिति में अगर हम तुम्हारी शादी करेंगे तो निश्चय ही उसका परिणाम भी शून्य ही होगा। शून्य में शून्य जोड़ने से क्या लाभ? सो, बेटा, थोड़ा इन्तजार तुम्हें करना पड़ेगा। तुम तो हमारे इकलौते बेटे हो। तुमको तो हम लोग ज़्यों-त्यों दाँव पर नहीं लगा सकते!—फिर वह माता जी की ओर मुड़कर बोले—देखो, भाई, जलपान तैयार हो गया हो तो यहीं मँगा लो। मुझे तो भूख लग गयी मालूम होती है।

माता जी चली गयीं तो पिता जी बोले—एक बात और भी मैं तुम्हें बताना चाहता हूँ। हम लोगों की बिरादरी में दरअसल लड़के अपनी बहुओं के धन से ही अपनी ज़िन्दगी का कारोबार शुरू करते हैं। हमारा कारोबार आज चलता रहता तो तुम देखते तुम्हारी बहू कितना धन लेकर आती है। तुम्हारे रिश्ते बहुत ही ऊँचे-ऊँचे घरानों से आये थे। तुम्हारी माता जी ने मेरी बात मानी होती तो हम लोग कहीं-न-कहीं पक्की ही करके आये होते। लेकिन तुम्हारी माता जी की राय यह हुई कि थोड़े दिनों तुम्हारे भावी ससुरों में प्रतियोगिता चलने दी जाये। तुम्हारी तरह सुन्दर और विद्वान् लड़के हमारी बिरादरी में ढूँढ़े से भी नहीं मिलेंगे। सो, हम लोग उनकी बात मान गये। लेकिन आज मुझे पछतावा हो रहा है कि मैं अधिक लोभ में क्यों पड़ा?....ख़ैर, देखो, अभी क्या होता है। हो सकता है कि अब भी इनमें से कोई-न-कोई तैयार हो जाये। फिर तो तुरन्त हमें आगे के कारोबार के लिए आधार मिल जायेगा। भगवान् का सहारा है। हम तो अपनी ओर से अब किसी को लिख नहीं सकते। सोचेंगे कि ग़रज़मन्द हैं, चलो, औने-पौने में पार लगा दो। यह हमें स्वीकार नहीं है। हम इन्तज़ार करेंगे। हमारा सिक्का कोई ऐसा खोटा नहीं है।

खाने-पीने और सोने के सिवा और कोई काम नहीं था। पिता जी कोठी से बाहर न निकलते थे। दिन-रात वह पलँग पर पड़े रहते थे। माता जी उनके पास ही रहती थीं। कभी-कभी मुझे पास बुलाकर वे उसी तरह की बातें किया करते थे।

एक हफ़्ता बीतते-बीतते, फिर हमारे यहाँ मेहमानों का एक दल आ पहुँचा। कई मर्द थे, कई औरतें थीं, कई नौकर-चाकर थे उनके साथ। मैं उनमें से किसी को भी न पहचानता था। औरतें माता जी के गले मिल-मिलकर रोयीं। सब मर्दों ने पिता जी के पास बैठकर उन्हें सान्त्वना दी। माता जी ने उन सब औरतों के पाँव मुझसे छुलवाये, उनमें से एक औरत मेरे हाथ में कुछ थमाने लगी तो मैंने हाथ खींच लिया। यह देखकर माता जी बोलीं—ले लो, बेटा! ऐसा तुम्हें नहीं करना चाहिए।

उस औरत ने फिर मेरे हाथ में मुट्ठी-भर अशर्फियाँ रख दीं। तभी पिता जी की पुकार सुनायी दी। मैं उनके कमरे में जाने लगा तो माता जी ने मेरे आगे आकर वे अशर्फियाँ मेरे हाथ से ले लीं। बोलीं—अब जाओ, जैसा पिता जी कहें, वैसा ही करना।

माता जी की तरह पिता जी ने भी उन सभी लोगों के पाँव मुझसे छूने को कहा। मैंने वैसा ही किया। सबने खड़े हो-होकर मुझे आशीर्वाद दिया। फिर उनमें से एक कुछ मेरे हाथ में देने लगा। पिता जी ने कहा—ले लो, बेटा।

मेरे हाथ पर उसने भी मुट्ठी-भर अशर्फ़ियाँ रख दीं। फिर पिता जी ने कहा—अच्छा, अब तुम जाओ। हम लोगों को बातें करने दो।

वहाँ से हटते हुए मैंने देखा कि औरतों की तरह ही इन लोगों की भी नज़रें मेरे ही ऊपर गड़ी हुई थीं।

उस शाम बहुत शानदार जलपान हुआ। उस रात बहुत शानदार भोजन हुआ। सभी बहुत ख़ुश थे, सभी हँस रहे थे। लेकिन मेरी समझ में न आ रहा था कि अचानक क्या हो गया कि कोठी ने सहसा अपना मातमी आवरण हटाकर ख़ुशी और हँसी को ओढ़ लिया था। न पिता जी ने मुझे कुछ बताया और न माता जी ही ने कुछ बताया।

रात-भर पिता जी के कमरे में रोशनी जलती रही। रात-भर लोग बातचीत करते रहे।

सुबह मैं उठा तो लोगों की ख़ुशी और भी बढ़ गयी थी। जिसे देखो, वही मुँह फाड़कर हँस रहा था।

तब माता जी ने हँसते हुए मेरे पास आकर कहा—बेटा, तेरा ब्याह पक्का हो गया! जा, पिता जी के पाँव छू आ!

मैं अचकचाया हुआ उनका मुँह देखने लगा। वह बोलीं—इस तरह मेरा मुँह तू क्या देख रहा है? यह तो ख़ुश होने का मौक़ा है न! हमारे दिन इतनी जल्दी बहुरेंगे, यह कौन जानता था? भगवान् को लाख-लाख धन्यवाद है!—कहते-कहते उनकी आँखों में ख़ुशी के आँसू छलक आये।

तभी एक औरत ने हमारे पास आकर कहा—लल्ला जी, बधाई!

माता जी ने कहा—यह तेरी दुलहिन की बड़ी भाभी हैं। इनके पाँव छू!

मैं पाँव छूने के लिए झुका तो उस औरत ने बीच में ही मेरे हाथों को अपने हाथों में ले लिया और बोलीं—जुग-जुग जीओ, लल्ला जी! चलो, हम तुम्हें और लोगों के पास ले चलें।

नाई-नाइन आये। पुरोहित जी आये। आँगन में चौका पुरा गया। फाटक पर शहनाई बजने लगी। शाम होते-होते कोठी बिरादरी के औरत-मर्दों से भर गयी। सब लोग पिता जी को, माता जी को, मेरे सास-ससुर को और मुझे बधाई दे रहे थे और कह रहे थे कि भगवान् को धन्यवाद है, जिसकी कृपा से इतनी जल्दी इस कोठी में हँसी-ख़ुशी देखने को मिली!

टीके की रसम पूरी हुई। चौक पर सोने के थाल से भरी हुई अशर्फ़ियाँ, कितने ही सोने-चाँदी के बर्तन, चाँदी के थालों में तरह-तरह के कपड़े, मिठाइयाँ, मेवे और फल रखे हुए थे। मेरे ससुर ने मेरे गले में सात लड़ियों की सोने की मोटी सिकड़ी और अँगुलियों में पाँच-पाँच हीरे की अँगूठियाँ पहनायीं। मैं वहाँ से उठा तो फिर एक बार बधाइयों का बाज़ार गर्म हुआ। सब लोग पिता जी और मेरे ससुर के गले मिले। सब औरतें माता जी और मेरे सास जी के गले मिलीं। मुझे फिर सबके पाँव छूने पड़े।

दूसरे दिन सुबह फिर पुरोहित जी बुलाये गये। सब लोग चारों ओर से उन्हें घेरकर बैठ गये। पुरोहित जी ने विवाह का लग्न निकाला और दो पीले काग़ज़ों के टुकड़ों पर बाक़ायदा लिखकर, उन पर हल्दी-दही-अक्षत-दूब छिड़ककर, एक पिता

जी को दिया और दूसरा ससुर जी को। फिर दोनों ओर से भारी-भारी दक्षिणा लेकर वह चले गये।

उस दिन से ठीक इक्कीसवें दिन लग्न पड़ा था। समय बहुत कम था और तैयारी बहुत करनी थी, इसीलिए मेहमान लोग उसी दिन दोपहर को विदा हो गये। पिता जी अब कोठी से बाहर निकलने लगे। कोठी में चहल-पहल बढ़ गयी। हफ़्ते के अन्दर-अन्दर फिर सभी नज़दीकी रिश्तेदार आ गये। रात को गीत उठने लगे। शादी की तैयारी ज़ोर-शोर से शुरू हो गयी।

मैं शुरू से अन्त तक तटस्थ ही रहा था। जैसे यह सब हुआ था मुझे बड़ा ही अजीब-सा लगता था। दीवाला न निकला होता, पिता जी की वैसी हालत न होती, तो मैं इस तरह तटस्थ हरगिज़ न रहता। लेकिन इस स्थिति में पिता जी से या माता जी से कुछ भी कहना मेरे लिये कठिन था। कहाँ तो वे लोग इतनी लड़कियाँ देखकर आये थे और उनमें से एक का चुनाव करना उन लोगों के लिए एक समस्या बनी थी और कहाँ एक जगह के लोग आये और चटपट शादी पक्की हो गयी। मैंने किसी से यह भी न पूछा कि जिस लड़की से शादी पक्की हुई है, उसे उन लोगों ने देखा है कि नहीं और अगर देखा है तो वह कैसी है? मुझे दिलचस्पी थी तो सिर्फ़ एक बात में थी कि किसी तरह कोठी का मातमी वातावरण बदले, पिता जी किसी तरह सँभल जायें। मेहमानों के आने के कुछ ही देर बाद जब सहसा वातावरण बदलता-सा दिखायी दिया, तो वह मुझे अच्छा ही लगा। फिर तो एक दर्शक की तरह मैं सब देखता रहा और जो-जो मुझसे कहा गया, मैं करता रहा। यह अजीब बात है, लेकिन बिलकुल सच है कि तब, एक बार को भी मेरे मन में यह ख़याल न आया कि वह लड़की कैसी है, जिसके साथ मेरी शादी पक्की हुई है। शादी होने के दिन तक मेरी यही तटस्थ स्थिति बनी रही।

मैं दूल्हा बना। ख़ूब शानदार बारात सजी। पाँच बैण्ड-पार्टियाँ थीं। तीन सौ बाराती थे। तीन गिरोह रण्डियाँ थीं। सात पहले दर्जे के डिब्बे रिज़र्व कराये गये थे। कोठी से लेकर स्टेशन तक सैकड़ों रुपयों की रेज़कारियाँ माता जी और पिता जी ने लुटा दीं। बड़ी ख़ुशी का आलम था, लेकिन मेरे लिये जैसे कोई बात ही न हो।

शादी हो गयी। पूरे नौ दिन तक बारात ठहरी रही और जश्न मनाये जाते रहे। इतना दान-दहेज मिला, जिसकी कल्पना नहीं की जा सकती।

बारात वापस आयी। मेरी सुहागरात आयी। अब मेरे लिये तटस्थ रहना कठिन था। मुझे उस वक़्त क्या मालूम था कि जिस तरह उस वक़्त तक मैं तटस्थ रहा था, उसी तरह मुझे इस मामले में आजीवन तटस्थ रहना पड़ेगा। ऐसा मालूम होता तो उस रात की क्षणिक दिलचस्पी को भी मैं अपने अन्दर पैदा न होने देता। लेकिन यह उस वक़्त कैसे मालूम हो सकता था? उस वक़्त तक जो भी, जैसे भी हुआ हो, उसमें मेरी दिलचस्पी होती या न होती, वह होकर रहता। किन्तु इस समय तो ऐसा न हो

सकता था। इस समय तो सुहाग-सेज पर मेरी दुल्हन घूँघट काढ़े, अपने सब अंग चूनर में छिपाये, गुड़ी-मुड़ी होकर बैठी थी और मैं उसके सामने खड़ा था। यहाँ तीसरा कोई न था, जो मुझसे घूँघट उठाने और दुल्हन का मुँह देखने को कहता और मैं तटस्थ रहकर भी उसकी आज्ञा का पालन करता। यहाँ तो अपने हाथ से ही यह घूँघट उठाना था और अपनी ही आँखों से यह चेहरा देखना था और अपने ही मन से वह सब करना था, जिसकी लालसा जाने कब से लगी थी। ये काम निश्चय ही यान्त्रिक ढंग से नहीं किये जा सकते थे, अपने पर क़ाबू रखकर भी नहीं किये जा सकते थे। सब तमाशे, सब दिखावे, सब कारोबार ख़त्म हो चुके थे। अब यहाँ दो प्राणी यथार्थ रूप में एक-दूसरे के सामने थे, अपने-अपने हृदय में एक-दूसरे के प्रति जाने क्या-क्या कल्पनाएँ, कैसे-कैसे सपने सँजोये हुए। यहाँ दो जीवनों के मधुरतम क्षणों के स्पन्दन थे। ये चिर-प्रतीक्षित मिलन के क्षण थे। यहाँ घूँघट हटाने का मतलब अपने जीवन के गूढ़तम रहस्य का उद्घाटन था, अपने हृदय के सपने की मूर्ति के आकार-प्रकारमय रूप का दर्शन था। यहाँ संसार का सब-कुछ उस रूप में सिमटा हुआ था। यहाँ इन क्षणों की उत्सुकता, सनसनी और आशामयता अपार थी। यहाँ कोई तटस्थ कैसे रह सकता था?

मैंने आगे बढ़कर धड़कता हृदय लिये अपनी काँपती उँगलियों से वह चूनर का घूँघट हटा दिया। फिर अपनी दुल्हन की गड़ी हुई ठुड्डी को एक उँगली से ऊपर उठाया। उस क्षण मेरा हृदय धड़-धड़ कर रहा था। लेकिन उस रूप को एक क्षण ही देखा होगा कि लगा कि इतनी तेज़ी से धड़कता हुआ मेरा दिल सहसा रुक गया हो और मैं एक शून्य में लटक गया हूँ। उस क्षण क्या हो जाता, मैं नहीं जानता। उस क्षण मैं क्या कर बैठता, मैं नहीं जानता। लेकिन फिर सहसा ही मुझे मेरी उस लम्बी तटस्थता ने ही सँभाल लिया। मैं सँभलकर पलँग पर बैठ गया और अपनी दुल्हन का हाथ अपने एक हाथ में लेकर उसकी एक उँगली की अँगूठी पर एक और अँगूठी पहना दी।

वह मेरे हाथों का स्पर्श-भाव था या जाने क्या था कि जिसे महसूस कर दुलहिन ने जैसे चौंककर मेरी ओर देखा। मैं उससे आँखें चार किये बिना ही मुस्करा दिया। मेरी मुस्कराहट का रहस्य वह बेचारी क्या समझती? उसने चट पलँग से उतरकर मेरे चरण छुए। मैंने फिर उसे बाँहों से पकड़कर पलँग पर बैठा दिया।

मैंने एक बहुत लम्बी तटस्थता झेली थी, लेकिन यह तटस्थता कुछ और क़िस्म की ही थी। इसे झेलने के लिए कितनी शक्ति की आवश्यकता थी, इसे कोई बिरला भुक्त-भोगी ही समझ सकता है।...

बेटी, मन को मारने की मेरी प्रक्रिया उसी क्षण से आरम्भ हुई थी। उसके अतिरिक्त मैं कुछ कर ही न सकता था। यह ऐसी विवशता थी, जिसमें न हाथ बँधे थे और न पाँव बँधे थे, अगर कुछ बँधा था तो वह मन बँधा था। लेकिन उसे भी बाँधकर छोड़ न दिया गया था, बल्कि हुक्म दिया गया था कि तुम अपना काम करो।

वह क्या करता, वह लहूलुहान होकर रह गया। यह आजीवन दण्ड था, जिसे भोगने के सिवा कुछ भी न किया जा सकता था, कुछ भी न कहा जा सकता था।

सुबह कमरे से निकला तो माता जी ने आँखें न मिलायीं। और सब औरतें खोजी आँखों से मुझे घूर रही थीं, लेकिन उनसे मैंने आँखें न मिलायीं। नीचे उतरा तो पिता जी से अपनी पहली नज़र चुराने की कोशिश की। लेकिन उन्होंने मुझे अपने पास बुला लिया। मैं जाकर, सिर झुकाकर उनके पास बैठ गया।

कुछ देर तक ख़ामोशी छायी रही। फिर वह खाँसकर धीरे से बोले—बेटा, मुझे माफ़ कर देना।

मेरे जी में आया कि मैं रो पड़ूँ उनकी विवशता पर, अपनी विवशता पर, स्थिति की विवशता पर। लेकिन मैं रोया नहीं। मैं कुछ बोला भी नहीं। मैं वैसे ही सिर झुकाये बैठा रहा।

पिता जी फिर बोले—तुम बहुत पढ़े-लिखे हो। तुम मुझसे कहीं अधिक समझदार हो। तुम्हें कुछ समझाने की मुझे ज़रूरत नहीं है।—थोड़ी देर रुककर वह फिर खाँसकर बोले—जब ज़िन्दगी और मौत के बीच चुनाव करना होता है तो आदमी ज़िन्दगी को चुनता है, चाहे वह जितनी बदसूरत हो, जितनी ज़लील हो, जितनी ग़लीज़ हो। हम मर रहे थे कि अचानक ज़िन्दगी हमारे आँगन में आप ही आ खड़ी हुई! हम जानते थे कि वह कितनी बदसूरत है, लेकिन, बेटा, हम क्या करते? कोई ख़ूबसूरत ज़िन्दगी तो आप ही किसी के पास चलकर नहीं आती? उसे अपने पास लाने की हमें बहुत-बहुत दिनों तक कोई आशा न थी। फिर हम क्या करते, बेटे? तुम्हारी ज़िन्दगी के लिए, अपनी ज़िन्दगी के लिए, अपने ख़ानदान की ज़िन्दगी के लिए, उसे हमने तत्क्षण स्वीकार कर लिया। तुमने हमारी इज़्ज़त रख ली, हम तुमसे बेहद ख़ुश हैं। हम तुम्हारा आभार मानते हैं। बेटा, इस मामले में शुरू से लेकर अब तक तुमने जिस धैर्य से और समझदारी से काम लिया है, उसे देखकर मैं कह सकता हूँ कि एक दिन तुम बहुत बड़े आदमी होगे, तुम विशाल सम्पत्ति और महान् यश के मालिक बनोगे। फिर तो ज़िन्दगी की सारी ख़ूबसूरती तुम्हारे चरण चूमेगी; तुम जिसे चाहोगे, अपने अंक में बाँध सकोगे; तुम जिसे चाहोगे, अपने होंठों से चूम सकोगे। तब तक, बेटा, धैर्य और साहस से काम लो। तब तक तुम यह समझ लो कि एक ख़ूबसूरत ज़िन्दगी हासिल करने के लिए तुमने एक बदसूरत ज़िन्दगी को गले लगाया है। बेटा, भगवान् ने हमारी रक्षा कर ली! उनको लाख-लाख धन्यवाद है!...

मैं ऊबकर बोला—मैं अब क्या करूँ, पिता जी?

—अभी तो कुछ नहीं करना है, बेटा,—पिता जी बोले—अभी तो हमें कचहरी के फ़ैसले का इन्तज़ार है। पहले हमारा दीवाला स्वीकृत हो जाये, हम अपने देनों से मुक्त हो जायें, फिर देखा जायेगा। कोई जल्दी नहीं है। अभी कुछ दिनों तक तुम मौज

करो। देखो, कोई चीज़ बुरी या अच्छी नहीं हुआ करती, सवाल तो उसका उपयोग करने का है। फिर हमारे घर में तो साक्षात् लक्ष्मी आयी है। सोने की कुघड़ मूरत की क़ीमत का मुक़ाबला पत्थर की सुघड़ मूरत की क़ीमत नहीं कर सकती। तुम तो ख़ुद ही बहुत समझदार हो। तुम्हें इस बात का ध्यान रखना चाहिए कि कहीं भी कुछ ऐसा न हो कि...समझे?

—जी,—कहकर मैं उठने लगा।

—बैठो-बैठो, ज़रा देर और!—वह मेरा हाथ पकड़कर बोले।

मैं बैठ गया तो वह फिर खाँसकर धीरे-धीरे बोले—यों, मैं तुम्हें बता देता हूँ, कि अब हमारी पाँचों उँगलियाँ घी में हैं! तुम अभी किसी से कहना नहीं, एँ?

—जी, नहीं कहूँगा,—उन्होंने मेरी ओर देखा तो मैंने कह दिया।

—तुम्हें एक पूरा-का-पूरा कपड़ों का कारख़ाना मिला है दिल्ली में!—पिता जी राज़दराने ढंग से बोले—चार और कारख़ानों में भी तुम्हें और तुम्हारी दुलहिन को बड़े-बड़े शेयर मिले हैं। और जो नक़द सोना और हीरे मिले हैं, उन्हें तो तुमने अपनी आँखों से ही देखा है। लेकिन अभी यह सब-कुछ गुप्त धन की तरह रखा हुआ है। वक़्त आने पर सब प्रकट किया जायेगा। बेटा, अब तो कोई चिन्ता करने की बात ही नहीं है। समझे?—कहकर उन्होंने फिर मेरी ओर देखा।

—जी,—मैंने यों ही कह दिया।

—और तुम तो पढ़े-लिखे, प्रतिभाशाली युवक हो,—पिता जी आगे बोले—तुम तो यों देखते-देखते आसमान छू लोगे! तुम्हारी बुद्धि और कौशल का मुक़ाबिला करनेवाला यहाँ कौन है? तुम ससुर की सारी फ़र्मों के मालिक बन सकते हो। तुम देश के उद्योगपतियों के सिरमौर बन सकते हो। तुम जो चाहो बन सकते हो, बेटे! तुम्हारी राह में कोई रुकावट नहीं है। बड़ी शानदार शुरुआत हुई है तुम्हारी ज़िन्दगी की। कितने ही तुम्हारे सौभाग्य पर ईर्ष्या कर रहे होंगे। तुम आँख मूँदकर अपने पथ पर बढ़ो, बल्कि दौड़ो! और उस वक़्त तक दौड़ते रहो, जब तक कि तुम मंज़िल पर न पहुँच जाओ। फिर तो वह शक्ति तुम्हारी मुट्ठी में आ जायेगी कि एक नहीं तुम हज़ार गुनाह कर डालो, तब भी तुम्हारा हाथ पकड़नेवाला कोई न होगा। सही वक़्त पर सही काम करना बुद्धिमानी है और ग़लत समय पर सही काम की सोचना भी मूर्खता है। ग़लत वक़्त पर ग़लत करके भी आदमी को साहस और धैर्य नहीं छोड़ना चाहिए, बल्कि सही वक़्त आने का इन्तज़ार करना चाहिए। तुम एक की सोचते हो, तुम चाहोगे तो हज़ारों गोपियों के साथ कृष्ण की तरह मौज कर सकते हो, तुम चाहोगे तो तुम्हारा हरम परिस्तान बन सकता है। इसमें क्या रखा है, बेटे?—कहकर पिता जी ने मेरी पीठ ठोंकी और कहा—जाओ। दिल छोटा न करो! भविष्य की महान् सम्भावनाएँ तुम्हारी प्रतीक्षा में खड़ी हैं!

मैं वहाँ से उठकर बाहर आ गया। मेरे अन्दर कोई भी अन्तर्द्वन्द्व न था। इतने दिनों की तटस्थता और उसकी अन्तिम परिणति ने जैसे मेरे अन्दर की सभी भावनाओं को कुण्ठित कर दिया था। लेकिन यह स्थिति बहुत दिनों तक चल न सकती थी।

मैं बड़ी कुशाग्र बुद्धि का और बहुत ही प्रतिभाशाली युवक था, इसका मुझे ज्ञान था, किन्तु मेरी अपनी कोई हस्ती है, इसका मुझे क़तई ज्ञान न था। आज मैं निश्चित रूप से यह बात कह सकता हूँ कि मेरे माता-पिता ने मेरा लालन-पालन ठीक उसी तरह से किया था, जैसे चाबुक-सवार अपने घोड़ों का करते हैं। घोड़ों की ही तरह मैं भी कभी-कभी हठ करके अड़ जाना जानता था, कभी दुलत्तियाँ भी झाड़ लेता था। लेकिन मेरे नथुनों में कँटीली लगाम लगी थी और मैं यह जानता था कि वह लगाम मेरे माता-पिता के हाथ में है। वे मेरा हठ और मेरी दुलत्तियाँ सह लें, यह दूसरी बात है, लेकिन वे मुझे मेरी मर्ज़ी पर छोड़ देंगे या मैं ही उन्हें छोड़ दूँगा, इसकी कल्पना मैं नहीं कर सकता था। दाने-भूसे का हठ मेरा स्वाभाविक ही था, कभी-कभार थोड़ा-बहुत चिढ़कर दुलत्तियाँ भी झाड़ देता था। किन्तु हठ करना या दुलत्तियाँ झाड़ना मेरी विद्रोह-भावना का कोई सूचक न था। मेरे हठ और मेरी दुलत्तियों से मेरे माता-पिता का मनोरंजन ही होता था। उन्हें स्वीकार करना तो उनके लिए बड़ी ही मामूली बात थी। मेरी गति, मेरी तीव्रता और मेरी शक्ति देखकर उन्हें पक्का विश्वास था कि हमारा घोड़ा हर दौड़ में अवश्य अव्वल आयेगा।

पढ़ाई की दौड़ में मैं अव्वल आया था, इससे उनका हौसला और भी बढ़ गया था। अब वे दूसरी, पहले से कहीं बड़ी, दौड़ में मुझे दौड़ाने की तैयारी कर रहे थे। उन्हें पक्का विश्वास था कि इस दौड़ में भी हमारा घोड़ा अव्वल आयेगा।

मैं जानता था कि मेरी यह तटस्थता दौड़ शुरू होने तक ही है, चाबुक-सवार का संकेत होते ही घोड़े की ही तरह मेरी तटस्थता भी एक झटके में टूट जायेगी। घोड़े की ही तरह मैं भी जान छोड़कर दौड़ पड़ूँगा। फिर क्या होगा, यह जानना मेरा काम न था, यह मेरा चाबुक-सवार जाने। मेरा काम सिर्फ़ दौड़ना था, और कुछ नहीं।

मैं चाबुक-सवार के संकेत का इन्तज़ार करता रहा और तटस्थ रहकर दाना-घास खाता रहा। अब हठ करने और दुलत्तियाँ झाड़ने का भी अवसर न था, मैं जानता था। मेरे चाबुक-सवार ने सावधान कर दिया था कि वह सब करने से फ़िलहाल कोई लाभ होनेवाला नहीं है, हठ करोगे तो अपना ही दिमाग़ ख़राब करोगे, दुलत्तियाँ झाड़ोगे तो अपनी ही टाँगें तुड़वाओगे। फ़िलहाल जो दाना-घास मिल रहा है, उसी पर सन्तोष करो। हम मजबूर हैं इस वक़्त।

आख़िर संकेत हुआ और मैं दिल्ली पहुँच गया और मेरी दौड़ शुरू हो गयी।

बेटी, फिर तो मैं दौड़ता रहा, दौड़ता रहा। दरअसल मेरी दौड़ की कोई मंजिल नहीं थी, जहाँ तक दौड़कर मैं रुक जाता। धन और यश के विषय में कौन कह सकता

है कि इतना-इतना प्राप्त करके आदमी तृप्त हो सकता है। यह कभी भी न बुझनेवाली प्यास है, बल्कि यह कहना अधिक सही होगा कि आदमी इन्हें जितना ही पाता जाता है, उसकी प्यास उतनी ही बढ़ती जाती है। यह वह नशा है जो एक बार चढ़ता है तो फिर उतरने का नाम नहीं लेता है।

एक अनुभव को छोड़कर, हर बात में मैं अपने प्रतिद्वन्द्वियों से कहीं अधिक बढ़-चढ़कर था। उन्हें देखकर मुझे आश्चर्य होता था कि ऐसे-ऐसे महामूर्ख लोग कैसे इतने बड़े-बड़े व्यापारी बने हुए बैठे हैं। जिन्हें कपड़े पहनने की भी तमीज़ नहीं थी, जो बात करने का सलीक़ा भी न जानते थे, मुड़िया अक्षरों से आगे जिन्हें कोई ज्ञान नहीं था, वे करोड़पति बने हुए इस तरह तोंद हिला-हिलाकर, मुँह फाड़-फाड़कर हँसते थे, इस तरह चिल्ला-चिल्लाकर बात करते थे, कि मैं, देखना मुश्किल होने पर भी, उन्हें देखता रह जाता था। मेरे ससुर जी उनसे परिचय कराते समय उनकी सम्पदा का वर्णन करते थे तो मैं हैरान रह जाता था। किसी प्रकार भी मैं उनके व्यक्तित्व का उनकी सम्पदा से कोई मेल ही न बैठा पाता था। सच कहता हूँ, बेटी, उन लोगों को इकट्ठा करके उनकी कोई प्रदर्शनी की जाती तो वह बड़ी ही दिलचस्प होती। तुमने गुब्बारों के बबुओं को देखा है न? बस, समझ लो, वे क़तारों में खड़े हुए वे वैसे ही सफ़ाचट सिर और धड़वाले नज़र आते। अन्तर होता तो सिर्फ़ यही कि गुब्बारों में हवा भरी रहती है और इनके शरीरों में चर्बी और चीनी भरी रहती है।

मेरे ससुर जी, जिन्हें मैं बाबू जी कहता था, बड़े गर्व से कहा करते थे—बेटा, हम मूर्ख हैं, यह स्वीकार करने में हमें कोई शर्म नहीं है। लेकिन एक बात तुम मत भूलो कि हमारे सिवा जो लोग हैं, वे हमसे भी कहीं ज़्यादा मूर्ख हैं, वर्ना हम उन्हें बुद्धू बनाकर अपना उल्लू किसी भी तरह सीधा न कर पाते। जिन्हें तुम बुद्धिमान् समझते हो, वे भी कितने बड़े मूर्ख होते हैं, यह बात तुम इस तरह समझ सकते हो कि वे हमारे पास आकर अपनी बुद्धि बेच जाते हैं और हम उसका उपयोग अपने कारोबार में कर लेते हैं। इस तरह दुनिया की सारी बुद्धि का उपयोग हमारा धन बढ़ाने में हो रहा है। असल चीज़ बुद्धि नहीं है, असल चीज़ धन है। तुम्हारे पास अगर धन है तो तुम जितनी चाहे बुद्धि ख़रीद सकते हो। मगर तुम्हारे पास बुद्धि है और तुम धन चाहते हो तो तुम धन कैसे पा सकते हो? धन के लिए तुम्हें अपनी बुद्धि बेचने हमारे पास ही आना होगा न? और वहीं हम तुम्हें बुद्धू बना देंगे।

शुरू-शुरू में इस तरह की बहुत-सारी बातें उन्होंने मुझे बतायीं और कितने ही करोड़पतियों के क़िस्से सुनाये। मेरी समझ में न आता था कि बिना बुद्धि के कोई कैसे धन पैदा कर सकता है? लेकिन दरअसल यह समझने की कोई बात ही नहीं थी। जो मैं अपनी आँखों से देख रहा था, उसे बुद्धि से समझने की क्या ज़रूरत थी?

एक दिन बाबू जी ने कहा—लेकिन तुम्हारे पास तो बुद्धि भी है। जहाँ धन और बुद्धि दोनों का संयोग हो, वहाँ तो सोने और सुगन्ध का ही संयोग समझना चाहिए। हम मूर्ख लोग जब इतना कर सकते हैं तो तुम तो जाने कितना कर गुज़रोगे।

मैंने कहा—लेकिन मुझे तो कुछ मालूम ही नहीं है बाबू जी!

—तुम्हें मालूम होने की ज़रूरत ही क्या है?—बाबू जी बोले—जिन्हें मालूम है, वे सब तो तुम्हारी चाकरी बजा रहे हैं, इंजीनियरों से लेकर मज़दूरों तक, एकाउण्टेण्टों से लेकर क्लर्कों तक। इनके ऊपर निगाह रखने की भी तो हमें ज़रूरत नहीं पड़ती, क्योंकि ऊपर के कर्मचारी नीचे के कर्मचारियों पर निगाह रखने का भी काम करते हैं। फिर तुम्हें कुछ जानने की ज़रूरत भी पड़ेगी तो काम ही तो काम को सिखाता है। तुम काम शुरू करो, फिर सब आप ही आ जायेगा। जिस काम को हम लोग दस दिन में समझेंगे, उसे तो तुम दस मिनट में समझ सकते हो, क्योंकि तुम हम लोगों की तरह मूर्ख नहीं हो, तुम तो विद्वान् हो।

बाबू जी ने मुझे रास्ते पर लगाकर छोड़ दिया। थोड़े ही दिनों में मुझे मालूम हो गया कि बाबू जी की कही हुई हर बात अक्षरश: ठीक थी। हमारे ही चाकर क्यों, मैंने देखा, सभी सरकारी कर्मचारी भी, पुलिस से लेकर कलक्टर तक, हमारी सेवा के लिए सदा तत्पर रहते थे। सब-के-सब हमारी ख़ुशामद करते थे और हमारे हाथ के टुकड़ों की तरफ़ निगाह रखते थे। वे हमारे फ़ायदे के लिए सदा सब काम करने को तैयार रहते थे। वे हमारा कारख़ाना चलाते थे, वे हमारे कारख़ाने की हिफ़ाजत करते थे; वे हमारे लिये झूठ बोलते थे, हमारे लिये बेईमानी करते थे; हमारे लिए झूठे हिसाब बनाते थे, हमारे लिये झूठ को सच सिद्ध करने के लिए मुक़दमे भी लड़ते थे; हमारे लिये अपना ख़ून सुखाते थे, हमारे लिये आराम हराम करते थे; हमारे लिये मेहनत करते थे, हमारे लिये अपनी बुद्धि का उपयोग करते थे; गर्ज़ेकि हमारे लिये वह सब करते थे, जो उन्हें करना चाहिए था और नहीं करना चाहिए था। और उनके उन उचित और अनुचित कार्यों के लिए हम उन्हें तनख़ाह देते थे, बख़्शीश देते थे और रिश्वत देते थे! यह सारी रक़म मिलाकर हमारे फ़ायदे की रक़म से इतनी कम होती थी कि उसकी गिनती करना और न करना दोनों बराबर थे। दुनिया में कोई इतना सस्ता सौदा भी होता है, मुझे क्या मालूम था? दुनिया में आदमी, आदमी की मेहनत, आदमी की बुद्धि और आदमी का ईमान इतना सस्ता है, मुझे क्या मालूम था? मुझे अब रह-रहकर पछतावा होता था कि मैं ख़ुद नौकरी करने की क्यों सोचता था? मैं, मेरी मेहनत, मेरी बुद्धि और मेरा ईमान भी तो इसी भाव बिकता? मैं भी तो इन्हीं की तरह ज़लील होता और किसी की तिजोरी भरने के लिए जान जोख़िम में डालता? और फिर भी शायद आराम-चैन से न रह पाता। यह मेरी कैसी भारी बेवक़ूफ़ी होती?

ससुर जी ने कैसे मँजे हुए लोगों को अपनी चाकरी में लगा रखा था। वे कोई समस्या आन पड़ती तो मेरे सामने लाते, फिर ख़ुद वे उसका हल मुझे बताते और

फिर ख़ुद ही उसे हल भी कर डालते। उनके लिए कभी मेरी एक मुस्कान काफ़ी होती। कभी मुँह फाड़कर वे इनाम माँगते तो मैं एक टुकड़ा उनके सामने फ़ेंक देता, कभी एक तरक़्क़ी दे देता, कभी तरक़्क़ी देने का वादा कर देता। फिर वे दूने जोश से हमारी सेवा में जुट जाते। दरअसल ये सब-के-सब एक नम्बर के शैतान थे और मुझे अपना राजा मानते थे। और, बेटी, मुझे सचमुच उनका राजा बनने में बहुत देर नहीं लगी। उन शैतानों के बीच, उनका राजा बने बिना मैं रह भी न सकता था?

आगे चलकर बाबू जी ने मुझे अगला सबक़ दिया—बेटा, तुमने इतना तो जान लिया कि ये सब-के-सब सदा हमारी सेवा में लगे रहते हैं। लेकिन कभी-कभी ऐसा भी होता है कि ये शैतान हमारी सेवा करते-करते अपनी सेवा की बात भी सोचने लगते हैं। फिर तो ये महाजन के धन में ही ख़यानत करने लगते हैं और हमारे उल्लू के साथ-साथ अपना उल्लू भी सीधा करने लगते हैं, ज़ाहिर है कि वे अपना उल्लू हमारे ही उल्लू में से सीधा करते हैं। इसलिए, बेटा, यह ज़रूरी है कि ऐसा हर्गिज़ न होने दिया जाये। इसके लिए यह ज़रूरी है कि तुम अपने किसी भी कर्मचारी पर कभी भी विश्वास न करो, सबको शुबहे की नज़र से देखो, ऐसी नज़र से जैसे वे तुम्हारे लाभ का काम न करके हमेशा तुम्हें नुक़सान पहुँचाने की ही फ़िक्र में रहते हों। किसी के किसी अच्छे-से-अच्छे काम पर भी तुम ज़रूरत से ज़्यादा ख़ुश न हुआ करो और न उसकी प्रशंसा किया करो, बल्कि यह जताओ कि यह कोई वैसा प्रशंसा-योग्य कार्य नहीं है। कभी कोई काम आन पड़े और कोई उसे करने जाये तो ज़रूर उसका मन बढ़ाओ, लेकिन जब वह काम करके लौटे तो उसकी ओर से लापरवाह हो जाया करो। वादा तुम चाहे जिससे जो कर दो, लेकिन उसके बाद उसे भूल जाया करो। कोई याद दिलाये तो कहो कि ऐसा कैसे हो सकता है कि मैं कोई वादा करके भूल जाऊँ। तुमको कोई ग़लतफ़हमी हुई होगी। ख़ैर, आगे देखा जायेगा। यह बात हर्गिज़ अपने मन में न लाओ कि कोई तुमसे नाराज़ हो सकता है। नाराज़ होकर भी कोई तुम्हारा कुछ भी नहीं बिगाड़ सकता। कभी भी, किसी से भी दबकर रहने का कोई सवाल ही नहीं उठता है। अपने हित को हमेशा अपने सामने रखो। तुम्हारा हित क्या है, यह जानने के लिए किसी बुद्धि की आवश्यकता नहीं है। यह तो जानवर भी जानता है। और जिस तरह बड़ा और मज़बूत जानवर हर हालत में अपना हित साध लेता है, उसी तरह हम लोगों को भी अपना हित साधने में कोई अड़चन नहीं पड़ती। लेकिन कोई भी हित सीधे नहीं सधता। बाज़ अगर गौरइये के पास जाकर कहे कि ऐ गौरइये, तू मेरे पास आ, मैं तुझे खाऊँगा, तो गौरइया हर्गिज़ उसके पास न आयेगी। लेकिन गौरइया कहीं बैठी हो या उड़ रही हो, तो अचानक उसकी आँख में धूल झोंककर बाज़ उसे एक झपट्टे में अपने पंजे में पकड़ सकता है और खा सकता है। ऐसे ही हमें भी करना पड़ता है। हितों की टक्करें होती रहती हैं, लेकिन चूँकि हम बड़े और मज़बूत हैं, इसलिए यह अवश्यम्भावी है कि हम हर

टक्कर में जीतें। यहीं एक बात और समझने की है और यह बात सबसे महत्त्वपूर्ण है इसे तुम ज़रा ध्यान से सुनो!

ज़रा रुककर बाबू जी आगे बोले—हमारे हितों की टक्करों के दो रुख़ होते हैं। एक टक्कर तो हमें अपने प्रतिद्वन्द्वियों से लेनी होती है और दूसरी अपने चाकरों से। अपने प्रतिद्वन्दियों से हम समझौता करते हैं। हमारा प्रतिद्वन्द्वी हमसे बड़ा और अधिक मज़बूत होता है तो उससे हम दबकर समझौता करते हैं और वह हमसे छोटा और कमज़ोर होता है तो उसे दबाकर हम समझौता करते हैं। हर हालत में यह समझौता हो ही जाता है, क्योंकि इसके सिवा कोई चारा ही नहीं होता है। हम जानते हैं कि हम यह समझौता न करें तो हम अपने पाँवों में ही कुल्हाड़ी मारेंगे और अपना ही नुक़सान करेंगे। और तुम यह तो जानते ही हो कि कोई जानवर भी जान-बूझकर अपना नुक़सान नहीं करता है। हम तो आदमी हैं। लेकिन दूसरी टक्कर का रूप जटिल होता है, क्योंकि वह परस्पर विरोधी हितों की टक्कर होती है। यह टक्कर क़ायमी होती है, यह कभी भी ख़तम नहीं होती। एक हित के सर्वनाश के बाद ही यह टक्कर ख़तम हो सकती है, लेकिन वैसा कभी भी नहीं होगा। हमारी यह टक्कर मालिक और मज़दूरों के हितों के बीच की है। भला इनमें से एक का सर्वनाश हो जाये तो कारख़ाने कैसे चलेंगे? मैंने कहा है कि जानवर भी अपना हित समझते हैं। फिर मज़दूर भी अपना हित समझते हैं, यह स्वाभाविक ही है। अलग-अलग ये मज़दूर बहुत ही छोटे और कमज़ोर होते हैं। अलग-अलग उन्हें दबोचना हमारे लिये कुछ भी कठिन नहीं होता। लेकिन सब मज़दूरों के हित समान होते हैं, यह समझकर वे सब एक साथ मिलकर अपने हितों की रक्षा के लिए उठ खड़े हों, तो निश्चय ही उनकी यह लड़ाई एक बहुत बड़ी समस्या के रूप में हमारे सामने खड़ी हो जाये। वे काम करना बन्द कर सकते हैं, कारख़ाना बन्द करा सकते हैं। इसलिए हमारी यह बराबर कोशिश होती है कि ये सब कभी भी मिलकर संगठित न हो सकें। ऐसा करने के लिए हम इनमें किसी-न-किसी तरह फूट डाले रहते हैं। चूँकि ये अकेले-अकेले बहुत ही ग़रीब और कमज़ोर होते हैं, इसलिए हमारा यह काम उतना कठिन नहीं होता। कुछ के साथ थोड़ा-सा विशेष व्यवहार करके ही हम उनके बीच प्रतिद्वन्द्विता, ईर्ष्या और लड़ाई पैदा कर देते हैं और वे आपस में ही लड़ते-झगड़ते रहते हैं। यों भी यह मज़दूरों की क़ौम बड़ी जाहिल, पिछड़ी हुई और स्वार्थी होती है। ये अपनी थोड़ी-सी व्यक्तिगत भलाई के लिए भी बहुत-कुछ कर गुज़रते हैं। इनके इस स्वभाव से हम फ़ायदा उठाते हैं और अपना उल्लू सीधा करते हैं। समझे?

—जी।

बाबू जी आगे बोले—इस काम के लिए हमारे यहाँ एक ख़ुफ़िया विभाग है, यह तुम्हें मैंने बताया ही था। यह हमारा बहुत ही आवश्यक और महत्त्वपूर्ण विभाग है। तुम जानते ही हो कि इस विभाग में सब-के-सब मज़दूर ही हैं और उन्हें ख़ुद ही

यह मालूम नहीं है कि इस विभाग में कौन-कौन काम करते हैं? दरअसल इस विभाग का ही पता किसी को नहीं है। ये लोग अलग-अलग आकर अपने मज़दूर भाइयों के ख़िलाफ़ हमें ख़बर दे जाते हैं और हमें हर बात से आगाह कर जाते हैं। इन ख़बरों पर तुम्हें बराबर ध्यान रखना चाहिए और उन पर ख़ूब सोच-समझकर ज़रूरी क़दम उठाना चाहिए। तुम्हें अपने इन भेदियों पर भी विश्वास नहीं करना चाहिए। दो-दो, तीन-तीन भेदियों की ख़बरों में जब मेल बैठ जाये तभी उस ख़बर को विश्वसनीय समझना चाहिए। इन भेदियों को भी तुम्हें बराबर बदलते रहना चाहिए। समझे?

—जी।

—बेटा, तुम समझदार हो,—बाबू जी आगे बोले—तुम्हें कुछ भी समझते देर न लगेगी। तुम आप ही सब-कुछ समझ सकते हो, लेकिन अपने अनुभवों को तुम्हें बताना मैं अपना फ़र्ज समझता हूँ। बुद्धि अकेली कोई काम की चीज़ नहीं होती। अनुभव ख़ास चीज़ है। अनुभव के बिना बुद्धि बिना धार की तलवार की तरह होती है। अनुभव से ही बुद्धि की धार तेज़ होती है। समझे?

—जी,—मैं बोला—जब मैं आया था, तो कुछ भी न समझता था। लेकिन अब तो आपकी कृपा से और काम करने से बहुत-कुछ समझने लगा हूँ।

—ज़रूर-ज़रूर!—बाबू जी ने कहा—यह तो मैं जानता ही था, वर्ना तुम्हें मैं इतना ख़र्च करके अपना दामाद ही क्यों बनाता? मुझे आदमी की समझ है, बेटा! एक बात मैं और कहना चाहता हूँ, कहो तो कहूँ?

—कहिये!

—मेरी राय है कि अब अपने घर के सब लोगों को यहीं बुला लो। एक कोठी हमारी बेटी के नाम पर यहाँ है ही, तुम सब लोग उसी में रहो-सहो। अकेली बहू को तुम अपने साथ लाओ, यह अच्छा नहीं लगता, क्योंकि उसके बिना तुम्हारी माता जी का वहाँ जी न लगेगा। रह गये तुम्हारे पिता जी, तो उनकी कई चिट्ठियाँ हमारे पास आ चुकी हैं। वह अपना पुराना ही कारोबार फिर शुरू करना चाहते हैं, लेकिन मेरी यह राय है कि वह जो-कुछ भी करना चाहते हों, यहीं आकर करें। सब लोग यहाँ इकट्ठे रहेंगे तो बड़ा अच्छा लगेगा। किसी को कोई तकलीफ़ तो यहाँ होगी नहीं। मैं ग़लत तो नहीं कहता?

—जी, नहीं, आप बिलकुल ठीक कहते हैं।

—तो तुम जाओगे उन्हें लाने कि मैं ही जाऊँ?

—आप ही जाइये, बाबू जी,—मैंने कहा—वे लोग जाने मेरी बात मानेंगे कि नहीं।

—अच्छा-अच्छा,—बाबू जी बोले—मैं ही जाऊँगा। तुम कोई चिन्ता मत करो। सब ठीक हो जायेगा। मुझे तुमसे बड़ी-बड़ी उम्मीदें हैं, बेटा!

फिर बाबू जी गये और एक हफ़्ते के अन्दर-ही-अन्दर सब लोग यहाँ आ गये और हम लोग एक ही साथ, एक कोठी में आबाद हो गये। अब तक, यहाँ आकर, मैं अपनी पत्नी को क़रीब-क़रीब भूला ही हुआ था। अब फिर रोज़ रात को उसका-मेरा साथ होने लगा। दिन-भर तो मैं अपने कारोबार में, अपने कारख़ाने के दफ़्तर में रहता और काम में इतना व्यस्त रहता कि मुझे और किसी बात का होश ही न रहता था। लेकिन शाम को जब मैं कोठी के लिए रवाना होता तो मुझे अपनी पत्नी की याद आती और मुझे बड़ी कोफ़्त होती। मैं सोचता कि यह न होती तो सब-कुछ बिलकुल ठीक-ठीक चलता, कहीं कोई तनिक भी ख़लिश न होती। लेकिन तभी यह ख़याल आता कि यह न होती तो क्या होता, इसी को लेकर तो सब-कुछ है। यह न होती तो, जैसा कि मैं सोचता था, मैं कहीं कोई नौकरी करता होता और एक मामूली-सी ज़िन्दगी बसर करता रहता। ये ठाठ-बाट कहाँ होते? ये आराम-ऐश कहाँ होते? मान-सम्मान कहाँ मिलता? जीवन की ये सम्भावनाएँ सामने कहाँ आतीं?

सो, इस ख़लिश को किसी भी हालत में नहीं निकाला जा सकता था। यह जीवन की चिर-संगिनी थी। इसे छोड़ने का मतलब सब-कुछ छोड़ना था और मैं सब-कुछ कैसे छोड़ सकता था? कभी किसी त्याग की बात मेरे मन में आयी हो, यह याद नहीं था। अपने जीवन को ख़ुद बनाने या सँवारने का सवाल भी कभी मेरे दिमाग़ में न उठा था। संघर्ष, कष्ट और स्वावलम्बन का नाम भी मैं न जानता था।

मुश्किल यह थी कि अब मैं तटस्थ भी न रह सकता था। हमारे दफ़्तर में तीन-तीन ऐंग्लो-इण्डियन स्टेनो थीं, एक-से-एक बढ़कर जवान और ख़ूबसूरत।

पत्नी के यहाँ आने के पहले उनकी ओर कभी मैंने ध्यान ही न दिया था। लेकिन अब उनकी ओर बार-बार ध्यान जाता और वह ख़लिश मेरे दिल में चुभ-चुभ जाती। मुझे लगता कि सब-कुछ होते हुए भी मेरे जीवन में कोई कमी है और वह इतनी बड़ी कमी है कि उसके कारण कभी-कभी ऐसा महसूस होता है कि जैसे सब-कुछ होते हुए भी कुछ भी नहीं है, जैसे एक ही बदसूरत चीज़ सब-कुछ को बदसूरत करके रख देती हो। मैं उदास हो जाता। लेकिन तभी पिता जी की बात याद आती कि ज़िन्दगी आप ही ख़ूबसूरत नहीं बनती, उसे ख़ूबसूरत बनाया जाता है। तब मेरे जी में आता कि मैं उन स्टेनो लड़कियों में से किसी की ओर हाथ बढ़ाऊँ और उसकी ख़ूबसूरती छीन लूँ। लेकिन मुझे उस रास्ते का अभी कोई अनुभव न था, मुझे बड़ा डर लगता था। फिर पिता जी की बात याद आती, पहले अपने में ताक़त पैदा करो फिर तो दुनिया की सारी, ख़ूबसूरती तुम्हारे क़दम चूमेगी। वे लड़कियाँ मेरे पास आकर मुस्करातीं, मेरी ओर अर्थपूर्ण आँखों से देखतीं तो पिता जी की बात में मुझे सच्चाई का आभास मिलता और मुझे थोड़ा सन्तोष होता।

लेकिन भरे हुए घड़े के पास प्यासे बैठे रहना बड़ा मुश्किल होता है। मुझे डर लगा कि कहीं किसी कमज़ोरी के क्षण में मैं घड़े से मुँह न लगा दूँ। फिर तो मेरी

हालत वही होगी जो आदम की निषिद्ध फल खाने पर हुई थी। मैं इस जन्नत से निकाल दिया जाऊँगा और फिर मेरी क्या हालत होगी, भगवान् जाने! एक दूसरी बात यह भी थी कि इन छोकरियों के कारण ही जैसे मेरी पत्नी की बदसूरती और भी उजागर हो उठी थी। और मुझे लगता था कि कहीं उसके सामने मेरे मुँह से ऐसी-वैसी कोई बात न निकल जाये।

बहुत सोचकर आख़िर मैंने एक दिन बाबू जी से कहा—बाबू जी, आप इन छोकरियों को दफ़्तर में क्यों रखे हुए हैं? ये काम-धाम कुछ करती नहीं, दिन-भर चोंचलों और छेड़खानियों में ही लगी रहती हैं। मेरा ख़याल है कि अपने साथ-साथ ये औरों का भी वक़्त बरबाद करती हैं। आप कहें तो मैं इन्हें निकाल दूँ।

बाबू जी मेरी बात सुनकर गम्भीर हो गये। फिर ज़रा कड़े स्वर में बोले—मालूम होता है, अभी तुम्हारा मन पूरी तरह से अपने काम में रमा नहीं है!

—नहीं, बाबू जी,—मैंने कातर होकर कहा—ऐसी बात तो नहीं है। मैं तो...

—उहूँ!—बाबू जी उसी स्वर में बोले—ऐसा न होता तो तुम्हारी निगाह उन छोकरियों पर पड़ती ही नहीं। बेटा, मैंने जब काम शुरू किया था तो, तुम्हें क्या बताऊँ, मुझे तो किसी बात का होश ही न रहता था। यहाँ तक कि अधिकतर तो मैं रात को थकान के मारे चूर होकर बिस्तर पर पड़ते ही बेहोशी की नींद सो जाता था। मुझे यह भी होश न रहता कि मेरी पत्नी बग़ल में पलँग पर है। बेटा, यह मन जो है, वह शैतान का घर है। इसे तुमने ज़रा भी फ़ुरसत दी नहीं कि यह तुम्हें शैतान का नाच नचाने लगेगा। इसकी बस एक ही दवा है और वह यह है कि इसे बराबर क़ाम में जोते रहो। फिर तो यह आप अपनी मौत मर जायेगा। समझे?

—जी,—मैंने सिर झुकाकर कहा—मैं तो सोचता था कि मुझे शैतानों का राजा बनना है और आप कहते हैं...

—मैं भी वही कह रहा हूँ, बेटा,—बाबू जी बोले—तुम बड़े भोले हो! जब तक तुम शैतानों के राजा नहीं बनोगे तब तक तुम इस शैतान मन पर क़ाबू कैसे पाओगे और इसे हमेशा काम में जोते कैसे रहोगे? तुम्हारा काम शैतानों को नचाना है न कि शैतान के चक्कर में पड़कर ख़ुद नाचना। बेटे, अगर तुम ख़ुद ही नाचने लगे तब तो, समझो, गये। शैतानों का राजा बनना कोई मज़ाक नहीं है। इसके लिए पहले यह ज़रूरी है कि इस शैतान मन को तुम इतना काम में जोतो, इतना काम में जोतो कि यह ख़ून उगलकर मर जाये। फिर न तुम शैतानों के राजा बनोगे कि यों ही बन जाओगे? नहीं समझे मेरी बात?

—उहूँ,—मैंने कहा।

—तो फिर यों समझो,—बाबू जी बोले—कि ये छोकरियाँ शैतान हैं और तुम्हारे मन को फ़ुरसत है। फिर क्या होगा?

मैं जान-बूझकर फिर कुछ न बोला तो बाबू जी ही बोले—फिर यह होगा कि ये शैतान छोकरियाँ तुम्हें शैतान का नाच नचाने लगेंगी। नहीं?

मैंने हाँ में सिर हिलाया तो वह आगे बोले—लेकिन जब तुम्हारे मन को फ़ुरसत न होगी तो ये तुम्हारा कुछ भी न बिगाड़ पायेंगी और जब तुम अपने मन को बिलकुल मार डालोगे तो जैसे चाहो इन छोकरियों को नचा सकते हो, ये तुम्हारा कुछ भी न बिगाड़ सकेंगी, समझे कुछ?

—जी, आ रहा है कुछ-कुछ समझ में—मैंने यों ही कहा—दरअसल इस बात के लिए अनुभव की आवश्यकता है।

—सो, तो है ही!—वह बोले—अब इन छोकरियों की सुनो। उन्हें सिर्फ़ टिप-टिप करने के लिए नहीं रखा गया है, इनका और उपयोग है। इनसे बड़े-बड़े काम सधते हैं। जैसे यह कि तुम्हें किसी अफ़सर से कोई काम निकलवाना है और वह सीधे हत्थे नहीं चढ़ता, तुम इनमें से किसी एक को उसके पीछे लगा दो। वह उससे काम करा लायेगी। और भी इस तरह के ये कितने ही काम करती हैं। तनख़ाह के अलावा इन्हें कपड़ों और श्रृंगार के सामानों और क्लबों के भत्ते दिये जाते हैं। क्लबों से ये बहुत-सारी गोपनीय ख़बरें लाती हैं, जिनसे हमें कभी-कभी बेहद फ़ायदा होता है। ये यह सब-कुछ करती हैं, लेकिन मजाल है कि कभी हमसे ये कुछ ऐंठ लें! नहीं, बेटा, यह नहीं हो सकता। हम इन्हें जैसा चाहें नचा सकते हैं, लेकिन ये हमें हर्गिज़ नहीं नचा सकतीं। अगर ये हमें नचा लें तो समझो, हम गये। सो, बेटा, यह बात है, तुम काम में मन लगाओ और उसे मारो, यह बहुत ही ज़रूरी है। और देखो, इस बात का ख़याल रखना कि इन लड़कियों में कोई ज़रा भी ढलने का लक्षण दिखाने लगे तो उसे तुरन्त चालू कर देना। फिर उसकी जगह पर और किसी बिलकुल नयी कली लड़की को रखना, समझे?

—जी,—मैंने कहा।

वह बोले—इनकी ही तरह कुछ और भी लोग हैं हमारे पास, जो ऊपर से देखने में तुम्हें बिलकुल बेकार लगेंगे, लेकिन तुम ऐसा मत समझना। वे लोग बड़े ही करामाती आदमी हैं। ज़रूरत पड़ने पर वे लोग बड़े-बड़े काम कर गुज़रते हैं। जैसे फ़ौज के दो बड़े-बड़े रिटायर्ड अफ़सर भी हमारे यहाँ हैं। वे क्या करते हैं? देखने में तो वे सिर्फ़ दो ही काम करते हैं, एक शराब पीना और दूसरा छोकरियों के साथ चुहलें करना। लेकिन, बेटा, जब फ़ौज का कोई टेण्डर पास करवाना होता है, तो ये ही उसे पास करवाते हैं, दूसरे के बूते की यह बात नहीं है। समझे?

—जी।

—बेटा, धीरे-धीरे तुम सब जान जाओगे,—बाबू जी आगे बोले—तुम तो बहुत समझदार आदमी हो। लेकिन, बेटा, लोग तो समझते हैं कि हम लोग बस ऐश ही

करते हैं और कुछ नहीं करते। उन्हें क्या मालूम कि हम कितनी बड़ी तपस्या करते हैं, अपनी सब हिस्सों को, सब विवेकों को, सब नैतिकताओं को, यहाँ तक कि अपने मन को भी मारकर हम कितना बड़ा त्याग करते हैं, कितना कष्ट झेलते हैं, कितना परिश्रम करते हैं? हमारा यह काम इतना आसान होता तो दुनिया के सब-के-सब लोग कारख़ानेदार न हो जाते, लखपति-करोड़पति न हो जाते? क्यों, ठीक कहता हूँ न?

—जी!

—बेटा, यह कितना बड़ा काम है!—बाबू जी आगे बोले—और इसे हम सँभालते हैं। दूसरों का तो इस काम के बोझ से दिमाग़ ही फट जाये। है कि नहीं?

—जी।

—बेटा, बड़ा बनना कोई ठट्ठा नहीं है,—बाबू जी आगे बोले—तुम तो बड़े बने-बनाये आ गये समझो, लेकिन मेरी कहानी तुम सुनो तो चकित रह जाओगे। तुम जो कुछ आज देख रहे हो, वह सब मेरा ही बनाया हुआ है। मैं चाहता हूँ कि तुम्हारी कहानी मेरी कहानी से भी कहीं ज़्यादा चकित करनेवाली और कहीं ज़्यादा शानदार हो। तुम्हें मैंने यह नहीं बताया है कि मैं तुम्हें क्या बनाना चाहता हूँ। अभी बताऊँगा भी नहीं। तुम ज़रा अपनी योग्यता दिखाओ और कुछ सफलताएँ प्राप्त करो, फिर देखो कि मैं तुम्हारे लिये क्या करता हूँ। और, बेटा, समझ लो, कि यही वक़्त तुम्हारा काम करने का है, ऐश के लिए तो सारी ज़िन्दगी पड़ी है। पहले कमाओ, फिर ऐश करो। यह नहीं कि ऐश करो और भूखों मरो। दूसरों की कमाई पर ऐश करने से बड़ा पाप इस दुनिया में कोई नहीं है। समझे?

—जी।

मैं चकित था बाबू जी की बुद्धि पर। मेरे मन की बात उन्होंने कितनी बारीकी से पकड़ ली और किस तरह उन्होंने मुझे सावधान कर दिया था। यह बड़ी कड़ी परीक्षा थी, लेकिन इसमें उत्तीर्ण हुए बिना निस्तार नहीं था। बाबू जी की बातों को ख़ूब उलट-पलटकर मैंने देख लिया, और कोई रास्ता मेरे सामने न था। मैंने ख़लिश को बहुत गहरे दफ़नाकर अपने को काम में आपाद-मस्तक डुबो दिया।

बाबू जी भी शायद जान-बूझकर ही मेरे ज़िम्मे और-और काम भी लगाते गये। लेकिन अब मुझे कामों से कोई घबराहट न होती थी। मैं भूत की तरह दिन-रात काम में जुटा रहता था। काम, काम और काम! और कुछ भी नहीं। मैं काम की नींद सोता और काम ही लेकर जागता। और कितने आश्चर्य की बात थी कि काम भी ख़तम होने पर न आते थे। पहले मैं कल्पना भी न कर सकता था कि इतने काम भी हो सकते हैं और अब ऐसा लगता था कि काम तो अनन्त हैं, उन्हें बढ़ानेवाला चाहिए, उन्हें करनेवाला चाहिए। मेरी तो आँखें खुल गयी थीं। मेरे दिमाग़ का विस्तार क्षितिज

छूने के सपने लेने लगा था। मैं लगातार कारख़ाने का विस्तार करने लगा। उसमें नये-नये विभाग जोड़ने लगा। कार्य-पद्धति बदलने लगा, पुरानी मशीनों की जगह नयी मशीनें बैठाने लगा।

पाँच साल बीतते-बीतते कारख़ाने का रूप ही बदल गया। इसी बीच हमारे यहाँ दो पुत्रों ने भी जन्म लिया था। बाबू जी की प्रसन्नता का ठिकाना न था। वह जब मिलते थे, हँसते हुए मिलते थे और बार-बार मेरी पीठ ठोंकते थे और कहते थे—मुझे तुमसे यही उम्मीद थी! मुझे तुमसे यही उम्मीद थी!

आख़िर इस कारख़ाने में और विस्तार की गुंजाइश न रही तो मैंने एक दिन बाबू जी से कहा—अब मैं क्या करूँ? मुझे तो अब लगता है कि इस कारख़ाने में मेरे लिये कोई काम ही नहीं रह गया है। आप आज्ञा दें तो एक और कारख़ाना खोला जाये।

—खोलो, बेटा, ज़रूर खोलो!—बाबू जी ख़ुश होकर बोले—इसमें मेरी आज्ञा की क्या ज़रूरत है? तुम्हारा हौसला देखकर तो मैं बहुत ही ख़ुश हूँ! तुम बहुत तरक़्क़ी करोगे, बेटे, बहुत तरक़्क़ी करोगे!

दो साल बीतते-बीतते हमारा नया कारख़ाना चालू हो गया और जिस दिन उसका उद्घाटन हुआ, उसी दिन हमारे यहाँ एक पुत्री ने जन्म लिया। बाबू जी की ख़ुशी उस दिन देखने में आती थी। वह बिलकुल पागल-से होकर बोले—बेटा, यह कारख़ाना तो साक्षात् लक्ष्मी को लेकर हमारे घर आया है। ऐसे ही, बिलकुल ऐसे ही, हमारी बेटी का भी जन्म हुआ था। उधर हमने कारख़ाने की नींव डाली थी और इधर उसका जन्म हुआ था। और फिर तो लगातार हमने चार कारख़ाने खोले। यह बहुत ही शुभ लक्षण है, बेटा, बहुत ही शुभ लक्षण है। तुम चार नहीं चालीस कारख़ाने खोलोगे! तुम देश के सबसे बड़े कारख़ानेदार बनोगे!—और उन्होंने मुझे बाँहों में बाँधकर छाती से चिपटा लिया।

और अगले साल पहला महायुद्ध छिड़ गया। अब क्या था, बाबू जी तो बिलकुल पागल हो गये। बोले—बेटा! मैंने कहा था न? इसी को कहते हैं, हाथ उठाओ और उसमें पेड़ से टूटकर फल आ गिरे। तुम बड़े ही सौभाग्यशाली हो, बड़े ही सौभाग्यशाली हो कि तुम्हें जीवन में एक ऐसा अवसर मिला! ऐसे अवसर बार-बार नहीं मिलते, बेटे! खुल खेलो, खुल खेलो! वारे-न्यारे हो जायें! ऐसा अवसर फिर कभी नहीं मिलेगा! रिटायर्ड फ़ौजी अफ़सरों की और छोकरियों की तायदाद अपने यहाँ बढ़ा दो। ये जितनी तनख़ाहें माँगें और जो भी माँगें, इन्हें दो। फ़ौजियों और छोकरियों का बड़ा गहरा सम्बन्ध होता है, और एक चीज़ है शराब। बेटा, कुछ भी उठा नर रखो। दिन-रात कारख़ानों को चलाओ। एक मिनट के लिए भी आँखें न मूँदो। यह लूटने का समय है, जितना लूट सको लूट लो!

और सचमुच हमने लूटना और बटोरना शुरू कर दिया। सरकार कच्चा माल सस्ते में देती थी और पक्का माल महँगे-से-महँगे दामों में लेती थी। बाज़ार से हमें कोई मतलब ही न रह गया था। हम थे और सरकार थी। तीन-तीन पालियाँ कारख़ाने चलते थे, फिर भी हमारे गोदाम ख़ाली रहते थे। भूत की तरह हमारी मशीनें कच्चा माल निगलती जातीं और ज्वालामुखी की तरह पक्का माल उगलती जाती थीं। और भी कितनी ही तरह के सामानों का हम टेण्डर देते थे और माल सप्लाई करते थे। टेण्डर के साथ नमूने कुछ दिखाते थे और सप्लाई के वक़्त कुछ सप्लाई करते थे। मुट्ठियाँ खोलकर रिश्वत देते थे, पीपे खोलकर शराब देते थे। पचास छोकरियाँ और पन्द्रह फ़ौजी अफ़सरों को हम बराबर टेण्डरों को पास कराने और बिलों का भुगतान कराने के काम पर लगाये रहते थे। इतने रुपये आ रहे थे कि उन्हें गिनना मुश्किल था, उन्हें रखना मुश्किल था। न दिन चैन, न रात चैन। हमेशा एक शैतान की हालत। हरदम भाग-दौड़। जैसे हम भी मशीनें हो गये हों और दिन-रात चल रहे हों।

वे दिन, वे रातें कैसे बीतीं, बेटी, तुम इसकी कल्पना भी नहीं कर सकती। बस, यही समझो कि एक नशे में बेहोश-से हम अपनी पूरी रफ़्तार से दौड़ते रहे, उस समय तक दौड़ते रहे, जब तक कि लड़ाई बन्द न हो गयी।

लेकिन उसके बाद भी चैन कहाँ था? अब नये-नये कारख़ाने खोलने की बेकली, और दौड़-धूप शुरू हुई। जो अपार धन लड़ाई हमें दे गयी थी उसे गाड़कर रखने का हमारे लिये क्या मतलब था? हम कारख़ाने-पर-कारख़ाने खोलते गये। हमने जूट का कारख़ाना खोला, हमने सीमेण्ट का कारख़ाना खोला, हमने इंजीनियरिंग का कारख़ाना खोला, हमने बिजली के सामानों का कारख़ाना खोला। देश के सभी बड़े-बड़े शहरों में हमारे कारख़ानों का जाँल बिछ गया। अब तुम सोच ही सकती हो कि हमारा काम कितना बढ़ गया और जिसके सिर पर इतने कामों का भार हो, उसे चैन कहाँ नसीब हो सकता है?

और सच पूछो तो मुझे चैन की ज़रूरत भी न थी। उससे तो मैं कब का अपरिचित हो चुका था। साथ ही मुझे डर भी लगता था कि कहीं मुझे चैन नसीब हो जाये, तो जाने क्या हो जायेगा। अब मैं किसी दूसरी ज़िन्दगी की सोच ही न सकता था। बाबू जी की कही हुई सभी बातें सच हो गयी थीं। मेरी सब हिसें, सारे विवेक, सारी नैतिकताएँ नष्ट हो चुकी थीं, मेरा मन मर गया था। मैं शैतानों का राजा बन गया था और दिन-रात बस एक ही धुन सिर पर सवार रहती थी कि कैसे अधिक-से-अधिक धन पैदा किया जाये। जैसे-जैसे हमारा धन बढ़ता गया था, वैसे-वैसे ही हमारी शैतानियत बढ़ती गयी थी और यह क्रम हम सदा जारी ही रखना न चाहते थे, बल्कि इसमें और भी तेज़ी लाने का प्रयत्न करते थे। यह एक बड़ी ही स्वाभाविक प्रक्रिया थी। जैसे धरती में बीज बोने से फ़सल उगती है, वैसे ही शैतानियत बोने से धन उगता है या धन बोने से शैतानियत उगती है। मुझे एक भी इन्सान कहीं दिखायी न देता था,

चारों ओर शैतान-ही-शैतान दिखायी दे रहे थे, जो हमारा धन बढ़ाने में दिन-रात लगे हुए थे।

तभी देश में कांग्रेस का एक नया आन्दोलन छिड़ा। इसमें हमारी दिलचस्पी बिलकुल स्वाभाविक थी, क्योंकि इस आन्दोलन का प्रभाव हमारे कारख़ानों के मज़दूरों और अन्य कर्मचारियों पर पड़े बिना न रह सकता था। बाबू जी ने मुझसे एक दिन पूछा—इस आन्दोलन के बारे में तुम्हारा क्या ख़याल है?

बाबू जी अब मुझे सीधे उपदेश या राय न देते थे। वह अब मेरे क़ायल हो गये थे, इसलिए मेरी राय माँगा करते थे।

—अभी इसके बारे में क्या कहा जा सकता है?—मैंने कहा—अभी हमें इसे चुपचाप देखना चाहिए।

—सुना है, रूस में मज़दूरों का कोई इन्क़लाब हुआ है। वहाँ के बादशाह ज़ार का तख़्ता क्रान्तिकारियों ने उलट दिया है और वहाँ मज़दूरों का राज क़ायम हो गया है। क्या टेढ़ा-सा नाम आता है अख़बारों में वहाँ के मज़दूरों की पार्टी का...

—कम्युनिस्ट पार्टी!

—हाँ-हाँ!—बाबू जी बोले—सुना है उन लोगों ने पूँजीपतियों को भी ख़तम कर दिया है और वहाँ के कारख़ानों पर मज़दूरों का क़ब्ज़ा हो गया है। क्या वहाँ के इन्क़लाब का हमारे मुल्क पर भी कोई असर हो सकता है?

—रूस हमारे देश से बहुत दूर है,—मैं बोला—बीच के इतने सारे देशों को लाँघकर उसका असर हमारे देश तक अभी क्या पहुँचेगा। फिर सबसे बड़ी दीवार तो यह हमारे यहाँ की अंग्रेज़ी सरकार है। जब तक यह है, हमें कोई चिन्ता करने की ज़रूरत नहीं है।

—इस गाँधी के बारे में तुम्हारी क्या राय है?

—अभी तो वह तम्बाकू-बीड़ी के चक्कर में पड़ा हुआ है,—मैं बोला—हमारे पास तो कोई सिगरेट-बीड़ी का कारख़ाना है नहीं कि हम चिन्ता करें।

—लेकिन, एक बात तो तुम भूलते हो,—बाबू जी बोले,—मज़दूर बहुत हुक्का-बीड़ी पीते हैं। हो सकता है कि गाँधी हुक्के-बीड़ी की बात करके किसानों-मज़दूरों को अपनी ओर मुख़ातिब कर रहा हो।

—उसके कहने से कोई हुक्का-बीड़ी बन्द कर देगा?—मैंने कहा—अभी देखिये क्या होता है?

—मेरा मतलब है कि ज़रा नज़र रखना चाहिए,—बाबू जी बोले—हमारा मुल्क बड़ा जाहिल है। कहीं गाँधी का इस पर जादू चल गया तो...

—अंग्रेज़ तो जाहिल नहीं हैं, बाबू जी—मैंने कहा—आप कोई चिन्ता न करें। हमारी नज़र गाँधी पर है।

—वही कहता हूँ, बेटा,—बाबू जी बोले—हमारा अब क्या है? हमारी नाव तो किनारे आ पहुँची। अब तुम्हें ही सब देखना है। मेरा कहना यह था कि यह मुल्क की आज़ादी का आन्दोलन शुरू हुआ है। हमारे लिये आज़ादी क्या और ग़ुलामी क्या? हमें तो अपना हित देखना है। चाहे अंग्रेज़ की हुकूमत हो चाहे गाँधी की हुकूमत हो, हम तो उसके ताबेदार हैं...

—यहीं मैं ज़रा आपसे मतभेद रखता हूँ, बाबू जी,—मैं बोला—दरअसल बात अब इसके उलटी होती नज़र आ रही है। लड़ाई के दरम्यान आपने देखा, सरकार की नज़र हमारी ओर कितनी थी। आपको रायबहादुर का ख़िताब क्या यों ही मिल गया? सरकार जानती है कि हम लोगों की मदद उसके लिए कितनी ज़रूरी है। लड़ाई चाहे अन्दर की हो या बाहर की हो, सरकार की निगाहें हमारी ही ओर उठेंगी। और उठें क्यों नहीं, हमारे सिवा किसके पास कुछ है कि वह सरकार की मदद करेगा? सो, बाबू जी, अब हम पहले की तरह सरकार के ताबेदार नहीं रहे। अब तो मुझे लगता है कि सरकार में थोड़ा-बहुत हमारा भी हाथ रहेगा। अगर यह आन्दोलन बढ़ा तो स्पष्ट है कि हमारे लिये दोनों ओर से खींचातानी शुरू होगी, अंग्रेज़ हमें अपनी ओर खींचेंगे और कांग्रेस हमें अपनी ओर खींचेगी!...

—वाह, बेटा, वाह!—बाबू जी ख़ुश होकर बोले—क्या बात कही है तुमने! हम बूढ़ों के दिमाग़ में तो यह बारीक़ बात कभी आ ही नहीं सकती थी! लेकिन, बेटा, फिर तो यह भी सवाल हमारे सामने आयेगा न कि आख़िर हम किसकी ओर जायेंगे? मेरा मतलब यह है...

—हम दोनों की ओर जायेंगे, बाबू जी,—मैंने कहा।

—यह कैसे हो सकता है?—बाबू जी ने चकित होकर कहा—दो नावों पर पाँव रखने का मतलब क्या होता है तुम जानते हो न?

—ये दोनों नावें एक ही साथ जुड़ी हुई हैं, बाबू जी,—मैंने कहा—हमारे पाँवों के चिरे जाने का कोई ख़तरा नहीं है। यहीं तो हमें बुद्धि से काम लेना होगा। ऐसा न करके अगर हम एक ओर चले गये तो जान-बूझकर एक बहुत बड़ा ख़तरा अपने सिर पर मोल लेना होगा। कांग्रेस की ओर तो अभी हमारे जाने का कोई सवाल ही नहीं उठता, क्योंकि अभी उसमें कोई दम ही नहीं है और न अभी यही स्पष्ट है कि आख़िर कांग्रेस का उद्देश्य क्या है? लेकिन उससे हम बिलकुल उदासीन भी इसलिए नहीं रह सकते क्योंकि जाने यह कांग्रेस का आन्दोलन आगे चलकर कौन-सा राजनीतिक रूप ले। फिर, बाबू जी एक और बात अब मेरे दिमाग़ में खटकने लगी है। इंग्लैण्ड बहुत बड़ा कारोबारी देश है। वहाँ के उद्योग-धन्धे बहुत तरक़्क़ी कर चुके

हैं। आप बाज़ार में देखते ही हैं, वहाँ के कारख़ानों के पैदा किये हुए माल अटे पड़े रहते हैं। वे माल अच्छे भी होते हैं और सस्ते भी होते हैं। हमारा माल उनका मुक़ाबिला नहीं कर पाता है, क्योंकि हम उद्योग-धन्धों में उनसे बहुत पिछड़े हुए हैं। यह तो लड़ाई की वजह से हम लोग थोड़ी-बहुत तरक़्क़ी उनकी ही मदद से कर गये। फिर अब देख रहे हैं न आप कि बाज़ार का क्या हाल है? इसलिए हमारे उद्योग-धन्धों की तरक़्क़ी के लिए यह ज़रूरी है कि यह असमान मालों की प्रतियोगिता किसी तरह रोकी जाये। यह प्रतियोगिता रोकने का एक ही तरीक़ा है और वह यह कि इंग्लैण्ड से माल आना किसी तरह से बन्द किया जाये या कम किया जाये। लेकिन जब तक यहाँ अंग्रेज़ों का राज है, यह मुमकिन नहीं दिखायी देता है। यही नहीं, बल्कि जब तक अंग्रेज़ों की सरकार यहाँ रहेगी, वह हर्गिज़ यह न चाहेगी कि हमारे देश के उद्योग-धन्धे तरक़्क़ी करें, क्योंकि ऐसा होने से फिर इंग्लैण्ड के माल की हमारे देश में खपत कैसे होगी? हमारे देश से जो वे अरबों का मुनाफ़ा हर साल करते हैं, वह कैसे होगा? इतने सारे मुनाफ़े का कच्चा माल वे हमारे देश से ढो ले जाते हैं, फिर हमारे यहाँ पूँजी बने तो कैसे बने?...आपकी समझ में आ रहा है न, बाबू जी?

—नहीं, बेटा, यह तो मेरी समझ में नहीं आ रहा है,—बाबू जी बोले—मैं तो यों जानूँ कि हमारे मुल्क में जो भी कल-कारख़ाने दिखाथी दे रहे हैं, वे अंग्रेज़ों की अमलदारी में ही बने हैं। वह जो तुम इंग्लैण्ड के कारोबार के बारे में कह रहे थे, तो बेटा, वहाँ भी कारोबारी हैं और हम यहाँ भी कारोबारी हैं, क्या हम लोगों में कोई समझौता नहीं हो सकता?

—हो सकता है, बाबू जी,—मैं बोला—लेकिन आपको याद है, आपने एक बार कहा था कि जो ज़्यादा बड़ा और मज़बूत कारोबारी होता है, उसके साथ उससे छोटे कारोबारी को दबकर समझौता करना पड़ता है? सो, बाबू जी, इंग्लैण्ड के कारोबारी हमसे कहीं ज़्यादा बड़े...

—तो यों कहना था न तुमको,—बाबू जी बोले—यह बात तो मेरी समझ में आती है।

—लेकिन अगर अंग्रेज़ों की हुकूमत ख़त्म हो जाये और हमारा मुल्क आज़ाद हो जाये,—मैंने कहा—तब हमारे मुल्क का उद्योग-धन्धा बड़ी तेज़ी से तरक़्क़ी कर सकता है, क्योंकि तब अंग्रेज़ी माल से न हमारी प्रतियोगिता रहेगी और न उनकी लूट-खसोट रहेगी।

—ओ-हो-हो! यह बात तो तुमने ख़ूब कही, बेटा!—बाबू जी ख़ुश होकर बोले—यह बात तो मेरे दिमाग़ में आ ही नहीं सकती थी। यही फ़र्क़ होता है न पढ़े-लिखे में और गँवार में। मालूम होता है कि अब हम-जैसे मूर्खों का ज़माना गया और तुम-जैसे बुद्धिमान् कारोबारियों का ज़माना आ गया। हम लोगों के दिमाग़ में तो ये

सब बातें लाख जनम में भी न आतीं!...लेकिन, बेटा, एक बात है,—बाबू जी ज़रा सोचकर बोले—कहीं रूस की तरह तो यहाँ नहीं होगा न?

—बाबू जी, अभी हम क्या कह सकते हैं?—मैं बोला—लेकिन मैंने बताया था न कि अब हम लोगों का महत्त्व काफ़ी बढ़ गया है, हम लोग अब कम शक्तिमान् नहीं हैं। हम अपना पूरा ज़ोर लगायेंगे कि रूस की तरह कुछ भी न हो यहाँ। अभी तो हमें ज़रा कांग्रेस और इसके नेताओं को देखना-समझना है कि आख़िर उनके दिमाग़ में है क्या? फिर हम मिल-जुलकर अपनी नीति निर्धारित करेंगे। अभी इतनी जल्दी कुछ होता-जाता दिखायी नहीं देता। अंगेज़ बड़ी बुद्धिमान् और शक्तिशाली क़ौम है। वह यह सोने की चिड़िया छोड़कर जल्दी थोड़े ही यहाँ से चली जायेगी। अभी तो अंग्रेज़ सरकार से ही हम जितना फ़ायदा उठा सकते हैं, उठायेंगे। फिर देखा जायेगा बाद में कि क्या होता है। यह ज़रूर है कि थोड़ी बुद्धि से काम लेना होगा। आप लोगों के ज़माने में जिस तरह काम होते थे, अब न हो सकेंगे। अब नक्शा बदलता-सा नज़र आ रहा है। लेकिन आप कोई चिन्ता न कीजिये। मुझ पर भरोसा रखिये। मेरी नज़र सब ओर है। कलकत्ते के कांग्रेस-अधिवेशन में असहयोग आन्दोलन का जो प्रस्ताव पास हुआ है, उसमें विदेशी माल के बहिष्कार की भी बात है। वही हमारे लिये महत्त्वपूर्ण है। बाक़ी तो कचहरियों और सरकारी स्कूलों को छोड़ने की बातें हैं। अभी तक कांग्रेस की नज़र हम पर नहीं है। लेकिन हमारा यह ख़याल है कि कांग्रेस ने विदेशी माल के बहिष्कार की बात करके हमें अपनी ओर आकर्षित करना चाहा है।

—ख़िताब वापस करने की बात भी तो उस प्रस्ताव में शामिल थी?—बाबू जी ने पूछा।

—थी, लेकिन कितनों ने ख़िताब वापस किये?—मैं बोला—अभी हमारे लिये कोई चिन्ता की बात नहीं है। आगे देखा जायेगा।

—लेकिन गाँधी ने तो कहा है कि अगर जनता मेरे बताये रास्ते पर चले तो स्वराज्य एक साल के भीतर मिल सकता है।

—ऐसा उनके कहने से ही हो जायेगा क्या?—मैंने कहा—स्वराज्य प्राप्त करना क्या कोई दाल-भात का कौर है?

बाबू जी से मैंने यह बात कह तो दी थी, लेकिन आगे के दिनों में जो दृश्य सामने आये, उनसे मुझे थोड़ी घबराहट होने लगी। युवराज एडवर्ड के बम्बई में उतरते ही वहाँ जो काण्ड हो गया और नागपुर और अहमदाबाद के कांग्रेस अधिवेशनों के असहयोग के प्रस्ताव पर मुहर लगा देने के बाद पूरे देश में जो असहयोग का आन्दोलन ज़ोरों से चल पड़ा, उन्हें देखकर आँखें मूँदे रहना मूर्खता ही होती। मेरी ही तरह और भी लोगों का ध्यान इस बात की ओर गया और उन्हें चिन्ता हुई कि अगर यह आन्दोलन इसी तरह चलता रहा तो जाने क्या हो जाये। इसी चिन्ता के

परिणामस्वरूप सरकार और कांग्रेस के बीच समझौता कराने के लिए बम्बई में सर्वदल-सम्मेलन का आयोजन हुआ। इस सम्मेलन में सम्मिलित होने के लिए मुझे भी निमन्त्रण मिला।

यहीं से इस क्षेत्र में भी मेरी सक्रियता आरम्भ हुई। मैं बड़ी सतर्कता से सरकार और कांग्रेस के बीच अपना खेल खेलने लगा। दोनों पलड़ों पर मैं बराबर ध्यान रखता और उसी के अनुसार मैं अपने आचरण का सन्तुलन रखता। दोनों हमारे सहयोग के इच्छुक थे, इसलिए चतुरता के साथ यह आचरण निभाना बहुत अधिक कठिन न था। इस तरह दोनों ओर से हम सुर्ख़रू बने रहे और बीच से अपना मतलब गाँठते रहे। समय बीतता गया।

तीन-चार साल बाद जब कांग्रेस ने कौन्सिल के चुनाव लड़ने का फ़ैसला किया तो उम्मीदवारों में मेरा भी नाम रखा गया, लेकिन मैं कांग्रेस के नेताओं को समझा-बुझाकर यह कहकर टाल गया कि मुझे किसी भी पद की लालसा नहीं है, मैं तो अज्ञात रहते हुए भी कांग्रेस की मदद करना चाहता हूँ। मेरे इस आचरण से मेरी ख़ूब प्रशंसा हुई और कांग्रेस के क्षेत्रों में मेरी प्रतिष्ठा बहुत बढ़ गयी। अख़बारों में मेरे त्याग की भूरि-भूरि प्रशंसा की गयी। फिर मेरे बारे में कितनी ही किंवदन्तियाँ फैल गयीं कि मैं कितना बड़ा राष्ट्रभक्त हूँ, कि मैं गुप्त रूप से कांग्रेस को कितना धन दान देता हूँ, कि कितने कांग्रेस के नेताओं को मैं गुप्त रूप से ख़र्चा देता हूँ, कि कौन-कौन-सी राष्ट्रीय संस्थाएँ मेरी ही सहायता से चलती हैं। मैंने इन बातों के प्रचार को और भी बढ़ावा दिया और उन्हीं दिनों मैंने कुछ सुधारवादी लेख भी लिखकर अख़बारों में छपवाये और अख़बारों के प्रतिनिधियों को बुला-बुलाकर कितने ही बयान इस आशय के दिये कि कांग्रेस ने अपनी शक्ति कौन्सिल के मोर्चे पर लगाकर कितना अच्छा काम किया है। मेरे इन बयानों की भाषा कूटनीतिक होती थी और उनकी व्याख्याएँ कई तरह से की जा सकती थीं। लेकिन उनसे मेरी हानि होने की क़तई कोई सम्भावना नहीं थी। दोनों पक्ष मुझसे प्रसन्न थे और मैं दोनों ओर से अपना उल्लू सीधा करता रहा।

फिर दिल्ली के सर्वदल-सम्मेलन में मैंने जमकर हिस्सा लिया। मुझे अब आशा थी कि अब इसी तरह कांग्रेस का छकड़ा नर्मदली नेताओं के नेतृत्व में चलता रहेगा और हमें किसी परेशानी का सामना न करना पड़ेगा। लेकिन तीन-चार साल के बाद जब नेहरू मैदान में आ गये और उनके सभापतित्व में कांग्रेस के लाहौर-अधिवेशन में स्वाधीनता का प्रस्ताव पास हो गया, तो मेरे कान खड़े हो गये। इस अधिवेशन में पहली बार राष्ट्रीय आन्दोलन को एक ठोस आधार मिला था। मुझे लगा कि अब यह लड़ाई रुकनेवाली नहीं है। तब मैंने ख़ूब सोच-विचारकर देश के सभी उद्योगपतियों के नाम एक गुप्त सर्कुलर भेजा कि अब समय आ गया है और हमें जल्दी ही कहीं मिलकर गुप्त मन्त्रणा करनी चाहिए और अपने लिये कोई नीति निर्धारित करके उसी के अनुसार हम सबको आचरण करना चाहिए।

हमारा गुप्त सम्मेलन बम्बई में हुआ। उस सम्मेलन में हमने इस बात पर सन्तोष प्रकट किया कि स्वाधीनता-प्रस्ताव में पूँजीवाद या सामन्तवाद के विरुद्ध कुछ भी न कहा गया था। इसका मतलब यह था कि कांग्रेस हमारा सहयोग चाहती है। हमने तय किया कि अपने हित की सभी तरह रक्षा करते हुए हमें परोक्ष रूप से कांग्रेस पर अपना आधिपत्य जमाना चाहिए और कांग्रेस के अन्दर उग्र दल को बराबर कमज़ोर करते रहना चाहिए। हममें से तीन को विशेष रूप से यह हिदायत दी गयी कि ये गाँधी के साथ अपनी निकटता और भी बढ़ायें और उद्योगपतियों के हित में उन्हें बराबर प्रभावित करते रहें और नेहरू को दबाने की कोशिश करते रहें। इन तीनों में से एक मैं भी था। उसी समय हमने अपने अख़बार और भी बढ़ाने की बात तय की।

हमारी योजना के अनुसार सब-कुछ सुचारु रूप से चलता रहा। हमें कभी किसी दिक़्क़त त का सामना न करना पड़ा। हमारे हथकण्डों की काट किसी के पास न थी। हमारी चालें बहुत ही बारीक़ होती थीं और दूर से भी उसकी गन्ध किसी को न मिल पाती थी और हम अपना काम साध लेते थे। अब हम एक संगठित शक्ति थे और हमारी शक्ति कोई साधारण न थी। हम अपार धन के मालिक थे और उस पर हम बड़े-से-बड़े नेता को भी नचा सकते थे।

समय बीतता गया और मैं तरक़्क़ी करता गया। कई और कारख़ाने खुले, कई और कोठियाँ बनीं। कई धर्मशालाएँ, स्कूल और कांग्रेस-भवन बनवाये। एक-एक कर पिता, माता, सास और ससुर का देहान्त हुआ। एक-एक कर तीनों बेटे और बेटी की शादी हुई। एक रुपया घर से बाहर हो गया तो तीन रुपये घर के अन्दर आये। कई उद्योगपतियों से गहरे सम्बन्ध बने। लड़के काम-धाम सँभालने लगे, मुझे राजनीति करने की अधिक फ़ुरसत मिली, जो कि हमारे कारोबार के लिए बहुत ही आवश्यक और महत्त्वपूर्ण था। जब कारोबार लेकर कोई बहुत ही बड़ा और आवश्यक कार्य होता तभी मैं बाहर जाता, वर्ना क्रोठी में रहकर कारोबार और राजनीति के मोहरे बैठाया करता। एक तरह से अब थोड़ी निश्चिन्तता आ गयी थी। शरीर थोड़ा शिथिल हो गया था, लेकिन दिमाग़ की तेज़ी में कोई कमी न आयी थी। लेकिन चाहकर भी अब मैं अपने दिमाग़ को उतना व्यस्त न रख सकता था, क्योंकि डॉक्टर हमेशा मुझे आराम करने की सलाह देते थे और मेरे बेटे और मेरी पत्नी ज़बर्दस्ती मुझे आराम करने को मजबूर करते थे। बेटे कहते थे कि अब आपको किसी बात की चिन्ता करने की क्या ज़रूरत है? हम लोगों ने तो सब कारोबार सँभाल ही लिया है। पत्नी कहती थी कि अब क्या सारी ज़िन्दगी तुम काम ही करते रहोगे? जितना कमाकर तुमने जमा कर दिया है, वह तो पुश्तों तक हमारे बच्चे और उनके बच्चों के बच्चे और उनके बच्चों के बच्चे बैठकर भी खाते रहें तो ख़तम नहीं होगा। नहीं, अब दुम बिलकुल आराम करो। आदमी एक उम्र तक काम इसीलिए न करता है कि आगे उम्र ढलने पर आराम करे।

लेकिन मुझसे आराम झेला ही न जाता था। मुझे लगता था कि मैंने अपने दिमाग़ को आराम दिया नहीं कि मेरा मरा हुआ मन फिर ज़िन्दा हो जायेगा और फिर जाने मैं क्या कर बैठूँ। सो, उनकी ज़बर्दस्ती के बावजूद मैं किसी-न-किसी काम में अपने दिमाग़ को उलझाये रखना चाहता था। फिर भी इसे उतनी व्यस्तता तो नहीं कहा जा सकता था। अब मेरी कोई ख़ास ज़िम्मेदारी भी न रह गयी थी। लड़कों ने सब ज़िम्मेदारियाँ सँभाल ली थीं।

इस मानसिक स्थिति में स्वभावत: ही कभी-कभी मैं अपने पिछले जीवन की ओर देखने लगता था। मैंने कितना कमाया था, मैं कहाँ-से-कहाँ पहुँच गया था, मैंने कितनी प्रतिष्ठा और कितना यश प्राप्त किया था, इसका कोई हिसाब न था। लेकिन यह सब कैसे हुआ था? उसे सम्पूर्ण रूप से मेरे सिवा कोई दूसरा न जानता था। इस धन, इस यश के पीछे एक कितनी बड़ी पापी आत्मा छिपी हुई बैठी थी, इसकी कल्पना मेरे सिवा कोई दूसरा कर ही न सकता था। झूठ, झूठ, झूठ, यह सब केवल झूठ की कमायी थी। इस झूठ के पेट में कितनी बेईमानी, कितना फ़रेब, कितनी मक्कारी, कितनी कूटनीति, कितना अनाचार, कितना भ्रष्टाचार, कितनी आत्म-प्रवंचना, कितना शोषण, कितना स्वार्थ, कितनी दुष्टता, कितनी बदमाशी, कितनी शैतानी थी, उसकी गणना मेरे सिवा कौन कर सकता था? लेकिन यह सब कितनी अच्छी तरह मेरे चिकने शरीर, नम्र स्वभाव, मधुर भाषण, उदार दानशीलता, नि:स्वार्थ देश-भक्ति, अपार धन और यश के मोटे आवरण के नीचे छिपा हुआ था। इस आवरण को कौन हटा सकता था? लेकिन अब मैं जब कभी ज़रा देर के लिए भी निश्चिन्त होकर बैठता था, तो यह आवरण आप ही मेरी आँखों के सामने से हटने लगता था और मैं जो कुछ देखता था, उसी से मेरी आत्मा काँप उठती थी। तब मैं घबराकर उठ जाता था और दिमाग़ को किसी काम में उलझा देता था। लेकिन इससे अब मेरे मन की उलझन दबनेवाली न थी। मैं सोचता, यह मेरी झूठ की ज़िन्दगी कब से और कैसे शुरू हुई थी? इस ज़िन्दगी की तो कभी मैंने कल्पना भी न की थी। यही क्या, मैंने तो कभी किसी तरह की किसी ज़िन्दगी की कोई कल्पना न की थी। फिर इसी ज़िन्दगी में मैं क्यों ढकेल दिया गया? इन सवालों के जवाब में बार-बार मेरी निगाहें अपनी पत्नी पर उठ जातीं। मैं सोचता कि इस औरत से मेरा संयोग न हुआ होता तो शायद मेरी ज़िन्दगी और ही कुछ हुई होती। मैं शैतान भी बनता तो इतना बड़ा शैतान न बनता, शैतानों का राजा तो मैं हर्गिज़ न बनता। लेकिन मेरा अपनी पत्नी पर ग़ुस्सा कितना अनुचित था। उस बेचारी ने तो कभी भी कुछ भी न किया था, कभी भी कुछ भी न कहा था। उसे तो शायद यह भी मालूम न हो कि वह अपने साथ कितना भारी झूठ लेकर मेरे पास आयी थी। वह बदसूरत थी, इसमें भी उसका क्या दोष था? पहले मैं सोचता था कि उसी के कारण मेरी ज़िन्दगी ऐसी बनी थी, लेकिन अब मैं वैसा न सोच पाता था, क्योंकि जो कुछ हुआ था, मेरे किये ही हुआ था। कोई किसी रास्ते पर डाल दे या

किसी के कारण कोई किसी रास्ते पड़ जाये, केवल उसी कारण तो कोई उस रास्ते पर नहीं चलने लगता है? मुझे लगता कि शैतान मुझमें ही कहीं बैठा था और जैसे ही उसे अवसर मिला वह खुल खेला। यह शैतान शायद सबमें होता है, किसी में उसे खुल-खेलने का अवसर मिलता है और किसी में नहीं मिलता है। मैं यह तो कल्पना ही नहीं कर सकता था कि कुछ लोग ऐसे भी हो सकते हैं जो कि अवसर मिलने पर भी शैतान को खुल खेलने से रोक दें। मुझे तो इतनी ज़िन्दगी में एक भी आदमी ऐसा न मिला था। आदमी ऐसा न होता तो मेरे झूठ को इस तरह पनपने और इतने शक्तिशाली होने का अवसर ही कैसे प्राप्त होता? आख़िर मुझे जो धन और यश प्राप्त हुआ है, वह समाज से ही तो प्राप्त हुआ है, अगर समाज झूठ और भ्रष्ट न होता तो मैं किसकी सहायता से अपने झूठ को पुष्ट करता और दिन दूना और रात चौगुना अपने झूठ का जाल फैलाता गया होता? यह सोचकर मेरी आत्मा को बड़ी राहत मिलती कि कोई मैं अकेला ही पापी इस दुनिया में नहीं हूँ। इसमें क्या फ़रक पड़ता है कि कोई अपना पेट पालने के लिए पाप करता है और कोई अपनी तिजोरी भरने के लिए। पेट भरने के बाद तिज़ोरी भरने की कोशिश न करनेवाला यहाँ कौन है?

लेकिन इतना सब सोचने-विचारने के बावजूद मुझे अपनी ज़िन्दगी बड़ी ही बदसूरत लगती। अपनी पत्नी की ओर देखने को मेरा मन न करता। वह सामने पड़ती तो मुझे बड़ी कुढ़न होती। मैं सोचता कि यह सुन्दर होती तो शायद मुझे बदसूरती का इतना एहसास न होता। हमारी कोठी कितनी सुन्दर है, इसका सारा सामान कितना सुन्दर है, लेकिन लगता है कि एक बदसूरत औरत का साया सब-कुछ की सुन्दरता हरकर रख देती है और हर चीज़ को बदसूरत कर देती है। मुझे कभी-कभी ऐसा भी लगता कि यह बदसूरत औरत मेरी बदसूरत आत्मा को जैसे नंगा करके रख देती है। यह मेरी बदसूरत आत्मा की ही प्रतिरूप है, और मुझे बराबर इसकी याद दिलाती रहती है, कि देखो, मेरी ही तरह तुम्हारी आत्मा भी बदसूरत है, यह मत भूलो!

मुझे लगता कि आदमी अपनी बदसूरत आत्मा को ढँकने के लिए ही तो अपने चारों तरफ़ सुन्दर-से-सुन्दर चीज़ें इकट्ठी करता है, घर, लान, फ़र्नीचर, ग़लीचे, गुलदान, चित्र, बर्तन, कपड़े और बीवी, बीवी क्यों नहीं, आख़िर वह भी तो एक चीज़ ही है, जो जितनी ख़ूबसूरत हो, उतनी ही अच्छी, जो साथ चले तो लोगों की नज़र उसी पर पड़े। यहाँ तो मैं अपनी बीवी को साथ लेकर चलूँ तो...

मुझे पिता जी की बात तब याद आती, ख़ूबसूरती अपने-आप नहीं आती, वह पैदा की जाती है। तुम पहले अपने में शक्ति तो पैदा करो, फिर देखना कितनी ख़ूबसूरतियाँ ख़ुद आकर तुम्हारे चरण चूमती हैं।...यह सही है, बिलकुल सही है। कितनी ख़ूबसूरतियाँ मेरे चरण चूमने आयीं, लेकिन बाबू जी के डर से या फिर अपनी धुन के कारण मैंने उन्हें उठाकर अपने अंक में भर लेने के बदले उनसे आँखें मोड़

लीं। और अब, अब तो वह सब सोचने की जैसे मेरी उम्र ही न रह गयी थी। मुझे बार-बार अफ़सोस होता कि इस बात का ख़याल मुझे पहले क्यों न आया, थोड़े दिनों पहले भी आया होता तो कितना अच्छा होता। अब तो शरीर शिथिल होता नज़र आता है। डॉक्टर कहते हैं, आप आराम कीजिये, यह खाइये और यह न खाइये। ऐसे रहिये और ऐसे न रहिये। फिर नाम और प्रतिष्ठा का बोझ सिर पर इतना भारी था कि अब वैसा कुछ करने का साहस भी न होता था।

ऐसे ही में एक दिन लखनऊ-इलाहाबाद की गाड़ी में मुझे तुम्हारी माँ मिली। उसे देखते ही मुझे क्या हुआ, इसका बयान मैं नहीं कर सकता। तुम अपनी माँ पर ही पड़ी हो, अपने शरीर और सुन्दरता से ही समझ सकती हो कि वह कितनी सुघड़ और सुन्दर थी। लेकिन वह तुम्हारी तरह कमसिन न थी। वह काफ़ी उम्र की थी। मुझे ऐसा लगा कि अगर यह मुझे मिल जाये तो मेरी ज़िन्दगी ख़ूबसूरत हो सकती है। फिर मुझे ऐसा लगा कि शायद मुझे यह मिल सकती है और अगर यह न मिली तो निश्चय ही मैं जीवन का एक बहुत अच्छा अवसर खो दूँगा। लेकिन मेरी उम्र और स्थिति वह न थी कि डिब्बे में ही मैं अपनी छाती पर हाथ धरूँ और हाय दिल कहकर उसे अपनी ओर रूजू करूँ और प्रेमालाप करने का कोई-न-कोई बहाना ढूँढ़ निकालूँ। यही उम्र और स्थिति शायद उसकी भी थी, क्योंकि जहाँ तक मुझे याद है, उसने एक बार भी मेरी ओर उस पूरी यात्रा में न देखा।

फिर क्या हुआ, ये बातें तुम्हें अपनी माँ की दास्तान में मिलेंगी, जो दूसरे लिफ़ाफ़े में बन्द तुम्हारे पास पड़ी हुई हैं। मैं यहाँ इतना ही लिखना चाहता हूँ कि तुम्हारी माँ एक सितार-वादिका थी और वह इलाहाबाद के वेश्याओं के मोहल्ले, मीरगंज के एक छोर पर रहती थी। मुझे जब यह मालूम हुआ तो मुझे लगा कि उसे प्राप्त करने में मुझे कोई विशेष कठिनाई न होगी। लेकिन मेरा ख़याल ग़लत निकला। कई दिन मैं उसकी महफ़िल में गया, लेकिन उसका रंग-ढंग बिलकुल ही निराला था। वह किसी भी महफ़िल में कोई बात नहीं करती थी। मैंने उसके बारे में खोज-बीन की तो मालूम हुआ कि वह सिर्फ़ अपनी महफ़िल जमाती है, पेशा नहीं कराती। उस मोहल्ले के लिए यह एक आश्चर्यजनक बात थी, लेकिन जैसा कि मुझे बाद में मालूम हुआ यह बात बिलकुल सच थी। फिर मुझे यह भी मालूम हुआ कि वह किसी की रखैल भी नहीं है। तब तो मुझे और भी आश्चर्य हुआ कि ऐसा भला कैसे हो सकता है? बहुत-सी वेश्याएँ ऐसी होती हैं, जो रहती तो अपने अड्डे पर हैं, लेकिन वे पेशा नहीं करातीं, किसी एक की रखैल होकर रहती हैं। इस सम्बन्ध का निर्वाह उस मोहल्ले में रहकर भी वे कैसे कर पाती हैं, यह समझना कठिन है, लेकिन सुना जाता है कि वे इस सम्बन्ध का निर्वाह बड़ी कड़ाई से करती हैं और कभी इस सम्बन्ध में कोई खोट आता है तो खून-ख़राबे तक की नौबत आ जाती है, क्योंकि रखैल रखनेवाला कोई ऐरा-ग़ैरा तो होता नहीं। तुम्हारी माँ किसी की रखैल भी न थी, यह जानकर मेरा उत्साह

बहुत बढ़ गया। फिर बात करने का अवसर न पाकर मैंने उसे एक के बाद एक तीन-तीन खत लिखे और तीन बार उससे मिलने की कोशिश की। आख़िर तीसरी बार मुझे उसने अपनी दास्तान एक लिफ़ाफ़े में बन्द करके पढ़ने को दी। इस सबका और फिर तुम्हारी माँ की दास्तान पढ़कर मेरी क्या हालत हुई, इसका पूरा-पूरा विवरण तुम्हें दूसरे लिफ़ाफ़े में मिल जायेगा। तुम्हारी माँ में एक बहुत बड़ा नुक़्स यह था कि उसमें जिन्स की हिस ही न रह गयी थी, वह मर्द के लिए बिलकुल बेकार थी। यह बात विश्वास करने योग्य न थी, लेकिन उसकी दास्तान और उसके आचरण इस बात के पक्के साक्षी थे, फिर उस पर अविश्वास भी कैसे किया जाता?

फिर भी जैसे फूल से आदमी गुलदान सजाता है, वैसे ही मैंने तुम्हारी माँ से अपनी कोठी को सजाने की बात तय की। और कुछ नहीं तो एक ऐसी अपरूप सुन्दरी मुझे बराबर देखने को मिलेगी, यह भी मेरे लिये कोई साधारण बात न थी।

अपनी शक्ति के जोश में मैं उस समय इतना साहसी हो गया था कि मैंने बाक़ायदे उससे ब्याह करने की बात मन में ठान ली। मैंने अपने ज्योतिषियों से इस मामले में मदद ली। उन्होंने बताया कि यह ब्याह तो आपके प्रारब्ध में पहले ही से लिखा हुआ है, इसे कौन टाल सकता है? मैंने सोचा कि प्रारब्ध की बात जानकर मेरी पत्नी किसी-न-किसी तरह मेरे दूसरे ब्याह को सह लेगी। लेकिन ऐसा नहीं हुआ। ज्योतिषियों से यह बात मालूम होते ही वह सीधे रोती हुई भागकर मेरे कमरे में आयी और मेरे पाँवों पर गिरकर कहने लगी—यह तुम क्या करने जा रहे हो इस उम्र में? मुझसे कौन-सी भूल हो गयी कि तुम्हारे मन में यह बात उठी? आज पिता जी और बाबू जी न रहे तो तुम इस तरह मेरी छाती पर मूँग दलने के लिए सौत लाने की सोचने लगे? आख़िर वह कौन मुँहझौंसी है, जिसने तुम्हें पागल बना दिया है? मैं उसकी मूँड़ी तोड़कर चूल्हे में न झोंकवा दूँगी! मेरे तीन-तीन जवान बेटे हैं। तुम क्या समझते हो अपने को? ऐसा शौक़ इस बुढ़ापे में तुम्हें चर्राया है तो, जाओ, तुम अलग हो जाओ और फिर जैसा चाहो करो। इस कोठी में यह सब बदकारी हम लोग तुम्हें नहीं करने देंगे। यह बात मन में लाते हुए तुम्हें शर्म भी न आयी? क्या कहेंगे लोग? बड़े महात्मा बने फिरते हो! घर में तीन-तीन बहुएँ हैं और तुम्हें यह ख़रमस्ती सूझी है?

वह पहाड़ की तरह फ़र्श पर पसरी हुई उस हालत में रोती हुई और भी बदसूरत दिखायी दे रही थी। मुझसे उसकी ओर देखा भी न जाता था। मैंने कहा—रानी, तुम इस तरह परेशान क्यों होती हो? बिना तुम्हारे कहे इस कोठी में कुछ कैसे हो सकता है? ज्योतिषाचार्य का कहना है कि मेरे जीवन में दो ब्याहों का योग है। इस योग को हम कैसे रोक सकते हैं? भाग्य-रेखा को कोई कैसे मिटा सकता है? तुम इस तरह से घबराओ नहीं। देखो, शायद और कोई उपाय निकल आये। मैं ज्योतिषाचार्य से राय लेता हूँ।—और मैंने घण्टी का बटन दबाया।

नौकर आया तो मैंने उसे ज्योतिषाचार्य को बुलाने को कहा। वह चला गया तो मैं सोचने लगा कि मेरे मूर्खतापूर्ण साहस की क्या ज़रूरत है? ख़ामख़ाह के लिए शहीद बनने से क्या फ़ायदा होगा? अपने जीवन में मैंने झूठ बोया और काटा है, यही सच बनने की हिमाक़त करके एक बदमज़गी पैदा करने की क्या ज़रूरत है? और भी तो कई तरीक़े हैं यह काम पूरा करने के। मैं उसे रखैल रख सकता हूँ और दुनिया से छिपाकर जैसा भी सम्बन्ध चाहूँ चला सकता हूँ। ख़ामख़ाह के लिए डंका पीटने की क्या ज़रूरत है? जैसे मेरे जीवन के सब काम हुए, उसी तरह यह भी क्यों न हो?

मैंने अपनी पत्नी से कहा—अब तुम यह रोना-धोना बन्द करके आराम से कोच पर चलकर बैठो। ज्योतिषाचार्य आ रहे हैं। मैं उनसे पूछता हूँ कि क्या किसी उपाय से यह योग मिट नहीं सकता?

—जैसे भी हो, इसे मिटाना ही होगा,—उठती हुई मेरी पत्नी बोली—वर्ना मैं ज़हर खा लूँगी!

मैं उसका हाथ पकड़कर उसे कोच पर ले गया और उसके साथ ही मैं भी बैठ गया। उसकी पीठ पर हाथ रखकर मैंने कहा—घबराओ नहीं, रानी! मैंने इतने बरसों के जीवन में तुम्हें कभी कोई शिकायत का मौक़ा दिया है? देखो, शायद कोई रास्ता निकल आये। मैं ख़ुद भी यह नहीं चाहता, लेकिन प्रारब्ध की बात...

ज्योतिषाचार्य आ गये। वह आसन पर विराजमान हो गये, तो मैं बोला—आचार्य जी, आप इनकी हालत देख रहे हैं न? भाग्य की रेखा मिटायी नहीं जा सकती, यह हम जानते हैं। लेकिन आप ज्ञानी पुरुष हैं, भूत, वर्तमान और भविष्यत् के आप साक्षी हैं। अनुष्ठान-व्रत के माहात्म्य के आप ज्ञाता हैं। क्या कोई ऐसा उपाय नहीं कि मेरे दूसरे ब्याह का योग किसी भी तरह मिटाया जा सके? दरअसल मैं इनके मन को तनिक भी चोट पहुँचाना नहीं चाहता। आप तो जानते ही हैं कि मैं आज जो कुछ भी हूँ, इन्हीं के प्रताप से हूँ। इनके साथ मैं कोई कृतघ्नता कैसे कर सकता हूँ? आप कोई उपाय सोचकर बताइये, आचार्य जी!

ज्योतिषाचार्य ने कुछ देर मौन रहकर विचार किया। फिर वह बोले—भाग्य-रेखा तो स्वयं भगवान् भी अपना न मेट सके। उन्हें भी चौदह वर्ष वनवास और अपनी सीता जैसी पत्नी का वियोग झेलना पड़ा। हम लोग तो मनुष्य हैं न, सेठ जी! फिर भी इस योग को पूरा करने का एक उपाय है। आप लोग तैयार हों तो दो उपायों में से आप एक करके इस योग का विधान मेट सकते हैं।

मेरी पत्नी बोली—कहिये।

—एक उपाय तो यह है,—ज्योतिषाचार्य बोले,—कि सेठ जी उस लड़की से गन्धर्व विवाह करके उसका तुरन्त त्याग कर दें।

—आप दूसरा उपाय भी बता दीजिये, तब हम सोचेंगे,—मेरी पत्नी बोली।

—दूसरा उपाय यह है,—ज्योतिषाचार्य बोले—कि सेठ जी उस लड़की को सिन्दूर-दान करके उसका त्याग कर दें। इससे भी विवाह-विधान पूरा हो जायेगा। आप लोग विचार करके तय कर लीजिये।

मेरी पत्नी का चेहरा ये उपाय सुनकर अचानक बदल गया। वह बोली—अच्छा, आचार्य जी, आप जाकर विश्राम कीजिये, हम लोग सोचकर कुछ तय करेंगे। उपाय है, यह जानकर हमें ख़ुशी हुई।

ज्योतिषाचार्य चले गये तो मेरी पत्नी मुझसे बोली—अब कहो, कौन-सा उपाय तुम ठीक समझते हो?

—तुम जो कहो, मैं करने को तैयार हूँ,—मैंने कहा।

—मुझे तो दूसरा उपाय ही अच्छा लगता है,—वह बोली—तुम उसे सिन्दूर-दान करके उसका त्याग कर दो।

—बहुत अच्छा,—मैंने कहा—ऐसा ही करूँगा। अब तो तुम्हें कोई चिन्ता नहीं रही न?

—चिन्ता तो नहीं रही,—वह बोली—लेकिन मुझे विश्वास नहीं होता कि तुम इतना ही करके सन्तोष कर लोगे। मेरी सौगन्ध खाकर कहो।

—तुम्हारी सौगन्ध खाकर कहता हूँ,—मैंने हँसकर कहा—कि मैं इतना ही करूँगा। भला मैंने जीवन में कभी भी तुम्हारे साथ विश्वासघात किया है? ऐसा मत सोचो, रानी!—और उसकी पीठ थपथपाकर मैंने उसे आश्वस्त कर दिया।

सब तैयारी करके एक दिन सुबह मैंने अपने ड्राइवर रामधन से गाड़ी निकलवायी। गाड़ी फाटक से बाहर आयी तो मैंने ड्राइवर से कहा—रामधन आज गाड़ी से हमें बहुत दूर जाना है, तुम ख़ूब ज़्यादा पेट्रोल ले लो।

टंकी पर पेट्रोल लेने के बाद ड्राइवर ने मुझसे पूछा—कहाँ चलें, सरकार?

—लखनऊ,—मैंने कहा।

लखनऊ में तुम्हारी माँ के बाबा अपनी बेटी जानकी बाई के साथ रहते थे। तुम्हारी माँ से मिलने के पहले मैंने उनसे ही मिलना ज़रूरी समझा, क्योंकि बिना उनकी आज्ञा के तुम्हारी माँ टस-से-मस न हो सकती थी।

मैंने बाबा के पास पहुँचकर अपना परिचय दिया तो वे मुझे पहचान गये। उन्होंने बड़ी ख़ातिर के साथ मुझे बैठाया और मेरा बड़ा सत्कार किया। मैंने अपने आने का उद्देश्य बताया तो वह बोले—अब तो आपको उसके बारे में सब-कुछ मालूम हो गया होगा। फिर भी आप उसे पाना चाहते हैं, यह बात कुछ मेरी समझ में नहीं आती।

—कुछ ऐसी ही बात है, बाबा—मैंने कहा—वर्ना मैं आपको तकलीफ़ देने हर्गिज़ न आता। दरअसल मैं अपने दिल से मज़बूर हूँ।

—लेकिन, उससे आपको क्या मिलेगा?—बाबा ने कहा—कहीं ऐसा न हो कि आपको उससे कुछ न मिले तो फिर आप...

—नहीं,—नहीं, बाबा!—मैंने कहा—मुझे तो सिर्फ़ वह चाहिए, और कुछ भी उनसे मुझे नहीं चाहिए। मैं सब-कुछ एक बार ही नहीं, बार-बार सोच चुका हूँ। और जहाँ तक आपके डर का सवाल है, आप जो कहें मैं ज़मानत देने को तैयार हूँ। उनके लिए मैं हर मुमकिन काम कर सकता हूँ। फिर उनका इसमें कुछ भी नहीं बिगड़ता। उन्हें तो वहाँ से उठकर अपनी कोठी में चले जाना है और जैसे वह चाहें पूरी आज़ादी और आराम के साथ रहना है। भगवान् की कृपा से कोई कमी नहीं है।

—वह तो मैं समझता ही हूँ,—बाबा ने कहा—लेकिन वह मानेगी नहीं, यह मैं जानता हूँ। आपके लिए मुझे बेहद अफ़सोस है, लेकिन मैं क्या कर सकता हूँ? वह मान जाती तो क्या आप अभी तक उसे उस जगह पर पाते? वह कभी की क्या, आप तो जानते ही हैं, किसी महल की ज़ितन न बन गयी होती? लेकिन शायद ख़ुदा ने उसकी क़िस्मत में यही ज़िन्दगी लिखी थी। हम-आप क्या कर सकते हैं?

—बाबा,—मैंने गिड़गिड़ाकर कहा—आप मान जायें तो वह भी ज़रूर मान जायेंगी, ऐसा मेरा विश्वास है। फिर मैं उन्हें अच्छी तरह समझ-बूझकर अपने साथ ले जाने को तैयार हुआ हूँ। उन्हें कभी किसी बात की शिकायत न होगी, इसका मैं आपको विश्वास दिलाता हूँ।

—लेकिन, तब सितार का क्या होगा?—बाबा बोले—वह सितार की शैदाई है, सितार ही उसकी ज़िन्दगी है।

—सितार उनके साथ रहेगा,—मैं बोला—मैं जानता हूँ कि सितार के लिए कौन-सी जगह उनकी ज़िन्दगी में है, उसे मैं उनसे क्यों अलग करूँगा? वह जब जी हो, बजाया करेंगी। वह अपनी कोठी की मालकिन होंगी। उन्हें वहाँ रोकनेवाला कौन होगा? यही क्या, मेरी ओर से तो एक भी शर्त उनके लिए नहीं है, वह चाहे जितनी शर्तें रखें मैं सब मानने को तैयार हूँ। यहाँ तक कि बिना उनकी इजाज़त के मैं उनकी कोठी में पाँव न रखूँ, यह शर्त भी मैं मानने को तैयार हूँ।

—यह आप क्या कहते हैं, सेठ जी?—बाबा बोले—लेकिन मेरी तो समझ में ही नहीं आता कि आप पर इस उम्र में यह कौन-सा जुनून सवार हुआ है। मैं तो कहता हूँ कि आप फिर सोचिये और इस रास्ते को छोड़ दीजिये। दरअसल आपके हाथ पछतावे के सिवा कुछ न लगेगा, आप तो जानते ही हैं।

—मैं सब जानता हूँ,—मैंने कहा—लेकिन मैं यह भी जानता हूँ, कि उनको ले जाये बिना मेरी रूह को चैन नसीब न होगा। बाबा, मैं सोचकर आया हूँ कि वह हाँ

कर दें तो मैं उनके नाम पर पाँच लाख रुपया बैंक में जमा कर दूँगा, उनके नाम पर एक शानदार कोठी बनवा दूँगा और उनके लिए पाँच हज़ार रुपये माहवार ख़र्च का ताज़िन्दगी इन्तज़ाम कर दूँगा। इनके अलावे और भी आप जो कहें मैं करने को तैयार हूँ।

सुनकर बाबा की आँखें चमक उठीं और उनका मुस्कराता हुआ चेहरा दमक उठा। बोले—यह तो बहुत बड़ा लालच आप दिला रहे हैं, सेठ जी! लेकिन आप तो जानते हैं, वह नवाब के महल में रह चुकी हैं।

—लेकिन मैं नवाब की तरह बेवकूफ़ और भूखा नहीं हूँ, बाबा!—मैंने कहा—आप मुझे एक मौक़ा देकर देखें न कि क्या होता है। बाबा, ज़िन्दगी में मैंने जो भी काम अपने हाथ में लिया है, उसमें कामयाब हुआ हूँ। मुझे पूरी उम्मीद है कि मैं इस काम में भी ज़रूर कामयाब हूँगा। कौन जाने उनमें फिर जिन्स की हिस पैदा हो जाये और उनकी ज़िन्दगी फिर सँवर जाये। बाबा, आप मुझ पर मेहरबानी कीजिये। फिर इससे उनका तो कोई नुक़सान होनेवाला नहीं है। वह तो हर हालत में फ़ायदे में रहेंगी।

—सो तो है,—बाबा बोले—मैं उससे पूछूँगा। वह तैयार हो जाये तो मुझे क्या उज़्र हो सकता है? आप थोड़े दिन और इन्तज़ार कीजिये।

—नहीं,—मैं बोला—मैं अब इन्तज़ार नहीं कर सकता। मेरी गाड़ी नीचे खड़ी है। आप अभी मेरे साथ चलिये। बस, आप उनसे हाँ करा दीजिये। फिर मैं चला जाऊँगा और उनकी कोठी तैयार होने के बाद आकर उन्हें ले जाऊँगा। आप चलिये, बाबा!

—अच्छा-अच्छा,—बाबा बोले—ज़रा मैं अपनी बेटी से तो पूछ लूँ। थोड़ा वक़्त मुझे दीजिये।

कहकर बाबा बग़ल के कमरे में चले गये। थोड़ी ही देर बाद अच्छे कपड़े पहनकर वह निकले और बोले—चलिये, सेठ जी।

हम लोग इलाहाबाद पहुँचे तो शाम झुक आयी थी। तुम्हारी माँ के घर पहुँचे तो उनकी महफ़िल गर्म थी। बाबा घर के दरवाज़े पर खड़े होकर बोले—अब तो महफ़िल ख़त्म होने तक इन्तज़ार करना पड़ेगा। आप महफ़िल में शामिल होना पसन्द करेंगे या मेरे साथ अन्दर चलेंगे?

मैं तुरन्त कोई जवाब न दे सका। फिर सोचकर बोला—आप जाइये और मुझे जिस वक़्त कहिये मैं हाज़िर हो जाऊँगा।

—आप ग्यारह बजे तक तशरीफ़ लाइये,—बाबा बोले।

—ठीक है,—मैंने कहा और अपनी गाड़ी की ओर मुड़ गया।

रायल होटल में जाकर मैंने शेव कराया और नहाया-धोया। बाबा तैयार हो गये थे, इसलिए मुझे अपनी सफलता की पूरी आशा थी। मैंने हलका-सा कुछ खाया और

वेटर से साढ़े दस बजे जगाने को कहकर, बत्ती बुझाकर बिस्तर पर सो गया। थका था, मन में निश्चिन्तता-सी थी, इसलिए मुझे तुरन्त नींद आ गयी।

वक़्त पर वेटर ने मुझे जगा दिया। मैंने हाथ-मुँह धोकर कपड़े पहने और तुम्हारी माँ के घर के लिए अपनी गाड़ी पर रवाना हो गया।

बाबा दरवाज़े पर मेरा इन्तज़ार कर रहे थे। मैं उनके साथ अन्दर गया। कमरे में पहुँचे तो तुम्हारी माँ ने उठकर हाथ जोड़ दिये। उसका चेहरा हमेशा की तरह निर्भाव ही था। कहीं किसी भी परिवर्तन का कोई चिह्न मुझे दिखायी न दिया। ऐसी ही मुझे आशा भी थी, इसलिए मुझ पर उसकी निर्भाव मुद्रा का कोई प्रभाव न पड़ा।

सब लोग बैठ गये, तो बाबा बोले—आपकी बात हम मान गये हैं।

मैंने ख़ुश होकर बाबा के हाथ अपने हाथों से पकड़ लिये। बोला—बहुत-बहुत शुक्रिया!

—आप किस रूप में इसे अपने साथ रखेंगे?—बाबा ने पूछा।

—आप जिस रूप में भी चाहें, मैं तैयार हूँ,—मैंने कहा—मेरी ओर से तो कोई शर्त है ही नहीं। आप लोग जैसा और जो चाहेंगे मैं पूरा कर दूँगा। मैं तो सब बातें पहले ही आपको बता चुका हूँ।

—कब ले जायेंगे?

—जैसे ही इनकी कोठी तैयार होगी, मैं आकर इन्हें ले जाऊँगा,—मैंने कहा—दो-तीन महीने तो लग ही जायेंगे। तब तक और बातें मैं पूरी कर दूँगा।

—ठीक है,—बाबा बोले—हमें कोई उज्र नहीं है।

—अच्छा, तो अब आप लोग मुझे इजाज़त दीजिये,—मैंने उठते हुए कहा।

तुम्हारी माँ ने खड़े होकर उसी तरह हाथ जोड़ दिये। मैंने उससे आँखें मिलानी चाहीं लेकिन उसकी आँखें तो ठीक सामने देख रही थीं, जहाँ सरस्वती की मूर्ति खड़ी थी।

बाबा मुझे दरवाज़े तक पहुँचा गये।

मैं होटल आया और उसी दम दिल्ली के लिए रवाना हो गया।

रास्ते में ड्राइवर से मेरी एक भी बात न हुई थी। इस वक़्त उससे कुछ बातें करने को मन हुआ। लेकिन फिर मैं टाल गया। सीट पर पसरकर लेट गया और मुझे नींद आ गयी।

अपनी कोठी पर पहुँचकर मैंने अपनी पत्नी से कहा—लो, मैं योग का समाधान कर आया। अब ख़ुश रहो!

उसने मेरा मुँह निहारा और मुस्करा दी। इससे ज़्यादा वह क्या कर सकती थी? वह तुरन्त मेरी ख़ातिर में लग गयी। मुझसे कुछ पूछा तक नहीं।

बेटी, फिर वह कोठी बनी, जिसमें तुमने अपने जीवन के पूरे सोलह वर्ष बिताये हैं। लेकिन अब वह बिलकुल वैसी ही नहीं है, जैसी वह तुम्हारी माँ के समय पर थी। उसमें से बहुत-सारी सजावट की चीज़ें मैंने हटवा दी थीं और उनकी जगह पर दूसरी चीज़ें रखवा दी थीं। इस कोठी को बनवाने में मैंने इंजीनियरों और सज्जा के विशेषज्ञों के साथ-साथ मनोविज्ञान के डॉक्टरों की भी सलाह ली थी। वह बिलकुल एक मातृ-मन्दिर की तरह बनी और सजी हुई थी। उस कोठी के चप्पे-चप्पे से रति की नहीं मातृत्व की सुगन्ध फूटती थी, मातृत्व के विभिन्न रूपों के दर्शन होते थे।

बाग़ में हिरणियाँ और मोरनियाँ अपने बच्चों के साथ विचरती हुई दिखायी देती थीं। पोखर में हंसिनियाँ अपने चूज़ों के साथ तैरती थीं। गोशाला में गायें अपने बछड़ों के साथ रँभाती थीं। सागरपेशे में चन्दर और रामी, नारायण और दसिया अपने-अपने बच्चों के साथ रहते थे। कोठी के बरामदे और कमरे सभी मातृत्व के विभिन्न रूपांकनों और मूर्तियों से सजे हुए थे। यहाँ शिशु भरत के साथ शकुन्तला भी थी और गणेश के साथ पार्वती भी थीं, यहाँ शिशु लवकुश के साथ सीता भी थीं और शिशु कृष्ण के साथ यशोदा भी थीं। यहाँ पंखदार शिशुओं से घिरी हुई गोद में शिशु लिये हुए कुमारी मेरी भी थी और उड़ते हुए परी-शिशुओं के साथ उड़ती हुई परियाँ भी थीं। यहाँ कोई माँ अपने शिशु को दूध पिला रही थी तो कोई माँ अपने शिशु का हाथ पकड़कर उसे चलाना सिखा रही थी, यहाँ कोई माँ अपने शिशु को गोद में लिये लेटी हुई थी तो कोई माँ अपने शिशु को पालने में डालकर उसे लोरी सुना रही थी...

डॉक्टरों ने मुझसे कहा था कि यह आयु रति-उद्रेक की नहीं है, इसलिए हमारी कोशिश यह है कि किसी प्रकार उनमें मातृत्व का उद्रेक किया जाये। सम्भव है, इसी भावना के उद्रेक से आपकी कार्यसिद्धि हो। और कोई उपाय इस आयु में कारगर नहीं होगा। इस आयु में ग्रन्थियाँ प्रौढ़ हो जाती हैं, उन्हें किसी भी उपाय से प्रभावित करना क़रीब-क़रीब असम्भव होता है। यह प्रयोग करके देखिये, क्या होता है। फिर आगे सोचा जायेगा।

कोठी हर दृष्टि से मुकम्मल हो गयी तो मैं एक दिन अपनी गाड़ी में इलाहाबाद के लिए रवाना हो गया और उसी गाड़ी में बिठाकर तुम्हारी माँ को ले आया।

मुझे आशा थी कि नयी स्थिति में पड़कर तुम्हारी माँ में अवश्य कोई परिवर्तन दृष्टिगोचर होगा, लेकिन ऐसा नहीं हुआ। तुम्हारी माँ जैसे पहले अपने घर में रहती थी ठीक उसी तरह इस कोठी में भी रहने लगी। जैसे तुम्हारे पास मैं सुबह-शाम आता था, उसी तरह उसके पास भी आता-जाता था। हाँ, शाम को मैं उसके सामने देर-देर तक बैठता था। वह शाम होते ही बाक़ायदे महफ़िल की तैयारी करती थी और फिर सितार लेकर बैठ जाती थी। वह बजाती थी और मैं सुनता था। वह उठती तो मैं भी उठ जाता था और उससे विदा लेकर अपनी कोठी आ जाता था।

वह बात बिलकुल न करती थी। मैं सर-समाचार या आराम-तकलीफ़ की पूछता तो वह दो शब्दों में उत्तर दे देती थी—ठीक हूँ।

मैं नौकरों से भी उसके बारे में बराबर पूछता-ताछता रहता। मैं जानना चाहता था कि इस माहौल में वह कोई दिलचस्पी ले रही है कि नहीं। बहुत दिनों तक इसका मुझे कोई भी पता न चला। लेकिन एक दिन मैंने चन्दर से पूछा तो वह बोला—आज पहली बार मालकिन सागरपेशे की तरफ़ आयी थीं। उन्होंने औरतों से कुछ बातें कीं और हमारे नये बच्चे को भी देखा।

मेरी आशा बलवती हो उठी। लेकिन फिर सोचा कि अगर इसी रफ़्तार से हमारी गाड़ी चली तब तो मंज़िल तक पहुँचते-पहुँचते हम बेकार हो जायेंगे। उस दिन पहली बार यह ख़याल मुझे आया कि मैं ही क्यों न अब पहल करूँ। लेकिन फिर साहस टूट गया। यह कैसी विचित्र बात थी कि मैं अपने वादों पर अटल था और एक शरीफ़ आदमी की तरह बस इन्तज़ार किये जा रहा था। मुझे निश्चित रूप से उसके कारण एक मानसिक सुख और शान्ति मिलती थी। उसकी कोठी के फ़ाटक में घुसते ही जैसे मैं बिलकुल बदल जाता था और एक शिष्ट, भोले-भाले बालक की ही तरह उसके साथ रहता था। अब मेरे व्यक्तित्व के स्पष्ट रूप से दो खण्ड हो गये थे। एक इस कोठी के बाहर रहता और दूसरा इस कोठी के अन्दर रहता था। बाहर मैं वही-का-वही था, लेकिन अन्दर आकर मैं बिलकुल बदल जाता था। मैं सोचता, अगर यह ठीक होती, तो शायद इसके घनिष्ठ संसर्ग से मैं बिलकुल बदल जाता और इस कोठी में जैसे रहता हूँ, वैसे ही सदा बना रहता, सौन्दर्य-सुख से मुग्ध होकर। उसे देखकर, उसके बारे में सोचकर मेरी आत्मा में एक खलबली मच जाती कि इतना पाकर भी यह कैसी निर्लिप्त बनी हुई है? मेरे-जैसे अनाचारी के साये में रहकर भी कैसे अपने व्यक्तित्व की सच्चाई और पवित्रता पर तनिक भी ज़रब नहीं आने देती। वर्ना क्या वह उसके लिए, जिसने उसके लिए इतना सब किया, अपने मुँह से कृतज्ञता का एक शब्द भी न कहती, उसे ख़ुश ही करने के लिए दो मीठी बातें न करती? लेकिन नहीं, वह तो झूठे आचरण का शायद नाम भी न जानती थी। मैं सोचता, अगर यह ठीक होती और किसी से मुहब्बत करती तो यह कितनी सच्ची प्रेमिका होती! इसमें तो तकल्लुफ़ नाम की भी कोई चीज़ नहीं है। इस कुन्दन में तो मिलावट का एक कण भी नहीं है। यह सब सोचकर मुझे कभी-कभी उससे बड़ा डर लगता। मैं यह भी सोचता कि कहीं किसी दिन यह यहाँ से चली न जाये। जब इसे यहाँ की किसी चीज़ में कोई दिलचस्पी ही नहीं, जब यहाँ का कोई बन्धन यह स्वीकार ही नहीं करती तो इसका क्या भरोसा है?

उस रात सितार रखकर हमेशा की तरह खड़ी होकर उसने हाथ नहीं जोड़े तो मैं उठने को होकर भी अचकचाकर बैठ गया। उसने मुस्कराकर मेरी ओर देखा तो मुझे लगा कि उस मुस्कान ने उसे नितान्त अपरिचित बना दिया था। उस मुस्कान में

मुझे एक बड़ा ही मधुर और रहस्यमय भाव दिखायी दिया। वह बोली—आपने रामी के नवजात शिशु को देखा?

मैं मन्त्र-मुग्ध की तरह उसका उद्दीप्त मुखड़ा देखता रहा। बोला कुछ नहीं। बस ना में सिर हिला दिया।

वह और भी उत्फुल्ल होकर बोली—मैंने जीवन में पहली बार एक नवजात शिशु देखा है। कितना निर्दोष, कितना निष्पाप, कितना पवित्र, कितना निर्विकार, कितना सुन्दर, कितना निरीह...! अहा! मैं तो देखती रह गयी! वह आँखें मूँदे एक ख़रगोश की तरह पड़ा था। उसे छूते हुए भी मेरी उँगलियाँ सहम उठीं कि कहीं मेरी उँगलियों से उसे कोई विकार न छू जाये। आज मैंने घूम-घूमकर सारे चित्रों और मूर्तियों को देखा है। सोचती हूँ, यह जननियों और शिशुओं का संसार कितना मधुर और कितना सुन्दर है! मेरे सितार के संसार से भी कहीं अधिक सुन्दर, कहीं अधिक सजीव! आज मेरा मन सितार बजाने में नहीं लगा। आपने महसूस किया होगा।

मैं उसका वह कोमल, तरल, मातृत्व-भावना से आलोकित मुखड़ा देखता रहा। मुँह से एक शब्द भी न निकला। मैं चाहता था कि वह बोलती जाये, बोलती जाये। मैं कितना तरसा हूँ, उसकी कोई बात सुनने के लिए, वह भी इस तरह की बात! मैं तो स्वप्न में भी न सोचता था कि कभी ऐसी मधुर, भावनातुर स्वर में ऐसी प्यारी, अमृत-प्लावित वाणी उसके अधरों से मुखरित होगी। मैं मुग्ध होकर उसे देखता रहा।

लेकिन आगे वह कुछ भी न बोली। अचानक ही खड़ी होकर उसने हाथ जोड़ दिये तो मेरी मुग्धता जैसे एक झटके से टूट गयी। मैं भी खड़ा हो गया और उससे विदा लेकर चल पड़ा।

पता नहीं मेरे पाँव डगमगा रहे थे कि नहीं लेकिन मुझे इसका पूरा एहसास था कि मैं नशे में हूँ। बार-बार मन में आता था कि मैं उसके पास लौट जाऊँ, मैं शायद एकाध जगह ठिठका भी, लेकिन मैं रुका नहीं। मंज़िल के पास पहुँचकर मैं अपनी टाँगें नहीं तोड़ना चाहता था। इतना चल आये, और थोड़ी दूर चलो। अब मंज़िल पास है, बिलकुल पास है! मैंने अधीर मन को क़ाबू में किया और तेज़ चलकर, फाटक पार कर अपनी गाड़ी में बैठ गया।

अब मेरे व्यक्तित्व के खण्ड जैसे जुड़ने लगे। मुझे लगा कि अब मेरा कायाकल्प हो जायेगा, मुझे अब अमृत की घड़िया पीने को मिलने ही वाली है। मैं कल्पना न कर पाता था कि तब क्या होगा, क्योंकर होगा? मैं सोचता, क्या मेरी ज़िन्दगी ख़ूबसूरती में डूबकर ख़ूबसूरत हो जायेगी? क्या मेरी आत्मा का सारा कलुष धुल जायेगा? क्या मैं सचमुच बदल जाऊँगा?

वह फिर मौन हो गयी थी। लेकिन मैं देखता था कि अब उसके चेहरे पर एक गहरी उदासी कभी-कभी आकर मँडरा जाती है और वह हटाने की चेष्टा नहीं करती।

उस उदासी के गर्भ में अवश्य कुछ पल रहा था। लेकिन वह क्या था, शायद इसका उसे पता न था। मुझे क्या होता? मैं उससे कुछ पूछने को होता-होता भी कुछ पूछ न पाता। सोचता, पलने दो इसे। आख़िर एक-न-एक दिन तो यह पुष्ट होकर जन्म लेगा ही। अधीरता को क़ाबू में रखो। समर्पण के क्षण की प्रतीक्षा करो। और कुछ नहीं किया जा सकता है।

वह जाड़ों की रात थी। उसने सितार पर आख़िरी राग कौन-सा बजाया था, मुझे नहीं मालूम। लेकिन मुझे लगा था कि जैसे मैं उस राग की झंझा में पड़ गया था और मैं झिंझोड़कर रख दिया गया था।

उसने सितार बग़ल में रखा। उठकर खड़ी हुई और हाथ जोड़ने ही वाली थी कि हाथ नीचे करके बोली—यह कैसी आवाज़ आ रही है?

खड़े-खड़े ही मैंने आहट ली। बोला—शायद तूफ़ान है।

—तूफ़ान ही होगा,—वह बोली—आप कैसे जायेंगे इस तूफ़ान में?

तूफ़ान जाने के बाद मैं चला जाऊँगा।

—तब तक फिर आइये, मेरे कमरे में चलिये!

—चलिये।

उसके पीछे-पीछे मैं उसके कमरे में गया। उसके इस कोठी में आने के बाद मैं पहली बार उसके कमरे में गया था। उसने मुझे बैठने का संकेत किया। मैं बैठ गया तो वह बोली—आज खाना आप मेरे साथ खाइये।

—खा लूँगा,—मैं बोला।

वह रसोई में गयी। लौटकर मेरे सामने कोच पर बैठ गयी। कुछ देर तक ख़ामोशी छायी रही। मैं देख रहा था कि वह थोड़ी अनमनी हो रही है। फिर वह बोली, मेरे कुछ कहने का तो कोई सवाल ही नहीं उठता था।

—यह तूफ़ान रात-भर रहेगा क्या?

—क्या कहा जा सकता है?—मैं बोला।

ज़रा देर के लिए फिर ख़ामोशी छा गयी। हमारे बीच बात ही कौन हो सकती थी? मुझे लगा कि इस तरह एकान्त में हमारा आमने-सामने बैठना भी अटपटा-सा ही है।

वह फिर बोली—आप मुझे क्यों ले आये? आपको क्या मिला?

—मैं आपको चाहता था,—मैं बोला—आप मुझे मिल गयीं।

—मुझसे आपको क्या मिला?

—आपसे मुझे सुन्दरता मिली,—मैं बोला—मेरी ज़िन्दगी बेहद बदसूरत थी, आपके आ जाने से वह ख़ूबसूरत लगती है।

—मेरी ख़ूबसूरती का क्या उपयोग है?—वह बोली—यह तो काग़ज़ के फूल की तरह है, न इसमें गन्ध है, न पराग है।

—मैं ऐसा नहीं मानता,—मैं बोला—यह तो सजीव फूल है, बल्कि इसकी समानता फूल भी नहीं कर सकता। फूल को मुरझाते देर नहीं लगती है और यह तो जाने कब से है और जाने कब तक रहेगा!

—लेकिन है तो व्यर्थ ही?

—यह कैसे कहा जा सकता है? फूल क्या व्यर्थ होता है? आसमान के रंग क्या व्यर्थ होते हैं? आप ऐसा क्यों सोचती हैं?

—रामी मुझे अपने से कहीं सुन्दर लगती है,—वह बोली—इस कोठी की सब चल और अचल नारियाँ मुझे अपने से कहीं अधिक सुन्दर लगती हैं। आपने मुझे लाकर इनके बीच क्यों रख दिया? इनसे मुझे ईर्ष्या होती है। इन्हें देखकर मेरा मन व्याकुल होता है। मैं क्या करूँ, मेरी समझ में नहीं आता। सितार बजाने में भी अब मेरा मन नहीं लगता।

—आप भी चाहें तो उन्हीं नारियों की तरह जननी बन सकती हैं,—मैंने कहा—मेरे ज्योतिषाचार्यों ने भविष्यवाणी की थी कि आप एक कन्या-रत्न को जन्म देंगी?

—सच?—वह उत्सुक और खुश होकर बोली—आप सच कहते हैं? आपके ज्योतिषाचार्यों ने ऐसा कहा था।

—हाँ, मैं आपसे झूठ नहीं बोल सकता, चाहे दुनिया-भर से झूठ बोलूँ।—मैंने कहा—आप मेरी बात पर विश्वास कीजिये। मेरे ज्योतिषाचार्य कोई साधारण नहीं हैं!

—यह कैसे हो सकता है?

—आपके चाहने-भर से।

—मैं तो बहुत चाहती हूँ, बहुत चाहती हूँ!—वह बोली—जब से इन्हें देखा है, मैं तो एक शिशु के लिए मर रही हूँ! मैंने तो सोचा था कि आपसे कहकर रामी के बच्चे को मैं ले लूँ।

—वह तो आपके पास ही है,—मैं बोला—लेकिन उससे आपकी साध पूरी न होगी, आपकी गोद तो भर सकती है, लेकिन आपका मन नहीं भरेगा। आप घबराइये नहीं, आप स्वयं माँ बनेंगी और अपने ही जने को अपनी गोद में खेलायेंगी, मुझे पक्का विश्वास है!

—अकेली-अकेली अब मुझे अच्छा नहीं लगता,—वह बोली—आप भी यहीं क्यों नहीं रहते?

—आपके कहे बिना मैं कैसे रहता?

—मैं कहती हूँ न, आप भी यहीं रहिये,—वह बोली—आप रहेंगे तो मेरा मन उदास न होगा।

—मैं रहूँगा,—मैं बोला—मैं तो हमेशा ही आपके साथ रहना चाहता हूँ।

बेटी, उसके बाद मैं अधिकतर उसके पास ही रहने लगा। पूरा समय तो मैं उसके पास न रह सकता था, लेकिन उसके पास से जाने की मुझे कोई जल्दी नहीं रहती थी। और फिर तो जैसे मेरा जीवन ही बदल गया। तुम कल्पना नहीं कर सकती और मैं भी यह कहाँ सोच पाता था कि मेरे भाग्य में ऐसे सुन्दर, सुमधुर और सुखमय दिन भी सुरक्षित थे! जैसे मुझे एक नये जीवन, एक नये यौवन का ऐसा वरदान मिला हो, जिसमें सुन्दरता और मधुरता के अतिरिक्त कुछ भी न हो। इस आयु में जाकर मेरा जीवन सार्थक हुआ। जीवन की इससे बढ़कर सार्थकता की कौन कल्पना कर सकता है? जैसे किसी के सारे सुन्दर-सुन्दर सपने सच हो गये हों।

पाँच महीने कैसे पंख लगाकर उड़ गये, मुझे नहीं मालूम। फिर जो मालूम हुआ, उसकी आशंका से ही मैं सहम गया।

कई दिन वह अलसायी और मितलायी रही तो एक रात मैं उसे एक बड़ी लेडी डॉक्टर के यहाँ ले गया। लेडी डॉक्टर ने उसे देखने के बाद मुझे अलग बुलाया और बताया कि गर्भ का अन्देशा है। फिर बोली—मालूम होता है, इन्हें पहले कोई बच्चा नहीं हुआ है। ठीक है?

जी।

—फिर तो इस उम्र में इनके लिए यह बड़ी मुश्किल बात होगी,—वह बोली—मेरी राय तो यह है कि...बात यह है कि...

—नहीं-नहीं, मेम साहब,—मैं बोला—हमें बच्चा चाहिए!

—तो फिर मैं क्या कह सकती हूँ, वह बोली—लेकिन यह एक बहुत बड़ा ख़तरा मोल लेने की तरह है। बात यह है कि...

—मेम साहब, आप कोई दवा दे दीजिये कि इनकी मितलाहट...

—अच्छा,-अच्छा,—वह बोली—लेकिन आप पूरी एहतियात बरतियेगा। इन्हें हर महीने मुझे दिखाइयेगा। बात यह है कि...

दवा लेकर हम गाड़ी से कोठी आ गये। मैंने उसे वह समाचार दिया तो उसके चेहरे पर जो अपार उल्लास का रंग आया, उसका मैं वर्णन नहीं कर सकता। यह कुछ वैसे ही था जैसे कोई रेगिस्तान अचानक सरसब्ज़ हो उठा हो। उस क्षण का उसका वह रूप आज भी मेरी आँखों के सामने है और मैं उसे आजीवन न भूलूँगा।

और उस दिन से उसका वह उल्लास बढ़ता ही गया। उसके उल्लासमय मुखड़े का सौन्दर्य मैं निरखता तो निरखता ही रह जाता। मुझे लगता कि यह ऐसा अनन्त सौन्दर्य है जिसे...जिसे देखे बिना कोई कल्पना ही नहीं कर सकता कि कहीं इतना अपार सौन्दर्य भी हो सकता है! मेरे कुरूप भाग्य में इतना सौन्दर्य कहाँ से आ गया, मेरे जीवन के पनाले में यह कमल का फूल कैसे खिल गया? मैं सोचता और एक

बच्चे की तरह हैरान रह-रह जाता। जिस कुरूपता को मैं अपार धन से भी न ढँक पाया था, उसे इस सुन्दरता ने कितनी दूर फेंक दिया था कि मैं देखने की भी कोशिश करता तो वह कहीं दिखायी न देती। आज मेरी दुनिया कितनी सुन्दर थी!

उस उल्लासमय सुन्दरता में डूबते-उतराते कई महीने बीत गये। हमें और किसी बात का होश ही न रहा। जब होश आया तो वह आशंका मेरे सामने थी, जिसके बारे में डॉक्टर ने बार-बार मुझे जताया था, लेकिन जिसका एक बार भी ज़िक्र मैंने तुम्हारी माँ से न किया था। मैं कैसे ज़िक्र करता?

डॉक्टर की सलाह से ही मैं एक महीना पहले उसे लेकर बम्बई चला गया और उसे वहाँ के सबसे अच्छे मैटर्निटी होम में भर्ती करा दिया। वहाँ की बड़ी डॉक्टर ने भी जाँच करके वही बात कही, जो कि दिल्ली की डॉक्टर ने कही थी।

वह वक़्त आया। उसे पीड़ा शुरू हुई तो उसे लेबर रूम में ले जाया गया। एक पूरा-का-पूरा दिन बीत गया, पूरी रात बीत गयी। दूसरा पूरा दिन बीत गया, पूरी रात बीत गयी। दो दिनों में ही उसका यह हाल हो गया कि वह पहचानी न जाती थी। उसका चेहरा पीला पड़ गया था। थकावट और कमज़ोरी से वह बिलकुल लस्त हो गयी थी। उसकी आँखें गढ़ों में धँस गयी थीं और बिलकुल निस्तेज हो गयी थीं। कल्ले पिचक गये थे। आवाज़ बीमार बच्चे की चीं-चीं की तरह हो गयी थी। बड़ी मुश्किल से बार-बार पुकारने पर वह बहुत ज़ोर लगाकर आँखें खोलती थी तो ढेर-से आँसू ढरक पड़ते थे। और वह तुरन्त ही फिर आँखें मूँद लेती थी। मैं अपनी उँगलियों से उसके आँसू पोंछता था और रो पड़ता था। उस हाल में वह मुझसे देखी न जाती थी। मुझे बार-बार गहरा पश्चात्ताप होता था कि, आह, मैंने यह क्या किया? मैं जानता था कि मुझ पापी की पुकार भगवान् तक न पहुँचेगी, लेकिन फिर भी मैं उसे गिड़गिड़ाकर पुकारता था और क़समें खा-खाकर कहता था कि, हे भगवान्! तू इसे बचा दे! मैं अपने सब पापों का प्रायश्चित करूँगा और कभी कोई पाप न करूँगा। मैं अपना सब कारोबार छोड़ दूँगा और इसके साथ जैसे भी होगा रहूँगा, एक ईमानदार ज़िन्दगी बिताऊँगा!...

आख़िर तीसरे दिन और भी कई बड़े-बड़े डॉक्टरों को बुलाया गया। उन्होंने मिलकर उसकी जाँच की और इस नतीजे पर पहुँचे कि अगर अभी ऑपरेशन करके बच्चे को न निकाला गया तो ज़च्चा-बच्चा दोनों चले जायेंगे। मुझसे पूछा गया कि आप तैयार हैं? मैं क्या करता, मैंने हामी भर दी तो उन्होंने पूछा—आप किसे बचाना चाहते हैं, ज़च्चा को या बच्चा को?

मैंने रोकर पूछा—क्या दोनों नहीं बच सकते?

—हम पूरी कोशिश करेंगे दोनों को बचाने की,—उन्होंने कहा—लेकिन आपको उनमें से एक को चुनना ही होगा। आपके चुनाव के मुताबिक़ ही हम आपरेशन करेंगे। आपका चुनाव बिलकुल ज़रूरी है!

—आप लोग ज़च्चा को बचाइये,—मैंने दोनों हथेलियों से अपनी आँखें मूँदकर कहा। मेरा कलेजा फट रहा था।

ऑपरेशन शुरू हो गया और मैं अर्द्ध विक्षिप्तावस्था में बाहर बेंच पर पड़ा रहा। मुझे लगता था कि रह-रहकर मेरा दिल डूब-डूब जाता है। एक डॉक्टर मेरे साथ था। वह रह-रहकर मुझे कोई दवा पिलाता था और धीरज बँधाता था। लेकिन मुझे एक पल को भी चैन न था।

जाने कितना समय बीत गया। मुझे तो लगता था कि जाने कितने युग बीत गये। तब जाकर कई डॉक्टर एक साथ मेरे सामने आकर खड़े हो गये और बोले—सेठ जी, बच्ची मुबारक! ज़च्चा-बच्चा दोनों खैरियत से हैं।

मैंने ख़ुशी के मारे पागल होकर उनके पाँव पकड़ लिये। उन्होंने मुझे उठाया और मुझे मेरे स्पेशल वार्ड के कमरे में पहुँचा दिया। बोले—आप आराम करें। थोड़ी ही देर में ज़च्चा-बच्चा यहाँ आ जायेंगे।—कहकर वे चले गये।

लेकिन मुझे ख़ुशी के मारे चैन कहाँ था कि मैं आराम करूँ? मैं बरामदे में भगवान् को लाख-लाख धन्यवाद देता हुआ टहलता रहा और जच्चा-बच्चा के आने का इन्तज़ार करता रहा।

पहले एक डॉक्टर बच्ची को कपड़े में लपेटे हुए आयी। वह उसे पालने में लिटाकर जाने लगी तो मैंने उससे पूछा—जच्चा नहीं आयी?

—उन्हें हम अभी थोड़ी देर में लाते हैं,—वह बोली—आप कोई चिन्ता न करें। ऑपरेशन बिलकुल कामयाब हुआ है। आप बड़े ख़ुशक़िस्मत हैं!—और वह हँसती हुई चली गयी।

बेटी, तब मैंने पालने पर झुककर तुम्हें देखा। तुम्हारा सिर पट्टियों से ढँका हुआ था। तुम्हारा मुखड़ा बर्फ़ के फूल की तरह दिखायी दे रहा था। मैंने पालने में मुँह डालकर तुम्हारा माथा चूमा। मैं सोच रहा था कि तुम्हारी माँ तुम्हें अपनी गोद में पाकर कितनी ख़ुश होगी! उतनी ख़ुशी क्या दुनिया में कितना ही धन प्राप्त करके कोई हासिल कर सकता है? एक डॉक्टर तुम्हें सँभालने आ गयी तो मैं फिर बरामदे में टहलता हुआ तुम्हारी माँ के आने का इन्तज़ार करने लगा।

लेकिन यह ख़ुशी देखना तुम्हारी माँ को नसीब न था।

वह बहुत देर तक न लायी गयी तो मैं ऑपरेशन थियेटर गया। वहाँ मालूम हुआ कि ज़च्चा बहुत ज़्यादा कमज़ोर हो गयी है। उन्हें ख़ून दिया जा रहा है। लेकिन चिन्ता की कोई बात नहीं है। वह ब्लड चेम्बर में हैं।

मैंने उसे देखने की इच्छा प्रकट की तो मुझे मना कर दिया गया कि अभी नहीं।

मैं फिर अपने कमरे में वापस आ गया। लेकिन अब ख़ुशी की जगह एक बेचैनी ने ले ली थी। मुझे लगा कि डॉक्टर लोग शायद मुझे कुछ ठीक-ठीक नहीं बता रहे हैं। उसकी हालत ठीक नहीं मालूम पड़ती।

शाम हुई। फिर पूरी रात बीत गयी। वह नहीं लायी गयी। वह वक़्त मेरा कैसे कटा, इसकी तुम कल्पना कर सकती हो। अपने कमरे से ब्लड-चेम्बर और ब्लड-चेम्बर से अपने कमरे को मैं होशो-हवास खोया-सा रात-भर भागता रहा।

आख़िर सुबह उसे कमरे में लाया गया और बेड पर लिटा दिया गया। वह बेहोश थी और उसके चेहरे पर मृत्यु की परछाइयाँ नाच रही थीं। मैं उसे उस हाल में देखकर चीख़ पड़ा और बेहोश होकर गिर पड़ा।

मुझे होश आया तो फिर मुझे उसके पास न जाने दिया गया। डॉक्टरों ने कहा—हमने कोई कोशिश उठा नहीं रखी है और हमें अब भी आशा है कि वह बच जायेंगी। आप अपने को सँभालिये। हमने तो पूरी कोशिश इन्हें ही बचाने की की थी। लेकिन जो हो गया, शायद उस पर हमारा भी कोई अख़्तियार नहीं था।

तभी अन्दर से एक डॉक्टर ने कहा—वह होश में आ गयी हैं। सेठ जी को बुला रही हैं।

मैं भागकर उसके पास गया। उसकी आँखें ज़रा-सी खुली हुई थीं और स्याह पलकों से जैसे पीली किरणें फूट रही थीं। मैंने उसके मुँह पर झुककर कहा—बच्ची हुई है।

उसने अपने हाथ उठाने की कोशिश की, लेकिन वह न उठा सकी। एक डॉक्टर ने पालने से बच्ची को लाकर उसे दिखाया और फिर उसकी बग़ल में लिटा दिया। उसकी पलकें फिर धीरे-धीरे मुँदने लगीं और आँखों के दोनों कोनों से आँसू बह आये।

—सुनिये, शायद यह कुछ कह रही हैं,—एक डॉक्टर ने मुझसे कहा।

मैंने उसके होंठों के पास अपने कान लगा दिये। सुना, वह जैसे सोये हुए स्वर में कह रही थी—बच्ची का ब्याह सोलह की आयु पूरी होते-होते ज़रूर कर दीजियेगा।

—ज़रूर कर दूँगा!

फिर और कुछ न सुनायी पड़ा। डॉक्टर मुझे सँभालकर कमरे से बाहर ले आये। एक बोला—वह फिर बेहोश हो गयी हैं।

बेटी, फिर उसकी बेहोशी न टूटी। वह दो दिन तक और उसी तरह बेहोश पड़ी रही। डॉक्टरों से जो भी हो सका किया, लेकिन वे उसे बचा न सके।

तुम अगर न होती तो मैं अपने को क्या कर डालता, नहीं जानता। वैसा सदमा जीवन में मैंने कभी भी न उठाया था। कैसे बच गया, आश्चर्य होता है!

फिर डॉक्टरों की सलाह से मैंने मेम साहब को वहीं तुम्हारी सेवा-शुश्रूषा के लिए नियुक्त किया और हम लोग यहाँ आ गये।

कमल का फूल मर गया। मेरा ख़याल था कि मेरी ज़िन्दगी का पनाला भी सूख जायेगा। लेकिन वह नहीं सूखा। वह बहता रहा, वह आज भी बह रहा है और जाने

कब तक बहता रहेगा। इस अदृश्य पनाले की गन्दगी सदा अदृश्य ही रहेगी, इसकी दुर्गन्ध सदा समाज में अनाचार के विषैले कीटाणु फैलाती रहेगी।

मैं क्या करता, बेटी? काश, मेरा कमल का फूल न मरा होता!

और, बेटी, आख़िर मैंने तुम्हें भी एक पनाले के ही हवाले कर दिया है। मैं क्या करता, मेरे सामने कोई दूसरा चारा न था। किसी और तरह से कुछ सोचना और करना मेरे लिये असम्भव था। एक रास्ते पर इतनी दूर चलकर अब रास्ता बदलना मेरे लिये असम्भव है।

तुम भी एक कमल का फूल हो। कमल का फूल एक ही तरह से नहीं मरता है, वह पनाले की गन्दगी और दुर्गन्ध में सड़-गलकर भी मर सकता है। तुम्हारा हश्र क्या होगा? मैं नहीं जानता, किन्तु अपनी मृत्यु तक मुझे तुम्हारी चिन्ता रहेगी।

मैं जानता हूँ, यह चाहने का मुझे कोई भी हक़ नहीं है, लेकिन फिर भी जाने क्यों, कभी-कभी मेरा मन चाहता है कि, काश, तुम्हें किसी स्वच्छ सरोवर में खिलने का अवसर मिलता!

बेटी, मैं नहीं सोचता कि तुम मेरी तरह मजबूर हो, तुम्हारी उम्र अभी कितनी कच्ची है! अभी तुम्हारे जीवन के सामने कितने ही रास्ते खुले पड़े हैं।

जो हो, बेटी, तुम मुझे क्षमा कर देना!

●

रम्भा

प्रथम प्रकाशन वर्ष १९६४

शेखर को सस्नेह

रम्भा रो रही थी। यह स्थिति भी उसके जीवन में कभी आयेगी, इसकी कल्पना उसने कब की थी।

आधी रात को वह अपने कमरे से निकली थी और बालिका विद्यालय के हाते की दीवार फाँदकर बाहर आयी थी। उसकी चेतना में बस आभा देवी का चाँटा और फटकारें गूँज रही थीं। जीवन में जिसने एक सख़्त बात भी न सुनी थी, यह चाँटा और फटकारें कोड़ों की तरह उस पर पड़ी थीं, ऐसे अप्रत्याशित रूप से और इतने ज़ोर से कि वह बस दोनों हाथों से मुँह ढँककर अपने बिस्तर पर मर्माहत हो लुढ़क पड़ी थी। आनन्द जी कमरे से बाहर कब हुए, आभा देवी की जबान कब बन्द हुई, उसे नहीं मालूम। वह चेतना-शून्य-सी वैसे ही लुढ़की पड़ी रही। चौकीदार बारह का घड़ियाल टन्न-टन्न न बजाता तो शायद वह वैसे ही जाने कब तक लुढ़की पड़ी रहती।

वह कुछ भी सोच-समझ सकने की मन:स्थिति में न थी। उस चाँटे का दर्द और फटकारों की गूँज ने ही जैसे जबरदस्ती उसे बालिका विद्यालय के बाहर ढकेल दिया था और वही उसे अब सड़क पर चला रहे थे।

निद्रा में जैसे कोई चलता है वैसे ही रम्भा चल रही थी। वह वैसे ही कितनी देर तक चलती रही, उसे नहीं मालूम। मदन भाई उसे कब और कहाँ मिले उसे नहीं मालूम। मदन भाई क्या-क्या बोले उसे नहीं मालूम। उस चाँटे का दर्द और उन फटकारों की गूँज उसे आगे ढकेल रहे थे लेकिन आगे का रास्ता बन्द था। पीछे वहाँ से लेकर बालिका विद्यालय तक वे फटकारें चीख़ रही थीं।

मदन भाई ने कब उसके कन्धे पकड़े और उसे कितनी बार झकझोर-झकझोर कर पुकारा, उसे नहीं मालूम। और आख़िर जब उस चाँटे के दर्द और उन फटकारों की गूँज में एक दरार पड़ी और उसे कुछ अहसास हुआ तो उसकी शून्य-सी आँखों से झर-झर आँसू ऐसे गिरने लगे जैसे अचानक किसी देवी की प्रतिमा की आँखों से आँसू बहने लगे हों। मदन भाई उसका हाथ पकड़कर अपने कुटीर में ले गये और अपनी पत्नी को जगाकर कहा—भाई, रम्भा देवी आयी हैं। इन्हें किसी तरह सुला दो। इस वक़्त कोई बात करने की ज़रूरत नहीं है। सुबह देखेंगे, कोई बहुत ही गम्भीर

बात मालूम देती है। सेवकों की टोली को दस बजे तक यहाँ आ जाना था, अभी तक वह नहीं आयी। मैं बाहर सड़क पर उनकी राह देखता हूँ।

रम्भा रो रही थी, रोये जा रही थी। मुँह से कोई स्वर न फूट रहा था लेकिन आँखों का स्रोत जो एक बार फूटा था, बहता जा रहा था, बहता जा रहा था। इस स्रोत के उद्‌गम में कितना दर्द था, किसी की समझ में ही न आ रहा था। एक दिन बीत गया, दो दिन बीत गये, तीन दिन बीत गये। मदन भाई की परेशानी की कोई सीमा न थी। उसकी पत्नी की परेशानी की कोई सीमा न थी। अन्य आश्रमवासियों की परेशानी की कोई सीमा न थी। रम्भा की आँखों से आँसू बह रहे थे, उसके मुँह से एक शब्द भी न निकल रहा था, परेशानी की इतनी ही बात न थी। परेशानी की कोई सीमा न थी। परेशानी की जो सबसे बड़ी बात थी वह यह थी कि रम्भा देवी ने इन तीन दिनों में न एक दाना भी मुँह में डाला था और न एक घूँट पानी ही पिया था। मदन भाई की पत्नी ने कमरे में जिस चौकी पर उसका डासन लगाया था, उसी पर वह दो दिनों तक बैठी आँसू चुलाती रही थी और तीसरे दिन अशक्त हो जाने के कारण लेट गयी थी। मदन भाई की पत्नी उसके साथ बराबर बनी रही थीं। उन्होंने पहले कितना मनुहार किया था, फिर उसके साथ-साथ कितनी रोयी थीं, इसका भी कोई हिसाब नहीं। मदन भाई के चेहरे का तेज धूमिल हो गया था। इन दोनों प्राणियों से भी इन तीन दिनों कुछ खाया-पिया न गया था। सेवाश्रम में एक मौन उदासी व्याप्त थी। इन दिनों सेवक-सेविकाओं का कोई भी कार्यक्रम न बना था। मदन भाई का आदेश था कि सब लोग रम्भा देवी के स्वास्थ्य के लिए मौन प्रार्थना करें। वे रम्भा देवी को देखने आ सकते थे किन्तु वहाँ कोई भी बात करने की मनाही थी। मदन भाई तपे हुए आचार्य थे। वह आसानी से परेशान होनेवाले न थे। दो दिन तक वह अपने को सँभाले भी रहे, किन्तु तीसरे दिन उनका भी धैर्य साथ छोड़ गया। फिर वह इतने व्याकुल हो उठे, जैसे कि वह जीवन में कदाचित् ही कभी हुए हों। उनके मन में कई बार यह बात आयी कि क्यों न एक बार बालिका विद्यालय चला जाये, वहाँ शायद कोई बात मालूम हो। लेकिन इस बात को वह हर बार टाल गये थे। उन्हें इस बात में अब कोई भी सन्देह नहीं रह गया था कि रम्भा देवी के साथ विद्यालयवालों ने कोई बहुत ही बड़ा अन्याय किया है। वर्ना रम्भा देवी का दर्द इतना बड़ा और गहरा न होता। अन्याय करनेवालों से ही अन्याय के विषय में कुछ पूछना उन्हें किसी भी तरह ज़रा भी न जँचता था। दुनिया में भला किस अन्याय करनेवाले ने कभी यह स्वीकार किया है कि मैंने अन्याय किया है।

ज्यों-ज्यों दिन ढलता गया, मदन भाई की आकुलता बढ़ती गयी। रम्भा देवी की हालत उनसे देखी न जाती थी, उसके सामने वह जाते तो उसे देखकर उनका हृदय विदीर्ण होने लगता था। वह तुरन्त ही कमरे से निकलकर ओसारे में आ जाते थे, और

हाथ पीछे बाँधकर टहलने लगते थे। और सोचते थे कि क्या किया जाये? उन्हें लगता था कि कुछ न किया गया तो अवश्य ही कोई भयंकर घटना घट जायेगी।

सान्ध्य प्रार्थना के घड़ियाल की धीमी आवाज़ उनके कानों में पड़ी, तो उन्होंने सिर उठाया और बाहर सहन में देखा। ज़मीन स्याह पड़ रही थी और पीपल भूरी चादर ओढ़ रहा था। आगे के कुटीर छायाओं के ढूहों की तरह दिखायी पड़ रहे थे और उनके सामने आदमी जैमिनी राय की आकृतियों की तरह डोल रहे थे। उनकी निगाहें ज़रा और आगे बढ़ीं तो अचानक उन्हें लगा कि कोई आलोक-शिखा स्याही के गिरते पर्दे पर चमकी है। वह उस शिखा पर निगाहें जमाये ही सीढ़ियाँ उतरकर नीचे सहन में आ गये। ध्यान से देखा तो कोई आदमी चौक की कन्दील जला रहा था। उनके सूखे होंठों पर एक हलकी मुस्कान उभर आयी। तभी पीछे से मद्धिम आवाज़ आयी—ज़रा आप रम्भा देवी के पास चलिये, मैं रोशनी कर दूँ।

पलटते हुए मदन भाई गहन-गम्भीर स्वर में बोले—हाँ, रोशनी कर दीजिये सीढ़ियाँ चढ़ते हुए वह फिर बोले—सुनिये, प्रभा देवी, रोशनी करके एक काम आप और कीजिये। ज़रा किसी से कहला दीजिये कि आज सान्ध्य प्रार्थना प्रार्थना-कुटीर में न होकर हमारे इस ओसारे में ही होगी। आसन भी लगा देने की कृपा करें। तब तक मैं रम्भा देवी के पास हूँ।

मदन भाई आहिस्ते से कमरे में आ गये। कमरे में अँधेरा गहरा गया था और रोगी के कमरे की तरह उदासी जम गयी थी। रम्भा देवी की साँसों में जैसे कोई जान ही मालूम न पड़ती थी। मदन भाई को ऐसा लगा कि जैसे मेरी साँस भी कुछ अस्वाभाविक रूप से मद्धिम हो गयी है। वह आहिस्ते-आहिस्ते रम्भा देवी की चौकी की बग़ल में टहलने लगे।

प्रभा देवी दीया जलाकर लायीं और कमरे के कोने में मिट्टी के दीवट पर रखकर बाहर चली गयीं। रोशनी में अब मदन भाई रम्भा देवी को देख सकते थे, लेकिन उन्होंने उसकी ओर एक बार भी नहीं ताका। वह हाथ पीछे बाँधे उसी तरह धीरे-धीरे टहलते रहे। फिर भी उन्हें, रोशनी हो जाने के कारण, ऐसा लगता था कि उनके मन में रम्भा देवी का अहसास कुछ अधिक हो गया है और रम्भा देवी को न देखते हुए भी वह उसे और साफ़-साफ़ देख रहे हैं। वह जानते थे कि इस रोशनी के कारण रम्भा देवी में निश्चय ही कोई परिवर्तन नहीं आया होगा। उनके लिए सब बराबर है, जैसे अँधेरा, वैसे ही रोशनी। यह स्थिति कितनी असाधारण है। एक दिन, दो दिन, आज तीन दिन हो गये। लगता है, यह स्थिति दिन-दिन गहराती ही जा रही है, दर्द बढ़ता ही जा रहा है। वह चोट कल्पना के परे होती जा रही है, जो रम्भा देवी के मर्म में लगी है। ऐसी चोट, इतना दर्द, आह!

कमरे के दरवाज़े पर आकर प्रभा देवी ने धीमे से कहा—आश्रमवासी आ गये हैं। प्रार्थना में विलम्ब हो रहा है।

मदन भाई को आश्चर्य हुआ। ओसारे की बग़ल में ही यह कमरा है। कहीं कोई आहट तो नहीं हुई। कहीं से कोई भी आहट अब भी नहीं आ रही है। रम्भा देवी की मौनता ही क्या सब पर छा गयी है?

मदन भाई ओसारे में आकर अपने आसन पर बैठ गये। सब लोग दो क़तारों में सिर झुकाये कितने मौन-शान्त बैठे हुए हैं। ओरियानी से कन्दील लटक रही है। उसकी रोशनी भी कितनी मद्धिम और उदास लग रही है।

गला साफ़ करके मदन भाई बोले—प्रभा देवी, रम्भा देवी से कहें कि हम लोग ओसारे में प्रार्थना पर बैठे हैं। आना चाहें तो आयें।

प्रभा देवी उठकर बोलीं—जाती हूँ। क्षमा करें, आपने हाथ-मुँह भी शायद नहीं धोया।

सब लोगों ने मदन भाई की ओर एक बार देखा। मदन भाई उठे और अन्दर चले गये।

हाथ-मुँह धोकर वह आये और अपने आसन पर बैठ गये। न उन्होंने फिर प्रभा देवी से रम्भा देवी के बारे में कुछ पूछा और न प्रभा देवी ही ने उसके विषय में कुछ कहा। दोनों जैसे पहले ही से जानते थे कि रम्भा देवी प्रार्थना में शरीक़ होने नहीं आयेंगी। बग़ल में, ओसारे में ही प्रार्थना हो रही है, क्या इसी से रम्भा देवी प्रार्थना में शरीक़ होने आ जायेंगी? नहीं, रम्भा देवी के लिए प्रार्थना भी कोई आवश्यक कर्म नहीं रह गया है।

अब प्रार्थना शुरू हो ही जानी चाहिए। किन्तु अभी शुरू नहीं हुई। शुरू हुआ मदन भाई का प्रवचन। सब लोगों ने एक बार फिर मदन भाई की ओर देखा। प्रवचन तो वह प्रार्थना के बाद देते थे न!

मदन भाई बोल रहे थे—

प्रिय सेवको और सेविकाओ,

आज सान्ध्य प्रार्थना के पश्चात् ही मेरा मौन अनशन आरम्भ हो जायेगा, इसीलिए आज प्रार्थना के पूर्व ही मैं कुछ बातें कह देना चाहता हूँ। कृपया आप लोग ध्यान से सुनें।

रम्भा देवी को आप सब लोग जानते हैं। बालिका विद्यालय की स्थापना एकमात्र इन्हीं की सहायता से हुई थी। हमारे सेवाश्रम को इन्होंने कितना दान दिया है, आप लोगों को मालूम न हो, लेकिन मैं जानता हूँ। फिर भी आप सब लोग जानते हैं कि यह न तो विद्यालय की कोई पदाधिकारी हैं और न सेवाश्रम की। अकेली इन्होंने हमारे इलाक़े में जो सेवा-कार्य किया है, जो धन पानी की तरह बहाया है, जो श्रम किया है, वह यहाँ का बच्चा-बच्चा जानता है। किस रूप में यह यहाँ आयी थीं और देखते-देखते ही इनका क्या रूप हो गया, आप सब जानते हैं। ऐसा क्रान्तिकारी परिवर्तन

साधारणतया कहीं देखा नहीं जाता।...आप लोग जानते हैं, रम्भा देवी कैसी सच्ची, कर्मठ और त्यागमयी सेविका हैं। इन्होंने अपने आचरण से सदा एक आदर्श सेविका का उदाहरण हमारे सामने रखा है। इनका व्यक्तित्व लोगों को सदा प्रेरणा और शक्ति देता रहा है। सब इनके चिर-ऋणी हैं।

वही देवी-तुल्य रम्भा देवी यहाँ इस कमरे में आज तीन दिन से जिस स्थिति में पड़ी हैं, आप सब लोग जानते हैं। एक-एक करके आज तीन दिन बीत गये, इनकी स्थिति में यदि कोई परिवर्तन दृष्टिगोचर होता है तो वह यही कि इनकी स्थिति दिन-प्रतिदिन बिगड़ती जा रही है। न यह कुछ बोलती हैं, न कुछ खाती-पीती हैं। बस, रोती जा रही हैं। यह दारुण दृश्य अब मुझसे नहीं देखा जाता। मेरी आत्मा इनकी यह स्थिति देखकर कितनी व्याकुल है, यह आप लोग सहज ही समझ सकते हैं। आप सब लोगों के दुःख की भी कोई सीमा नहीं, यह मैं जानता हूँ।

आज दिन-भर मैं तड़पता और सोचता रहा हूँ और आख़िर आज सन्ध्या को मैं एक निर्णय पर पहुँच पाया हूँ। रम्भा देवी पर जो भी घोर अन्याय हुआ है, मुझे लगता है कि उसमें मेरा भी कोई भाग अवश्य है। इसलिए मैंने यह निश्चय किया है कि मैं अपनी आत्मा की शुद्धि और शान्ति के लिए मौन अनशन अभी आरम्भ करूँगा। और मेरा यह अनुष्ठान उस समय तक चलता रहेगा जब तक कि रम्भा देवी अपना मौन अनशन न तोड़ दें।

इस समय से मेरे स्थान पर जस भाई सेवाश्रम के आचार्य होंगे। आप लोग इनके आदेशों का वैसे ही पालन करें, जैसे मेरे आदेशों का करते थे।

इतना ही मुझे कहना था। अब आप लोग प्रार्थना आरम्भ करें।...हाँ, एक निवेदन मेरा यह भी है कि रम्भा देवी की स्थिति, मेरे मौन अनशन की बात सेवाश्रम से बाहर न जाने पाये...हमारे मरणोपरान्त भी।

कई लोगों के होंठ हिले, लेकिन उसके पूर्व ही मदन भाई प्रार्थना में लीन हो गये थे।

प्रार्थना के पश्चात् लोगों ने अपनी आँखें खोलीं, तो उन्होंने देखा, मदन भाई उस समय भी ध्यानावस्थित ही थे। सब लोगों ने जस भाई की ओर देखा, तो उनके होंठ काँप उठे। धीरे से हाथ उठाकर उन्होंने शान्त-मद्धिम स्वर में कहा—

आज भजन नहीं होंगे।...हमारे आचार्य जी का कहना है कि रम्भा देवी के प्रति जो घोर अन्याय हुआ है उसमें मेरा भी कोई भाग अवश्य है। अब मेरा यह कहना है कि यदि उस अन्याय में हमारे आचार्य जी का भाग है तो स्वभावतः उसमें हम सबका भी भाग जुड़ ही जाता है। अतएव अपनी आत्मा की शुद्धि तथा शान्ति के लिए हमारे आचार्य जी ने जो अनुष्ठान ठाना है, वही हम सबके लिए भी अनुकरणीय है।

किन्तु इसके लिए, जैसा कि आप सब जानते हैं, कोई किसी को आदेश नहीं दे सकता। यहाँ आत्मा का आदेश ही सर्वोपरि है। मेरी आत्मा मुझे यही आदेश देती है और मैं इसके सामने अपना शीश नत करता हूँ। इसी घड़ी से मेरा भी मौन अनशन आरम्भ होता है। यह आचार्य जी के साथ ही टूटेगा।...अब से मैं ब्रह्मा भाई पर आश्रम का भार सौंपता हूँ।

और लोगों ने देखा कि जस भाई भी मदन भाई की ही तरह ध्यानावस्थित हो गये।

और फिर देखा गया कि एक-एक कर सभी आश्रमवासी अपनी-अपनी बारी पर कुछ ऐसा ही प्रवचन देकर ध्यानावस्थित हो गये। रम्भा देवी के प्रति जो इन लोगों की आत्मिक श्रद्धा थी, उसी के कारण ऐसा हुआ था, इसमें कोई सन्देह नहीं।

आश्रम में पहले भी कितनी ही बार अनशन का अवसर आया था लेकिन ऐसा कभी न हुआ था कि सब-के-सब इस प्रकार अनशन की घोषणा कर मौन हो गये हों। यह अद्‌भुत दृश्य था। दो क़तारों में मौन आकृतियाँ बैठी थीं और ऐसा लगता था कि जैसे ये यों ही बैठी-बैठी जड़ हो जायेंगी।

आश्रम पर अन्धकार जम गया था। कुटीरों की ओरियानियों से लटकी हुई कन्दीलें भी जैसे मय-रोशनी जम गयी थीं, जैसे उनसे कोई रोशनी की किरण फूट ही न रही हो। पेड़-पौधे भी जैसे अपनी-अपनी जगह अन्धकार से अपना-अपना सिर ढँक मौन हो गये थे। एक पत्ता भी कहीं खड़क न रहा था। जानवर भी अपने खूँटे पर जड़वत् खड़े थे।

इन सबकी समवेत मौन पुकार रम्भा तक किस रूप में पहुँची, कौन जाने। अपने दर्द के नशे में धुत रम्भा ने क्या देखा, क्या सुना, क्या अनुभव किया, कौन जाने। वह चौकी पर वैसे ही पड़ी रही। प्रभा देवी चौकी की बग़ल में चटाई बिछाकर बैठ गयीं और रम्भा के सिर और चेहरे पर जड़ गति से हाथ फेरने लगीं। रह-रहकर वह अपने आँचल के छोर से उसके आँसू भी पोंछ देतीं।

मौन क्षण-क्षण गहराता गया। रात गढ़ियाती गयी। जमी हुई रोशनियाँ पीली पड़ती गयीं। जड़ता घनीभूत होती गयी। एक हरकत के नाम पर केवल प्रभा देवी का हाथ रम्भा के चेहरे पर घूम रहा था, किन्तु उस हाथ में भी जड़ता बढ़ती ही जा रही थी। लगता था कि ये सब यों ही जड़ पिण्डों में परिवर्तित हो जायेंगे और वह महान् दर्द भी आख़िर जम जायेगा और उसकी कहानी भी अनकही-अनसुनी ही रह जायेगी।

वह क्षण भी जैसे जड़ गति से रेंगता हुआ आ रहा था। वह पहुँच आयेगा तो इन जड़ पिण्डों में गतिमान् साँसों के बारीक रेशे भी जड़ हो जायेंगे और यह कहानी ख़त्म हो जायेगी।

ऐसा ही लगता था क्योंकि इस सन्ध्या यहाँ जो कुछ हुआ था, सब ऐसे अचानक और अनायास हुआ था कि इसका कोई दूसरा परिणाम किसी की कल्पना में आ ही नहीं सकता था।

सर्वोदय आन्दोलन का यह आदर्श सेवाश्रम था। यहाँ का हर सेवक तपा हुआ सच्चा सेवक था। और किसी चीज़ की बात क्या, यहाँ किसी को अपने प्राणों का भी रंचमात्र मोह न था। ये कितनी ही बार के आज़माये हुए सत्याग्रही सेवक थे, ये सत्य और सेवा के लिए अपना सब-कुछ बलिदान कर चुके थे। ये केवल अपने आचार्य और अपनी आत्मा की आवाज़ सुनते थे और उसी का अनुसरण करते थे। ये किसी भी बाधा को कभी स्वीकार ही न करते थे। ऐसा आत्मानुशासन कहीं देखने में न आया। आश्रम के किसी सेवक ने कभी किसी के सामने किसी चीज़ के लिए हाथ पसारा हो, कभी नहीं सुना गया। जहाँ रहने को मिला, रह गये, जो खाने को मिला, खा लिया, जो पहनने को मिला, पहन लिया; कुछ भी न मिला तो भी कोई शिकायत नहीं। लेकिन सेवा-कार्य का जो भी आदेश मिला उसे पूरा किये बिना हर्गिज़ नहीं छोड़ा।

इक्यावन कुटीरों की यह बस्ती है। नदी के किनारे एक एकान्त स्थली में बसी हुई है। मदन भाई को यह भूमि भूदान में मिली थी। तब यहाँ सरपत और झाऊ का जंगल था। मदन भाई को यह भू-खण्ड बहुत पसन्द आया था। एक जगह साफ़ करके उन्होंने पहले-पहल यहाँ अपना एक कुटीर बनाया था। और अपनी पत्नी के साथ रहने लगे थे। फिर धीरे-धीरे एक-एक कर उनके सेवक साथी यहाँ आये और एक-एक कर कुटीर यहाँ उगने लगे। फिर इसे सेवाश्रम का रूप दिया गया। जब इक्यावन कुटीर यहाँ उग गये, तो मदन भाई ने बस्ती की यहीं सीमाबन्दी कर दी।

आश्रम के चारों ओर दूर-दूर तक छोटे-बड़े गाँव फैले हुए थे। उनके आगे बीस-पच्चीस कोस तक कोई नगर न था। बालिका विद्यालय का छोटा-सा क़स्बा भी यहाँ से ढाई कोस पर था। आश्रम के क़स्बे को जानेवाली सड़क को इन्हीं लोगों ने अपने हाथों से जोड़ा था। नगर की कोई सुविधा यहाँ प्राप्त न थी, किन्तु यह बस्ती अपने-आप में स्वावलम्बी थी। इनकी ज़रूरतें बहुत थोड़ी थीं, और ये अपने हाथों से ही उन्हें पूरा करते थे। आदिम युग के कम्यून की पद्धति पर यहाँ सब दैनन्दिन कार्य होते थे। दान में मिला एक पैसा भी ये अपने पर ख़र्च न करते थे। जो भी धन-अन्न इन्हें दान-रूप में मिलता, ये गाँवों के सेवा-कार्यों और पाठशालाओं आदि में लगा देते थे। यह आदर्श सेवकों की एक आदर्श बस्ती थी। इन्हें साधारण गाँव-नगर के जीवन-क्रमों के दायरे में कभी बाँधा ही न जा सकता था। इनका अपना ही एक अलग आदर्श जीवन-क्रम था, जो हर प्रकार से सबके सम्मान और श्रद्धा का पात्र था। यही कारण है कि यह सेवाश्रम दूर-दूर तक मशहूर हो गया था। बिना माँगे ही इस आश्रम को सरकार से अनुदान और गाँवों की जनता से अन्न-दान मिलता था।

मदन भाई के पीछे जाने कितने नेता लोग पड़े, इन्हें जाने क्या-क्या प्रलोभन दिये गये। कहा गया कि आप इस संकुचित क्षेत्र में अपनी प्रतिभा क्यों नष्ट कर रहे हैं? ऐसे छोटे कामों के लिए आपका जीवन नहीं है। देश बहुत बड़ा है। देश की समस्याएँ बहुत बड़ी-बड़ी हैं, बड़े-बड़े काम करने को पड़े हैं। आप यहाँ से चलिये और कोई बड़ा काम अपने हाथ में लीजिये। आपके बिना भी यह आश्रम चलता रहेगा, इसकी चिन्ता छोड़िये। देश की चिन्ता कीजिये। देश उन्नति करेगा, तो ये गाँव भी उन्नति करेंगे। आप इतने दिनों से इन गाँवों की सेवा कर रहे हैं, भला बताइये तो इनमें कौन-सा परिवर्तन आ गया है। परिवर्तन के आधार कुछ और होते हैं, मदन भाई! उन आधारों को बनाये बिना कुछ हो ही नहीं सकता। क्षेत्र विकास खण्ड, सामुदायिक विकास, सहकारी योजनाएँ आदि कितने ही आधार हम लोग तैयार कर रहे हैं, इनमें से आप किसी एक योजना को अपनी शक्ति और प्रतिभा का योगदान दें, तो देश का कल्याण हो।...आप चाहें तो विधान सभा के सदस्य हो सकते हैं, लोक सभा के सदस्य हो सकते हैं...मन्त्री हो सकते हैं...आप क्या नहीं हो सकते, मदन भाई!... एक बार इस आश्रम से बाहर तो निकलिये, मदन भाई, फिर देखिये, कैसे-कैसे विशाल क्षेत्र आपके सामने खुले हुए हैं!...

मदन भाई मुस्कराते और ख़ामोश रहते। लोग बहुत तंग करते तो कहते—मेरी कोई महत्त्वाकांक्षा है ही नहीं, यहाँ तक कि सेवा करने की भी महत्त्वाकांक्षा नहीं है। सेवा भी हम लोग यों ही करते हैं। जैसे अपने लिये अन्न और सब्ज़ी उगा लेते हैं या सूत कात लेते हैं। जाने लोग क्या समझते हैं कि हमारी इतनी प्रशंसा करते हैं। हम तो दरअसल किसी योग्य हैं ही नहीं। देश बहुत बड़ा है, बहुत बड़ा है। गाँव बहुत छोटे हैं, बहुत छोटे हैं। ज़रा सोचिये, जब हम इन छोटे गाँवों का ही कुछ नहीं कर पाते तो बड़े देश का क्या कर सकते हैं? दरअसल हम लोग बड़े स्वार्थी हैं और इनमें मैं तो सबसे बड़ा स्वार्थी हूँ। केवल स्वार्थवश मैंने यह आश्रम बनाया है। यह नदी-तट, यह छोटी-सी बस्ती, ये छोटे-छोटे गाँव मेरे प्राणों में बस गये हैं। इनका मोह मुझसे छोड़ा ही नहीं जाता। मैं स्वार्थी ही नहीं मोहान्ध भी हूँ। देखिये न, छोटे-छोटे गाँवों को ही मैं अपना देश समझता हूँ। ऐसी मूर्खता भला और कोई कर सकता है? अब आप समझ ही सकते हैं कि मैं कैसा आदमी हूँ। आप यह न समझिये कि हम लोग गाँवों में जो कुछ करते हैं, उससे हमें कोई आत्मसन्तोष प्राप्त होता है। हम तो जैसे खाते-पीते, सोते-जागते हैं, उसी तरह ये साधारण काम भी करते हैं। सच मानिये, हम कोई भी महत्त्वपूर्ण कार्य करते ही नहीं, हम किसी महत्त्वपूर्ण कार्य के योग्य ही नहीं हैं। आप समय व्यर्थ न करें, आपके समय का बड़ा मूल्य है। चलिये; मैं आपको गाड़ी तक पहुँचा दूँ।

मदन भाई की इस बकवास के आगे किसी की भी कुछ न चलती। सरकार ने भी कई तरह के शिविर खोलने के प्रस्ताव इनके पास भेजे। ग्राम सेवक-सेविकाओं

के प्रशिक्षण शिविर, विकास-खण्डों के अधिकारियों के प्रशिक्षण शिविर आदि कितने ही शिविर चारों ओर खुल रहे थे, लेकिन मदन भाई ने किसी पत्र का कोई उत्तर ही न दिया। वह अपने ही कार्य-क्षेत्र में, अपनी ही तरह रमे रहे। हाँ, कहीं से कोई अनुदान या दान आ जाता तो वह उसे ज़रूर ले लेते थे और उसे जल्दी-से-जल्दी गाँवों के किसी काम में ख़र्च कर देते थे।

यहीं इसी कमरे में, जिसमें रम्भा लेटी पड़ी रो रही है, एक दिन शाम को प्रार्थना के बाद, आनन्द रम्भा देवी को साथ लेकर आया था। आहट पाकर मदन भाई ने किताब से अपनी नज़र उठायी थी। आनन्द ने झुककर उनके चरण छुए थे। फिर रम्भा देवी ने भी आनन्द की ही तरह झुककर उनके चरण हुए थे। मदन भाई ने अचकचाकर उनकी ओर देखा था और अबूझ की तरह उन्हें असीस दिये थे।

आनन्द ही पहले बोला था—चाचा जी, आपने मुझे पहचाना नहीं, मैं आपका बलवीर हूँ।

—बलवीर!—मदन भाई ने तब पहचानकर, हँसकर कहा था—आओ, आओ, बैठो यहाँ। तुम इतने बड़े हो गये हो, मुझे क्या मालूम था! तुम तो बिलकुल पहचान में ही नहीं आ रहे हो। लगता है कि तुम कोई नेता हो। यह कैसा सुन्दर, शालीन, शानदार तुम्हारा व्यक्तित्व उभरा है। बैठो-बैठो और...आपको भी बैठाओ।—कहकर मदन भाई ने अपनी पत्नी को पुकारा था—प्रभा देवी, ज़रा आइये तो। देखिये, यह कौन आया है।

—मैं ही जाता हूँ,—बैठने के बदले आनन्द बोला था—चाची जी के चरण छूकर आता हूँ। आओ, रम्भा तुम भी।

फिर प्रभा देवी के साथ वे दोनों कमरे में लौटे थे। प्रभा देवी ने उनका हाथ पकड़कर चौकी पर बैठाया था। फिर पूछा था—क्यों रे बलवीर, यह तेरी बहू है न? बड़ी सुन्दर...

—नहीं,—बीच में ही हँसकर आनन्द बोला था—यह मेरी शिष्या रम्भा देवी हैं। बहू भी आने के लिए कह रही थी लेकिन फिर न आ सकी। आयेगी वह भी किसी दिन। किसी दिन क्यों, अब तो हम बराबर ही आते-जाते रहेंगे। चाचा जी की कृपा होगी तो हम भी यहीं कहीं आस-पास के किसी गाँव या क़स्बे में कोई सेवा-कार्य आरम्भ करेंगे।। लेकिन,—हँसकर आनन्द बोला—चाचा जी ने तो मुझे पहचाना ही नहीं!

—मैं भी कहाँ पहचान सकी, बेटा तुम्हें?—प्रभा देवी बोलीं—कितने वर्षों के बाद हम तुम्हें देख रहे हैं। कितने बच्चे हैं तेरे रे?

—चार हैं, चाची जी,—आनन्द बोला—तीन लड़के और एक लड़की। लड़की आचार्य कर्वे की संस्था में पढ़ रही है। बड़ा शान्ति निकेतन में है, दूसरा गुरुकुल काँगड़ी में और सबसे छोटा हमारे साथ है, अभी उसके आठ पूरे नहीं हुए हैं।

—लो,—हँसकर प्रभा देवी बोलीं—तुम चार-चार बच्चों के बाप हो गये! हमने तुझे जब देखा था, तो तू ख़ुद ही एक बच्चा था। तुझे हम अब कैसे पहचानते?...अच्छा, तू अपने चाचा जी से तब तक बात कर, मैं कुछ जलपान लाऊँ।

आनन्द ने रम्भा की ओर देखा था। रम्भा ने ना में सिर हिला दिया था, तो आनन्द ने कहा था—चाची जी, आज जलपान रहने दीजिये। किसी दिन आपके हाथ का भोजन ही अब करेंगे। बात यह है चाची जी कि आज बड़ी देर से हम लोगों ने भोजन किया था। अभी हमें लौट भी जाना है।

—अच्छा, जैसे तेरी मर्ज़ी—प्रभा देवी ने कहा था—तू चाचा जी से बात कर। मैं रसोई में लौकी उबलने को चढ़ा आयी हूँ।—कहकर वह चली गयी थीं।

जाड़े की वह रात थी। दीवट पर दीया एक तार जल रहा था। मदन भाई देख रहे थे कि इन शालीन, सुसज्जित व्यक्तियों की उपस्थिति ने कमरे में एक बड़ा विरोधाभास उत्पन्न कर दिया है। दीये की सीधी, मद्धिम लौ इस विरोधाभास को स्पष्ट करना चाहती है लेकिन पूरा-पूरा कर नहीं पाती। रम्भा देवी के वस्त्र और आभरण बिजली की रोशनी में ख़ूब-ख़ूब चमकते होंगे। बलवीर की बारीक़ खद्दर की धोती और आन्ध्र रेशम के कुर्ते और पशमीने की सदरी और बुर्राक गाँधी टोपी के साथ भी यह ठण्डी रोशनी कुछ न्याय नहीं कर पा रही है। और मदन भाई सोच रहे थे कि ऐसा बलवीर मेरी कृपा की बात कर रहा है। आश्चर्य है।

आनन्द बोला—चाचा जी, यह रम्भा देवी हैं, लाखों की सम्पत्ति और जायदाद की मालकिन। यह अपना सर्वस्व देश के किसी सेवा-कार्य पर न्योछावर करना चाहती हैं। इन्हीं की प्रेरणा से हम लोग यहाँ कोई सेवा-कार्य आरम्भ करने आये हैं। आपकी कृपा...

बीच ही में रम्भा शरमायी-सी बोल उठी—प्रेरणा मेरी नहीं, इन्हीं की है। ये मेरे गुरु हैं, मैं तो इन्हीं के आदेशों का पालन कर रही हूँ। मेरा धन देश के किसी सेवा-कार्य में लग जाये तो मैं अपने को धन्य समझूँ। और किसी योग्य मैं नहीं हूँ, जानती हूँ।

—इनकी बात भी सही हो सकती है—आनन्द आगे बोला—लेकिन मैं तो अपनी ही समझ की बात कहूँगा। चाचा जी, मैं तो एक सेवा-कार्य में लगा ही हुआ था...

—तुम क्या कर रहे थे, बेटा, कुछ मुझे भी बताओ,—मदन भाई शान्त स्वर में बोले—मैं तो तुम्हारे बारे में कुछ जानता ही नहीं।

—चाचा जी, मैं मद्रास में अपना एक राष्ट्रभाषा विद्यालय चला रहा था। बहुत अच्छा चल रहा था, लेकिन इन्होंने कहा...

—मैंने कहाँ कहा?—रम्भा ने टोककर आँखें झुकाये ही कहा—आपने ही तो कहा कि, रम्भा, अगर तुम हमारी सहायता करो तो हम एक बहुत बड़े विद्यालय की स्थापना कर सकते हैं। धन और जीवन का उपयोग केवल देश की सेवा में है। तुम्हारा धन एक सत्कार्य में लगेगा और तुम्हारा जीवन देश के काम में आयेगा। इसी से तुम्हारी आत्मा को सच्ची शान्ति प्राप्त होगी।

आनन्द बोले कि मदन भाई सीधे रम्भा से पूछ बैठे—क्षमा कीजियेगा, आपको कोई कष्ट है क्या?

रम्भा ने होंठ चबाया। फिर एक ठण्डी साँस लेकर कहा—मेरे धन का कोई उपयोग नहीं है, मेरे जीवन का कोई उपयोग नहीं है।...आनन्द जी के संसर्ग में आने के बाद ही मुझे अपने धन और जीवन की व्यर्थता का ज्ञान हुआ। फिर इन्हीं की कृपा से मुझे प्रकाश मिला, धन और जीवन को देश पर उत्सर्ग करने की आकांक्षा मेरे मन में जागी। फिर...—कहते-कहते अचानक रम्भा चुप हो गयी।

उस मद्धिम प्रकाश में भी मदन भाई ने देखा, बलवीर के चेहरे पर गर्व की लाली चमक आयी थी। वह कुछ अचकचाकर बोले—यह आनन्द जी कौन हैं?

गर्व-भरे संकोच के साथ ही आनन्द बोला—गाँव छोड़ने के बाद मैंने ही अपना नाम बलवीर से बदलकर आनन्द कर लिया था।

—ओह!—मदन भाई बोले और चुप हो गये।

थोड़ी देर तक चुप्पी छायी रही। फिर गला साफ़ करके आनन्द बोला—क़ाज़ी सराय कैसी जगह रहेगी, चाचा जी?

—बेटा, मुझे इन बातों का कोई ज्ञान नहीं है। तुम ख़ुद समझदार हो, जहाँ जो चाहो करो।

—सुना है, जल्दी ही क़ाज़ी सराय में बिजली आनेवाली है। सघन विकास खण्ड का वह केन्द्र है ही। क़स्बे को उन्नति करते देर न लगेगी। यहाँ कहीं दूर-दूर तक कोई लड़कियों का स्कूल नहीं है। चाचा जी, पहले हम एक बालिका विद्यालय की स्थापना करना चाहते हैं। आरम्भ में मेरी पत्नी आभा देवी और यह रम्भा देवी अध्यापन-भार सँभालेंगी और मैं व्यवस्था सँभाल लूँगा।

आनन्द इस आशा से रुका कि मदन भाई कुछ बोलेंगे। लेकिन थोड़ी प्रतीक्षा करने के बाद भी उनके मुँह से कोई बात न निकली तो आनन्द ही आगे बोला—विद्यालय चलाने का मुझे बहुत अनुभव है, चाचा जी! मद्रास में बिना किसी साधन के मैंने विद्यालय आरम्भ किया था फिर भी मुझे सफलता मिलते देर न लगी थी। यहाँ तो

रम्भा देवी मेरे साथ हैं। कुछ वर्षों ही में इसे बालिका विद्यालय से महिला विश्वविद्यालय बना दूँगा।

इतना कहकर आनन्द फिर रुका कि शायद मदन भाई अब कुछ बोलें। लेकिन फिर भी वह चुप ही रहे तो आनन्द आगे बोला—अब हम अविलम्ब अपना काम शुरू कर देना चाहते हैं। क़ाज़ी सराय यहाँ से समीप ही है। आपकी छत्रच्छाया में ही हम काम करना चाहते हैं। शीघ्र ही एक अच्छी जगह चुनकर हम ले लेंगे। आपसे हमारी यह हार्दिक प्रार्थना है कि आप अपने कर-कमलों से इस बालिका विद्यालय का शिलान्यास कर दें और इस संस्था के संस्थापक बनने की कृपा करें।

बात पूरी कर आनन्द मदन भाई की ओर ताकने लगा। रम्भा की आँखें भी मदन भाई पर उठ गयीं। मदन भाई उस समय किताब में अपना मुँह गाड़े हुए थे। वैसे ही बोले—बेटा, मैं तुम लोगों के किसी काम के योग्य नहीं हूँ। जीवन में मैंने एक इस आश्रम की स्थापना की, इसकी दशा देख रहे हो न। तुम्हारी योजना बहुत बड़ी है, तुम्हारी महत्त्वाकांक्षा भी बहुत बड़ी है। इसके योग्य तुम किसी आदमी को चुनो। आजकल ऐसे आदमियों की कमी नहीं है। ऐसे आदमी से तुम्हें आवश्यक सहायता भी मिलेगी। मैं तो बिलकुल बेकार का आदमी हूँ। इस मड़ैया में बैठा-बैठा जीवन काट रहा हूँ।

बीच ही में आनन्द ठहाका मारकर हँस पड़ा। बोला—चाचा जी, यह सब मुझसे कहने की ज़रूरत नहीं है। हम जगह ठीक होते ही आपकी सेवा में पुन: उपस्थित होंगे।—कहकर उसने मदन भाई के पाँव पकड़ लिये। बोला—अब आज्ञा दीजिये, रात हो गयी, हमें लौटना है।

रम्भा ने भी उठकर मदन भाई के चरण छुए। दोनों कमरे से बाहर आये तो आनन्द ने ज़ोर से पुकार लगायी—चाची जी, अब हम विदा लेते हैं!

प्रभा देवी आँचल ठीक करती हुई द्वार पर आकर बोलीं—फिर आना, बेटा। क्या बताऊँ, यों बिना कुछ खाये-पिये तुम लोगों का जाना मुझे अच्छा नहीं लगता है।

हँसकर आनन्द बोला—ज़रा हमें जम जाने दीजिये, फिर तो रोज़ ही हम आपके यहाँ खायें-पियेंगे। आप लोगों के सिवा हमारा यहाँ कौन है? आप लोगों की कृपा का ही सहारा है!—और झुककर उसने प्रभा देवी के चरण छू लिये।

रम्भा ने भी वैसा ही किया। प्रभा देवी ने उन्हें सीढ़ियों तक पहुँचा दिया। वे चले गये।

प्रभा देवी कदाचित् उन लोगों के बारे में कुछ बातें करने के लिए ही मदन भाई के पास आयीं। लेकिन उन्होंने देखा, मदन भाई पुस्तक में अपनी आँखें गड़ाये हुए थे। वह एक पल रुककर ही वापस आ गयीं। मन की बातें मन में ही रह गयीं। बलवीर में जो अविश्वसनीय परिवर्तन उन्होंने देखा था, उससे वह चमत्कृत हो उठी थीं। कहाँ

गाँव का वह साधारण-सा लड़का और कहाँ यह दिव्य पुरुष! वह उसके बारे में बहुत-कुछ पूछना चाहती थीं।

मदन भाई चौके में जीमने बैठे तो आख़िर प्रभा देवी से न रहा गया। वह पूछ ही बैठीं—देखा आपने बलवीर को?

मदन भाई ने सिर हिला दिया। बोले कुछ नहीं।

प्रभा देवी का अब सारा उत्साह जाता रहा। ऐसा ही हमेशा होता है। मदन भाई को स्वयं कोई उत्कण्ठा होती नहीं, दूसरों की उत्कण्ठा की भी वह कोई चिन्ता नहीं करते। कोई बार-बार टोककर उनके मुँह से कुछ सुनना ही चाहेगा तो वह कह देंगे, छोड़िये, हमें क्या करना है।

पाँचवें दिन सन्ध्या की प्रार्थना के बाद मदन भाई अपने कुटीर पर आये तो देखा, सहन में एक गाड़ी खड़ी है। वह सीढ़ियों की ओर बढ़े तो ओरियानी से लटकी कन्दील के नीचे खड़ी रम्भा देवी को देखते ही वह पहचान गये।

रम्भा आगे बढ़कर उनके चरण छूने को झुकी तो वह ज़रा पीछे हटकर, हाथ जोड़कर बोले—इसकी क्या ज़रूरत है?...मैं उसी दिन आपसे कहनेवाला था, लेकिन न कह सका। हमारे यहाँ कोई किसी के चरण नहीं छूता।

—लेकिन आनन्द जी...

—उसकी बात छोड़िये—मदन भाई बोले—उसे बहुत आगे जाना है। कहाँ है वह? आया है न आपके साथ?

—नहीं, वह नहीं आये हैं,—रम्भा सिर झुकाकर बोली—वह रजिस्टरी कराने तहसील गये हैं।

—ज़मीन मिल गयी क्या?

—जी हाँ, ज़मीन की बात कल ही पक्की हो गयी थी।

—आइये—आगे बढ़ते हुए मदन भाई बोले—उसी ने आपको भेजा है क्या?

—जी हाँ,—उनके पीछे-पीछे सीढ़ियाँ चढ़ती हुई रम्भा बोली।—उन्होंने आपसे शिलान्यास की तिथि और समय निश्चित करने के लिए मुझे भेजा है।

—मैंने तो कहा था...

उनका कहना है कि आपके ही कर-कमलों से...

—उसी की भाषा क्या आप भी बोलती हैं, रम्भा देवी?—चौकी पर बैठते हुए मदन भाई बोले—आइये, बैठिये।

रम्भा चौकी पर उसी जगह बैठ गयी, जहाँ उस शाम बैठी थी। ज़रा देर बाद वह गम्भीर स्वर में बस इतना ही बोली—आनन्द जी मेरे पूज्य हैं।

मदन भाई ज़रा रुककर बोले—आजकल के गुरु क्या सचमुच पूज्य होते हैं, रम्भा देवी?

—यह तो मैं नहीं जानती,—सिर झुकाकर रम्भा बोली।

—आपसे मेरा कोई परिचय नहीं है,—मदन भाई बोले—लेकिन उस शाम आपके मुँह से जो दो-एक बातें मैंने सुनी थीं, उन्हीं के आधार पर मेरा यह ख़याल है, आप शायद झूठ नहीं बोलती हैं।

सिर झुकाये ही शायद रम्भा ने अपने होंठ काटे थे। ज़रा देर बाद वह बोली—यह भी आनन्द जी का ही प्रभाव है, बहुत दिनों से मैं कोई झूठ बात न बोल सकी, न सुन सकी।

—तो फिर कहिये,—मदन भाई सहज स्वर में ही बोले—आपका और उसका सम्बन्ध क्या गुरु और शिष्य का ही है?

रम्भा देर तक सिर झुकाये ख़ामोश बनी रही। मदन भाई भी चुप ही रहे। लगा कि आगे अब उनमें कोई बात नहीं होगी। तभी ज़ोर की एक साँस लेकर रम्भा बोली—मेरी एक प्रार्थना स्वीकार करने का आप वचन दें तो मैं आपके प्रश्न का उत्तर दूँ।

—आप मेरे प्रश्न का उत्तर दें ही, यह कोई आवश्यक नहीं है,—मदन भाई बोले—यह प्रश्न मैंने किसी उत्कण्ठा या जिज्ञासावश नहीं पूछा है। मैं अपने मन की बात कहूँ तो वह यह है कि आपको लेकर मुझे उससे ज़रा डर लग रहा है। यों, आप जो समझें।

—उनका मेरा छह वर्षों का सम्बन्ध है, लेकिन उन्हें समझने की कोशिश मैंने कभी की हो, इसकी मुझे याद नहीं है। उनके ऊपर मेरी पूर्ण आस्था है। आप बुज़ुर्ग हैं, ज्ञानी हैं, जानते हैं कि यहाँ डर का कोई सवाल ही नहीं उठता है। यहाँ तो जहाँ तक मेरा सम्बन्ध है, सर्वस्व होम का संकल्प है। मैं जानती हूँ, मेरे जीवन का कोई दूसरा पथ नहीं है।

सुनकर मदन भाई ने एक बार रम्भा की ओर देखा था। उनके लिए आगे कुछ कहने की बात नहीं रह गयी थी।

रम्भा ही आगे बोली—आनन्द जी से ही पहली बार मैंने आपके विषय में सुना है, यहाँ आकर। उनका कहना है कि आपका नैतिक सहयोग हमें मिल जाये तो हमें सफलता प्राप्त होते देर न लगेगी। आपके नाम का प्रताप मैंने कल ही देखा था। जो ज़मीन आनन्द जी ने पसन्द की है, वह टाउन एरिया की है। चेयरमैन से बात करने हम लोग साथ-साथ गये थे। आनन्द जी ने उनको अपना परिचय देते हुए कहा था कि मैं मदन भाई जी का भतीजा हूँ। उन्हीं के आदर्शों से प्रेरित होकर मद्रास से यहाँ आया हूँ और यहाँ एक बालिका विद्यालय की स्थापना कर कुछ सेवा करना चाहता

हूँ। मदन भाई जी का वरदहस्त हमारे ऊपर है। उन्हीं के कर-कमलों से बालिका विद्यालय का शिलान्यास होगा और वही इसके संस्थापक होंगे।

—ऐसा कहा उसने?—मदन भाई बोल पड़े—आपके सामने ही तो उससे मेरी बातें हुई थीं, क्या मैंने...

—मैं यह सब क्या जानूँ,—रम्भा बोली—आनन्द जी ने निश्चय ही ये बातें किसी विश्वास पर कही होंगी।...मैं तो आपके नाम के प्रताप के विषय में बात कर रही थी। क्या देखती हूँ कि चेयरमैन साहब हर सम्भव सहायता देने के लिए तुरन्त तैयार हो गये। बोले, मदन भाई के लिए हम क्या नहीं कर सकते? आप आज्ञा दीजिये, हम क्या करें।

—आप ही बताइये, क्या उसने यह उचित किया है?—मदन भाई सहज स्वर में ही बोले—मैं तो यह सब-कुछ भी नहीं करता।

—आनन्द जी के किसी भी काम में उचित-अनुचित का भेद करनेवाली मैं नहीं हूँ। मैं तो केवल उनकी अनुगामिनी और उनकी आज्ञाओं का पालन करनेवाली हूँ। केवल एक निवेदन मैंने उनसे यहाँ आने के पहले ही कर दिया था कि कृपा कर आप कभी मुझे कोई पद सँभालने के लिए न कहें। उन्होंने हँसकर मेरी यह बात स्वीकार कर ली थी। हाँ, मैं बालिकाओं की सेवा, जैसी भी मुझसे सम्भव हो, अवश्य करना चाहूँगी।

—आप तो बहुत पढ़ी-लिखी होंगी?—मदन भाई ने पूछा।

रम्भा सकुचाकर बोली—पास तो मैं एम. ए. हूँ, लेकिन बुद्धि मुझमें ज़रा भी नहीं है। डर लगता है कि मैं बालिकाओं को कुछ पढ़ा भी सकूँगी या नहीं। लेकिन आनन्द जी का कहना है कि सेवा की लगन होने से बढ़कर कोई और योग्यता नहीं होती। लेकिन मैं सच कहती हूँ, मैं तो यह भी नहीं जानती हूँ कि सेवा क्या होती है। जानती बस इतना ही हूँ कि आनन्द जी जो कुछ कहते हैं, जो कुछ करते हैं, वही ठीक होगा। मेरा सर्वस्व उनके किसी काम आ जाये, यही मेरी मनोकामना है। और तो मैं कुछ जानती ही नहीं। देखिये, मैं कैसी बातें आपसे कहती जा रही हूँ! हूँ न मैं मूर्ख?

—ऐसा ही है तो वह और कोई काम क्यों नहीं कर लेता?—मदन भाई ने कहा—यह बालिका विद्यालय और सेवा-वेवा के चक्कर में वह क्यों पड़ता है?

—मैं कुछ नहीं जानती,—रम्भा बोली—आनन्द जी का कहना है कि देश-सेवा से बढ़कर मनुष्य के लिए और कोई काम नहीं है।

—क्या आपका ख़याल है कि ये मन्त्री लोग, ये धन्ना सेठ, ये अफ़सर वग़ैरा देश की कोई सेवा नहीं कर रहे हैं?

—मैं तो कुछ भी नहीं जानती,—रम्भा बोली—आप विश्वास कीजिये, मैं आनन्द जी की ब़तायी हुई कुछ बातों के सिवा और कुछ भी नहीं जानती, और वे बातें भी केवल आस्था स्तर पर ही जानती हूँ, उनके पीछे मेरी कोई समझ काम नहीं करती। मैं तो इस दुनिया के लिए बिलकुल अनाड़ी हूँ। जीवन में बहुत कम व्यक्तियों के सम्पर्क में मैं आयी हूँ और केवल आनन्द जी ही एक ऐसे व्यक्ति हैं, जिनसे मैंने ख़ूब बातें की हैं और आज आपसे इतनी बातें कर रही हूँ। आप समझ ही सकते हैं कि मेरी-जैसी औरत के लिए किसी से कोई बात करने की आवश्यकता ही क्या पड़ सकती है। खाना-पीना, पढ़ना-लिखना, सोना-जागना, यही तो मेरे जीवन के काम रहे हैं। बाक़ी सब काम तो नौकर करते थे। आनन्द जी के सम्पर्क में न आयी होती तो शायद बाक़ी जीवन भी उसी प्रकार बीत जाता।

कहकर रम्भा मदन भाई के कुछ बोलने की प्रतीक्षा करने लगी। लेकिन मदन भाई कुछ भी न बोल दरवाज़े की ओर देखने लगे।

रम्भा ही बोली—चाची जी कहीं गयी हैं क्या? आकर मैंने घर में जाकर देखा था। कोई नहीं था। आप भी अकेले ही यहाँ आये।

—एक सेविका बीमार है,—मदन भाई बोले—वह उन्हीं के पास गयी हैं।

—क्या हुआ है उन्हें?

—शायद मौसमी बुख़ार है। शाम को बहुत तेज़ था।

—किसी डॉक्टर को दिखाया था?

मदन भाई ने कोई जवाब न दे, रम्भा की ओर एक नज़र देखा।

थोड़ी देर तक ख़ामोशी छायी रही। फिर मदन भाई बोले—आपको देर हो रही है। आप अकेली हैं। कहें तो किसी सेवक को आपके साथ कर दूँ।

—शिलान्यास की तिथि और समय कब रखें, आप कृपा कर बता दें!—रम्भा बोलीं—मैं अकेली ही चली जाऊँगी। क़स्बे में ही हम आ गये हैं। एक घर किराये पर लिया गया है। यहाँ से सीधी सड़क है। मुझे कोई परेशानी नहीं होगी। यों, दीदी जी भी साथ आनेवाली थीं, लेकिन फिर बोलीं, तू अकेली ही हो आओ। तब तक मैं घर कुछ ठीक-ठाक करती हूँ।

—वह कहाँ तक पढ़े हैं?

—दीदी जी?

हाँ।

उन्होंने कोई परीक्षा तो पास नहीं की है,—रम्भा बोली—लेकिन उनका व्यावहारिक ज्ञान बहुत बढ़ा-चढ़ा हुआ है। वह बहुत बुद्धिमान् महिला हैं।

उठते हुए मदन भाई बोले—मैं अब ज़रा रोगिणी के पास जाऊँगा। प्रभा देवी अभी तक नहीं आयीं, शायद कोई बात हो।

उठती हुई रम्भा बोली—आप तारीख़ बता दीजिये, चाचा जी। आनन्द जी पर्चे छपवाकर बँटवायेंगे। वह शिलान्यास-समारोह ख़ूब धूमधाम से करना चाहते हैं।

—वह तो करेगा ही,—मदन भाई चलते हुए बोले—बिना धूमधाम के आजकल कोई काम नहीं होता है। वह ज़रूर सफल होगा।

गाड़ी के पास पहुँचकर रम्भा फिर बोली—तो कब रखें शिलान्यास, आप कृपा कर बता दें।

—मेरी आप चिन्ता न करें,—मदन भाई बोले—मैं तो कहीं भी जाता-आता नहीं, उसी दिन मैंने बता दिया था।

—फिर कैसे होगा सब?

—सब हो जायेगा,—मदन भाई बोले—जो आदमी यों ही कुछ कह सकता है, वह यों ही बहुत-कुछ कर भी सकता है। बलवीर सब कर लेगा, आप कोई चिन्ता न करें। गाड़ी में बैठिये। मुझे तो उसने दोषी बना ही दिया।

तनिक अनमनी होकर रम्भा बोली—आप अनुमति दें तो मैं भी आपके साथ रोगिणी के पास चलूँ। शायद उन्हें डॉक्टर की ज़रूरत हो। क़स्बे में डॉक्टर होंगे। मैं गाड़ी से भेज दूँगी।

—इस आश्रम में आज तक कोई डॉक्टर नहीं आया,—मदन भाई बोले—अब जाइये, नमस्कार!—हाथ जोड़कर उन्होंने कहा और क़दम बढ़ा दिया।...

उसके बाद जैसा मदन भाई सोचते थे, वैसा ही हुआ। बालिका विद्यालय के शिलान्यास के विषय में जो पर्चा छपाकर वितरित किया गया था, उसे लेकर एक शाम स्वयं आनन्द ही आया था। उसने पर्चा मदन भाई के हाथ में दिया था और कहा था—चाचा जी, यह पर्चा मैंने बँटवाया है। ज़रा देख लीजिये, ठीक है न?... अगले रविवार की सन्ध्या पाँच बजे हमने शिलान्यास का मुहूर्त्त रखा है। रम्भा देवी गाड़ी लेकर आयेंगी और फिर एक घण्टे के अन्दर ही आपको वापस पहुँचा जायेंगी। सोने की एक कन्नी मैं बनवा रहा हूँ और चाँदी की पाँच ईंटें भी।...उन पर सरस्वती का चित्र ख़ुदा रहेगा। सभा के सभापतित्व के लिए मैं शिक्षा-मन्त्री को बुलाने का प्रयत्न कर रहा हूँ। आशा है, वह अवश्य आयेंगे। हमारा आयोजन बहुत ही सफल रहेगा, चाचा जी!...

मदन भाई बीच में ही उठ खड़े हुए थे और सीधे कमरे से बाहर हो गये थे।

बहुत देर बाद वह लौटे थे तो प्रभा देवी ने पूछा था—बलवीर को बैठाकर आप कहाँ चले गये थे? वह बहुत देर तक आपका इन्तज़ार करता रहा, अभी गया है।

वह कुछ नहीं बोले थे। चुपचाप हाथ-मुँह धो-पोंछकर भोजन करने आसन पर बैठ गये थे।

प्रभा देवी ने कहा था—घर का लड़का है। कुछ करने जा रहा है। आपसे थोड़ी नैतिक सहायता चाहता है, दे देंगे तो क्या बिगड़ जायेगा?

मदन भाई सिर झुकाये खाते जा रहे थे। वह बोले कुछ नहीं।

—रविवार को रम्भा देवी गाड़ी लेकर आयेंगी। बलवीर मुझे भी बुला गया था। कहता था, चाची जी चाचा जी के साथ आप भी दो घड़ी के लिए ज़रूर आ जाइयेगा। अपनी बहू को भी देख लीजियेगा। बड़ा काम उसके सिर पर है। नहीं तो अब तक आप लोगों के चरण छूने आयी होती।...मुझे भी ले चलेंगे न?

मदन भाई फिर भी कुछ न बोले थे। भोजन करके हाथ-मुँह धो-पोंछकर वह टहलने निकल गये थे।

रविवार के दिन चार बजे बलवीर ख़ुद गाड़ी लेकर आया था और पौने पाँच बजे तक इन्तज़ार करके, बड़ा अफ़सोस ज़ाहिर करके चला गया था। यह बात मदन भाई को रात आठ बजे मालूम हुई थी, जब वह पड़ोस के गाँव से सेवकों और सेविकाओं के साथ लौटे थे।

—आपको न जाना था तो आपने कह क्यों न दिया?—प्रभा देवी ने पूछा था।

—मैंने जाने ही के लिए कब कहा, भलेमानस? मदन भाई सहज स्वर में बोले थे—इतने वर्षों से आप मेरे साथ हैं, आपने कभी ऐसे जलसों में मुझे जाते हुए देखा है?

—वह अपने घर का लड़का है।...

—घर का वह लड़का है, क्या इसीलिए मैं अपनी आत्मा का हनन कर लूँ?

प्रभा देवी फिर आगे कुछ नहीं बोली थीं। घर के लड़के को लेकर वह इतनी बातें कैसे कह गयी थीं, स्वयं उनकी समझ में तब न आया था।

मदन भाई भोजन पाकर टहलते-टहलते बहुत दूर निकल गये थे। बड़ी देर बाद वह लौटे थे तो प्रभा देवी ने बताया था—शिक्षा मन्त्री, बलवीर और रम्भा देवी आये थे। शिक्षा मन्त्री आपके स्वास्थ्य के विषय में पूछ रहे थे और कह रहे थे कि हम बालिका विद्यालय की हर तरह से सहायता करेंगे। मदन भाई इसके संस्थापक हैं, यह जानकर हमें बड़ी प्रसन्नता हुई।

मदन भाई ने ओसारे में चटाई बिछाते-बिछाते उनकी बात सुनी थी और फिर बिना कुछ बोले ही पौढ़ गये थे।

तीसरे दिन सुबह मदन भाई ने समाचार-पत्र में बालिका विद्यालय के शिलान्यास का समाचार पढ़ा था। बड़े-बड़े अक्षरों में तीन कॉलम का शीर्षक लगा हुआ था।

शिलान्यास करते हुए शिक्षा मन्त्री का तीन कॉलम का चित्र था और फिर—एक-एक कॉलम में मदन भाई, आनन्द जी और आभा देवी के चित्र थे। इन तीनों के नीचे क्रमशः संस्थापक, संचालक और प्रधानाध्यापिका के छोटे-छोटे परिचय छपे थे। समाचार में मदन भाई के लिए जो देखने की विशेष बात थी वह यह थी कि मदन भाई अचानक अस्वस्थ हो जाने के कारण उपस्थित न हो सके। अतएव उनके स्थान पर मान्य शिक्षा मन्त्री के कर-कमलों से ही बालिका विद्यालय के शिलान्यास का शुभ कार्य सम्पन्न हुआ।...आगे बड़े विशद रूप से मदन भाई का सन्देश और प्रतिवेदन प्रकाशित हुआ था, जिन्हें आनन्द जी ने सभा में पढ़कर सुनाया था।

मदन भाई के बाद प्रभा देवी ने समाचार-पत्र पढ़ा था। पढ़ने के बाद वह कई बार मदन भाई के आस-पास आयी-गयी थीं। उन्हें आशा थी कि मदन भाई शायद उस समाचार के विषय में कुछ कहेंगे। लेकिन मदन भाई कुछ भी न बोले। समय पर वह उठे, जलपान किया और सेवक-सेविकाओं के साथ किसी गाँव को निकल गये।

तीन महीनों के बाद प्रभा देवी ने ही एक रात मदन भाई के हाथ में बालिका विद्यालय की विधान-पुस्तिका और बालिका विद्यालय की पाठ्य-क्रम-पुस्तिका की एक-एक प्रति थमायी थी और कहा था—बलवीर आया था आपके लिए ये पुस्तिकाएँ दे गया है। पूछता था कि चाचा जी नाराज़ हैं क्या? भेंट करने का अवसर भी नहीं देते। विद्यालय का भवन तैयार हो गया है। जुलाई में कक्षाएँ आरम्भ हो जायेंगी। चाचा जी एक बार देख लेते तो हम लोगों को बड़ी ख़ुशी होती। उन्हीं के नाम के प्रताप से सब काम सफलतापूर्वक हो रहा है। देश-सेवा का इतना बड़ा आयोजन हमने उन्हीं के भरोसे पर आरम्भ किया है।...प्रदेश सरकार शीघ्र ही विद्यालय को मान्यता देने जा रही है, ऐसा आश्वासन हमें मिल गया है। शिक्षा निदेशक महोदय का एक पत्र भी हमें इस आशय का प्राप्त हुआ है कि यदि आप लोग स्वीकृति दें और स्थान दें तो हम एक महिला प्रशिक्षण केन्द्र वहाँ खोलना चाहेंगे। चाचा जी से यही सब बहुत-सारी बातें करनी हैं, लेकिन यह तो मिलते ही नहीं। छात्रावास, अध्यापिकावास, सभा-मण्डप, प्रार्थना-कक्ष आदि-आदि कई भवन-निर्माण की योजनाएँ हैं। विद्यालय आरम्भ का समय सिर पर है। अकेले सब करना पड़ रहा है। दम मारने की भी फ़ुर्सत नहीं मिलती वर्ना हम तो रोज़ ही चाचा जी के दर्शन करने और मार्गदर्शन लेने आते।...चाची जी, आप चाचा जी को ये बातें बताइयेगा और हमारी ओर से हाथ जोड़कर कहियेगा कि तनिक विद्यालय पर कृपा रखें। हम लोग उन्हीं का काम तो कर रहे हैं।

मदन भाई ने पुस्तिकाओं के आवरण देखे थे। आवरण पर एक बड़े ही भव्य और विशाल भवन का चित्र था। फिर उन्होंने उन्हें एक ओर रख दिया था।

थोड़ी देर रुककर प्रभा देवी वहाँ से हट गयी थीं।...

उसके बाद कई महीनों तक मदन भाई को किसी बात का होश न रहा था। इलाक़े में सूखा पड़ा था। लोग भूखे डाँगरों की तरह मुट्ठी-मुट्ठी अन्न के लिए डोल रहे थे। सेवक और सेविकाएँ गाँवों में लंगर चला रहे थे। मदन भाई जाने कहाँ-कहाँ से अन्न मँगाकर लंगरों में पहुँचा रहे थे।

इसी बीच एक दिन सुबह ही गाँव में एक औरत ने झुककर उनके चरण छुए। मदन भाई ने उसे उठाकर देखा तो पहचान न सके। औरत ही बोली—मैं रम्भा हूँ, चाचा जी, आपने पहचाना नहीं?

—आप रम्भा देवी हैं?—मदन भाई ने शान्त स्वर में ही पूछा था—आप यहाँ इस रूप में क्यों आयीं?

—लोगों की दशा देखी नहीं जाती, चाचा जी,—रम्भा सिर झुकाकर बोली—आप के लंगरों को पर्याप्त अन्न नहीं मिल रहा है। क्या होनेवाला है, चाचा जी?

मदन भाई रम्भा को देखे जा रहे थे। उसका चेहरा भी वहाँ के अन्य लोगों से कोई भिन्न न था। मालूम होता था कि वह भी सूखे की चपेट में आ गयी थी। रूखे-सूखे बाल, रूखा-सूखा चेहरा, मामूली खद्दर के कपड़े, न कानों में बुन्दे, न गले में हार, न कलाइयों में चूड़ियाँ, न अँगुलियों में अँगूठियाँ, यहाँ तक कि उसके पाँवों में चप्पल भी न थे। उसके पाँव काफ़ी मैले थे और साफ़ दिखायी दे रहा था—कि उसकी एड़ियाँ जगह-जगह से कट गयी थीं और धूल की तहों पर ख़ून की बूँदें चमक रही थीं। उसके दोनों कन्धों पर दो बड़े-बड़े-से झोले लटक रहे थे, जाने उनमें क्या भरा हुआ था।

मदन भाई को अचानक रम्भा का यह रूप देखकर उस जर्मन लड़की की याद आ गयी थी, जिसे एक बार उन्होंने काशी विद्यापीठ के प्रांगण में देखा था। उन दिनों अखिल भारत कांग्रेस का अधिवेशन वहाँ चल रहा था। बापू भी आये हुए थे। मदन भाई उस जवान, सुन्दर लड़की को उस रूप में देखकर चकित रह गये थे। वह खद्दर की साड़ी पहने हुए थी, सिर के बाल मुँड़वा दिये थे, नंगे पाँवों थी, उसकी एड़ियाँ भी कई जगह से कट-फट गयी थीं। वह हाथ में कोई किताब लिये कभी नंगी ज़मीन पर बैठी पढ़ती दिखायी देती थी, कभी सीढ़ियों पर, कभी ओसारे में। पूछने पर मालूम हुआ था कि यह किसी जर्मन करोड़पति की लड़की है, गाँधी जी के विचारों से प्रभावित होकर उनके पीछे-पीछे इस रूप में घूम रही है। बड़ा टेढ़ा-सा उसका नाम था, अब याद नहीं पड़ता, कितने दिनों की यह बात हो गयी। लेकिन मदन भाई को इतना ज़रूर याद है कि उस सुन्दर लड़की को उस रूप में देखकर बड़ा मोह लगा था। उस मोह ने ही कदाचित् उस लड़की की स्मृति को आज तक उनके मन में जीवित रखा था। मदन भाई ने सोचा कि आज भी क्या रम्भा देवी को इस रूप में देखकर वैसा ही मोह लगता है? लेकिन नहीं, वैसा कोई भाव उनके मन में आज न उठ रहा था। मदन भाई अब वह कहाँ रह गये थे, जो पहले कभी थे। सारा-का-

सारा मोह, माया, ममता, क़ोमल भावनाएँ जाने किस भट्ठी में जलकर राख हो गयी थीं और आँधी-पानी में उड़ गल गयी थीं, अब तो उनके मन में उनका कहीं अता-पता भी न था।

बोले—देखिये, क्या होता है। यह कोई नयी बात नहीं है। जाइये, अब अपना काम कीजिये।

इसके तीसरे दिन मदन भाई को एक लिफ़ाफ़ा मिला था। उसमें रम्भा का एक पत्र था और एक पच्चीस हज़ार का चेक था। रम्भा ने पत्र में लिखा था—

आदरणीय चाचा जी,

बड़े संकोच और भय के साथ यह चेक भेज रही हूँ। निवेदन है कि इसे आप अपने सेवा-कार्यों में लगा दें।

आनन्द जी कह रहे थे कि जल्दी ही गाँवों में सरकार सस्ते ग़ल्ले की दुकानें खोलनेवाली है। सरकार कुछ नहरों की खुदाई का काम भी शुरू करनेवाली है। गाँव के लोगों को काम मिलेगा। दशा सुधरेगी, ऐसा भी वह कह रहे थे। आप आज्ञा दें तो किसी दिन सेवाश्रम में आऊँ। आपका समय बड़ा मूल्यवान् है, यों आने का साहस नहीं होता।

जी में आता है कि आपसे निवेदन करूँ कि मुझे भी आप अपनी सेविकाओं में सम्मिलित कर लें। मैं भी गाँवों में सेवा-कार्य करना चाहती हूँ। मुझे लगता है कि असल काम गाँवों में ही है। विद्यालय का कोई काम तो मेरी समझ में ही नहीं आता है। आनन्द जी ने दो घण्टे पढ़ाने का काम मुझे दिया है। यह काम मैं कर रही हूँ, लेकिन मेरी समझ में नहीं आता कि यह क्या काम है? इससे तो अच्छा होता कि मैं किसी विद्यालय में नौकरी कर लेती और दिन-भर विद्यार्थिनियों को पढ़ाती। लेकिन आनन्द जी से तो मैं कुछ कह नहीं सकती। वह कहते हैं कि शेष समय तुम अध्ययन में बिताओ और कुछ लिखना शुरू करो, कविता, कहानी, उपन्यास, लेख आदि। तुममें साहित्यकार बनने की प्रतिभा है। तुमने जो पत्र मुझे लिखे हैं, वे मेरी इस धारणा की पुष्टि करते हैं। हर आदमी एक ही तरह से देश की सेवा नहीं करता। तुम साहित्यकार बनकर देश की बेहतर सेवा कर सकती हो। लेकिन मेरी समझ में नहीं आता कि मैं क्या लिखूँ। जीवन में एक ही अनुभव है मुझे, शायद उस पर कुछ लिख सकती हूँ। लेकिन उस पर लिखने का साहस नहीं होता। ईमानदारी से उस पर कुछ लिखूँ तो जाने क्या हो जाये। एक दिन मैंने आनन्द जी से अपनी यह कठिनाई बतायी तो वह बोले—ज़रा इधर-उधर घूमो-फिरो, देखो-सुनो। तुम्हें बहुत-सारे विषय लिखने को मिल जायेंगे। लेकिन उनकी यह बात मेरी समझ में ही नहीं आयी कि घूमने-फिरने और देखने-सुनने से ही कोई विषय कैसे मिल जायेगा। फिर भी उनकी आज्ञा तो मैं

टाल नहीं सकती थी। मैं इधर-उधर घूमने-फिरने लगी। कभी किसी गाँव में निकल जाती, कभी किसी। लेकिन मेरी समझ में ही न आता था कि यहाँ देखने-सुनने को क्या है? कैमरे से कुछ तस्वीरें ज़रूर उतार लाती थी।

आनन्द जी अब अकसर बाहर ही रहते हैं। राजधानियों का उनका चक्कर कभी ख़त्म होने पर ही नहीं आता। आभा देवी को विद्यालय से ही फ़ुरसत नहीं मिलती है। मुझसे दो बातें भी वह नहीं कर पातीं। उनके पास शाम-सुबह कभी जाती हूँ तो वह अँगड़ाई लेकर कहती हैं—रम्भा देवी, हमने तो यह बहुत बड़ा काम अपने सिर पर ले लिया। देखती हूँ कि अब मरने की भी फ़ुरसत नहीं मिलेगी। अपने भाई साहब को तुम देख ही रही हो, बेचारे रात-दिन बेघर-बार की तरह दौड़ते-फिरते हैं। क्या करें, एक ज़िम्मेदारी सिर पर ले ली है, तो उसे तो निभाना ही पड़ेगा। सच कहती हूँ, रम्भा देवी, वह छोटे विद्यालय का हमारा जीवन बड़ा सुखी था। तुम्हारी शान्ति के लिए सचमुच हमें अपने जीवन की शान्ति खो देनी पड़ी है।

लेकिन, चाचा जी, मेरी शान्ति कहाँ है, मैं तो देख ही नहीं पा रही हूँ। ऐसा उदास तो मेरा जीवन कभी भी नहीं रहा।

ऐसे ही में एक दिन जैसे भगवान् की भेजी एक घटना घट गयी। सुबह-ही-सुबह बाहर शोर सुनकर मैं अपने कमरे से बाहर आयी तो क्या देखती हूँ कि विद्यालय के मैदान में कुछ मर्द-औरतों की भीड़ लगी हुई है, आभा देवी ज़ोर-ज़ोर से उन्हें डाँटकर बाहर जाने को कह रही हैं और वे लोग आभा देवी के सामने हाथ फैला-फैलाकर, गिड़गिड़ा-गिड़गिड़ाकर कुछ माँग रहे हैं। मैं सहज जिज्ञासावश ही उनके पास चली गयी। भीड़ में एक-दूसरे से गुँथे हुए कंकाल स्त्रियों, पुरुषों और बच्चों को सूखे हाथ उठाये और दाँत चियारे खाने को कुछ माँगते देखकर मेरी तो आत्मा काँप उठी। मैंने आभा देवी को हाथ से रोकते हुए आकुल कण्ठ से कहा—दीदी जी, इन्हें कुछ दे दीजिये। इनकी दशा देखी नहीं जाती।

इस पर आभा देवी ने मुझे भी झिड़क दिया। कहा—हम कहाँ से दें और कितनों को दें? हमारे पास तो विद्यालय चलाने के लिए ही पैसा नहीं है। आप अपने कमरे में जाइये—कहकर उन्होंने चौकीदार को हुक्म दिया कि इन लोगों को तुरन्त फाटक के बाहर करके, फाटक बन्द कर दो और ख़बरदार आगे, इस तरह का एक आदमी भी विद्यालय के हाते में न घुसने पाये!

मुझे रोना आ गया। आनन्द जी थे नहीं कि उनसे कुछ कहती। आभा देवी का ऐसा विकराल रूप मैंने कभी भी न देखा था। उनसे मुझे भय लगा, फिर भी मेरी आत्मा की पुकार बड़ी बलवती थी। मैं रोती हुई बोली—दीदी जी, आप ऐसा न कीजिये, मैं ही इन्हें कुछ दे देती हूँ। चौकीदार को आप रोकिये।

कहकर मैं भागी-भागी अपने कमरे में गयी और बकस खोलकर नोटों की जितनी गड्डियाँ मेरे हाथों में आयीं लेकर भागी-ही-भागी बाहर आयी। उस घड़ी मैं अपने आपे में न थी। मुझे यह भी ध्यान न था कि ये नोट मैं कैसे बाँटूँगी। भीड़ ने मुझे चारों ओर से घेर लिया। मेरे पाँव भी कई बार कुचल गये। तभी नोटों की गड्डियाँ मेरे हाथों में से छीनती हुई आभा देवी बोलीं—यही है तो लाओ मैं बाँट देती हूँ लेकिन तुम कमरे में चलो, वर्ना ये भूखे लोग तुमको भी नोचकर खा जायेंगे।

आभा देवी चौकीदार को साथ लिये मुझे मेरे कमरे में छोड़ गयीं और जाते वक़्त दरवाज़े बन्द करती गयीं। फिर भी बाहर की पुकार मुझे सुनायी देती रही और मेरा कलेजा फटता रहा। इस तरह का हृदय-विदारक दृश्य मैंने जीवन में पहली बार देखा था और उसे मैं किसी तरह भी झेल ही न पा रही थी। लगता था कि मुझे जाने क्या हो जायेगा।

जाने कितनी देर के बाद आभा देवी दरवाज़ा खोलकर मेरे कमरे में आयीं और मेरे पास बैठकर, मेरी पीठ सहलाती हुई बोलीं—रम्भा देवी, तुम बेहद भोली हो, बेहद भोली। क्या तुम समझती हो कि तुम्हारे उन रुपयों से उन लोगों की भूख की समस्या हल हो जायेगी? क्या तुम समझती हो कि हमारे देश में इतने ही लोग भूखे हैं? तुम कितनों को और कब तक रुपये बाँटोगी? तुमको शायद मालूम नहीं, इस इलाक़े में सूखा पड़ा है। लाखों-लाख लोगों की यही दशा है, जो तुमने आज इन लोगों की देखी है। भला सोचो तो कि इनकी भूख की समस्या हल करने के लिए कितने रुपयों की आवश्यकता होगी? और फिर रुपयों से ही तो पेट नहीं भरेगा, पेट भरने के लिए तो अन्न चाहिए और अन्न है कहाँ?

मैं आभा देवी की गोद में अपना मुँह डालकर सिसककर रो पड़ी। बोली—वह दृश्य मुझसे देखा नहीं गया, दीदी जी! अब भी वे कंकाल मेरी आँखों के सामने डोल रहे हैं! मैं क्या करती?

—ऐसा कोमल हृदय लेकर यह जीवन नहीं जिया जा सकता, रम्भा देवी—आभा देवी बोलीं—यहाँ तो इस तरह के दृश्य बराबर ही तुमको देखने को मिलेंगे। और जैसे कि तुमने आज किया है, वैसा ही कुछ दिन और तुम करो तो ज़रा सोचो तो कि इसका परिणाम क्या होगा? क्या हम-सब भी एक दिन उन्हीं की क़तारों में जा खड़े नहीं होंगे?

—मैं क्या जानती हूँ, दीदी जी,—मैं बोली—मुझे तो लगता था कि मैं पागल हो जाऊँगी, बताइये, मैं क्या करूँ?

—तुम्हारे भाई साहब दो-एक दिन में आ जायेंगे, वही तुमको बतायेंगे,—आभा देवी बोलीं—मैं तो एक गँवार औरत हूँ, तुम जानती हो। तब तक तुम ज़रा धीरज से काम लो और मेरी किसी बात का बुरा न मानो। मैंने अपनी जान में तुम्हारी भलाई

के लिए ही कुछ कहा होगा। तुम नाराज़ तो नहीं हुई?—कहकर उन्होंने मेरा सिर उठाकर अपने आँचल से मेरी आँखें पोंछी।

—आप तार देकर आनन्द जी को बुला दीजिये,—मैंने कहा।

—अभी तार देती हूँ,—आभा देवी बोलीं—तुम आश्वस्त होओ और हमारे कमरे में चलो। अकेली मैं तुमको इस हालत में न रहने दूँगी।—और वह ज़बरदस्ती मेरी बाँह पकड़कर मुझे अपने कमरे में ले गयीं। और आनन्द जी के लौटने तक मुझे कक्षाओं से भी छुट्टी दे दी।

शाम को घबरायी हुई आभा देवी मेरे पास आयीं। बोलीं—मैं जो कहती थी, आख़िर वही हुआ न! यह अच्छी आफ़त तुमने खड़ी कर दी। तुम्हारे भाई साहब हैं नहीं, समझ में नहीं आता कि मैं क्या करूँ।

मैं कुछ न समझ सकी। पूछा— क्या हुआ, दीदी जी।

—फाटक पर भूखों की भीड़ लगी हुई है,—वह बोलीं—पुलिस भी आ गयी है। मैं जानती थी कि यही होगा। यहाँ से रुपये पाकर लोग गये होंगे और चारों ओर यह ख़बर फैल गयी होगी कि विद्यालय में रुपये बँटते हैं।

उठती हुई मैं बोली—मैं ज़रा देखूँ, दीदी जी?

—नहीं,—मेरे बाज़ू पकड़कर मुझे बैठाती हुई आभा देवी बोलीं—यह नहीं हो सकता! तुम चुपचाप बैठो। एक बार जो नादानी तुमने की है, उसका फल देख रही हो न? मैंने एक और तार तुम्हारे भाई साहब को दिलवाया है। उन्हें कल किसी वक़्त आ ही जाना चाहिए। तब तक भगवान् कुशल से काट दें, मैं यही मनाती हूँ।—कहकर वह मेरे पास ही बैठ गयीं।

मेरा मन जाने कैसा होने लगा। मैं फाटक के बाहर खड़े कंकालों की भीड़ की कल्पना अब कर सकती थी। जो भीड़ मैंने सुबह देखी थी वह मेरे मानस-चक्षुओं के आगे बढ़ती जा रही थी, बढ़ती जा रही थी।

मैंने कहा—दीदी जी, मेरे बकस में और रुपये हैं, आप बाँट दीजिये। मेरे बकस में रुपये पड़े रहें और वे लोग भूखे चिल्लाते रहें, इसका कोई मतलब ही नहीं हो सकता।

—ऐसी नादानी की बात तुम फिर न करना,—आभा देवी बोलीं—इसका परिणाम हमारे लिये बहुत बुरा होगा। रुपये ख़तम हो जाने के बाद वे लोग हमारी बोटी-बोटी नोचकर खा जायेंगे।

—तो क्या होगा?—मैं बेसमझ की तरह बोल पड़ी।

—तुम क्या सचमुच पागल हो गयी हो, रम्भा देवी?—मुझे घूरकर देखती हुई आभा देवी बोलीं—तुम मुझ पर कृपा करो। तुमको सच ही कुछ हो गया तो मैं तुम्हारे

भाई साहब को क्या जवाब दूँगी। मैं तुम्हारे पाँव पड़ती हूँ, तुम उनके आने तक चुप ही रहो।—और सचमुच आभा देवी ने मेरे पाँव पकड़ लिये।

मैं क्या करती। निढाल चारपाई पर पड़ गयी और रोने लगी।

दूसरे दिन सुबह ही आनन्द जी आ गये। मेरे पास बैठकर, मेरी पीठ सहलाते हुए वह बोले—आभा देवी से मुझे सब बातें मालूम हो चुकी हैं। तुम्हारा विचलित होना स्वाभाविक ही है। तुमने जो काम किया उसे भी मैं ग़लत नहीं समझता, बल्कि मैं तो तुम्हारी भूरि-भूरि प्रशंसा करना चाहता हूँ। मैं जानता हूँ कि तुम्हारा हृदय नवनीत की तरह है, किसी का दु:ख-दर्द तुमसे देखा ही नहीं जा सकता। और यहाँ तो चारों ओर हाहाकार मचा हुआ है। भूखे लोगों की भूखी आँखें देखकर कलेजा मुँह को आता है। जी में आता है कि इनके लिए क्या न कर दिया जाये। तुमने जो किया बिलकुल ठीक ही किया। लेकिन आभा देवी को भी मैं ग़लत नहीं कह सकता, क्योंकि अगर हम जान भी दे दें तो भी जनता की इस भूख की समस्या हल नहीं हो सकती। दरअसल एक आदमी के करने का यह काम ही नहीं। सरकार का ध्यान इस समस्या की ओर आकर्षित हुआ है, वह जल्दी ही कोई क़दम उठाने जा रही है। हमारा काम यह है कि हम सरकार का हाथ बँटायें।

—सरकार क्या करने जा रही है?—मैंने पूछा—हम क्या कर सकते हैं?

—रम्भा, मुझे बेहद ख़ुशी है कि तुम इस काम में इतनी अधिक दिलचस्पी ले रही हो। सचमुच सेवा का यह बहुत ही बड़ा अवसर है। हो सकता है कि देश-सेवा के क्षेत्र में तुम्हारे जीवन का यहीं से आरम्भ हो। सरकार सस्ते ग़ल्ले की दुकानें गाँव-गाँव में खोलेगी।

—लोगों के पास ग़ल्ला ख़रीदने के लिए है क्या?—मैंने पूछा।

सरकार नहरों की खुदाई का काम शुरू करेगी। लोग खुदाई का काम करेंगे। हो सकता है कि सरकार मज़दूरी के पैसे न दे, अन्न देने की व्यवस्था करे।

—लेकिन यह सब कब होगा?—मैंने पूछा—तब तक लोग क्या खायेंगे।

—हाँ, तुम्हारा यह सवाल ठीक है,—आनन्द जी बोले—सरकार के पास पहुँचते-पहुँचते कोई बात पहुँचती है, फिर सरकार का आदेश जारी होते-होते होता है। फिर उसके कार्यान्वित होने के रास्ते तो और भी पेचीदा होते हैं। लेकिन हम कर ही क्या सकते हैं? तब तक तो इन्तज़ार करना ही पड़ेगा।

—तब तक के लिए क्या हम कुछ भी नहीं कर सकते?—मैं बोली—मेरे पास जो धन है, क्या उसका कोई उपयोग नहीं हो सकता?

—हो क्यों नहीं सकता है?—आनन्द जी बोले—तुम कुछ करना ही चाहती हो तो यह अच्छा रहेगा कि हम विद्यालय के फाटक पर एक लंगर खोल दें। जितने लोगों को खाना देना सम्भव हो, हम व्यवस्था करें। मैं जिलाधीश को पत्र लिखता हूँ। हो

सकता है कि लंगर के लिए उनसे भी कुछ सहायता मिल सके। असल सवाल अन्न जुटाने का है और अन्न की व्यवस्था सरकार की मदद के बिना सम्भव नहीं है। तुम लंगर की व्यवस्था सँभालोगी?

—ज़रूर सँभालूँगी।—मैंने कहा—मैं तो जो भी मुझसे सम्भव है, करना चाहती हूँ। ओह, मैं बयान नहीं कर सकती कि जब से उन भूखे लोगों को मैंने देखा है, मेरे दिल की क्या हालत है।

—ठीक है, हम कल ही लंगर चालू कर देंगे,—आनन्द जी ने कहा—तुम अपने दिल को मज़बूत करो, कमज़ोर दिल लेकर सेवा-कार्य नहीं किया जा सकता। यह रास्ता बड़ा कठिन है, लेकिन लगन हो तो कोई कठिन भी नहीं। तुम तो जानती हो, तुम्हें इस पथ पर चलते देखने की कामना मैं कितने दिनों से अपने मन में सँजोये हुए हूँ। आज मेरी प्रसन्नता की कोई सीमा नहीं है। मैं भगवान् से प्रार्थना करता हूँ कि वह तुम्हें इस दुर्गम पथ पर चलने की शक्ति, साहस और धैर्य प्रदान करें। तुम स्वयं ही इस पथ पर चलने को प्रेरित हुई हो इसलिए मुझे पक्का विश्वास है कि तुम अवश्य ही सफल होओगी। चलो, हम लोग साथ ही ज़िलाधीश के यहाँ चलें। मैं गाड़ी निकलवाता हूँ।...

दूसरे दिन से हमारा लंगर चालू हो गया। आनन्द जी बराबर मेरे साथ रहे। कई दिन बाद अचानक एक बात मेरे मन में उठी। रात को मैंने आनन्द जी से कहा—भाई साहब, गाँवों में बहुत-से बूढ़े, अपाहिज और बीमार लोग भी तो होंगे, जो चलकर लंगर में खाना खाने में असमर्थ होंगे?

हँसकर आनन्द जी बोले—ज़रूर होंगे, रम्भा। लेकिन तुम तो देखती हो कि जो लोग लंगर में खाना खाने आते हैं, उनमें से भी बहुत लोग खाना खाये बिना ही रह जाते हैं, फिर...

—फिर भी उन्हें आज नहीं तो कल, कल नहीं तो परसों खाना तो मिल ही जाता है। लेकिन...

—गाँवों में चाचा जी के सेवक और सेविकाएँ भी तो काम कर रहे हैं। तुम क्या समझती हो कि हमारे एक ही लंगर से इस भूखे इलाक़े का पेट भर रहा है?

—जाने उन लोगों का भी ध्यान इस बात की ओर गया हो या न गया हो।

—हूँ!—आनन्द जी हँसकर बोले—तो, भई, अब जाओ गाँवों में भी खाना लेकर। लेकिन इसी बीच तुम्हारी जो हालत हो गयी है, उस पर भी तुम्हारी नज़र है? आज-कल शायद तुम आईना भी नहीं देखती। क्या से क्या तुम्हारा रूप हो गया है। यह चेहरा, ये कपड़े, ये नंगे पाँव, कोई तुम्हें देखे तो पहचान भी न पायेगा। नहीं, भाई, इतना ही अभी बहुत है। इसके आगे सरासर ज़्यादती होगी।

—मैं पावरोटी, बिस्कुट वग़ैरा तो ले जा सकती हूँ, आप व्यवस्था करा दें। मैं कल से गाँवों में जाऊँगी।

—मैं फिर कहता हूँ,—आनन्द जी बोले—यह सरासर ज़्यादती होगी। फिर यह लंगर कौन सँभालेगा?

—यह तो चल ही रहा है,—मैं बोली—आप किसी और को वहाँ तैनात कर दें।

—रम्भा!—वह भावातिरेक से मेरा हाथ अपने हाथ में लेकर बोले—तुम तो हम लोगों से भी आगे बढ़ती जा रही हो। आज मैं कितना ख़ुश हूँ। तुम्हारी लगन देखकर आज मुझे भी तुमसे ईर्ष्या होती है! तुम्हारी यह लगन बढ़ती जाये, ईश्वर से मेरी यही प्रार्थना है!

और तब से मैं अपने चलने लायक़ पावरोटी और बिस्कुट दो झोलों में भरवाकर, कन्धों पर लटकाये रोज़ किसी-न-किसी गाँव को सुबह ही निकल जाती हूँ।

और ऐसे ही में कल आपसे भेंट हो गयी। मैं आपसे बहुत-सारी बातें करना चाहती थी, लेकिन आपने अवसर ही नहीं दिया। शायद इसी कारण मैं यह सब आपको लिख रही हूँ। चाचा जी, सच ही, मेरी यह इच्छा है कि जब तक इस इलाक़े की दशा नहीं सुधरती, मैं आप लोगों के साथ काम करूँ। मुझे लगता है कि आप लोगों के साथ रहकर मैं बेहतर काम कर सकती हूँ। यहाँ आनन्द जी मेरी सहायता करते हैं, लेकिन लगता है कि मैं अकेली उतना नहीं कर सकती जितना आप लोगों के साथ मिलकर कर सकती हूँ। फिर मुझे अभी कुछ मालूम ही कहाँ है। आप लोगों के साथ रहती तो बहुत-कुछ सीख पाती। अब मैं इस रास्ते पर ही चलना चाहती हूँ।

आनन्द जी से पूछकर ही यह चेक मैं भेज रही हूँ। आप लोगों को पैसे की कितनी ज़रूरत होगी, मैं समझ सकती हूँ।

चाचा जी, आप दो पंक्तियाँ अवश्य मुझे लिखने की कृपा करें।

आपकी आज्ञाकारिणी,
रम्भा।

पत्र पढ़कर मदन भाई ने चेक अलग किया और दोनों को अलग-अलग चपतकर आले पर रख दिया।

उत्तर के विषय में वह थोड़ी देर सोचते रहे। फिर उन्होंने लिखा—

प्रिय रम्भा देवी,

चेक के लिए हमारा धन्यवाद स्वीकार करें।

आप अकेली ही जो काम कर रही हैं, वह साधारण नहीं है। आप इसे जारी रखेंगी तो हमें बड़ी प्रसन्नता होगी।

हमारी सीमाएँ और विवशताएँ आप नहीं जानतीं। आप देख ही रही हैं, यह समय बात करने का नहीं है। हम लोग एक ही पथ के यात्री रहे, तो कभी-न-कभी अवश्य भेंट होगी। शुभकामनाओं के साथ,

आपका,

मदन भाई।

इस पत्र-द्वारा रम्भा के जिस रूप का परिचय पहली बार मदन भाई को मिला था, वह आज तक कभी धूमिल नहीं हुआ। रम्भा एक बार उस पथ पर पाँव बढ़ाकर कभी पीछे नहीं हटी। रम्भा को उस इलाक़े में लोकप्रिय होते देर न लगी। सबके मुँह पर उसका नाम था। सेवाश्रम के सेवक-सेविकाएँ भी उसकी प्रशंसा करते न थकते। किसी-न-किसी गाँव में उनकी रम्भा से ज़रूर भेंट हो जाती। रम्भा उनके साथ मिलकर भी काम करती। मदन भाई को भी वह कभी-कभी मिल जाती। लेकिन नमस्कार के आगे कोई विशेष बात न हो पाती। जब भी रम्भा आवश्यकता देखती, सेवाश्रम को धन से सहायता करती। अपना कितना धन वह इन सेवा-कार्यों में बहा चुकी थी, इसका कोई हिसाब न था। लोग आश्चर्य करते कि उसके पास कितना धन है।

उधर विद्यालय के साथ-साथ आनन्द और आभा देवी भी अपनी दिशा में तेज़ी से उन्नति करते गये। क़स्बे का यह विद्यालय प्रदेश का एक बहुत ही महत्त्वपूर्ण शिक्षा-केन्द्र बन गया। बालिकाओं और महिलाओं की शिक्षा-दीक्षा का जो भी कार्यक्रम सरकार बनाती, उसे पूरा करने का सबसे बड़ा उत्तरदायित्व इस विद्यालय पर ही आ पड़ता। देखते-देखते ही विद्यालय के चारों ओर भवनों की मालाएँ गुँथ गयीं। जब देखो, कोई-न-कोई मन्त्री यहाँ आते ही रहते। कई महिला मन्त्री तो विद्यालय के सम्मानपूर्ण पदों को भी सुशोभित करने लगीं। समाचार पत्रों में बड़े-बड़े विवरण छपते, बड़े-बड़े चित्र छपते। विद्यालय में समारोहों का कोई अन्त ही न था।

आनन्द और आभा देवी के विषय में कितनी ही तरह की बातें फैलीं। लेकिन मदन भाई उनकी ओर कान न देते। किसी की बात की ओर कान देने की उनकी आदत ही नहीं थी। उनसे कोई कुछ कहता तो वह कहते—मुझे इन बातों से क्या लेना है, भाई? हर आदमी का अपना रास्ता है। जो काम जिसे अच्छा लगता है, वह उसे करता है।

आख़िर एक दिन बहुत भरकर प्रभा देवी ने उनसे कहा—आप विद्यालय के संस्थापक कब तक बने रहेंगे?

हँसकर मदन भाई बोले—मैं तो कभी भी संस्थापक नहीं था, प्रभा देवी।

—यह आप क्या कहते हैं?—प्रभा देवी चकित होकर बोलीं—विद्यालय के विधान में जाने कितने वर्षों से आपका नाम छपता आ रहा है, और आप कहते हैं कि मैं तो कभी भी संस्थापक नहीं था। इसका क्या अर्थ है?

मैं क्या जानूँ इसका अर्थ?—मदन भाई बोले—न तो मैं विद्यालय का संस्थापक हूँ और न उसका विधान ही छापता हूँ। तुम बलवीर से किसी दिन क्यों नहीं पूछती?

—मैं बलवीर से क्या पूछूँ?—प्रभा देवी बोलीं—वह तो आपके नाम और रम्भा देवी के धन से अपना उल्लू सीधा करता जा रहा है। रम्भा देवी को तो मैं कुछ भी नहीं कह सकती, लेकिन आप यदि विद्यालय के संस्थापक नहीं हैं तो उसके विधान में जो आपका नाम छपता जा रहा है, उस पर प्रतिवाद क्यों नहीं करते?

—कोई वाद खड़ा करे तब तो मैं प्रतिवाद करूँ?—मदन भाई ने शान्त स्वर में कहा—तुमने पूछा तो मैंने बताया कि नहीं?

—तो आप समझते हैं कि लोग एक-एक करके आपसे पूछने आयेंगे?— प्रभा देवी ने कहा—ऐसा कैसे हो सकता है। आप समाचार-पत्रों में एक बयान क्यों नहीं छपवा देते कि मैं विद्यालय का संस्थापक नहीं हूँ।

—मैंने आज तक कोई बयान छपवाया है, प्रभा देवी?—मदन भाई ने पूछा—मैंने अपनी ओर से कभी कोई वाद खड़ा किया हो, इसकी याद आपको है?

—स्थिति की गम्भीरता पर कदाचित् आपका ध्यान नहीं है,—प्रभा देवी बोलीं—बलवीर और उसकी पत्नी जो कर रहे हैं, आप जानते हैं न?

—जानता हूँ, प्रभा देवी,—मदन भाई बोले—लेकिन वे जो कर रहे हैं उसका उत्तरदायित्व उन्हीं पर तो है।

—आप ऐसा ही समझते हैं, तो मैं क्या कह सकती हूँ?—प्रभा देवी बोलीं—लेकिन मैं तो देख रही हूँ कि वह दिन अब दूर नहीं है, जब आपका नाम भी उस कीचड़ में सनने लगेगा।

सुनकर मदन भाई ज़रा हँसे। फिर बोले—आपको ग़लतफ़हमी है प्रभा देवी! यहाँ कोई नाम ही कहाँ है जो कीचड़ में सनेगा। आप व्यर्थ की चिन्ता न करें। जहाँ कुछ नहीं होता है वहाँ कुछ भी बनता-बिगड़ता नहीं है।

—आपका यह सेवाश्रम?

—हमारा यह सेवाश्रम क्या है?—मदन भाई बोले—यहाँ क्या है जिसका कोई मूल्य हो?

—आपका सेवा-कार्य?

—वह तो निर्मूल्य है ही।

—निर्मूल्य भी लोग लेने से इनकार करें तो?

—निर्मूल्य की भी कहीं सौदेबाज़ी होती है, प्रभा देवी? हम क्या किसी की स्वीकृति लेकर किसी की सेवा करते हैं।

—आपसे मैं बहस में नहीं जीत सकती,—प्रभा देवी हारकर बोलीं—लेकिन मुझे तो डर लगता है। सच कहूँ, मुझे रम्भा देवी के लिए भी बड़ा डर लगता है।

—वह तो विद्यालय की कोई नहीं है। उनके लिए डरने की क्या बात है?

—वह उनके साथ जो रहती हैं,—प्रभा देवी स्वर ज़रा धीमा करके बोलीं—जाने कब ये सुरसा उन्हें लील जायें। विद्यालय का रम्भा देवी को मोह है क्या जी?

—ऐसा आप क्यों समझती हैं?

—अपने धन से उन्होंने विद्यालय बनवाया है।...

—विद्यालय से उन्हें कोई व्यक्तिगत लाभ है क्या?

—ऐसा भला कौन कह सकता है?—प्रभा देवी बोलीं—अपने लाभ के चक्कर में पड़नेवाला क्या इस तरह सेवा-कार्य में अपना सर्वस्व होम कर सकता है?

—फिर आपने मोह की बात क्यों उठायी?

—वह क्यों वहाँ रहती है। उन भ्रष्टाचारियों के साथ वह कैसे रह पाती है?

—अपने घर के लोगों के बारे में आज आप कैसी बातें कर रही हैं?

—मुझे क्या मालूम था कि ये ऐसे निकलेंगे।

—और रम्भा देवी को जब पहली बार आपने देखा था, उनके बारे में आपका क्या ख़्याल था?

—उनका रंग-ढंग मुझे बिलकुल न भाया था,—प्रभा देवी सिर झुकाकर बोलीं—मेरे मन में यह बात उठी थी कि धन की यह पुतली बलवीर के चक्कर में है। बलवीर कैसा शालीन और सजीला दिखायी देता था!

—अब क्या ख़्याल है?

—सब उलटा ही हो गया। देखकर बड़ा आश्चर्य होता है। कब कौन किस रास्ते पर चला जायेगा, कोई क्या कह सकता है। अब रम्भा देवी के लिए बड़ा मोह लगता है। जाने ये दुष्ट कब क्या कर बैठें। आप रम्भा देवी को अपने आश्रम में क्यों नहीं बुला लेते? वह कोई साधारण सेविका तो नहीं है। हमारे आश्रम के सेवक-सेविकाएँ भी उनकी प्रशंसा करते नहीं थकते।

—उन्होंने एक बार यहाँ आने के लिए लिखा था,—मदन भाई बोले—लेकिन मैंने आज तक इस आश्रम में किसी को बुलाया है, प्रभा देवी?

—वह आप ही आ जायें, तो क्या आप उन्हें यहाँ रहने देंगे?

मदन भाई ने तुरन्त इस प्रश्न का कोई जवाब नहीं दिया। प्रभा देवी उनका मुँह ताकती रहीं, बोली—आप हाँ करें तो...

—नहीं, प्रभा देवी,—मदन भाई बोले—हमने आश्रम के सदस्यों की एक सीमा बाँध रखी है न!

—रम्भा देवी जैसी सेविका के लिए भी क्या आप यह बन्धन न तोड़ सकेंगे? उनका उन लोगों के साथ रहना निरापद नहीं है, आप क्यों नहीं समझते?

—मेरे या आपके समझने ही से क्या होगा, प्रभा देवी?—मदन भाई ज़रा रुककर बोले—समझने की बात तो रम्भा देवी के लिए है न! जैसा आप समझती हैं, वैसा ही वह भी समझतीं तो वह उन लोगों के साथ क्यों रहतीं? वह एक सर्वप्रकार सम्पन्न, शक्तिमान् और लोकप्रिय महिला हैं, वह क्या अलग रहने की अपने लिये व्यवस्था नहीं कर सकतीं? वह चाहें तो अपना एक अलग सेवाश्रम खोल सकती हैं। मेरे देखने में उनके सामने कोई रुकावट तो नहीं होनी चाहिए।

—क्षमा कीजिये, वह बात मेरे ध्यान में नहीं आयी थी,—प्रभा देवी इतना ही कहकर चुप हो गयीं। आगे वह कुछ भी न बोल पायीं।

—मानव-चरित्र बड़ा ही जटिल है प्रभा देवी,—मदन भाई फिर स्वयं ही बोले—उसे समझना सरल नहीं है।...जो हो, हमें किसी की चिन्ता करने की ज़रूरत नहीं है। हम लोग जो छोटा-मोटा काम कर रहे हैं, शान्तिपूर्वक वही करते रहें, वही हमारे लिये बहुत है।

—वह इतनी अच्छी सेविका न होतीं तो मैं उनके विषय में कुछ क्यों कहती?—प्रभा देवी बोलीं—वह किसी संकट में पड़ेंगी, तो भाई, मुझे तो बहुत दुख होगा।...एक बात आप बतायेंगे?

—पूछिये।

—बलवीर हमारे यहाँ नहीं आता, यह बात तो मेरी समझ में आती है। लेकिन रम्भा देवी क्यों नहीं आतीं, यह बात मेरी समझ में नहीं आती। कभी आपने उन्हें यहाँ आने से रोका था क्या?

—ठीक ऐसा कुछ तो मैंने नहीं किया था,—मदन भाई बोले—लेकिन वह बड़ी समझदार महिला है, मेरा संकेत समझकर ही वह शायद नहीं आ रही है। यों, उनके यहाँ आने-जाने की ज़रूरत भी क्या है?

—वह तो ठीक है, लेकिन ऐसा संकेत भी भला आपने क्यों किया था?

—प्रभा देवी बोलीं—वह आतीं-जातीं तो आपका क्या बिगड़ जाता? वह सेविका हैं...

—साथ ही वह धनवान् भी हैं और बलवीर के साथ उनका कोई प्रगाढ़ सम्बन्ध भी है, यह आप क्यों भूल जाती हैं?

—धन का तो वह सदुपयोग ही कर रही हैं,—प्रभा देवी बोलीं—और बलवीर जैसे दुष्ट उस्ताद के साथ...

—जाने दीजिये,—मदन भाई हाथ उठाकर बोले—जहाँ रंच-मात्र भी सन्देह हो, वहाँ अपनी ओर से बचना ही अच्छा होता है। अब छोड़िये आप इस प्रसंग को। देखिये, आगे क्या होता है।...

कई वर्ष और बीत गये थे। फिर एक और पत्र रम्भा का मदन भाई के पास आया था। लिखा था—

आदरणीय चाचा जी,

आपको एक बार एक पत्र लिखा था। दूसरी बार फिर आपको अपना कोई पत्र पढ़ने का कष्ट दूँगी, ऐसा नहीं सोचा था। किस मानसिक स्थिति में आपको फिर मैं यह पत्र लिख रही हूँ, आप सहज ही कल्पना कर सकते हैं।

मेरे मन का द्वन्द्व अब अपने अन्तिम बिन्दु पर पहुँच चुका है। मुझे अब अन्तिम रूप से एक निश्चय कर ही लेना है।

आनन्द जी के साथ मैं क्यों आयी थी, यह आपको बता चुकी हूँ। इतने वर्षों उनके साथ रहने के बाद इस परिणाम पर पहुँची हूँ कि अब आनन्द जी वह नहीं रहे, जो वह यहाँ आने के पहले कभी थे। उनको लेकर जो मेरी आशाएँ थीं, अब बिलकुल टूट चुकी हैं। वह अब मेरे आराध्य नहीं रहे। वह अब पूर्णत: पतन को प्राप्त हो गये हैं। उनको इस रूप में देखकर मुझे जो व्यथा होती है, आप सहज ही समझ सकते हैं।

आज तक जो भी सेवा-कार्य मैंने किया है, वह अपने मन की प्रेरणा से ही किया है। आरम्भ में आनन्द जी ने ज़रूर मेरी सहायता की, किन्तु बाद में धीरे-धीरे वह मेरे सेवा-कार्यों से उदासीन होते गये। यह देखकर मुझे दु:ख तो होता लेकिन मैं हताश न होती। तब तक मैं काफ़ी आगे निकल चुकी थी और मुझे लगता था कि मेरा पथ मुझे मिल गया है। मैं अकेली भी चलती जाऊँगी। उनका सान्निध्य मुझे प्राप्त था, यही मेरे लिये बहुत बड़ा सम्बल था।

अकसर मैं दिन-भर गाँवों में ही रहती। शाम को खाने और सोने विद्यालय के अपने कमरे में आती और आनन्द जी कहीं बाहर न गये होते तो उनसे दो घड़ी बातें करने का अवसर मिलता। पहले वह मेरे अनुभवों के बारे में पूछते थे और मुझे बढ़ावा देते थे। बाद में मैं ख़ुद भी अपने अनुभव सुनाती तो वह कहते—भाई, सेवा के इस क्षेत्र का मुझे कोई अनुभव नहीं है। मेरा सम्बन्ध तो शिक्षा के क्षेत्र से है, जिसमें तुम्हारी कोई दिलचस्पी नहीं है। ख़ैर, तुम जो कर रही हो वह कम सराहनीय नहीं है। कभी फ़ुरसत मिलेगी तो मैं भी तुम्हारे साथ कुछ काम करूँगा। आदमी के मन को जो काम करने में शान्ति मिले, वही करना चाहिए। तुम प्रसन्न हो, मेरे लिये यही बहुत है। दरअसल मैं तुम्हारे लिये सिर्फ़ यही चाहता था। तुम्हारे जीवन को एक पथ तो मिल गया।

आभा देवी जब मुझे मिलतीं और मुझसे कोई बात करतीं तो मुझे लगता कि वह केवल औपचारिकता और व्यावहारिकता का निर्वाह कर रही हैं। मेरा अनुमान है कि उन्हें मेरा इस तरह काम करना एक आँख न भाता। वह बड़े ही दबे स्वर में कहतीं—हम लोगों ने तो सोचा था कि तुम भी हम लोगों के साथ ही काम करोगी। कितना अच्छा होता अगर ऐसा होता। लेकिन भाई, सेवा तो सेवा है, चाहे वह गाँवों में की जाये या विद्यालय में। तुमको वही अच्छा लगता है, तो हम दबाव क्यों डालें? जिस आदमी को जो साज बजाने में मज़ा मिले उसे वही बजाना चाहिए। तुम्हारे भाई साहब को तो बड़ी ख़ुशी है कि यहाँ तुम्हारा मन लग गया और तुम ऐसी लगन से देश का काम कर रही हो कि देख-सुनकर लोग दंग हैं। तुम्हारा यह सेवा-कार्य निश्चय ही निष्फल न जायेगा। तुम्हारा ख़ूब नाम हो रहा है।

मैं उनकी बातें सुन लेती, अपनी ओर से कुछ न कहती। इन बातों में अब मुझे कुछ भी न मिलता था। एक ज़माना था कि जब आनन्द जी कोई बात मुझसे करते थे तो मेरी आत्मा रस में डूब जाती थी, मुझे लगता था कि एक फ़रिश्ता मेरे सामने बैठा है और उसके मुँह से अमृत- त्राणी फूट रही है। उस वक़्त मेरी क्या कैफ़ियत होती थी, इसका बयान मैं नहीं कर सकती। लेकिन अब वैसा कुछ भी न लगता था। मुझे इसका आभास मिल रहा था कि अब हमारे सम्बन्ध वैसे न रहे, अब बस औपचारिकता और व्यावहारिकता निभायी जा रही है। ऐसा आश्चर्यजनक परिवर्तन क्यों और कैसे हुआ मेरी समझ में न आता था। मेरे अन्तर को एक पीड़ा सालने लगी।

फिर धीरे-धीरे कुछ अपनी आँखों से देखकर और कुछ लोगों से सुनकर जब उनकी बातें मेरी समझ में आयीं तो मुझे लगा कि मेरा देवता शैतान बनता जा रहा है। तब पीड़ा की जगह एक घृणा मेरे अन्तर में उभरने लगी।

मैंने अपनी ओर से आनन्द जी से बात करना बिलकुल बन्द कर दिया। पहले जब कभी मैं किसी बात को लेकर रूठती थी और बोलना बन्द कर देती थी, तो वह व्याकुल होकर रोने लगते थे। लेकिन अब की वैसा न हुआ। वह मिलते तो आप ही समाचार पूछते। मैं कोई जवाब न देती तो वह यह कहकर मेरे कमरे से बाहर चले जाते—मालूम होता है, तुम बहुत थकी हुई हो। अच्छा, फिर बातें करेंगे।—मुझे लगता था कि वह जान-बूझकर ही मेरी नाराज़गी का एहसास न करते थे।

मैं सोचती थी कि कभी उन्होंने मेरी नाराज़गी की बात उठायी तो मैं यह सब बातें कह डालूँगी, जो इतने दिनों से मेरे मन में उमड़-घुमड़ रही हैं। लेकिन शायद जान-बूझकर ही उन्होंने यह संयोग उपस्थित न किया।

चाचा जी, आप समझ सकते हैं कि मेरे ये दिन किस स्थिति में कटे हैं। सोचती हूँ, आपने अपने आश्रम में मुझे जगह दे दी होती, तो शायद इस स्थिति का मुझे सामना न करना होता। आप ही लोगों की तरह तब मेरा जीवन भी सहज बन गया होता और शायद आनन्द जी भी मेरी दृष्टि में सिंहासनच्युत न हुए होते।

कई बार मेरे मन में आया कि मैं इन लोगों का साथ छोड़ दूँ और मद्रास लौट जाऊँ। किन्तु ऐसा मैं न कर सकी, क्योंकि मेरी समझ में ही न आता था कि मद्रास जाकर मेरे जीवन की क्या गति होगी। फिर जो सेवा-कार्य मैंने शुरू किया था, उसे भी छोड़ने का सवाल था। मुझे लगता था कि मैंने यह सेवा-कार्य छोड़ दिया तो मेरा जीवन पहले से भी कहीं अधिक व्यर्थ हो जायेगा।

फिर यह बात मेरे मन में उठी कि क्यों न यहीं किसी गाँव में एक कुटी बनाकर रहने लगूँ। वह मैं कर सकती हूँ, ऐसा मुझे लगा और ऐसा लगना था, चाचा जी, कि मैं अचानक फूट-फूटकर रोने लगी। यहाँ आने से पहले देश-सेवा की जो योजनाएँ हमने साथ-साथ बनायी थीं, उनकी एक-एक बात मुझे याद आती और मेरा कलेजा फटता। आनन्द जी को इस तरह मुझे छोड़ना पड़ेगा, इसकी कल्पना तक मैंने कभी न की थी। मुझे वह सब पुरानी बातें याद आती थीं, आनन्द जी का वह निरीह, सुन्दर, तेजवान्, गम्भीर मुखड़ा याद आता था और मेरी रुलाई बढ़ती ही जाती थी।

तभी अचानक आनन्द जी की आवाज़ मेरे कानों में पड़ी—यह क्या, रम्भा? तुम रो रही हो?

उनकी आवाज़ मेरे कानों में पड़नी थी कि मेरी रुलाई जाने कहाँ उड़ गयी। मैं नफ़रत और गुस्से से जल उठी। मुँह दूसरी ओर फेरकर बोली—आपको मेरे रोने-हँसने से क्या मतलब है? आप जाइये, अपना काम देखिये, वर्ना कोई नुकसान हो जायेगा।

ऐसी बात और इस स्वर में मैंने जीवन में पहली बार आनन्द जी से कही थी। मुझे आशा थी कि मेरी ऐसी बात सुनकर वह चले जायेंगे। दरअसल मेरे मन में यह बात अब बैठ गयी थी कि उनका हृदय मेरे लिये शून्य हो चुका है।

लेकिन वह गये नहीं। चारपाई के सिरहाने पड़ी कुर्सी पर वह बैठ गये। थोड़ी देर में उनकी पूर्व-परिचित आवाज़ मेरे कानों में पड़ी—मेरा और तुम्हारा नुकसान-फ़ायदा कोई अलग-अलग है, रम्भा?...मैंने तो कभी यह न सोचा।...तुम काफ़ी दिनों से नाराज़ हो, यह मैं जानता हूँ।...तुम क्यों नाराज़ हो, यह भी मैं जानता हूँ।...अब कभी-कभी मैं सोचता हूँ कि मैं तुम्हें यहाँ क्यों लाया, यह विद्यालय क्यों खोला।...मद्रास में आख़िर मुझे क्या कष्ट था। फिर सोचता हूँ कि यहाँ जो कुछ मैंने किया तुम्हारे ही लिये तो किया।...इसमें कहीं कोई ग़लती नहीं थी। लेकिन फिर मुझसे कहाँ ग़लती हुई?...मेरा ख़याल है कि मुझसे दो ग़लतियाँ हुई हैं।...एक ग़लती तो यह हुई कि मैंने चाचा जी से तुम्हारा परिचय कराया...

—चाचा जी का नाम आप मत लीजिये!—मैं क्षुब्ध होकर बोल पड़ा—उनका नाम लेने लायक़ भी आप नहीं हैं। उनसे परिचित होकर मैं अपने को धन्य समझती हूँ।

थोड़ी देर चुप रहकर वह बोले, तो उनका स्वर और भी भींगा हुआ था—रम्भा, तुम चाहो तो मुझे गाली भी दे सकती हो। मैंने तुम्हें अपने हृदय का प्यार दिया है, तो मैं तुम्हारी गाली भी सुन सकता हूँ।...लेकिन मुझे अपनी बात कहने दो। फिर तुम्हारे जी में जो भी आये तुम कहना, मैं सिर झुकाकर सुनूँगा और तुम जैसा चाहोगी वैसा ही होगा। तुम नाहक़ इतने दिनों तक जाने कैसी-कैसी बातें मन में रखकर घुलती रही।

—तो अब मेरी दूसरी ग़लती की बात सुनो। वह ग़लती यह हुई कि मैं उस दिन तुम्हारी भावुकता के सामने झुक गया और तुम्हें गाँवों में काम करने के लिए जाने दिया।...मैं सोचता था कि वह काम तुमसे न होगा और जल्दी ही तुम वह काम छोड़ दोगी। लेकिन ऐसा न हुआ। तुम्हारा और हमारा काम उसी दिन अलग-अलग हो गया। उसी दिन दुराव का बीज हमारे बीच पड़ गया था।...मेरा ख़याल है कि अगर तुम भी हम लोगों के साथ विद्यालय का ही काम करती तो आज यह दिन देखने को न मिलता। तब हम बड़े प्रेम से पहले ही की तरह रहते।

—आप भी मेरे साथ गाँवों में काम कर सकते थे...

—ज़रूर कर सकता था, रम्भा,—वह बोले—लेकिन तुम्हें मालूम है कि उस वक़्त हमारा विद्यालय चलने लगा था। एक बहुत बड़ी ज़िम्मेदारी मेरे सिर पर आ गयी थी। उसे मैं कैसे छोड़ सकता था? फिर मैं अपने मन की बात कहूँ। रम्भा, मैं गाँवों में इस तरह के छोटे-छोटे सेवा-कार्यों को कोई विशेष महत्त्व नहीं देता...

—यही कहिये न!—मैं बोली—इस सेवा-कार्य में एक बात और भी तो है कि यहाँ सब-कुछ देना ही पड़ता है, लेने को कुछ भी नहीं मिलता!

—तुम जो समझो,—वह बोले—लेकिन मैं जानता हूँ कि छोटी-मोटी सड़कें बनवाने, गलियों की सफ़ाई कराने, कुएँ बँधवाने, खादों के लिए गड्ढे खोदवाने, छोटे-मोटे झगड़े निपटाने, रोगियों की तिमारदारी करने, सुधार के कुछ उपदेश देने से ही गाँवों का कल्याण न होगा। इतने दिनों से चाचा जी काम कर रहे हैं और अब तुम भी काम कर रही हो, ज़रा बताओ कि किस गाँव को तुम लोगों ने स्वर्ग बना दिया है?

—कोई गाँव स्वर्ग न बना हो,—मैं चिढ़कर बोली—लेकिन आपका घर तो स्वर्ग बन गया है न! आपको क्या मालूम...

—मुझे सब मालूम है, रम्भा,—वह बोले—हमारे देश के लोगों की ऐसी ही मनोवृत्ति हो गयी है। किसको उन्होंने छोड़ा है जो मुझे छोड़ेंगे : लेकिन मुझे दु:ख है कि तुम भी अपने मुँह से ऐसी बातें कह रही हो। हमारा विद्यालय इतने ही कम वर्षों में उन्नति कर गया, यह देखकर लोग जल रहे हैं और हमें गालियाँ दे रहे हैं। लेकिन इससे हमारा वे लोग कोई भी अहित नहीं कर सकते, क्योंकि हमारा हृदय स्वच्छ है, हमारा उद्देश्य महान् है...

—लोग विद्यालय की उन्नति से नहीं जल रहे हैं, बल्कि आप लोगों की उन्नति देखकर चकित हैं।

—हमने अपनी क्या उन्नति कर ली है, रम्भा?—उन्होंने पूछा—तुम बताओ तो?

—मुझे क्या ज़रूरत है बताने की?—मैं बोली—आपसे बेहतर कौन जानता है इस बात को?

—आज तुम्हारे मुँह से मैं यह कैसी बात सुन रहा हूँ, रम्भा?—भर्राये स्वर में वह बोले और फिर फूट-फूटकर रोने लगे।

मुझे लगा कि उनका यह रोना भी पहले की तरह न था। पहले वह रोते थे तो उनके मुँह से कोई आवाज़ न निकलती थी, बस उनकी आँखों से झर-झर आँसू बहते थे। वैसे में उनका चेहरा देखकर मेरा हृदय विदीर्ण होने लगता था। लेकिन आज उनकी रुलाई सुनकर जैसे एक क्रूर हँसी फूट निकलने को हो आयी।

कोई ऐसी आवाज़ ज़रूर मेरे मुँह से निकली होगी, तभी तो वह रोते हुए ही बोले—तुम हँसती हो, रम्भा? ख़ैर, तुम किस बात को हमारी उन्नति कहती हो? बेटी सरकारी वज़ीफ़ा पाकर विदेश डॉक्टरी पढ़ने गयी है, क्या तुम इसको हमारी उन्नति कहती हो?...प्रतियोगिता में सफल होकर बड़ा बेटा प्रसन्न पुलिस-सुपरिण्टेण्डेण्ट हो गया, क्या तुम इसे हमारी उन्नति समझती हो?...मँझला बसन्त अपनी योग्यता के बल पर प्रदेश के सूचनालय में सहायक निदेशक हो गया, तुम्हारे देखने में क्या यह हमारी उन्नति है?...नन्हा सत्य देहरादून में पढ़ रहा है, क्या इस बात को तुम हमारी उन्नति के लेखे में रखती हो? रम्भा! यह सब क्या कहती हो?—वह भोकार पार कर रोते हुए बोले—यह सब तुम्हारे ही तो बच्चे हैं!...इन्हें तुम कितना प्यार करती हो। ये आज जो कुछ बने हैं, तुम्हारे ही तो बनाये हुए हैं!...रम्भा, ज़रा तो तुम सोचो, कि आज तुम्हें क्या हो गया है।...आभा देवी स्त्री कल्याण आयोग की सदस्य हो गयी हैं, क्या इसे तुम हमारी उन्नति कहती हो?...मैं कुछ समितियों का सदस्य हो गया हूँ, क्या तुम इसे हमारी उन्नति का चिह्न समझती हो?...रम्भा, इन बातों में भला उन्नति की कौन-सी बात है? लड़की डॉक्टरी पढ़कर आयेगी तो क्या देश की सेवा नहीं करेगी?...प्रसन्न सुपरिण्टेण्डेण्ट बनकर देश की सेवा नहीं कर रहा है? बसन्त क्या निदेशक बनकर देश की सेवा नहीं कर रहा है? आभा देवी क्या देश की सेवा नहीं कर रही हैं? मैं देश की सेवा नहीं कर रहा हूँ तो और क्या कर रहा हूँ? यह देश हमारा है, यह सरकार हमारी है। सरकार की योजनाओं और कार्यक्रमों में भाग लेना क्या कोई अपराध है, रम्भा?...बोलो, रम्भा, हम कहाँ और किस रूप में तथाकथित उन्नति करके अब बदल गये हैं? क्या हमारा वही रहना-सहना, वही कपड़े-लत्ते, वही खाना-पीना नहीं है?...हाँ, अब तुम्हारी गाड़ी पर या तुम्हारे विद्यालय की गाड़ी

पर हम ज़रूर चढ़ने लगे हैं, लेकिन यह तो आवश्यकतावश ही न।...विद्यालय के काम से ही तो मैं रात-दिन भागता-फिरता रहता हूँ।...तुमने देखा ही है, जब से हमने यह विद्यालय खोला है, हमें एक पल को भी चैन नसीब नहीं हुआ है। हमारी मेहनत का ही तो यह नतीजा है कि हमारा विद्यालय प्रदेश की शिक्षा-संस्थाओं का और शासन का प्रिय बना हुआ है।...हमारा परिश्रम और काम कोई नहीं देखता और...कहकर वह और भी ज़ोर से रो पड़े और बोले—रम्भा, और आज तुम भी वही सब कह रही हो, जो लोग कहते हैं?...कहाँ गया वह हमारा प्रेम, कहाँ गया वह हमारा विश्वास? हाय, मैं क्या करूँ?...जिसके लिए हमने यह सब किया वही...मैं आत्महत्या कर लूँगा, रम्भा, आत्महत्या! तुम्हारा प्रेम और विश्वास खोकर...

तभी कमरे में घुसती हुई आभा देवी बोलीं—खाना खाने को देर हो रही है। तुम...अरे, तुम रो क्यों रहे हो इस तरह?

—तुम चलो,—आनन्द ने अचानक रुलाई रोककर कहा—मैं आता हूँ।

आभा देवी चली गयीं तो आनन्द जी अपनी आँखें पोंछते हुए बोले—ओह, तुम्हें और इस विद्यालय को लेकर मैंने क्या-क्या सपने देखे थे। मैंने सोचा था कि विद्यालय की उन्नति के साथ-साथ तुम्हारा व्यक्तित्व भी निखरकर ऊपर उठेगा और एक दिन तुम लोकसभा की सदस्य बनोगी और फिर मन्त्री बनोगी। एक बड़ा सेवा-क्षेत्र तुम्हें प्राप्त होगा...

—आप लोगों को तो प्राप्त हो रहा है न!—मैंने कह दिया।

—हम लोगों को तो कुछ भी प्राप्त नहीं हो सकता,—वह बोले—हममें योग्यता ही क्या है? लेकिन तुम्हारे विषय में तो ऐसी बात नहीं कही जा सकती। तुम एम. ए. हो, तुम्हारा व्यक्तित्व आकर्षक है, तुम्हारे पास चुनाव लड़ने के लिए धन है, तुम्हारे पास क्या नहीं है, जो एक नेता के पास होना चाहिए। अब तुमसे मैं क्या कहूँ, कई बार प्रदेश के नेता और मुख्य मन्त्री मुझसे यह बात कह चुके हैं कि रम्भा देवी को सेवा का शौक़ ही है तो उन्हें राजनीति के क्षेत्र में लाइये, फिर देखिये वह देखते-देखते ही किस तरह चमक उठती हैं! वह क्या मदन भाई की ही तरह गाँवों के घिरौंदों में ही भटक रही हैं? उनकी जैसी सर्वप्रकार योग्य और प्रतिभा-सम्पन्न महिला के लिए तो बड़े-बड़े क्षेत्र सामने पड़े हुए हैं। आप उन्हें समझाइये।

—आप उन्हें कुछ समझने को नहीं कहते?—मैंने पूछा।

—उन्हें?—वह गम्भीर होकर बोले—उन्हें मैं क्या समझने को कहूँ, रम्भा? सारे प्रदेश का शासन जो सँभाले हुए हैं...

—आप गाँवों में चलकर लोगों की हालत देखिये तो आपको बहुत-कुछ मिल जायेगा, जो आप उन्हें समझने को कह सकते हैं...

—ये दक़ियानूस गाँववाले कभी भी सन्तुष्ट न होंगे, रम्भा, चाहे इनके लिए क्या न कर दिया जाये।

—आप चुप रहिये!—मैं ज़रा ज़ोर से बोली—आपको जब कुछ मालूम ही नहीं है तो यह बात करने का अधिकार आपको नहीं है। जो गाँववाले ज़रा-सी मदद पाकर कृतज्ञतावश फूट-फूटकर रोने लगते हैं...

—वे बड़े पाखण्डी और धूर्त होते हैं, रम्भा...

—आपको यह कहते शर्म नहीं आती?...उन बेचारों...

—रम्भा, यह किस भाषा में तुम मुझसे बातें कर रही हो?—मेरी बात काटकर वह फिर रुआँसे होकर बोले—इस तरह तो तुम कभी भी मुझसे बातें न करती थी। तुम कितनी सुसंस्कृत, शीलवान्, संकोची और मितभाषी लड़की थी! आज तुम्हें मैं यह किस रूप में देख रहा हूँ? क्या गँवारों के सम्पर्क में आकर...

—हाँ, इन्हीं के सम्पर्क में आकर मैंने जीवन को कुछ देखा और समझा है। सारे सुसंस्कार आप लोगों को ही मुबारक! सुन लीजिये, मैं जल्दी ही यहाँ से चली जाऊँगी और उन्हीं गँवारों के बीच कहीं एक झोंपड़ी खड़ी करके रहूँगी।

—यह नहीं हो सकता, रम्भा, यह नहीं हो सकता!—आनन्द जी व्याकुल होकर बोले—मेरी लाश पर पाँव रखकर ही तुम यहाँ से जा सकती हो! तुम्हें यही करना था तो यह इतना बड़ा विद्यालय तुमने क्यों खड़ा कराया?

—आपके लिए।

—केवल मेरे लिये? यह झूठ है, रम्भा, बिलकुल झूठ है!

—यह झूठ था, लेकिन अब यही सच है।

—और तुम्हारा प्रेम?

—उसकी भरे बाज़ार में आपने पूरी सौदेबाज़ी कर ली और पर्याप्त लाभ बटोर लिया!

—नहीं, नहीं, रम्भा।—आनन्द जी बिलखकर बोले—ऐसा मत कहो : मेरा हृदय, मेरा प्रेम आज भी पहले ही की तरह निर्मल और दृढ़ है!

—यह झूठ है।

—यदि ऐसा है, रम्भा, तो मेरे जीवन को धिक्कार है!—वह उठते हुए बोले—यह विद्यालय तुम्हारा है, तुम यहीं रहो, तुम्हें और कहीं जाने की कोई ज़रूरत नहीं है। हमीं यहाँ से चले जायेंगे।

—आप नहीं जायेंगे, मैं जानती हूँ। आप झूठ बोल रहे हैं, त्याग का स्वाँग रच रहे हैं।

—तुम देख लेना, रम्भा—कहते हुए वह कमरे से बाहर चले गये।

चाचा जी, मैं यह पत्र आपको रात में ही लिख रही हूँ। मेरा मन कहता है कि आनन्द जी विद्यालय छोड़कर कहीं नहीं जायेंगे। फिर भी सोचती हूँ कि कहीं सच ही वह चले न जायें। ऐसा इसलिए सोचती हूँ क्योंकि आनन्द जी ने अब अपनी स्थिति काफ़ी दृढ़ कर ली है। वह चले भी जायें तो ज़िन्दगी आराम से काट सकते हैं। चाचा जी, यह चले गये तो क्या होगा? क्या आप मेरी कुछ मदद कर सकते हैं, चाचा जी, यहाँ आपके सिवा किसी पर भी मेरी नज़र नहीं जाती! आप इस संस्था के, नाम के ही सही, संस्थापक हैं। आपका जिस पर भी भरोसा हो, उसे विद्यालय सौंप दें तो आपकी बड़ी कृपा होगी।

जो हो, मैं इस विद्यालय के हाते में अब न रहूँगी। आप अपने आश्रम में मुझे शरण देते तो मैं अपना अहोभाग्य समझती। मुझमें अभी बेहद कमज़ोरियाँ हैं, जैसा कि आपको मेरे पत्र से ही ज्ञात हो जायेगा। चाचा जी, मैं अपने को साधना चाहती हूँ। मुझे लगता है कि यह काम आपकी ही छत्रच्छाया में पूरा हो सकता है। मैं आपकी ही तरह आजीवन गाँवों की सेवा करना चाहती हूँ, चाचा जी,। बस, यही मेरी एक मनोकामना है!

आज्ञा दें तो मैं किसी समय आपसे मिल सकती हूँ, आश्रम में या किसी भी गाँव में। मैं एक सेविका हूँ, मेरी स्थिति पर आपको अवश्य विचार करना चाहिए और मेरी सहायता भी करनी चाहिए।

आपकी आज्ञाकारिणी,

रम्भा।

मदन भाई को आश्रम और सेवा-कार्यों की समस्याओं के अतिरिक्त और किसी भी बात को लेकर अधिक देर तक सोचने की आदत नहीं थी। किसी के तीन-तेरह में वह पड़ते ही नहीं थे। रम्भा के बारे में भी उन्होंने शायद ही कभी सोचा हो, बलवीर और फिर रम्भा के साथ शुरू में ही कुछ बातें करके वह समझ गये थे कि आगे क्या होनेवाला है। आगे वही सब हुआ था, लेकिन एक अतिरिक्त बात और हो गयी थी। वह यह कि रम्भा को गाँवों के सेवा-कार्यों में गहरी दिलचस्पी हो गयी थी। ऐसी आशा उन्हें नहीं थी। लेकिन यह अचानक ही हुआ भी था। रम्भा की सच्चाई से वह प्रभावित हुए थे। इसलिए उसकी इस दिलचस्पी का उन्होंने मन-ही-मन स्वागत किया था। रम्भा ने अकेले ही जो कुछ किया था, वह आश्चर्यजनक था। मदन भाई को इससे ख़ुशी ही हुई थी। उसकी सच्चाई के कारण ही उन्हें रम्भा से एक बड़ी आशा थी। लेकिन उन्हें उस घोर संघर्ष को भी अपनी आँखों के सामने देखा, जो एक शैतान और एक मानव के बीच होता है। उन्हें विश्वास था कि अगर अन्त तक रम्भा अपनी

सच्चाई पर दृढ़ रही तो वह अवश्य सफल होगी। बलवीर के झूठ की आग में ही प्रेम जलेगा। रम्भा मुक्त होगी। शैतान से अपना पिण्ड छुड़ा लेगी। लेकिन वह यह भी जानते थे कि शैतान आसानी से और जल्दी पिण्ड नहीं छोड़ता। और रम्भा को भी अपने आत्मिक, निरीह और कोमल प्रेम को जलते देख कोई मामूली दर्द न होगा।

जो हो, अन्त तक, अपने स्वभाव के अनुसार वह दर्शक ही बने रहना चाहते थे। शायद यह भी कहना उतना सही न हो, क्योंकि मदन भाई अपने में न तो कुछ देखने की उत्सुकता ही रखते थे और न अपनी ओर से कुछ जानने का कोई प्रयत्न ही करते थे और यों ही कुछ देख या सुन लेते थे तो भी उसमें किसी प्रकार भी न लिप्त होते थे, न अपने को उलझाते ही थे।

यह पत्र पढ़कर भी उन्होंने कुछ जाना, कुछ समझा, लेकिन उसकी किसी बात पर उनमें कोई विशेष प्रतिक्रिया न हुई। बड़े सहज भाव से उन्होंने रम्भा को यह पत्र लिखा—

प्रिय रम्भा देवी जी,

आपका पत्र मुझे मिला है।

मैं तो विद्यालय का संस्थापक नहीं हूँ, किसी भी संस्था का संस्थापक मैं हो ही नहीं सकता। विद्यालय के विधान में यह ग़लत बात जाने क्यों छपती जा रही है। बलवीर के पास कदाचित् इसका कोई उत्तर हो।

इस आश्रम और गाँवों के सेवा-कार्यों के बाहर मेरा कोई भी कार्य-क्षेत्र नहीं हो सकता। मैंने अपनी शक्ति और योग्यता के अनुसार ही यह संकुचित सीमा बाँध रखी है। हमारे आश्रम के सेवक-सेविकाओं की भी कदाचित् यही सीमा है। और किसी को तो मैं जानता भी नहीं।

हमारे सेवक-सेविका किसी कठिनाई से घबराते नहीं हैं। आप भी नहीं घबरायेंगी, तो मुझे प्रसन्नता होगी। यों, आपको बता दूँ कि हमारी कठिनाइयाँ भी बहुत छोटी होती हैं। हम अपना हाथ-पाँव समेटकर ही रहते हैं और पहले ही आनेवाली कठिनाइयों के बारे में नहीं सोचते हैं। कठिनाइयाँ आती हैं तो उन्हें दूर करने का भरसक प्रयत्न करते हैं। वे दूर नहीं होती हैं तो उन्हें छोड़ हम ख़ुद आगे बढ़ जाते हैं। हम परेशान नहीं होते क्योंकि हम जानते हैं कि परेशान होने से तो कुछ भी नहीं होता है। जो हमारे वश में है वही तो हम करेंगे। अपनी शक्ति बढ़ाने का तो हम स्वप्न भी नहीं देखते।

आप सर्वप्रकार योग्य और शक्तिमान् महिला मालूम देती हैं। आप ही बेहतर समझ सकती हैं कि आप क्या कर सकती हैं। आज तक आपने जो किया है वह सराहनीय है, आगे भी ऐसा ही होगा, विश्वास होता है।

आप कोई नया प्रतिमान स्थापित करें। हमारे आश्रम की सीमा तो आप जानती हैं। कहीं भेंट होगी आपसे।

शुभकामनाओं के साथ,

आपका,

मदन भाई।

रम्भा का पत्र सुबह आया था। उसी समय मदन भाई ने जवाब भेज दिया था। सान्ध्य प्रार्थना के बाद अप्रत्याशित रूप से आनन्द आ पहुँचा। उस समय ओसारे में खड़े-खड़े ही मदन भाई और प्रभा देवी कोई बात कर रहे थे।

आनन्द मदन भाई के पाँव छूने को झुका तो वह दो क़दम पीछे हट गये।

प्रभा देवी बोलीं—रहने दे, रहने दे, तेरे आने से ही हम तर गये!

आनन्द की मुख-मुद्रा तब देखने लायक़ थी। कन्दील की मद्धिम रोशनी जैसे उसके फ़क़ पड़े चेहरे पर चिपकी जा रही थी। सूखे कण्ठ से वह बोला—क्षमा कीजिये चाची जी! ये दिन कैसी परेशानियों में कटे हैं, मैं बयान नहीं कर सकता। विद्यालय क्या शुरू किया, अपना सारा चैन गँवा बैठा। सौगन्ध है कि...

—ख़ूब तो चैन की वंशी बजा रहा है!—प्रभा देवी बोलीं—डाइरेक्टर और सुपरिण्टेण्डेण्ट का बाप तू, तुझे क्या परेशानी हो सकती है, रे? रहने दे यह सब। हमें सब मालूम है। गली-गली तो तेरी शोहरत बोल रही है। तू यहाँ क्या करने आया, लबार?

लगा कि अब प्रभा देवी आनन्द को तमाचा मारेंगी। तमाचा वह मार देतीं तो शायद आनन्द बच जाता। उसने अपनी आँखें शायद तमाचा खाने के लिए ही बन्द कर ली थीं। उसे कुछ बोलने का होश कहाँ था।

प्रभा देवी ने ही तमतमाकर पूछा—इनका नाम तू विद्यालय के संस्थापक के स्थान पर क्यों छापता जा रहा है? इन्होंने तुझे अनुमति दी थी?

कन्दील की मद्धिम रोशनी में आनन्द की आँखों के नीचे झरती बूँदें चमक उठीं। भीगे कण्ठ से बोला—इतने वर्ष हो गये, चाचा जी ने तो कभी आपत्ति न की। मुझे रंचमात्र की सन्देह होता तो...

—तुझे सन्देह करने की क्या ज़रूरत थी?...और वह अपील जो तुमने इनके नाम से विद्यालय के शिलान्यास के दिन सुनायी थी? उसके बारे में तुझे क्या कहना है? क्या इन्होंने उसे लिखकर तुझे दिया था?

—जाने दीजिये, प्रभा देवी,—मदन भाई तब बोले—क्या फ़ायदा यह सब बातें इससे कहने से? किसी के कहने से कोई अपना ढंग बदल देता है?

—क्षमा कर दीजिये, चाचा जी,—आनन्द फिर मदन भाई के पाँव की ओर हाथ बढ़ाते हुए बोला—यह मुझसे एक अपराध हो गया। मुझे आपसे लिखा लेना चाहिए था।

मदन भाई फिर दो क़दम पीछे हट गये। प्रभा देवी ही बोलीं—तू एक अपराध की बात करता है, भ्रष्टाचारी? तूने विद्यालय खोला है कि कोई भ्रष्टाचार का अड्डा? तुझे बिलकुल शर्म नहीं आती? तू क्यों आया यहाँ?

—मैं विद्यालय छोड़ रहा हूँ, यही कहने आया था,—सिर झुकाकर आनन्द बोला—तेरह अप्रैल को कार्यकारिणी की बैठक बुलायी है अपने त्याग-पत्र पर विचार करने के लिए। आज तक आप एक बार भी विद्यालय में नहीं आये। इस बार अवश्य आने की कृपा करें, चाचा जी। चाहें तो सब हिसाब-किताब अपनी आँखों से ही देख लीजियेगा। आप लोग हमारे बड़े हैं, मैं कैसे कुछ कहने का साहस कर सकता हूँ। मुझे गाली देने, डाँटने का आप लोगों को पूरा अधिकार है और उसे सुन लेना और सह लेना मेरा कर्त्तव्य है। मैं सारी दुनिया से बहस कर सकता हूँ, लेकिन आप लोगों से तो बहस नहीं कर सकता। हर बार चपरासी आ-आकर लौट गया, आपने बैठक के सूचना-पत्र पर हस्ताक्षर भी न किये। मैं अब विद्यालय से जा रहा हूँ, इसलिए अन्तिम बार स्वयं ही आया हूँ। चाचा जी, आप चलकर अपनी आँखों से ही सब-कुछ देख लीजिये। जो लोग कहते हैं, उसी पर आप भी चले जायेंगे, तो मेरे लिये मरने को भी कोई जगह नहीं मिलेगी। मैं और लोग क्या कहते हैं उसकी चिन्ता नहीं करता। लेकिन, चाचा जी, आप भी वैसा ही समझेंगे तो मैं प्राण दे दूँगा। चाचा जी...

—अरे, जा-जा, चाचा जी के बच्चे!—प्रभा देवी ने मुँह बनाकर कहा—बड़ा प्राण देनेवाला आया है। जो पैसे के लिए जान देता है, वो...

—जाने दीजिये, प्रभा देवी—मदन भाई बोले—जा, बलवीर, तू जा, मुझे तुझसे या तेरे विद्यालय से या तेरे हिसाब-किताब से क्या लेना है, भाई? तू जाने और तेरा काम जाने।

—और कुछ की तो नहीं, लेकिन मुझे रम्भा देवी की चिन्ता है, चाचा जी,—फिर भी आनन्द बोला—उन्हें आपकी संरक्षता मिल जाती तो मैं निश्चिन्ततापूर्वक जा सकता। शायद वह यहीं रहें और विद्यालय को सँभालें। विद्यालय का काम बहुत बढ़ गया है, चाचा जी। इतना बड़ा भार उनके सिर पर छोड़कर जाते नहीं बनता। आपसे थोड़ा आश्वासन मिल जाता तो मैं इस चिन्ता से मुक्त हो जाता।

—मैं किसी को कोई भी आश्वासन देने योग्य अपने को नहीं पाता, बलवीर,—मदन भाई बोले—तू जा, मुझे तंग मत कर।

—रम्भा देवी तो एक आदर्श सेविका हैं, उनके प्रति आपका कर्त्तव्य...

—जा जा, तू अपना कर्त्तव्य देख!—प्रभा देवी बोलीं।

—अच्छा, चाचा जी, क्षमा कीजियेगा,—आनन्द बोला—व्यर्थ में ही मैंने आपका इतना समय नष्ट कर दिया। सच पूछिये तो यही सोचकर मैं आपके यहाँ नहीं आता था।

कहकर आनन्द सीढ़ियाँ उतर गया।

वह चला गया तो प्रभा देवी बोलीं—इसकी चमड़ी कितनी मोटी हो गयी है, जी! इस पर तो किसी बात का असर ही नहीं पड़ रहा है। देखा आपने, बेहया की तरह कैसे-कैसे रूप इसने बदले और कितने पैंतरे भाँजे। मेरी समझ में नहीं आता कि यह आख़िर यहाँ क्यों आया था। मुझे तो विश्वास नहीं होता कि यह कल्पतरु छोड़कर कहीं जायेगा। कहीं कोई चाल तो...

—जाने दीजिये, प्रभा देवी—मदन भाई बोले—ऐसे लोगों के बारे में क्या बात करना।

—रम्भा देवी के बारे में मुझे चिन्ता है,—प्रभा देवी बोलीं—कैसे शैतान के चंगुल में वह फँसी है!

—उनका एक पत्र सुबह आया था,—मदन भाई बोले—आप चाहें तो पढ़ लें, ताक पर रखा है।

प्रभा देवी लपककर कमरे में चली गयीं।

खाने पर बैठे तो प्रभा देवी ने पूछा—आपने रम्भा देवी के पत्र का जवाब दिया है?

—हाँ।

—क्या लिखा है? आप उनकी कोई मदद करेंगे?

—मैं क्या कर सकता हूँ, आप जानती हैं।

—ऐसे में भी आपकी तटस्थता मुझे उचित नहीं लगती। जैसे भी हो और जितना भी हो, रम्भा देवी की अवश्य सहायता करनी चाहिए। बलवीर अगर चला जाता है तो विद्यालय सँभालने के लिए आपको रम्भा देवी के साथ अपने किसी सेवक या सेविका को कर देना चाहिए।

—आप क्या सचमुच सोचती हैं कि बलवीर चला जायेगा?—मदन भाई बोले—नहीं, भाई, ऐसा त्याग अचानक वह नहीं कर सकेगा। जायेंगी रम्भा देवी ही। रम्भा देवी की ज़रूरत अब बलवीर को नहीं रह गयी है। उसने अपनी जड़ें जमा ली हैं।

—रम्भा देवी क्यों जायेंगी। विद्यालय तो उन्हीं के धन से बना है।

—इसका कोई सबूत किसी के पास है क्या? और विद्यालय उनका हो भी तो इससे क्या होता है, वह तो विद्यालय की कुछ भी नहीं हैं। विद्यालय का सर्वेसर्वा है बलवीर। विद्यालय के नाम रम्भा देवी से धन उसने दान के रूप में ही लिया होगा। दिये हुए दान पर भला दानी का क्या अधिकार रह जाता है?

—बाप रे बाप! ऐसा अन्याय होगा रम्भा देवी के साथ और कोई कुछ भी न कहेगा?

—किसी के कुछ कहने की कोई ज़रूरत नहीं पड़ेगी,—मदन भाई बोले—रम्भा देवी कोई दावा पेश नहीं करेंगी। वह ख़ुद ही किसी गाँव में झोंपड़ी बनाकर बसना चाहती हैं। उन्होंने अपना सेवा-क्षेत्र चुन लिया है। लेकिन यों आसानी से बलवीर उन्हें विद्यालय न छोड़ने देगा।

—वाह! यह तो अजीब बात है,—प्रभा देवी बोलीं—न ख़ुद छोड़ेगा न उन्हें छोड़ने देगा, इसका क्या मतलब है? वह उन्हें बाँधकर रखेगा क्या?

—जब तक रख सकता है, रखेगा; जितना उनसे फ़ायदा उठा सकता है, उठायेगा। अन्ततः उन्हें रखना जब असम्भव हो जायेगा तभी छोड़ेगा।

रम्भा देवी का यह पत्र पढ़ने के बाद भी आप यह नहीं समझते कि वह घड़ी आ पहुँची है?

—इसके बारे में अभी कोई निश्चित मत मैं नहीं दे सकता। शैतान के दिमाग़ की थाह किसने पायी है?

—बेचारी रम्भा देवी को किसी आफ़त में तो नहीं डालेगा?

—क्या कहा जा सकता है,—मदन भाई बोले।

उन्हें आप आश्रम में रख लेते तो...

—इसके बारे में मैं पहले ही आपको बता चुका हूँ,—कहकर मदन भाई उठे और मुँह धो-पोंछकर बाहर टहलने निकल गये।...

उसके बाद कई बार उनकी रम्भा देवी से भेंट हुई, कभी इस गाँव में, कभी उस गाँव में। लेकिन नमस्ते के आगे कोई बात नहीं हुई। न मदन भाई ने कुछ पूछा और न रम्भा देवी ने ही कुछ कहा।

फिर वह रात आयी।

मदन भाई ने अपनी आत्मा की किस प्रेरणा से रम्भा का हाथ पकड़ा था, यह वह इस क्षण भी नहीं समझ पाते। लेकिन वह यहीं उस अन्याय में अपने को भागी समझते हैं, जिसके कारण रम्भा इस स्थिति को प्राप्त हुई है। उनकी आत्मा कहती है कि यदि ऐसा न होता तो तुम रम्भा देवी का हाथ न पकड़ते, उन्हें अपने आश्रम में, अपने कुटीर में न लाते, तीन दिनों तक उनके लिए तुम यों आकुल न रहते।

आत्मा से उठी किसी बात को मदन भाई ने आज तक अस्वीकार नहीं किया है। लेकिन इस बात को स्वीकार करने में उन्हें पूरे तीन दिन लग गये। और जब स्वीकार कर लिया तो उनके सामने बस एक ही रास्ता रह गया था, मौन अनशन का। मदन भाई मौन अनशन पर बैठे सोच रहे थे, मैं अपनी आत्मा की बात स्वीकार करने में अबकी तीन दिन क्यों लगा दिये? पहले ही क्षण इसे स्वीकार कर लिया होता तो इस असह्य यातना के कम-से-कम तीन दिन तो कम हो गये होते। मेरे लिये और कदाचित् रम्भा देवी के लिए भी।

किन्तु मदन भाई इसे स्वीकार करते तो कैसे? रम्भा देवी को लेकर वह स्वभावतः सदा तटस्थ ही रहे थे, कहीं भी, किसी ओर से भी उन्होंने अपने को उलझने न दिया था। उस रात की वह साधारण घटना यह गम्भीर रूप ले सकती है, इसकी आशंका किसे हो सकती थी?

रात के उस पहर, एक रोती हुई महिला सड़क पर चली जा रही थी। उसे मदन भाई ने देखा, फिर पहचाना और उसे उस स्थिति में रोक लिया और उसका हाथ पकड़कर अपने कुटीर पर ले आये, यह तो उनके स्वभाव के विरुद्ध कोई बात न थी। यह महिला रम्भा देवी न होकर कोई और होती तो मदन भाई ऐसा ही करते। कितनी ही बार पहले भी वह ऐसा कर चुके हैं और कभी भी कोई गम्भीरता उत्पन्न नहीं हुई है। उस पहर, उस स्थिति में वह भला रम्भा देवी को कहाँ जाने देते, कैसे जाने देते? सोचा था, कोई बात हुई होगी, रात में आराम कर थिरा जायेंगी, और सुबह चली जायेंगी। प्रभा देवी को सुपुर्द कर वह फिर सड़क पर सेवक-सेविकाओं के दल की प्रतीक्षा करने लगे थे। तभी अचानक उनकी आत्मा से यह आवाज़ उठी थी, यह रम्भा देवी हैं। तुम्हें कोई आशंका नहीं कि इनके साथ क्या घटी होगी? तुमने इन्हें क्यों रोका, इनका हाथ क्यों पकड़ा, इन्हें अपने आश्रम में क्यों ले गये? क्या तुम आज तक तटस्थ रहकर इसी घड़ी की प्रतीक्षा कर रहे थे?

—ना, ना!—मदन भाई मुँह से बोले थे—मैं तो...मैं तो ऐसी बात कभी भी अपने मन में न लाया। मैं तो सोचता था, रम्भा देवी शक्तिमान् हैं, वह आप ही स्थिति से ऊपर उठ जायेंगी...

—लेकिन आज तो वह इस स्थिति को पहुँच आयी हैं,—आत्मा बोली—कुछ बता सकते हो, क्यों? अब तो तुम तटस्थ नहीं रह सकते। तुमने अभी रम्भा देवी को अपने ही कुटीर में आश्रय दिया है, अब तो बताओ!

—शैतान क्या कर सकता है, मैं क्या बताऊँ?

—तुम्हें इसकी आशंका थी न?

—थी।

—फिर तुमने रम्भा देवी की पहले मदद क्यों न की, जबकि उन्होंने स्वयं तुमसे मदद माँगी थी? क्या यह काम तुम्हारे सेवा-क्षेत्र के अन्तर्गत नहीं आता था?

—नहीं। हमारे सेवा-क्षेत्र की एक सीमा है। उसके बाहर हम नहीं जाते।

—फिर तुमने यह जानकर भी कि यह रम्भा देवी हैं, अभी इनका हाथ क्यों पकड़ा, इन्हें आश्रय क्यों दिया? क्या तुम यह नहीं समझ सकते कि इनके साथ कोई बड़ा अन्याय हुआ होगा?

—हे राम!...मैंने नहीं समझा, मैंने कुछ भी नहीं समझा, मैं तो आश्रम के सेवक-सेविकाओं के दल की प्रतीक्षा कर रहा था कि अकस्मात्...

—तुम्हें डर लग रहा है न?...मुझे मालूम है, रम्भा देवी को लेकर एक डर हमेशा तुम्हारे मन में बना रहा है।

—कैसा डर?

—यह बताना ज़रूरी है क्या? तुम मुझसे ही आँखमिचौली खेलोगे?

—नहीं-नहीं, यह कैसे हो सकता है?

—तो सुनो! डर इस बात का कि रम्भा देवी के पास धन है, तुमने उनकी मदद की, उन्हें अपने आश्रम में स्थान दिया तो लोग कहेंगे, लोग कहें या न कहें, बलवीर यह प्रचार कर सकता है कि मदन भाई धन के लोभ में पड़कर रम्भा देवी को...

—मैंने धन का लोभ कभी किया है?

—धन की बात छोड़ो, बलवीर के प्रचार की बात है। फिर यह भी डर तुम्हें होगा कि कहीं तुम ऐसा करके बलवीर से कोई झगड़ा मोल न ले लो। झगड़े-वगड़े से तुम बहुत घबराते हो न?

—हाँ, यह ठीक है, मैं किसी झंझट में नहीं पड़ता।

—अब? अब तो झंझट में पड़ सकते हो न?

—पड़ सकता हूँ। लेकिन अभी क्या कहा जा सकता है? पता नहीं, रम्भा देवी इस स्थिति को क्यों पहुँची हैं। मैं सुबह तक देखूँगा।

—देखो, ज़रूर देखो। लेकिन अभी तुम बात मान जाते तो अच्छा था। सन्देह की कोई जगह नहीं है। रम्भा देवी के साथ कोई घोर अन्याय हुआ है, वर्ना ऐसी दारुण स्थिति में तुम उन्हें न पाते। वह इस तरह रोती हुई इस सड़क पर इस वेला दिखायी न देतीं।... तुम जानते हो, क़स्बे से चारों ओर सड़कें जाती हैं, बता सकते हो, रम्भा देवी इसी सड़क पर क्यों आयीं?...हाँ जी, तुम सड़क पर उन्हें न मिलते तो, हो सकता है, वह तुम्हें तुम्हारे कुटीर पर मिलतीं। तब भी तुम उन्हें यहाँ से वापस न कर सकते। ठीक है न?

—ठीक है।

—जब यही होना था तो तुमने पहले ही रम्भा देवी की मदद क्यों न की, उन्हें अपने आश्रम में क्यों न जगह दी? तब तो वह इस स्थिति को प्राप्त न होतीं। यहीं तुम इस अन्याय के भागी बनते हो।

—वह अन्याय ठीक-ठीक समझ में तो आये...

—समझोगे, समझोगे। अभी नहीं तो बाद में। आज नहीं तो कल, कल नहीं तो परसों...

और तीन दिन बीत गये। अन्याय की गुरुता क्षण-क्षण बढ़ती गयी। रम्भा रोती रही। न उसने कुछ खाया-पिया, न वह कुछ बोली। लेकिन वह अन्याय जैसे बराबर बोलता रहा, उसकी आवाज़ क्षण-क्षण तेज़ होती गयी। अन्त में मदन भाई को वह बात माननी ही पड़ी। और प्रायश्चित्त-स्वरूप वह मौन अनशन पर बैठ गये। यही एक साधन उनके पास था। रम्भा देवी मरेंगी तो वह भी मरेंगे। और कोई रास्ता उन्हें दिखायी ही न देता था।

और एक-एक कर जब सभी आश्रमवासी उन्हीं की तरह मौन अनशन पर बैठ गये तो मदन भाई को लगा कि अब इस अन्याय की आवाज़ को दबना ही पड़ेगा। इतनी आत्माओं की आहुति यह अन्याय की आवाज़ नहीं सँभाल सकती। अब मदन भाई को कोई चिन्ता, कोई आकुलता, कोई भय, कोई पश्चात्ताप न रहा। वह पत्थर की मौन मूर्ति बन गये। राम, जो तेरी इच्छा हो, वही हो। सेवक तेरे चरणों में उपस्थित है!

भोर का पक्षी न बोला। प्रभात-फेरे के गीत-स्वर न फूटे। प्रातः समीर न चला। सूर्योदय का शंखनाद न हुआ। दुग्धवती गौएँ न रँभायीं। आश्रम में कहीं एक शब्द भी न फूटा।

उस विराट् मौन का स्वर उस स्थिति में पड़ी रम्भा के कानों में कैसे पहुँचा, कौन जाने। उसकी क्षत-विक्षत आत्मा की दारुण पीड़ा कैसे थमी, कौन जाने। उसने क्या देखा, क्या सुना, कैसे देखा, कैसे सुना, कौन जाने। उसने कैसे और क्या अनुभव किया, कौन जाने।

पीली आभा में रम्भा की स्याह बोझिल पलकें उठीं तो उसने देखा, प्रभा देवी लोटे में जल लिये उसके पास खड़ी थीं और उनकी आँखों से झर-झर आँसू गिर रहे थे। वह उठने को हुईं, लेकिन वह उठ न पायीं, तो प्रभा देवी ने तिपाई पर लोटा रखकर उसे सहारा देकर उठाया।

किसी तरह बैठकर रम्भा ने आँखें उठायीं। कमज़ोर नज़रों में कुछ गति आयी। द्वार के बाहर ओसारे में दो पंक्तियों में मूर्तियाँ बैठी थीं और उनकी आँखों से भी प्रभा देवी की आँखों की ही तरह आँसू झर-झर गिर रहे थे। और कोई हरक़त न थी।

बोली भूले सूखे कण्ठ से वाणी फूट ही न रही थी। एक शब्द बड़ी कठिनाई से निकला—चा-चा...जी...

प्रभा देवी ने ताक से काग़ज़-पेन्सिल उठाकर लिखा—मदन भाई जी के साथ सभी आश्रमवासी मौन अनशन पर बैठे हैं। मदन भाई जी का कहना है कि आपके प्रति जो अन्याय हुआ है, उसमें मेरा भी भाग है। प्रायश्चित्त करना ही होगा। सभी आश्रमवासियों का भी यही विचार है। आपके साथ ही हमारा भी मौन टूटेगा, अनशन टूटेगा, अन्यथा नहीं।

रम्भा ने किसी तरह सिर हिलाया और उठने को हुईं। प्रभा देवी ने सहारा देकर उसे चौकी से उतारा और खड़ा किया। रम्भा ने पाँव बढ़ाया तो प्रभा देवी सहारा देकर उसे द्वार के बाहर लायीं। रम्भा का शरीर काँप रहा था, आत्मा काँप रही थी। किसने अन्याय किया और कौन लोग प्रायश्चित्त कर रहे हैं। देव-तुल्य चाचा जी...देव-देवी तुल्य आश्रम के सेवक-सेविकाएँ। एक अकिंचन रम्भा के प्रति हुए अन्याय के लिए ऐसा सामूहिक, विराट् प्रायश्चित्त...

रम्भा मदन भाई के सामने जाकर रुकी। प्रभा देवी ने उसे वहीं बैठा दिया। रम्भा का कण्ठ फूटा—चा-चा-जी...

पत्थर की मूर्तियाँ सजीव हो उठीं। अश्रुओं का वेग बढ़ गया। विह्वल कण्ठ से मदन भाई बोले—बेटी, तुम्हारा जीवन यों गँवा देने के लिए नहीं है। तुम्हारे प्रति जो अवर्णनीय अन्याय हुआ होगा, उसकी कल्पना मैं तुम्हारी दारुण पीड़ा से ही कर सकता हूँ। मैं आज मानता हूँ कि उस अन्याय में निश्चय ही मेरा भी भाग है। उसके लिए मुझे घोर पश्चात्ताप है।

—नहीं-नहीं, चाचा जी, कोई बल पाकर रम्भा की रुद्ध वाणी में प्रवाह आया—आपका इसमें कोई दोष नहीं है!...आपका कोई दोष कभी हो ही नहीं सकता! आप ऐसा अनुभव करेंगे तो मेरी दग्ध आत्मा की ज्वाला और भी बढ़ जायेगी। मेरे लिये...ओह!...

कहते-कहते रम्भा का सिर उसके दाहिने कन्धे पर लटक आया। उसकी आँखों के आगे अन्धकार छा गया। उसकी चेतना लुप्त होने लगी।

मदन भाई ने तत्क्षण हाथ बढ़ाकर उसे लुढ़कने से बचा लिया और उसे धीरे से वहीं लेटा दिया। प्रभा देवी दौड़कर कमरे में आयीं और लोटे का पानी लाकर रम्भा के मुँह पर छींटे देने लगीं।

एक सेविका ने लोटा उनके हाथ से लेकर कहा—माता जी, आप इनके लिए शर्बत बनवाये। मैं पानी इनके मुँह पर देती हूँ।

एक हड़कम्प-सा वहाँ मच गया। कोई नींबू तोड़ने भागा, कोई कुएँ से ताज़ा पानी लाने भागा, कोई गिलास माँजने लगी, कोई पंखा लाकर झलने लगी, कोई रम्भा का आँचल ठीक करने लगी, कोई उसके हाथ सहलाने लगी, कोई उसके पाँव सहलाने लगी...

कई लोटे पानी ढरक गये तो रम्भा की पपनियों में हरकत हुई और धीरे-धीरे उसकी आँखें खुलीं। मदन भाई ने धीरे से पूछा—कैसा जी है, बेटी।

रम्भा ने धीरे से सिर हिलाया।

उठते हुए मदन भाई बोले—प्रभा देवी, शर्बत मुझे तो दीजिये। मैं अपनी बेटी को अपने ही हाथ से शर्बत पिलाऊँगा।

—रुकिये,—प्रभा देवी बोलीं—ज़रा मैं इन्हें कुल्ला करा दूँ।

थोड़ा-सा शरबत पीकर ही रम्भा ने मुँह खींच लिया तो मदन भाई बोले—प्रभा देवी, आप लोग इन्हें कमरे में ले जाकर इनके कपड़े बदल दें और इन्हें आराम से लिटा दें,—फिर सेवकों और सेविकाओं से उन्होंने कहा—आप लोग जल्दी जाकर तैयार हो जायें। प्रार्थना में विलम्ब हो गया। प्रभा देवी के साथ शशि और सुमन यहाँ रहेंगी।

प्रार्थना के बाद मदन भाई सीधे ओसारे के कमरे में आये। देखा, रम्भा चौकी पर सीधी लेटी थी और उसके गालों पर आँसू बह रहे थे। झुककर वह बोले—बेटी, मैं कैसे कहूँ कि तुम बहुत रो चुकी, बहुत रो चुकी, और अब अपने को सँभालो।...प्रभा देवी, आपने इसे फिर शर्बत दिया था?

—दे रही थी, लेकिन इन्होंने नहीं लिया।

—लाइये, मुझे दीजिये, मैं इसे पिलाऊँगा।...अब आप लोग जाइये, अपने काम देखिये, तब तक मैं यहाँ हूँ।

वे लोग चली गयीं, तो मदन भाई तिपाई रम्भा के सिरहाने खींचकर उस पर बैठ गये और रम्भा के सिर पर हाथ फेरते हुए बोले—बेटी, थोड़ा शर्बत और पी लो।

—जी नहीं करता, चाचा जी,—रम्भा बिलखकर बोली और आँचल मुँह पर रख लिया।

—सो मैं जानता हूँ, बेटी—मदन भाई आर्द्र कण्ठ से बोले—लेकिन ऐसे कैसे काम चलेगा? आज चौथा दिन है, गाँवों के लोग रोज़ तुम्हारा इन्तज़ार करते होंगे और निराश हो जाते होंगे। किसी को क्या पता कि तुम यहाँ इस हालत में पड़ी हो, वर्ना यहाँ लोगों की भीड़ लग जाती। आश्रमवासियों की हालत तुम देख ही रही हो। अपने लिये नहीं, इनके लिए अपने जी को मनाओ। हमारा अपना क्या है, बेटी? हमारा सब इन्हीं के लिए तो है, इन्हीं का तो है। इन्हीं के लिए तो हम जीते हैं। इन्हीं के लिए मर-मिटना तो हमारे जीवन की सार्थकता है। लो, मेरे हाथ से यह शर्बत पी लो, बेटी। सब ठीक हो जायेगा, सब ठीक हो जायेगा। तुम हमारे पास हो न।

कहकर मदन भाई सहारा देकर रम्भा को उठाने लगे, तो रम्भा मना न कर सकी। फिर मदन भाई ने गिलास उसके होंठों से लगा दिया तो वह दो घूँट पीकर बोली—बस कीजिये, चाचा जी।

—दो घूँट और लो बेटी,—मदन भाई ने गिलास उसके होंठों से लगाये हुए ही चिरौरी की।

रम्भा ने ज़बरन दो घूँट और ले लिये। गिलास नीचे रख तब मदन भाई ने सहारा देकर उसे फिर लेटा दिया। बोले—अब मैं तुम्हारे साथ ही रहूँगा, बेटी। हम दोनों, नहीं, हम सब लोग अब एक ही साथ काम करेंगे, बेटी। हम और आगे के गाँवों में भी जायेंगे। हम और भी अधिक काम करेंगे। गाँवों में तो काम-ही-काम है, बेटी।...

पता नहीं, रम्भा कुछ सुन रही थी कि नहीं सुन रही थी। लेकिन मदन भाई बोले जा रहे थे—जहाँ ग़रीबी है, अशिक्षा है, जीवन की सारी व्याधियाँ वहीं हैं। इन व्याधियों में गाँवों के लोगों का जीवन कितनी सदियों से जकड़ा हुआ है। कितने राज आये और गये, लेकिन ये व्याधियाँ कभी भी न घटीं। ये व्याधियाँ जीवन को सड़ाती रहीं, गलाती रहीं। फिर भी बच्चे पैदा होते रहे, बढ़ते रहे। लोग काम करते रहे, जीते रहे, मरते रहे। जीवन के साधारण व्यापार के आगे उन्होंने कभी भी कुछ भी न देखा, कुछ भी न सोचा। जन्म और मरण के बीच केवल एक निरर्थकता का विस्तार होता रहा। जीवन का रक्त रोटी-पानी की आग में जलता रहा और मानवता राख होती रही। इस देश में कितने चक्रवर्ती हुए, कितने सम्राट् हुए, कितने बादशाह हुए, कितने शहंशाह हुए, कितने ऋषि-मुनि, सूफ़ी-फ़कीर हुए, कितने दार्शनिक, धर्मप्रवर्तक, सुधारक हुए, किन्तु सभी ऊपर-ऊपर छूकर चले गये, किसी की दृष्टि इधर न गयी। बड़ी-बड़ी दर्शन की, धर्म की, अध्यात्म की, सुधार की बातें हुईं, तर्क-वितर्क हुए, किन्तु इस विराट् मानव-समाज के जीवन में कैसे गति लायी जाये, कैसे इसका विकास किया जाये, इस पर किसी ने भी कोई विचार न किया। इस पूरे विराट् मानव-समाज को ये महान् व्यक्ति इतिहास का कर्म बनाये रहे और स्वयं कर्त्ता बनकर इतिहास गढ़ते रहे। इन मानवों को कभी भी इन्होंने इतिहास का कर्त्ता न बनने दिय!...बापू वह पहले व्यक्ति हैं जिन्होंने देश के इतिहास में पहली बार इधर ध्यान दिया। राष्ट्र के स्वतन्त्रता-संग्राम में पहली बार उन्होंने इन मानवों का आह्वान किया। पहली बार उन्होंने ही यह अहसास किया कि सच्चे मानी में ये ही देश के इतिहास के कर्त्ता हैं, और लोगों को यह अहसास कराया कि तुम्हीं वह शक्ति हो, जो देश को दासता से मुक्त कर सकती है, जो देश में एक नये जीवन का श्रीगणेश कर सकती है, जो देश के इतिहास को एक नया मोड़ दे सकती है। आओ, संगठित होओ और मुक्ति के इस संग्राम में जूझकर विजय प्राप्त करो। अपने देश को विदेशी शासन से मुक्त करो और स्वयं अपने भाग्य के विधाता बनो!...बेटी हमारे देश का इतिहास बताता है कि इस महान् संग्राम के पहले भी कई इस तरह के छोटे-बड़े संग्राम और युद्ध हुए थे, किन्तु तुम जानती हो कि

उनकी व्यापकता राजाओं, सामन्तों और सेनाओं के आगे नहीं गयी थी। उनका परिणाम भी राज या राजाओं के बदलने के अतिरिक्त कुछ भी न होता था। देश की जनता के जीवन में कोई उल्लेखनीय परिवर्तन न होता था। किन्तु बापू ने जो यह संग्राम छेड़ा था, उसके विषय में ऐसी बात नहीं कही जा सकती। यहाँ किसी राजा, सामन्त या सेना का नाम भी नहीं था। यहाँ जनता थी और जनता के नेता थे। इस संग्राम के परिणाम में एक राज या राजा न बदलना था, बल्कि देश के इतिहास में पहली बार जनता का राज आना था। यह एक राष्ट्रव्यापी आन्दोलन था, जन-जन का आन्दोलन था, जनवाद का आन्दोलन था। यहाँ जनता को ही प्रत्येक भूमिका अदा करनी थी। उसे ही स्वतन्त्रता की लड़ाई लड़नी थी, उसे ही विजय प्राप्त करनी थी, उसे ही स्वतन्त्र होना था, उसे ही शासन सँभालना था और उसे ही अपने जीवन के विकास की योजनाएँ बनानी और पूरी करनी थीं। इतिहास में पहली बार वह सच्चे अर्थ में अपने भाग्य का विधाता बननेवाली ी, इतिहास का कर्त्ता बननेवाली थी। और सबसे बड़ी और अद्‌भुत बात यह थी कि यह सब-कुछ अहिंसात्मक ढंग से होनेवाला था। यह एक अभूतपूर्व बात थी। इतना महान् आन्दोलन, इतना बड़ा संग्राम, बिना किसी अस्त्र-शस्त्र के, बिना एक बूँद रक्तपात के, किसने देखा था, किसने सुना था, किसने कल्पना की थी? और बल था केवल सत्याग्रह का।

—बेटी, हमारे देश का ही क्या, संसार के लिए मुक्ति-संग्राम का यह नितान्त नया प्रयोग था, हर प्रकार से। हमारे देश के साहित्य, राजनीति, दर्शन और समाजशास्त्र को इस प्रयोग ने कितने ही नये शब्द दिये और कितने ही पुराने शब्दों को नया अर्थ दिया। हर ओर एक जागरण, एक उन्मेष, एक उमंग, एक साहस, एक जोश, एक सेवा, एक त्याग, एक बलिदान की नितान्त नयी भावना लहरें मार रही थीं। स्वयंसेवकों के दल, सत्याग्रहियों के जत्थे, खद्‌दर के परिधान, गाँधी टोपी, कन्धों से लटका झोला—क्या देश का नया बाना था! आह! उस समय क्या आशा बँधी थी अपने मुक्त देश के भविष्य की, जन-जीवन के भविष्य की और हुआ क्या?

—बापू का प्रयोग सफल हुआ था, लेकिन हुआ क्या, बेटी? कहा जाता है कि हमारे देश में जनवादी शासन है, लेकिन इस शासन में जन कहाँ है, बेटी?...तुम इतने दिनों से देख रही हो न जनों को, बोलो तो। आह, बापू के स्वप्नों के यही जन हैं?

कहते-कहते मदन भाई का कण्ठ रुद्ध हो गया। ज़रा रुककर वह फिर बोले—बेटी, एक कितना बड़ा दर्द हमारे कलेजे में चीखता रहता है...और हम क्या करते हैं...ग्रामवासियों की अकिंचन सेवा करके इस दर्द को बहलाते रहते हैं। हम जानते हैं कि हमारी इस सेवा से उनका कुछ भी नहीं बन रहा है, कुछ भी नहीं बन सकता है, फिर भी हम लगे हैं, लगे रहेंगे, क्योंकि हम समझते हैं कि बापू के सामने हम बड़े गुनहगार हैं और बड़े गुनाह का किंचित् प्रायश्चित्त केवल सेवा है, अपनी शक्ति-भर। हमारे-जैसे बापू के चरण-सेवियों के लिए इस शासन में और कोई काम रह

ही नहीं गया है।...बेटी इससे शासन में वह छोटे-छोटे काम भी कौन हैं, जहाँ आदमी अपनी आत्मा को नहीं बेच रहा है? चौकीदार से लेकर मन्त्री तक, चपरासी से लेकर अफ़सर तक, सदस्य से लेकर अध्यक्ष तक, हर कोई धन और यशलिप्सा में कण्ठ तक डूबा हुआ...अपना बना लेने की चिन्ता में...

—बेटी, मैं ठीक-ठीक नहीं जानता कि तुम कौन हो, क्या हो। मुझे केवल इतने का आभास है कि तुम एक सम्पन्न महिला हो, कि बलवीर की तुम शिष्या थी, कि शायद उससे प्रेम करती थी, कि उसके कहने से तुम उसके साथ एक योजना लेकर यहाँ आयी, कि विद्यालय भवन का निर्माण तुमने अपने धन से कराया, कि बलवीर ने तुम्हारे धन से विद्यालय चलाया, कि तुम विद्यालय में काम न कर ग्राम-सेविका बन गयी, कि हज़ारों बल्कि लाखों रुपये तुमने ग्राम-सेवा, दान और विद्यालय में खर्च कर दिये, कि बलवीर भटक गया और जन-सेवा के बदले अपनी ही सेवा करने लगा, कि इस पर उससे तुम्हारा मतभेद हुआ, झगड़ा भी, क्योंकि वह चाहता था कि तुम भी उसके पथ पर आ जाओ, कि तुम्हें यह स्वीकार नहीं हुआ, कि फिर शायद वह तुम्हारे प्रति कोई बहुत बड़ा अन्याय कर बैठा और तुम...बेटी, तुम्हारा दर्द साधारण नहीं है, मैं महसूस करता हूँ, लेकिन जिस अपने दर्द का मैंने अभी ज़िक्र किया है...

—चाचा जी,!—रम्भा आवेश में आकर बोली—आपने पहले ही मुझे अपने पास क्यों न आने दिया, मुझे अपने आश्रम में क्यों न रहने दिया?...ओह, मेरे जीवन के इतने और वर्ष व्यर्थ हो गये, मेरा पूरा जीवन ही व्यर्थ हो गया। पापा ने जब मुझे अपने से अलग किया तो...

कहते-कहते अचानक रम्भा ने अपनी जीभ काट ली।

—बेटी, मुझे कुछ भी जानने की उत्सुकता नहीं है, इच्छा नहीं है,—मदन भाई सिर झुकाकर बोले—जो व्यर्थ हो गया उसकी चिन्ता भी व्यर्थ ही है। तुममें सेवा की लगन है, तुमने अकेली ही जो कुछ किया है, यहाँ हर व्यक्ति उसका साक्षी है। तुम्हारी प्रशंसा यों ही नहीं हो रही है। तुम अपने को सँभालो। दुनिया में कोई भी दर्द जीवन से बड़ा नहीं होता और दुनिया में कोई भी काम जन-सेवा से बड़ा नहीं होता। तुम...

तभी प्रभा देवी ने द्वार पर आकर कहा—जलपान आप लोग यहीं लेंगे? लाऊँ? शशि कह रही है कि जमुई गाँव में एक लड़की की हालत बहुत ख़राब है। उसका माथा ख़राब हो गया है। उसके घरवाले ऊपर से उसे और तंग कर रहे हैं। उसकी माँ नहीं है, विमाता है। शशि कहती है, आप भी चलिये माता जी।

—जाइये, जाइये प्रभा देवी।—मदन भाई बोले—सुमन को बिटिया के पास रहने को कह दीजियेगा। मैं भी आ जाऊँगा।...लाइये, बिटिया के लिए आपने क्या बनाया है?

—बेल का शरबत! और अपने लिये चोकर की लपसी।

—फिर लाइये, हम यहीं इकट्ठे जलपान करेंगे।

प्रभा देवी चली गयीं तो रम्भा बोली—चाचा जी, आप अब तब यहीं हैं।

—जैसे ही काम ख़तम होगा, लौट आऊँगा, बेटी,—मदन भाई बोले—सुमन तुमको कोई तकलीफ़ न होने देगी।

—मेरी तकलीफ़ की कोई बात नहीं है चाचा जी,—रम्भा बोली—मैं आपसे बहुत-बहुत बातें करना चाहती हूँ।

—बातों से तो दरअसल कोई बात नहीं बनती, बेटी,—मदन भाई मुस्कुराकर बोले—तू मुझे एक और पत्र लिख। तू पत्र बहुत अच्छे लिखती है। तू कई दिनों तक गाँवों में नहीं जा सकेगी, तब तक यहीं काम कर! यह भी एक काम ही है, बेटी। कौन जाने तुम्हारे पत्र में किसके लिए कोई काम की बात निकल जाये। तेरा मन भी लगा रहेगा और समय भी कट जायेगा। फिर यह भी सम्भव है कि जो कुछ हुआ है लिखते समय तू उस पर पुनः दृष्टिपात कर सके, विचार कर सके। मेरे पास ऐसे बहुत-सारे पत्र हैं। तू चाहेगी तो तुझे किसी दिन उन्हें पढ़ने को दूँगा। लेकिन कोई जल्दी नहीं है। पहले तू स्वस्थ हो जा।

चौकी के आगे चटाई पर लेटी सुमन कोई किताब पढ़ रही थी और चौकी पर लेटी रम्भा सोच रही थी, बाप रे बाप! मर्माहत होकर मैं क्या करने कहाँ जा रही थी! चाचा जी से भेंट न हुई होती तो मेरा क्या हुआ होता। सब-कुछ छोड़कर उस हालत में केवल अपनी देह लेकर जो मैं रात के उस पहर निकल पड़ी थी, मैं कहाँ जाती, क्या करती? कैसे सुध-बुध खो बैठी थी मैं। यहाँ तीन दिनों तक होश-हवास गँवाये रोती पड़ी रही। चाचा जी यहाँ न लाये होते तो मैं कहाँ किस स्थिति में, कितने दिन पड़ी रहती और अन्त? मेरा अन्त क्या हुआ होता? मैं ज़रूर मर गयी होती। उन चाण्डालों ने मेरे मर्म को जो उस तरह कुचल डाला था, उसका परिणाम इसके सिवा कुछ न होता। तब कौन जानता कि एक थी रम्भा...

—बहन जी, आपको कुछ चाहिए—उठकर बैठती हुई सुमन बोली—कहिये तो एक गिलास शर्बत दूँ।

—नहीं, अभी मैं कुछ न लूँगी—रम्भा सुमन की ओर मुँह करके बोली—ज़रा एक बात बताइयेगा?

—पूछिये, सुमन रम्भा के सिर पर हाथ रखते हुए बोली।

—मैं तीन दिनों तक बेसुध पड़ी रही?

—तीन दिन क्यों?—सुमन बोली—तीन दिन-रात और। दो रातें और ऐसा लगता था कि जाने कब तक आप यों ही पड़ी रहेंगी। हम लोगों के दु:ख की कोई सीमा न थी। समझ में ही न आता था कि क्या होगा।...आज सुबह से हम लोग आदमी में हैं। भगवान् की कृपा से अब जल्दी ही आप स्वस्थ हो जायेंगी।

कहकर सुमन रम्भा का सिर सहलाने लगी। वह अपना दूसरा हाथ जिसमें किताब थी और जिसकी एक उँगली किताब के बीच दबी हुई थी, चौकी पर रम्भा के मुँह के पास टेके हुए थी। रम्भा ने किताब देखकर पूछा,—यह कौन-सी किताब आप पढ़ रही हैं?

—सेवासदन,—सुमन मुस्कराकर बोली—सुनियेगा? मैं पढ़कर सुनाऊँ?

—सेवासदन?—रम्भा ऐसे बोली जैसे अचानक उसे कोई बात याद आ गयी हो।

—हाँ, प्रेमचन्द का उपन्यास सेवासदन,—सुमन बोली—पढ़ूँ? सुनियेगा?

खोयी हुई-सी रम्भा बोली—नहीं। मैं यह उपन्यास पढ़ चुकी हूँ। आप पढ़िये।

—कहिये तो आपके लिए और कोई किताब ला दूँ।

रम्भा इतनी ही देर में जाने कहाँ पहुँच गयी थी। शायद सुमन की बात उसे सुनायी नहीं पड़ी। उसकी पलकें भी ढँप गयी थीं। सुमन घबराकर ज़रा ज़ोर से बोला—नींद आ रही है, बहन जी?

झटके से पलकें उठाकर रम्भा बोली—नहीं, एक याद आ गयी थी, उसी में मैं खो गयी थी,—ज़रा देर रुककर वह बोली—आपका नाम सुमन है न?

—जी।

—सेवासदन में भी एक सुमन है न?

—जी।

—कैसा संयोग है।

सुमन शरमाकर बोली—जी।...लेकिन मैं उम्र में उससे बड़ी हूँ।

—आश्रम में आये हुए भी तो आपको बहुत दिन हुए होंगे।

—जी,—कुछ न समझकर सुमन बोली—मैं समझी नहीं।

—कहाँ तब आप पढ़ चुकी हैं?

—अभी तो शुरू ही किया है,—सुमन बोली।

—तो पढ़िए आप,—रम्भा बोली।

आपके लिए कोई और किताब ला दूँ, बहन जी?

—नहीं,—रम्भा बोली—भाग्य से मेरी ही किताब आपने खोल दी है। मैं उसे ही अब पढ़ूँगी।...चाचा जी ने मुझे एक पत्र लिखने के लिए कहा है।...बहन जी, आपने भी चाचा जी को कभी कोई पत्र लिखा है?

—कई लिखे हैं, बहन जी!—सुमन बोली—आचार्य जी का कहना है कि कहकर आदमी अपने मन की बात पूरी तरह नहीं कह पाता। बात करते समय आदमी को बहुत कम समय सोचने को मिलता है। मन की बातें ऐसी नहीं होती हैं जो बिना ख़ूब सोचे-समझे आदमी व्यक्त कर सके। इसलिए जब भी कोई बात, समस्या या व्याकुलता मन में उठे तो उसे तुम लोग पत्र में लिखकर मुझे दिया करो। बातों से तो दरअसल कोई बात बनती नहीं।

—यही बात उन्होंने मुझसे भी कही थी—रम्भा बोली।

—आप पत्र लिखियेगा?—सुमन बोली—काग़ज़-क़लम दूँ?

—ख़ूब सोच-समझकर लिखना है न?

—जी, सो तो है।

—तो अभी मैं सोचना-समझना ही चाहती हूँ।

—एक गिलास शर्बत ले लीजिये,—सुमन बोली—माता जी कह गयी हैं कि ख़ूब शर्बत पिलाना पूछ-पूछकर। शाम को दलिया मिलेगी। फिर दही, फिर दूध। जल्दी ही ताक़त आ जायेगी। कमज़ोर दिमाग़ से सोचा-लिखा भी तो नहीं जाता, बहन जी।

—लाइये।

शर्बत पीकर रम्भा लेटी तो सुमन ने उसका मुँह तौलिये से पोंछ दिया।

रम्भा बोली—चाचा जी कहते थे कि वह कुछ पत्र मुझे पढ़ने को देंगे।

—जी, वह हमें भी पत्र पढ़ने को देते हैं,—सुमन बोली—कभी-कभी तो प्रार्थना के बाद वह प्रवचन के बदले कोई पत्र ही पढ़कर सुनाते हैं। बहन जी, यहाँ कोई भी किसी से कोई बात छिपाकर नहीं रखता। कभी-कभी तो आचार्य जी स्वयं ही लिखकर अपना कोई पत्र हमें सुनाते हैं। यहाँ हम सब लोग एक ही परिवार के सदस्यों की तरह रहते हैं। लेकिन हमारे इस परिवार में साधारण गृहस्थ परिवारों के सदस्यों की तरह राग-द्वेष, जलन-ईर्ष्या, कलह-रार नहीं होते, क्योंकि यहाँ वे कारण नहीं हैं, जिनसे ये होते हैं। यहाँ धन नाम की कोई वस्तु नहीं है, और न अपनी सुरक्षा या भविष्य की चिन्ता ही किसी को सताती है। अपनी ज़रूरतों के अधिकतर सामान हम स्वयं पैदा कर लेते हैं। हमारी ज़रूरतें बहुत ही कम हैं। फिर आचार्य जी का कहना है कि जो जन-सेवक हैं, उसे अपनी आवश्यकता की चिन्ता नहीं करनी चाहिए। उसकी आवश्यकताओं की चिन्ता जनता को ही होनी चाहिए। और यदि जनता चिन्ता नहीं करती तो उसे फ़ाक़े करने, नंगे रहने, यहाँ तक कि मर मिटने के लिए भी तैयार रहना चाहिए। बापू का यही क़ौल था।

रम्भा की पलकें फिर ढँप गयी थीं। देखकर सुमन ने सोचा कि शायद इन्हें नींद आ रही है। उसने बोलना बन्द कर दिया तो रम्भा आँखें खोलकर बोली—आप चुप क्यों हो गयीं, बहन जी? आगे कहिये।

—क्या कहूँ?—सुमन बोली—आप कुछ पूछें तो मैं बताऊँ।

—अच्छा, आप उपन्यास पढ़िये,—रम्भा ज़रा देर बाद बोली—मैं पत्र के विषय में सोचूँगी। एक सूत्र आपने मेरे हाथ थमा दिया है। मेरा मन उसी पर झूल रहा है। इस समय और कुछ में मेरा मन न लगेगा।

—ठीक है,—सुमन बोली और रम्भा के बालों पर हाथ फेरकर फिर चटाई पर पड़ गयी और उपन्यास पढ़ने लगी।

रम्भा आँख मूँदकर यादों में खो गयी। घटनाओं का जुलूस उसके मानस-पटल पर चलने लगा। इस जुलूस में इतनी तीव्र गति थी कि रम्भा की नज़रें किसी बिन्दु पर ठहर ही न पाती थीं। इतने वर्षों में इतनी ढेर-सारी घटनाएँ घटी थीं, लेकिन आज लगता था कि वे घटनाएँ क्षण-क्षण घटी थीं और क्षणों में ही पूरी-की-पूरी घट गयी थीं। जुलूस आकर इस कमरे में ठहर गया तो रम्भा को लगा कि वे उतनी सारी घटनाएँ घटकर मुझे रिक्त कर यहाँ छोड़ गयी हैं। मुझमें अब कुछ भी नहीं रह गया है, मुझे लेकर अब कोई और घटना घटनेवाली नहीं है, अब कुछ भी होनेवाला नहीं है। एक पत्र मैं लिखूँगी और बस, एक कहानी ख़त्म हो जायेगी।... मेरी माँ ने भी एक पत्र लिखा था और उसकी कहानी ख़त्म हो गयी थी।...मेरे पापा ने भी एक पत्र लिखा था और उनकी भी कहानी ख़त्म हो गयी थी।...उसी तरह मैं भी एक पत्र लिखूँगी और मेरी कहानी भी ख़त्म हो जायेगी।...यह कैसा संयोग है, यह कैसा क्रम है, माँ, बाप और बेटी, तीनों की कहानी एक ही तरह ख़त्म होनी थी! माँ ने पापा को एक पत्र लिखा और उसके जीवन में घटनाएँ घटनी समाप्त हो गयीं। पापा ने एक पत्र मुझे लिखा और उनके जीवन में घटनाएँ घटनी समाप्त हो गयीं। और मैं चाचा जी को एक पत्र लिखूँगी और मेरे जीवन में घटनाएँ घटनी समाप्त हो जायेंगी। इस सेवाश्रम में भला कौन-सी घटना घट सकती है? सुमन जी कहती थीं...सेवा, सेवा, सेवा और मृत्यु। मृत्यु भी ऐसी जिसे कोई किसी घटना की संज्ञा न दे।...जो हो, माँ और पापा की तरह यही मेरी भी नियति है।...माँ को पापा ने मारा...पापा को माँ ने मारा...और...और मुझे किसने मारा?...पापा ने?...आनन्द ने?...नहीं-नहीं, ऐसा कहना ठीक नहीं होगा। आनन्द ने मुझे नहीं मारा, आनन्द तो झूठ है, इस समाज में झूठ किसी को मारता नहीं, झूठ तो जीवन-प्रदाता है। आनन्द ने कैसा जीवन प्राप्त कर लिया है! वह मुझे भी जीवन ही प्रदान करना चाहता था। लेकिन मैं...मुझे सच ने ही मारा। माँ को भी पापा ने नहीं, सच ने ही मारा था और पापा को भी माँ ने नहीं, सच ने ही मारा था। यह सच ही हम तीनों का हत्यारा है। यह सच ही इन आश्रमवासियों का भी हत्यारा

है। चाचा जी कहते थे, बेटी, एक कितना बड़ा दर्द हमारे कलेजे में चीख़ता रहता है और हम क्या करते हैं...

कुछ नहीं, कुछ नहीं, चाचा जी ठीक ही कहते हैं, वह कुछ भी नहीं करते हैं...कोई भी सेवक-सेविका कुछ भी नहीं करते हैं...हत हुए लोग कुछ कर ही नहीं सकते। शरीर को मृत्यु तक ढो लेना भी क्या कोई काम है?...कुछ नहीं तो सेवा...दर्द को बहलाने को, किंचित् प्रायश्चित्त करने को सेवा...सेवा...श्रम... सेवासदन...सुमन...

—जी,?—चौंककर सुमन उठ बैठी। पूछा—कुछ चाहिए आपको?

रम्भा का चिन्तन-सूत्र वह यह पुकार सुनकर सहसा टूट गया। आँख खोलकर वह सुमन को घूरकर देखने लगी।

पलकें झपकाकर नासमझ की तरह सुमन बोली—आपने मुझे पुकारा था न, बहन जी?

सिर धीरे से हिलाकर रम्भा बोली—नहीं, मैं तो सोच रही थी...मैं सोच रही थी, बहन जी, कि मैं किस दर्द को बहलाऊँगी?...मैं किस पाप का प्रायश्चित्त करूँगी?...मुझे तो अफ़सोस है कि मेरा दर्द ही सदा के लिए मर गया...मेरी तो समझ में ही नहीं आता कि मैंने कौन-सा पाप किया है।

—बहन जी, यह तो आप जानें, मैं क्या बता सकती हूँ,—मुस्कराकर सुमन बोली—आप एक गिलास शर्बत और पी लीजिये। चिन्ता में बड़ा ख़ून जलता है। और आपके शरीर में तो कुछ रह ही नहीं गया है।

—नहीं, अभी तो पिया था,—रम्भा बोली—आप उपन्यास पढ़िये। मैं सोचूँगी ही। ज़िन्दगी में दूसरी बार यह सोचने का काम कर रही हूँ। शायद ठीक तरह से सोचना भी मुझे नहीं आता। कुछ सोचना शुरू करती हूँ और आगे चलकर कुछ और सोचने लगती हूँ। सोच रही थी अपनी बात और सोचने लगी आप लोगों की बात।—कहकर रम्भा ने करवट बदल ली।

ज़रा देर रम्भा के बोलने का इन्तज़ार कर सुमन फिर लेट गयी और उपन्यास पढ़ने लगी।

और रम्भा को लगा कि अब मैं कुछ सोच ही नहीं सकती। शायद कुछ सोचना कोई अर्थ ही नहीं रखता। किसलिए सोचा जाये? जो कहानी ख़त्म हो गयी, उसके बारे में क्या सोचना? न कोई और कहानी शुरू होनेवाली है कि उसके बारे में सोचा जाये। बस, अब एक पत्र लिखना है। लेकिन पत्र भी क्यों लिखना है? ख़ामख़ाह मैं इस चक्कर में पड़ गयी। चाचा जी की बात मैंने क्यों स्वीकार कर ली? चाचा जी मेरे कौन हैं?...माँ ने तो पापा को पत्र लिखा था और पापा ने तो बेटी को पत्र लिखा था। मैं किसको पत्र लिखूँगी? चाचा जी को लिखकर क्या होगा? वह कहते थे, कौन जाने तुम्हारे पत्र में किसके लिए कोई काम की बात निकल जाये। किसके लिए कोई

काम की बात निकलेगी मेरे पत्र में? किसी से मेरा क्या सम्बन्ध है। किसी के लिए मैं कोई पत्र लिखूँगी ही क्यों? किसी से मुझे क्या लेना-देना है? माँ ने पापा को पत्र लिखा था, क्योंकि पापा उससे ब्याह करना चाहते थे। पापा ने मुझे पत्र लिखा था, क्योंकि वह अपने बारे में, मेरी माँ के बारे में और मेरे बारे में मुझे बताना चाहते थे और मुझे आगे की ज़िन्दगी के लिए आगाह करना चाहते थे।...पापा की बातें कितनी सच निकली हैं। काश, मैं झूठ को ही अपने जीवन का आधार बने दिये रहना चाहती! काश, मैं सच क़ो अपने पास न फटकने देती! काश, मैं मन को न चुनकर शरीर को ही चुनती। तब तो मेरी यह गति न हुई होती।

स्वर्ग में पापा की आत्मा मुझे इस स्थिति में देखकर ज़रूर रोती होगी। पापा ने अपनी जान में मेरे जीवन की कैसी पक्की व्यवस्था की थी। काश, मैंने पापा की सलाह मानी होती।

लेकिन, पापा, मैं विवश थी। मेरा मन न माना, न माना। मुझे क्षमा कर देना, पापा। अनुभवहीन मैं मन के हाथों लुट गयी। सच के हाथों लुट गयी। मैं क्या करती, पापा? आपने भी तो लिखा था, तुम भी एक कमल का फूल हो...कभी-कभी मेरा मन चाहता है कि काश, तुम्हें किसी स्वच्छ सरोवर में खिलने का अवसर मिलता?

—डाकिया।...चिट्ठी लीजिये।

ओसारे से डाकिये की पुकार सुनकर सुमन बोली—आती हूँ।

रम्भा की चिन्तन-शृंखला फिर टूट गयी। वह करवट बदलकर ओसारे की ओर देखने लगी।

चिट्ठियाँ लेकर सुमन वापस आयी तो रम्भा को अपनी ओर देखते हुए देखकर उसने यों ही पूछा—आपकी कोई चिट्ठी आनेवाली थी, बहन जी?

—आज कौन दिन है?—रम्भा ने पूछा।

—मंगलवार,—सुमन ने रम्भा के बिलकुल पास आकर कहा।

—मंगलवार को हीरा की चिट्ठी तो आती है,—कुछ सोचकर रम्भा बोली—लेकिन यहाँ...

—तब तो देखती हूँ,—सुमन चिट्ठियों को देखती हुई बोली—विद्यालयवालों को क्या पता नहीं होगा कि आप यहाँ हैं?...लीजिये, यह एक चिट्ठी है आपकी। यह विदेश की मालूम देती है, बहन जी। रुकिये, मैं खोल देती हूँ।

और चिट्ठियाँ ताक पर रखकर सुमन रम्भा की चिट्ठी खोलकर उसे देने लगी तो उसने देखा, रम्भा की आँखों में आँसू तैर रहे थे। उसे किंचित् भय लगा कि ये कहीं फिर न रोने लगें। बोली—एक गिलास शर्बत लाऊँ? अब तो बहुत देर हो गयी।

—लाइये,—रम्भा बोली और चिट्ठी पढ़ने लगी।

चिट्ठी बिलकुल छोटी थी। कुशल-समाचार की कुछ बातें थीं और कुछ मौसम की बातें थीं और कुछ प्यार की। बस।

चिट्ठी चपतकर रम्भा ने तकिये के नीचे रख दी। आँखें आँचल से पोंछ लीं।

सुमन शर्बत लेकर आयी। रम्भा को सहारा देकर बैठाया। रम्भा जब शर्बत पी चुकी तो उसे लेटा दिया और उसका मुँह तौलिये से पोंछ दिया।

रम्भा बोली—मुझे पत्र लिखना है।

—आप सोच चुकीं, बहन जी?—सुमन बोली—अभी आप बहुत कमज़ोर हैं, देर तक बैठ न सकेंगी। कल लिखियेगा, या परसों।

रम्भा ने कोई जवाब न दिया। अचानक ही उसके दिमाग़ में यह बात उठी कि क्यों न मैं हीरा को ही पत्र लिखूँ। एक हीरा तो अभी अपना है इस दुनिया में। हाय, उसे मैं कैसे भूल गयी थी? आज उसका यह पत्र न आता तो शायद वह मुझे याद ही न आता। क्या हाल हो गया है मेरे दिल-दिमाग़ का।....ठीक है, उसे ही यह पत्र लिखूँगी।...वह क्या जानता है अपनी माँ के बारे में, अपने पापा के बारे में। पापा ने वह पत्र मुझे न लिखा होता और मेरी माँ का वह पत्र मुझे न दिया होता तो मैं क्या जानती। मैं न बताऊँ तो हीरा क्या जानेगा।...पाँच साल का ही तो वह हुआ था जब मैंने उसे मेम साहब के साथ लन्दन भेज दिया था। तब से वह...क्या मेम साहब ने उसे कुछ बताया होगा? नहीं, यह कैसे हो सकता है? क्या हीरा ने स्वयं कुछ मेम साहब से पूछा होगा? नहीं, वह क्यों पूछेगा? मैंने कब किसी से पापा या माँ के बारे में पूछा था?...तो...

रम्भा अचानक अनमनी हो उठी। बेटे की याद से जो उसे राहत मिली थी, वह सहसा एक बेचैनी में बदल गयी।...बेटे को मैं क्या जानती हूँ, क्या समझती हूँ। न एक बार कभी उसे चूमा, न एक बार कभी उसे अपनी गोद में लिया। एक कोठी में रहकर भी हम सदा अजनबी ही बने रहे। बेचारी मेम साहब जब मरी थीं तो हीरा की नयी अभिभाविका ने मुझे लन्दन बुलाया था। लेकिन मैं तब भी नहीं गयी। मेम साहब कितनी अच्छी व्यवस्था कर गयी थीं हीरा की! अब हीरा जाने कैसा हुआ होगा, मैं क्या जानूँ। हर हफ़्ते एक पत्र का ही तो सम्बन्ध रह गया है हमारे बीच।...

नहीं, नहीं, मैं उसे वह पत्र न लिखूँगी। रम्भा ने सिर हिलाकर सोचा, क्यों विष बोऊँ मैं उसकी ज़िन्दगी में? जो बनना हो, वह आप ही बने। वह मर्द-बच्चा है। कोई मेरी तरह लड़की नहीं है।...पापा ने वह पत्र मुझे न लिखा होता और माँ का वह पत्र मुझे न दिया होता तो शायद मेरी ज़िन्दगी भी आज कुछ और होती। कौन-सा कल्याण हो गया मेरा उन दास्तानों को जानने से?...दास्तान...

मैं भी एक दास्तान ही क्यों न लिखूँ, रम्भा को अचानक ख़याल आया, अपनी दास्तान, जैसे माँ ने लिखी थी, पापा ने लिखी थी। यह तो मैं कर ही सकती हूँ। चाचा

जी से वादा किया है, तो उन्हें यही दास्तान लिखकर दे दूँगी। वह चाहे इसका जो करें। माँ की दास्तान के साक्षी पापा थे, वह न रहे। अब मैं हूँ और आनन्द...

आनन्द का नाम आते ही रम्भा का दिमाग़ भिन्ना उठा, जैसे एक गन्दी गली में वह प्रवेश कर गयी हो।...ओह, मैंने क्यों वे दास्तानें उसे पढ़ने को दीं? पापा ने मुझे कितनी ताक़ीद की थी कि इन दास्तानों को तुम अपनी जान के पीछे रखना, कभी किसी और के हाथ में न पड़ें, वर्ना...और मैंने वे दास्तानें इस शैतान को पढ़ने को दे दीं। ओह! कैसा जादू इसने कर दिया था मुझ पर कि मैंने उसे ये गोपनीय दास्तानें पढ़ने को दे दीं।...कहीं उसने इनकी प्रतिलिपियाँ न रख छोड़ी हों, कहीं वह इनका उपयोग मुझे बदनाम करने और अपना उल्लू सीधा करने के लिए न करे। तब क्या होगा, क्या होगा?

रम्भा का कमज़ोर माथा चक्कर खाने लगा। उसने अपना सिर दोनों हाथों में थाम लिया।

सुमन की नज़र उस पर पड़ी तो वह उठ बैठी और उसके माथे पर हाथ रखकर बोली—क्या बात है? सिर दर्द कर रहा है क्या? दबा दूँ।

रम्भा कुछ न बोली, तो सुमन उठकर घर में गयी और तेल की शीशी ले आयी। तिपाई पर बैठ वह रम्भा के सिर में तेल मिलाती हुई बोली—आपको थोड़ा सो जाना चाहिए। कमज़ोर मन से इतना सोचना ठीक नहीं। आपको अभी आराम ही करना चाहिए।

रम्भा कुछ न बोली। सुमन चुपचाप तेल मिलाती रही।

काफ़ी देर तक तेल मिला चुकने के बाद कंघी ले आयी और उसके बाल सँवारने लगी, तो रम्भा अचानक दाँत पीसकर बोल उठी—मैं लिखूँगी! ज़रूर लिखूँगी! और कुछ नहीं तो इस आनन्द के बच्चे का दिमाग़ ठीक करने के लिए ही लिखूँगी!

सुमन को लगा कि कहीं ये माथा गरम हो जाने के कारण बड़बड़ा तो नहीं रही हैं। वह बोली—बहन जी, आप एक गिलास शर्बत और ले लीजिये। लाऊँ?

रम्भा ने जाने सुमन के उत्तर में सिर हिलाया था या जाने क्यों। लेकिन सुमन कंघी रखकर शर्बत ले आयी और उसे उठाया तो वह उठ गयी और उसने शर्बत भी पी लिया। उसका मुँह पोंछकर सुमन बोली—दो मिनट बैठिये तो मैं जूड़ा बना दूँ।

रम्भा बैठी रही और घूर-घूरकर सामने देखती रही।

जूड़ा बनाकर सुमन ने उसे लेटा दिया और कहा—अब निश्चिन्त हो ज़रा सोने की तो कोशिश कीजिये। अभी काफ़ी समय है। मैं धूप-घड़ी देखकर आती हूँ। दो से ज़्यादा न बजे होंगे!...

दो दिनों के बाद, तीसरी सुबह रम्भा ने मदन भाई से कहा—चाचा जी, अब मैं काफ़ी ठीक हूँ। आज से मैं अपनी दास्तान लिखना शुरू करूँगी।

—दास्तान?—मदन भाई ने उसकी ओर देखकर कहा—तुम तो पत्र लिखनेवाली थी न?

—नहीं, मैंने अपनी दास्तान ही लिखने की बात तय की है,—रम्भा बोली—मैं अपनी दास्तान ही लिखूँगी। सुमन जी और शशि जी का मेरे कारण बड़ा हरज हुआ है। आज से मैं अकेली रहूँगी और अपनी दास्तान लिखूँगी। मुझे काग़ज़-क़लम चाहिए।

—बहुत अच्छा,—मदन भाई बोले—मैं अभी देता हूँ,—और वह ताक की ओर बढ़ गये।

आश्रम में ही बनाये हुए खद्दर-काग़ज़ के कुछ पन्ने मिट्टी की दावात में जलाये हुए चावल और चौके की कालिख मिलाकर बनायी हुई स्याही और सरकण्डे की क़लम रम्भा के सामने तिपाई पर रखते हुए मदन भाई ने कहा—इतना काग़ज़ काफ़ी होगा न?

रम्भा ने तिपाई पर रखी लेखन-सामग्री को देखकर कहा—चाचा जी, कोई अच्छा काग़ज़ और फाउण्टेनपेन न होगा?

—नहीं,—बेटी,—मदन भाई बोले—हम लोग तो यही इस्तेमाल करते हैं। आज और काग़ज़ बनवा दूँगा। शाम तक तैयार हो जायेगा।

—क़स्बे से आप मँगवा नहीं सकते?—रम्भा ने कहा—मुझसे तो न इस काग़ज़ पर लिखा जायेगा और न इस क़लम से लिखा जायेगा। कभी आज तक नहीं लिखा।

—ख़ूब लिखा जायेगा,—मदन भाई बोले—तुम लिखकर देखो तो। बापू ने जाने क्या-क्या ऐसे ही काग़ज़ों पर और ऐसी ही क़लमों से लिख डाला। बात यह है, बेटी, कि हम अपनी ज़रूरत की कोई भी चीज़ कभी ख़रीदते नहीं हैं, सब अपने ही हाथों से बना या पैदा कर लेते हैं। ख़रीदने के लिए हमारे पास कभी पैसे भी नहीं होते। पैसे का हमारे जीवन से कोई सम्बन्ध नहीं है।

—आप किसी को ज़िले पर भेजकर बैंक से एक चेकबुक मँगवा देने की कृपा करेंगे?

—नहीं,—बेटी, नहीं,—मदन भाई बोले—यह सब करने के लिए हमसे मत कहो। चेकबुक, बैंक और पैसे का कोई सम्बन्ध इस आश्रम से स्थापित नहीं हो सकता। चेक और ड्राफ़्ट इस आश्रम में ज़रूर आते हैं, लेकिन उनका पैसा कभी इस आश्रम में नहीं आता और न उन पैसों से आश्रम के लिए कभी कोई चीज़ ही ख़रीदी जाती है।...तुम यहाँ रहोगी तो सब देखोगी, सब समझोगी।...शुरू में तुम्हें ज़रूर तकलीफ़ होगी, लेकिन धीरे-धीरे...

—लेकिन मेरे पास तो अब भी बहुत पैसे हैं, चाचा जी,—रम्भा बोली—उनका...

—तुम्हारे पास कहाँ हैं, बेटी?—मदन भाई मुसकराकर बोले—वे तो बैंक में हैं। उन्हें वहीं रहने दो, जब तक तुम यहाँ हो। फिर चाहे जो करना।

—मैं काग़ज़-क़लम भी नहीं खरीद सकती, चाचा जी?

—नहीं, बेटी, इस आश्रम का कोई भी वासी कभी कुछ भी नहीं ख़रीदता।

—मेरे पास तो कपड़े भी नहीं हैं, कुछ भी नहीं हैं...

—कपड़े तो तुम्हें मिले हैं,—मदन भाई बोले—खाना भी मिलता ही है। जब तक तुम अपने हाथ से काम करने लायक़ नहीं हो जाती, तब तक ये ज़रूरी चीज़ें तुम्हें आश्रम से मिलेंगी। फिर तुम्हें भी इन चीज़ों को बनाने और पैदा करने में हमारा साथ देना होगा।

—मुझे तो कुछ भी नहीं आता, चाचा जी,—रम्भा बोली—मैंने तो आज तक एक रोटी भी नहीं सेंकी।

—सब आ जायेगा, बेटी,—मदन भाई बोले—चाहने और करने से ही काम करना आता है। सेवा का काम क्या तुमने यहाँ आने से पहले कभी किया था?

—मेरे पास पैसे न होते तो मैं कौन-सा सेवा-कार्य कर पाती, चाचा जी?

—पैसे तो बहुतों के पास हैं बेटी, वे कौन-सा सेवा कार्य करते हैं?—मदन भाई बोले—और हमारे पास तो एक पैसा भी नहीं है, क्या हम...

—चाचा जी, आप मुझे नहीं जानते,—रम्भा बोली—बिना पैसे के तो मैं अपने जीवन की कल्पना ही नहीं कर सकती।

—मैं तुम्हें नहीं जानता, यह ठीक है,—मदन भाई बोले—लेकिन तुम यहाँ रहोगी तो समझोगी कि बिना पैसे के भी...

—चाचा जी,—रम्भा बीच में ही बोली—एक बार आप मेरे साथ बालिका विद्यालय चलेंगे?

—नहीं,— मदन भाई बोले—मैं तो गाँवों को छोड़ कहीं भी नहीं जाता।

—वहाँ मेरा सामान पड़ा हुआ है। आप मँगाने की कृपा कर सकते हैं?

—यहाँ कोई भी सामान मँगाने की कोई ज़रूरत नहीं है। ज़रूरत का सब सामान यहाँ है।

—फाउण्टेनपेन तो नहीं है...

—क़लम तो है...

—इसमें मैं नहीं लिख पाऊँगी।

—तो फिर मत लिखो,—मदन भाई बोले—लिखने की ज़रूरत होती तो इससे भी तुम लिख सकती थी।

—ज़रूरत तो है,—रम्भा बोली—इस समय मेरे पास और कोई काम नहीं है।

—काम तो बहुत सारे हो सकते हैं,—मदन भाई बोले—बैठी-बैठी तुम चरखा चला सकती हो, चटाई बुन सकती हो, कोई कपड़ा सी सकती हो...

—यह सब मुझे कुछ भी नहीं आता...

—तो सीख सकती हो,—मदन भाई बोले—सिखाने के लिए मैं तुम्हारे पास किसी को छोड़ सकता हूँ।

—लेकिन मैं तो सबसे पहले अपनी दास्तान लिखने का काम करना चाहती हूँ,—रम्भा बोली।

—तो लिखो।

—लेकिन इस क़लम से तो मैं नहीं लिख सकती...

—लोगों को लिखना हुआ है तो उँगली से लिखा है और अपने ही ख़ून से लिखा है और दीवारों पर लिखा है।

—उनके पास फाउण्टेनपेन और काग़ज़ न होगा।

—तुम्हारे पास भी तो नहीं है।

—यहाँ नहीं है,—रम्भा बोली—लेकिन मैं जानती हूँ और आप भी जानते हैं कि मेरे पास है।

—जब तक तुम यहाँ हो, तुम समझो कि तुम्हारे पास कुछ भी नहीं है।

—यह भला मैं कैसे समझ सकती हूँ?

—फिर तुम जैसा समझो,—मदन भाई बोले—अब मैं जाऊँगा। वक़्त हो गया।

और मदन भाई रम्भा के कुछ कहने का इन्तज़ार किये बिना ही कमरे से बाहर निकल गये।

रम्भा वह दावात, वह क़लम और वह काग़ज़ देखती रही जो तिपाई पर पड़े हुए थे। उन्हें छूने को उसका मन हो ही न रहा था।...अचानक ही उसे याद आया कि ऐसे ही काग़ज़ पर लिखे हुए आनन्द के अनगिनत पत्र मेरी मद्रास की कोठी में सुरक्षित रखे हुए हैं। तब उन खुरदरे काग़ज़ के पन्नों में मुझे एक कैसी पवित्राता, एक खरापन, एक अकृत्रिमता, एक सादगी लिपटी हुई ज्ञात होती थी। ऐसा लगता था कि जो आदमी इस काग़ज़ पर अपने दिल की बातें लिखता है, उसका दिल भी ऐसा ही पवित्र, खरा, अकृत्रिम और सादा होगा।...लेकिन आज...

रम्भा का मन जल उठा। उसके जी में आया कि इन काग़ज़ों को उठाकर इनके चिथड़े करके फेंक दूँ। उसके हाथ बढ़े भी किन्तु उसने फिर अपने हाथों को खींच

लिया। सोचा, इन बेचारे काग़ज़ के पन्नों का क्या दोष है? इनका तो दुर्भाग्य है कि इस युग में भी ये इस स्थिति में पड़े हुए हैं।...बेचारे चाचा जी का क्या दोष है कि वह इस युग में भी जन-सेवा को इस स्तर पर क़ायम रखे हुए हैं! जैसे इस काग़ज़ का उपयोग-विस्तार असम्भव है, वैसे ही चाचा जी के सेवा-क्षेत्र का विस्तार भी असम्भव है। जैसे इस काग़ज़ में कोई युग-बोध नहीं है, वैसे ही चाचा जी की सेवा-पद्धति में कोई युग-बोध नहीं है। जैसे यह काग़ज़ विकास को मुँह चिढ़ाता है, वैसे ही चाचा जी की सेवा जनता का मुँह पोंछती है। न इस काग़ज़ से दुनिया का कोई भला हो सकता है, न चाचा जी की इस सेवा से ग्रामीणों का कोई भला हो सकता है।...

ओह, मैं क्या सोचकर इस आश्रम में आने और रहने की सोचती थी? शायद वह चाचा जी की त्याग-भावना और ईमानदारी थी। लेकिन इस त्याग-भावना और ईमानदारी का क्या अर्थ है?...झूठ को सहना, झूठ को तरह देना, झूठ का विरोध न करना, झूठ से न लड़ना कहाँ की ईमानदारी है? स्वार्थान्धों को सहन करना, स्वार्थान्धों को यों ही छोड़ देना, स्वार्थान्धों का पर्दाफ़ाश न करना, स्वार्थान्धों से न लड़ना कहाँ की त्याग-भावना है? चाचा जी की व्यक्तिनिष्ठ, निर्मम आदर्शवादिता से समाज को क्या लाभ होगा? यह समझकर कि इस भ्रष्ट समाज में कुछ किया ही नहीं जा सकता, चाचा जी इस धरती में जान-बूझकर सूखे बीज बिखेरे जा रहे हैं और अपने दर्द को बहलाये जा रहे हैं, यह कितना बड़ा गुनाह है, यह कितनी बड़ी पराजय है! बापू होते तो क्या वह यही करते? और कुछ नहीं तो क्या वह भ्रष्टाचार का विरोध ही नहीं करते?...

—बेटी, तुम चरखा चलाना सीखोगी क्या?—कमरे के अन्दर आकर प्रभा देवी ने पूछा।

—नहीं, चरखा चलाना सीखकर मैं क्या करूँगी?—रम्भा ने उनकी ओर देखते हुए कहा—मेरे पास तो बहुत-सारा पैसा है, मैं जितने चाहूँ, जैसे चाहूँ कपड़े ख़रीद सकती हूँ। मैं तो आनन्द के बच्चे के भ्रष्टाचार का विरोध करना चाहती हूँ।

—अयँ?—प्रभा देवी अचकचाकर बोलीं—यह तू क्या कहती है, बेटी? किसी के विरोध से हमें क्या मतलब? हम तो ग्रामीणों की तुच्छ सेवा...

—मैं ज़रा बड़ी सेवा करना चाहती हूँ, चाची जी!—रम्भा थोड़ी दबंगई से बोली—चाचा जी कभी मुझसे चाहते थे कि मैं सेवा का कोई नया प्रतिमान स्थापित करूँ। सो...

—सो, तुम अपने चाचा जी से ही बात करना,—जैसे घबराकर प्रभा देवी तुरन्त बोलीं—वह मुझसे कह गये हैं कि रम्भा चरखा चलाना सीखना चाहे तो तुम उसे सिखा दो।

—आप आज गाँवों में नहीं गयीं?

—तुम्हें चरखा चलाना सिखाना भी तो एक सेवा-कार्य ही होगा, बेटी,—प्रभा देवी बोलीं—तुम्हारे चाचा जी मुझे इसी कार्य के लिए छोड़ गये हैं। कहो तो चरखा लाऊँ?

—नहीं, मुझे चरखा नहीं चाहिए,—रम्भा बोली—मुझे एक अच्छी फाउण्टेनपेन चाहिए और कुछ अच्छे काग़ज़ चाहिए। मुझे अपनी दास्तान लिखनी है। चाची जी, आप मेरे साथ दो घड़ी के लिए विद्यालय चलेंगी? वहाँ मेरी बहुत-सारी फाउण्टेनपेनें और पैड पड़े हुए हैं।

—इस आश्रम में...

—वह तो चाचा जी के मुँह से मैं सुन चुकी हूँ,—रम्भा देवी लेकिन आप...

—इस आश्रम के एक ही मुँह है, बेटी।

—अच्छा तो फिर मैं अकेली ही जाऊँगी,—रम्भा बोली—मुझे जाना ही होगा। और कोई चारा नहीं है। चाचा जी बैंक भी किसी को नहीं भेज सकते।

प्रभा देवी ने फिर कुछ भी न कहा। रम्भा भी आगे कुछ न बोली। देर तक ख़ामोशी छायी रही। आख़िर प्रभा देवी बोलीं—अब मैं क्या करूँ?

—आप अपना काम कीजिये, चाची जी,—रम्भा बोली—मेरी चिन्ता आप न कीजिये। मैं अब स्वस्थ हूँ।

प्रभा देवी कमरे से बाहर चली गयीं। थोड़ी ही देर में फिर वह चरखा लिये कमरे में आयीं और चटाई बिछाकर उस पर बैठ चरखा चलाने लगीं।

चरखे की आवाज़ के बीच रम्भा ने पूछा—चाची जी, यह चरखा आप कहीं और नहीं चला सकतीं?

—मेरे लिये इस कमरे में आज यही काम है।

—सत्याग्रह?

—तुम जो समझो।

—अच्छा, चाची जी,—रम्भा बोली—आप लोगों ने मेरे लिये अनशन क्यों किया था?

—तू इस आश्रम में रहना क्यों चाहती थी?

—वह मेरी मूर्खता थी—रम्भा बोली—मैं क्या जानती थी कि इस आश्रम में आश्रमवासी सेवा, त्याग और ईमानदारी के नाम पर अपनी आत्माहत्या कर रहे हैं और एक झूठे आदर्श के चक्कर में डालकर ग्रामवासियों को गुमराह कर रहे हैं?

प्रभा देवी ने अपने कानों पर हाथ धर लिये।

रम्भा बोलती गयी—सेवा का एक रूप मैंने आनन्द के जीवन में देखा और दूसरा रूप यहाँ देख रही हूँ। उसके लिए सेवा का व्यापार है और आप लोगों के लिए सेवा

एक अहंकार है।...बापू रहते तो वह निश्चय ही इस भ्रष्टाचार का विरोध करते। बेईमानी को अपनी आँखों से देखते रहना और उसे सहते जाना कोई ईमानदारी नहीं है...

सिर हिलाकर प्रभा देवी बोलीं—तू यह सब अपने चाचा जी से ही कहना, बेटी।

—चाचा जी के लौटने के समय तक मैं यहाँ रुकूँगी नहीं,—रम्भा बोली—उनसे आप मेरी ये बातें कह दीजियेगा।

—अभी तू कमज़ोर है, बेटी। उनके लौटने के बाद ही तू जाती तो...

—कोई बात नहीं है, चाची जी,—रम्भा बोली—चाचा जी भी मुझे रोकेंगे नहीं, आप यह जानती हैं। फिर भी मैं आप लोगों की कृतज्ञ हूँ। एक और जीवन मुझे आप लोगों के ही कारण मिला है, गोकि मैं नहीं जानती कि आगे इस जीवन का क्या बनेगा।

—तू विद्यालय में रहेगी, बेटी?

—नहीं, मैं सीधे मद्रास जाऊँगी।

—तो वहाँ का पता दे दे,—प्रभा देवी उदास होकर बोलीं—शायद तेरे चाचा जी मुझसे तेरा अता-पता पूछें।

—लिख लीजिये, आप,—रम्भा बोली—मुझसे तो इस क़लम से लिखा न जायेगा।

मद्रास, अपनी कोठी पर पहुँचकर रम्भा का दम घुटने को हो आया। जीवन में पहली बार उसे ऐसे अकेलेपन का अनुभव हुआ, जैसा पहले कभी वह कल्पना भी न कर सकती थी। जीवन में पहले वह कभी भी इस तरह अकेली न पड़ी थी। दिल्ली में, फिर यहाँ दोनों जगहों की कोठियाँ बराबर विशाल थीं, लेकिन उनके अनुकूल ही आदमियों की भी भरमार थी। ग्रैनी, ग्रैनपा अनगिनत नौकर-चाकर, नौकरानियाँ, रम्भा सोच भी न सकती थी कि अकेलापन क्या होता है। फिर क़ाज़ी सराय के बालिका विद्यालय और गाँवों की ज़िन्दगी, जैसे एक भरे-पूरे मेले में वे दिन कटे हों। उजड़े मेले और उजड़े घर का ज्ञान रम्भा को कहाँ था? उसकी समझ में ही न आता था कि इस तरह आज मैं अकेली क्यों हो गयी। सब-के-सब मेरा साथ क्यों छोड़ गये? या मैंने ही एक-एक कर सबका साथ क्यों छोड़ दिया?...आह, उस आनन्द के चक्कर में मैं क्यों फँसी? पापा! पापा! रम्भा का मन रह-रहकर चीख़ पड़ने को हो आता। उसे लगता कि मैं पागल हो जाऊँगी और न जाने क्या कर बैठूँगी।

पूरे आकाश में अकेली चिड़िया की तरह उस विशाल कोठी में रम्भा का हाल था। शाम तेज़ी से झुकती आ रही थी। दोपहर हो आयी। रम्भा ओसारे में जो बैठी थी, एक बार को भी न उठी थी। उसके चारों ओर का खालीपन स्याह होता जा रहा था।

भाँय-भाँय का सुप्त स्वर जैसे अँधेरे में जागने जागने को हो रहा था। रम्भा को लग रहा था कि यह भाँय-भाँय, यह अँधेरा मुझे थोड़ी ही देर में निगल जायेगा।...

तभी उसके कानों में जाने कहाँ से यह आवाज़ आयी—बेबी साहब, रोशनी कर दूँ?

यह सम्बोधन कितनी दूर से, कितने वर्षों की यात्रा करके रम्भा के पास आया था।...बेबी साहब...बेबी साहब...क्यों रे, आज तूझे यह बेबी साहब कहना किसने सिखाया है?...मेम साहब ने सब नौकर-नौकरानियों को हिदायत दी है कि अब से आपको बेबी साहब कहा जाय।...

—बेबी साहब, सब कमरों की सफ़ाई हो गयी है। रोशनी कर दें क्या? फिर आवाज़ आयी।

अचकचाकर रम्भा बोली—तुम कौन हो?

—मैं माली हूँ, यह चौकीदार है,—माली हाथ जोड़कर बोला—आपने पहचाना नहीं, बेबी साहब?—...हमीं ने फाटक खोला, आपका सामान उतारा।...हम दो ही तो कोठी पर रह गये थे।

रम्भा का रोम-रोम सिहर उठा। उसने आँखें उठाकर देखा। वह उठी और ललककर उनकी ओर बढ़ी और अपने दोनों हाथ फैलाकर उनसे जा लिपटी।

दोनों एक ही साथ बोले—बेबी साहब, हमारी देह गर्द में अटी है। आप...

लेकिन रम्भा उनकी बात अनसुनी करके उनके हाथ पकड़े हुए ही बोली—तुम लोग हो?

—होते क्यों न, बेबी साहब,—माली बोला—मेम साहब हम लोगों को ज़िम्मेदारी सौंप गयी थीं...

उनका हाथ छोड़कर रम्भा बोली—रोशनी करो, रोशनी करो, मैं तुम लोगों को पहचानूँ।

दोनों ने दौड़-दौड़कर ओसारे की सब बत्तियाँ पट-पट जला दीं और आकर रम्भा के सामने खड़े हो गये सिर झुकाकर।

माली मुँह से ख़ुशी टपकाता बोला—बहुत दिनों के बाद लौटीं, बेबी साहब। हम आपका रोज़ इन्तिज़ार करते थे।... कितने फूल खिले, कितने फूल मुरझाये। अच्छी तरह तो रहीं, बेबी साहब।

रम्भा उनका मुँह निहारती रही। थोड़ी देर बाद वह हुलसकर बोली—तुम सरजू हो...और तुम बिरजू हो...हो न?

—जी, बेबी साहब,—दोनों एक साथ बोले—आपने पहले हमें नहीं पहचाना क्या?

—तुम लोगों के बाल-बच्चे कहाँ हैं?—रम्भा ने पूछा।

—ज़रा ही दूर पर एक कोठी के माली के बेटी की आज शादी है,—माली बोला।—सुबह के ही वहाँ गये हैं। हम दोनों की भी दावत है, बेबी साहब। लेकिन अब हम नहीं जायेंगे। उन्हें भी बुला लेते हैं। कोई काम हो तो बताइये, बेबी साहब। सामान किस कमरे में रखें?

—मैं तो कुछ भी नहीं जानती,—अबोध की तरह रम्भा बोली।

—आप कैसे जानेंगी, बेबी साहब?—माली बोला—सब काम तो मेम साहब ही देखती थीं। आपने मेम साहब को भी काहे नहीं बुला लिया?

—वह तो रहीं नहीं...

—ओह!—उन दोनों के मुँह से एक ही साथ निकला।

थोड़ी देर के लिए ख़ामोशी छा गयी। फिर सूखे गले से माली बोला—बाबा साहब इंगलिस्तान में अकेले...

—मेम साहब कोई इन्तज़ाम कर गयी हैं,—रम्भा बोली।

—चलिये, आप बैठक में बैठिये,—माली बोला—या नहाना हो तो नहा लीजिये। आज होटल से आपका खाना हम ला देंगे। कल से जैसा आप कहेंगी, इन्तिजाम हो जायेगा। कोई फिकिर न कीजिये, बेबी साहब।

—मास्टर साहब के कमरे में सामान रख दो,—रम्भा उधर बढ़ती हुई बोली—मैं इसी कमरे में रहूँगी। तुम लोग भी सागरपेशा छोड़कर कोठी में ही आ जाओ। उधर के दोनों कमरे तुम लोग ले लो। तुम लोगों के सिवा इस दुनिया में अब मेरा कोई भी नहीं है।

सामान उठाते हुए माली बोला—आप बाबा साहब को बुला लीजिये। अब तो वह बहुत बड़े हो गये होंगे। वह आ जायेंगे तो आपका मन लगेगा।

रम्भा को हीरा के पत्र की याद आ गयी! उसने उसके पत्र का उत्तर न दिया था। इतने वर्षों में ऐसा पहली बार हुआ था।

बत्ती जलाकर, सामान जमा चुके तो माली बोला—हम बच्चों को लेने जाते हैं। चौकीदार यहीं रहेंगे।

—नहीं,—रम्भा बोली—भोज में तुम लोग जाओगे न, तभी ले आना। अभी तो कोई ज़रूरत भी नहीं है।

—वे भला कहाँ रुकेंगे, बेबी साहब?—माली बोला—जैसे ही मालूम होगा कि आप आ गयी हैं, वे लोग...

—नहीं, अभी तुम्हारे वहाँ जाने की ज़रूरत नहीं है,—रम्भा बोली—अभी मैं एक चिट्ठी लिखती हूँ, तुम छोड़ देना और बाज़ार से फल और दूध लेते आना।

—बहुत अच्छा, बेबी साहब,—कहकर माली भी कमरे से बाहर आ गया।

बड़े अस्थिर मन से रम्भा ने बेटे को चार-पाँच सतरों का पत्र लिखा और उसे लिफ़ाफ़े में बन्द कर उस पर टिकट चिपकाकर दरवाज़े पर आ माली को बुलाया।

माली दौड़कर आया तो उसके हाथ में पत्र दे वह बोली—चौकीदार से कह दो कि फाटक में ताला लगाकर यहीं ओसारे में बैठे।...रुको, पैसे देती हूँ।

पैसे लेकर माली चला गया तो रम्भा फिर अनमनी हो उठी। उसकी समझ में ही न आ रहा था कि मैं क्या करूँ। कोच में धँसी वह उठँग-सी गयी। गर्मी मालूम दे रही थी लेकिन उसे पंखा चलाने तक का भी जैसे होश न था। मस्तिष्क शून्य-सा हो रहा था। कुछ सोचने और समझने की भी शक्ति जैसे उसमें न रह गयी थी। जैसे हौल-सा हो रहा हो। यह उठी और ओसारे में आ गयी। उसे देखकर चौकीदार उठ खड़ा हुआ और बोला—कुछ चाहिए, बेबी साहब?

—पानी,—रम्भा बोली।

—पानी,—चौकीदार पास आकर संकोच से बोला—बरफ ले आऊँ, बेबी साहब?

—नहीं, अपने घड़े से लाओ।

चौकीदार सागरपेशे की ओर चला गया तो रम्भा चलकर सीढ़ियाँ उतरी और पोर्टिको की बग़ल में लान में आ गयी। चप्पलें उतार लान की ठण्डी दूब पर पाँव फैला वह बैठ गयी। पाँवों से रेंगकर जैसे ठण्डक उसके मस्तिष्क में पहुँचने लगी। उसे कुछ अच्छा लगा और वह लेट गयी।

चौकीदार की आवाज़ सुनायी पड़ी तो वह बोली—इधर लान में हूँ। आओ।

चौकीदार आकर, पानी का गिलास बढ़ाकर बोला—पलँग निकालें, बेबी साहब?

पानी पीकर रम्भा बोली—नहीं, तुम एक गिलास पानी और लाओ। बल्कि घड़ा ही उठा लाओ और लोटा भी लाओ, मैं यहीं हाथ-मुँह धोऊँगी।

चौकीदार एक क्षण असमंजस में खड़ा देखता रहा। फिर बोला—चौकी ला दें। उस पर बैठकर आराम से...

—नहीं, रम्भा बोली—कोई ज़रूरत नहीं है,—फिर जैसे अचानक उसे कुछ याद आ गया। पूछा—इस लान में एक पूल था न?

—जी, उधर है,—चौकीदार बोला—लेकिन उसमें पानी नहीं है। कल साफ़ करके भर देंगे।

—नहीं,—रम्भा बोली—कोई ज़रूरत नहीं है। यों ही पूछा था। जाओ तुम पानी लाओ।

चौकीदार घड़ा और लोटा लेकर आया, तो रम्भा बैठकर अँजुरी रोपती हुई बोली—तुम पानी गिराओ, मैं धोती हूँ।

मुँह, सिर, हाथ और पाँव कई बार धोकर रम्भा बोली—जाओ, अटैची में से तौलिया निकाल लाओ। चाभी बटुए में है।

चौकीदार तौलिया लाकर रम्भा को दे ही रहा था कि फाटक पर एक गाड़ी आकर खड़ी हुई और हार्न बज उठा। चौकीदार बोला—देखें, बेबी साहब?

—देखो,—मुँह पोंछती हुई रम्भा बोली।

जल्दी ही दौड़ता हुआ आकर चौकीदार बोला—बारिस्टर साहब हैं, पूछ रहे हैं, बेबी साहब आ गयीं क्या? कोठी में रोशनी दिखायी दे रही है।

—कह दो आ गयी हूँ—रम्भा बोली—जल्दी ही मिलूँगी। आज माफ़ करें।

चौकीदार लौटकर आया तो तौलिया सिर के नीचे रखकर लेटती हुई रम्भा बोली, बैठो। बारिस्टर साहब तुम लोगों की तनख़्वाह बराबर देते रहे न?

—जी,—बैठता हुआ चौकीदार बोला।

—तुम लोगों को कोई तकलीफ़ तो नहीं हुई?

—जी नहीं।

—कितने बच्चे हैं तुम्हारे?

—दो तो जब आप थीं तभी थे,—चौकीदार बोला—पाँच इधर और हुए लेकिन दो जाते रहे। अब पाँच ही रह गये हैं। तीन बिटिया और दो बेटवा।

—और माली के?

—माली के चार हैं, तीन बिटिया और एक बेटवा।

—तब तो चौदह का हमारा परिवार हुआ,—रम्भा बोली—तुम सब लोग कोठी में आ जाओ। तीन कमरे लड़कियों के लिए ठीक कर दो, दो-दो एक-एक कमरे में रहेंगी और दो कमरे लड़कों के लिए ठीक कर दो, दो-दो एक-एक कमरे में रहेंगे और एक-एक कमरा तुम दोनों अपने लिये ले लो।

आँखें झुकाकर चौकीदार बोला—हमा-सुमा कोठी में रहने लायक़ नहीं हैं, बेबी साहब! आप तो जानती हैं...

—मैं जानती हूँ, इसीलिए कहती हूँ—रम्भा बोली—लायक़ होने में क्या देर लगती है? सब परिवार के लोगों की तरह रहेंगे। सब मिल-जुलकर घर का काम करेंगे।

—कोठी का काम हमें क्या मालूम, बेबी साहब,—चौकीदार संकोच से पानी-पानी होकर बोला—हम गरीब, गँवार और फूहड़ लोग हैं।

—सब ठीक हो जायेंगे,—रम्भा बोली—तुम कोई चिन्ता मत करो। जैसा कहती हूँ, वैसा ही करो। वर्ना मैं फिर कहीं चली जाऊँगी। इतनी बड़ी कोठी में अकेली मैं रहूँगी तो पागल हो जाऊँगी।

तभी फाटक से माली की आवाज़ आयी—चौकीदार फाटक खोलो।

चौकीदार ने दौड़कर फाटक खोला। माली के साथ-साथ उनके परिवार के सभी लोग अन्दर आये। चौकीदार बोला—बेबी साहब लान में हैं।

बड़े-छोटे सभी लड़के-लड़कियाँ दौड़ पड़े। दोनों औरतें भी लपकीं।

—सलाम, बेबी साहब! सलाम, बेबी साहब!

रम्भा के चारों ओर कोलाहल-सा मच गया। रम्भा उठकर पाँव फैलाकर बैठ गयी, मुस्कराती लड़कियाँ उसे चारों ओर से घेरकर बैठ गयीं। औरतें उसका एक-एक पाँव पकड़कर बैठ गयीं। लड़के ज़रा दूर खड़े हो रम्भा को देखने लगे।

रम्भा बोली—माली, तुम इन लोगों को अभी क्यों बुला लाये? मैंने कहा था न...

—आ रहे हैं, बेबी साहब!—पोर्टिको से ही चौकदार बोला—सामान रखने अन्दर गये हैं।

रम्भा के पाँव दबाती हुई माली की औरत बोली—वो तो मना कर रहे थे, बेबी साहब। लेकिन हम कैसे रुकते? ओह, कितने दिन हो गये थे आपको देखे। हम पेट का ख़ियाल करें कि मन का...बेबी साहब, आप दुबली हो गयी हैं। बीमार तो नहीं थीं?

माली हाथ उलझाता हुआ आकर बोला—का हुकुम है, बेबी साहब?

—जाकर इनके लिए खाने और मिठाइयाँ लाओ...

—हमारा खाना तो यहाँ आयेगा, बेबी साहब...चौकीदार की औरत ने कहा—उन लोगों ने पहुँचाने को कहा है। आप हमारी चिन्ता न करें। आप अपने लिये जो कहें, हम बना दें। आपका खाना हम का बनायेंगे। लेकिन आज...

—फल-दूध लाये हैं,—माली बोला—बेबी साहब ने मँगाया था। ठण्डा पायेंगी कि गरम, पूछ लो तो बरफ ला दें या तुम लोग गरम कर दो।

—पहले चलिये, हम आपको नहलवा दें,—माली की औरत बोली—वो कहते थे जब से आप आयी हैं, चुपचाप बैठी हैं। हम तो बहुत बिगड़े थे, आते ही ख़बर काहे न की। वो अपने से कब कोई काम करती थीं कि अब करेंगी। आप उठिये, बेबी साहब, हम नहला दें, आपके कपड़े बदलवा दें। कितनी गरमी है, नहा लेंगी तो मन हलका हो जायेगा, थकान उतर जायेगी। जाने कितना लम्बा सफर करके आप लौटी हैं। जब तक आपकी सेवा करने लायक़ लोग नहीं आ जाते, हमसे जो हो सकता है, करने दीजिये, बेबी साहब। उठिये।

रम्भा उठ खड़ी हुई। बोली—चलो।

चलती हुई वह बोली—अब हमीं लोग सब काम करेंगे। और कोई कोठी में नहीं आयेगा। तुम लोगों को पता नहीं, जब से मैंने यह कोठी छोड़ी, कोई नौकर-नौकरानी मेरे साथ नहीं रहे। अपने सब काम मैं ख़ुद करती थी। हाँ, खाना कभी नहीं बनाया। अब तुम लोगों से खाना बनाना भी सीखूँगी। और काम ही क्या है यहाँ। सब लोग इकट्ठे रहेंगे, खाना बनायेंगे और खायेंगे।

दोनों औरतें मन-ही-मन हँसीं। माली की औरत बोली—सब आपकी मेहरबानी है। हम मोटा-झोटा खाने-पहननेवाले ठहरे और आप...

—मैं भी वही हूँ,—रम्भा बोली—मेरी धोती देखो...

दोनों औरतें हँस पड़ीं। बिना धोती देखे ही चौकीदार की औरत बोली—आप देस का कोई काम कर रही थीं का, बेबी साहब? वो लोग ऐसे ही कपड़े पहनते हैं। पहले तो आप बहुत सुन्दर कपड़े पहनती थीं।

—सब छूट गया—रम्भा बोली—मैं तुम्हीं जैसे लोगों की कुछ सेवा करती थी।

—अरी दैया।—दोनों औरतें एक साथ चकित होकर बोलीं—आप सेवा करती थीं, बेबी साहब? का कहती हैं?

—अब मैं तुम लोगों की सेवा करूँगी कुछ दिन,—इतने दिनों के बाद पहली बार मुस्कराकर रम्भा बोली—देखना तुम लोग कल से।

—नहीं, नहीं, बेबी साहब। हम लोगों को नरक में नहीं पड़ना है!— कमरे में पहुँचकर माली की औरत बोली—बताइये, कहाँ हैं कपड़े, निकालें।

—नरक में मैं भी पड़ना नहीं चाहती,—रम्भा बोली—इसीलिए तो सब सरग-सुख छोड़ा था। अब इतने सालों बाद सोचकर कैसा अजीब लगता है। मैं कभी क्या थी और आज क्या हूँ। यह कोठी मुझे, जब मैं आयी, खाने को दौड़ रही थी। मेरी कुछ समझ में ही न आ रहा था कि मैं कहाँ-से-कहाँ आ गयी। यहाँ अक़ेली मैं कैसे रहूँगी? तुम लोगों के साथ, तुम्हीं लोगों की तरह कुछ दिन यहाँ रहूँगी। फिर कुछ सोचूँगी।...बटुए में से चाभी निकालो और वह बकसा खोलकर एक जोड़ा कपड़ा निकालो।

नहा-धोकर रम्भा ने बच्चों के साथ बैठकर, बाँट-चूटकर फल खाये और दूध पिया। फिर सयानी दो लड़कियों को साथ लेकर लान में आ टहलने लगी। हवा अब साँस लेने लगी थी। रम्भा को सब-कुछ अच्छा-अच्छा-सा लग रहा था।

रम्भा ने पूछा—तुम लोगों का खाना कब तक आयेगा?

एक बोली—जब शादी हो जायेगी और बराती खा लेंगे तब हमारा खाना आयेगा। बड़ी देर होगी, बेबी साहब।

—तुम लोग मेरे ही कमरे में सोओगी।

—माँ से कह दीजिये,—दोनों एक साथ बोलीं।

—कह देती हूँ।

—बेबी साहब, माँ कहती हैं, कोठी में एक मशीन है, वह चलती है तो कोठी ठण्डी हो जाती है।...बेबी साहब, वो मशीन चलवा लीजिये, फिर सोने में बड़ा मज़ा आयेगा। देखिये, बाहर ही इतनी गर्मी है तो कमरे में कितनी गर्मी होगी।

सुनकर रम्भा थोड़ी देर के लिए ख़ामोश हो गयी। वह सोचना चाहती थी कि माली या चौकीदार की लड़की के मुँह से ऐसी बात क्यों निकली? लेकिन उसकी मन:स्थिति इस समय कुछ सोचने की न थी। वह हलकी-फुलकी बातें कर मन-ही-मन सोने की तैयारी कर रही थी। उसे डर था कि शायद रात में नींद न आये। वह बोली—तुम कहाँ सोती हो?

—माँ के पास,—लड़की बोली—माँ मुझे अलग सोने ही नहीं देती।

—घर में या बाहर?

—घर में।

—तो कमरे में मेरे साथ सोने में तुम्हें कोई तकलीफ़ न होगी। पंखा भी होगा, गर्मी लगे तो चला लेना।

—तकलीफ़ की बात नहीं कह रही थी, बेबी साहब,—लड़की शरमाकर बोली—मशीन चलने से का सच ही कोठी ठण्डी हो जाती है, बेबी साहब?

—हाँ,—रम्भा बोली—मशीन चलने से कोठी ठण्डी भी हो जाती है और गर्म भी हो जाती है। मशीन से बड़े-बड़े अचरज के काम होते हैं। तुम्हारा आटा मशीन ही पीसती है, तुम्हारा कपड़ा मशीन ही बुनती और सीती है, यह बिजली मशीन ही पैदा करती है और बिजली मशीनों को चलाती है, समझी?

—नहीं, बेबी साहब,—लड़की बोली—आप मशीन ज़रा चलवाइये, हम देखेंगे कि कोठी कैसे ठण्डी हो जाती है।

—अच्छा, किसी दिन मिस्त्री को बुलवाकर चलायेंगे,—रम्भा बोली—पहले तुम अपना नाम तो बताओ।

दाँतों में तर्जनी दबाकर लड़की बोली—चम्पा।

—और तुम्हारा भाई?

—मालती।

—तुम दोनों माली की लड़कियाँ हो क्या?

—जी, बेबी साहब।

—चौकीदार की लड़कियाँ अभी छोटी हैं।

—जी बेबी साहब, उसके दोनों लड़के सयाने हैं।

—तुम लोग इधर देश नहीं गये?

—नहीं, बेबी साहब,—वही लड़की बोली—बापू कहता था, बेबी साहब आ जायेंगी तो चलेंगे।

—मैं तो तुम लोगों को अब न जाने दूँगी।

दोनों लड़कियाँ शरमाकर ठिठक गयीं। रम्भा बोली—यहीं तुम लोगों की शादी करायेंगे। ठीक न?

लड़कियाँ और भी शरमा गयीं।

रम्भा ने तब माली को बुलाकर कहा—कमरे में तीन पलँग लगवा दो। हम तीनों जनी साथ सोयेंगी।

—बेबी साहब...ये फूहड़ लड़कियाँ...

—अकेले मुझे नींद नहीं आयेगी, माली,—रम्भा बोली—जैसा मैं कहती हूँ, करो।

रम्भा एक पलँग पर लेट गयी। दोनों लड़कियाँ पायताने बैठकर उसका एक-एक पाँव लेकर दबाने लगीं।

रम्भा का मन हुआ कि इन्हें रोक दें। लेकिन फिर न रोका। पुट्ठों का दबाना बड़ा अच्छा लग रहा था। ऐसी राहत कितने सालों के बाद मिल रही थी। जाने कितनी थकान उसके पोर-पोर में जमी हुई थी। सयानी लड़कियों की साँसों से बड़ी मीठी और मादक-सी गन्ध आ रही थी। उनकी कलाइयों की चूड़ियाँ धीमी-धीमी बज रही थीं। रम्भा की पलकें ज़रा देर बाद ही ढँपने लगीं और थोड़ी ही देर में वह सो गयी।

रम्भा ने सोचा था कि यहाँ पहुँचते ही मैं दास्तान लिखना शुरू कर दूँगी। उसने कब सोचा था कि कोठी पर पहुँचते ही किस स्थिति से दो-चार होना पड़ेगा। भरी-पूरी कोठी छोड़कर वह गयी थी। हीरा और मेम साहब के इंग्लैण्ड जाने का कार्यक्रम अपने सामने उसने स्वयं ही बनाया था। उसके दो दिन पहले ही वह चल पड़ी थी। उसे क्या मालूम था कि कोठी की क्या व्यवस्था मेम साहब कर गयी थीं। इंग्लैण्ड से उन्होंने व्यवस्था के विषय में कुछ लिखा ज़रूर था, लेकिन उस समय यह सब जानने-समझने का होश रम्भा को कहाँ था। वह तो एक नये जीवन की उमंग में डूबी हुई थी। उसने तो सोच रखा था कि अब इस कोठी से, यहाँ के जीवन से, मेरा सम्बन्ध सदा के लिए छूट रहा है। सो, कोठी की चिन्ता करने की आवश्यकता ही क्या है।

लेकिन जैसा उसने सोचा था, वैसा हुआ नहीं। इतने वर्षों बाद आख़िर उसे अपनी कोठी को लौटना ही पड़ा। उसका ख़याल था कि कोठी जैसे उस समय चल रही थी, वैसे ही अब भी चल रही होगी। मुझे केवल वहाँ जाकर अपने कमरे में जम जाना है और अपनी दास्तान लिखने बैठ जाना है। लेकिन कोठी तो जड़ हो चुकी थी।

कोठी में फिर वह पहले का जीवन लाना रम्भा के लिए शक्य न था। कोठी के जीवन की धुँधली छाया ही अब उसके मस्तिष्क में रह गयी थी। कोठी में उस समय जो भी जीवन था, वह निश्चय ही रम्भा को लेकर ही था, किन्तु उस जीवन में कर्त्ता के रूप में रम्भा का कहीं नाम भी न था। मेम साहब ही सारी व्यवस्था सँभाले हुए थीं। रम्भा का तो व्यवस्था से कोई सम्बन्ध ही न था। वह तो यह भी न जानती थी कि कैसे क्या होता है। वह सारे सुख-सुविधाओं का भोग अवश्य करती थी किन्तु उसकी व्यवस्था से उसे कोई मतलब न था। सो, निश्चय ही वह कोठी की व्यवस्था के विषय में कुछ भी न जानती थी। फिर वह पहले-जैसी व्यवस्था कर ही कैसे सकती थी? उसके लिए तो अब उस व्यवस्था के विषय में कुछ सोचना भी असम्भव था।

उसने जो सचमुच का अनुभव किया था, वह क़ाज़ी सराय के बालिका विद्यालय और गाँवों का था। वह जीवन निहायत ही साधारण था। उसकी आवश्यकताएँ बिलकुल न्यूनतम थीं। रम्भा उस जीवन की अभ्यस्त हो चुकी थी। इसलिए सहज रूप से ही उसने सोचा कि अब इस कोठी में भी मैं वही जीवन-व्यवस्था चालू करूँगी। और कोई झंझट मेरे बस की नहीं।

लेकिन यह आसान न था। लड़कियाँ और छोटे बच्चे तो उससे हिलमिल गये। वे जैसा वह कहती वैसा ही करते। किन्तु चौकीदार, माली, उनकी औरतें और बड़े लड़के उसे पहले की ही तरह मालकिन समझते। वे उसके प्रति अपने पुराने व्यवहारों में, उसके लाख कहने के बावजूद कोई परिवर्तन ला ही न पाते थे। वे रम्भा का पहला जीवन देख चुके थे, उससे वे पूर्णत: परिचित थे। इस नये जीवन को समझना और उसके अनुसार नयी तरह से आचरण करना उनके बस की बात न थी। वे पहले ही की तरह उसकी सेवा करना चाहते, पहले ही की तरह नौकर और स्वामी के बीच के व्यवहार को बनाये रखना चाहते। न तो वे उसके बराबर बैठ सकते थे, न बराबर की तरह हँस-बोल ही सकते थे। वे उसे अपने हाथ से कुछ भी न करने देते थे। वह कुछ करती तो वे रोक देते और स्वयं कर देते। वे कहते, हम लोगों के रहते आप कोई काम करें, यह हमारे डूब मरने की बात है। रम्भा बहुत कहती, बहुत समझाती, लेकिन वे कुछ भी समझने से इनकार कर देते। कहते—हमारा धरम न बिगाड़ें, बेबी साहब। आप ऐसा करेंगी, तो हम कहीं के भी न रहेंगे।

पहले ही दिन उसने कहा था, और उसके बाद जाने कितनी बार कहा था, लेकिन वे कोठी में न आये, सागरपेशे में ही बने रहे। कहते—जो जहाँ रहने लायक़ है, वहीं शोभा देता है। सागरपेशे भी तो बेबी साहब के ही हैं। हम वहीं बने रहें, यही बड़ी

किरिपा है।...लड़कियाँ हैं, बच्चे हैं, नासमझ हैं। इन्हें आप जहाँ रखें, जैसे रखें, जो पहनायें-ओढ़ायें, खिलायें-पिलायें आपके हैं। उनको लेकर तो हम आपसे कुछ नहीं कहते।

रम्भा ने कितनी बार कहा कि सबका खाना एक जगह बनेगा, एक तरह का बनेगा। लेकिन ऐसा उन्होंने होने न दिया। कहते—जिसका जो खाना है वही उसे अच्छा लगता है। महीन चावल से हमारा पेट भरेगा ही नहीं।

रम्भा कहती—लेकिन मैं तो मोटा चावल खा सकती हूँ।

वे कहते—आप कैसे खा सकती हैं, बेबी साहब? कभी खाया है कि अभी खायेंगी? और आप किस जले खायेंगी? भगवान् ने आपको अच्छा दिया है तो आपको अच्छा ही खाना चाहिए। हमारी क्या है, आपकी किरिपा से जो हमें मिल जाता है, उसके लिए हम भगवान् को धन्यवाद देते हैं। हम तो इसी शरम से मरे जाते हैं कि आप हमारे हाथ का बनाया खाती हैं। हमें आप-सबन का खाना बनाने का सहूर है। हम तो अब भी कहते हैं कि जब कहिये, कोई अच्छा बावर्ची ला दें। आप आराम से खायें-पियें तो देखकर हमारा मन हरखित हो। लेकिन आप मानें तब न।

रम्भा यह सब देखकर, सुनकर कभी-कभी मन-ही-मन झुंझला उठती। उसकी समझ में ही न आता कि ये लोग मेरी बात क्यों नहीं समझते, जैसा मैं कहती हूँ, क्यों नहीं करते। इससे इनका क्या बिगड़ता है। ये अपना फ़ायदा क्यों नहीं समझते। ये आदमी की तरह, मेरी तरह, बराबर की तरह क्यों नहीं रहना चाहते। इन्हें नौकर बने रहने में कौन-सा सुख मिलता है। इन्हें सागरपेशे में रहने से कौन-सी सुविधा मिलती है। ये कोठी में आराम से मेरी ही तरह क्यों नहीं रहते। मेरी ही तरह क्यों नहीं पहनते-ओढ़ते, मेरी ही तरह क्यों नहीं खाते-पीते। एक परिवार के सदस्य जैसे रहते-सहते हैं, क्यों नहीं रहते-सहते।

इन सवालों के साथ रम्भा कई दिनों तक लगातार उलझी रही। कई तरह से इन्हें हल करने की उसने कोशिश की। समझाकर, बुझाकर, अनुनय कर, हाथ जोड़कर वह थक गयी तो आख़िर उसने मालकिन की तरह आज्ञा भी दी। फिर भी सफल न हुई, तो उसने सोचा कि ये मूढ़ लोग शायद डाँटने-फटकारने से रास्ते पर आ जायें। लेकिन डाँटने-फटकारने को उसका मन ही न होता। उसने जीवन में शायद ही कभी किसी को डाँटा-फटकारा हो। फिर उसे डर लगता कि ये हठी लोग कहीं मेरी डाँट-फटकार से मुझे छोड़कर ही न चले जायें। फिर मैं अकेली यहाँ कैसे रहूँगी।

आख़िर उसने हथियार डाल दिया और विवश होकर सोचा कि चलने दो, जैसा चलता है। लेकिन तभी उसे यह ख़याल आया कि मैं इन चन्द लोगों का जीवन ही नहीं बदल सकती तो दुनिया में क्या कर सकती हूँ। गाँवों में लोग मेरी बात कितनी मानते थे और ये लोग हैं कि मानकर भी नहीं मानते और अपना ढंग तनिक भी बदलने

को तैयार नहीं होते। कैसी अजीब बात है कि मैं इन्हें आदमी बनाना चाहती हूँ, अपने बराबर का मानना चाहती हूँ, इन्हें जीवन की सब सुविधाएँ देना चाहती हूँ, तब भी मेरी बात ये नहीं मानते, नहीं समझते। मैं क्या करूँ?

इतने दिनों में आज पहली बार उसे ख़याल आया कि क्यों न मैं यह समस्या चाचा जी को लिख भेजूँ। शायद उनके पास इसका कोई हल हो और अचानक ही उसके दिमाग़ में चाचा जी के अनशन की बात कौंध गयी...अनशन...क्या मैं इन्हें रास्ते पर लाने के लिए अनशन करूँ?

और सचमुच बड़ी गम्भीरतापूर्वक वह अनशन के विषय में सोचने लगी। लेकिन वह अभी सोच ही रही थी कि एक दिन सुबह की डाक से उसके पास एक पत्र आ पहुँचा। खद्दर-काग़ज़ का लिफ़ाफ़ा और उस पर चाचा जी की लिखावट में रम्भा देवी का नाम-पता। उसने चाचा जी का कोई पत्र पाने की आशा किसी हालत में भी न की थी। उसे आश्चर्य हुआ, साथ ही उत्कट जिज्ञासा भी कि आख़िर यह अनहोनी कैसे हुई।

वह पत्र खोलकर पढ़ने लगी—

प्रिय रम्भा देवी जी,

आप इतनी जल्दी चली जायेंगी, ऐसी आशा न थी। लेकिन किसी भी जानेवाले को रोकना आश्रम के नियम के विरुद्ध है। प्रभा देवी ने ठीक ही आपको नहीं रोका। यों आप चली गयी होतीं तो मैं यह पत्र पढ़ने का आपको हर्गिज़ कष्ट न देता। लेकिन प्रभा देवी से, जाते समय, आप जो बातें कह गयी थीं, वही मेरे लिये यह पत्र लिखने का कारण बनीं। मुख्यत: प्रभा देवी से आप तीन बातें कह गयीं थीं। उनमें दो बातों की हमें कभी भी चिन्ता न हुई। हमारे आश्रम के वासी सेवा, त्याग और ईमानदारी के नाम पर अपनी आत्महत्या कर रहे हैं और एक झूठे आदर्श के चक्कर में डालकर, ग्रामवासियों को गुमराह कर रहे हैं...और हम लोगों के लिए सेवा एक अहंकार है, इन बातों के विषय में कभी भी कुछ कहने-सुनने की हमने ज़रूरत नहीं समझी। हमारे या हमारे जीवन या हमारे कामों के विषय में कोई क्या समझता है, इस ओर हम कभी ध्यान नहीं देते। हम जो भी हैं, जैसा भी हमारा जीवन है, जो भी सेवा-कार्य हम करते हैं, उसके लिए हम अपने सिवा किसी के प्रति भी अपने को उत्तरदायी नहीं समझते। हम जो हैं, स्वेच्छा से हैं, हम जैसा भी जीवन जीते हैं स्वेच्छा से जीते हैं और जो भी कार्य करते हैं स्वेच्छा से करते हैं। चाहे कोई जो समझे-सोचे, उसकी हमें क़तई चिन्ता नहीं रहती।

जो तीसरी बात आप प्रभा देवी से कह गयी थीं, दरअसल उसी बात ने मुझे आन्दोलित किया।...बापू रहते तो वह निश्चय ही इस भ्रष्टाचार का विरोध करते। बेईमानी को अपनी आँखों से देखते रहना और सहते जाना कोई ईमानदारी नहीं है।

इस बात को सिर झुकाकर स्वीकार करने के सिवा मेरे आगे कोई और चारा नहीं था। ऐसी बात नहीं है कि यह बात पहली बार आपकी बात से ही मेरे मन में उठी है और मैंने इसे स्वीकार किया है। अनेक बार पहले भी यह बात मेरे मन में उठी है। गाँवों में यह भ्रष्टाचार हम रोज़ ही देखते हैं, इसलिए विरोध की बात हमारे मन में उठना स्वाभाविक ही है।

किन्तु आज तक हमने एक बार भी विरोध न किया, यह निश्चय ही आश्चर्य की बात है, है न? ऐसा क्यों हुआ?

आप याद करेंगी, तो मानेंगी कि मैं एक बार की बातचीत में आपको इस प्रश्न का भी उत्तर दे चुका हूँ।...बापू के सामने हम बड़े गुनहगार हैं और इस गुनाह का किंचित् प्रायश्चित्त केवल सेवा है, अपनी शक्ति-भर। हमारे-जैसे बापू के चरण-सेवियों के लिए इस शासन में और कोई काम रह ही नहीं गया है...

अपनी शक्ति की ही बात सर्वोपरि थी।...और मैं स्वीकार करूँगा कि भ्रष्टाचार से बार-बार उद्वेलित होकर भी इसी कारण मैंने उसके विरोध की बात पर कभी विशेष ध्यान न दिया।

किन्तु प्रभा देवी ने जब मुझे बताया कि आपने ऐसा कहा था, तो मैं इस बात को पहले की तरह सहसा टाल न सका। यहाँ से आपके चले जाने के साथ इस बात ने जुड़कर ही जैसे इस बात को एक नये सन्दर्भ में मेरे सामने ला खड़ा कर दिया और उसी क्षण मेरे मानस में एक मन्थन आरम्भ हो गया।

असह्य मानसिक पीड़ा में तीन दिन तक मैं तड़पता रहा।...आपने देखा और सहन न किया, विरोध किया...और मैं? मैं रोज़ देखता हूँ और सहन करता हूँ, विरोध नहीं करता। क्यों? क्यों?

शक्ति! आपकी शक्ति क्या है?...बापू की अपनी शक्ति क्या थी? और मुझे लगता रहा कि शक्ति की सीमा की बात करना स्वयं में ही एक बहुत बड़ी बेईमानी की बात है।...आप समझ सकती हैं मेरी आत्मिक पीड़ा। लगता, मैंने अपने ही को इतने दिनों ठगा है, जान-बूझकर एक गुनहगार जीवन को ढोया है, सेवा, त्याग, ईमानदारी का ढोंग रचा है।...आत्मिक ग्लानि से मैं गलने लगा।

दूसरे दिन प्रातः प्रार्थना के पश्चात् मैं अपने को न रोक सका। अनशन, प्रायश्चित्त के अतिरिक्त अपने लिये कोई अन्य मार्ग सूझा ही नहीं। मृत्यु या शुद्ध आत्मा। मृत्यु या सत्य के लिए आजीवन संघर्ष।

कल, एक सप्ताह पश्चात्, मुझे नया प्रकाश, नया जीवन प्राप्त हुआ।...मैं भ्रष्टाचार का विरोध करूँगा, हर क्षण, हर जगह, चाहे जो हो!

आज मैं यह पत्र आपको लिख रहा हूँ। कल बालिका विद्यालय मैं जाऊँगा। मैं विद्यालय के विषय में सब-कुछ जानना चाहता हूँ।

आप कुछ लिखनेवाली थीं, क्या हुआ?

शुभकामनाओं के साथ,

आपका,
मदन भाई

जैसे अनजाने, अचानक एक बहुत बड़ा चमत्कार हो गया हो। रम्भा का दिल मारे आश्चर्य के धड़-धड़ बजने लगा। उसकी समझ में ही न आ रहा था कि यह कैसे हो गया। हाथ में वह पत्र काँप रहा था और वह विमूढ़-सी उसे घूरे जा रही थी।

सुस्थिर हुई तो मन तुरन्त आश्रम में पहुँच जाने को हुआ। चाचा जी का यह रूप देखने को वह व्याकुल हो उठी। वह विद्यालय गये होंगे, वहाँ क्या हुआ, यह जानने को वह मरने लगी। आनन्द का क्या हाल हुआ होगा? उसका तो ख़याल होगा कि रम्भा गयी, बला टली अब अपनी पाँचों उँगलियाँ घी में हैं। एकच्छत्र अपना राज हो गया। क्या उल्लू बनी वह लौंडिया! मेरी बिल्ली मुझी से म्याऊँ करने चली थी।...अब मज़ा मिलेगा बच्चू को! चाचा जी अब उसे छोड़ेंगे नहीं।

रम्भा को अफ़सोस हुआ कि आवेश में आकर मैं इतनी जल्दी वहाँ से क्यों चली आयी। चाचा जी पर ऐसे इल्ज़ाम मैंने क्यों लगाये। उनकी विवशता को, उनकी कुण्ठा को मुझे समझना चाहिए था।...फिर तत्क्षण उसे ख़याल आया कि मैं अपने मन में उठी बातों को स्पष्ट रूप से न कहती और आश्रम छोड़कर न चली आती तो पता नहीं चाचा जी में यह प्रतिक्रिया हुई होती या न हुई होती।...उसे आश्चर्य हो रहा था कि ऐसी बातें मैंने प्रभा देवी से कैसे कहीं। मेरी समझ ही क्या है? लेकिन चाचा जी, को देखो, मुझ अकिंचन की बात को भी उन्होंने किस गम्भीरता से लिया और आज वह काम करने को उठ खड़े हुए, जो वह कभी भी न करना चाहते थे। मैंने चाचा जी की ईमानदारी पर कीचड़ उछाला, कैसी मूर्ख हूँ मैं। मैं वहाँ रहती तो उनके चरण पकड़कर क्षमा माँगती।...

रम्भा पानी-पानी हो गयी। लज्जा से उसका सिर गड़ गया। वह सोचने लगी कि मैं क्या हूँ, मैंने क्या किया है। मुझे वह सब बातें कहने का अधिकार क्या था। मुझे उस क्षेत्र की समझ ही क्या है। जिस चाचा जी ने अपनी जान की बाज़ी लगाकर मेरी जान बचायी उन्हीं चाचा जी के विषय में मैंने वैसी बातें कीं और वैसी धारणा बनायी। कितनी शर्म की बात है। उनसे क्षमा माँगने का साहस मुझे कैसे होता। मैं उनके सामने कैसे खड़ी होती।

रम्भा का आश्रम में जा पहुँचने का सारा उत्साह ठण्डा हो गया। यह मुँह लेकर वहाँ नहीं जाया जा सकता। उसके पश्चात्ताप की सीमा नहीं थी।

वह कमरे में टहलने लगी और सोचने लगी कि इस अक्षम्य धृष्टता का परिहार कैसे हो।...चाचा जी विद्यालय के विषय में सब-कुछ जानना चाहते हैं। उन्होंने यह भी पूछा है कि आप कुछ लिखनेवाली थीं, क्या हुआ?...उन्होंने 'आप' लिखा है, बेटी नहीं लिखी है। उनके कितने निकट आकर अचानक ही आज मैं उनसे कितनी दूर हो गयी। मैंने भी तो सोचा था कि चाचा जी मेरे कौन होते हैं, उनके लिए मैं कुछ क्यों लिखूँगी। ओह, क्या सचमुच ही मेरा दिमाग़ ख़राब हो गया था।

रम्भा बार-बार पछताने लगी। उसका मन कचोट-कचोट उठा।...अन्त में वह इसी परिणाम पर पहुँची कि क्षमा माँगने के सिवा कोई चारा नहीं है। सब बातें साफ़-साफ़ लिखकर अपने मन का पश्चात्ताप मैं उनके सामने रखूँगी और क्षमा माँगूँगी, अपने ही मन के सन्तोष के लिए। जानती हूँ, चाचा जी के मन में मेरे लिये कुछ भी न होगा। मेरा अपराध स्वीकार करना और क्षमा माँगना उनके लिए कोई अर्थ नहीं रखता। किन्तु आत्मस्वीकृति से मेरी धृष्टता का, कम-से-कम मेरी ख़ातिर तो कुछ परिहार होगा। अपने मन की बात मैं उन तक पहुँचा तो दूँगी।

रम्भा तत्क्षण पत्र लिखने बैठ गयी। तभी मालती ने सीधे आकर पूछा—बेबी साहब, माई पूछती हैं, आज आपके कमरे की सफ़ाई कर दें?

रम्भा जिस दिन लौटी थी, उसके बाद उसका कमरा फिर किसी दिन भी न खुला था। रम्भा ने मना कर दिया था। दो-तीन दिन के बाद माली की औरत ने कहा था—बेबी साहब, आप उस कमरे में न जायें, लेकिन उसकी झाड़-पोंछ तो होनी चाहिए न?

—कोई ज़रूरत नहीं है,—रम्भा ने कह दिया था।

—फिर भी रोज़ एक-न-एक बार माली की औरत या चौकीदार की औरत यह बात रम्भा से पूछती या लड़कियों से पुछवा ज़रूर लेती थी।

रम्भा को दरअसल उस अपने कमरे से भय-सा लगता था। जैसे उसके जीवन का एक बड़ा अतीत भूत बनकर उस कमरे में बैठा हो। वह कमरा खुला नहीं कि वह भूत निकलेगा और रम्भा पर चढ़ बैठेगा। रम्भा इसी कारण उस कमरे के नाम से भी कतराती थी। जो मर गया, जो बीत गया, वह चाहती थी कि उस कमरे में ही दफ़न रहे! जिस जीवन को वह भूल-सी गयी थी, उसे वह फिर याद न करना चाहती थी। और उस कमरे के कण-कण में जैसे याद-ही-याद भरी हो। वह उससे कैसे पिण्ड छुड़ायेगी?

लेकिन इस क्षण, जब मालती ने पूछा तो जाने रम्भा को क्या हुआ कि वह तत्क्षण बोल उठी—चाभी ले जाओ, वह रखी है।

मालती चाभी लेकर कूदती हुई चली गयी। उसे बड़ी ख़ुशी हुई कि आज बेबी साहब ने उसके कहने से अपने कमरे की सफ़ाई की इजाज़त दे दी। दरअसल उन लोगों का सोचना यह था कि बेबी साहब को मास्टर साहब के कमरे में बड़ी तकलीफ़ होती है। यह कमरा छोटा है और किताबों की आलमारियों से अटा पड़ा हुआ है। न जाने कैसी एक गन्ध बराबर बनी रहती है। न बेबी साहब के लायक़ आराम-आशाइश के सामान हैं और न सजावट। थोड़ी-सी जगह में बेबी साहब दो सयानी लड़कियों को लेकर सोती हैं। उनका ख़याल था कि जब तक बेबी साहब अपने कमरे में रहने-सहने न लगेंगी, वह अपनी पुरानी ज़िन्दगी को वापस न लौटेंगी। बेबी साहब को इस हालत में देखकर उन्हें बड़ी तकलीफ़ होती थी और लगता था बेबी साहब कोठी में रहने नहीं आयी हैं, बल्कि प्लेटफारम पर पड़ी हुई किसी गाड़ी का इन्तज़ार कर रही हैं।

मालती चाभी लेकर चली गयी तो सहसा ही रम्भा की मन:स्थिति बदल गयी। चाभी के साथ-ही-साथ जैसे वह भी अपने कमरे में पहुँच गयी हो और वह...

उसने घबराकर जल्दी-जल्दी में चाचा जी को यों तीन-चार सतरों का एक पत्र घसीट दिया, जैसे कि अभी न लिख दिया तो फिर जाने कब लिख पाये। उसने लिखा—

पूज्य चाचा जी,

आपका पत्र मुझे मिल गया। उसे पढ़कर मेरी जो हालत हुई, उसे मैं इतनी जल्दी नहीं लिख सकती। मैंने जो दास्तान लिखने का आपसे वादा किया था, अब वह लिखने ही वाली हूँ। पूरा होते ही मैं उसे भेजूँगी और फिर तुरन्त ही आपके चरणों की सेवा में उपस्थित होऊँगी। आप अपने समाचार देते रहें। प्रणाम स्वीकार करें।

आपकी,
रम्भा।

छोड़ने के लिए माली को पत्र देकर वह ओसारे में ही टहलने लगी। कई बार वह कोठी के खुले प्रवेश-द्वार के पास से गुज़री। इतने दिनों उसे यहाँ आये हुए हो गये थे, लेकिन अभी तक उसने कोठी में प्रवेश न किया था। कोठी का प्रवेश-द्वार बन्द ही रहा था। दिन में सिर्फ़ एक बार सफाई के लिए वे लोग उसे खोलते थे और फिर बन्द कर देते थे। रम्भा उधर ध्यान भी न देती थी। लेकिन आज जैसे वह जान-बूझकर ही वहाँ टहल रही थी, और उस प्रवेश-द्वार से अन्दर जाने का मन-ही-मन

साहस बटोर रही थी। उसके लिए यह कोई साधारण काम न था। यह अपने अतीत के सामने आँखें मिलाकर खड़े होने-की तरह था—उस अतीत के सामने, जो उसकी नासमझी, बेवकूफ़ी, बेकार की ज़िन्दगी, शान-शौकत, भावुकता और अल्हड़ प्रेम के रहस्यों का एकमात्र साक्षी था।

लेकिन अब वह समझ गयी थी कि इसके सिवा कोई चारा नहीं है, मुझे अपनी दास्तान लिखनी है तो उससे आँखें चुरायी नहीं जा सकतीं। अब तक, इतने दिन बीत गये, मैंने लिखना शुरू न किया। मैं अनजाने ही इससे कतराती आयी हूँ। लिखना है तो मुझे भी माँ की तरह और पापा की तरह साहस से काम लेना होगा। बिना साहस के सच्चाई से आँखें नहीं मिलायी जा सकतीं। जाने इस बीच में कितना-कुछ भूल गयी होऊँ। सम्भव है, वे-सब बातें कोठी के संसर्ग में आने से फिर याद आ जायें। क्या यही सोचकर मैं यहाँ न आयी थी? यहाँ की हर वस्तु से मेरे गत जीवन का सम्बन्ध है। यहाँ की हर वस्तु के साथ मेरे गत जीवन की एक-न-एक घटना लिपटी हुई है। मेरे गत जीवन के हर क्षण, हर स्थिति को इन वस्तुओं ने देखा है। इनके ज़बान होती तो ये ख़ुद मेरी दास्तान सुना देतीं। ये जड़ हैं, किन्तु मेरे सम्बन्ध और संसर्ग ने जो भावनाएँ उनके साथ जोड़ी हैं, कितनी बलवती हैं! ऐसा न होता तो मैं इनसे क्यों डरती, क्यों शरमाती, क्यों आँखें चार करने से घबराती?

लेकिन अब कोई चारा नहीं है। अतीत मुझे लील जाये। मुझे दास्तान लिखनी है और वहीं बैठकर लिखनी है, जहाँ वह शुरू हुई थी। कहाँ शुरू हुई थी? रम्भा को याद आने लगा, तेज़ी से याद आने लगा।...

लेकिन शीर्षक, इस दास्तान का शीर्षक क्या होगा? माँ ने अपनी दास्तान का एक शीर्षक दिया है, पापा ने भी अपनी दास्तान का एक शीर्षक दिया है। मेरी दास्तान का शीर्षक क्या होगा?...

तभी मालती ने आकर कहा—बेबी साहब, चाभी...

—ला मुझे दे,—रम्भा ने कहा और चाभियों का गुच्छा उसके हाथ से ले वह दनदनाती हुई कोठी में प्रवेश कर गयी।

मालती चौंककर उसकी ओर देखती रह गयी। जिसने जहाँ से उसे कोठी में प्रवेश करते देखा, भौंचक देखता रह गया। लेकिन उनके होंठों पर एक बहुत बड़ी ख़ुशी मुस्करा रहा थी!

रम्भा अपने स्टडी-कार्नर में मेज़ के सामने कुर्सी पर बैठी क़लम का सिरा दाँतों से चबा रही थी। शीर्षक—शीर्षक क्या हो?

उसे रह-रहकर ऐसा लगता था कि एक शीर्षक दिमाग़ में कभी उभरा था। लेकिन इस समय वह बिलकुल याद ही न आ रहा था। कई बार उसके जी में आया कि शीर्षक का चक्कर छोड़ दूँ और सीधे दास्तान ही शुरू कर दूँ। दास्तान पूरी हो

जाने पर शीर्षक आप ही निकल आयेगा। लेकिन शीर्षक था कि जैसे कह रहा था कि मुझे न पा लिया तो तुम दास्तान शुरू ही नहीं कर सकती। सोचो, याद करो, मैं तुम्हारे दिमाग़ में कभी का जन्म ले चुका हूँ। यों भुलक्कड़ बनोगी तो दास्तान क्या ख़ाक लिखोगी?

रम्भा कुर्सी पर झूलने लगी।...रम्भा कुर्सी पर चक्कर खाने लगी। उसके चारों ओर छोटी-छोटी ख़ूबसूरत आलमारियों में सुन्दर-सुन्दर जिल्दोंवाली किताबें सजी थीं, जिनके नाम चमक रहे थे।...एक नाम होगा दास्तान का भी, लेकिन क्या?...कि अचानक रम्भा की दृष्टि 'सेवासदन' पर पड़ी और कुर्सी जहाँ-की-तहाँ रुक गयी।

रम्भा के दिमाग़ में जैसे बिजली कौंध गयी। याद आया, याद आ गया!...आश्रम के कमरे में सुमन से बातें हुई थीं...'सेवासदन' और सुमन...एक सूत्र मिला था...आनन्द ने एक बार कहा था...

रम्भा ने क़लम को दाँतों से अलग किया और काग़ज़ पर रख दिया। धक-धक करते हुए दिल के साथ उसने लिखा—

दास्तान एक लड़की की सेवासदन से आगे

मेरी माँ ने अपनी दास्तान लिखी थी, मेरे पापा ने अपनी दास्तान लिखी थी, मुझे कब मालूम था कि एक दिन मैं भी अपनी दास्तान लिखने बैठूँगी। पापा की और माँ की दास्तानें मुझे पढ़ने को न मिली होतीं, तो शायद यह अपनी दास्तान लिखने की बात मेरे मन में कभी उठी ही न होती ठीक वैसे ही जैसे पापा के मन में अपनी दास्तान लिखने की बात शायद न उठी होती अगर उन्हें माँ की दास्तान पढ़ने को न मिलती। यही क्यों, अगर ये दास्तानें मुझे पढ़ने को न मिली होतीं, तो अपनी दास्तान ही कुछ और होती और शायद उसे कभी लिखने की कोई ज़रूरत ही न पड़ती। तब मेरी ज़िन्दगी क्या होती, यह कोई भी समझ सकता है। एक सब तरह से सम्पन्न और सुन्दर महिला को गाँव-गाँव में ठोकर खाने की क्या ज़रूरत थी?

मैं स्वीकार करती हूँ कि वे दास्तानें ही मेरे लिये ज़हर हो गयीं। ज़िन्दगी के ऐसे नाज़ुक मोड़ और दिल-दिमाग़ की ऐसी कच्ची हालत में वे दास्तानें मुझे पढ़ने को मिली थीं कि मैं उनके प्रभाव से बच ही न सकती थी। माँ से वह मेरा पहला साक्षात्कार था। पापा को मैं बचपन से ही देखती आ रही थी, किन्तु उनके विषय में भला मैं क्या जानती थी? वह अपनी दास्तान मुझे पढ़ने को न देते तो उन्हें मैं जानकर भी क्या जानती? सच्चे माने में माँ और पापा से यह मेरा पहला ही परिचय था, लेकिन ऐसा परिचय कि वे बिलकुल तस्वीर की तरह मेरी आँखों के सामने खिंच गये।...माँ कमल का फूल थी और पापा पनाला थे। पापा ने बहुत सोच-समझकर अपनी दास्तान का 'दास्तान एक पनाले की जिसमें कमल का एक फूल खिला है' शीर्षक दिया होगा। इस शीर्षक के पीछे पापा की कैसी अद्‌भुत ईमानदारी और हिम्मत थी।

पापा ने अपनी दास्तान के अन्त में मुझे सम्बोधित करके लिखा था—तुम भी एक कमल का फूल हो। कमल का फूल एक ही तरह से नहीं मरता है, वह पनाले की गन्दगी और दुर्गन्ध में सड़-गलकर भी मर सकता है। तुम्हारा हश्र क्या होगा, मैं नहीं जानता, किन्तु अपनी मृत्यु तक मुझे तुम्हारी चिन्ता रहेगी।

आगे पापा ने लिखा था—मैं जानता हूँ, यह चाहने का मुझे कोई भी हक़ नहीं है। लेकिन फिर भी जाने क्यों, कभी-कभी मेरा मन चाहता है कि काश, तुम्हें किसी स्वच्छ सरोवर में खिलने का अवसर मिलता!

पापा ने यह बिलकुल ठीक लिखा था, उन्हें यह चाहने का कोई भी हक़ नहीं था, क्योंकि उन्होंने ख़ुद होकर ही मुझे एक पनाले के हवाले कर दिया था। लेकिन पापा पर मुझे क्षोभ न हुआ। पापा ने ऐसी ईमानदारी से अपनी ग़लती और विवशता स्वीकार कर ली थी और मुझसे क्षमा माँगी थी कि उन पर क्षोभ किया ही न जा सकता था। और उनकी चाह में भी मुझे वही ईमानदारी दिखायी दी, और वह यों ही टाली नहीं जा सकती थी। इस चाह के पीछे पापा का जो दर्द था, उसे मैं महसूस कर सकती थी। यह कुछ-कुछ वैसा ही था, जैसे एक चोर को ईमानदारी का सच्चा दर्द हुआ हो। निश्चय ही यह दर्द कोई साधारण नहीं होता। काश, पापा की चाह मैं पूरी कर सकूँ, इस बात का बीज मेरे मानस में उसी समय पड़ गया था। और उसी दम मेरे मन में एक द्वन्द्व ने जन्म लिया था।

मैं बहुत-बहुत पछतायी कि पहले ही मुझे पापा के दिये हुए लिफ़ाफ़ों की याद क्यों न आयी। काश, सेठ सोनेलाल के संसर्ग में आने से पहले ही मैंने वे दास्तानें पढ़ ली होतीं। तब पनाले की गन्दगी और दुर्गन्ध में जो ये चन्द दिन सने थे, उनसे तो मैं बच जाती। मैं क्या समझती थी, मुझे क्या अनुभव था? वह आज़ादी पाने का नशा कोई साधारण नशा तो न था। मैं कैसे न झूम उठती, कैसे न नाच उठती? मुझे क्या पता था कि यह आज़ादी कितनी बड़ी गन्दगी की भूमिका है?

जाने कितने दिनों तक मेरी नाक में घिन समायी रही। जैसे अपनी देह से ही दुर्गन्ध छूटती, जैसे पास की हर चीज़ से बदबू उठती, जैसे पनाले से सीधे सड़ाँध आती रहती।

फिर मुझे मितली आने लगी, मुँह में पानी छूटने लगा और सिर चकराने लगा। और फिर उबकाई भी आने लगी।

मेम साहब ने देखा तो परेशान होकर, मेरे मना करने के बावजूद, डॉक्टर को फ़ोन किया। डॉक्टर आया। मुझसे हाल पूछा। मैं क्या बताती? मेम साहब ने ही हाल बताया। तब डॉक्टर ने मेरी जाँच की और मेम साहब को लेकर बाहर चला गया।

मेम साहब लौटकर आयीं तो मेरे सिरहाने कुर्सी पर बैठ, मेरे सिर पर हाथ फेरती हुई बोलीं—लेडी डॉक्टर को फ़ोन किया है। वह अभी आती होंगी।

—मुझे डॉक्टर-वाक्टर की कोई ज़रूरत नहीं है,—मैंने कहा—मुझे कोई रोग नहीं है। आप नाहक़ परेशान हो रही हैं।

—तुम्हें कोई रोग नहीं है,—मेम साहब बोलीं—डॉक्टर भी यही कहता था। लेकिन तसल्ली के लिए डॉक्टर की राय से ही लेडी डॉक्टर को बुलाया है। वह कोई दवा दे देगी तो उबकाई बन्द हो जायेगी। तुम्हारे पापा के लिए काल भी बुक कर दिया है।

—मैं किसी से बात न करूँगी,—मुँह फेरकर मैंने कहा—मेरा मन किसी से भी बात करने को नहीं होता।

—तो मैं ही बात कर लूँगी,—मेम साहब बोलीं—तुम कोई फ़िक्र मत करो। बस आराम से लेटी रहो। एक हफ़्ते की छुट्टी के लिए कॉलेज मैंने दरख़्वास्त भेज दी है। ज़रूरत होगी तो और भी छुट्टी बढ़वा लेंगे।

लेडी डॉक्टर आयीं तो मेम साहब बोलीं—इधर को मुँह करो। डॉक्टर आयी हैं।—और वह फिर मेरा हाल डॉक्टर को बतलाने लगीं।

मैं जैसी-की-तैसी पड़ी रही तो डॉक्टर ख़ुद मेरी ओर आकर खड़ी हो गयी। उसका मुस्कराता चेहरा देखकर मेरा दिल जल उठा। बोली—मुझे कुछ नहीं हुआ है।

—तुम तो अभी बिलकुल बच्ची हो,—डॉक्टर अंग्रेज़ी में बोली और मेरे पेट पर से कपड़ा हटाकर दबा-दबाकर देखने लगी।

मुझे बड़ा बुरा लग रहा था। लेकिन मैं क्या करती।

वह मेम साहब और रामी से बोली—ज़रा आप लोग बाहर जाइये। पर्दा ठीक कर दीजियेगा।

—क्यों?—मैं बोली—और उठकर बैठ गयी।

मेरे कन्धे पर हाथ रखकर मेम साहब पुचकारकर बोलीं—घबराओ नहीं, मेरी बच्ची। डॉक्टर को अच्छी तरह देख लेने दो। अयँ? हम लोग अभी आ जायेंगे।

मैं उनका मुँह ताकने लगी। मेरी समझ में न आ रहा था कि ये लोग मुझे क्यों तंग कर रहे हैं। जो मुझे हुआ है, मैं इन्हें कैसे बताऊँ?

वे लोग बाहर चली गयीं, तो डॉक्टर बोली—अब ज़रा लेट तो जाओ, बच्ची।

अनमन-सी मैं लेट गयी, तो उसने अपने दाहिने हाथ में रबर का दस्ताना पहना और...

मैंने फिर उठकर उसका हाथ पकड़ लिया। कहा—यह आप क्या करती हैं?

—डॉक्टर का हाथ नहीं पकड़ते, बच्ची—,डॉक्टर बोली,—तुम चुपचाप लेट जाओ। जो देखना ज़रूरी है, मैं ज़रूर देखूँगी। वर्ना मुझे कैसे मालूम होगा कि दरअसल बात क्या है। और जब तक मालूम न होगा मैं दवा कैसे दूँगी? चलो, घबराने की कोई बात नहीं है। मैं तुम्हारी माँ की तरह हूँ।

—मुझे कुछ नहीं हुआ है,—मैं बोली।

—यह भी तो देखने से ही मालूम होगा,—वह बोली—वक़्त ख़राब मत करो। प्लीज़!

मैं लेट गयी और आँखें मूँद लीं।

ज़रा देर बाद ही वह बोली—बाथ किधर है?

मैं कपड़े ठीक करके बोली—उधर,—और हाथ से संकेत कर दिया।

लौटकर वह दरवाज़े के पास गयी और मेम साहब को बुला लायी। फिर मेरे रक्त का दबाव देखा, आँखें देखीं और फिर जल्दी-जल्दी सब सामान बैग में रखकर मेम साहब को लेकर बाहर चली गयी।

मेम साहब लौटीं तो मुस्कराती हुई बोलीं—सब ठीक है। आदमी दवा लेने गया है।

—सब ठीक है, तो दवा क्या होगी?—मैंने पूछा।

—तुम और भी ज़्यादा ठीक हो जाओ, इसलिए दवा लेना ज़रूरी है,-मेम साहब बोलीं—डॉक्टर आते हैं तो दवा ज़रूर देते हैं।

तभी फ़ोन की घण्टी बजने की आवाज़ आयी। मेम साहब बोलीं—तुम्हारे पापा का ट्रंक मिल गया क्या? लेकिन इतनी जल्दी तो कभी नहीं मिलता। देखूँ?

—मैं बात नहीं करूँगी, कह चुकी हूँ,—मैं बोली।

—ऐसा नहीं करते, मेरी बच्ची!—कहती हुई मेम साहब जाने ही वाली थीं कि रामी आकर बोली—मेम साहब, फ़ोन।

—जाओ, देखो,—मेम साहब उदासीन होकर बोलीं और फिर बैठ गयीं।

रामी दौड़कर गयी और थोड़ी ही देर बाद लौटकर हाँफती हुई बोली—सरकार का फ़ोन है। बेबी साहब को बुला रहे हैं।

—कौन सरकार?—उठते हुए मेम साहब ने पूछा।

—कलकत्ते के सरकार, मेम साहब।

—अरे!—चौंककर मेम साहब बोलीं—आज जुम्मा है क्या?—फिर घड़ी देखकर बोलीं—आज जुम्मा है और ठीक दस बजे हैं।...बेबी, फ़ोन मिला दूँ न?

—नहीं!—मैं बोली—मैं किसी से भी बात करना नहीं चाहती।

—यह ठीक नहीं होगा, बेबी,—वह हाथ मलती हुई बोलीं—न हो, तुम हेल्लो ही कह दो और उनकी बातें तो सुन लो। वर्ना...

—नहीं,—मैं बोली—मैं एक लफ़्ज़ भी बोलना नहीं चाहती!

—यह कैसी बात है, बेबी?—वह बोलीं—हफ़्ते में एक बार तो वह तुम्हें फ़ोन करते हैं...

—नहीं-नहीं!—मैं वैसे ही बोली—मुझे बात नहीं करनी है, आप कह दीजिये।

मुँह बनाकर वह चली गयीं।

बात हो जाने के बाद लौटकर मेम साहब बोलीं—सेठजी ने पहली ही फ़ुरसत में आने को कहा है।

क्यों?

—मैंने कहा कि बेबी साहब की तबीयत ख़राब है, वह आपसे आज बात न कर सकेंगी, तो वह बोले...

—आपने मेरी तबीयत ख़राब होने की बात उनसे क्यों कही?—मैं बोली—मुझे तो कोई रोग नहीं है। आपने क्यों न कह दिया कि वह बात ही करना नहीं चाहती? मैंने आपसे कहा था न?

—यह बात मैं कैसे कहती, बेबी?—वह सिर झुकाकर बोलीं—यह कहने की बात ही नहीं है।

—है कैसे नहीं?—मैं ज़िद करके बोली।

—ख़ुदा के लिए तुम ज़्यादा न बोलो,—बेबी—वह मेरे सिर पर हाथ रखकर बोलीं—मैं देखती हूँ, दवा अभी तक नहीं आयी। तुम्हारे पापा का फ़ोन कैन्सिल कर देती हूँ। मुझे माफ़ कर दो।

कहकर मेम सहाब चली गयीं। रामी आयी तो मैंने देखा, वह होंठों पर बरबस आती मुस्कराहट को रोकने की चेष्टा करती भी मुस्करा रही थी।

—मैंने डाँटकर पूछा—रामी, तू मुस्करा क्यों रही है।

—माफ़ करें, बेबी साहब,—रामी सिर झुकाकर बोली—यह ठण्डा दूध पी लीजिये, मेम साहब ने भेजवाया है। बावर्ची मुझे हमेशा टामी कहता है, उसे रामी कहना नहीं आता।

मैं भी अपने को रोकते-रोकते मुस्करा दी।

मेम साहब दोनों हाथों में कई दवाएँ सँभाले हुए आकर रामी से बोलीं—जा, जल्दी छोटा गिलास और चम्मच ला। पानी भी लेते आना।

बग़ल की मेज़ पर दवाएँ रखती हुई मेम साहब बोलीं—ये मितली रोकने की टिकिया हैं, यह पेट ठीक रखने की दवा है, यह टॉनिक है, ये कैलशियम की टिकिया हैं। हलका खाने को कहा है। ठण्डा दूध-दही, फलों के रस...

—क्यों, ये सब दवाएँ किसलिए?—मैंने चिढ़कर पूछा।

—भाई, डॉक्टरों की राय है,—वह बोलीं—हम उनकी बात कैसे टाल सकते हैं? ये तो सब सेहत के लिए ही है। तुम्हारी सेहत ठीक रहे, यही तो हम चाहते हैं। लो, एक टिकिया यह ले लो।

—नहीं मैं कुछ भी न लूँगी,—मैं बोली—मैंने पहले ही कह दिया था।

—बेबी, तुम तो मेरी बात कभी भी न टालती थी, वह बोलीं—भला सोचो तो कि तुम यह क्या कर रही हो। तुम्हें कुछ हो गया तो मैं तुम्हारे पापा को कौन-सा मुँह दिखाऊँगी? बेबी, प्लीज़! मुझ पर मेहरबानी करो। मेरी ज़िम्मेदारी को समझो।—कहकर वह मेरे दोनों हाथ पकड़कर मुझे उठाने लगीं।

अनमनी-सी मैं उठ बैठी और टिकिया ले ली।

पाँचवें दिन पापा और सेठ सोनेलाल एक ही साथ मेरे कमरे में आये। उन्हें देखकर मैंने अपना मुँह फेर लिया।

—बेटी!—पापा ने पुकारा।

और अचानक मैं सिसक-सिसककर रो उठी।

—भाई सोनेलाल,—पापा बोले—ज़रा देर के लिए तुम बाहर तो जाओ।

—जी?—सोनेलाल बोले—रम्भा देवी, मैं आपको बधाई देने...

—चुप रहो। इडियट!— पापा गुस्से से बोले—तुम बाहर चलो, मैं कहता हूँ।

—अच्छा जी। —सेठ सोनेलाल रुआँसे होकर बोले—लेकिन यह हार... रख दो।

—मैं अपने हाथ से न पहना दूँ? बात यह है, बाबू जी, कि मेरी तो ख़ुशी का ठिकाना ही नहीं है ...

—तुम चुपचाप बाहर नहीं जाओगे?—पापा ने डाँटकर कहा।

—अच्छा-अच्छा,—सोनेलाल बोले—जाता हूँ। लेकिन बाबू जी...

—फिर वही?

—नहीं-नहीं, माफ़ करें बाबू जी,—सेठ सोनेलाल बोले—बात यह है, बाबू जी कि मेरा मन नहीं मानता। मैं एक बार रम्भा देवी को देख तो लूँ...

फिर क्या हुआ, मैंने नहीं देखा। सिर्फ़ सोनेलाल के गले से कुछ ऊँ-ऊँ की तरह के शब्द निकले और दूर हो गये।

सिरहाने की कुर्सी पर बैठकर, मेरे सिर पर हाथ फेरते हुए पापा गीले स्वर में बोले—नाराज़ हो, बेटी।

मैं सिर हिलाती हुई ज़ोर से फफक पड़ी।

पापा रूमाल से मेरी आँखें पोंछते हुए बोले—मुझ पर नाराज़ होने का तुम्हें हर हक़ हासिल है। मैंने ग़लत काम किया ही है। लेकिन, लेकिन, बेटी, मैं क्षमा का पात्र हूँ, मैं यह ग़लत काम ही कर सकता था, मैं मज़बूर था।...तुम मुझे क्षमा न करो, लेकिन चाहोगी तो मेरी ग़लती को तुम ख़ुद सुधार सकती हो।

—कैसे, पापा?—मैं सिसकती हुई ही बोली।

—इस सवाल का जवाब भी तुम्हें ख़ुद ही ढूँढ़ना पड़ेगा—पापा बोले—मैं इसका जवाब देने के योग्य अपने को नहीं समझता। फिर एक और बात है...

—क्या, पापा?

—तुम्हें मैं तकलीफ़ में नही देख सकता,—पापा भरे स्वर में बोले—शायद हर सन्तान के माँ-बाप की यह सबसे बड़ी कमज़ोरी होती है। तुम काँटों की राह चलो, यह मुझसे मत कहलाओ, बेटी।

—मैं कुछ नहीं जानती,—मैं बोली—कुछ नहीं समझती। मुझे दुनिया का अनुभव ही क्या है, पापा? लेकिन जब से मैंने माँ की और आपकी दास्तानें पढ़ी हैं, मुझे लगता है कि मैं एक पिनाले में डूब उतरा रही हूँ। मारे गन्दगी और दुर्गन्ध के मेरी नाक फट रही है, जान निकल रही है। मैं इससे मुक्त न हुई, पापा, तो मैं मर जाऊँगी। माँ की तरह मैं भी एक कमल का फूल हूँ, न पापा? मुझे एक स्वच्छ सरोवर में न खिलना चाहिए, पापा?

पापा कुछ न बोले। देर तक वह कुछ भी न बोले। मैं उनका मुँह ताकती रही। फिर क्या देखती हूँ कि पापा की आँखों से झर-झर आँसू बह रहे हैं। उन आँसुओं को सहना कठिन था। मैं भी फिर फूट-फूटकर रोने लगी।

पापा ने मेरी आँखों पर हाथ रखकर अपने आँसू पोंछे। फिर मेरे आँसू पोंछकर, स्थिर होकर बोले—रो न, मेरी बेटी। मुझे पछतावा हो रहा है कि मैंने वे दास्तानें तुम्हें देकर क्यों तुम्हारे जीवन में विष बोया।...लेकिन बेटी, मैं क्या कहूँ, वे दास्तानें तुम्हें दिये बिना मैं रह ही न सकता था। दरअसल मैं चाहता था कि चाहे जैसे भी हो तू अपनी ज़िन्दगी सँवार ले। लेकिन अब देखता हूँ कि मैंने तुम्हें एक बड़ी मुश्किल में डाल दिया है।

—पापा, मैं बहुत परेशान हूँ,—मैं बोली—मैं क्या करूँ, बताइये।

—अभी तो तुम्हें कुछ करना ही नहीं चाहिए,—पापा बोले—लेकिन आगे के जीवन की तैयारी तुम्हें ज़रूर करना चाहिए। तुम जैसे भी हो, एम. ए. पास कर लो। फिर सोचना...

—इस आदमी को मैं बरदाश्त नहीं कर सकती, पापा!

—मत बरदाश्त करो,—पापा बोले—मैं उससे बात कर लूँगा। तुम उसकी चिन्ता मत करो। उसको लेकर तुम्हारे लिये कोई बन्धन नहीं है।

—मैं दिल्ली वापस नहीं चल सकती, पापा?

—नहीं।

—क्यों पापा?—मैं बिलखकर बोली।

तुम्हें यह आधार नहीं छोड़ना है,—पापा बोले—यहीं रहकर तुम्हें अपने मनचाहे पथ पर चलने का अवसर मिलेगा। तुम स्वतन्त्र जीवन जीने का ढंग सीखो। दिल्ली में मुझे हमेशा तुम्हारा ख़याल बना रहेगा और तुम भी मेरा लेहाज़ करने से बाज़ न आओगी। आगे के तुम्हारे जीवन के लिए यह ठीक न होगा। एक बात समझ लो, कि जो भी तुम्हें बनना हो, तुम अकेली और स्वतन्त्र रहकर ही बन सकती हो। सोनेलाल को ही नहीं, मुझे भी छोड़ो। उसमें और मुझमें कोई भी अन्तर नहीं है। हम दोनों के संसर्ग का एक ही प्रभाव तुम पर पड़ेगा। हमारा जीवन ही ऐसा है, बेटी।...तुम्हें साहस से ही काम लेना होगा और अन्तिम अभियान के लिए शक्ति एकत्रित करनी होगी। अभी पाँच साल का समय है, इस बीच अपने को ख़ूब तौल लो, समझ लो, फिर क़दम उठाना। वर्ना यह जीवन तो तुम्हारा है ही। सारी बाध्यता तुम्हारी अपनी है। तुम जब चाहो, जैसा चाहो, जीवन यापन कर सकती हो। कोई तुम पर ज़ोर डालनेवाला नहीं है। तुम हर तरह से स्वतन्त्र हो।... लाओ, अब वे दास्तानें मुझे दे दो। मैं सोनेलाल को लेकर अभी चला जाऊँगा।

—अभी आप चले जायेंगे, पापा?

—हाँ, मुझे अभी चले जाना चाहिए,—पापा बोले—मेम साहब ने फ़ोन पर तुम्हारा हाल बताया था तो मैं चला आया। मेरी उपस्थिति में ही सोनेलाल भी यहाँ आया, यह अच्छा ही हुआ। तुम उसकी चिन्ता मत करो। मेरे ज़िन्दा रहते वह तुम्हारी मर्ज़ी के ख़िलाफ़ कुछ भी नहीं कर सकता। मैं उसे साथ ही ले जाऊँगा। तुम वे दास्तानें मुझे दे दो।

—नहीं, पापा—मैं बोली—मैं उन्हें न दूँगी। आप सोनेलाल को भेज दीजिये और ख़ुद कुछ दिन रुकिये। आपके रहने से मुझे...

—वह ठीक न होगा,—पापा बोले—सोनेलाल के साथ मुझे जाना ही चाहिए। यहाँ मेम साहब हैं, मास्टर साहब हैं, तुम्हारे असली माँ-बाप तो यही हैं, बेबी।

—मास्टर साहब तो मुझसे बहुत कम बातें करते हैं...

—क्यों?

—ग़लती मेरी है,—मैंने कहा—मेरा दिमाग़ ज़रा ख़राब हो गया था।

—ऐसा तुम मत सोचो,—पापा बोले—मैं मास्टर साहब को बहुत अच्छी तरह जानता हूँ। तुम खुलकर उनसे बातें कर लो। अव्वलन तो वह तुमसे नाराज़ होनेवाले नहीं, होंगे भी तो तुम्हें तुरन्त और ज़रूर माफ़ कर देंगे। बेबी, एक बात मैं तुमसे आज कह रहा हूँ। मेम साहब और मास्टर साहब को मैंने बहुत सोच-समझकर तुम्हारे साथ रखा था। ये दोनों दो तरह के जीवनों के प्रतीक हैं। मेम साहब तुम्हारे आज के जीवन का मार्ग-प्रदर्शन कर सकती हैं और मास्टर साहब तुम्हारे आगे के जीवन के लिए बहुत उपयोगी सिद्ध हो सकते हैं। तुम्हारे जीवन के इन दोनों रूपों की कल्पना मैंने बहुत पहले ही कर ली थी। इसी कारण मैंने इन दोनों को तुम्हारे साथ रखा। तुम मेम साहब से अधिक प्रभावित रही। इसका कारण भी था। मेम साहब ने तुम्हें जन्म से ही पाला था, फिर दिल्ली की उस कोठी का संस्कार भी उन्हीं का था। मास्टर साहब तो आज तक क़रीब-क़रीब तटस्थ ही रहे हैं। कभी-कभी वह मुझसे ज़रूर कोई बात कर लेते थे, लेकिन किसी के रास्ते में आना उनका स्वभाव नहीं है। बेबी, अगर तुम चाहो तो अब मास्टर साहब तुम्हारी सहायता कर सकते हैं। तुम खुलकर किसी दिन उनसे अपने मन की बात कर लो, फिर देखो, वह कितने प्रसन्न होते हैं।...आज मैं कहता हूँ, बेबी, मास्टर साहब सोनेलाल के साथ तुम्हारे सम्बन्ध के पक्ष में नहीं थे। दरअसल वह दुःखी उसी समय से हैं ख़ैर, तुम बात करना। मैं भी संकेत कर दूँगा।

—पापा, आप रुकिये, कम-से-कम दो चार दिन।

—सोनेलाल शायद अकेले यहाँ से जाकर भी न जाये,—पापा बोले—तुम्हारा आकर्षण कोई साधारण नहीं है, बेटी। लाखों खोकर उसने तुम्हें प्राप्त किया है, तुम्हें वह यों ही नहीं छोड़ देगा। मुझे उसे समझाना-बुझाना होगा। मैं अपने साथ ही उसे दिल्ली ले जाऊँगा। हमें जाने दो। तुम आश्वस्त होओ। जब भी ज़रूरत पड़ेगी, पापा तुम्हारे पास होंगे। यों, तुम्हें किसी की ज़रूरत नहीं होनी चाहिए। फ़िलहाल तुम एक स्वतन्त्र मालकिन की तरह रहो।

कहकर पापा ने मेरा माथा चूमा, गाल थपथपाया और उठकर कमरे से बाहर चले गये।

काफ़ी देर बाद मुँह लटकाये हुए मेम साहब मेरे पास आयीं। बोलीं—यह हार छोटे सेठ जी तुम्हारे लिये दे गये हैं। कहाँ रख दूँ?...तुम तो उनसे मिली भी नहीं, बेबी। बेचारे बड़े अफ़सोस के साथ गये हैं। मुझसे बार-बार कह रहे थे कि मेरी कोई ग़लती नहीं है। आप उनसे कहियेगा कि अनजाने में भी मुझसे कोई ग़लती हो गयी हो तो मुझे माफ़ कर देंगी। मैं बड़ा बदक़िस्मत आदमी हूँ। मुझ पर रहम करें। उनके नाराज होने से मेरी दुनिया ही उजड़ जायेगी। बड़ी तमन्नाओं के साथ मैंने यह दुनिया बसायी है।...बेबी, मेरी तो समझ में ही नहीं आता कि यह सब क्या हो रहा है। तुम्हारे पापा भी अभी आये और अभी चले गये। क्या बात है, बेबी? मुझे तो यह सब देखकर बड़ी तकलीफ़ हो रही है। अभी क्या था और अभी क्या हो गया। तुमने उस दिन फ़ोन

पर इनसे बातें नहीं कीं तभी मेरा माथा ठनका था। लेकिन मैं क्या समझती थी कि बात यहाँ तक पहुँच गयी है।...

उनकी बातें मुझे अच्छी न लग रही थीं। आख़िर जब रहा न गया तो मैंने बीच ही में कह दिया—यह हार आप अपने ही पास रख लीजिये और मेहरबानी करके इस वक़्त कोई बात न कीजिये। मेरा दिमाग़ ठीक नहीं है।

—ओह!—कलाई-घड़ी पर नज़र डालती हुई मेम साहब बोलीं—देखो, मेरा भी दिमाग़ शायद ख़राब हो गया है। तुम्हें वक़्त पर दवा देना भूल गयी।

और वह दवा की मेज़ की ओर बढ़ गयीं।

—बेबी, मुझे माफ़ करो और उठो, पी लो।

मैंने दवा पी ली और कहा—ग्रैनी, कल से मैं कॉलेज जाऊँगी। मेरी तबीयत बिलकुल ठीक है। ग्रैनपा से कहिये, आज मैं उनसे पढ़ूँगी ।

—बहुत अच्छा,—मेम साहब बोलीं—शाम को डॉक्टर आयेगी तो उससे राय लें लेंगे।...बेबी, हिन्दी ट्यूटर के लिए हमने जो इश्तिहार दिया था, उसके जवाब में कई अर्जियाँ आयी हैं। तुम ठीक हो जाओ, तो उन्हें इण्टरव्यू के लिए बुलाया जाये। मास्टर साहब से तुम बात कर लेना।

मैं मास्टर साहब से मिलने और बात करने के लिए उत्सुक थी। पूछा—ग्रैनपा इस वक़्त क्या कर रहे हैं?

—उन्हें तुम्हारे पापा स्टेशन तक साथ ले गये हैं,—वह बोलीं—अब लौटते होंगे।...बेबी, शाम को तुम्हें क्लब जाना चाहिए और हँसना-बोलना चाहिए। दिल बहलेगा और तबीयत ख़ुश रहेगी। सुबह थोड़ा टहलना भी चाहिए।

—ग्रैनपा आ जायें तो मुझे ख़बर दीजियेगा,—मैं बोली।

—बहुत अच्छा।

शाम होते-होते मैंने अपनी पेरशानी को झटक फेंका। उठी और नहा-धोकर, कपड़े बदलकर बाहर आयी। भींगी लान से सोंधी सुगन्ध आ रही थी। शायद मुझे बाहर ओसारे में देखकर ही मेम साहब अपने कमरे से बाहर आयीं। मुस्कराकर बोलीं—बेबी, क्लब जाओगी? गाड़ी निकालने को कहूँ?

उनके सवाल का जवाब न दे, मैंने मास्टर साहब के कमरे की ओर देखते हुए पूछा—ग्रैनपा अभी तक नहीं आये क्या?

—नहीं,—मेम साहब बोलीं—स्टेशन से तुम्हारे पापा का फ़ोन आया था। उन्होंने कहा था कि गाड़ी छूट गयी। दूसरी गाड़ी सात बजे है। तब तक मास्टर साहब मेरे साथ ही रहेंगे।

मैंने अपनी कलाई-घड़ी देखी। अभी साढ़े छह बजे थे। मैं सीढ़ियाँ उतरकर लान में आ गयी।

कई दिनों के बाद आज बाहर निकली थी। बाहर का सब-कुछ नया-नया-सा, अजनबी-अजनबी-सा लग रहा था। जैसे इतने ही दिनों में सब-कुछ बदल गया हो, बस-कुछ का एक नया अर्थ हो गया हो। मेरे मुँह से अनायास एक ठण्डी साँस निकल गयी।

मैं धीरे-धीरे टहलने लगी। पाँवों में कमज़ोरी-सी महसूस हो रही थी, जैसे बीमारी से उठी होऊँ। सोचा था कि अब फ़िलहाल कुछ भी न सोचूँगी। जैसा कि पापा ने कहा था, एम. ए. तक की पढ़ाई पूरी करके ही कुछ तय करूँगी। लेकिन मेरे दिमाग़ में बातें फिर उभरने लगीं। मैं उन्हें बार-बार बहलाने की कोशिश करती, लेकिन वे बार-बार ज़रा इधर-उधर होकर, फिर आ जातीं।

मैं मास्टर साहब की राह देखने लगी। वह आ जाते तो उन्हीं से कुछ बातें करती और मन बहलाती। पापा ने उन्हें सब बातें बता दी होंगी। मुझे शायद कुछ भी कहना न पड़े। वह शायद ख़ुद ही बातें छेड़ें। लेकिन ऐसा तो कभी हुआ नहीं। वह आप ही कोई बात नहीं करते। बात मुझे ही छेड़नी होगी। मैं उनसे साफ़-साफ़ बातें करूँगी। अब उन्हीं का एक सहारा है। पढ़ाई और आगे के जीवन की तैयारी साथ-साथ ही चलानी होगी। देखूँ, वह मेरी क्या मदद कर सकते हैं। पापा तो कहते थे...

तभी फाटक की ओर नज़र गयी, तो देखा, मास्टर साहब पैदल ही अन्दर आ रहे थे। मुझे आशा बँधी कि शायद मुझे देखकर वह सीधे मेरे पास आयें। लेकिन ऐसा नहीं हुआ। वह सीधे अपने कमरे की ओर चले गये।

मेरे मन में आया कि मैं उनके पीछे-पीछे लपक चलूँ। एक-दो पग मैं चली भी, लेकिन फिर ठिठककर रह गयी। एक संकोच ने मुझे आ घेरा। इतने दिनों बाद आज अचानक मैं उनसे कैसे बात कर सकूँगी? जाने पापा ने उनसे क्या-क्या कहा हो। काश, वही मेरे पास आ जाते।

मैं फिर धीरे-धीरे टहलने लगी। थोड़ी देर में मैंने क्या देखा कि मास्टर साहब मेरी ओर आ रहे हैं। मुझे ख़ुशी हुई, लेकिन तत्क्षण मैं मन-ही-मन कट उठी। सोचा, मैं ही इनके पास चली गयी होती तो कितना अच्छा होता।

उन्होंने बिलकुल मेरे पास आकर कहा—मेम साहब ने बताया है कि तुम मुझे खोज रही थी। क्या बात है, बेबी? तबीयत तो आज ठीक है न?

—जी,—मैंने सिर झुकाकर कहा—मैं आज पढ़ना चाहती थी।

—ज़रूर पढ़ो,—वह बोले—मैं अभी इन्तज़ाम करवाता हूँ। तब तक थोड़ा और टहल लो।

—आप भी मेरे साथ टहलिये न!

—अच्छा-अच्छा,—वह जाते हुए बोले—मैं ज़रा किसी से कह दूँ।

ज़रा देर बाद ही आकर वह मेरे साथ टहलने लगे। लेकिन वह कुछ भी बोल न रहे थे। मेरे मुँह से भी कोई बात न निकल रही थी। मैं जानती थी कि मास्टर साहब आप ही कुछ भी न बोलेंगे। बोलना पहले मुझे ही पड़ेगा।

बीच लान में दो कुर्सियाँ और उनके बीच में एक छोटी मेज़ पड़ गयी। मेरी कुर्सी की बग़ल में लैम्प भी जल उठा। फिर भी मास्टर साहब ने इतना भी न कहा कि चलो, अब पढ़ो। मास्टर साहब की तटस्थता की कोई सीमा ही नहीं थी। पहले मुझे इसका अहसास इतना न होता था, जितना कि आज हो रहा था। अब मुझे लग रहा था कि इनकी तटस्थता इधर कुछ और बढ़ी ही थी।

मैंने ही कहा—चलिये, कुर्सियाँ लग गयीं।

—चलो,—वह बोले।

हम आकर अपनी-अपनी कुर्सी पर बैठ गये। मास्टर साहब इतना भी न कहेंगे कि किताब लाओ।

मैंने ही सिर झुकाकर कहा—ग्रैनपा, आज मैं आपसे कुछ बातें ही करना चाहती हूँ। किताब पढ़ने को मन नहीं होता।

—करो, वह बोले।

—पापा के साथ आप स्टेशन गये थे,—मैंने वैसे ही आँखें नीची किये ही कहा—वह मेरे विषय में कुछ कह रहे थे?

—हाँ,—मास्टर साहब बोले—वह कह रहे थे कि बेबी अपनी ज़िन्दगी का यह तौर-तरीका कुछ बदलना चाहती है। वह चाहे तो आप उसकी कुछ मदद करें।

—ग्रैनपा,—मैं बोली—पापा ठीक कहते थे। मैं यह ज़िन्दगी जीना नहीं चाहती। इसे बदलने में मैं आपकी मदद और सलाह चाहती हूँ। मैं इसे कैसे बदलूँ और किस रूप में बदलूँ?

मास्टर साहब मेरा सवाल सुनकर थोड़ी देर तक ख़ामोश बने रहे। फिर बहुत धीरे-धीरे बोले—तुम्हारा यह सवाल करना स्वाभाविक ही है। किन्तु इस सवाल का जवाब, अपनी समझ से, मैं तुम्हें दूँ भी तो उससे कुछ भी नहीं बनेगा। ज़िन्दगी यों किसी की सलाह या मदद से नहीं बदला करती। सच पूछो तो यहाँ ज़िन्दगी बदलती ही नहीं। कभी-कभार किसी की ज़िन्दगी बदलती भी है तो उसे अपवाद रूप में ही लेना चाहिए या आकस्मिक समझना चाहिए। साधारणत: यहाँ यही होता है कि जो ज़िन्दगी जिसे मिल गयी, उसे वह जी लेता है, चाहे जैसे भी हो। सच पूछो तो यहाँ ज़िन्दगी बनाने का नहीं, सिर्फ़ जी लेने का नाम है। यहाँ ज़िन्दगी बदलने, चुनने या बनाने का सवाल ही नहीं उठता है। देखो, यहाँ मैं हूँ, मेम साहब हैं, एक दर्जन नौकर-

चाकर हैं, कितने दिनों से यह ज़िन्दगी हम जी रहे हैं। किसी के मन में इसे बदलने या बनाने की बात उठती हो, मैं तो नहीं जानता।

—मेरे मन में तो उठी है, ग्रैनपा।

—तुम्हारी उम्र और स्थिति ही ऐसी है,—मास्टर साहब बोले—इस स्थिति और उम्र में जाने कितनी और कैसी-कैसी बातें उठती हैं। जाने क्या-क्या कर जाने की बातें उठती हैं। लेकिन कालान्तर में देखा जाता है कि साधारणत: इनका कोई मूल्य या महत्त्व नहीं होता। ज़रा और बड़े होकर लड़के किसी काम में लग जाते हैं और उसी के होकर रह जाते हैं। लड़कियों की शादी हो जाती है और वे अपने पति और बच्चों की होकर रह जाती हैं। और जिन बेचारों की स्थिति तुम्हारी या हमारी तरह नहीं होती, उन बेचारों के मन में तो किसी उम्र में भी कोई बात नहीं उठती। उनके लिए तो ज़िन्दगी केवल जीने के लिए होती है। उनका जीवन-संघर्ष बड़ा कठिन और कठोर होता है। बेचारे उसी में दम तोड़ देते हैं।

—सेठ सोनेलाल से मुझे अब कोई भी सम्बन्ध नहीं रखना है, ग्रैनपा,—मैं बोली—आपको मालूम नहीं है, मैं तो उनसे मिली भी नहीं हूँ। पापा ने आपको नहीं बताया?

सुनकर मास्टर साहब ने एक बार मेरा मुँह निहारा और फिर अपना सिर झुका लिया। उनकी भौंहों के बल मुझे साफ़ दिखायी दे रहे थे। थोड़ी देर बाद वह बोले—तुम्हारे पापा ने इस विषय में मुझसे तो कुछ भी न कहा। तुम जानती हो, मुझे किसी की बात में कोई ख़ास दिलचस्पी नहीं है। मैं किसी से न कुछ पूछता हूँ और न किसी और तरीक़े से ही किसी की कोई बात जानने का प्रयत्न करता हूँ। मुझे कोई जिज्ञासा ही नहीं होती। लोग मेरे इस स्वभाव से परिचित हैं। वे जो ज़रूरी बातें होती हैं, वही मुझसे करते हैं।...तुम सेठ सोनेलाल से कोई सम्बन्ध नहीं रखना चाहती, अचानक ऐसा मैं तुम्हारे मुँह से ही इस समय सुन रहा हूँ। तुम तो सेठ सोनेलाल के साथ बहुत ख़ुश थी। सेठ सोनेलाल के साथ तुम्हारा सम्बन्ध हो, इस पक्ष में मैं नहीं था। तुम्हारे पापा से तब मैंने यह बात कही थी। किन्तु जब यह सम्बन्ध हो ही गया...

—अब यह सम्बन्ध नहीं रहेगा,—मैंने कहा—मैंने निश्चय कर लिया है। यह जीवन भी मैं नहीं जीऊँगी, ग्रैनपा। मेरे इस जीवन का आधार केवल झूठ और गन्दगी है, मैं इस आधार को छोड़ना चाहती हूँ। मैं अपने जीवन के लिए एक सच्चा और पवित्र आधार बनाना चाहती हूँ। आज से मैं इसी आधार के लिए एक-एक ईंट जुटाना चाहती हूँ। एम. ए. पास करने के बाद क़तई यह जीवन छोड़ दूँगी और एक नया जीवन शुरू करूँगी।

—करो बेबी, जैसा तुम चाहो करो,—मास्टर साहब बोले—अभी तो एम.ए. पास करोगी। पाँच वर्ष इसमें लगेंगे।...हाँ, तुम्हारे हिन्दी ट्यूटर के लिए कई अर्ज़ियाँ

आयी हैं। तुम थोड़ा वक़्त दो तो हम कुछ अर्ज़ियाँ छाँट लें। आवेदकों को इण्टरव्यू के लिए बुलाना है न। कहो तो हर रोज़ एक को बुलाया जाये। जो तुम्हें पसन्द आये, उसे रख लेना। तुम्हारी हिन्दी की पढ़ाई में हर्ज हो रहा होगा। मैं अर्ज़ियाँ यहीं लाऊँ?

—आप जैसा चाहें कीजिये,—मैं बोली—मुझे इन बातों की क्या समझ है। मैंने अभी जो बातें आपसे कही हैं, उन्हें आप सदा ध्यान में रखें और मेरी सहायता करते रहें, यही मेरा निवेदन है। अब मुझे आगे के जीवन के योग्य बनना ही है।

—ठीक है,—मास्टर साहब बोले—लेकिन तुम जानती हो, यहाँ कोई भी काम बिना तुम्हारी राय के नहीं होता। वहाँ तुम्हारे पापा थे, यहाँ तुम हो। तुम कहती हो तो मैं सब काम कर दूँगा, लेकिन इण्टरव्यू में तुम्हें मेरे साथ बैठना चाहिए। ट्यूटर के व्यक्तित्व का भी एक महत्त्व होता है, तुम्हें नियुक्ति से पहले उसे देख तो लेना ही चाहिए।

—बैठूँगी,—मैंने कहा—ग्रैनपा, मैं अब रोज़ आपके साथ टहलने चलूँगी शाम को। मैं बहुत-सारी बातें आपसे करना चाहती हूँ।

मेम साहब हमारी ओर आती दिखायी दीं, तो मास्टर साहब उठ खड़े हुए। बोले—अच्छा, अब मैं ज़रा नहाऊँ-धोऊँगा।

मेम साहब पास आकर बोलीं—बेबी, तुम्हारी दवा का वक़्त हो गया है। यहीं लाऊँ?

—मैं कमरे में चलती हूँ,—मैं बोली—ग्रैनी, हम लोग आज एक ही साथ डिनर लेंगे।

—ज़रूर!—मेम साहब बोलीं—आज मैं ख़ुश हूँ, बेबी! तुम इसी तरह ख़ुश रहा करो और हर बात में दिलचस्पी लो!...मास्टर साहब, आज हमारी बेबी की तबीयत ठीक है। ख़ुदा का शुक्र है।

सातवें दिन सेठ सोनेलाल का एक पत्र मुझे मिला। लिफ़ाफ़ा और लिखावट देखकर ही मैं जल उठी। जी में आया कि फाड़कर फेंक दूँ, लेकिन फिर सोचा कि शायद पापा के कहने से ही उन्होंने यह पत्र मुझे लिखा हो, इसमें कोई ख़ास बात हो। लिफ़ाफ़ा खोलकर मैं पत्र पढ़ने लगी—

प्यारी रम्भा देवी,

आज आपको फ़ोन करने का दिन है। पहले जब यह दिन आता था तो सुबह से ही मैं इतना ख़ुश रहता था कि आपको क्या बताऊँ। बहुत सवेरे मैं उठता था, ख़ूब

अच्छी तरह शेव बनवाता था, ख़ूब अच्छी तरह नहाता था, ख़ूब अच्छे कपड़े पहन, ख़ूब अच्छा जलपान करता था। तब तक नौ बज जाते थे। तब मैं गाड़ी निकालकर अपने आफ़िस को चल पड़ता था। मुझे ऐसा लगता था कि आपसे मिलने जा रहा हूँ।

साढ़े नौ बजे मैं काल बुक करता और ठीक दस बजे एक्सचेंज बोलता कि, सेठ जी, बात कीजिये, रम्भा देवी से, तो मेरा दिल धड़क उठता था, ठीक उसी तरह, जब पहले-पहल मैंने आपको देखा था।

मैं किस घबराहट, किस आशा और ख़ुशी से गरम-गरम हेलो पुकारता, आप नहीं समझ सकतीं, तभी तो आपका बेहद ठण्डा और उदासीन हेलो सुनायी देता। फिर भी कुछ सुनायी तो देता। यह भी मेरे लिये बहुत था। मैं तो हर बार सोचता था कि समय ख़त्म होने पर आपसे एक चुम्बन माँगूँगा, लेकिन आपका ठण्डापन देखकर मेरी हिम्मत ही दम तोड़ देती थी।

मेरी समझ में ही न आता कि ऐसा क्यों हो रहा है। मैं कितना पूछता कि क्या बात है, आप क्यों इतनी उदास और चुप हैं, लेकिन आप तो एक शब्द भी बोलती ही नहीं थीं। मैं सोचता कि आप शायद मुझसे बहुत नाराज़ हैं, क्योंकि मैं बहुत जल्दी ही आपको छोड़कर चला आया था, और क्या बात हो सकती है? फिर सोचता कि शायद आप फ़ोन पर यह सोचकर संकोच करती हैं कि एक्सचेंजवाले हमारी बीच में हैं।

लेकिन पिछली बार तो आपका हेलो शब्द भी मुझे सुनने को न मिला। फिर भी मेम साहब ने जो बात बतायी, उससे तो मारे ख़ुशी के मैं पागल ही हो उठा। आप फ़ोन पर न मिलीं, इसका मुझको क़तई ग़म न रहा। मेरी समझ में यह बात भी आ गयी कि क्यों आप मुझसे बात न करती थीं। इस हालत में तो हर लड़की को शरम आती होगी। आपसे जल्द-से-जल्द मिलने को मैं व्याकुल हो उठा। तुरन्त मैं बाज़ार गया और इस शुभ-अवसर पर आपको भेंट करने के लिए एक बेशक़ीमत हार ख़रीदा। दूसरे दिन सुबह जो पहली ट्रेन मिली उसे पकड़ा और चल पड़ा। आप समझ सकती हैं कि उस समय मेरे मन में कैसा लड्डू फूट रहा था।

मगर हाय, वहाँ पहुँचकर तो मैं सौ मुट्ठी का एक मुट्ठी हो गया। आपने मेरी ओर देखा भी नहीं। आप समझ सकती हैं कि मेरी क्या हालत हुई होगी। बाबू जी मुझे वहाँ से हटा न लाये होते तो आप वहीं मेरी लाश देखतीं। फिर बाबू जी ने जो बात मुझे बतायी, उससे तो मेरी जान ही निकल गयी है। काश, आप मेरी हालत अपनी आँखों से देखतीं! तब से आज तक एक दाना भी मुँह में नहीं गया! आपको खोकर मैं ज़िन्दा रहना ही नहीं चाहता। रम्भा देवी, आख़िर मुझसे ऐसा कौन-सा इतना बड़ा अपराध हो गया कि आप मेरा मुँह भी देखना नहीं चाहतीं और सारा सम्बन्ध ही ख़त्म कर देना चाहती हैं? अपनी जान में तो मैंने आपकी मर्ज़ी के ख़िलाफ़ एक काम भी

नहीं किया। आपने अपनी ख़ुशी से जो दिया, उसे ही मैंने आपकी कृपा समझकर प्राप्त किया। ज़ोर-ज़बरदस्ती से तो एक कण भी प्राप्त करने की मैंने धृष्टता नहीं की, मैं कर ही न सकता था।

आप तब कितनी ख़ुश थीं। मुझे लगा था कि मेरे जीवन की सबसे बड़ी साध पूरी हो गयी। आपको पाकर मैं धन्य हो गया था। रम्भा देवी, मुझसे अनजाने में भी कोई ग़लती हुई हो तो आप बताइये, मुझे डाँटिये, आप जो चाहे सज़ा दीजिये; लेकिन भगवान् के लिए आप मुझसे मुँह न फेरियें।

अगर आप उस बात को मेरी ग़लती समझती हैं, तो यह आपकी सरासर नादानी है। यह तो हमारी ख़ुशी का सबसे बड़ा मौक़ा है कि हमारे बच्चा होनेवाला है। आप जानती हैं, मेरे कोई सन्तान नहीं है। मुझे तो मेम साहब ने जैसे ही यह ख़ुशख़बरी सुनायी, मैंने सोचा कि हमारा वारिस आनेवाला है! आप चाहिए तो मैं अभी उसके नाम वसीयतनामा लिख सकता हूँ। रम्भा देवी, आप विश्वास कीजिये, हमारा वह बच्चा ही हमारी सारी ज़र-जायदाद का वारिस बनेगा। वह कितना बड़ा सौभाग्य लेकर आ रहा है, आप समझ सकती हैं। इसमें अफ़सोस की तो कहीं कोई बात ही नहीं है।

और अगर आपको सचमुच अफ़सोस हो, तो उसकी भी दवा हो सकती है। आप लिखिये तो मैं तुरन्त आ जाऊँगा और सारा बन्दोबस्त करके अपने सामने ही आपको इस भार से मुक्त करा दूँगा। लेकिन, रम्भा देवी, मैं तो फ़िर एक बार आपसे हाथ जोड़कर विनती करूँगा कि भगवान् उसे भेज रहे हैं, तो उसे आने दीजिये।...

यहाँ तक पढ़ते-पढ़ते मेरा दिमाग़ खौल उठा। यह सब बकवास है? मैंने वे पैरे फिर पढ़े। बातें साफ़ थीं। मेरा होश फ़ाख़्ता हो गया। मैं पागल की तरह चीख़ उठी—रामी!

मेम साहब, रामी, सभी नौकरानियाँ घबरायी हुईं भरभराकर चारों ओर से आ गयीं और उन्होंने मुझे घेर लिया। मैंने उन्हें देखा तो और भी बौखला उठी और उसी तरह चिल्ला उठी—भागो यहाँ से!

मेम साहब ने मेरा सिर दोनों हाथों में लेकर पूछा—क्या बात हुई मेरी बच्ची? तुमने इस तरह रामी को क्यों पुकारा। तबीयत तो ठीक है न?

मैंने सिर उठाकर, उनसे आँखें मिलाते हुए पूछा—ग्रैनी, मेरा क्या बच्चा होनेवाला है?

—किसने कहा?—मेम साहब ने घबराकर पूछा।

—सोनेलाल ने इस ख़त में लिखा है,—मैं बौखलायी हुई ही बोली—क्या यह सच है?

—ईडियट!—मेम साहब बोलीं और मेरे गाल दोनों हाथों से थपथपाने लगीं। फिर थोड़ी देर बाद बोलीं—मेरी बच्ची, तू परेशान न हो। इसमें परेशान होने की कोई बात ही नहीं है।...मैं जानती हूँ, तुम्हारी उम्र अभी बहुत कच्ची है, लेकिन ख़ुदा यही चाहता है तो हमें कोई गुरेज़ नहीं करना चाहिए। बल्कि हमें तो ख़ुश ही होना चाहिए। यह बच्चा हमारे घर आयेगा, हमारे घर में रौनक़ आ जायेगी। मैं तुम्हें ज़रा भी परेशान न होने दूँगी। जैसे तुम्हें पाला था, वैसे ही इसे भी पालूँगी। लेकिन अभी तो कुछ कहा ही नहीं जा सकता। डॉक्टर का कहना है कि एक-दो महीने बाद ही कोई पक्की बात कही जा सकती है। तुम कोई फ़िक्र न करो, मेरी बच्ची।

मेम साहब की बातें सुनकर मेरे जी में आया कि मैं अपना सिर पीट लूँ। यह तो जैसे अचानक मेरे सिर पर बिजली ही गिरी हो। मैं बेहाल होकर पड़ रही और फूट-फूटकर रोने लगी। मैंने क्या सोचा था और यह क्या हो गया। अब क्या होगा?

मेम साहब मेरी पीठ सहला रही थीं और मुझे ढाढ़स बँधा रही थीं। लेकिन मेरी आत्मा तो जैसे जल रही थी।

कई दिन मैं इस धक्के की चपेट में पड़ी रही। पहले ही की तरह मेरी हालत हो गयी। कुछ भी अच्छा न लगता था। चुपचाप जैसे हारी हुई मैं पड़ी रहती। डॉक्टर कई बार आयी और मुझे समझाकर चली गयी। मेम साहब मुझे बराबर समझाती रहतीं। उन लोगों को मेरी तड़प का क्या अहसास था।

एक बार जी में आया कि सोनेलाल को लिखूँ कि आप आ जाइये और मुझे इस भार से मुक्त करा दीजिये। लेकिन उन्हें कुछ भी लिखने और उन्हें बुलाने का मतलब उस सम्बन्ध को पुन: स्थापित करना था, जिसे मैं अपने मन से सदा के लिए तोड़ चुकी थी। चाहे जो हो, यह मुझे किसी भी हालत में गवारा न था। मैंने मेम साहब से एक बार यह बात कही तो वह अपने कानों पर हाथ-रखकर बोलीं—यह बात तुम्हारे मन में कैसे आयी, बेबी? ख़ुदा के लिए ऐसी बात फिर कभी मुँह से न निकालना। ख़ुदा की मर्ज़ी में दख़ल देना सबसे बड़ा अपराध है।...मैं तुम्हें कितनी बार समझाऊँ कि मैं तुम्हें ज़रा भी परेशान न होने दूँगी। जैसे अब तुम रहती-सहती हो, वैसे ही रहना-सहना। बच्चा मेरे ज़िम्मे रहेगा। चाहो तो तुम सोचना भी नहीं कि तुम्हारे बच्चा है। और मैं क्या कह सकती हूँ।

आख़िर एक दिन शाम को मैंने मास्टर साहब को अपने कमरे में बुलाया। वह आकर मेरे सिरहाने कुर्सी पर बैठ गये, तो मैंने पूछा—ग्रैनपा, आपको मेरे बारे में कोई बात मालूम हुई है?

—हाँ, मालूम हुआ है कि तुम माँ बननेवाली हो और इस बात को लेकर बेहद परेशान हो।

—मैं क्या करूँ, ग्रैनपा,—मैं बोली—यह तो मैं बड़ी मुसीबत में फँस गयी। मेरे गले में जैसे फाँसी पड़ने जा रही हो।

—तुमने जिस रास्ते पर चलने की सोची है,—मास्टर साहब बोले—वह तो मुसीबतों का ही रास्ता है। एक नहीं हज़ार मुसीबतों को झेलने की हिम्मत और ताक़त रखनेवाले ही इस रास्ते पर चलते हैं। यह नहीं कि एक मुसीबत आयी और उसी को लेकर रोने-धोने बैठ गये। अगर तुम्हारा ख़याल है कि जो तुम चाहती हो वह यों ही बिना किसी रुकावट के हो जायेगा तो यह तुम्हारी ख़ामख़याली है। ऐसा नहीं होगा, बेबी। समझी, यह तुम्हारे रास्ते में पहली रुकावट आयी है। यहीं तुम्हारा यह हाल है, तो आगे क्या होगा, तुम सोच भी नहीं सकती। इससे तो बेहतर है कि तुम उन ख़यालों को छोड़ दो और जो ज़िन्दगी तुम्हें यों ही मिल गयी है, उसे जीओ और आराम-चैन से दिन काटो। माफ़ करना, तुम जानती हो, अपनी ओर से बातें करने का स्वभाव मेरा नहीं है। तुमने कई दिनों तक लगातार अपने निश्चय की बात दुहरायी-तिहरायी और बार-बार मुझे कुछ कहने को उकसाती रही, इसीलिए इस समय मेरे मुँह से ये बातें निकल गयीं।

—आपकी बातों के लिए मैं कृतज्ञ हूँ, ग्रैनपा,—मैं बोली—दरअसल मैं ये ही बातें सुनना चाहती थी। आप जानते हैं, मैं कुछ भी नहीं जानती, मुझे कोई भी अनुभव नहीं है। मेरा यों घबराना और परेशान होना स्वाभाविक ही है। लेकिन एक बात मैं आपसे फिर कहना चाहती हूँ कि उन ख़यालों को मैं कभी भी नहीं छोड़ सकती। आप समझ सकते हैं कि मुझे उन्हें छोड़ना होता तो उन्हीं की ख़ातिर मैं लगातार इस तरह इतने दिनों तक परेशान न रहती। वे ख़याल मुझे कितने प्यारे हैं, यह इसी बात से सिद्ध हैं। मैं यह ज़िन्दगी नहीं जीऊँगी, नहीं जीऊँगी, चाहे जो हो।

—ठीक है,—मास्टर साहब बोले—फिर तो तुम्हें कठिनाइयों को हिम्मत के साथ पार करना चाहिए, न कि उन्हें लेकर हाय-तोबा मचाना चाहिए और अपनी शक्ति का ह्रास करना चाहिए। बेबी, ज़िन्दगी का कोई भी ढंग हो उसे बदलने का एक तरीक़ा तो यह है कि उसे धीरे-धीरे कोशिश करके बदला जाये, और दूसरा यह कि दुस्साहस के साथ बिना किसी बात की परवाह किये तुरन्त बदल दिया जाये। तुम पहला तरीका अपनाना चाहती हो, यह अच्छा ही है। दूसरे तरीक़े में बड़े ख़तरे होते हैं। उसमें टूट जाने का भी भय होता है। इसके पक्ष में तो मैं ख़ुद भी नहीं हूँ। जो हो, जीवन बदलने का तुम्हारा संघर्ष तुम्हारे रहन-सहन में, हर काम में, हर व्यवहार में किसी-न-किसी रूप में कुछ-न-कुछ अवश्य ही परिलक्षित होना चाहिए। केवल आत्म-संघर्ष का कोई अर्थ नहीं होता। मैं चाहता हूँ कि तुम इस ओर बढ़ो और धीरे-धीरे अपने को पहले स्वावलम्बी तो बनाओ। जो ख़ुद अपने पाँवों पर खड़ा नहीं हो सकता उसे अपने मन के पथ पर चलने की बात सोचने का भी अधिकार नहीं है। तुमने जो जीवन का आधार बदलने की बात कही थी, उसका मतलब यही तो था

कि तुम अपना एक नया आधार बनाओगी, अर्थात् स्वावलम्बी बनोगी और जैसा चाहोगी, वैसा जीवन जीओगी।

—जी, ग्रैनपा।

—अभी जो तुम्हारे जीवन का आधार है, वह तुम्हारे पापा और सेठ सोनेलाल का बनाया हुआ है। यह एक बहुत ही ठोस, बड़ा असाधारण आधार है, इससे जो सुख-सुविधा तुम्हें प्राप्त है, वह विरलों को ही प्राप्त होता है। इस आधार को छोड़ने का मतलब यह होता है कि तुम्हें अपने जीवन में प्राप्त आज के सभी सुखों और सुविधाओं को छोड़ना होगा।

—जी, ग्रैनपा।

—यह सब त्याग देने का मतलब है कि तुम्हारे पास एक शून्य रह जायेगा।

—जी, ग्रैनपा।

—पाँच वर्षों का जो समय तुमने लिया है, उसके अन्त में तुम्हें इसी शून्य की स्थिति में पहुँच जाना चाहिए। फिर इस शून्य में तुम अपना जोड़ना शुरू करोगी।

—जी, ग्रैनपा।

—उस समय तुम्हारे पास अपना यह शरीर होगा, तुम्हारा बच्चा हो सकता है और एम. ए. की डिग्री होगी। और कुछ भी न होगा।

—जी, ग्रैनपा।

—किन्तु सब-कुछ से शून्य तक पहुँचने का और शून्य में अपना कुछ जोड़ने का रास्ता निश्चय ही कोई सीधा-सपाट नहीं हो सकता। इन पाँच वर्षों के अन्तराल में तुम्हारे जीवन में और क्या-क्या घटेगा और तुम्हें किस-किस रूप में प्रभावित करेगा, इसकी कल्पना आज नहीं की जा सकती। यही देखो, उस दिन बच्चे की कोई भी बात न थी और आज...

—जी, ग्रैनपा।

—सो, मेरी प्यारी बच्ची, मैं क्या कहूँ?—मास्टर साहब तनिक रुककर बोले—न जाने मैं आज क्या-क्या बक गया। कितने वर्षों के बाद आज इतनी सारी बातें मैं कैसे कह गया, मैं ख़ुद हैरान हूँ।...मैं तुम्हारी हर तरह सफलता चाहता हूँ, बेबी। तुम शान्ति और साहस के साथ अपने नये जीवन की भूमिका तैयार करने में जुट जाओ। आदमी के मन में जो भी अच्छा उठे, उसे कर गुज़रने का संकल्प उसमें होना ही चाहिए। वर्ना अच्छे और बुरे का अर्थ ही क्या रह जायेगा?

—जी, ग्रैनपा।...

आज मैं सोचती हूँ, उस समय मैं कैसी नादान थी। मेरे जीवन बदलने के संकल्प के पीछे कोई समझ न होकर, कैसी कोरी भावुकता थी। मैं सोचती थी कि मेरे संकल्प

करने से ही जैसा मैं चाहती हूँ वैसा हो जायेगा, या मास्टर साहब ही कोई ऐसा गुर बता देंगे कि मैं अपना कायाकल्प करने में सफल हो जाऊँगी और पाँच वर्ष बीतते-न-बीतते मेरा नया जीवन शुरू हो जायेगा। मास्टर साहब की कठिनाई या ख़ुद मेरी अपनी कठिनाई मेरी समझ के परे थी। मास्टर साहब कभी-कभी ऐसे ही बहुत-सारी बातें करते और मैं जी ग्रैनपा, जी ग्रैनपा कहती रहती। लेकिन अन्त में मास्टर साहब अचानक चुप हो जाते और मेरी समझ में न आता कि आगे मैं क्या कहूँ या क्या पूछूँ।

मेम साहब से तो इस विषय में कोई बात हो ही न सकती थी। मैं सोचती थी कि मुझे इस जीवन में घसीटने में उनका भी हाथ था और वह इस जीवन को किसी भी माने में बुरा न समझती थीं।

मैं नहीं जानती कि इसी तरह सब-कुछ चलता रहता तो उसका परिणाम क्या होता। अपने विचारों को व्यावहारिक रूप मैं दे पाती या न दे पाती, कौन कह सकता था। लेकिन उन्हीं दिनों अचानक मेरे जीवन में एक नयी बात पैदा हो गयी और मैं एक दूसरे ही बहाव में पड़ गयी।

मास्टर साहब हर रोज़ एक हिन्दी ट्यूटर को इण्टरव्यू के लिए बुला रहे थे। मैं किसी दिन उनके साथ बैठ जाती थी और किसी दिन टाल जाती थी। दरअसल मुझे कोई दिलचस्पी नहीं थी, क्योंकि मेरी समझ में यह बात ही न आती थी कि इस विषय में मैं किसी भी तरह से दखल दे सकती हूँ।

उस दिन मास्टर साहब ने बुलाया तो मैं चली गयी।

दरवाज़े पर मुझे देखते ही मास्टर साहब उठकर बोले—आइये, रम्भा देवी।

मैं जाकर उनकी बग़ल में कोच पर बैठ गयी। सामने निगाह उठी तो देखा, एक श्वेत वस्त्रधारी व्यक्ति कुर्सी पर बिलकुल सीधा बैठा है। उसके चेहरे पर ऐसी प्रतिभा, कान्ति और शालीनता मुझे दिखायी दी कि सहसा मैं अपनी नज़र जल्दी न हटा सकी।

मास्टर साहब बोले—इनका नाम श्री आनन्द है। विश्वविद्यालय की कोई भी डिग्री इनके पास नहीं है। हिन्दी साहित्य सम्मेलन के साहित्यरत्न हैं। क्यों, महाशय?

मैंने उस व्यक्ति की ओर देखा। उसने सहसा उत्तर न दिया। ज़रा देर बाद अपने पतले-पतले होंठों पर एक हलकी मुस्कान की रेखा खींचकर वह धीरे से बोला—उसका भी कोई मूल्य या महत्त्व नहीं है।...चूँकि विज्ञापन में शिक्षा का उल्लेख आवश्यक था, इसलिए मैंने वह विवरण दे दिया था।

—आप कोई विद्यालय चला रहे हैं न?—मास्टर साहब ने पूछा।

—जी हाँ,—वह पहले ही की तरह ज़रा देर बाद बोला—लेकिन उसे विद्यालय चलाना न कहकर मैं राष्ट्रभाषा प्रचार-कार्य कहना अधिक पसन्द करूँगा। आपको कदाचित् ज्ञात हो, बापू को यह कार्य कितना प्रिय है। उन्होंने राष्ट्रभाषा-प्रचार-कार्य आरम्भ करने के लिए अपने पुत्र को यहाँ भेजा था। उन्हीं की प्रेरणा से मैं भी राष्ट्रभाषा की सेवा करने यहाँ आया हूँ। मेरा जीवन देश के लिए समर्पित है।

मोटे फ्रेम के चश्मे के पीछे से उसकी बड़ी-बड़ी आँखें चमक रही थीं। उसके पतले-पतले होंठों के बीच से बातें निकल रही थीं; लेकिन उसके होंठों में हरकत दिखायी न देती थी। मुस्कान की क्षीण रेखा उसकी हर बात को जैसे गम्भीरता में लपेट देती थी। उसकी बोली सुनकर उसकी ओर देखे बिना कोई रह न सकता था।

—आप कहाँ के रहनेवाले हैं?—मास्टर साहब ने पूछा।

—बिहार के एक गाँव का मैं रहनेवाला हूँ,—वह उसी तरह बोला।

—ये सेकण्ड यू. सी. में पढ़ती हैं,—मेरी ओर संकेत करके मास्टर साहब ने कहा—आप इन्हें हिन्दी पढ़ा सकेंगे?

उस व्यक्ति ने मेरी ओर एक नज़र देखकर सिर ज़रा झुका लिया। फिर वैसे ही ज़रा देर बाद बोला—पढ़ाने की बात मैं नहीं जानता। मैं अध्यापक नहीं एक तुच्छ सेवक हूँ। जितना मुझसे हो सकेगा मैं इनकी सेवा करूँगा। थोड़े दिनों में ही आप लोगों को ज्ञात हो जायेगा कि मैं क्या कर सकता हूँ।

—आप वेतन क्या लेंगे?—मास्टर साहब ने आगे पूछा।

उस व्यक्ति के होंठों पर मुस्कान की रेखा तनिक गहरी हो गयी। उसी तरह बोला—वेतन का कोई प्रश्न ही नहीं उठता। मैं कोई नौकरी नहीं करूँगा। मेरी सेवा के लिए आप जो भी देंगे उसका उपयोग विद्यालय में होगा, अर्थात्, राष्ट्रभाषा-प्रचार-कार्य में होगा। विद्यालय से ही हम लोगों को भरण-पोषण का व्यय मिलता है और हमें कुछ नहीं चाहिए।

मास्टर साहब ने तब मेरी ओर देखकर कहा—आप इनसे कुछ पूछना चाहें तो पूछें।

—मुझे कुछ नहीं पूछना है,—मैंने संकोच-भरे स्वर में कह दिया।

—अच्छा तो अब आप जाइये,—मास्टर साहब ने उस व्यक्ति से कह दिया—हम आपको सूचना देंगे।

वह उठा और हमें नमस्ते कहकर कमरे से बाहर हो गया। मैंने उसे जाते हुए देखा। उसकी चाल में भी बड़ी शालीनता थी।

एक हफ़्ते बाद मास्टर साहब ने मेरी राय माँगी तो मैं बोली—मैं क्या कह सकती हूँ? मुझे क्या समझ है? आप जिसे ठीक समझें रख लें।

कहने को तो मैंने यह कह दिया, लेकिन मैं मन-ही-मन यह चाहती थी कि आनन्द को ही रखा जाये तो अच्छा। उसके व्यक्तित्व से मैं बहुत प्रभावित हुई थी। पिछले दिनों कई बार उसकी याद मुझे आयी थी। विशेषकर उसके बोलने का ढंग, उसके होंठ और उसकी आँखें मेरे दिमाग़ में नक़्श हो गयी थीं। उसके आकर्षण को मैं अस्वीकार न कर पा रही थी। शायद मन का यही चोर था, जिसके कारण स्पष्ट शब्दों में मैं उसे रखने को न कह पा रही थी।

ज़रा देर चुप रहने के बाद मास्टर साहब बोले—योग्यता के विचार से तो प्रेमनाथ को रखने को मन हो रहा है। किन्तु एक विशेष दृष्टि से आनन्द को भी छोड़ने को मन नहीं हो रहा है। मेरी दृष्टि में सेवा से बढ़कर और कोई मानव-गुण नहीं है। आनन्द में यह गुण भरपूर मात्रा में है। वह तुम्हें पढ़ा लेगा, इसमें भी सन्देह की कोई गुंजायश नहीं है। साथ ही, जैसा कि मैं सोचता हूँ, हो सकता है कि उसके संसर्ग में आने से तुम्हारे ऊपर कोई अच्छा प्रभाव पड़े। यह प्रभाव कदाचित् तुम्हारे भावी जीवन के लिए उपयोगी हो। तुम्हारा क्या ख़याल है?

—मैं क्या जानूँ, —मन-ही-मन हुलसकर मैं बोली—आप जिसे ठीक समझें, रख लें।

मास्टर साहब ज़रा देर सोचकर बोले—आनन्द को ही बुलाता हूँ। एक-दो महीने देखने में कोई हर्ज़ नहीं। फिर देखा जायेगा।

मैं कुछ न बोली।

उसी क्षण से मेरे मन में खिचड़ी पकने लगी। रह-रहकर उसकी याद आती और न जाने कैसी एक पुलक से मेरा रोम-रोम सिहर उठता। बड़ी बेताबी से मैं उसका इन्तज़ार करने लगी। मुझे लगता था कि उसके आते ही जाने क्या हो जायेगा।

तीसरे दिन सुबह आठ बजे नाश्ते से मैं उठी ही थी कि मेरे कमरे के दरवाज़े की घण्टी बजी। मैंने बढ़कर दरवाज़े का पर्दा हटाया तो देखा, मास्टर साहब खड़े थे। वह बोले—तुम्हारे हिन्दी ट्यूटर आ गये हैं। कहाँ पढ़ोगी? ड्राइंग-रूम में ठीक रहेगा?

मेरा दिल धक-से कर उठा। किसी तरह अपने को सँभालकर मैंने कहा—ठीक रहेगा।

—तो तैयार होकर आ जाओ,—मास्टर साहब बोले—मैं उन्हें बैठाता हूँ।

और वह चले गये।

मुझे जैसे हड़बड़ी हो गयी। जैसी थी वैसी ही स्टडी कार्नर से हिन्दी की पुस्तकें उठायीं और चल पड़ीं। लेकिन दो डग चलने के बाद ही आगे क़दम बढ़ाना मुश्किल हो गया। समझ में न आता था कि इस हड़बड़ी में कैसे मैं उस आदमी का सामना करूँगी। मैं सुस्थिर होने के लिए एक कुर्सी पर बैठ गयी। लेकिन हड़बड़ी थी कि जैसे

हर क्षण बढ़ती ही जाती थी। फिर मुझे सहसा लगा कि अभी तुरन्त ड्राइंग-रूम में न चली जाऊँगी तो फिर शायद जा ही न पाऊँ। मैं झटके से उठी और तेज़ क़दमों से दरवाज़े तक आ गयी। लेकिन फिर सहसा पाँव ठिठक गये। मैं पसीने-पसीने हो गयी थी। इतनी ही दूर चलने में जैसे बुरा हाल हो गया हो। रूमाल पास में न था। आँचल से कुछ पोंछने की आदत न थी। मैं लौट पड़ी।

घण्टी बजायी तो रामी दौड़कर आयी। उसके पास आते ही जैसे सहसा मैं आपे में आ गयी। सूखे गले से बोली—रामी, रूमाल दे और एक गिलास ठण्डा पानी।

वह ड्रेसिंग-आलमारी की ओर चली गयी तो सहसा ही ख़याल आया, मैं अकेली नहीं, रामी को साथ लेकर ड्राइंग-रूम में जाऊँगी। तभी यह भी ख़याल आया कि क्यों न कपड़े बदल लूँ और बाल भी ठीक कर लूँ। लेकिन फिर लगा की नहीं, यह नहीं होगा। तैयार होकर जाने की कोई ज़रूरत ही नहीं है, जाने वह आदमी क्या कह बैठे।

अच्छी तरह मुँह-गर्दन पोंछकर, पूरा गिलास खाली कर मैं उठी। बोली—रामी, ये किताबें लेकर मेरे साथ चल। ...हाँ, एक रूमाल और मुझे दे दे।

मुट्ठी में रूमाल मीसती हुई मैं आगे-आगे चली। पीछे-पीछे रामी आ रही है, यह एहसास ही जैसे मेरी रक्षा कर रहा था।

रामी ने आगे बढ़कर पर्दा हटाया। मैं बाहर आयी तो फिर जाने मन कैसा हो उठा। लेकिन तभी सामने मास्टर साहब भी बैठे हुए दिखायी दे गये और मैं सँभल गयी।

उनके सामने पहुँची, तो उठते हुए मास्टर साहब मुझसे बोले—आइये, आप यहाँ बैठिये।...समय वग़ैरा पण्डित जी से ठीक कर लीजियेगा। मैं चलता हूँ।

मैं बैठ ही रही थी कि उसकी आवाज सुनायी दी—नमस्ते!

मैं पानी-पानी हो गयी। उसकी ओर झुकी नज़रों से देखकर होंठों में ही बोली—माफ़ कीजिये, मैं भूल गयी।

—कोई बात नहीं,—वह बोली—किताबें लाना भी आप भूल गयीं क्या?

मैंने आती हँसी को रोककर रामी की ओर देखा। रामी ज़रा दूर किताबें लिये हुए खड़ी थी।

रामी मेरे सामने मेज़ पर किताबें रखकर, पीछे हटकर खड़ी हो गयी।

वह बोला—ये किताबें अपने हाथ से उठाकर आप नहीं ला सकती थीं?

मैं क्या जवाब दूँ, मेरी समझ में न आया। लेकिन रामी ने मेरे पास आकर मुझे बचा लिया।

वह बोली—मैं जाऊँ, बेबी साहब?

जाने मेरे मन में क्या आया कि मैंने कह दिया—नहीं, यहीं बैठ।

वह ज़रा दूर हटकर फ़र्श पर बैठ गयी।

किताबें देखते हुए वह बोला—आप तो यहाँ पढ़ेंगी, यह बेचारी यहाँ बैठकर क्या करेगी?

मैंने उसकी ओर देखा नहीं था, लेकिन मैं समझ रही थी कि ये बातें कहते समय वह ज़रूर मुस्करा रहा होगा। उसका वह मुस्कराना मैं देखना चाहती थी, लेकिन देख न पा रही थी। उसकी ओर देखते या उसके सामने कुछ बोलते मुझे एक भय-सा लग रहा था।

मैं कसमसाकर बोली—आप पढ़ाइये।

वह बोला—एक सेट ये किताबें आप मेरे लिये मँगवा दीजिये। पहले इन्हें मैं एक बार ख़ुद पढ़-समझूँगा। फिर हम दोनों एक साथ पढ़ेंगे। आज हम एक-दूसरे से थोड़ा परिचित हो लें और अपने कार्यक्रम ठीक कर लें। मुझे लगता है कि इतनी सुबह पढ़ने बैठना आपके लिए असुविधाजनक रहेगा। आप इस वक़्त क्या करती हैं?

—पढ़ती हूँ।

—अभी तो, मालूम होता है, आपने नहाया-धोया भी नहीं है,—वह बोला—लगता है कि बिस्तर से सीधे उठकर यहाँ चली आ रही हैं। यह ठीक नहीं है। नहा-धोकर, कपड़े बदलकर, स्वच्छ-शीतल मन-शरीर के साथ आपको पढ़ने बैठना चाहिए।

मैं सिर झुकाये मुट्ठी का रूमाल मसलती रही। मेरे अन्दर की कसमसाहट बढ़ती जा रही थी। अच्छी तरह साँस लेना भी कठिन हो रहा था। माथे पर पसीने के चुचुआने का एहसास हो रहा था, किन्तु पोंछ न पा रही थी।

मेरे जवाब का इन्तज़ार करने के बाद वह बोला—ये ही पाँच पुस्तकें आपके पाठ्यक्रम में हैं?

—जी!

—पद्य पीयूष,—वह बोला—पीयूष का क्या अर्थ होता है?

—नहीं मालूम,—एक लम्बी साँस लेकर बोली।

—पीयूष माने अमृत होता है,—वह बोला—इस पुस्तक में पद्यों का अमृत है, समझीं?

—जी।

—कविता हमारे जीवन के लिए अमृत-तुल्य है,—वह बोला—ख़ैर, यह हम देखेंगे। अभी यह बताइये कि आप कॉलेज कितने बजे जाती हैं?

—पौने दस बजे!

नौ बजे तक आप पढ़ेंगी तो कुल पैंतालीस मिनट का वक़्त आपको मिलेगा। उसी में नहाना-धोना, कपड़े बदलना, सजना-सँवरना, खाना-पीना, ये सब काम आपको बड़ी जल्दी में करने पड़ेंगे। आप बहुत जल्दी में खाती होंगी या बहुत कम खाती होंगी। इसी कारण शायद आप बहुत दुबली-पतली हैं। ख़ैर। शाम को आप कितने बजे कॉलेज से वापस आती हैं?

—कभी तीन बजे, कभी चार बजे।

—तो पाँच बजे शाम हम पढ़ने का वक़्त रखें, तो कैसा रहेगा?

—रखिये।

—सप्ताह में आप तीन दिन पढ़ेंगी या छह दिन?

—यह बात मास्टर साहब से पूछ लीजियेगा।

—वह आपके मास्टर साहब हैं?

—जी, वह मेरे गार्जियन हैं, सब लोग उन्हें मास्टर साहब कहते हैं, मैं उन्हें ग्रैनपा कहती हूँ।

—गार्जियन का हिन्दी शब्द आपको नहीं मालूम?

—नहीं।

—संरक्षक,—बोला—आपके माता-पिता यहाँ नहीं हैं?

—माँ नहीं हैं, पापा दिल्ली में रहते हैं।

—कोई बहुत बड़े आदमी होंगे?

—जी।

—तो आपको उन्होंने केवल पढ़ाने के लिए यहाँ रखा है?

मैंने कोई जवाब न दिया। घबराकर रामी की ओर देखा। वह पास आयी तो मैंने कहा—एक गिलास पानी लाओ,—और मैंने अपनी कलाई-घड़ी की ओर देखा।

—कितने बज गये हैं?—उसने पूछा।

—साढ़े आठ।

—अच्छा तो अब मैं छुट्टी लेता हूँ,—वह उठते हुए बोला—कुछ वक़्त मास्टर साहब के पास भी लगेगा। कल ठीक पाँच बजे उपस्थित हूँगा। नमस्ते!

नम... मैंने आँखें उठायीं तो देखा, वह जा रहा था। लम्बा-छरहरा, माथा ऊँचा किये, श्वेत धोती की चुनट बायें हाथ से सँभाले...

मेरे लिये एक खीज और पराजय की भावना वह छोड़ गया था। मैं अपने मन को कोस रही थी कि क्यों नहीं मैंने उसे ऊल-जलूल बातें करने और प्रश्न करने से शुरू में ही रोक दिया। उसे क्या मतलब कि मैं कब नहाती हूँ, कैसे खाती हूँ, मेरे

पापा कौन हैं। वह मुझे पढ़ाने आता है, चुपचाप पढ़ाये और अपना रास्ता ले। जी में आया कि अभी चलकर मास्टर साहब से कह दूँ कि मुझे इससे नहीं पढ़ना है। यह अपने उपदेश अपने पास ही रखे।... ये किताबें आप अपने हाथ से उठाकर नहीं ला सकती थीं? आप तो पढ़ेंगी, यह बेचारी यहाँ बैठकर क्या करेगी?... हुँ! इसे क्या मतलब इन बातों से?...

—बेबी साहब, पानी।

मैंने सिर उठाकर देखा, रामी तश्तरी में पानी-भरा गिलास लिये खड़ी थी। मैंने अपना बिचका मुँह ठीक किया और गिलास लेकर सारा पानी पी गयी।

गिलास लेकर वह जाने लगी तो उठते हुए मैंने कहा—ये किताबें ले चलो,—लेकिन तत्क्षण उसका हाथ रोककर मैंने कहा—तुम जाओ।

मुझे याद आया, मास्टर साहब ने कई बार यह बात मुझसे कही थी कि तुम धीरे-धीरे स्वावलम्बी बनो। स्वावलम्बी बने बिना अपने मन के रास्ते पर नहीं चला जा सकता।... और आज इसने कहा, ये किताबें आप अपने हाथ से... क्या मास्टर साहब ने मेरे संकल्पों की ओर इसे संकेत किया है क्या? ऐसी ही कोई बात हो शायद। वर्ना यह आदमी पहली ही मुलाकात में... और फिर जैसे उसकी हर बात का अर्थ ही मेरे लिये बदल गया। सारी ख़ीज जाती रही।

मैंने किताबें उठायीं और अपने कमरे में आ गयी।

कॉलेज के लिए आज की पुस्तकें निकालकर स्टडी-कार्नर से बाहर निकली तो रामी ने आकर कहा—बेबी साहब, आपके कपड़े निकाल दूँ क्या?

—मैं निकाल लूँगी,—मैंने कहा।

नहाकर ड्रेसिंग-कार्नर में आयी, तो मेम साहब वहाँ मौजूद थीं। आज तक वही मुझे कपड़े पहनने में सहायता करती आयी थी। आज मैंने उनसे कहा—ग्रैनी, आपने मेरे लिये आज तक बहुत तकलीफ़ उठायी, अब मैं अपने काम ख़ुद कर सकूँ, इनमें थोड़ी मदद मेरी कीजिये। अब तो मैं काफ़ी बड़ी हो गयी हूँ।

वह हँसकर बोलीं—जब तक मैं जिन्दा हूँ, तुम्हें कोई फ़िकर नहीं करनी चाहिए, मेरी बच्ची! चलो, इधर आओ।

—आज मैं साड़ी पहनूँगी, ग्रैनी, वह निकालकर रखी है।

—साड़ी में ही तुम आज कॉलेज भी जाओगी?

—जी, ग्रैनी,—मैं बोली—मैं अब हमेशा साड़ी ही पहनूँगी। आप खद्दर की कुछ साड़ियाँ और ब्लाउज के कुछ टुकड़े मुझे ला दीजिये।

—खद्दर?—मेम साहब ने आश्चर्य में पड़कर कहा—तुम खद्दर पहनोगी, बेबी?

—जी हाँ, ख़ूब सफ़ेद-सफ़ेद कपड़े पहनने को मेरा जी चाहता है,—मैं बोली—और हाँ, पण्डित जी के लिए एक सेट हिन्दी की किताबें भी मँगवा दीजियेगा। मैं नाम दे दूँगी।

—तो क्या इस पण्डित ने तुम्हें खद्दर पहनने के लिए कहा है?—ग्रैनी बोली—मैंने देखा, वह खद्दर पहने हुए था।

—जी नहीं,—मैंने तुरन्त कहा—उन्होंने तो मुझसे कुछ भी न कहा। मेरा मन ख़ुद ही चाहता है।

—खद्दर कौन पहनते हैं, तुम जानती हो?

—ग्रैनी, मुझे कॉलेज को देर हो जायेगी,—कहकर मैं साड़ी पहनने लगी।

मेम साहब तब बोलीं—रुको, मैं रामी को बुलाती हूँ।

लेकिन मैंने उन्हें रोकते हुए कहा—ग्रैनी, मुझे पहनना आता है, मैं ख़ुद पहन लूँगी, आप देखिये।

मेम साहब को साड़ी पहनाना न आता था। रामी ही ने पहली बार मुझे साड़ी पहनायी थी और वही अब भी जब मैं साड़ी पहनना चाहती, पहनाती थी।

मैं आईने के सामने बैठी, तो मेम साहब, हमेशा की तरह, कंघी उठाने लगीं। आज उनका हाथ रोककर मैंने कहा—आप देखिये, ग्रैनी, मैं अपने बाल ख़ुद बना लेती हूँ कि नहीं।

—लेकिन क्यों, बेबी?—वह बोलीं—जब तक मैं हूँ, तुम्हें यह सब करने की क्या ज़रूरत है?

—मेरा मन ख़ुद अब अपने काम करने को कर रहा है, ग्रैनी,—मैंने कहा—और कोई बात नहीं है।—और मैं कंघी करने लगी।

—लाओ, मैं बाल सुलझा तो दूँ,—वह बोली।

—सुलझा लेती हूँ, ग्रैनी,—मैं बोली—आप खाने की मेज़ पर चलिये, मुझे आज धीरे-धीरे और ज़्यादा खाना है।

अपनी कलाई-घड़ी देखकर मेम साहब बोलीं—अभी काफ़ी वक़्त है। मैं तुम्हें पावडर और सेण्ट लगाकर जाती हूँ।

—मैं लगा लूँगी, ग्रैनी, आप जाइये।

मेम साहब मुँह लटकाकर चली गयीं।

मैंने इतने सारे काम आज ख़ुद किये। मैं ख़ुश थी। कई बार उस आदमी की याद आयी।

दूसरे दिन ठीक पाँच बजे रामी ने उस आदमी के आने की ख़बर दी। मैं तो इन्तज़ार ही कर रही थी। उठती हुई बोली—जाओ, बोल दो, आती हूँ। और पूछो, क्या पीयेंगे?

दोनों हाथों में दो सेट किताबें लेकर मैं चली। कन्धे से पर्दा हटाया। बाहर आयी तो रामी सामने आकर बोली—वह कहते हैं, कुछ नहीं पीयेंगे।—और उसने किताबों की ओर अपने हाथ बढ़ाये।

—रहने दो, तुम जाओ,—मैंने कहा।

वह चली गयी। मैं आगे बढ़ी। आज मुझे कोई घबराहट नहीं थी। जैसे एक परिचित आदमी के पास मैं जा रही थी। मैंने पिछले इकतीस घण्टों में जो कुछ किया था, उससे मुझमें एक विश्वास-सा पैदा हो गया था।

मैंने उसके मुँह से निकलने के पहले ही नमस्ते किया और मेज़ पर किताबें रखकर बैठ गयी।

उसने नयी किताबों को अपनी ओर खींच लिया। उन्हें दो पल देखा और फिर मेरी ओर देखा। मैं उसकी ओर देख रही थी। आँखें मिलते ही उसने अपनी आँखें हटा लीं। बोला—यह खद्दर की साड़ी आपको बहुत अच्छी लगती है। एक इस साड़ी के कारण ही आपके व्यक्तित्व में कितना अन्तर आ गया है! आप सूत कात सकती हैं क्या?

मैंने सिर हिलाया।

—हम लोग स्वयं अपने कपड़ों के लिए सूत कातते हैं,—वह बोला—यह न सोचिये कि आपका समय व्यर्थ जायेगा। इसके बड़े-बड़े फ़ायदे हैं। बापू ने इसे प्रतीक बनाकर एक अद्‍भुत भावना लोगों के मन में भर दी है। कोई विश्वास कर सकता है कि इन अदना तकलियों और चरखों ने लंकाशायर के कारख़ानों को हिला दिया है। हमारे देश का कितना धन जो कपड़ों के लिए विदेश चला जाता था, उसे इस खद्दर ने बचा लिया है। खद्दर का बाना देश-प्रेम का बाना है। हमारे सभी नेता चरखा चलाते हैं और खद्दर पहनते हैं।

—मैं तो कुछ नहीं जानती।

—आपको जानना चाहिए,—वह बोला—इस देश में पैदा होकर पढ़ी-लिखी होकर देश की बातों में आप दिलचस्पी न रखें, यह अच्छी बात नहीं है। आप अख़बार नहीं पढ़ती हैं?

—नहीं।

—कितनी अजीब बात है—वह बोला—हमारे देश में क्या हो रहा है, यह जानने की उत्सुकता आपको कभी भी नहीं होती?

—नहीं,—मैं बोली—मैं तो यह भी नहीं जानती कि हमारा देश क्या होता है।

—अरे,—वह चकित होकर बोला—आप यह क्या कहती हैं? इस राष्ट्रीय उन्मेष के युग में हमारे देश में एक भी ऐसा आदमी होगा जो कि ऐसी बात कह सके? आप किस दुनिया में रहती हैं?

मैं उसकी फैली हुई बड़ी-बड़ी आँखें और खुले हुए पतले-पतले होंठ देखती रह गयी।

मैं कुछ भी न बोली तो वह सिर हिलाकर बोला—यह नहीं हो सकता। आप सच नहीं कह रही हैं। आप मुझे बना रही हैं।

मैं उसके होंठों की मुस्कान देखने लगी, जिसमें एक झेंप लिपटी हुई थी। शायद मेरे होंठों पर भी उस वक़्त एक मुस्कान आ गयी थी, जिसका सामना वह न कर सका और उसने अपना सिर झुका लिया। अब मैं उसके काले-काले अँगुठिया गझिन बाल देख रही थी, जिनमें लगता था, बड़ी मुश्किल से माँग निकालने की कोशिश की गयी थी, फिर भी साफ़ न निकली थी। उनमें लहरें एक-दूसरे से बेहद उलझी हुई थीं। मेरे जी में आया कि उन बेशुमार छल्लों में अपनी उँगलियाँ पहना दूँ और मेरी देह में एक हलकी-सी सिहरन दौड़ गयी।

वह उसी तरह सिर झुकाये हुए किताबों को इधर-उधर करता रहा। फिर ज़रा हँसकर बोला—आइये, हम पढ़ाई का कार्यक्रम बना लें। दो दिन पद्य रखें, दो दिन गद्य, एक दिन व्याकरण, रस-अलंकार और एक दिन निबन्ध?

कहकर उसने सिर उठाया तो मैंने अपनी आँखें नीची कर लीं। बोली—ठीक है।

—तो कल हम पद्य से शुरू करेंगे,—वह पद्य-पीयूष खोलकर बोला—आप सूरदास के ये पद्य पढ़ डालियेगा और जो कठिन लगे, उस पर निशान बना रखियेगा। फिर हम एक साथ ही पढ़ेंगे और समझने की कोशिश करेंगे।...एक चीज़ मैं आपको पढ़ने के लिए और देता हूँ,—वह बग़ल में फ़र्श पर रखे झोले में से एक पत्रिका निकालकर मेरी ओर बढ़ाते हुए बोला—इसमें सूरदास पर एक बहुत ही अच्छा लेख प्रकाशित हुआ है, आप पढ़ डालियेगा।

मैं पत्रिका लेकर देखने लगी, तो वह बोला—यह सरस्वती है, प्रयाग से प्रकाशित होती है। श्रेष्ठ साहित्यिक पत्रिका है। आपको कुछ पत्रिकाएँ तो अवश्य पढ़नी चाहिएँ। भाषा और साहित्य का ज्ञान बढ़ाने के लिए आवश्यक है। मैं कुछ अच्छी पत्रिकाओं के नाम और पते आपको देता हूँ, आप मँगा लीजिये। एक काग़ज़ का टुकड़ा दीजिये तो।

मैंने मेज़ के नीचे घण्टी का बटन दबाया। थोड़ी ही देर में रामी आ गयी तो मैंने उससे पैड और क़लम लाने के लिए कहा।

रामी चली गयी तो वह बोला—पढ़ने बैठना चाहिए तो काग़ज़-क़लम हमेशा साथ रखना चाहिए।... फिर यह छोटा-सा काम भी क्या आप स्वयं नहीं कर सकतीं?

जो काम अपने से हो सके उसे तो करना ही चाहिए। भगवान् ने पाँव इसलिए दिये हैं कि उनसे चला जाये और हाथ इसलिए दिये हैं कि उनसे काम किया जाये। इनका इस्तेमाल नहीं किया जाता तो ये नि:शक्त हो जाते हैं और फिर आदमी बेकार हो जाता है। आपकी आयु अभी तो ऐसी है कि दौड़-दौड़कर आपको अपना और दूसरों का काम करना चाहिए। इससे आपके अंगों में मज़बूती आयेगी, फुर्ती रहेगी, आप प्रसन्न और स्वस्थ रहेंगी। आपका स्वास्थ्य अच्छा होता तो देखतीं आप और कितनी अधिक सुन्दर दिखायी देती हैं। आप बीमार रही हैं क्या?...

तभी रामी आ गयी। उसके हाथ से पैड और क़लम लेकर सामने बढ़ाया तो वह बोला—इस मामूली काम के लिए इतने ख़ूबसूरत पैड के काग़ज़ की क्या ज़रूरत है? आदमी के पास धन हो तो इसका यह मतलब नहीं कि वह उसे बरबाद करे। आप जानती हैं, हमारा देश कितना ग़रीब है, लाखों लोगों को एक जून रोटी भी नसीब नहीं होती, लाखों लोग फुट-पाथों पर रहते हैं, लाखों लोग भीख माँगते हैं। आपका यह पैड कितने का होगा?

—मुझे नहीं मालूम,—मैं बोली—मेम साहब ही सारी खरीदारी करती हैं।

—यह इंग्लैण्ड का बना हुआ है,—उसने कहा—बड़ा क़ीमती होगा। मेम साहब का पक्षपात स्वाभाविक ही है।...और यह क़लम—कृपाकर इन्हें अपने ही पास रखिये। हम लोग किसी विदेशी वस्तु का उपयोग नहीं करते। एक तो हमारे पास धन है ही नहीं, दूसरे जो दमड़ी-धेला है, हम चाहते हैं कि वह हमारे देश में ही रहे विदेश में न जाये। आपको मेरी कोई बात बुरी लगे तो क्षमा कीजियेगा। लेकिन मुझे विश्वास है कि अगर आप इन बातों पर विचार करेंगी तो यही बातें आपको सही लगेंगी और इन्हें अपने जीवन में बरतेंगी तो देश के साथ-साथ आपका भी कुछ कल्याण होगा।...अच्छा, आज अब मैं आज्ञा चाहूँगा। कल बाक़ायदा हमारी पढ़ाई-लिखाई शुरू हो जायेगी। दरअसल मैं चाहता हूँ कि पढ़ाई-लिखाई शुरू होने से पहले हम आपस में कुछ खुल जायें। यह साहित्य रस लेने की वस्तु है। अगर गूँगे की तरह आप मुझ अपरिचित के सामने बैठी रहेंगी तो कोई मज़ा ही न आयेगा। और मज़ा न आयेगा तो कोई बात बनेगी ही नहीं। देखिये मैं कितना बोलता हूँ। हो सकता है कि आपको मेरी बातों से मतभेद हो। फिर आप क्यों नहीं अपनी बात कहतीं?

—मेरी अपनी कोई बात है ही नहीं,—मैं बोली—मैं कुछ भी नहीं जानती।

—यह फिर आपने कल की ही तरह बात की,—वह मुस्कराकर बोला—ख़ैर, मैं तो बोलता ही जाऊँगा, चाहे आप मुझे मूर्ख ही समझें।...अच्छा, नमस्ते! और वह उठकर चलता बना।

ऐसे ही दिन कटते गये। वह बहुत अच्छा पढ़ाता था। वह बहुत अच्छी बातें करता था। उसकी हर बात मुझे मन्त्र की तरह लगती थी। मैं मन से प्रयत्न करती कि उसकी हर बात को मैं अपने आचरण में उतार दूँ। ऐसे अवसर पर मैं उसके संसर्ग में आयी

थी कि उसकी हर बात मुझे जादू की तरह बदलने लगी। ऐसी ही बातों के लिए उस समय मेरी मानस-भूमि शायद तैयार थी। मुझमें ऐसा तेज़ परिवर्तन आने लगा कि सोचकर मुझे आश्चर्य होता, लेकिन कुछ सोचने का मुझे अवसर ही न मिलता था! मैं तो ख़ुशी के मारे बावली हुई जा रही थी।

एक मास्टर साहब को छोड़कर यह परिवर्तन किसी की भी समझ में न आता था। मेम साहब बहुत दु:खी रहतीं। नौकर-चाकर मेरा मुँह ताकते। कॉलेज में मेरी साथिनें और अध्यापिकाएँ मुझे घूरतीं। मैं क्या थी और क्या होती जा रही थी। मेरा बाह्य और अन्तर दोनों जैसे एक नये साँचे में ढलते जा रहे थे। वह दिन दूर नहीं लगता था, जब कि मैं बिलकुल बदलकर रह जाती। लेकिन तभी एक बाधा सामने आ खड़ी हुई।

पाँचवाँ महीना आ लगा था और अब सारी मोटाई के बावजूद प्रकट हो-हो जाता था। मैंने बड़े साहस के साथ और कुछ दिन खींचने की कोशिश की, लेकिन फिर आगे न चल सका। मुझे सबसे बड़ा रंज इस बात का था कि उसका संसर्ग छूट जायेगा। मुझे लगता था कि उसका संसर्ग छूटा नहीं कि सब किये-धरे पर पानी फिर जायेगा। तब जाने क्या हो। लेकिन मुसीबत तो यह थी कि मुझे ख़ुद उसके सामने बैठने में शर्म आती थी।

मेम साहब और डॉक्टर दोनों ने राय दी कि अब कॉलेज जाना ठीक नहीं। थोड़ा-बहुत पढ़ना-लिखना घर पर चल सकता है। लेकिन अब किसी भी तरह की अधिक मेहनत नहीं करनी है। वक़्त पर नाश्ता और खाना, पूरा आराम और सुबह-शाम थोड़ा टहलना। अधिक चलना या बैठना नहीं चाहिए। शरीर हरकत में रहे, लेकिन हरकतें जितनी हलकी हों, उतनी ही अच्छी। हलकी, मनोरंजक चीज़ें ही पढ़ी जायें तो ठीक। दिमाग़ पर भी कोई भार नहीं पड़ना चाहिए। मन में कोई चिन्ता न रहे। हरदम ख़ुश रहने की कोशिश करनी चाहिए।

मेम साहब अब बराबर मेरे आस-पास मँडराती रहतीं और बराबर मुझे हिदायतें देती रहतीं। डॉक्टर रोज़ सुबह आकर मुझे देखती और हिदायतें देती। मेरे पलँग का सिरहाना-पायताना ज़रूरत के मुताबिक वह ऊँचा-नीचा किया करती। तकियों की जगहें और मोटाई भी बदला करतीं।

यह सब तो ठीक था, लेकिन उसका आना जो लोगों ने बन्द कर दिया था, मुझे किसी पहलू चैन ही न मिल रहा था। जैसे हर घड़ी उसी की सोच में मैं डूबी रहती। मन बराबर खोया-खोया रहता। उसकी एक-एक बात याद आती और मैं अन्दर-ही-अन्दर तड़पने लगती। कभी-कभी तो मन में ऐसी कसक उठती कि मैं रो-रो

पड़ती। क्या करूँ समझ में न आता था। न खाना-पीना अच्छा लगता था, न सोना-बैठना। रात-रात भर मैं पड़ी-पड़ी करवटें बदलती रहती और उसी के बारे में सोचा करती।

तीन-चार दिनों में ही मैं लस्त-सी हो गयी। जागरण से थकान और थकान से हलका बुखार हो आया। डॉक्टर ने देखा तो उसने चिन्ता प्रकट की। मुझसे जाने क्या-क्या पूछने लगी। मैं उसका क्या जवाब देती। मेम साहब की चिन्ता का कोई ठिकाना न था। वह तो परेशान हो उठीं। उनकी ताक़ीद और भी बढ़ गयी। लेकिन वह क्या कर सकती थीं।

दो-तीन दिन और ऐसे ही बीत गये। फिर मुझे लगा कि ऐसे ही कुछ दिन और चले तो मैं पागल हो जाऊँगी। आख़िर लाज-शरम को ताक पर रखकर मैंने मेम साहब से कहा—ग्रैनी, आज हिन्दी-ट्यूटर को बुलवा दीजिये। उनसे मुझे एक काम है।

—अभी आदमी भेजती हूँ,—वह बोलीं।

—गाड़ी भेज दीजिये, ग्रैनी,—मैंने कहा—ड्राइवर से कह दीजिये, उन्हें लेकर अभी आये।

शाम के पाँच बज रहे थे। यह समय मेरे लिये सबसे अधिक व्यग्रता का होता था। इस समय रोज़, यह जानते हुए भी कि उसे नहीं आना है, मैं उसका इन्तज़ार करती थी।

मेम साहब ड्राइवर को भेजकर मेरे पास आयीं और उन्होंने बड़े क़ायदे और आराम से मुझे पलँग पर तकियों के सहारे उठँगाकर बैठा दिया और गले तक मेरी देह को श्वेत रेशमी चादर से ढँककर कहा—मेरी बच्ची, तुम इसी तरह आराम से पड़ी-पड़ी बातें करना। हाँ, इस बात का ज़रूर ध्यान रखना कि ज़्यादा वक़्त न लगे।

—ग्रैनी, जो नये रेसाले आये हैं, मेहरबानी करके उन्हें यहाँ तिपाई पर रखवा दीजिये। कई दिन से मैंने अख़बार भी नहीं देखे हैं, दो-चार रोज़ के अख़बार भी ला दीजिये। मेरी तबीयत इस वक़्त बेहतर है।

—ख़ुदा का शुक्र है, मेरी बच्ची!—वह बोलीं और चली गयीं।

इतने दिनों बाद आज मेरा दिल फिर उसी दिन की तरह धक-धक कर उठा, जैसा कि पहले दिन उसके पास जाते समय हुआ था। इस बीच उसे लेकर जैसे एक बिलकुल नयी चीज़ से मेरा परिचय हुआ था। मुझे पहले इसका आभास कहाँ था कि उससे मेरी भेंट न होगी तो मेरी यह दशा हो जायेगी। इस नये तथ्य को मन में लिये वैसे पहली ही बार मैं उससे मिलने जा रही थी। इतने दिनों के अन्तराल के बीच इस नये तथ्य ने आकर जैसे हमारे संसर्ग को एक बिलकुल ही नया रूप दे दिया था। मैं इस तथ्य से आँखें मिला चुकी थी, लेकिन वह...मेरा दिल धक-धक कर रहा था। जाने वह क्या सोचे, क्या समझे, क्या कहे।

मेम साहब ने पत्रिकाएँ और अख़बार सजाकर तिपाई पर रख दिये और एक अख़बार मेरे हाथ में थमाकर बोलीं—यह आज का अख़बार है। रोशनी कर दूँ क्या?

अख़बार फैलाती हुई मैं बोली—कर दीजिये। और देखिये, गाड़ी अभी आयी कि नहीं।

मैं यों ही अख़बार देखने लगी, गोकि कुछ भी देख न पा रही थी। मन में तो धुकधुकी लगी हुई थी। सोच रही थी कि अपने मन की इस नयी स्थिति में मैं उससे कैसे मिलूँगी, कैसे बातें करूँगी।

थोड़ी देर के बाद मेम साहब ने आकर कहा—गाड़ी लौट आयी है। उन्होंने कहलवाया है कि अभी आ रहा हूँ।

उँह! गाड़ी पर ही आ जाता तो उसका क्या बिगड़ जाता? यहाँ एक-एक पल मुझ पर भारी पड़ रहा है और वह मेरी गाड़ी पर आ जायेगा तो उसकी कण्ठी टूट जायेगी?

लगता था जितनी ही जल्दी वह आ जायेगा, उतनी ही जल्दी मैं संकट से उबर जाऊँगी। जैसे क्षण-क्षण मेरा संकट बढ़ता जा रहा था। जैसे क्षण-क्षण उससे आँखें मिलाने की बात मुश्किल होती जा रही थी। डर लगता था कि कहीं अधिक देर हो गयी तो मैं ख़ुद उससे मिलने से इनकार न कर दूँ। तब जाने कैसी एक असह्य स्थिति आ जाये।

लेकिन उसने बहुत देर न लगायी।

मेम साहब ने ही आकर कहा—वह आ गये हैं, लाऊँ, बेबी?

—जी,—मैंने सामने देखते हुए ही कह दिया।

उसके मेरे पास आने में एक-दो मिनट ही लगे होंगे। लेकिन यह समय एक अद्‌भुत अनुभव का था। जैसे मेरे गले में फाँसी कस गयी हो, जैसे मेरे दिल की धड़कन बन्द हो गयी हो, जैसे मेरा मस्तिष्क शून्य हो गया हो।

—नमस्ते!...

—आपकी तबीयत कैसी है?...

—आप बोलती क्यों नहीं?...

—आपकी गाड़ी से नहीं आया, इसलिए नाराज़ तो नहीं हो गयीं?...

—देखिये, इसमें नाराज़ होने की कोई बात नहीं है।...यह मन बड़ा ही चंचल होता है। इसे ज़रा भी ढील दी नहीं गयी कि छलाँगें मारने लगता है और आदमी को नचाकर छोड़ देता है। हमारे जीवन में गाड़ी क्या, कोई छोटी-मोटी ऐयाशी की चीज़ भी नहीं आती। देश का साधारण-से-साधारण आदमी जिस तरह रह-सह पाता है उससे ऊपर उठने या आगे जाने का हमारा रास्ता नहीं है। आगे जाना हम उचित भी नहीं समझते। देश के भाग्य के साथ ही हमारा भाग्य बँधा है।

—आप बहुत परेशान हैं क्या?...

—देखिये, इसमें परेशान होने की कोई बात नहीं है।...आप नारी हैं और नारी की चरम परिणति जननी-रूप है।...

मैं जैसे सपने में उसकी बातें सुन रही थी। यह बात सुनते ही अचानक मेरी आँखें खुल गयीं। सहमकर मैंने कातर दृष्टि से उसकी ओर देखा। वह मेरे बायीं ओर कुर्सी पर बैठा था और अपनी स्वाभाविक मुस्कान होंठों पर लिये मेरी ओर देख रहा था। मैंने धीरे-धीरे अपनी आँखें उसकी ओर से हटा लीं और फिर मूँद लीं।

—किसानों और मज़दूरों की औरतें तो आख़िरी दिन तक काम करती हैं। किसी-किसी के तो खेत में ही बच्चा हो जाता है। आपने गोर्की की कहानी 'एक नये इन्सान का जन्म' शायद न पढ़ी होगी। मेरे पास है, मैं आपको दूँगा। उसे पढ़कर आप देखिये। यह-सब कितना सरल और सहज है। इसे कठिन और पेचीदा शायद जीवन की कृत्रिमता ही बनाती है। आप अमीर लोग हैं। काम कुछ करेंगे नहीं और माल तर खायेंगे। फिर क्या हो?...

—जब पहले मुझे इसका आभास मिला था, तो आपसे सच कहता हूँ, मुझे बड़ा आश्चर्य हुआ था। आपकी आयु कितनी कम है। आपकी माँग भी कभी भरी हुई मैंने नहीं देखी। इतने दिनों में एक बार भी आपके उनको देखने का अवसर मुझे न मिला। मेरी समझ में ही न आ रहा था कि यह कैसे क्या हो रहा है। मन में कई बार आया था कि और कुछ नहीं तो कम-से-कम आपके उनके बारे में तो पूछूँ। लेकिन फिर पूछ न सका। मेरे लिये यह जानना ज़रूरी ही नहीं था। लेकिन सच कहता हूँ, यह सब बड़ा अजीब लगता है मुझे।...

मेरे अन्दर जैसे सहसा कुछ पिघल उठा। मेरी आँखों से भर-भर आँसू निकलने लगे।

—यह आप क्या कर रही हैं?

मेरे आँसुओं का वेग और भी बढ़ गया। एक क्रन्दन मुँह में उबलने-उबलने को हो आया। तभी मुझे लगा कि कोई मेरी आँखों के नीचे धीरे-धीरे रूमाल से पोंछ रहा है। अनायास मेरी आँखें खुल गयीं। देखा, वह मुझ पर झुका हुआ मेरे आँसू पोंछ रहा था। फिर मैं अपने को सँभाल न सकी। जिसका भय था वही हो गया। मैंने तड़पकर उसका हाथ पकड़ लिया और फूट-फूटकर रोने लगी। मुझे जैसे किसी बात का होश ही न रहा।

—आप इस तरह परेशान मत होइये। जो भी परिस्थिति सामने आये आदमी को साहस के साथ उसका सामना करना चाहिए। परेशान होने से तो कोई भी लाभ नहीं होता, उलटे शक्ति क्षीण होती है, दुःख और बढ़ता है...

—बेबी, मैं अन्दर आ सकती हूँ?—तभी मेम साहब की आवाज़ आयी।

मैंने उसका हाथ छोड़ दिया और अपने को सँभालने लगी।

वही कुर्सी पर बैठकर बोला—आइये, मेम साहब।

वह अन्दर आती हुई बोलीं—मेरी बच्ची रो रही थी क्या?—और सीधे आकर मेरे ऊपर झुक गयीं।

वही बोला—बहुत परेशान मालूम देती हैं। आप इन्हें समझाइये, परेशानी की कोई बात ही नहीं है।

—माई पुअर चाइल्ड!—रूमाल से मेरी आँखें पोंछती हुईं मेम साहब बोलीं—कोई फ़िक्र की बात नहीं है। आप ख़ुश रहिये, बेबी। रोना नहीं चाहिए।

वह दौड़कर दवा और पानी लायीं। बोलीं—उठिये, यह दवा ले लीजिये, वक़्त हो गया है।

उन्होंने मेरे सिर के नीचे हाथ डालकर मुझे उठाया और दवा और फिर पानी पिलाया। फिर मेरे होंठ पोंछकर बोलीं—बाहर लान में अब चलिये, बेबी।...आप भी चलिये, पण्डित जी। वहीं बैठकर बातें कीजिये।

हम लान में चले आये। लेकिन उस स्थिति में हमारे बीच बात ही क्या हो सकती थी। रह-रहकर हम एक-दूसरे की ओर देख लेते थे, जैसे नये-नये परिचित होने का प्रयत्न कर रहे हों।

—अच्छा,—वह बोला—अब मुझे आज्ञा दीजिये।

—कल कब आइयेगा?—मैंने कहा—कल से मैं पढ़ूँगी।

—आप जब कहिये।

—मैं तो चाहती हूँ कि आप सुबह भी आइये और शाम को भी आइये। जितनी देर मेरे पास रह सकें रहिये। मैं बहुत दुःखी हूँ।—कहते-कहते मुझे ऐसा लगा कि मैं फिर रो दूँगी।

—आप धैर्य से काम लीजिये,—वह बोला—सुबह मैं नौ बजे आऊँगा। सुबह साढ़े सात से साढ़े आठ तक एक जगह हिन्दी पढ़ाता हूँ। दस बजे हमारा विद्यालय शुरू होता है। पौने दस बजे यहाँ से चला जाऊँगा। हाँ, शाम को मुझे काफ़ी फ़ुरसत है। पाँच बजे आऊँगा और जब तक आप चाहियेगा, रुकूँगा। मुझसे जो भी हो सकेगा, मैं करूँगा। लेकिन आप प्रसन्न रहिये। इस स्थिति में आपका प्रसन्न रहना सबसे अधिक आवश्यक है। अब मुझे आज्ञा दीजिये।

कहते हुए वह उठ खड़ा हुआ।

मैं भी उठ खड़ी हुई और हाथ जोड़कर बोली—नमस्ते!

—नमस्ते,—कहकर वह चल पड़ा।

मेरी ख़ुशी जैसे दूनी-चौगुनी होकर मुझे फिर वापस मिल गयी। अपने शरीर की उस स्थिति को भी मैं भूल गयी। मुझे जैसे इसका एहसास भी न रहा कि कोई कुम्हार मेरे पेट के अन्दर कोई मूरत गढ़ रहा है, मैं तो अपने मन की मूरत में ही रमकर रह गयी।

सुबह मैं उससे पढ़ती और शाम को हम घण्टों बातें करते। हमारी बातों का कोई अन्त ही न था। जाने कहाँ-कहाँ से कैसी-कैसी बातें निकलती जातीं और बढ़ती जातीं। कभी-कभी तो वह लगातार देर तक डूबकर बोलता जाता और मैं मुग्ध होकर सुनती रहती। उसकी हर बात मुझे मूल्यवान् लगती और मैं चमत्कृत हो-हो उठती। मैं उसका मुँह ताकती रहती कि ऐसी-ऐसी बातें कैसे उसके मुँह से निकलती जाती हैं। उसे अनगिनत श्लोक, कविताओं की पंक्तियाँ और महान् साहित्यकारों और विचारकों की सूक्तियाँ याद थीं। उन्हें वह अपनी बातों के बीच-बीच में नगीनों की तरह जड़ देता था। लगता था कि मेरे उठाये हर विषय का वह पण्डित है और वह जो कह रहा है वही अन्तिम बात है, उसके अतिरिक्त और कोई बात हो ही नहीं सकती। मेरी प्रत्येक जिज्ञासा का जैसे वह मूर्तिमान् उत्तर था। उसकी हर बात जैसे सीधे जाकर मेरे मन में बस जाती और मेरा रिक्त कोना भर देती।

जाने कहाँ-कहाँ से होकर आख़िर एक दिन हम अपने पथ पर पहुँचे। मैंने ही पूछा—प्रेम के विषय में आपकी धारणा क्या है?

यह प्रश्न पूछते हुए मैं उसकी आँखों में देख रही थी। मेरी आँखें निश्चय ही उस वक़्त तरल हो रही थीं और मन का भेद मेरे स्वर में लिपटा हुआ था। उसने कदाचित् एक नज़र में ही यह सब देख लिया था। फिर उसने अपनी आँखें नीची कर ली थीं। उसके होंठों की मुस्कान, मैंने लक्ष्य किया, कुछ रहस्यमय हो उठी थी। मुझे इससे प्रसन्नता ही हुई थी।

उसके हाथ में 'विशाल भारत' की प्रति थी। आवरण पर बुद्ध और सुजाता का चित्र था। बुद्ध सुजाता के हाथ से खीर ग्रहण कर रहे थे। वह उस चित्र को देर तक देखता रहा। फिर शान्त-गम्भीर स्वर में बोला—प्रेम मानव की पवित्रतम भावना तथा सर्वोत्तम गुण है। वह नैसर्गिक है क्योंकि वह अनायास होता है और उस पर कोई भी शक्ति काम नहीं कर सकती। वह अन्धा है क्योंकि वह कुछ भी नहीं देखता, ऊँच-नीच, भले-बुरे का अन्तर वह नहीं जानता। वह निर्भीक, साहसी और त्यागवान् होता है, वह किसी से भी नहीं डरता, वह मृत्यु तक का सामना कर सकता है, वह अपना सर्वस्व, प्राण तक न्योछावर कर सकता है, वह बड़ी-से-बड़ी यातना सह सकता है।

कहकर वह चुप हो गया। मैं उसकी ओर देखती रही, लेकिन उसने मेरी ओर नहीं देखा। मैं उसके आगे बोलने का इन्तज़ार करती रही।

देर तक वह न बोला तो मैंने ही बात आगे बढ़ायी—यह पीड़ा क्यों होती है?

वह वैसे ही बोला, जैसे मुझसे नहीं पत्रिका के आवरण से बातें कर रहा हो—प्रेम और पीड़ा का जन्म साथ-ही-साथ होता है। जब तक पीड़ा नहीं होती प्रेम का ज्ञान नहीं होता। प्रेम एक अज्ञात, अस्पष्ट भावना के रूप में मानस में जन्म लेता है और पीड़ा उसे रूप, आकार और चेतना देती है।

कहते-कहते उसका कण्ठ अवरुद्ध हो गया। वह चुप हो गया।

—उसके बाद?—मैंने पूछा।

—चेतना के बाद प्रेमी अपने प्रेमपात्र को प्राप्त करना चाहता है और यहीं से यातना शुरू होती है।

वह फिर चुप हो गया, तो मैं बोली—यह तो स्वाभाविक ही है न?

—स्वाभाविक तो है, किन्तु यह तो प्रेमपात्र के चाहने पर मुनहसर करता है न? यदि वह न चाहे तो? उस पर कोई ज़ोर-ज़बरदस्ती तो नहीं चल सकती। फिर परोक्ष रूप से प्रेम के साथ एक और तत्त्व आ मिलता है, प्रेमपात्र को प्राप्त करना। यह मिलावट प्रेम की शुद्धता का अपहरण कर उसे वासना की ओर झुकाने लगता है। और जहाँ प्राप्त करने की इच्छा हो, वासना हो, वहाँ प्रेम गौण ही तो हो जायेगा।

वह फिर चुप हो गया, तो मैं बोली—यदि दो आपस में प्रेम करनेवाले हों तो?

वह अचानक हँस पड़ा। उसके मोती-जैसे दाँत चमक उठे। बोला—तब तो समझिये प्रेम का क़िस्सा ही ख़त्म हो गया।

जाने क्या समझ मैं भी हँस पड़ी। लेकिन बोली—सो कैसे?

—तब तो मिलने-मिलाने और शादी-ब्याह का चक्कर आ जायेगा न,—वह हलके-फुलके ढंग से बोला—हो सकता है उनके बीच समाज आ खड़ा हो। तब दो परिस्थितियाँ सामने आ सकती हैं। एक तो यह कि वे समाज की परवाह न कर मिल जायें और दूसरी यह कि समाज उन्हें अलग-अलग कर दे। दोनों ही स्थितियों में प्रेम का क़िस्सा ख़त्म ही होता है, हाँ, उनका रूप अलग-अलग होता है। एक को हम कमेडी कहते हैं और दूसरे को ट्रेजिडी। लेकिन ख़त्म तो वह दोनों हालतों में होता ही है।

—फिर?—मैंने पूछा।

वह गम्भीर हो उठा। ज़रा देर बाद अपनी वही मुस्कान होंठों पर लाकर बोला—सुनकर आपको बड़ा अजीब लगेगा। अभी आपकी आयु बहुत कम है। शायद आपको मेरी बात बिलकुल ठीक न लगे। अभी जिस प्रेम का ज़िक्र हम कर रहे थे, उसे शारीरिक प्रेम कहते हैं। शरीरों का मिलन ही उसका उद्देश्य होता है। मिलन न होने से वियोग की यातनाएँ झेलनी पड़ती हैं। अक्सर देखा जाता है कि यह प्रेम अधिक दिनों तक नहीं चलता। या तो मिलन के बाद समाप्त हो जाता है या वियोग की

यातनाओं के साथ समाप्त हो जाता है। एक दूसरा प्रेम होता है, जिसे आत्मिक प्रेम कहा जाता है। यहाँ प्रेम-पात्र प्राप्त करने की वस्तु नहीं होती। यहाँ प्रेम-पात्र आराध्य होता है। प्रेमी आजीवन उसकी आराधना करता रहता है। सर्वस्व होम ही इस प्रेम का उद्देश्य होता है। आराध्य में अपना लय कर या आराध्यमय होकर ही यहाँ प्रेमी चिर आनन्द को प्राप्त करता है। यहाँ भी यातना होती है, किन्तु उसका प्रकार दूसरा होता है। यहाँ प्रेम-पात्र को न प्राप्त कर सकने या उससे वियोग की यातना का प्रश्न ही नहीं उठता। यहाँ तो अपने निजत्व को मिटाने का प्रश्न होता है। यह बड़ी कठिन साधना होती है, इसकी यातना भी दारुण होती है। यह अपने को तिल-तिल जला देने की तरह होता है। समझीं?

मैं सहसा कोई उत्तर न दे सकी। सोचकर भी कोई उत्तर न बन पड़ा। यही लगा कि मैं कुछ भी नहीं समझ सकी हूँ। ऐसा कुछ एहसास ज़रूर हुआ कि कोई बहुत बड़ी बात मेरे कानों के पास से भनककर गुज़र गयी है। लेकिन यह एहसास भी कोई मामूली नहीं था। मैं उसी में कुछ देर डूबती-उतराती रही। फिर धीरे-धीरे सिर हिला दिया-ना।

फिर उसने ऐसे सिर हिलाया, जैसे यह जानता ही हो कि मैं क्या कहूँगी।

मैं बोली—ज़रा कोई उदाहरण देकर समझाइये।

वह बोला—उस दिन मीरा के विषय में बताते हुए मैंने जो बातें कही थीं, कुछ याद हैं?

—याद तो हैं,—मैं बोली लेकिन वह कहानी तो बिलकुल पौराणिक कथाओं की तरह मुझे लगती है। चमत्कार तो उसमें है, किन्तु विश्वास नहीं हो पाता। फिर वह मानव का मानव के साथ तो प्रेम नहीं है।

—मीराँ तो एक मानवी ही थी।

—लेकिन उसका प्रेम-पात्र तो मानव था।

—ऐसे प्रेम का पात्र आराध्य होकर मानवेतर हो जाता है, देवता और भगवान् हो जाता है। साधारण तो वह कदापि नहीं रहता, क्योंकि साधारण की कोई क्या आराधना करेगा, साधारण पर कोई अपना सर्वस्व कैसे न्योछावर करेगा? साधारण होकर भी वह प्रेमी के लिए संसार का सर्व-गुण-सम्पन्न केवल एक होता है, उसके अतिरिक्त प्रेमी के लिए और कोई कुछ होता ही नहीं।...देखिये, यों बोलकर शायद मैं अपनी बात ठीक-ठीक नहीं रख पा रहा हूँ। मैं, समय मिलने पर, इस विषय में कुछ लिखकर आपको दूँगा। आप भी अपनी जिज्ञासाएँ लिखकर ही मुझे दें तो अच्छा। इस विषय पर यों ही बात करना कठिन है।

यों हमारा पत्र-व्यवहार आरम्भ हुआ। अब मैं उसकी जितनी प्रतीक्षा करती थी, उससे कहीं अधिक उसके पत्रों की प्रतीक्षा करती थी। वह आता तो नमस्ते के बाद मेरा पहला प्रश्न यही होता—मेरे पत्र का उत्तर लाये हैं?

वह अपनी मुस्कान होंठों पर लाकर कहता—लाया हूँ,—और झोले से निकालकर वह खद्दर का बन्द लिफ़ाफ़ा मेरे हाथ में थमा देता।

मैं बड़ी श्रद्धा के साथ वह पत्र हाथ में लेती और तकिये के नीचे छिपाकर रख देती। कहती—धन्यवाद!

एक बार ऐसे ही अवसर पर उसने कहा—औपचारिकता मुझे क़तई पसन्द नहीं है। आप पर मैं कोई एहसान नहीं कर रहा हूँ। आपके अध्यापक के नाते यह तो मेरा कर्त्तव्य है कि आपकी जिज्ञासाओं को शान्त करूँ। आप मुझे धन्यवाद न दिया करें।

लजाकर मैंने कहा—बचपन से ही मेरी यह आदत पड़ गयी है। मैं तो अपने पापा को भी धन्यवाद देती हूँ।

—सच?—वह चकित होकर बोला—ऐसा औपचारिक सम्बन्ध है आप लोगों का? मुझे तो आप-आप कहना और सुनना भी अच्छा नहीं लगता। गहरे सम्बन्धों में औपचारिकता का क्या काम?

—तो आप मुझे तुम क्यों नहीं कहते?—मैं बोली—आप तो मुझसे बड़े भी हैं।

—इसमें बड़े-छोटे का सवाल नहीं उठता,—वह बोला—सवाल निकटता के एहसास का है। मेरे बच्चे मुझे तुम कहते हैं।

—आपके कितने बच्चे हैं?

—चार हैं, तीन बेटे और एक बेटी।

—चार?—उसे देखकर मुझे विश्वास न हुआ। बोली—आपकी आयु तो अधिक नहीं मालूम देती?

—हम लोग देहात के रहनेवाले हैं,—वह बोला—हमारा ब्याह बहुत ही कम अवस्था में हो गया था।

—आपकी पत्नी बहुत सुन्दर हैं न?

उसने मुस्कराकर सिर हिलाया—नहीं, वह सुन्दर नहीं है, लेकिन औरत अच्छी है।

—पढ़ी-लिखी होंगी।

—नहीं,—वह बोला—यहाँ आने के बाद उसने थोड़ा पढ़ना-लिखना शुरू किया था। अब थोड़ा पढ़-लिख लेती है। प्रथमा परीक्षा की तैयारी कर रही है। ज़हीन काफ़ी है। विद्यालय की व्यवस्था में मेरी बहुत सहायता करती है। कई बार आपसे मिलने के लिए उसने कहा है।

—आप क्यों नहीं लाते उन्हें?

—लाऊँगा कभी।

—जून में मेरा जन्म-दिन पड़ता है,—मैं बोली—तभी बुलाऊँगी। तब तक मैं इस भार से भी मुक्त हो जाऊँगी और परीक्षा...पता नहीं मैं परीक्षा दे पाऊँगी कि नहीं। मैं तो एक जंजाल में फँस गयी।

—कोई बात नहीं,—वह बोला, आपका स्वास्थ्य बहुत अच्छा है।...मुझे भी आपके बारे में कुछ जानने की इच्छा कभी-कभी होती है। लेकिन पूछता नहीं कि जाने आपको कैसा लगे।—कहकर उसने मेरी ओर तेज़ निगाहों से देखा।

मैंने अपना सिर झुका लिया। बोली—मैं एक अभागी लड़की हूँ, मेरा इतना ही परिचय है।

—ऐसा आप क्यों कहती हैं?—वह बोला—आप तो कोई साधारण भाग्यवान् मालूम नहीं देतीं। ऐसा रूप, इतनी सम्पदा भाग्य भला कितनों को देता?...सच बताइये, आपके वो कौन हैं, कहाँ हैं और क्या करते हैं? इतने दिनों के बीच यहाँ तो एक बार भी दिखालायी न दिये।

यह प्रसंग अचानक यों सामने आ जायेगा, ऐसा मैंने नहीं सोचा था। वर्ना इस कौटुम्बिक परिचय को मैं न छेड़ती। मैं निश्चय ही उसकी पत्नी के विषय में जानने को उत्सुक थी, लेकिन मेरा ख़याल था कि उसे मेरे विषय में कुछ भी जानने की कोई उत्सुकता नहीं है। मेरी व्यक्तिगत बातों के प्रति वह कभी भी कोई जिज्ञासा प्रकट न करता था। वह अद्‌भुत रूप से तटस्थ होकर बातें करता था और पत्र लिखता था। निकटता की बात पहली बार ही अबकी मैंने उससे सुनी थी। इसी से उत्साहित होकर मैंने उसके बाल-बच्चों के विषय में पूछ लिया था। वह भी ऐसा करेगा, मैं नहीं सोचती थी। एक बार पहले उसने यह बात अप्रत्यक्ष रूप में ज़रूर उठायी थी, लेकिन उसमें जिज्ञासा की भावना न होकर सूचना का ही भाव था और वह बात भी मेरी रुलाई में बह गयी थी।

इस बार मेरे जी में आया कि सब बातें मैं साफ़-साफ़ कह दूँ। मैं सिर झुकाकर सोचने लगी कि कैसे कहूँ कि ज़रा देर बाद ही वह बोल उठा—क्षमा कीजियेगा, यह प्रश्न यों ही मेरे मुँह से निकल गया। इधर मैं देख रहा हूँ कि बिलकुल न चाहने पर भी कभी-कभी आपके विषय में कुछ-न-कुछ अनजाने ही सोचने लगता हूँ। शायद यह प्रश्न उसी का परिणाम हो।

इस प्रकार की उसकी यह पहली स्वीकारोक्ति थी। मुझे बेहद ख़ुशी हुई। हमारा पत्र व्यवहार शुरू हुआ था तो मुझे आशा बँधी थी कि अब हममें अवश्य ही निकटता स्थापित हो जायेगी। लेकिन ऐसा हुआ न था। मैं तो अपने पत्र में किसी-न-किसी रूप में अपने मन की बात की ओर संकेत कर देती थी, लेकिन उसके पत्र में एक बात भी मुझे ऐसी न मिलती थी जिसमें कहीं दूर से भी इस बात की कोई गन्ध आती कि उसने मेरे संकेत को लक्ष्य कर लिया है। वह बड़ी कवित्वमय शैली में बहुत ही ऊँची-

ऊँची बातें लिखता था। बड़े-बड़े दार्शनिकों और कवियों की उक्तियाँ उद्धृत करता था। पढ़ने में सब-कुछ इतना अच्छा लगता था कि मैं मुग्ध हो-हो जाती थी, लेकिन मेरी समझ में कुछ भी न आता था। इस पर भी उन बातों का महत्त्व मेरे सामने बढ़ ही जाता था, घटता बिलकुल न था। उनकी ध्वनियाँ ही मेरे लिये बहुमूल्य थीं। वे मेरे मन में बराबर प्रतिध्वनित होती रहती थीं। कितनी ही पंक्तियाँ मेरी जिह्वा पर आ बसती थीं और मैं उन्हें गीत की कड़ियों की तरह गुनगुनाती रहती थी। उसके उपदेश बड़े ही ऊँचे-ऊँचे, साधारण मनुष्य की पहुँच के परे लगते थे, नितान्त अव्यावहारिक और असम्भव, लेकिन मन करता था कि काश, मैं उन्हें अपने आचरण में उतार पाती। यह सब तो था लेकिन जिस बात की मुझे खोज थी, वह उसके किसी भी पत्र में किसी भी रूप में न मिलती थी। मुझे बाद में तो ऐसा लगने लगा कि जैसे वह समझकर भी नहीं समझना चाहता या कि मुझे बहलाता ही रहना चाहता है।

बात यह थी कि मेरे पास उस तक पहुँचाने को केवल एक बात थी। मेरे मन में उसको लेकर जो बात जन्मी थी, उसे मैं किसी-न-किसी रूप में उसके पास तक पहुँचा देना चाहती थी कि उसकी प्रतिक्रिया जानना चाहती थी। इसी एक बात को लेकर मैं उसे लम्बे-लम्बे पत्र लिखती थी। इस एक बात को सीधे कहना होता तो केवल एक वाक्य पर्याप्त होता। लेकिन उसे सीधे कह देना असम्भव था। मुझे लगता था कि मैंने उसे सीधे कह दिया तो प्रलय हो जायेगा। मैं तो सीधे उस बात की ओर संकेत भी न कर सकती थी। इसलिए उस बात को लेकर मेरे मन की जो गति हो रही थी, उसका मैं बड़ी गहराई और विशदता से अपने पत्रों में अंकन करती थी। मेरी इस कहानी का कोई अन्त नहीं था, क्योंकि इस बात को लेकर मैंने जो झेला था, जो अनुभव किया था, उसे बारीक़ी से मैं बरसों लिखती तो भी वह समाप्त न होता। मेरा ख़याल था कि कोई भी उन वर्णनों को पढ़ेगा तो यह समझे बिना न रहेगा कि यह वर्णन करनेवाली भुक्तभोगी है, अन्यथा इस तरह का वर्णन कोई कर ही नहीं सकता।

लेकिन ऐसी किसी समझ की बात उसके पत्रों में मुझे ढूँढ़े से भी न मिलती थी। वह एक डॉक्टर की तरह निदान कर देता था और नुस्ख़े लिख देता था। लगता ही न था कि उसके पत्रों के एक शब्द में भी कहीं कोई लाग-लपेट हो, कहीं सहानुभूति का कोई कण हो।

लेकिन आज जाने किन अरक्षा के क्षणों में वह एक-दो बातें ऐसी कह गया था। फिर उसने उन्हें आवरण में ढँकने की कोशिश की, लेकिन ऐसा करते-करते वह अपनी बात को और भी निरावरण कर गया। निश्चय ही यह यों ही नहीं हुआ था। और मैं उन क्षणों को यों ही नहीं जाने दे सकती थी। मुझे भय था कि ये क्षण निकल जायेंगे तो जाने फिर कब आयें, आयें न आयें।

मैं सिर झुकाये-झुकाये ही सूखे-से गले से तत्काल बोली—आप मेरे विषय में कभी-कभी कुछ सोचते हैं, यह जानकर मैं धन्य हुई।...आपने जो पूछा है, ठीक ही

पूछा है, इसमें क्षमा माँगने की कोई बात नहीं है। मैं आपको न बताऊँगी तो और किसको बताऊँगी?...लेकिन इस समय आप मुझे क्षमा करें। बहुत चाहकर भी मैं इस समय कुछ भी न बता पाऊँगी। मेरी मानसिक स्थिति, आप जानते हैं, ठीक नहीं है। और वे-सब बातें मेरा दु:ख ही बढ़ानेवाली हैं। सुनकर आपको भी दु:ख ही होगा।

कहते-कहते अचानक मेरा गला भर आया, मैं रोने-रोने को हो आयी।

—रहने दीजिये, रहने दीजिये!—वह तुरन्त बोला—आप अपने को परेशान मत कीजिये। मुझे इसका तनिक भी आभास होता तो हर्गिज़-हर्गिज़ आपसे मैं यह बात न पूछता।

—आप न पूछते तो मैं सोचती, आपको मुझमें कोई दिलचस्पी नहीं है...

मैं कह ही गयी। उस क्षण को मैं खोना न चाहती थी और मैं साहस कर ही गयी। लेकिन इस बात के साथ मैं उससे आँखें न मिला पायीं।

वह बोला धीर-गम्भीर स्वर में—आप जो हैं आप हैं। आप कौन हैं, इसका मेरे लिये क्या अर्थ है? आपके सम्बन्धी कौन हैं, क्या हैं, इसमें मेरे लिये क्या धरा है? आपकी आर्थिक या सामाजिक स्थिति दरअसल आपके इस व्यक्तित्व में, जो मेरे सामने इस पलँग पर उठँगा हुआ है, मेरे लिये क्या जोड़ती या घटती है? आपकी आर्थिक या सामाजिक स्थिति से मुझे क्या लेना-देना है? अगर मैं आपकी सामाजिक या आर्थिक स्थिति में कोई दिलचस्पी नहीं रखता तो इसका यह मतलब कैसे हो सकता है कि मैं आपमें भी कोई दिलचस्पी नहीं रखता? अपनी सामाजिक या आर्थिक स्थिति से कटकर, क्या आप समझती हैं, आप कुछ भी नहीं हैं?

वह रुका तो अचकचाकर मैंने उसकी ओर देखा। दरअसल उसकी ये बातें सुनकर मैं अचकचा ही सकती थी। ये ही प्रश्न, इतने स्पष्ट रूप में, इसके दिमाग़ में कहाँ से उठ आये?...इसके सम्पर्क में आने से पहले ऐसे ही प्रश्न मेरे मन में कितनी बार उमड़े थे, लेकिन एक बार भी तो इतने स्पष्ट होकर सामने न आये थे। मास्टर साहब के सामने भी ये प्रश्न जिस रूप में आये थे वे भी इतने स्पष्ट तो हर्गिज़ न थे। लेकिन मास्टर साहब का उत्तर मुझे अब भी याद था।

मैं अनायास बोल पड़ी—तब तो मैं शून्य ही हो जाऊँगी।

वह तपाक से बोला—ऐसा हो तो उस शून्य में ही मेरी दिलचस्पी होगी। मगर...—कहकर वह दो पल के लिए चुप हो गया।

उसकी हीरे की तरह चमकती आँखों को मैं देख रही थी। उसकी पुतलियाँ उसके चश्मे के शीशे पर वैसे ही चमक रही थीं, जैसे पानी पर सूरज की किरणें चमकती हैं।

—मगर मैं ऐसा नहीं समझता,—वह वैसे ही स्वर में बोला—स्थितियाँ आदमी को बनाती हैं तो आदमी स्थितियों को भी बनाता है। मैं उसी आदमी की क़द्र करता हूँ जो लड़कर स्वयं अपनी स्थिति बना ले। यही आदमी की शक्ति की असली पहचान

होती है। बनी-बनायी स्थिति में पड़कर आदमी ने कुछ कर दिखाया तो कौन-सा कमाल किया। उसका श्रेय स्थितियों को मिलेगा न कि आदमी को। मीराँ के विषय में मैं आपको बता चुका हूँ। महात्मा बुद्ध के विषय में आप जानती हैं। राजमहल से कटकर क्या वह शून्य हो गये? उस राज और उनके राजा पिता को हम बुद्ध से जानते हैं, या कि राज और राजा से बुद्ध को?...आदमी का जीवन शून्य से ही आरम्भ हुआ था, और आज आदमी के पास क्या नहीं है? सब आदमी ने ही तो अपने हाथों से पैदा किया है। सो, स्थितियाँ नहीं, आदमी मूल्यवान् है।...आपकी स्थितियों में नहीं मुझे तो आपमें दिलचस्पी है। इसका कारण यह है कि आपमें मुझे जो भी दिलचस्पी है, वह केवल आपको लेकर है और उसके पीछे रंच-मात्र भी कोई स्वार्थ नहीं है। कोई भी स्वार्थ होता तो निश्चय ही मेरी दिलचस्पी आपकी स्थितियों से पहले होती। लेकिन आप तो जानती हैं, ऐसी कोई भी बात नहीं है। इसलिए इससे कोई भी अन्तर नहीं पड़ता कि मैं आपकी सामाजिक स्थिति के विषय में कुछ जानता हूँ कि नहीं। वह तो यों ही मैंने पूछ लिया था।

मैं अभिभूत हो उठी। मन में आया कि उठूँ और झुककर उसके चरण छू लूँ। लेकिन तत्क्षण फिर लगा कि नहीं वह क्षण अभी नहीं आया है। यह विश्वास अवश्य हुआ कि वह क्षण अब अवश्य आयेगा, भविष्य की कोख में उसका बीजारोपण हो चुका है। उसे अंकुरित और पल्लवित होने देना ही बुद्धिमानी है। जल्दीबाजी में कौन जाने क्या हो जाये।

मैं उसका उद्दीप्त मुखड़ा निहारती रही। वह भी कदाचित् इस प्रतीक्षा में कि मैं कुछ बोलूँगी मेरी ही ओर देख रहा था। इस तरह परस्पर दृष्टि-विनिमय का यह पहला ही अवसर था। कई क्षण बीत गये तो अचानक मुझे लगा कि इसी तरह कुछ देर और हमारी दृष्टियाँ टकराती रहीं तो जाने क्या हो जाये। मेरा दिल धक-धक करने लगा। मैं अपनी दृष्टि हटाने का प्रयत्न करने लगी। लेकिन वह हट न रही थी, जैसे एक सम्मोहन में वह बँध गयी हो।

तभी अचानक अपनी आँखें झुकाकर वह बोला—बोलिये, अब आपके बोलने की बारी है।

मेरी जान में जान आयी। लेकिन स्थिर होने में देर लगी। आँखें नीची करके धीमे स्वर में मैं बोली—आपके लिए नहीं, मैं अपने ही लिये आपको सब बताऊँगी। आपको बताये बिना मेरी मुक्ति नहीं है। मैं तो अपने भाग्य को सराहती हूँ कि आप मुझे मिले।

वह एक बहुत ही हलकी हँसी के साथ बोला—मैं क्या हूँ? देश का अदना एक सेवक हूँ। मैं अपना बड़ा भाग्य यही मानता हूँ कि देश-सेवा और हमारी रोटी का साथ है। सेवा से जो मिलता है, वही हम खाते हैं और सेवा करते हैं।...

मेरी वह रात स्वप्न देश की सैर में गुज़री। जाने कैसे-कैसे सपने मैं बुनती रही। मुझे लग रहा था कि मेरे सब सपने सच्चे हो जायेंगे। मैं इस पनाले से अब निश्चय

ही निकल जाऊँगी। मेरे जी में कई बार आया कि मैं अब सब साफ़-साफ़ ही उसे लिख दूँ और अपना दिल खोलकर उसके सामने रख दूँ। अब भय की कोई भी बात नहीं है। उसकी तटस्थता में निश्चय ही अब दरार पड़ गयी है। मुझे अब पहल करनी चाहिए।

लेकिन लिखने बैठी तो पाया कि यह काम बहुत कठिन है। साफ़-साफ़ कुछ भी लिखा नहीं जा सकता। एक-ब-एक दिल को नंगा नहीं किया जा सकता। नंगा कर दिया और फिर कहीं कुछ और हो गया तो फिर कैसे ढंका जायेगा। कोने-अँतरे को तो ढँकना आसान है, आँगन को तो ढँका नहीं जा सकता। सो, हमारा यही खेल चले कुछ दिन और। यह आँख-मिचौनी का खेल एक दिन ज़रूर रंग लायेगा। हो सकता है, तब आप ही सब-कुछ हो जायें, जान-बूझकर अपने से कुछ करने की ज़रूरत ही न पड़े। इतने दिनों में इतना-भर आश्वासन आज मिल गया, यही बहुत है फ़िलहाल।

हमारा पत्र-व्यवहार अबाध रूप से चलता रहा। हमारी बातचीत रोज़ आगे बढ़ती रही। यह एक बहुत ही बड़ी व्यस्तता थी। इसमें मैं सब-कुछ भूल चुकी थी। हैरत की बात है कि मुझे अपने शरीर की स्थिति का भी होश न था। उठते-बैठते, डॉक्टर के आने पर या दवा लेते समय भी जैसे मैं अपने उन्हीं विचारों में खोयी रहती। इन विचारों का ताँता कितना लम्बा और पेचीदा था। एक बार जो मैं इसमें उलझी थी, रोज़-रोज़ और भी उलझती ही जा रही थी, या यों कहूँ तो और भी ठीक होगा कि जान-बूझकर मैं स्वयं ही अपने को और भी उलझाती ही जा रही थी। मेरा जाना कोई भी रास्ता नहीं था। एक सीधा-सहज रास्ता जो मेरी सहज बुद्धि की समझ में आता था, उस पर चली होती तो कब्का इधर या उधर कुछ हो गया होता। मैं तो उधर नहीं सिर्फ़ इधर चाहती थी। इसीलिए टेढ़ा और अनजाना रास्ता अपनाया था। एक बार जो सीधा रास्ता छूटा था वह छूटा ही रह गया। टेढ़े-अनजाने रास्ते का क्या भरोसा था, इसीलिए थाह-थाहकर मैं चलती थी। स्वभावत: गति धीमी थी। मंज़िल का तो अभी कहीं पता भी न था। लेकिन इतना ज्ञान अवश्य हो गया था कि मंज़िल ज़रूर एक दिन दिखायी देगी। सो, अपनी धीमी गति से बराबर, हर घड़ी मैं चलती रहती थी। एक क्षण को भी मैं रुकना न चाहती थी। रुकने से, लगता था, जाने कितने पीछे मैं पड़ जाऊँ। लेकिन आख़िर मुझे एक जगह रुकना ही पड़ा।

एक दिन रोज़ की तरह सुबह सात बजे डॉक्टर आयी, तो रोज़ की तरह मेरी जाँच करके चली नहीं गयी। वह रुककर मेम साहब से बोली—अब हमें तैयारी करनी चाहिए। एक हफ़्ते से ज़्यादा देर अब नहीं मालूम देती।

मैंने देखा, मेम साहब ने आँखों से डॉक्टर को संकेत किया और डॉक्टर बैग उठाकर कमरे से बाहर चली गयी।

मेम साहब भी मेरे कपड़े ठीक करके कमरे से बाहर चली गयीं तो अचानक मेरे विचारों को एक धक्का लगा और इतने दिनों बाद वे ठिठककर खड़े हो गये। मेरे कानों में इतने दिनों के बाद आज पहली बार एक नयी बात गूँजी—अब हमें तैयारी करनी चाहिए। एक हफ़्ते से ज़्यादा देर अब नहीं मालूम देती।

जो बात इतने दिनों से जाने कहाँ खोयी पड़ी हुई थी, वही अचानक मेरे सामने आ खड़ी हुई और मुझे यों घूरने लगी कि मेरे सारे विचार उसके सामने सहमकर खड़े हो त्राहि-त्राहि पुकारने लगे। लगता था कि कहीं भी अब उनके लिए त्राण नहीं है।

सहसा ही मेरी दृष्टि अपने पेट की ओर गयी। मुझे लगा कि एक बहुत बड़ा प्रश्न-चिह्न अपना बड़ा सिर उठाये कह रहा था कि एक हफ़्ते के अन्दर मेरा जवाब आ जायेगा। मुझे तुम अपने नये प्रश्नों के चक्कर में भूल गयी थी, लेकिन मैं तुम्हारे अन्दर ही अपना जवाब तैयार कर रहा था। लो, मेरा जवाब आ गया।...और तुम्हारा? तुम्हारा जवाब जाने कब आये। फ़िलहाल तो उसे रुकना ही पड़ेगा। मैं बहुत बड़ा प्रश्न था और मेरा जवाब भी बहुत बड़ा है, इतना बड़ा कि तुम्हारे सारे अस्तित्व को ही घेर लेगा, इसके बाहर तुम्हारा कुछ रह ही नहीं जायेगा।

मेम साहब आयीं तो मैंने सहमी हुई आँखों से उनकी ओर देखा। वह सिरहाने कुर्सी पर बैठकर, मेरा गाल थपथपाती हुई बोलीं—कोई बात नहीं है, मेरी बच्ची! सब ठीक है!

—डॉक्टर क्या कहती थी?—मैंने सूखे गले से पूछा।

—उसकी राय है कि अब हमें अस्पताल में ही चलकर रहना चाहिए।

—मैं तो न जाऊँगी,—मैं तुरन्त बोली।

—न जाना चाहो, तो नहीं चलेंगे,—वह बोलीं। फिर ज़रा रुककर बोलीं—बात यह है, मेरी बच्ची, कि वहाँ सभी तरह की सहूलियतें रहेंगी। लेकिन यह तो तुम्हारे चाहने पर है। जैसा तुम कहोगी, वैसा ही होगा। यहाँ भी सब इन्तज़ाम हो सकता है। लेकिन डॉक्टर की राय है कि हमें वहीं चलना चाहिए।...मेरी बच्ची, मैं कई दिनों से एक बात तुमसे कहना चाहती हूँ, लेकिन कह नहीं पाती। इजाज़त दो तो कहूँ?

—कहिये, क्या बात है?—मैंने उनकी ओर देखते हुए कहा।

—सेठ सोनेलाल की बड़ी ख़्वाहिश है कि वह इस मौक़े पर तुम्हारे पास रहें,—वह मेरे सिर पर हाथ फेरती हुई बोलीं—उनका फ़ोन बराबर अपने वक़्त पर आता है। वह बराबर तुम्हारी ख़ैरियत पूछते हैं और यह इसरार करते हैं कि कम-से-कम आप रम्भा देवी से उस मौक़े पर हाज़िर होने की मुझे इजाज़त दिला दें। वह कहते

हैं, मैं क़तई उनकी मर्ज़ी के ख़िलाफ़ कुछ भी नहीं करना चाहता और न उन्हें अपनी ओर से ज़रा भी तकलीफ़ पहुँचाना चाहता हूँ। लेकिन आप तो समझ सकती हैं कि मेरी यह ख़्वाहिश कितनी क़ुदरती है कि मैं इस मौक़े पर उनके पास रहूँ और अपने बच्चे का मुँह देखूँ। मेरी बच्ची, मैंने उनका इसरार देख उनसे यह वादा किया है कि मैं आपकी बात उन तक पहुँचा दूँगी और अपनी ओर से कह भी दूँगी। कई बार मैंने तुमसे यह बात कहने की सोची, लेकिन कह न सकी। आज कहे बिना रहा नहीं गया। अब वक़्त बहुत थोड़ा है, कल उनके फ़ोन का दिन है। तुम जैसा कहो, मैं उनसे कह दूँगी। लेकिन, मेरी बच्ची, मैं तो यही कहूँगी कि तुम उस ग़रीब को यह इजाज़त दे दो। जो हो, वह आदमी भले हैं। अब तक बराबर अफ़सोस करते हैं कि जाने मुझसे क्या ग़लती हो गयी कि रम्भा देवी मुझसे नाराज़ हो गयीं। जब से नाराज़ हैं, मेरी दुनिया की सारी ख़ुशी ही लुट गयी। मैं बड़ा ही बदक़िस्मत आदमी हूँ। मेरी बच्ची।...

आगे मुझसे सुना न गया। परेशान होकर मैं बोली—ग्रैनी, अब चुप रहिये।

उन्होंने अपना मुँह लटका लिया। बोलीं—मैं जानती थी, इसीलिए कहने की हिम्मत न पड़ रही थी। लेकिन मैं क्या करूँ, मेरा दिल नहीं माना।—उठती हुई वह बोलीं—मुझे माफ़ कर दो, बेबी। मैं उनकी एक और ख़्वाहिश तुम तक पहुँचाना चाहती हूँ। वह चाहते हैं कि अगर बेटा हो तो उसका नाम हीरालाल रखा जाये और बेटी हो तो उसका नाम सोअर्ना, या ऐसा कुछ रखा जाये। मुझे ठीक-ठीक बोलना नहीं आता। बेचारे शायद जानते थे कि तुम उन्हें यहाँ आने की इजाज़त न दोगी, शायद इसी वजह से उन्होंने अपनी यह ख़्वाहिश भी ज़ाहिर कर दी।

वह सिर झुकाये जाने लगीं, तो मैं बोली—ग्रैनी, कल उनका फ़ोन आप नहीं लेंगी। अब कभी भी उनका फ़ोन आप नहीं लेंगी। मैं यह नहीं चाहती कि वह यहाँ फ़ोन करें।

उन्होंने मेरी ओर मुड़कर देखा। मैंने देखा, उनकी आँखों में आँसू आ गये थे। वह भरे गले से बोलीं—ऐसा न कहो, बेबी। बेचारे का यह सहारा भी न छीनो। आख़िर वह तुम्हारे मालिक हैं। जाने क्या गुनाह उन्होंने किया है कि ख़ुदा उन्हें यह सज़ा दे रहा है। रहम करो, बेबी। इसमें तुम्हारा कुछ भी नहीं बिगड़ता है और उस बेचारे को ज़रा तसल्ली हो जाती है।

—नहीं,—मैंने सिर हिलाकर कहा—मेरा कोई भी मालिक नहीं है, मैं ख़ुद अपनी मालकिन हूँ। मैं नहीं चाहती कि सेठ सोनेलाल यहाँ से कोई भी सम्बन्ध रखें।...ग्रैनी, आप कुछ भी नहीं जानतीं, आप कुछ भी नहीं समझतीं।

—हाँ-हाँ, बेबी,—मेम साहब आस्तीन के रूमाल निकालकर अपने आँसू पोंछती हुई बोलीं—मैं कुछ भी नहीं जानती, कुछ भी नहीं समझतीं। शुक्र है ख़ुदा का, आज तुम यह कहने क़ाबिल हो गयी।

मैंने अपनी ज़बान काट ली। ऐसी बात ज़िन्दगी में पहली बार मेरे मुँह से निकली थी। मुझे बेहद अफ़सोस हुआ। बोली—ग्रैनी, आप नाराज़ न हों। आप तो जानती हैं, मेरी हालत...

वह लपककर मेरे पास आ गयीं और कुर्सी पर बैठकर, मेरे सिर पर हाथ रखकर बोलीं—माई चाइल्ड! मैं तुम पर नाराज़ हूँगी, जिस पर अपनी सारी ज़िन्दगी क़ुर्बान कर दी। मैं बूढ़ी हुई, दरअसल अब मेरा दिमाग़ वैसे काम नहीं करता। हो सकता है कि मैं कुछ भी न समझती होऊँ। तुम अपने जी में कुछ मत लाओ। जैसा तुम चाहोगी वैसा ही होगा। तुम्हारी ख़ुशी ही तो मेरी ख़ुशी है।

मैंने बात टालने के लिए कहा—ग्रैनी, पापा को आप फ़ोन कर दीजिये कि वह तुरन्त आ जायें।

—कर दूँगी, मेरी बच्ची,—कहकर उन्होंने मेरा गाल थपथपाया, झुककर मेरा माथा चूमा और उठकर अपनी कलाई-घड़ी देखकर बोलीं—तुम्हारे नाश्ता का वक़्त हो गया।—और सहारा देने के लिए उन्होंने अपने हाथ मेरी ओर बढ़ा दिये।...

वह ठीक अपने वक़्त पर आया। लेकिन आज वह बात पैदा न हुई जो उसके आने पर होती थी। देर तक तो हम कुछ बोले ही नहीं।

आख़िर वही बोला—आपकी तबीयत ठीक है न?

मैंने सामने देखते हुए कहा—जी।

—फिर इतनी सुस्त आप क्यों हैं?

—डॉक्टर की राय है कि मुझे अस्पताल में चलकर रहना चाहिए।

—ठीक तो है,—वह बोला—यहाँ का अस्पताल तो बहुत ही अच्छा है। हमारे सभी बच्चे वहीं हुए हैं। बहुत अच्छी-अच्छी डॉक्टरनियाँ हैं। कब जा रही हैं आप?

—मुझे बड़ा डर लगता है...

—अरे, इसमें डरने की क्या बात है?—वह मुस्कराकर बोला—आभा देवी तो हर बार हँसती हुई गयीं और हँसती हुई वाप़स आयीं। यह तो सिर्फ़ समझ लेने की बात है कि थोड़ी तकलीफ़ होगी, कोई हँसकर झेले या रोकर। आपका स्वास्थ्य ठीक है। आपका रहना-सहना बहुत क़ायदे का रहा है, आपको तो कोई उतनी तकलीफ़ भी न होगी, आप देखियेगा। आप नाहक परेशान न हों।

—आभा देवी आपकी पत्नी का नाम है?

—जी,—वह हँसकर बोला—उनका नाम तो सुखदेई था, लेकिन मैंने आभा देवी रख दिया। वह आज कहती थीं कि आपकी शिष्या चाहें तो उनके साथ मैं भी अस्पताल में रह सकती हूँ। आप प्राइवेट वार्ड में रहेंगी न?

—मैं तो अस्पताल जाना ही नहीं चाहती,—मैं बोली—मेरे जन्म के समय मेरी माँ की मृत्यु अस्पताल में ही हुई थी।

—ओह!—थोड़ी देर चुप रहकर वह बोला—देखिये, उस ज़माने में और आज के ज़माने में बड़ा अन्तर है। मैं अपने अनुभव से यह कह सकता हूँ कि आज कल ज़चगी के लिए अस्पताल से बेहतर कोई जगह नहीं है। वहाँ एक-से-एक बढ़कर कुशल और विशेषज्ञ डॉक्टरनियाँ हैं। वहाँ ज़रूरत का हर सामान है। आप सम्पन्न हैं, चाहें तो घर में भी अच्छी-से-अच्छी व्यवस्था हो सकती है। फिर भी, जहाँ तक मेरा ख़याल है, वह बात पैदा नहीं की जा सकती। आप बेख़ौफ़ जाइये। मेरी बात पर विश्वास कीजिये, छह-सात दिनों में ही आप हँसती हुई लौट आयेंगी।

माँ की बात मेरे मन में थी, लेकिन वह कैसे मेरी ज़बान पर आ गयी, मुझे नहीं मालूम। मुझे भय हुआ कि कहीं वह माँ के बारे में कुछ और भी न पूछने लगे। लेकिन उसने न पूछा तो मेरा भय जाता रहा। मैं बोली—आप अस्पताल आयेंगे।

वह मुस्कराया। फिर बोला—वहाँ मेरी क्या ज़रूरत? हाँ, मेम साहब से आप ज़रूर कह दीजियेगा कि मुझे तुरन्त ख़बर करा दें। मुझे उत्सुकता और चिन्ता रहेगी।

—इतने दिन किसी तरह कट गये, अब जाने क्या हो...

—आप माँ बनेंगी, और क्या होगा?—मेरी बात काटकर वह बोला—आप और कुछ भी न सोचें। आभा देवी को तो जब दर्द उठता था तब मैं अस्पताल ले जाता था और छोड़ आता था। चार-पाँच घण्टे के बाद पड़ोस के वकील साहब के यहाँ फ़ोन आ जाता था कि बच्चा हो गया, जच्चा-बच्चा दोनों ठीक हैं। मिलने के समय मैं जाता था, तो आभा देवी को मुस्कराते हुए पाता था। उनके सिरहाने पालने में बच्चा सोया रहता था। लगता था कि कुछ ही घण्टों में एक चमत्कार हो गया। आपको भी देखियेगा, ठीक ऐसा ही लगेगा।

—मुझे तो डॉक्टर अभी अस्पताल चलने को कह रही हैं।

—यह तो और भी अच्छा है,—वह बोला—आपको वहाँ क्या असुविधा होगी? जैसे यहाँ हैं, वैसे वहाँ रहेंगी। हम लोगों की तो बात दूसरी है न। इतने पहले वे लोग अस्पताल में किसी को भर्ती नहीं करते। प्राइवेट वार्ड के कमरे में आप तो बिलकुल यहीं की तरह रहेंगी। बराबर डॉक्टरनियाँ आपकी जाँच करेंगी। जैसा जब ज़रूरी होगा, करेंगी। आपको कोई भी तक़लीफ़ न होने देंगी। आप ज़रूर चली जाइये।

—नहीं, अभी मैं नहीं जाऊँगी,—मैं बोली—जाना ही होगा तो बाद में जाऊँगी। मेरे पापा आनेवाले हैं। मैं आपको उनसे मिलाऊँगी। वह आपसे मिलकर बहुत ख़ुश होंगे।

—ज़रूर—वह बोला—मुझे भी बड़ी ख़ुशी होगी।

हमारी बातचीत बीच में कभी भी न रुकती थी लेकिन आज यहीं रुक गयी। देर तक न वह कुछ बोला, न मैं कुछ बोल सकी।

फिर वही मुस्कराकर बोला—आज आपने अपने पत्र के बारे में नहीं पूछा?

मैं शरमाकर बोली—दे दीजिये...क्या बताऊँ, आज मेरा मन कहीं और ही लगा हुआ है। माफ़ कीजिये।

उसने झोले से पत्र निकालकर मुझे देते हुए कहा—यह बिलकुल स्वाभाविक है। शायद आपने कुछ लिखा भी न हो।

—नहीं, रात लिखा था,—मैं पत्र लेकर तकिये के नीचे रखती हुई बोली—मेहरबानी करके ज़रा वह किताब उठाइये। उसी में है।

उसने किताब उठाकर, उसमें से पत्र निकालकर झोले में रखा। बोला—आज शायद आप न लिख पायें।

—कोशिश तो लिखने की करूँगी।

—नहीं, फ़िलहाल रहने दीजिये,—वह बोला—आगे फिर चालू करेंगे। मुझ पर आपका एक पत्र बाक़ी रहेगा।

मैं कुछ न बोली। वह मेरा मुँह देखता रहा। फिर बोला—कुछ पढ़कर सुनाऊँ, सुनियेगा?

—सुनाइये।

उसने एक-एक कर कई पत्रिकाओं को उठा-उठाकर उनके पन्ने पलट-पलटकर देखा। फिर एक पत्रिका से एक लेख सुनाने लगा। शीर्षक था, यशोधरा और उर्मिला: एक तुलनात्मक अध्ययन।

थोड़ी देर तक ध्यान से मैं सुनती रही। फिर मन भटकने लगा। मैं बहुत कोशिश करती कि लेख सुनूँ, लेकिन ज़रा-ज़रा देर बाद ही मेरी कोशिश बेकार हो जाती। मन उचट-उचटकर अपनी स्थिति के गिर्द ही चक्कर लगाने लगता। मुझे बड़ा ग़ुस्सा आता कि डॉक्टर ने पहले ही सूचना देकर मुझे इस दहशत में डाल दिया। आज सुबह तक मैं कैसी ठीक-ठाक थी लेकिन अब तो लगता है कि मन में एक हौल समा गया है और वह कभी निकलेगा ही नहीं। मेरी हालत ठीक उस क़ैदी की तरह थी, जिसे फाँसी की सज़ा सुना दी गयी हो। मैं अपने मन को बहुत दिलासा देती कि जब वह घड़ी आयेगी, देखा जायेगा, अभी से इस तरह जान क्यों छोड़ी जाये। अभी तो न कहीं कोई तकलीफ़ है और न परेशानी। लेकिन इस दिलासे का कोई भी परिणाम न होता।

जैसे आनेवाली उस घड़ी की धमक सुनायी दे रही हो और वह पल-पल तेज़ होती जा रही हो। कौन जाने किस पल वह आ पहुँचेगी और मेरा गला दबोच लेगी। मैं सिहर-सिहर उठती।

शायद उसने मेरी यह स्थिति भाँप ली। उसकी आवाज़ मेरे कानों में पड़ी तो मेरा ध्यान भंग हुआ। मैंने कातर होकर उसकी ओर देखा।

मेरी आँखों में उसने जाने क्या देखा कि उसका चेहरा फ़क़ पड़ गया। उसने हलके-से अपना सिर हिलाया और धीमे स्वर में बोला—ना-ना-ना...

और मुझे उन अक्षरों के स्वर में ऐसी असीम सहानुभूति फूटती हुई दिखायी दी कि मेरा मन भर आया और मेरी आँखों में आँसू छलछला आये।

—यह क्या,—उठकर मेरी आँखों पर अपना रूमाल रखकर साँसों के स्वर में वह बोला—आप इस तरह व्याकुल होंगी...

मुझे क्या मालूम था कि मैं इस अवसर पर ऐसी ही स्नेह-सहानुभूति की भूखी थी। वह मिलते ही जैसे सारी व्याकुलता पिघल उठी और मैं मारे आभार के फूट-फूटकर रोने लगी। और उसके हाथ दबाकर उसकी हथेली को बार-बार चूमने लगी।...

—बेबी, मैं अन्दर आ सकती हूँ?

मेम साहब की आवाज़ मेरे कानों में पड़ी तो मैंने उसकी हथेली छोड़ दी। उसी ने कहा—आइये, मेम साहब।

—क्या हुआ मेरी बच्ची को?—मेम साहब कहती हुई मेरी ओर लपकीं।

मैं अपनी आँखों पर हाथ रखे रोये जा रही थी और मेम साहब पुचकार-पुचकारकर, मेरी आँखें पोंछ-पोंछकर मुझे चुप करा रही थीं। मेरी रुलाई और भी उबली-उबली पड़ती थी।

—क्या हुआ? क्यों मेरी बच्ची इस तरह रो रही है?—मेम साहब ने उससे पूछा।

—डॉक्टर ने इनसे क्या कह दिया?—उसने कहा।

—उसने तो कहा कि सब ठीक है, और कुछ तो नहीं कहा उसने,—मेम साहब बोलीं—मेरी बच्ची, नाहक़ परेशान नहीं होना चाहिए। ख़ुदा सब ठीक करेगा। थोड़ी हिम्मत रखिये। घबराने की तो कोई बात ही नहीं है। प्लेन मिल गया तो पापा कल ही आ जायेंगे, वर्ना परसों तो ज़रूर ही आ जायेंगे। अस्पताल न जाना चाहें तो न जायें। यहीं सब इन्तज़ाम हो जायेगा।

मेरी रुलाई रुक ही न रही थी। उसको लेकर मेरे अन्दर जो भावना इतने दिनों पली थी, उसका जैसे विस्फोट हो गया था। यह अवसर ही ऐसा था। उसे बाहर आने से रोकना असम्भव था। वह आप ही फूट पड़ा था और मेरे पूरे अस्तित्व को ही हिला गया था। मुझे भय था कि कहीं मैं मर न जाऊँ और मेरे अन्दर की भावना यों ही दफ़न न हो जाये। यह बात उसकी हार्दिक सहानुभूति और स्पर्श से ही मेरे मन में चमकी थी। और तब अनायास ही सब स्पष्ट कर देने और कुछ प्राप्त कर लेने को मन आकुल हो उठा था।

वह चला गया और मैं कुछ स्थिर हुई तो अचानक एक बात मेरे मन में कौंध गयी।

नहीं, मेरे रुदन के पीछे डॉक्टर की कोई बात कहीं थी ही नहीं। फिर उसने मेम साहब के सामने डॉक्टर की बात क्यों उठायी? क्या उसने सचमुच ही मेरी इस आकुलता का कारण नहीं समझा, या जान-बूझकर मेम साहब से कुछ कहने के लिए या सच्चाई पर पर्दा डालने के लिए वह झूठ बोल गया?

ये प्रश्न उठने थे कि अचानक मुझे लगा कि कहीं सब-कुछ व्यर्थ तो नहीं हो गया। वह झूठ बोलेगा, ऐसी कल्पना तो मैं कर ही न सकती थी। और उसके सच बोलने की स्थिति मेरी समझ के बाहर थी। ऐसा संवेदनहीन और मूर्ख वह कदापि नहीं हो सकता था।

मेरे जी में आया कि मैं उसे इस बात को लेकर ही एक पत्र लिखूँ। मैं सोचने लगी कि कैसे लिखूँ। झूठ की बात मैं न लिख सकती थी। सच की बात पर विश्वास ही न ठहरता था। फिर लगा कि कहीं उसने ऐसा सच ही समझा हो तो? तो क्या मैं खोलकर उसे बता पाऊँगी कि सच वह नहीं, यह है? नहीं, यह कैसे होगा? यह कोई ऐसी बात नहीं है कि जिसे कहकर ही समझाया जाये। जो संकेत नहीं समझता, जो ऐसी खुली हरकत को नहीं समझता, उसे यह बात समझायी ही कैसे जा सकती है? फिर समझाने से ही क्या होगा? पत्र लिखना बेकार है। शाम को वह आयेगा तो...

तभी मेरे पेट में जैसे कुछ ज़ोर से उछल पड़ा और अचानक इतनी देर बाद फिर मेरा ध्यान उससे हटकर अपनी जगह पर आ गया। मुझे हैरानी हुई कि यह मेरा मन कैसा है। कहाँ-से-कहाँ चला जाता है और फिर कहाँ आ जाता है। लेटने में मुझे कुछ तकलीफ़ महसूस हुई तो मैं बैठने के लिए उठने लगी। लेकिन उठने में भी मुझे तकलीफ़ महसूस हुई और फिर ऐसा लगा कि मुझे साँस लेने में भी तकलीफ़ हो रही है। मुझे घबराहट हुई और मैंने फिर लेटकर घण्टी का बटन दबाया।

मेम साहब आयीं तो मैंने उन्हें बताया। उन्होंने चादर हटाकर मेरे पेट को इधर-उधर टटोला। दाहिनी ओर नीचे उन्होंने अपना हाथ रखा तो मुझे लगा कि वहाँ मेरा पेट सख्त हो गया है।

मेम साहब ने सिरहाने के सब तकिये हटाकर मेरा सिर नीचे कर दिया और पायताने तकिये लगाकर मेरे पाँव ऊँचे कर, बायीं ओर आधी करवट लेटाकर, पीठ और कमर से सटाकर तकिये रख दिये। बोलीं—इसी तरह तुम लेटी रहो, थोड़ी देर में आराम मिल जायेगा। मैं डॉक्टर को फ़ोन करती हूँ। उसके आने में देर न लगेगी।

मेरी साँस फूल रही थी। पूरी साँस लेने में सीने में दर्द होता था। लगता था कि उस पर कोई दबाव पड़ रहा है। कमर में हलका-हलका दर्द था और लगता था कि मैं ज़रा भी हरकत की तो दर्द बढ़ जायेगा।

मेम साहब ने लौटकर मेरे चेहरे का पसीना पोंछते हुए कहा—डॉक्टर आ रही हैं। अब कुछ आराम है?

—नहीं।

—अभी ठीक हो जायेगा,—वह बोली—बच्चे ने हरकत की है। अभी वह अपनी जगह पर चला जायेगा और तुम्हें आराम मिल जायेगा। कहकर वह पीछे बिस्तर पर बैठकर मेरी पीठ और कमर सहलाने लगीं।

डॉक्टर आयी और उसने तुरन्त जाँच की।

फिर आला एक ओर रखकर उसने मेरे पेट को इधर-उधर दबाना शुरू कर दिया। एक बार मुझे ज़ोर का दर्द हुआ, फिर सहसा लगा कि मैं बिलकुल ठीक हूँ। हाथ धोकर, तौलिये से पोंछती हुई वह बोली—इसीलिए मेरी राय थी कि इन्हें जल्द-से-जल्द अस्पताल चले आना चाहिए। पहले बच्चे का मामला है, हर एहतियात बरतना ज़रूरी है।

—कल इनके पापा आ रहे हैं,—मेम साहब बोलीं—कल तक हम तय कर लेंगे। अभी तो एक हफ़्ता...

—एक हफ़्ता लगेगा या एक दिन—डॉक्टर बोली—मैं कोई ख़ुदा नहीं हूँ कि मेरी बात बिलकुल ठीक ही होगी। अलामात देखकर हम अन्दाज ही लगा सकती हैं। ख़ैर, आप जैसा चाहें करें। राय देना मेरा फ़र्ज़ है।

कहकर उसने बैग उठाया और कमरे से ग़ायब हो गयी। मेम साहब उसके पीछे-पीछे लपकीं।

मेरा दिल फिर धक-धक करने लगा।

मेम साहब काफ़ी देर में लौटीं।

मैंने पूछा—डॉक्टर क्या कहती थी?

—तुम्हारे ही सामने तो उसने कहा था,—मेम साहब बोलीं—वह ठीक ही कहती है। कल तुम्हारे पापा आ जायेंगे। तब तक तुम भी सोच लो। यहीं रहना है, तो उसका भी इन्तज़ाम अब करना ही होगा। ख़ैर, घबराने की कोई भी बात नहीं है। तुम जैसा कहोगी वैसा ही होगा।

—क्या बच्चा आज भी हो सकता है, ग्रैनी?—मैंने पूछा।

मेम साहब मुस्कराकर, मेरा गाल थपथपाकर बोलीं—अरे,अरे नहीं, अभी कुछ दिन और लगेंगे।

—डॉक्टर तो कहती थी...

—यों ही कहती थी,—मेम साहब बोलीं—अभी देर है।

—आपके कोई बच्चा हुआ था, ग्रैनी?

मेम साहब ने सिर हिलाया। बोलीं कुछ नहीं।

—कैसे हुआ था, ग्रैनी?—मैंने पूछा—मेरी माँ मेरे पैदा होते समय क्यों मर गयी?

—तुम्हें कैसे मालूम?—मेम साहब ने अपनी आँखें फैलाकर मेरी ओर देखते हुए पूछा।

—मुझे मालूम है, ग्रैनी,—मैंने कहा—आप बताइये।

—मुझे तो कुछ भी नहीं मालूम, मेरी बच्ची,—वह बोली—मुझे जब तुम्हारे पापा के पास लाया गया था, तो तुम अकेली ही थी। ख़ैर, वे बातें तो बहुत पुरानी हैं। उनके बारे में कुछ भी सोचना बेकार है। देखो, मेरे बच्चा हुआ था और मैं ज़िन्दा हूँ। रामी के कितने बच्चे हो गये, वह ज़िन्दा है। माली और चौकीदार की औरतों के कितने बच्चे हो गये और वे ज़िन्दा हैं। तुम कोई वैसी बात मन में मत लाओ।

—बहुत दर्द होता है, ग्रैनी?

—मुझे तो मालूम ही नहीं हुआ कि मुझे कैसे बच्चा हुआ था,—मेम साहब बोलीं—तुम्हें भी मालूम नहीं होगा और बच्चा हो जायेगा। अभी चाहे तुम अपनी नादानी में जो भी सोचो, लेकिन जब बच्चा हो जायेगा तो तुम्हें सिर्फ़ ख़ुशी और हैरानी होगी कि यह बच्चा कैसे हो गया। सब ख़ुदा की क़ुदरत है, मेरी बच्ची!...अच्छा, बोलो, लंच पर तुम क्या-क्या लोगी? मैं ज़रा बावर्ची को बता आऊँ।

—कुछ भी खाने को मेरा जी नहीं करता,—मैं बोली।

—यह कैसे हो सकता है?—वह बोली—इतना कम तो तुम खाती हो, वह भी छोड़ दोगी तो कैसे काम चलेगा? अच्छा, मैं आज अपनी पसन्द की चीज़ें बनवाती हूँ। तुम्हें ज़रूर पसन्द आयेंगी।

मेम साहब चली गयीं और रामी आकर मेरे पलँग के पास फ़र्श पर बैठ गयी। बोली—मेम साहब बोली हैं, चलो, बेबी साहब के पास बैठो।

मैंने उसे अपने पास बुलाया। वह आ गयी तो मैंने पूछा—रामी एक बात बतायेगी?

—पूछिये, बेबी साहब,—उसने सिर झुकाकर कहा।

—तेरे बच्चे कैसे हुए, रामी?

—हम का जानें, बेबी साहब,—वह लजाकर बोली—वह तो भगवान् जाने।

—तू जानती है, मुझे बताती नहीं।

—भगवान् सों, बेबी साहब।—वह एक बार मेरी ओर देखकर बोली—आदमी भला कैसे जान सकते हैं। भगवान् ही तो पेट में पिण्ड रचते हैं और भगवान् ही तो उसे पेट से बाहर निकालते हैं। आदमी क्या कर सकते हैं, बेबी साहब?

—मुझे तो बहुत डर लगता है, रामी।

—लें,—वह बोली—इसमें डरने की क्या बात है, बेबी साहब? ये तो ख़ुशी की बात है। आपके बेटा होगा, बेबी साहब! हम सब लोग यही मनाते हैं। मेम साहब बताती थी, बड़े सेठ साहब आ रहे हैं। हमें इनाम मिलेगा। हम उसी रात की तरह एक बार फिर जश्न मनायेंगे, जैसा कि छोटे सेठ साहब के आने के समय दिल्ली में मनाया था। वो जशन आज तक़ सबको याद है, बेबी साहब! छोटे सेठ साहब भी तो आयेंगे, बेबी साहब!

—चल हट,—मैं भिन्नाकर बोली—मेरी जान साँसत में फँसी है और इन्हें जशन की सूझ रही है।

रामी हटकर फिर फ़र्श पर बैठ गयी।

थोड़ी देर में एक डॉक्टर और एक नर्स के साथ मेम साहब अन्दर आयीं और बोलीं—बेबी, ये लोग तुम्हारे पास रहेंगे और तुम्हारी देखभाल करेंगे। हमारी डॉक्टर ने इन्हें भेजा है। ये शाम तक रहेंगी। शाम को दूसरी आ जायेंगी।

उन दोनों ने मेरी ओर घूर-घूरकर देखा और मेरी अग़ल-बग़ल एक-एक कुर्सी ले बैठ गयीं।

उन्हें देखकर मैं और भी घबरा उठी। वे बोल कुछ भी न रही थीं, बस रह-रहकर मुझे घूर लेती थीं।

मारे घबराहट के मेरा गला सूखने लगा तो मैंने पानी माँगा। नर्स उठी तो मेम साहब बोलीं— मैं भेजती हूँ।

डॉक्टर बोली—कहाँ से आप भेंजेंगी? यहीं—सारा इन्तज़ाम होना चाहिए। ये लंच कितने बजे लेती हैं?

—साढ़े बारह बजे,—मेम साहब बोलीं।

डॉक्टर ने अपनी कलाई-घड़ी देखी और कहा—तो अब तो ज़्यादा देर नहीं है। ख़ैर, थोड़ा पानी दीजिये।

नर्स ने मुझे सहारा देकर उठाया और पानी पिलाया और फिर उसी तरह लेटा दिया।

इतनी ही देर में मुझे लगा कि मैं कमज़ोर और बीमार हो गयी हूँ। शायद अब मैं अपने से उठ-बैठ भी न पाऊँ, चलना-फिरना तो दूर की बात है। मेरी समझ में न आ रहा था कि इतनी ही देर में मुझे क्या हो गया।

डॉक्टर ने मेम साहब से कहा—अब आप इनके लंच की तैयारी कीजिये। खाने के पहले यह कोई दवा लेती हैं क्या?

—जी,—मेम साहब ने कहा—मैं अभी देती हूँ।

—आप तकलीफ़ न कीजिये,—डॉक्टर बोली—आप नर्स को सब बता दीजिये।

—ठीक है,—मेम साहब बोलीं—बता देती हूँ।...ये लंच यहीं लेंगी या कि डायनिंग...

—नहीं,—बड़ी डॉक्टर ने कहा है कि शाम तक ये ज़्यादा हिलें-डुलेंगी नहीं। उसके बाद जैसा वह कहेंगी होगा। इन्हें बहुत हलका डायट देना है, सूप वग़ैरा।

नर्स ने ही जो मुझे रुचा खिलाया। फिर दवा पिलायी।

उसने मुझे लेटा दिया तो डॉक्टर मुझसे बोली—अब आप आराम कीजिये, थोड़ी नींद आ जाये तो अच्छा।

मुझे उस हालत में नींद क्या आनी थी। मुझसे तो आँखें भी बन्द न की जा रही थीं। लगता था कि जाने अभी क्या हो जायेगा। मैं कुछ सोच भी न पा रही थी। मेरी ऐसी हालत थी कि मैं बयान नहीं कर सकती।

मैंने सुना, डॉक्टर कह रही थी—आप नर्स को वह जगह दिखा दीजिये, जहाँ ज़च्चाखाना बनना है। यह जो-जो सामान कहे तुरन्त मँगवा दीजिये। पहले से ही सब ठीक-ठाक रखना अच्छा होता है।...जाओ, नर्स।

आँखें मूँदे मैं चुपचाप पड़ी रही कि अचानक मुझे लगा कि धीरे-धीरे मेरी चेतना जा रही है। मैंने एक बार सकपकाकर आँखें खोलने की कोशिश की, तो पलकें तो खुल गयीं, लेकिन मुझे कुछ दिखायी न दिया और फिर जैसे चेतना जाती रही और मेरी पलकें आप ही ढँक गयीं।

होश लौटा तो मुझे लगा कि मैं पानी के बीच पड़ी हुई हूँ। मैंने चौंककर पुकारा—ग्रैनी!

—क्या बात है?

मैंने चिहा-चिहाकर देखा। डॉक्टर मेरे ऊपर झुकी हुई थी और उसका एक हाथ मेरे माथे पर था।

—पानी,—मैं वैसे ही बोली—मेरे बिस्तर पर पानी कहाँ से आ गया?

उसने तुरन्त मेरी देह पर से चादर और कमर के पास के तकिये हटाये और बोली—ओह!...नर्स, बड़ी डॉक्टर को फ़ोन करो, वह तुरन्त आ जायें। देख रही हो न।

—जी।

—क्या बात है?—मेम साहब ने आकर पूछा। मेरी बच्ची ने मुझे पुकारा था।

—कोई बात नहीं है,—डॉक्टर बोली—इनके बदलने के लिए कपड़े लाइये। यह बिस्तर भी बदला जायेगा। नर्स बड़ी डॉक्टर को फ़ोन कर रही है। वह आ जायें तो हम इन्हें जच्चेख़ाने में ले जायेंगे, या जैसा वह कहेंगी किया जायेगा।

मेम साहब मेरे पास आयीं। मेरे माथे पर उन्होंने हाथ फेरा। लेकिन मुझे उनके स्पर्श का जैसे अनुभव ही नहीं हुआ। मुझे लग रहा था कि वह भयावनी घड़ी आ गयी। मारे दहशत के मेरी जान सूख रही थी। मैं सामने एकटक देख रही थी लेकिन मुझे जैसे कुछ भी दिखायी न दे रहा था। मेरे कानों में आवाज़ें आ रही थीं, लेकिन जैसे मेरी समझ में कुछ भी न आ रहा था। लगता था कि सब-कुछ मेरे ऊपर से ही बहा जा रहा है लेकिन मुझे किसी बात का भी कोई एहसास नहीं है। मेरे प्राण जैसे कहीं अटके थे, लेकिन कहाँ अटके थे, इसका मुझे कोई भी ज्ञान नहीं था, जानने की कोशिश करूँ, इसकी भी हूब न थी। एक तरह से मेरी देह जैसे छूटी जा रही थी और जैसे मैं उसका कुछ भी न कर सकती थी, दूसरे लोग चाहे जो करें।

मेरे कपड़े बदले गये। मुझे दूसरे बिस्तर पर डाला गया। बड़ी डॉक्टर आयी। मुझे बातें सुनायी पड़ीं, जिनका अर्थ मेरे लिये कुछ भी न था।

—पहले ही पूरा पानी निकल गया...यह अच्छा नहीं हुआ...ड्राई पेन...जच्चाख़ाना तैयार है...सब सामान ठीक-ठाक है न...नर्स, चलो, मैं ज़रा देख लूँ...मेरा बैग भी वहीं लेती चलो...डॉक्टर, आप दस बजे तक रुकिये...दो डॉक्टर और दो नर्सें और आ रही हैं...दस बजे के बाद आप चली जाइयेगा...एक और डॉक्टर आ जायेगी...

एक हलके दर्द ने जैसे मेरे निर्जीव-से शरीर में ज़िन्दगी का कोंचा मारा और जाने कितनी देर बाद लगा कि मुझे कुछ एहसास हो रहा है। दर्द बढ़ने के साथ-साथ यह एहसास भी बढ़ा। फिर शायद मेरे मुँह से कोई शब्द निकल गया।

—दर्द हो रहा है क्या?

मैंने यह सवाल समझा और उसके जवाब में सिर हिला दिया।

—नर्स, इन्हें अब हम जच्चेख़ाने में ले चलेंगे।

मैं जच्चेख़ाने में लायी गयी और एक बिस्तर पर डाल दी गयी। मुझे गर्म कॉफ़ी पिलायी गयी। और फिर मुझे अचानक लगा कि दर्द ग़ायब हो गया है और उसके साथ ही मैं फिर जैसे अपनी पहली ही स्थिति में आ गयी।

जाने कितनी देर बाद मुझे फिर दर्द हुआ और अबकी जैसे एहसास का एक तेज़ कोंचा लगा। मैं करवट बदलने लगी तो मुझे रोक दिया गया—नहीं, ऐसे ही रहिये। दर्द को नीचे ठेलने की कोशिश कीजिये।

दर्द बढ़ा। मेरा मुँह खुल गया। साँस नीचे को नहीं, ऊपर को आ रही थी। मेरा मुँह बन्द कर दिया गया। फिर मेरे मुँह में कोई दवा डाली गयी।

दर्द कम होने लगा तो मैंने साँस की कमी जल्दी-जल्दी कुछ साँसें लेकर पूरी कीं। लेकिन अबकी दर्द पूरा-पूरा नहीं गया। जैसे वह अपना एक अंश छोड़ गया और मेरा एहसास कुछ-कुछ बना रहा।

—नर्स, ज़रा मैं देखूँगी।

—बहुत अच्छा, आइये।

मेरी जाँच की गयी। मेम साहब मेरे सिर के पास खड़ी थीं। मैंने उनकी ओर देखा।

वाश-बेसिन में पानी गिरने की आवाज़ के साथ मेरे कानों में यह बात पड़ी—टू फिंगर्स...अभी...

मैंने कुछ न समझा। मैंने मेम साहब की ओर फिर देखा। उन्होंने झुककर मेरा माथा सहलाया, गाल थपथपाया। बोलीं—सब ठीक है। घबराने की कोई भी बात नहीं है। क्यों, डॉक्टर?

—बिलकुल नार्मल है!

वह दर्द का क्रम जारी रहा। वह तेज़-से-तेज़तर होता गया और बीच का अवकाश कम-से-कमतर होता गया। और फिर एक बार ऐसा दर्द हुआ कि मेरे छक्के छूट गये। मैं छटपटाना चाहती थी, लेकिन मुझे पकड़ लिया गया और ज़रा भी छटपटाने न दिया गया। और मुझे लगा कि मेरा दम निकल जायेगा। मैं चीख़-चीख़ पड़ी।

दर्द कुछ थमा तो मैं लस्त हो चुकी थी। मेरी सारी देह पसीने से तर थी और मैं ज़ोर-ज़ोर से हाँफ रही थी और रो रही थी।

मेरा मुँह भीगे तौलिये से पोंछा गया। मेरी जाँच की गयी। मैंने सुना—थ्री फ़िगर्स, थैंक्स गाड!

कुछ न समझ मैंने मेम साहब की ओर देखा। वह झुकी कि दर्द अचानक फिर तेज़ हो उठा और इतने ज़ोर का दर्द हुआ कि मैं इसके साथ ही मर जाऊँगी। अब बचने का कोई रास्ता नहीं है। आख़िर जो भय था, वही हुआ।

लेकिन नहीं, यह रोलर भी मेरे शरीर पर से होकर गुज़र गया। और मेरी साँस फिर लौट आयी तो मैंने महसूस किया कि अभी ज़िन्दा हूँ। लेकिन अब मैं इस पीड़ा के क्रम और गति के एहसास से ही मरी जा रही थी। मुझे लगता था कि आख़िर यह मेरी जान लेकर ही छोड़ेगा। मेम साहब की ओर देखने को भी मन न हुआ। सोचा, अब सब बेकार है। झूठ ही सब मुझे दिलासा देते रहे हैं।

दर्द के और कितने दौरे मैंने सँभाले, मैं नहीं जानती। फिर क्या हुआ, मैं यह भी नहीं जानती।

होश आया तो मैंने आँखें खोलने की कोशिश की। पलकें उठ ही नहीं रही थीं। बड़ी कोशिशों के बाद पलकें तनिक ऊपर उठीं। लग रहा था कि उन पर बड़ा भारी दबाव है, जो किसी भी हालत में हट ही नहीं रहा है।

—मेल बेबी! मुबारक!...

आवाज़ मेरे कानों में पड़ी तो पलकें अचानक खुल गयीं। देखा, कई चेहरे मेरे ऊपर झुके हुए हैं। सब चेहरों की बत्तीसियाँ चमक रही हैं।

—मुबारक! मुबारक! मुबारक।...

दबाव फिर बढ़ने लगा और मेरी सारी कोशिशों के बावजूद वह मेरी पलक को ढँक गया। चारों ओर अँधेरा छा गया।

—मुँह खोलिये, यह दवा पी लीजिये।

मैंने मुँह खोलने की कोशिश की तो लगा कि दाँत जकड़े हुए हैं, खुल नहीं रहे हैं।

मेरा मुँह खोला गया। दवा मुँह में डाली गयी। कितनी दवा अन्दर गयी और कितनी बाहर, मैं नहीं जानती।

लगा कि मुझे नींद आ रही है।

—बेबी को देखेंगी, लायें?

मुझे नींद आ गयी।

जाने कितनी देर बाद मुझे लगा कि मेरी छातियाँ फट रही हैं और मेरी नींद खुल गयी। मेरा एक हाथ छातियों पर था।

—यह सूप पी लीजिये।

चम्मच-चम्मच मुझे नीमगरम सूप पिलाया गया। मेरी आँखें फिर ढँपने लगीं।

मेरा हाथ छातियों पर से हटाया गया। उन्हें भीगी रूई से पोंछा गया। फिर उनमें से एक में पिचकारी लगायी गयी। मुझे लगा कि मेरी छाती में से कुछ खींचा जा रहा है और मेरे प्राण निकले जा रहे हैं। मुझे लगा कि मैं पिचकारी को ज़ोर से दबा दूँ तो सब ठीक हो जायेगा। मैंने हाथ बढ़ाया लेकिन मेरा हाथ रोक लिया गया। फिर मुझे लगा कि मैं बेहोश हो रही हूँ। लेकिन फिर लगा कि मैं होश में आ रही हूँ।

यही क्रिया मेरी दूसरी छाती के साथ भी की गयी। मैं इसे सह गयी। फिर लगा कि मैं हलकी हो गयी हूँ।

—आप बिलकुल ठीक हैं, बेबी भी बिलकुल ठीक है, पूरे साढ़े आठ पाउण्ड का है। लायें, आप देखेंगी?

मैं करवट बदलने को हुई तो रोक दी गयी।

—नहीं, आप ऐसे ही लेटी रहिये।

फिर मेरे ऊपर कई चेहरे झुक गये। सब चेहरों की बत्तीसियाँ चमक रही थीं, आँखें चमक रही थीं। मैं उन चेहरों को एक-एक कर पहचानने लगी।

—भगवान् को धन्यवाद है!—यह पापा थे—बेबी, तुम बिलकुल ठीक हो।

—मैं बहुत ख़ुश हूँ, मेरी बच्ची!—यह मेम साहब थीं—ख़ुदा का शुक्र है।—और उन्होंने मेरे माथे और सिर पर हाथ फेरा और गाल थपथपाया।

—बेकार में आप इतनी घबरा रही थीं,—यह डॉक्टर थी—देखा, सब कितने आराम से हो गया। बिलकुल नार्मल केस था।

—थैंक्स, डॉक्टर!—यह पापा थे।

—थैंक गाड,—यह डॉक्टर थी—उसी की मेहरबानी है।...

दस दिन बाद सुबह नाश्ते के बाद मेम साहब बच्चे को गोद में लिये मेरे सामने आ खड़ी हुईं। बोलीं—बेबी।

मैंने उनकी भरी हुई आवाज़ सुनकर उनकी ओर देखा। उनकी आँखों में आँसू भरे हुए थे।

—बेबी, मैं बहुत ही मजबूर होकर तुम्हारे पास एक इल्तिजा लेकर इस वक़्त आयी हूँ।...

मैं उनकी ओर देखती रही। कुछ बोली नहीं।

वह अपने आँसू पोंछकर, गोद के बच्चे की ओर संकेत करके बोलीं—इस मासूम का मासूम बाप परसों से यहाँ आया हुआ है और बराबर रो रहा है, कभी ख़ुशी के मारे, कभी ग़म के मारे। वह और कुछ भी नहीं चाहता सिवा इसके कि तुम उसे इजाज़त दे दो कि वह एक मिनट के लिए तुम्हारे पास आ सके और तुम्हें मुबारकबाद कह सके।...बेबी, ख़ुदा के लिए तुम उसकी यह इल्तिजा क़बूल कर लो।

मैंने आँखें फेर लीं, तो वह बिलखकर बोलीं—यह उसका इकलौता बेटा है, तुम उसकी ख़ुशी को शायद नहीं समझ सकती। वह अपने बच्चे और बच्चे की माँ को नहीं देख सकता, तुम उसके ग़म को शायद नहीं समझ सकती। तुम कुछ समझो, यह मैं नहीं कहती, बेबी। लेकिन तुम उसे यह इजाज़त दे दो। तुम्हारा कुछ नहीं बिगड़ेगा, लेकिन उस बेचारे की एक बहुत बड़ी तमन्ना पूरी हो जायेगी। ख़ुदा तुम पर ख़ुश होगा, बेबी, और तुम्हें हमेशा ख़ुश रखेगा। वह बेचारा मासूम है। न भी हो, और उसने कोई गुनाह भी किया हो तो भी एक मिनट के लिए उसे माफ़ कर दो। तुम्हें बड़ा सवाब मिलेगा। यह एक ख़ुशी का मौक़ा है और उसकी हालत मुझसे देखी नहीं जाती।...बोलो, बेबी?...मेरी एक बात मान जाओ, बेबी!...मैंने तुम्हारी ज़िन्दगी भर ख़िदमत की है। और आज तक तुमसे कुछ भी नहीं माँगा है। बेबी...! बेबी!...

—आप बच्चे को उन्हें दे आइये,—मुँह फेरे हुए ही मैंने कह दिया।

—ओह!—वह रो पड़ीं।

बच्चा भी रो पड़ा।

उन्होंने अचानक चुप होकर कहा—नर्स, तुमने इतनी देर कहाँ लगा दी? लो, सँभालो इसे।

—इनके नहाने का समय हो गया है, इसीलिए ये रो रहे हैं, लाइये, दीजिये।

वह गुनगुनाती हुई चली गयी।

बाथ-रूम से पानी गिरने की आवाज़ आ रही थी और मुझे लग रहा था कि मेरे दिमाग़ की नसें फटी जा रही हैं। मारे क्षोभ के रोने का मन कर रहा था। वह क्यों कोठी में आया, कैसे आया, किसने ख़बर दी और किसने बुलाया? मेम साहब से ये सवाल पूछने को मैं तड़पी थी। लेकिन उस स्थिति में कुछ पूछ न सकी थी। ये मेम साहब कुछ भी न समझती थीं। उनके लिए समझना भी ग़ैरमुमकिन था। उन पर गुस्सा भी क्या किया जाये।

इतने दिनों मैं एक लकड़ी के कुन्दे की तरह बिस्तर पर पड़ी रही थी। इतनी कमज़ोर और बेकार कि बस सोयी या अधसोयी पड़ी रहती थी। कुछ सोचने की हूब ही नहीं थी। कल से कुछ जान आती-सी मालूम हो रही थी। और आज...आज मेरा दिमाग़ ख़राब हो गया।

बाथ-रूम में पानी गिरना बन्द हो गया। नर्स की गुनगुनाहट की आवाज़ आ रही थी। मैं सोच रही थी कि क्या करूँ। वह आदमी इस कोठी में है, यह बात ही मुझे सह्य न थी।

मैंने सिरहाने हाथ बढ़ाकर घण्टी का बटन दबा दिया। मेरी उँगली ज़्यादा ही देर घण्टी पर रुकी रह गयी। घण्टी की आवाज़ मैं सुन सकती थी।

—मैं तो यहीं हूँ,—नर्स की आवाज़ आयी—कहिये, क्या चाहिए? बेबी को कपड़े पहनाकर आ रही हूँ।

मैंने उसका कोई जवाब न दिया। रामी दौड़ी-दौड़ी मेरे पास आ खड़ी हुई तो मैंने कहा—पापा को बुला दो।

पापा आकर मेरे सिरहाने कुर्सी पर बैठ गये। मेरे माथे के ऊपर बाल पर हथेली रखकर वह बोले—क्या बात है, बेबी? तबीयत तो ठीक है?

—उससे आप कह दीजिये कि वह चला जाये, अभी तुरन्त!—मैं बोलते-बोलते हाँफ उठी—वह अपना बच्चा भी ले जाये, मेम साहब बच्चे के साथ जाना चाहें, तो वह भी जा सकती हैं।

मेरा कन्धा थपथपाते हुए पापा बोले—शाबाश! मुझे तुमसे यही उम्मीद थी!—तुम कोई फ़िक्र न करो। वह चला जायेगा। तुम्हारी आज़ादी में, मेरे जीते-जी कोई ख़लल नहीं डाल सकता।

—ये मेम साहब...

—मेम साहब का कोई दोष नहीं है,—पापा बोले—मेम साहब, सोनेलाल और मैं दरअसल एक ही तरह के लोग हैं। पैसा हमारा देवता है। लेकिन मेम साहब हम दोनों से बेहतर इन्सान इसलिए हैं कि वह भले ही पैसे की पूजा करती हों, वह स्वयं पैसेवाली नहीं हैं, वह स्वभाव की बहुत अच्छी हैं। उन्हें यह क़तई मालूम नहीं है कि तुम सोनेलाल को क्यों छोड़ रही हो। सिर्फ़ इतना जानती हैं कि सोनेलाल ने तुम्हें इतना दिया और तुम्हारे लिये इतना किया और फिर भी तुम्हारे ऊपर कोई बन्धन नहीं डाला, इसलिए तुम्हें उसका कृतज्ञ होना चाहिए। कृतज्ञ न भी होओ तो कम-से-कम तुम्हें उस पर कोई ज़ुल्म नहीं करना चाहिए। सोनेलाल की हालत देखकर कोई भी उस पर तरस खा सकता है। बेचारी मेम साहब का दुःखी होना स्वाभाविक ही है। ख़ैर, मुझे ऐसी उम्मीद नहीं है कि मेम साहब तुम्हें छोड़कर चली जायेंगी। जो हो देखा जायेगा। तुम अब हर तरह से मुक्त हो। तुम जिस रास्ते चाहो जा सकती हो। तुम्हें रोकनेवाला कोई भी नहीं है।

—पापा, आप मेरे हिन्दी ट्यूटर से मिले?

—नहीं, उससे तो मेरी मुलाक़ात अभी नहीं हुई—पापा बोले—लेकिन मास्टर साहब से उनके बारे में जानकर मुझे बेहद ख़ुशी हुई।

—पापा, वह भगवान् के भेजे ही मुझे मिल गये, मैं बोली—उनसे मुझे जो सहायता और शक्ति मिली है, उसका बयान मैं नहीं कर सकती, उन्हीं के प्रभाव से मेरा जीवन, रहन-सहन, आचार-विचार अब बहुत बदल चुके हैं, पापा।

—मास्टर साहब ने मुझे बताया है।

—मुझे विश्वास हो चला है, पापा, कि मेरा मनोरथ सिद्ध होगा।

—अवश्य होगा, बेटी।—पापा मेरा कन्धा थपथपाते हुए बोले—लगन से सब-कुछ सम्भव है। तुम निर्भय होकर साहसपूर्वक अपने पथ पर अग्रसर हो रही हो, यह देखकर मुझे अपार हर्ष हो रहा है।

—मैं उन्हें आज शाम को बुलाती हूँ, आप मिलियेगा, पापा।

—उनसे मिलकर मुझे ख़ुशी ही होती,—पापा बोले—लेकिन उनसे मिलने से भी कहीं ज़्यादा ज़रूरी एक काम [illegible]ने मेरे कन्धे पर डाल दिया है, पहले मुझे उसे पूरा करना चाहिए न?

—मैंने तो आपके ज़िम्मे कोई काम....

हँसकर पापा बोले—कैसी भुलक्कड़ लड़की हो। सोनेलाल को यहाँ से हटाना नहीं है क्या?

—यह कौन-सा काम है, पापा? आप कह दीजिये...

—हम लोग बड़े बेहया क़िस्म के लोग हैं, बेटी,—पापा बोले—हम लोगों को तुम क्या समझोगी जब बड़े-बड़े लोग नहीं समझ पाते। सोने लाल ऐसा ही हयादार होता तो क्या वह इस तरह फिर यहाँ आ टपकता? हम थेथर लोग हैं, बेटी। कभी भी, किसी भी स्थिति में भी हम लोग अपनी हार नहीं मानते। और तुम्हें क्या मालूम, हम लोग आख़िर जीत ही जाते हैं।

—वह हर्गिज़ नहीं जीत सकता।

—मैं भी वही चाहता हूँ,—पापा बोले—इसीलिए उसे अपने साथ मुझे आज ही, बल्कि अभी ही चले जाना चाहिए।

—आप क्यों जायेंगे, पापा?—मैं बोली—आपको अभी मैं नहीं जाने दूँगी।

पापा थोड़ी देर तक कुछ न बोले, मुझे घूरते रहे। मेरी समझ में न आ रहा था कि पापा मुझे इस तरह घूरकर क्यों देख रहे हैं। एकाएक मैं क्या देखती हूँ कि उनका चेहरा सख़्त हो गया। जैसे बर्छी की तरह अपनी नज़रों से मुझे देखते हुए वह बोले—तो सोनेलाल क्यों जायेगा?...मैं तुम्हारा बाप हूँ तो वह क्या तुम्हारा पति नहीं है?

—पापा!—हाथों से अपना मुँह ढँकती हुई मैं चीख़-सी उठी।

—बेबी, कमज़ोर मत बनो,—पापा की वैसे ही सख़्त आवाज़ आयी—मैं तुम्हें बता चुका हूँ कि सोनेलाल और मुझमें कोई भी अन्तर नहीं है। तुम सोनेलाल को जैसे छोड़ रही हो, वैसे ही मुझे भी छोड़ दो। मेरे प्रति भी अपने मन में कमज़ोरी पालकर तुम अपने रास्ते पर नहीं चल सकती। मैं भी तो एक पनाला ही हूँ।

—पापा!—मेरी रुलाई उबल पड़ी। मैं रूमाल से मुँह-आँख ढँककर सिसक पड़ी।

पापा की ठण्डी साँस मेरे माथे को छू गयी।

वह ठण्डे स्वर में बोले—बेटी, ऐसी सख़्त बात के लिए मुझे क्षमा कर दो। लेकिन, मैं सच कहता हूँ, मेरी यह बात भी तुम झेल गयी होती तो मैं एक बार फिर तुम्हें शाबाशी देता और मुझे बेहद ख़ुशी होती।...तुम्हारा बाप होकर भी मैं यह क्यों कह रहा हूँ, तुम जानती हो न!... ख़ैर, तुम रोओ मत, मैं देखता हूँ।

पापा जाने लगे तो उन्हें रोकने के लिए मैंने हाथ उठाया, लेकिन मेरे मुँह से एक शब्द भी न निकला। मैंने देखा, वह अपनी जेब से रूमाल निकालकर अपनी आँखें

पोंछते हुए जा रहे हैं। मेरी रुलाई अचानक सूख गयी और मेरे मुँह से ये शब्द निकल गये—थैंक्स, पापा!

मन उदास हो-हो जाता था, लेकिन ऐसा लगता था कि उस उदासी के नीचे ख़ुशी का एक फव्वारा फूटने-फूटने को हो रहा है।

दोपहर के खाने के बाद मेम साहब ने एक पत्र मेरे हाथ में देते हुए भीगे स्वर में कहा—बड़े सेठ जी यह खत तुम्हारे लिये छोड़ गये हैं।

पत्र लेते हुए मैंने मेम साहब की ओर देखा। वह एक क्षण को भी रुके बिना, सिर झुकाये कमरे से बाहर चली गयीं।

मैं जो सोच रही थी, वही हुआ। पत्र खोलकर मैंने पढ़ा—

प्यारी बेटी,

सोनेलाल के साथ मैं भी जा रहा हूँ। अपने रास्ते के एक रोड़े को तुमने ठोकर मारकर अलग कर दिया। दूसरा रोड़ा आप ही तुम्हारे रास्ते पर से हट रहा है। तुम्हारी इतनी सहायता तो मैं कर ही सकता था। तुम आगे बढ़ो। शुभ कामनाओं के साथ।

तुम्हारा,
पापा।

—थैंक्स, पापा!—मेरे मुँह से निकला। और मैंने वह पत्र चपतकर तकिये के नीचे रख दिया।

मैंने जीवन में पहली बार यह अनुभव किया कि अब मैं सर्वथा मुक्त हूँ, मेरे सारे बन्धन कट चुके हैं और अब मैं निर्बाध रूप से अपने पथ पर अग्रसर हो सकती हूँ। मेरी प्रसन्नता की कोई सीमा न थी।

शाम को डॉक्टर आयी। वह जाँच कर चुकी तो मैं बोली—डॉक्टर, अब मैं अपने कमरे में जाऊँगी। मैं ठीक हूँ।

—अभी कुछ दिन और आपको मुकम्मल आराम करना चाहिए,—डॉक्टर बोली—अभी आप बहुत कमज़ोर हैं।

—मेरे इम्तिहान बहुत नज़दीक हैं,—मैंने कहा—मेरे पास एक मिनट भी खोने के लिए नहीं है। एक पूरे साल का सवाल है।

—ज़्यादा मेहनत अभी आपको नहीं करनी है,—वह बोली—वक़्त पर दवा, वक़्त पर नाश्ता और खाना और वक़्त पर आराम करना होगा। चलना-फिरना तो बिलकुल कम रहेगा।—कहकर उसने मेम साहब की ओर देखा।

मेम साहब बोलीं—ठीक है, हम पूरा एहतियात बरतेंगे। इस कमरे में और इनके कमरे में क्या फ़रक है। अगर कोई हरज़ न हो तो आप इजाज़त दे दें। यहाँ जैसे यह रहती हैं, वैसे ही वहाँ भी रहेंगी।

—फ़रक तो बहुत हो जाता है, डॉक्टर बोली—ख़ैर, आप जैसा चाहें करें। लेकिन मैं फिर एक बात कहती हूँ कि अभी महीने-दो-महीने, हो सके तो पूरे छह महीने तक, कोई बदएहतियाती नहीं होनी चाहिए।

—नहीं होगी, आप इतमिनान रखें,—मेम साहब बोलीं—आप दोनों वक़्त बराबर आइयेगा। यह नर्स भी अभी हमारे ही साथ रहेगी।

—ग्रैनी,—मैं बोली—मैं अपने कमरे में बिलकुल अकेली रहूँगी। मैं कोई भी खलल नहीं चाहती। आप जानती हैं, मेरे इम्तिहान कितने पास हैं। मैं फ़ेल होना नहीं चाहती।

—तुम कोई फ़िकर न करो बेबी,—मेम साहब बोलीं—कल तक सब इन्तज़ाम हो जायेगा। अपनी बग़ल का कमरा मैं बच्चे के लिए बना लूँगी।

दूसरे दिन सुबह ही मैं अपने कमरे में आ गयी। मेम साहब ने कहा—रामी मेरे पास रहेगी। आप हिन्दी ट्यूटर को कहला भेजें कि आज शाम से मेरी पढ़ाई शुरू होगी। ग्रैनपा से भी कह दें कि आज से मैं पढ़ना शुरू कर रही हूँ। आप ध्यान रखें कि मेरी पढ़ाई में ज़रा भी ख़लल न पड़े।

—ठीक है,—मेम साहब ने कहा और चली गयीं।

मेरा कमरा बिलकुल दुरुस्त था। किताबें अपने पलँग के पास जैसे छोड़कर मैं जच्चेख़ाने में गयी थी, वैसे ही थीं। उन्हें झाड़-पोंछकर अच्छी तरह से सजा दिया गया था। उन्हें देखकर एक बार कलेजा दहल गया। इतनी किताबें इतने थोड़े दिनों में कैसे दुहरा पाऊँगी, समझ में न आता था। लेकिन बेशक़ीमत एक साल का सवाल था। और मैं उसे किसी भी प्रकार व्यर्थ न जाने देना चाहती थी।

मैंने तुरन्त पढ़ना शुरू कर दिया। लेकिन थोड़ी ही देर बाद मेरी आँखें चौंधियाने लगीं और दिमाग़ गरमाने लगा। और थोड़ी देर बाद तो पढ़ना ही कठिन हो गया।

मैंने रामी से कहा—मास्टर साहब को बुलाओ।

मास्टर साहब आकर मेरे सिरहाने कुर्सी पर बैठकर बोले—सिर में दर्द है क्या बेबी?

मैंने माथे पर से हाथ हटाकर कहा—नहीं, दर्द तो नहीं है। लेकिन मुझसे पढ़ा नहीं जाता, ग्रैनपा।

—अभी कमज़ोरी है,—मास्टर साहब ने कहा—घबराने की कोई बात नहीं है। मैं जानता हूँ, तुम ज़रूर पास हो जाओगी। क्या पढ़ रही हो, लाओ किताब मुझे दो। मैं पढ़कर सुनाता हूँ। तुम आराम से लेटी-लेटी सुनती रहो। जो समझ में न आये पूछना।

मैं किताब उन्हें थमा दी। वह बहुत धीमी आवाज़ में धीरे-धीरे पढ़ने लगे। कहीं कुछ मुश्किल आता तो मेरे पूछने का इन्तज़ार न कर, वह ख़ुद ही किताब बन्द कर समझा देते।

शाम तक बीच-बीच में थोड़ा-थोड़ा आराम करके मेरी पढ़ाई कई घण्टे तक चली। शाम को वह अपने वक़्त पर आ गया।

नमस्ते के बाद कुर्सी पर बैठते हुए वह बोला—बधाई हो! मुन्ना मुबारक! कहाँ है वह? यहाँ तो कहीं दिखायी नहीं देता? जब से सुना है उसे देखने को मेरा मन तड़प रहा है। आभा देवी भी उसे और आपको देखने आ रही थीं।

मैंने कहा—यह सब फ़िर कभी होगा। फ़िलहाल मुझे परीक्षा की तैयारी करनी है। आप जानते हैं, समय कितना थोड़ा है, मैं एक क्षण भी नष्ट नहीं करना चाहती।

—हाँ-हाँ,—वह बोला—यह तो बहुत अच्छा है। शुरू कीजिये।

—मैं पढ़ नहीं पाती,—मैं बोली—आप ही पढ़कर सुनाइये। जो पूछना होगा, मैं पूछती जाऊँगी या आप ही जो आवश्यक समझें समझाते जाइये। पहले 'पद्य पीयूष' उठाइये।

उसके चेहरे पर उदासी छा गयी। जैसे बेजान हाथ से उसने किताब उठायी और अनमना होकर पढ़ने लगा।

मैंने एक जगह टोका तो उसने अर्थ समझाना शुरू किया। लेकिन लगता था कि उसकी आवाज़ में कोई जान ही नहीं है।

थोड़ी देर बाद मैंने कहा—क्या बात है? आपका मन नहीं लग रहा है क्या?

—नहीं,-नहीं,—वह भरी हुई-सी आवाज़ में बोला—ऐसी तो कोई बात नहीं है।

—नहीं, बात तो कोई ज़रूर है,—मैं बोली—वर्ना ऐसा नहीं होता।...देखिये, हम परीक्षा के बाद फिर ख़ूब बहसें करेंगे, हमारा पत्राचार भी चलेगा। आप अपने मन में कोई भी दूसरी बात न लायें। आप तो जानते हैं, मेरा परीक्षा पास करना कितना आवश्यक है। आगे के जीवन की तैयारी के लिए मैंने केवल पाँच वर्ष का समय लिया

है। इससे ज़्यादा एक दिन भी नहीं लगाना चाहती। यह बात आपसे कहने में मेरा जो समय नष्ट हो रहा है, उसके लिए भी मुझे अफ़सोस है।

वह मुस्कराया। बोला—माफ़ कीजियेगा, मैं ज़रा भावुक आदमी हूँ। अब बात समझ में आ गयी, आपको कोई शिकायत न होगी, सुनिये।

धीरे-धीरे वह अपने आपे में आ गया और मन से पढ़ाने और समझाने लगा। फिर तो ऐसा लगा कि मैं उसके साथ पानी पर बहती जा रही हूँ।...

इम्तिहान में बैठी और पर्चे अच्छे हो गये। फिर हमारा वह पुराना सिलसिला आगे बढ़ा और छुट्टियों-छुट्टियों में ही वह इतना आगे बढ़ गया कि सोचकर मुझे आश्चर्य होता।

दो दिन पहले मेम साहब ने मेरे जन्म-दिन की याद दिलायी और मनाने के कार्यक्रम के विषय में पूछा, तो मैंने कह दिया—कोई ज़रूरत नहीं है।

मेम साहब थोड़ी देर तक मुँह लटकाये खड़ी रहीं। फिर बोलीं—बेबी, कोठी के नौकर-चाकर इस दिन का साल-भर तक इन्तज़ार करते हैं। इस बार तो घर में एक नया मेहमान भी आया है। उसके जन्म पर भी हमने कोई जशन नहीं मनाया। वे लोग मुँह से कुछ न कहें लेकिन मन में क्या सोचते होंगे, ज़रा सोचो तो। मेरी समझ में नहीं आता कि यह तुम्हें क्या होता जा रहा है।

—उन्हें आप जो चाहिए इनाम-बख़्शीश दे दीजिये, खिला-पिला दीजिये,—मैं बोली—लेकिन कोई जशन न होगा।

—ऐसे लेना-देना अच्छा नहीं लगता, बेबी,—मेम साहब बोलीं—मेरी बात मानो और इजाज़त दो कि हम यह जशन धूम-धाम से मनायें। तुम नहीं जानती कि सेठ लोगों के उस तरह अचानक चले जाने और बच्चे के जनम पर कोई जशन न मनाने से इस कोठी पर क्या असर पड़ा है। तुम्हारा तो किसी से कोई ताल्लुक़ नहीं है। लेकिन मुझे तो सबके बीच में रहना पड़ता है। सब उदास हैं और न जाने क्या खुसुर-फुसुर किया करते हैं। बेबी, यह जशन मत जाने दो, ताकि सारी उदासी धुल-पुछ जाये। किसी को ऐसा न लगे कि कहीं कुछ ऐसा-वैसा हुआ है।

—मुझे किसी की कोई परवाह नहीं है, ग्रैनी,—मैं बोली—चाहे कोई कुछ सोचे।

—यह तो तुम ठीक ही कहती हो,—मेम साहब बोलीं—तुम्हें किसी की परवाह करने की क्या ज़रूरत है? लेकिन तुम्हारे लोगों को तो हर घड़ी तुम्हारी परवाह रहती है। अपने लिये नहीं तो उन्हीं के लिए तुम्हें कुछ कर देना चाहिए। ख़ैर, अभी दो दिन है, कल तक तुम सोच लो।

कहकर वह सिर लटकाये चली गयीं।

शाम को वह आते ही हँसकर बोला—तुमने कहा था, जून में तुम्हारा जन्म-दिन पड़ेगा। अब तो आधा जून ख़त्म होने पर आया, किस तारीख़ को जन्म-दिन है? आभा देवी रोज़ पूछती हैं। तुमने वादा किया था न कि जन्म-दिन पर उन्हें बुलाऊँगी।

मैं बोली—मेरा जन्म-दिन तो सोलह जून को पड़ता है, लेकिन सोचा है कि अबकी न मनाऊँगी।

—क्यों? ऐसा गज़ब न करना, भाई!—वह बोला—बेचारी आभा देवी न जाने कितने दिनों से इसका इन्तज़ार कर रही हैं। शायद उन्होंने कुछ तैयारी भी की है।

—तैयारी?—मैं ज़रा चौंककर बोली—कैसी तैयारी?

—कहती हैं,—वह बोला—वह बड़ी आदमिन हैं तो इससे क्या हुआ, है तो मेरी छोटी बहन ही। उसके जन्म-दिन पर मेरा एक फ़र्ज तो होता ही है।...आख़िर तुम क्यों न मनाओगी?

—क्या रखा है इसमें? ये बस चोंचलें...

—वाह!—वह मेरी बात काटकर बोला—तुम क्या यह सोचती हो कि हँसी-ख़ुशी के लिए कोई जगह ही नहीं है हमारी ज़िन्दगी में?...नहीं, भाई, ऐसा सोचना क़तई ग़लत होगा। मौक़े पर, तीज-त्योहार पर हँसी-ख़ुशी ज़रूर मनानी चाहिए। बेचारे किसानों और मज़दूरों के जीवन में ग़म के सिवा क्या है, लेकिन शादी-ब्याह, छठी-छिल्ले, तीज़-त्योहार के दिन वे भी पागल होकर ख़ुशी मनाते हैं। ज़िन्दगी में ग़म है तो ख़ुशी भी है। आदमी अपने को हमेशा ग़म के ही हवाले किये रहे तो वह कैसे ज़िन्दा रहेगा? नहीं, तुम्हारी एक बात भी मैं न सुनूँगा, तुम्हें यह जशन मनाना ही होगा। तुमने बच्चे...

—उसकी बात तुम मुझसे मत करो।

—माफ़ करो, मैं कभी न करूँगा,—वह बोला—लेकिन यह जशन तो तुम्हें मनाना ही पड़ेगा। न हो, तुम घर के लोगों में ही मनाओ, लेकिन आभा देवी को ज़रूर बुलाना, वह बेचारी...

—वह तो यों भी आ सकती हैं ...

—और यों आयें तो क्या हर्ज़ है?—वह फिर मेरी बात काटकर बोला—तुम्हें मेरी यह बात माननी ही होगी। बोलो, हाँ।

कहकर उसने अपना हाथ बढ़ाकर मेरे हाथ पर रख दिया और मेरी ओर ऐसी नज़रों से देखा कि मैं ना न कर सकी।

जशन मनाया गया। मेम साहब अपने मन की करके रहीं, जैसा कि वह इस अवसर पर करती आयी थीं। तटस्थ की तरह मैं सब देखती और स्वीकार करती रही।

आभा देवी से वह मेरा पहला साक्षात्कार था, लेकिन उसी दिन उन्होंने मुझे अपना बना लिया। उनकी बोली बहुत ही मीठी थी। उसमें मेरे लिये अपार स्नेह भरा हुआ था। लगा ही नहीं कि हम पहली बार मिल रही हैं। उन्होंने मिलते ही मुझे अँकवारी में भर लिया और मेरा माथा चूम लिया। फिर मेरी बलैया लेकर बोलीं—मेरी बहन जुग-जुग जिये! भगवान् ने मुझे इतनी सुन्दर बहन दी, मैं उसे लाखों बार धन्यवाद देती हूँ।

मेम साहब ने उनके लिए मिठाइयाँ वग़ैरा रखवायीं तो वह मुझे ही खिलाने लगीं। मेरे मना करने, हाथ पकड़ने, मुँह खींचने और दाँत भींचने से भी वह न मानीं और मेरे मुँह में मिठाई-मिठाई ही भर दीं। बोलीं—पहले मुझे ही तो तुम्हारा मुँह मीठा करना चाहिए।

किसी तरह मिठाई निगलकर मैं बोली—अब तो आप खाइये।

—ऐसे तो नहीं खाऊँगी,—वह अर्थ-भरी मुस्कराहट के साथ बोलीं।

उनका ऊपर का होंठ बीच में ज़रा-सा उठा हुआ था। शायद इसी कारण मैंने देखा, उनकी उस मुस्कराहट में एक अजीब तरह की अबोधता और मासूमियत थी। उस मासूमियत ने ही मेरा संकोच हर लिया। फिर भी उनके मुँह में मिठाई देने के लिए मैंने हाथ उठाया तो मुझे अजीब-सा लगा।

उन्होंने ही अपना मुँह बढ़ाकर। मेरी उँगलियों से मिठाई ले ली और ऐसे खाने लगीं जैसे ऐसी मिठाई उन्होंने जीवन में कभी चखी ही न हों।

फिर बातें करने लगीं तो लगा, वह अपना दिल ही निकालकर रख रही हैं—मैंने तो आनन्द जी के मुँह से जब से तुम्हारे बारे में सुना, तुमसे मिलने के लिए तड़प रही थी...उनसे रोज़ तुम्हारे बारे में पूछती थी...मैं उनके बताने से ही जान गयी थी कि तुम कितनी सुन्दर, कितनी अच्छी हो...बड़े घर की लड़कियाँ तो हमेशा नाक टेढ़ी किये रहती हैं लेकिन तुम तो साक्षात् देवी हो... इतनी सम्पन्न हो लेकिन तुम्हें देखकर कौन कह सकता है कि तुम्हें घमण्ड तनिक भी छू गया हो...वह यों ही तुम्हारी प्रशंसा थोड़े करते हैं...कितनी ही लड़कियों को उन्होंने पढ़ाया होगा लेकिन आज तक किसी की चर्चा कभी न की...लेकिन तुम्हें पढ़ाकर पहले दिन ही जब वह आये तो बोले, बड़ी ही प्रतिभाशाली लड़की है, सुन्दर तो ऐसी है कि बस देवी लगती है...फिर तो उनकी प्रशंसा रोज़-रोज़ बढ़ती ही गयी...एक दिन बोले, वह एक दिन अवश्य महान् बनेगी, तुम देखना, उसमें महान् व्यक्तियों के सभी लक्षण हैं।...

कैसी अजीब बात थी कि ये प्रशंसाएँ मैं सुनती जा रही थी और उन्हें रोक न पा रही थी। उन्हें रोकना मेरे लिये असम्भव लगता था। लगता था कि उन्हें मैंने रोका

नहीं कि मैं स्वयं ही अपनी मूर्ति खण्डित कर लूँगी और उनके समक्ष सिद्ध कर दूँगी कि मैं घमण्डी हूँ, पाखण्डी हूँ, धृष्ट हूँ। उनकी आवाज़ में रंच-मात्र भी कृत्रिमता न थी। जैसे वह अपने मन के सच्चे भावों को बड़ी नम्रता, मधुरता, स्नेह और सच्चाई से व्यक्त करती जा रही थीं। उन्हें रोकना उनके कोमल हृदय को आघात पहुँचाने की तरह था। ऐसी निर्ममता मुझमें क्या किसी में भी नहीं हो सकती।

जाने लगीं तो गले मिलीं, मुझे अपने पाश में ऐसे जकड़ लिया कि लगा, छोड़ेंगी ही नहीं। फिर झोले में से कुछ कपड़े निकालकर बड़े ही दयनीय स्वर में बोलीं—बड़े ग़रीब हैं हम लोग। तुम्हें हम क्या दे सकते हैं। संकोच भी होता है, लज्जा भी आती है। फिर भी इसे सुदामा का तन्दुल ही समझो।

मैं मुस्कराकर हाथ बढ़ाने के सिवा कुछ भी न कर सकती थी।

वह दाँत चियारकर बोलीं—मैं तुम्हारी बड़ी बहन हूँ, मेरी एक साध है।

मैं उनका मुँह ताकने लगी।

वह बोलीं—ये कपड़े मैं अपने हाथ से तुम्हें पहनाना चाहती हूँ।

और कहते-कहते वह मेरे कपड़े उतारने लगीं।

मैं पानी-पानी हुई जा रही थी, लेकिन उन्हें रोक भी न पा रही थी। जैसे उन्होंने मुझे मन्त्र-बन्ध में जकड़ दिया हो। मैं सिर झुकाये खड़ी रहने के सिवा कुछ कर ही न सकती थी।

पहना चुकीं तो निहाल होकर फिर उन्होंने मुझे अँकवारी में बाँध लिया। आँखों में आँसू भरकर बोलीं—मुझे तुम्हारी जैसी बहन मिली, मैं धन्य हुई।

उनके आँसू पोंछने से मैं अपने को न रोक सकी। उनके आँसू पोंछकर मैं झुकी तो जाने मुझे क्या हो गया कि मैं झुकती ही चली गयी। और मेरे हाथ उनके पाँवों तक पहुँच गये।

उन्होंने मेरे हाथ पकड़कर मुझे उठाया और आँखों से झर-झर आँसू बहाती हुई बोलीं—इतनी ख़ुशी मैं सहन न कर सकूँगी, बहन।...

और अचानक पलटकर वह कमरे से बाहर हो गयीं।...

बड़ी देर तक उनका जादू मुझ पर छाया रहा। वह हटने का नाम ही न ले रहा था। मेरी समझ में ही न आ रहा था कि कैसे मैंने अपने-आपको उनके समक्ष पूर्णरूपेण समर्पित कर दिया था। यह उनके व्यक्तित्व की शक्ति थी, अथवा मेरी ही दुर्बलता थी। उनके पहनाये कपड़े मेरे शरीर पर थे और मुझे लगता था वह अपने व्यक्तित्व से मुझे सम्पूर्ण रूप से ढँक गयी हैं। उनके प्रभाव से मुक्त होना असम्भव है।

दूसरे दिन सुबह वह आते ही बोला—कहो, कैसी लगीं तुम्हें आभा देवी? वह तो जबसे तुमसे मिलकर गयी हैं, तुम्हारे ही नाम की माला जप रही हैं। कहती हैं, मेरी बहन ऐसी है, मेरी बहन वैसी है। लो, उन्होंने तुम्हारे लिये यह पत्र दिया है, कहा है, उत्तर लेकर आना, वर्ना घर में घुसने न दूँगी!—कहकर वह हँस पड़ा फिर बोला—मालूम होता है, एक ही भेंट में वह मुझे भी पार कर गयीं।

पत्र लेकर मैं मेज़ पर रखने लगी तो वह बोला—अरे, यह क्या कर रही हो? मुझे घर से निकलवाओगी क्या? भाई, पढ़कर, दो सतरों का जवाब लिख दो। फिर आगे कोई काम होगा।

—लिख दूँगी,—मैं बोली—क्या जल्दी है, अभी तो तुम देर तक रुकोगे।

—नहीं, हम भूल जायेंगे, वह बोला—तुम तो जानती हो, जब हम आमने-सामने होते हैं तो न तो मुझे किसी बात का होश रहता है और न तुम्हें किसी बात का होश रहता है।

—मुझे क्यों नहीं रहता?—कहकर मैंने कनखियों से उसकी ओर देखा।

—मुझे क्या मालूम?—वह मुस्कराकर बोला—देखो, मज़ाक मत करो।

मेहरबानी करके उनके पत्र का उत्तर लिख दो, वर्ना मेरी शामत आ जायेगी।

—आ जाये, ख़ूब मज़ा आयेगा!—मैंने सिर हिलाकर कहा। फिर किलककर बोली—वह घर में न घुसने देंगी, तो कहाँ जाओगे, बोलो तो?

—और कहाँ जाऊँगा,—वह बोला—तुम्हारे ही सिर पड़ूँगा।

—मेरा सिर तुड़वाओगे क्या?

—इसीलिए तो कहता हूँ कि तुम उनके पत्र का उत्तर लिख दो।

—तुम्हारे सामने नहीं लिखूँगी!

—वाह!—वह आँखें चमकाकर बोला—उन्होंने भी मुझसे छिपाकर यह पत्र लिखा और लिफ़ाफ़े में बाक़ायदा बन्द करके यह ताक़ीद करके दिया कि रास्ते में खोलकर पढ़ना नहीं। और यहाँ तुम भी वैसा ही करने की बात कर रही हो। मालूम होता है, तुम दोनों मिलकर मुझे कीट कर देना चाहती हो। ऐसा जानता तो उन्हें यहाँ लेकर आता ही नहीं।

—अच्छा तो आप उन्हें लेकर यहाँ आये थे?

—जी हाँ।

—लेकिन आप तो नज़र ही नहीं आये!

—मैं क्यों आता औरतों के बीच?—वह बोला—मैं मास्टर साहब के साथ रहा।

—फिर आज क्यों आये हो?

—आज तो ट्यूटर हूँ, कल तो मेहमान था!

—तो पढ़ाइये,—मैं बोली—गप क्यों लड़ा रहे हैं?

वह हँस पड़ा। बोला—भाई, उनके पत्र का उत्तर लिख दो। सच कहता हूँ, यह बहुत ही ज़रूरी है।

—क्या यह भी ज़रूरी है कि तुम्हीं उत्तर ले जाओ? मैं आदमी के हाथ भेज दूँगी।—कहकर वह मुस्करायी।

—आभा देवी को मुझ पर कम-से-कम इतना तो विश्वास था कि मैं उनका पत्र खोलकर नहीं पढ़ूँगा, लेकिन यहाँ देखता हूँ कि तुम्हें मुझ पर इतना भी विश्वास नहीं है।

—भाई, यह औरतों का मामला है।

वह हँस पड़ा। बोला—मैं हार मान गया,—और उसने अपनी पीठ पीछे टिका दी।

—क्यों, बड़े मर्द तो बनते थे।

—अब जो चाहो, सुना डालो,—वह बोला—यह मेरी ही ग़लती है।

—क्या? कहकर मैंने उसकी ओर घूरकर देखा।

—और क्या—वह बोला—मैं तुम्हें बोलना न सिखाता तो आज इस तरह क्यों सुनना पड़ता?

—यह तो पहले ही सोचना चाहिए था।

—सच, रम्भा,—वह अचानक सीधे बैठकर, मेरी आँखों में आँखें डालकर बोला—हम कहाँ सोचते थे...कम-से-कम मैं तो यह कभी भी सोच न सकता था कि एक दिन हम...

मैंने आँखें झुका लीं और मेरा हाथ मेज़ पर पड़े पत्र से खेलने लगा।

—मैं तो स्वप्न में भी कल्पना न कर सकता था कि मेरे जीवन में कभी ऐसा संयोग आयेगा।...इस संयोग पर कौन विश्वास कर सकता है?...मेरा ही विश्वास नहीं ठहरता, रम्भा।...लगता है कि जैसे स्वप्न में कुछ अनहोनी घट रही है और आँखें खुलते ही वह अदृश्य हो जायेगी।...आभा देवी से जब मैंने यह बात बतायी थी...

मैंने चौंककर उसकी ओर देखा, तो मेरी आँखें उसकी आँखों से जा मिलीं। मैंने आँखें झुका लीं तो वह जैसे मेरे मन का भाव जानकर ही बोला—नहीं, मैं तो कोई

ऐसा काम करता ही नहीं, जिसे दूसरों को बताने में कोई भी हिचक हो। फिर आभा देवी तो कोई दूसरी नहीं हैं। उनसे बताये बिना तो मैं जीवित नहीं रह सकता था। किसी भी सम्बन्ध की स्पष्टता और उसकी पूरी समझ जब तक मन में न हो, तब तक न तो कोई सम्बन्ध बनाया ही जा सकता है और न उसे पुष्ट ही किया जा सकता है। हाँ, तो जब आभा देवी को मैंने बताया था तो जानती हो, उनमें क्या प्रतिक्रिया हुई थी?

मैंने उसकी ओर फिर देखा। फिर हमारी आँखें चार हुईं। मेरे मन में लज्जा, शंका और उत्सुकता में से किसका भाव अधिक था, मैं नहीं कह सकती।

वह बोला—धीर-गम्भीर स्वर में—लज्जा और शंका की कोई बात तो मेरे मन में कभी उठी ही नहीं। मुझे ऐसा अनुभव करना पड़े, कभी ऐसा कोई काम मैंने किया ही नहीं। मैं स्पष्ट रूप से सब-कुछ समझाकर उनसे वह बात कही थी। मुझे अपनी सच्चाई और पवित्रता में पक्का विश्वास था। सब सुनकर उन्होंने सिर झुका लिया। एक हलकी-सी छाया उनके चेहरे पर स्पष्ट हो आयी। वह कुछ कहेंगी, ऐसा सोचकर मैं उनकी ओर देखता रहा। लेकिन जब उनकी ख़ामोशी न टूटी तो मुझे ही कुछ बोलना पड़ा। मैंने पूछा—आभा, क्या तुम्हें मुझ पर विश्वास नहीं है? तुम कुछ कहती क्यों नहीं?

—तब कई बार अपना गला साफ़ करके वह बोलीं, तुम पर जिस दिन अविश्वास होगा, उसी दिन मेरे जीवन का अन्त हो जायेगा। लेकिन जो बात तुमने अभी मुझे बतायी है, उसका सम्बन्ध एक-दूसरे से भी तो है।

—मैंने तब कहा, उस दूसरे के विषय में भी, अगर तुम मेरी बात पर विश्वास करती हो तो तुम्हें निश्चिन्त ही रहना चाहिए। ऐसी वह न होती तो, ऐसी बात उठने का कभी प्रश्न ही न उठता। उसके विषय में मैंने जो बातें तुम्हें बतायी हैं, उनसे दो दर्जा बढ़कर ही तुम उसे पाओगी।

—इस पर वह बोलीं, एक बार तुम मुझे उससे मिल लेने दो, तभी मैं कुछ कह सकूँगी। अभी तुम मुझसे कुछ भी न कहलाओ।

—कल जब वह तुम्हारे पास जाने लगीं तो मैं जान-बूझकर ही उनके साथ न गया। बच्चों को भी इसी मसलहत से हम नहीं लाये थे। मैं चाहता था कि वह अकेले में तुमसे मिल लें और पूरी तरह अपनी तसल्ली कर लें।

—जानती हो, तुमसे मिलकर वह गयीं तो क्या हुआ? सच कहता हूँ अपनी याद में मैंने उन्हें इतना प्रसन्न कभी भी नहीं देखा था। मारे हर्ष के उनकी आँखों में रह-रहकर आँसू भर-भर आते थे। रास्ते-घाट का भी जैसे उन्हें होश न था। घर पर पहुँचकर वह बोलीं, तुमने तो उनके विषय में कुछ-नहीं के बराबर बताया था, वह

तो...वह तो...मैं बयान नहीं कर सकती कि कितनी अच्छी, कितनी पवित्रा, कितनी सच्ची, कितनी शीलवती हैं! ऐसी बहन मुझे मिले तो मैं रोज़ सुबह उठकर उसकी पूजा करूँ। और उसके बाद तो...मैं क्या बताऊँ, उनके लिए बस तुम्हीं-तुम रह गयी हो।...अब तुम समझ सकती हो कि उनके पत्र का उत्तर मैं अभी क्यों चाहता हूँ।

मैं पत्र लेकर अपने स्टडी-कार्नर में चली आयीं। पत्र खोलकर पढ़ा :

प्यारी बहन,

जबसे तुमसे मिलकर आयी हूँ, न पूछो मेरा क्या हाल है।

कल तुम किसी भी वक़्त मेरे यहाँ ज़रूर आओ। कब आओगी, यह अभी आनन्द जी के हाथ लिख भेजो। कोई बहाना न सुनूँगी।

तुम्हारी,

दीदी।

ऐसा सीधा-सादा संक्षिप्त पत्र। मैं तो पढ़कर दंग रह गयी। क्या सोचती थी और क्या निकला। इसी पत्र के उत्तर के लिए वह पागल बना हुआ है, आश्चर्य है। यह बात तो ज़बानी भी कही जा सकती थी।

मैंने उत्तर लिख दिया—

आदरणीय दीदी जी,

कल शाम छह बजे आऊँगी।

आपकी,

बहन।

लिफ़ाफे में बन्द कर उसके पास आ बोली—लो उत्तर। लेकिन तुम्हें सज़ा यह है कि कल तुम यहाँ नहीं आओगे, न सुबह, न शाम।

—और कोई सज़ा देने से तुम्हारा काम नहीं चल सकता?

—नहीं!—कहते हुए मैं अपनी हँसी न रोक सकी।

—सच कहो,—वह बोला—कल तुम्हारा कोई कार्यक्रम है क्या?

—हाँ,—मैंने हँसी दबाकर कहा।

—क्या?

—मेरी हर बात जानना तुम्हारे लिये ज़रूरी है क्या?

—नहीं।

मैं हँस पड़ी तो वह भी हँस पड़ा।

मेरा दूसरा पूरा दिन उनके यहाँ जाने की तैयारी में बीत गया। सुबह ही नाश्ते के बाद मेम साहब को लेकर मैं बाज़ार चली गयी। कपड़े, खिलौने, मिठाइयाँ और फल खरीदे। बिस्कुट, चाकलेट और टाफ़ियाँ ख़रीदीं। चार जोड़ी सोने की चूड़ियाँ और एक जोड़ा हीरे के बुन्दे ख़रीदे। सब ले-लिवाकर घर पहुँची तो काफ़ी देर हो चुकी थी।

मेम साहब बोलीं—इनमें से गुड्डे के लिए कुछ खिलौने ले लूँ?

उनकी ओर देखकर मैंने कहा—आपने ख़रीद क्यों न लिया, ग्रैनी?

वह अनमनी होकर बोलीं—उसके पास बहुत सारे खिलौने हैं। माफ़ करो, यों ही मेरे मुँह से बात निकल गयी।

—ग्रैनी,—मैंने ज़रा सख़्त आवाज़ में कहा—गुड्डा आपकी ज़िम्मेदारी है। आप जो और जैसा चाहें उसके लिए कीजिये। मेहरबानी करके उसके विषय में मुझसे कोई भी बात न कहा कीजिये।

—कहाँ कहती हूँ?—मेम साहब रुआँसी होकर बोलीं—लेकिन कभी-कभी मन में यह बात उठती ज़रूर है कि इस बच्चे की माँ भी है, बाप भी है...

—मैं कुछ भी नहीं जानती!—मैं बोली—मुझे जो कहना था, वह बच्चा पैदा होने के पहले ही मैंने आपसे कह दिया था। आपने वादा किया था...

—मैंने जो वादा किया था, उसे हर हालत में पूरा करूँगी, बेबी,—मेम साहब बोलीं—लेकिन मेरी समझ में नहीं आता कि इसमें तुम्हारा क्या हर्ज़ है कि तुम दिन में एकाध बार बच्चे को देख लिया करो, ज़रा उसे चूम-चाट लिया करो, ज़रा...

—कुछ नहीं,—मैं बोली—यह मुझसे नहीं हो सकता। क्यों नहीं हो सकता, यह समझने की आपको क़तई ज़रूरत नहीं है।

मेम साहब ने सिर झुका लिया। वैसे ही बोलीं—जानती हूँ। एक बात और बता दो, बेबी। इसके बाप का कई बार फ़ोन आ चुका है, वह अपने बच्चे को देखने आना चाहते हैं। मैं क्या करूँ?

—वह यहाँ नहीं आ सकते!—मैंने कह दिया।

—बेबी, तुम्हें इस बच्चे में कोई दिलचस्पी भले ही न हो, लेकिन उन्हें तो बहुत ही ज़्यादा दिलचस्पी है। वह बच्चे को देखने को मर रहे हैं।

—वह बच्चे को अपने पास क्यों नहीं ले जाते?

—वह नहीं ले जा सकते, बेबी।

—फिर मैं क्या कर सकती हूँ?—मैं बोली—आप ख़ुद बच्चे को ले जाकर उन्हें दिखा लाइये। जो चाहिए कीजिये, लेकिन भगवान् के लिए बच्चे और उसके बाप को लेकर मुझसे कभी कोई बात न कहिये, समझीं?

—हाँ,—मेम साहब बोलीं—दरअसल बात यह है, बेबी कि मैं चाहती हूँ कि कम-से-कम बच्चे में इसके बाप की दिलचस्पी तो बनी रहे। इस दुनिया का कोई ठिकाना नहीं है, बेबी। जाने कब क्या हो जाये। तुम अपने ही को देखो। जनमते ही तुम्हारी माँ मर गयी। अगर तुम्हारे बाप को तुममें कोई दिलचस्पी न होती, तो क्या होता?

—मैं भी मर गयी होती, तो अच्छा होता, ग्रैनी।

—ऐसी बात मुँह से न निकालो बेबी,—मेम साहब बोलीं—तुम्हें क्या कमी है, क्या तकलीफ़ है। तुम्हारी तरह क़िस्मतवर इस दुनिया में कितने हैं...

—आप नहीं जानतीं, ग्रैनी, कुछ भी नहीं जानतीं,—कहती हुई मैं वहाँ से हट गयी।

बच्चे की याद मुझे कभी आती ही न हो, ऐसी बात न थी। उसके प्रति मेरे मन का खिंचाव कभी-कभी बड़ा ज़ोर मारता था। लेकिन मैं बरबस उससे दबा देती थी। मैं जानती थी कि इस विषय में मैंने तनिक भी कमज़ोरी दिखायी तो मेरे पाँवों में बेड़ियाँ पड़ जायेंगी और फिर मैं जहाँ-की-तहाँ बँधी खड़ी रह जाऊँगी।

आश्चर्य की बात है, लेकिन यह सच है कि एक ही कोठी में रहते हुए भी मैंने अभी तक अपने बच्चे का मुँह भी न देखा था। मुझे डर लगता था कि कहीं उससे मेरा आमना-सामना हो गया तो जाने क्या हो जायेगा। मैं जान-बूझकर ऐसी स्थिति कभी भी पैदा न होने देना चाहती थी, जिसके कारण मैं अपने निश्चित पथ से भ्रष्ट हो जाऊँ।

बड़े ही साधारण खद्दर के कपड़े पहन मैं रामी को साथ लेकर उनके यहाँ के लिए निकली। ड्राइवर के साथ रामी बैठ गयी और मैं पीछे बैठ गयी। इतने दिनों से मैं इस शहर में थी, लेकिन इससे मेरा कोई विशेष परिचय न था। ब्राडवे तक रास्ता मेरा पहचाना था, लेकिन उसके आगे जब गाड़ी बस्ती के अन्दर घुसी तो मैं न समझ पायी कि वह कहाँ जा रही है। यह बड़ी गुंजान बस्ती थी। सड़कें सँकरी थीं, उनके दोनों ओर ऊँची-ऊँची कोठियाँ थीं। देर तक गाड़ी गली-दर-गली पार करती चली गयी। आख़िर वह एक बड़े मेहराबदार फाटक के सामने जा रुकी।

ड्राइवर ने मेरा दरवाज़ा खोलकर कहा—चलिये, आपको पहले पहुँचा दूँ। फिर हम सामान ले जायेंगे।

सहन बहुत छोटा था। उसके बाद एक ओसारे से हम एक गलियारे में घुसे तो सीलन की गन्ध आयी। गलियारा पार कर हम फिर एक ओसारे में आ गये, जिसके आगे फिर एक छोटा सहन था। यह सहन पार कर फिर हम एक गलियारे में आ गये।

इस गलियारे में दोनों ओर दरवाज़े थे। बायीं ओर चौथे दरवाज़े पर मैंने आभा देवी को खड़े पाया।

आभा देवी हँसती हुई आगे आयीं और मुझे अँकवारी में बाँध लिया। बोलीं—तुम बिलकुल ठीक वक़्त पर आ गयी। मैं तुम्हारा स्वागत करने के लिए फाटक पर जा ही रही थी कि तुम इधर आती दिखायी पड़ गयी। आओ, आओ!

मुझे बाज़ू से पकड़कर ले जाती हुई वह बोलीं—यह जगह तुम्हारे पाँव धरने लायक़ नहीं है। लेकिन क्या करें, तुम्हें बुलाये बिना रहा न गया।

—ऐसा आप न कहिये,—मैं बोली—मुझे तो आप लोगों के यहाँ आने में इतनी ख़ुशी हुई कि क्या बताऊँ।

दरवाज़े के अन्दर घुसे तो एक छोटा-सा ईंटों का आँगन था। एक कोने में एक लालटेन जल रही थी, जिसके पास ही एक खुला हुआ दरवाज़ा था। लालटेन के दूसरी ओर एक चटाई बिछी हुई थी। वहाँ ले जाकर वह बोलीं—बैठो। बैठने और सोने के लिए हमारे पास चटाइयों के सिवा और कुछ नहीं है। बुरा मत मानना।

—नहीं-नहीं,—मैं तुरन्त बैठती हुई बोली—आप वैसा कुछ भी न सोचें।...बच्चे कहाँ हैं?

—लड़की को लेकर आनन्द जी ट्रुप्लीकेन बीच गये हैं। राजा जी का भाषण सुनने। लड़के खेलने गये हैं। छोटा अन्दर सोया है। आज अचानक उसे बुख़ार आ गया।

—मैं ज़रा देखूँ?—उठती हुई मैं बोली।

—वह सो रहा है,—आभा देवी बोलीं—पहले कुछ जलपान कर लो।

कहकर वह कमरे में चली गयीं। मेरे ठीक सामने के कोने में पानी का बम्बा था। उससे थोड़ी दूर हटकर बायीं ओर एक सिगड़ी जल रही थी, जिस पर केतली रखी हुई थी। सिगड़ी के पास कुछ पीतल के बर्तन पड़े हुए थे।

ड्राइवर और रामी सामान लेकर मेरे पास रखकर चले गये। आभा देवी दोनों हाथों में पीतल की दो तश्तरियाँ लिये आयीं। सामान पर उनकी नज़र पड़ी तो बोलीं—यह सब क्या है, कहाँ से आ गया?

—बच्चों के लिए कुछ लेती आयी हूँ,—मैं उनके हाथ से तश्तरियाँ लेती हुई बोली—आप मेरे पास बैठिये।

बैठती हुई वह बोलीं—इतना सारा लाने की क्या ज़रूरत थी? अपने घर में तो इतना सामान मैंने आज तक नहीं देखा। तुम्हें क्या मालूम नहीं...

—छोड़िये यह बात,—मैं तश्तरी में से एक मिठाई उठाती हुई बोली—कोई और बात कीजिये।

—नहीं-नहीं,—वह मेरे हाथ से मिठाई लेते हुए बोलीं—मैं अपने हाथ से खिलाऊँगी अपनी बहन को।—और उन्होंने मिठाई मेरे मुँह में डाल दी।

बोलीं—क्या बताऊँ, मुझे बड़ी शर्म आती है। पछता रही हूँ कि तुम्हें क्यों बुलाया। तुम तो जानती होगी, हमारा जीवन...

—ऐसी बात आप न कहिये,—मैंने उन्हें रोककर कहा—आप लोगों का जीवन धन्य है! मैं तो...

तभी दो लड़के दौड़ते हुए आकर हमारे आगे थोड़ी दूर पर ठिठककर खड़े हो गये और मुझे घूर-घूरकर देखने लगे। मैंने आभा देवी की ओर देखा, तो वह बोलीं—ये ही हमारे लड़के हैं,—फिर उन्होंने उनसे कहा—आओ प्रसन्न, आओ बसन्त, ये तुम लोगों की मौसी हैं। आओ, आओ!

दोनों लड़के हाथ जोड़कर नमस्ते कहकर पास आ गये तो मैंने अपने एक-एक हाथ से उनका हाथ पकड़कर कहा—तुम प्रसन्न हो और तुम सत्य, हो न?

दोनों ने अपने सिर हिलाये। मैं सामान की ओर संकेत करके बोली—ये सामान तुम्हारे लिये लायी हूँ। ले जाओ।

उन्होंने अपनी माँ की ओर देखा तो वह बोलीं—ले जाओ, बच्चो! मौसी तुम्हारे लिये लायी हैं, क्या कहूँ।

तीन बार में वे सामान उठाकर ले गये और फिर अन्दर ही रह गये।

—आपके बच्चे बड़े सुन्दर और सलीक़ेदार हैं,—मैं बोली।

वह मुस्कराकर बोलीं—ये तीनों अपने बाप पर पड़े हैं। क्या बताऊँ, लड़की मुझ पर पड़ गयी। ज़हीन तो है लेकिन सुन्दर नहीं है। उसकी चिन्ता मुझे लगी रहती है। कुछ पढ़-लिख जाती तो...

—वह किस दर्जे में पढ़ती है?

—वह घर पर ही पढ़ती है,—आभा देवी बोलीं—आनन्द जी उसे आचार्य कर्वे के विद्यालय में भेजना चाहते हैं। लेकिन, तुम तो जानती हो, हमारे पास पैसा नहीं है।

—तो क्या हुआ,—मैं बोली—आप पैसे की कोई चिन्ता न कीजिये।

—नहीं बहन,—वह सिर झुकाकर बोलीं—आनन्द जी...

—ऐसी बात आप मुँह से निकालेंगी तो मैं अभी चली जाऊँगी...

—नहीं-नहीं, मेरा हाथ पकड़ती हुई वह बोलीं—तुम तो जानती होगी, आनन्द जी बड़े ही स्वाभिमानी आदमी हैं। वह किसी से कभी...

—मुझे भी आप लोग ग़ैर समझते हैं, दीदी जी?

—नहीं,-नहीं—वह बोली—ग़ैर समझती तो....ख़ैर, यह कहने की बात नहीं है, हमारा मन ही जानता है। लेकिन, बहन, तुम आनन्द जी के स्वाभिमान की रक्षा करोगी न कि...

—यह बच्चों का सवाल है, उनके पिता का नहीं,—मैं बोली—दीदी जी,—आप जहाँ चाहिए अपने बच्चों को पढ़ने के लिए भेजिये, किसी बात की चिन्ता मत कीजिये।

—क्या बताऊँ,—वह बोलीं—बसन्त बड़े ही नाजुक़ मिजाज़ का लड़का है। आनन्द जी कहते हैं, यह कलाकार बनेगा, इसे शान्ति निकेतन भेजना चाहिए।

—भेजिये, दीदी जी।

—क्या बताऊँ...

—कुछ बताने की ज़रूरत नहीं है।—मैं बोली—आप इन्हें जहाँ चाहिए भेजिये।

कहकर मैंने अपना बटुआ खोला और चूड़ियाँ और बुन्दों के डिब्बे निकालकर उनकी ओर बढ़ाया।

—ये क्या हैं?—वह हाथ खींचती हुई बोलीं।

—आपके लिए भी एक-दो चीज़ें लेती आयी थी...

—नहीं-नहीं, बहन,—वह बोलीं—मुझे तुम्हारे प्रेम के सिवा और कुछ नहीं चाहिए।...तुम्हारा प्रेम बना रहे, यही हमारे लिये सबसे बड़े सौभाग्य की वस्तु है।

मैंने पहले चूड़ियों का डिब्बा खोला और चूड़ियाँ निकालकर उनका हाथ पकड़ते हुए कहा—दीदी जी, हाथ छुड़ाइयेगा नहीं।

—बहन, यह तुम क्या कर रही हो,—वह परेशान होकर बोलीं—जिसके लायक़ जो चीज़ होती है, उसे ही वह ज़ेब देती है। काँच की चूड़ियाँ भी जिसे मोहाल हों, उसे तुम सोने की चूड़ियाँ पहना रही हो, कोई देखेगा तो क्या कहेगा?

—कुछ नहीं कहेगा,—मैं बोली और उनकी दोनों कलाइयों में चूड़ियाँ पहनाकर बुन्दों की डिब्बी खोलने लगी।

उनका चेहरा शायद परेशानी और शर्म से लाल हो उठा था। उनके कान की ओर मैंने हाथ बढ़ाया तो बोलीं—मैं क्या करूँ, रोना भी आता है और हँसना भी आता है। न तो तुम्हारा हाथ रोकते बनता है और न यह सब पहनते बनता है। बहन, तुम्हें कुछ तो सोचना चाहिए कि यह तुम क्या कर रही हो।

मैंने बुन्दे पहनाकर कहा—ज़रा देखिये तो कितने अच्छे लग रहे हैं।

—अच्छी चीज़ें अच्छी ही लगती हैं, बहन,—वह बोलीं—लेकिन वे सबके लिए तो नहीं होतीं। हम देश का काम करनेवाले लोग हैं। एक जोड़े मोटे कपड़े और दो

सूखी रोटियों के आगे हम कुछ सोच भी नहीं सकते। सोचना भी हमारे लिये पाप है, बहन। आनन्द जी देखेंगे-सुनेंगे तो....

मैं विषय बदलते हुए बोल उठी—आप लोगों का विद्यालय कहाँ है?

—पास ही है,—वह बोलीं—एक धर्मशाला में विद्यालय चलाने के लिए एक बड़ा-सा कमरा मिला है।

—ज़रा बच्चे को मैं देखूँ?—उठती हुई मैं बोली।

—अरे, यह मिठाई तो खा लो,—वह बोली—मैं कॉफ़ी बनाती हूँ, पानी उबल रहा है।

—ऐसी क्या जल्दी है?—मैं दरवाज़े की ओर बढ़ती हुई बोली।

वह लालटेन उठाकर मेरे आगे आ गयीं। एक चटाई पर बच्चा बेसुध-सा पड़ा हुआ था। मैंने झुककर उसके माथे पर हाथ रखा, तो मेरी हथेली जल उठी। हाथ हटाते हुए मैंने कहा—दीदी जी, इसका माथा तो तप रहा है। कोई दवा...

—आज रात-भर देखकर कुछ करेंगे।

—नहीं, दीदी जी,—मैं बोली—आप इसे अभी मेरे साथ किसी डॉक्टर के यहाँ ले चलिये। बुख़ार में यह बुत है।

और वह कुछ कहें, इसके पहले ही मैंने प्रसन्न को पुकारकर कहा—देखो, बाहर मेरी नौकरानी है, उसे बुला तो लाओ।

वह दौड़कर चला गया तो आभा देवी बोलीं—बहन, हम लोग डॉक्टरों की दवा नहीं करते। आनन्द जी जल-चिकित्सा...

—मैं कुछ नहीं सुनूँगी, दीदी जी—कहकर मैं दरवाज़े की ओर मुड़ी और सामने रामी को देखकर कहा—रामी आओ, इस बच्चे को गोद में उठाकर गाड़ी में ले चलो।

उस रात मैं बहुत देर से कोठी लौटी। सोच रही थी कि देखें, कल वह मुझे कितना डाँटता है।

लेकिन दूसरे दिन सुबह वह आते ही बोला—तुम पास हो गयी! बधाइयाँ!

मेरा परीक्षा-फल सुबह ही अख़बार में आ गया था। मेम साहब और मास्टर साहब ने भी बधाइयाँ दी थीं। लेकिन मुझे वह ख़ुशी न हुई थी, जिसकी मुझे आशा थी।

बोली—बधाई योग्य मैंने कोई काम नहीं किया है। तुम बताओ, बच्चे की तबीयत अब कैसी है?

—ठीक है,—वह बोला—लेकिन तुम...

—मेरा एक साल बरबाद नहीं हुआ, यही ग़नीमत है,—मैं बोली—अब चार साल और रह गये। जाने कब कटेंगे।

—कटते देर नहीं लगेगी,—वह बोला—अब जल्दी थर्ड यू. सी. की पुस्तकें मँगाओ, पढ़ाई शुरू कर दी जाये। आदमी काम करता रहे तो वक़्त कटते देर नहीं लगती।

सचमुच वक़्त कटते देर न लगी। उसके संसर्ग में वक़्त जैसे तेज़ रफ़्तार से उड़ता चला गया। दो ज्योतियों के बुझने के बाद वह तीसरी ज्योति मेरे जीवन में जली थी। पापा अपनी ज्योति लेकर स्वयं चले गये थे। माँ की ज्योति मेरे जन्म के साथ ही बुझ गयी थी। अब यह तीसरी ज्योति जो उसकी जली थी, तो इसके प्रकाश में मैं दौड़ती हुई अपने पथ पर बढ़ती गयी। आख़िर वह अन्तिम मोड़ आया और मैं ठिठककर खड़ी हो गयी।

उसने पूछा—अब?

—अब मैं क्या करूँ, तुम्हीं बताओ?—मैंने उसकी ओर देखते हुए कहा—तुम्हारे सिवा अब मेरा कोई भी पथ-प्रदर्शक नहीं है। तुम्हारे सिवा इस दुनिया में कोई भी नहीं है, जो मेरी आत्मा से परिचित हो। मैं जो ज़िन्दगी जीना चाहती हूँ, उसमें कैसे प्रवेश करूँ, बताओ? मैं इस ज़िन्दगी में अब एक क्षण को भी नहीं रहना चाहती।

थोड़ी देर तक सिर झुकाये यह ख़ामोश रहा। फिर धीरे-धीरे बोला—मैं तो तुम्हारे ही लिये इस शहर में रुका रहा। जिस दिन हमारा देश स्वतन्त्र हुआ, उसी दिन से कई बार मेरे मन में यह शहर छोड़ देने और अपनी ओर जाकर कोई सेवा-कार्य करने की बात उठती रही। लेकिन तुम्हारी पढ़ाई को बीच में छोड़कर कैसे जा सकता था? अब यह उत्तरदायित्व समाप्त हुआ। मैं मुक्त हुआ। तुमसे अनुमति लेकर अब मैं जाने की ही सोच रहा था।

मैं आकुल होकर बोली—तुम चले जाओगे तो...मैं क्या करूँगी? मेरा कोई रास्ता निकाल लो, फिर तुम जो चाहे करो। तुम तो जानते हो न, कि मैं क्या चाहती हूँ।

—रम्भा, कई बार मेरे मन में एक बात उठी है,—वह धीमे स्वर में बोला—लेकिन तुमसे कह नहीं पाया हूँ। सोचता हूँ, इस अवसर पर भी न कह पाया तो शायद फिर कभी भी न कह पाऊँ। रम्भा, लगता है, कि तुमसे अलग होकर मैं भी कहीं-न-कहीं से ज़रूर टूट जाऊँगा। इन वर्षों के बीच तुम हमारे जीवन में इस तरह रच-बस गयी हो कि तुमसे अलग होने में मुझे प्राणान्तक पीड़ा होगी। सोचता था कि हम लोग एक साथ ही देश का कोई काम करते तो कितना अच्छा होता, लेकिन कह इसलिए न पाता था क्योंकि हमारे-तुम्हारे जीवन-स्तरों में बहुत बड़ा अन्तर है।

—तुम क्या आज भी मुझे अपने से अलग करके सोचते हो?—मैंने कहा—मैंने तो कभी भी ऐसा न सोचा। जो जीवन-स्तर तुम मेरा देख रहे हो, या जिस सम्पदा के बीच तुम मुझे पा रहे हो, उसमें मेरा तो कुछ भी नहीं है। मैं तो इस सबसे मुक्त होने को कब से तड़प रही हूँ। कितनी बार मेरे जी में आया कि इस सम्पदा के विषय में मैं तुमको सब बता दूँ लेकिन बता न सकी। इसका एक कारण था। आज सोचती हूँ कि बताये बिना रहा नहीं जा सकता। तुम मुझे अपने साथ रखना चाहते हो तो तुमको मेरे विषय में सब अच्छी तरह जान ही लेना चाहिए।

कहकर मैं उठी और काँपते दिल और हाथों से सेफ़ खोलकर पापा के दिये हुए वे दोनों लिफ़ाफ़े निकालकर मैंने उसके सामने ला रखे। बोली—पापा जीवित रहते तो कदाचित् ये लिफ़ाफ़े मैं तुम्हें न दे पाती। ये उन्हीं की अमानत हैं। तुम इन्हें अमानत समझकर ही अपने साथ ले जाओ। पढ़कर कल ज़रूर वापस कर देना। माँ, पापा और मेरे सिवा तुम अकेले व्यक्ति हो, जिसके हाथ इन लिफ़ाफ़ों को छू रहे हैं।

—रम्भा, तुम्हारे इस विश्वास को...

—मैं समझती हूँ,। ऐसा न होता तो ये लिफ़ाफे मैं तुम्हें हर्गिज़ न देती।

उस रात मुझसे कुछ भी खाया-पिया न गया। बड़ी देर तक नींद भी न आयी। यही सोचती रही कि माँ और पापा की दास्तानों का ज़ाने उस पर क्या प्रभाव पड़े। कहीं बुरा प्रभाव पड़ा तो क्या होगा? सब किये-धरे पर कहीं पानी फिर गया तो मैं कहाँ की रहूँगी। कभी सोचती कि ये लिफ़ाफ़े उसे न देती तो क्या हरज था। उसने अपनी ओर से तो कभी भी मेरे व्यक्तिगत जीवन के बारे में कुछ भी जानने की उत्सुकता प्रकट न की। लेकिन फिर सोचती कि ये रहस्य अपनी छाती में दबाये मैं कैसे और कब तक उसके साथ रह सकती? आख़िर मेरा भी तो कोई कर्त्तव्य होता है। वह नहीं जानना चाहता, क्या इसीलिए मैं उससे सब छिपा रखूँ? जब उसे दिल दे दिया तो फिर क्या रह जाता है? मैं जो भी हूँ वह जान ले, तो कम-से-कम मेरे सामने मेरी स्थिति तो साफ़ रहेगी। मैं अपने प्रति तो दोषी न रहूँगी।

दूसरे दिन सुबह वह अपने समय से कुछ पहले ही आ गया। ऐसा इतने दिनों में कभी न हुआ था। रामी ने बताया तो मेरा कलेजा धक से कर गया।

वह आया तो उससे आँखें मिलाने का साहस मुझे न हुआ। वह लिफ़ाफ़े मेरी ओर बढ़ाते हुए बोला—इन्हें सँभाल लो।

सिर गड़ाये ही मैं लिफ़ाफ़े लेकर सेफ़ में रख आयी। बैठ गयी, तो वह बोला—रम्भा, जब से मैंने इन दास्तानों को पढ़ा है, सच कहता हूँ, तुम मुझे और भी अधिक प्रिय हो गयी हो।—ज़रा रुककर वह आगे बोला—तुम्हें सेवासदन की सुमन की याद है?

मैंने चौंककर आँखें उठायीं, तो वह बोला—सच कहता हूँ, मुझे सुमन की याद आ गयी, रम्भा। तुम मेरा साथ दो तो हम अपना एक सेवासदन बनायें। मेरे जीवन की एक बहुत बड़ी साध है कि मैं एक आदर्श बालिका विद्यालय की स्थापना करूँ। हमारा प्रान्त बहुत ही पिछड़ा हुआ है। मैं चाहता हूँ कि वहाँ चलकर, कोई अच्छी-सी जगह देखकर हम एक बालिका विद्यालय तुम्हारे नाम पर स्थापित करें।

—नहीं-नहीं,—मैं बोली—मेरे नाम पर क्यों? मैं क्या हूँ...

—रम्भा,—वह गम्भीर होकर बोला—जो तुम समझती हो, उसके विषय में मैंने भी बहुत सोचा है। तुम्हारा वैसा समझना एक तरह से ठीक है। इस सम्पदा का त्याग करना निश्चय ही एक महान् कार्य होगा। लेकिन त्यागने का क्या अर्थ है। क्या तुम सोचती हो कि यह सब जैसा-का-तैसा छोड़कर तुम अकेली अपनी देह लेकर इस कोठी से निकल जाओगी, तो तुम्हारा ध्येय पूरा हो जायेगा? तुम्हारे छोड़ने के बाद भी तो तुम्हारी इस सम्पदा की कोई-न-कोई स्थिति रहेगी ही।

—जो रहे, मुझे उससे क्या लेना-देना?

—लेना तुम्हें कुछ नहीं, यह मैं जानता हूँ,—वह सोचकर धीरे-धीरे बोला—लेकिन तुम्हारी यह सम्पदा किसी-न-किसी को तो प्राप्त होगी ही।

—जिसे भी प्राप्त हो, मुझे क्या?

—इस सम्पदा का कोई दुरुपयोग भी तो कर सकता है?

—जो करे, मुझे इसके विषय में क्यों सोचना चाहिए?

वह थोड़ी देर चुप रहने के बाद बोला—क्षमा करना, यहाँ मैं तुमसे तनिक भिन्न राय रखता हूँ। मेरा विचार है कि इस विषय में तुम्हें ज़रूर सोचना चाहिए। इस सम्पदा का दुरुपयोग कोई करे, इससे अच्छा क्या यह न होगा कि इसका सदुपयोग देश के किसी सेवा-कार्य में किया जाये? रम्भा, बापू का कहना था कि पूँजीपति राष्ट्र-धन के अमानतदार हैं। उनकी सम्पदा जन-धन है। जनता की सेवा में ही उसका उपयोग होना चाहिए।

—कहो तो मैं तुम्हारे ही नाम यह सारी सम्पदा लिख दूँ,—मैं बोली—तुम इसे जिस सेवा-कार्य में लगाना चाहो, लगा दो।

—वह मुस्कराया। फिर बोला—इसकी क्या ज़रूरत है, रम्भा? किसी के भी नाम रहे, इससे क्या बनता-बिगड़ता है? प्रश्न तो इसके उपयोग का है। सुनो, हमारा कार्यक्रम क्या है, उसके विषय में मैं तुम्हें बताता हूँ।

—तुम्हारी सम्पदा के एक अंश से हम एक बालिका विद्यालय की स्थापना करेंगे। हम लोग विद्यालय की सेवा करेंगे और विद्यालय से ही अपनी न्यूनतम

आवश्यकताओं की पूर्ति के लिए ख़र्च लेंगे। हमारा ख़र्च कितना कम है, तुम जानती हो न? धीरे-धीरे तुम्हें भी अपना स्तर साधारण-से-साधारण करना होगा। मैं जानता हूँ, तुम्हें कष्ट होगा, लेकिन साथ ही यह भी जानता हूँ कि तुम सहर्ष यह कष्ट झेल लोगी।

—शेष सम्पदा का क्या होगा?

—रम्भा, हमारे देश की जनता कितनी ग़रीब है, शायद इसका तुम्हें कोई भी अनुभव नहीं है, वर्ना तुम यह प्रश्न न करती। चलो, अब तुम्हें अपनी आँखों से ही सब देखने को मिलेगा। चाहोगी तो एक घड़ी में ही तुम्हारी यह सब सम्पदा छूमन्तर हो जायेगी।...तुम मेरी बात पर अच्छी तरह विचार कर लो। फिर निर्णय लो। लेकिन अब मैं देर नहीं करना चाहता। मेरी आत्मा छटपटा रही है।

—मेरा भी यही हाल है, तुम क्या नहीं समझते?—मैं बोली—मुझे कुछ भी सोचना-समझना नहीं है। तुम्हारे पथ-प्रदर्शन में मुझे विश्वास है, मेरा जीवन सुफल होगा। तुमने पापा की दास्तान में पढ़ा होगा, एक जगह उन्होंने लिखा है, तुम भी एक कमल का फूल हो...काश, तुम्हें किसी स्वच्छ सरोवर में खिलने का अवसर मिलता!

—याद है, रम्भा, याद है,—वह बोला—तुम्हारे स्वर्गीय पापा की मनोकामना अवश्य पूरी होगी। हमारा बालिका विद्यालय एक स्वच्छतम सरोवर हो, इसके लिए हम हर प्रयत्न करेंगे। हम कब चलें, यह तय करके बताना। आज मैं कितना ख़ुश हूँ बयान नहीं कर सकता, रम्भा! जीवन में कभी ऐसी ख़ुशी नसीब होगी, इसकी कल्पना मैंने कभी न की थी।

कहकर हर्ष-विभोर हो उसने मेरे हाथ पर अपना हाथ रख दिया। अदम्य पुलक से मेरा रोम-रोम सिहर उठा। मैंने सिर झुकाकर उसका हाथ चूम लिया। सिर उठाने लगी तो बरबस मेरी आँखों से कई बूँदें टप-टप उसके हाथ पर चू पड़ीं। उसने अपना वह हाथ उठाकर अपने माथे से लगा लिया और आर्द्र कण्ठ से बोला—भगवान्, तू इस क्षण का साक्षी रहे!

वह चला गया। मेम साहब आयीं तो उन्हें अपने पास बैठाकर मैंने कहा—ग्रैनी, मेरी पढ़ाई ख़त्म हो गयी। अब मैं कोई काम करना चाहती हूँ।

वह मेरा मुँह देखती हुई बोलीं—तुम्हें कोई काम करने की क्या ज़रूरत है, मेरी बच्ची? तुम्हारे पास तो इतना पैसा है कि तुम दोनों हाथों से उड़ाओ तो भी ख़त्म नहीं होगा। फिर, तुम्हारी पढ़ाई ख़त्म हो गयी, कोई अड़चन न रही, अब सेठ सोने लाल से तुम्हें अपने ताल्लुक बना लेने चाहिए।

—उनका नाम न लीजिये,—मैं बोली—उन्हें मैं हमेशा के लिए छोड़ चुकी हूँ। अब आपसे और इस कोठी से मैं रुख़सत लेना चाहती हूँ।

—यह क्या कह रही हो, मेरी बच्ची? अचानक आँखों में आँसू भरकर मेम साहब बोलीं—कोई काम करना ही हो तो यहाँ रहकर भी कर सकती हो।

—नहीं, इस माहौल को मैं छोड़ना चाहती हूँ,—मैं बोली—मैं कहीं दूर जाकर मुल्क की कोई ख़िदमत करना चाहती हूँ।

—हाय, तुम हमें छोड़कर चली जाओगी?—मेम साहब अपने दोनों हाथों से मुँह ढँककर रोती हुई बोलीं—ख़ुदा, तूने मुझे भी मास्टर साहब की तरह क्यों न उठा लिया? जिसकी ख़िदमत में मैंने अपनी सारी ज़िन्दगी सर्फ़ कर दी वही मुझे और अपने बच्चे को छोड़कर जा रही है! बेबी, तुम्हें ज़रा भी हम पर रहम नहीं आता? मैं बूढ़ी हुई और तुम्हारा बच्चा...उसने कौन-सा गुनाह किया है? मैंने कौन-सा गुनाह किया है?

—ग्रैनी—मैंने उनके बाजू पर हाथ रखकर कहा—आप ऐसी कोई भी बात अपने मन में न लायें। आपने जो मेरे लिये किया है, मेरे बच्चे के लिए किया है और आगे करेंगी, उसके लिए मैं आपकी ताज़िन्दगी शुक्रगुज़ार रहूँगी! लेकिन अब मैं पढ़-लिखकर कुछ करने-धरने लायक़ हुई। पापा की यह ख़्वाहिश थी कि पढ़-लिखकर मैं कोई ऐसा काम करूँ, जिससे मैं एक पाक-साफ़ ज़िन्दगी त्रसर कर सकूँ। अब मैं वही करने जा रही हूँ। आप रंजीदा न हों और दुआ करें कि मैं कामयाब होऊँ। मेरी राय यह है कि आप बच्चे को लेकर अपने वतन इंग्लैण्ड चले जायें। वहीं इसकी तालीम का इन्तज़ाम करें।

—क्या तुम्हारा यह आख़िरी फ़ैसला है, बेबी?—वह अपने आँसू पोंछकर हाथ मलती हुई बोलीं—इसमें अब कोई भी तब्दीली नहीं हो सकती?

—नहीं हो सकती, ग्रैनी,—मैं बोली—मैंने सब तय कर लिया। अगले इतवार को मैं रवाना हो जाऊँगी।

—मैं बूढ़ी हुई,—वह बोलीं—मेरा क्या भरोसा है? मेरे बाद बच्चे का क्या होगा?

—वह इन्तजाम़ भी आपके जिम्मे ही होगा।

थोड़ी देर चुप रहकर मेम साहब बोलीं—कल सेठ सोने लाल के फ़ोन का दिन है। मगर तुम इजाज़त दो...

—उनका अब भी फ़ोन आता है, ग्रैनी?

—हाँ, बराबर आता है,—वह बोलीं—मुझे माफ़ करना, बेबी। मैं उनका इस कोठी से ताल्लुक़ न तोड़ सकी। वह मुझसे और गुड्डे से बातें करते हैं। कोई खास नहीं, बस खैरियत की बातें। तुम इजाज़त दो तो कल...

—आप अपने और बच्चे के बारे में जो चाहें, बातें करें—मैं बोली—लेकिन मेरे बारे में एक भी बात न करें। आगे भी आप इसका ध्यान रखें और भूलकर भी मेरा नया पता उन्हें न दें।

—तुम हमें ख़त तो लिखोगी?—वह बोलीं—बच्चे से तुम्हारा ताल्लुक़ बना रहना चाहिए।

—ज़रूर लिखूँगी, क्यों न लिखूँगी?

—एक बात बताना मैं भूल गयी,—वह बोली—सेठ सोने लाल चाहते हैं कि बच्चे का नाम हीरा लाल रखा जाये यह मैं पहले भी तुमसे बता चुकी हूँ।

—जो चाहें रखें, मुझे क्या उज्र हो सकता है?

चाचा जी यहाँ की दास्तान यहीं ख़त्म होती है। आगे जो-कुछ हुआ, उसका पता आपको है ही। केवल एक बात, उस रात की, रह जाती है, जिसे मैं आपसे न बता सकी। उसे लिखते हुए मेरे क़लम आज भी काँप रहे हैं। आपकी इतनी ज़िद न होती तो मैं वह बात हर्गिज न लिखती!

उस रात काफ़ी देर से मैं लौटी थी। फाटक खोलते हुए चौकीदार ने कहा था—दीदी जी, आज तो आपको बड़ी देर हो गयी। बड़ी दीदी जी कई बार फाटक पर आकर आपको देख गयी हैं। यह अपने कमरे की चाभी लीजिये। आपका खाना भी आपके कमरे में ही रखवा दिया है, ऐसा उन्होंने आपसे कहने को हमें कहा था।

मैं बहुत थकी थी। हाथ-मुँह धो-पोंछकर जो रुचा, खा-पीकर रोशनी गुल कर मैं चारपाई पर पड़ गयी और तुरन्त ही मुझे नींद आ गयी।

चिल्लाने की कोई आवाज़ सुनकर मेरी आँखें खुलीं तो मैं चौंक उठी। क्या देखती हूँ कि मेरे कमरे में रोशनी भरी है, आनन्द जी मेरी चारपाई पर बैठे हैं और आभा देवी मेरे सामने खड़ी हो जाने क्या चिल्ला-चिल्ला कह रही हैं। मेरे होश कुछ ठिकाने आये तो मेरे कानों ने सुना, आभा देवी कह रही थी—यह क्या हो रहा है, रम्भा देवी? यह बालिका विद्यालय है कि रण्डीखाना?—और तड़ाक से मेरी कनपटी पर एक तमाचा आ बजा। मैं तिलमिलाकर लुढ़क गयी। लेकिन उस तमाचे से हजार गुना चोट उनकी ज़बान मेरे मर्म पर करती जा रही थी—अपना मुँह काला करने को तुम्हें क्या मेरा ही ख़सम मिला था? जिसने तुम्हें उस नरक से निकाला, अब उसे ही तू डसने लगी, नागिन? रण्डी की जनी रण्डी ही होगी, यह इनसे जाने कितनी बार मैंने कहा था, लेकिन यह क्यों सुनने लगे? इन पर तो सुधार का जुनून सवार था!

कानों पर हाथ धरे मैंने छटपटाकर एक बार आनन्द जी की ओर अपनी फटी आँखों से देखा। वह सिर झुकाये बैठे थे, जैसे सचमुच ही उन्होंने मेरे साथ अपना मुँह काला किया हो।

—उनकी ओर क्या देखती है, रण्डी?—आभा देवी की आवाज़ मेरी हथेलियों को फाड़कर मेरे कानों में पिघले सीसे की तरह आ पड़ी—तू यहाँ से अपना मुँह काला कर वर्ना मैं तुझे फाड़कर खा जाऊँगी।

उसके बाद क्या हुआ, मैं नहीं जानती। घड़ियाल की आवाज़ कानों में पड़ी तो मुझे होश आया। मेरा कमरा ख़ाली था।

मैं पागल की तरह कमरे से बाहर हो गयी।...

चाचा जी, आपने उस रात मुझे न रोका होता तो...

लेकिन, चाचा जी, आज मैं सोचती हूँ, आपने मुझे रोककर अच्छा ही किया। मैं मर जाती तो यह दास्तान कौन लिखता? मैं मर जाती तो मेरे दर्द को कौन जानता? मैं मर जाती तो आप...

चाचा जी, वह तीसरी ज्योति भी उसी रात बुझ गयी थी। लेकिन अब जो चौथी ज्योति मेरे जीवन में जली है, यह कभी भी न बुझेगी, ऐसा मेरा विश्वास है। चाचा जी, मैं आ रही हूँ।

रम्भा ने पन्ने सहेजकर लिफ़ाफ़े में बन्द किये और मदन भाई का पता लिखकर, बटुए से पैसे निकालकर बाहर ओसरे में सीढ़ियों के पास आ खड़ी हुई। उसने इधर-उधर देखा, तो फाटक की ओर से चौकीदार दौड़ता हुआ आता दिखायी दिया। वह पास आ गया तो वह लिफ़ाफ़ा और पैसे उसकी ओर बढ़ाती हुई बोली—यह चिट्ठी रजिस्टरी करा आओ।

—बहुत अच्छा, सरकार,—चौकीदार सिर की पगड़ी के छोर में लिफ़ाफ़ा लपेटता हुआ बोला और मुड़कर चल पड़ा।

सामने तेज़ धूप चमक रही थी। उसकी दौंक रम्भा को लग रही थी। फिर भी वह वहीं सीढ़ी पर पाँव लटकाकर बैठ गयी। अन्दर जाने को उसका मन ही न हुआ। जाने कितने दिन एक क़ैदी की तरह अपने कमरे में बन्द रहकर उसने यह दास्तान पूरी की थी। इस घड़ी इस खुलेपन का आकर्षण ही कुछ और था। गर्मी उसे कम न कर पा सकती थी।

वह सामने दूर-दूर तक नज़रें दौड़ा रही थी, जैसे इस विस्तार से बहुत दिनों के बाद मिली हो और फिर से अपना परिचय कर लेना चाहती हो। जाने कब लड़कियाँ आकर उसके पाँवों के आस-पास सीढ़ियों पर बैठ गयीं।

—आपकी कहानी पूरी हो गयी?

रम्भा ने लड़कियों की ओर देखा। वे एकटक मुस्कराती हुईं उसकी ओर देख रही थीं। सामने भी मुस्कराकर कहा—हाँ,—और एक के कन्धे पर अपना हाथ रख दिया।

अब तो आप हमारे साथ खेलेंगी?

रम्भा मुस्कान के साथ सिर हिलाने ही वाली थी कि चम्पा ज़ोर से बोल पड़ी—फाटक पर डाकवाला खड़ा बुला रहा है, चिट्ठी लाऊँ। और वह दौड़ गयी।

रम्भा फाटक की ओर देखती याद करने लगी कि आज कौन दिन है। लेकिन उसे याद न आया। उसने सोचा कि लड़कियों में से किसी से पूछूँ। लेकिन तभी चम्पा हाथ में लिफ़ाफ़ा उठाये हुए दौड़ती हुई आ गयी।

खद्दर-काग़ज़ का लिफ़ाफ़ा देखते ही रम्भा समझ गयी, चाचा जी के यहाँ का पत्र है। उसने खोलकर पत्र पढ़ा:

प्रिय बेटी,

बड़े दु:ख के साथ तुम्हें समाचार देती हूँ कि कल रात क़स्बे-आश्रम की सड़क पर तुम्हारे चाचा जी की हत्या हो गयी। और क्या लिखूँ।

तुम्हारी,
प्रभा देवी।

सामने की धूप बुझ गयी। धुआँ-धुआँ ही उड़ने लगा। उस अँधेरे में ही नि:शक्त पाँवों पर रम्भा उठ खड़ी हुई और लड़खड़ाते स्वर में बोली—माली से बोलो, टैक्सी ले आये। मैं जाऊँगी।

लड़कियाँ अचकचाकर उठ खड़ी हो उसकी ओर अबूझ की तरह आँखें फैला-फैलाकर देखने लगीं।

रम्भा ने थाह-थाह कर पाँव उठाया।

छब्बीस मई, सन् उन्नीस सौ चौंसठ

●●●